BASTEI
LÜBBE
TASCHENBUCH

Michael Green

Stunde Null

Thriller

Aus dem Englischen von
Axel Merz

BASTEI
LÜBBE
TASCHENBUCH

BASTEI LÜBBE TASCHENBUCH
Band 16065

1. Auflage: August 2011

Vollständige Taschenbuchausgabe
der bei Luebbe Paperback erschienenen Paperbackausgabe

Bastei Lübbe Taschenbuch Lübbe Paperback
in der Bastei Lübbe GmbH & Co. KG

Titel der englischen Originalausgabe:
»BLOODLINE«
Für die Originalausgabe:

First published by Random House New Zealand, Auckland, New Zealand
This edition published by arrangement with Random House New Zealand

Für die deutschsprachige Ausgabe:

Textredaktion: Wolfgang Neuhaus
Lektorat: Jan F. Wielpütz
Titelillustration: © Frank Rothe / VISUM / buchcover.com;
© getty-images / Ed Freeman
Umschlaggestaltung: Kirstin Osenau
Satz: Druck & Grafik Siebel, Lindlar
Gesetzt aus der Adobe Caslon Pro
Druck und Verarbeitung: GGP Media GmbH, Pößneck
Printed in Germany
ISBN 978-3-404-16065-5

Sie finden uns im Internet unter
www.luebbe.de
Bitte beachten Sie auch: www.lesejury.de

Der Preis dieses Bandes versteht sich einschließlich
der gesetzlichen Mehrwertsteuer.

Mein Dank geht an Sue Cosgrave, Sally Downing, Margaret Fotherby, Babs Halton, Nicholas Harris, Shirley Henwood, Gary Irwin, Lesley Marshall, John Pryor, Colleen und Roger Thrussell, Marion West und Dr. Graeme Whittaker für ihre Hilfe beim Verbessern des Manuskripts.

Und an meine Frau Hazel, die mir Zeit und Raum gelassen hat, diesen Roman zu schreiben.

Meinem verstorbenen Sohn Stephen,
der ein geschickter Handwerker, wunderbarer Lehrer
und großartiger Sohn war.

Kanal acht

Man gab mir nur sieben Minuten, Sohn,
und sieben Minuten, alles in allem,
sind nicht viel, um Lebewohl zu sagen:
vierzehn Sekunden für jedes Jahr.

Spürst du die Magie des Windes, Sohn?
Sie trieb die *Little Dee* in Kreisen
durch das Wasser der Blockhouse Bay.
Fühlst du das Beben, als die *Big Aggie*
ihren Bug gegen die Wellen warf
auf dem langen Weg zurück von Issy Bay?

Fühle den Frieden und die Ruhe,
als die *Archangel* in der Morgenstille
von Harris Bay vor Anker lag.
Spüre die Magie der mondlosen Nacht,
als die *AWOL*, schlank und schnell,
heimwärts glitt unter den Sternen,
während die *Raconteur*
ängstlich in deiner Heckwelle tuckerte.

»*Raconteur, Raconteur,* AWOL ruft *Raconteur!*
Dad, pass auf, voraus sind Felsen,
halt dich weit Backbord.«
Und doch, trotz aller Warnungen,
sahen wir sie nicht kommen.
Damals wie heute weiß ich,
dass ich hätte vorausfahren müssen.

Lausche dem Gurgeln des Kielwassers,
und dem Weinen im Wind, mein Sohn.
Und lausche immer nach mir auf Kanal acht.

Erster Teil

1

Mark spähte durch das Fenster des Linienflugzeugs nach draußen. Anstatt zum Terminal zu rollen, war die Maschine unerwartet auf dem Vorfeld am Rand des Changi Airport von Singapur stehen geblieben. Als Tanklaster mit dem Kerosin neben dem Flugzeug hielten, keimte in Mark Chatfield der Verdacht, dass irgendetwas nicht stimmte.

Der Flug von Heathrow hierher hatte vierzehn Stunden gedauert. Mark war fit und drahtig, und sein volles dunkles Haar ließ ihn jünger aussehen als Ende fünfzig, aber dennoch spürte er nach der langen Reise sein Alter. Helen, seine Frau, war ein paar Jahre jünger als er. Doch als sie nun in ihr Taschentuch hustete, beobachtet von Mark, musste er sich eingestehen, dass ihre Erkrankung sie viel älter aussehen ließ. Vielleicht ging es ihr besser, wenn sie die Beine ein wenig streckte, solange das Flugzeug betankt wurde.

Das Lautsprechersystem knackte. »Ladies and Gentlemen, hier spricht der Kopilot.« Mark spürte die Anspannung in der Stimme. »Leider kann wegen eines Zwischenfalls im Terminal niemand von Bord. Sobald wir getankt haben, fliegen wir nach Auckland weiter. Passagiere mit dem Reiseziel Singapur werden von dort aus zurückgeflogen, sobald sich die Lage im Terminal normalisiert hat.«

Ein Proteststurm brach los. Der Universitätsdozent auf dem Platz neben Mark und Helen verkündete lauthals, er werde unter keinen Umständen nach Auckland fliegen. Während er sich in seiner Tirade erging, sah Mark, wie gepanzerte Truppentransporter neben dem Flugzeug hielten und Soldaten mit automatischen Waffen ausspuckten. Binnen weniger Sekunden hatten die Bewaffneten die Maschine umstellt. Der Lärm verebbte. Die Passagiere spähten aus den Fenstern und unterhielten sich nur noch in eingeschüchtertem Flüsterton.

Das Lautsprechersystem knackte erneut. »Ladies and Gentlemen, wir weisen darauf hin, dass die Benutzung von Mobiltelefonen und elektrischen Geräten während des Betankungsvorgangs nicht gestattet ist.«

Der Dozent kramte augenblicklich in seinen Taschen und brachte ein Handy zum Vorschein. »Ich bekomme kein Signal!«, jammerte er, nachdem er verstohlen die Tastatur bearbeitet hatte.

»Möglicherweise stören die Behörden die Frequenzen«, meinte Mark.

Sobald die Treibstoffschläuche abgezogen waren und die Tankfahrzeuge sich ein Stück entfernt hatten, rollte das Flugzeug zur Startbahn. Sie waren weniger als vierzig Minuten am Boden gewesen.

Der Dozent, der eben noch verkündet hatte, er werde unter keinen Umständen nach Auckland fliegen, applaudierte am lautesten von allen, als die Maschine über die Startbahn jagte und donnernd in den Himmel stieg.

Zweiundzwanzig Stunden zuvor waren Mark und Helen in Heathrow eingetroffen und hatten dort erfahren, dass ihr Flug sich um vier Stunden verspäten würde. Eine außergewöhnlich große Zahl abgesagter Flüge brachte die Flugpläne völlig durcheinander. Durch den Mangel an Check-in-Personal wurde die Lage weiter verschlimmert.

Wegen des quälend langsamen Vorwärtskommens in der Schlange waren Mark und Helen gezwungen, einen großen Teil ihrer Zeit dem unerträglichen Hochschuldozenten zu lauschen, den sie später in der Maschine als Sitznachbarn antreffen sollten.

»Das ist mal wieder typisch«, beschwerte er sich. »Das verdammte Flughafen-Personal! Jedes Mal zur Ferienzeit streiken diese Leute, ohne Rücksicht auf hart arbeitende Menschen, die in den verdienten Urlaub fliegen.«

Mark und Helen waren erleichtert, als sie endlich am Check-in-Schalter waren. Es gab die üblichen Sicherheitsüberprüfungen, gefolgt von einer Liste gesundheitsrelevanter Fragen, darunter: »Wo waren Sie in den vergangenen sechs Wochen?« und: »Leiden Sie an grippeähnlichen Symptomen?«

Helen fühlte sich gar nicht gut. Sie hatte gesundheitliche Probleme gehabt, seit sie und Mark vor einem Monat in England eingetroffen waren, doch trotz eines leichten Fiebers hatte sie nicht geklagt. Wohl wissend, dass ein Arzt ihr auch nicht weiterhelfen konnte, hatte sie sich mit Paracetamol selbst behandelt. In Großbritannien grassierte eine Grippe, und die Ärzte verschrieben den Patienten die üblichen Medikamente gegen Fieber und Schmerzen. Jetzt, während Mark am Check-in-Schalter die Formalitäten erledigte, war schwerlich der geeignete Zeitpunkt, sich zu beklagen.

Helen unterdrückte den Hustenreiz, so gut es ging. Sie wollte nur noch eins: so schnell wie möglich nach Hause, nach Auckland, um dort ihren Hausarzt aufzusuchen.

Als endlich ihr Handgepäck durchleuchtet wurde, war es achtzehn Uhr am Sonntagnachmittag – sieben Uhr am Montagmorgen im heimischen Neuseeland. Mark dachte an Jane, seine und Helens Tochter, und ihren Schwiegersohn Bruce. Die beiden waren sicher schon auf und machten sich für eine neue Arbeitswoche fertig. Mark wählte ihre Nummer.

Jane nahm den Anruf entgegen, und Mark schilderte ihr die Situation. »Wir werden uns verspäten. Hier herrscht das totale Chaos. Erkundigt euch vorsichtshalber nach den Ankunftszeiten, ehe ihr euch morgen auf den Weg zum Flughafen macht. Weiß der Himmel, wann wir an Bord können. Sag bitte auch Steven Bescheid. Er wollte vorbeikommen und uns abholen.«

Es hatte weitere Verspätungen gegeben. Endlich, gegen einundzwanzig Uhr – neun Stunden nach ihrer Ankunft in London Heathrow – donnerte das Flugzeug über die Startbahn und stieg hinauf in den dunklen, regenverhangenen Himmel. Sie waren müde, hungrig und wütend. Ihre Stimmung wurde nicht gerade besser angesichts der Tatsache, dass man ihnen Sitze im hinteren Teil der Maschine zugewiesen hatte und dass der Passagier neben ihnen ausgerechnet der sich ständig beklagende Hochschuldozent war, den sie bereits in der Warteschlange vor dem Check-in-Schalter hatten ertragen müssen.

»Bitte entschuldigen Sie die Verspätung«, verkündete ein Pilot mit verbindlicher Stimme. »Leider ist auch die Crew eines Flugzeugs nicht vor Krankheiten gefeit.«

»Schon wieder Faulpelze, die ihre Weihnachtsferien verlängern«, schimpfte der Dozent.

Nachdem das Essen serviert und die Kabinenbeleuchtung gedimmt worden war, dösten Mark und Helen unruhig vor sich hin oder taten zumindest so, als würden sie schlafen. Alles, wirklich *alles* war besser, als diesem Dummkopf zuhören zu müssen, der offenbar die Absicht hatte, sich von dem Preis für seinen Flugschein so viel wie möglich in Gestalt kostenloser Drinks zurückzuholen.

Das Einschlafen war für Helen und Mark noch schwieriger als sonst: Ein Teil des Passagierraums hinter ihnen war zwar als Ruhebereich für die Besatzung abgetrennt, nur gab es dort keine Ruhe, im Gegenteil: Dort herrschte ein ständiges Kommen und Gehen, begleitet von leisen, aufgeregt murmelnden Stimmen.

Was geht da vor sich?, fragte Mark sich müde.

Zwei Stunden vor der Landung in Singapur wurde die Kabinenbeleuchtung wieder eingeschaltet und das Frühstück serviert.

Der Dozent war bald wieder in seinem Element. »Ich weiß gar nicht, warum diese Leute sich überhaupt die Mühe gemacht haben, auf zusätzliche Besatzungsmitglieder zu warten«, schimpfte er und wies mit dem Daumen über die Schulter auf den abgetrennten Bereich. »Statt zu arbeiten, schläft die Hälfte von denen da hinten. Kein Wunder, dass der Service so grottenschlecht ist.«

Kurz nach dem Start in Singapur verschlechterte sich Helens Zustand. Je länger die Reise dauerte, desto schlimmer wurde es. Sie hustete ununterbrochen, bekam hohes Fieber und Atemnot. Eine Flugbegleiterin brachte ihr eine Sauerstoffflasche und eine Maske, doch die Linderung war nur vorübergehend.

Elf Stunden nach dem Start in Singapur ging die Maschine in den Landeanflug auf den Auckland International Airport, was den Passagieren einen herrlichen Blick auf das funkelnde Meer vor dem Oneroa Beach gewährte. Mark musste an den Morgen vor fast dreißig Jahren denken, als er aus Großbritannien nach Neuseeland gekommen war, um in die Firma seines Bruders Christopher einzusteigen. Wäre es ihnen gelungen, auch ihren jüngeren Bruder Paul zum Eintritt in die Firma zu bewegen, würde heute die ganze Familie in Neuseeland leben, und Helen wäre dieser Alptraum von Reise erspart geblieben.

Mark betrachtete seine Frau mit wachsender Besorgnis. Für jede der vergangenen elf Stunden schien sie ein Jahr gealtert zu sein.

»Der Zustand meiner Frau verschlechtert sich«, sagte Mark zu einer Flugbegleiterin, als diese vorbeikam, um zu überprüfen, ob die Sicherheitsgurte richtig angelegt waren.

»Ich kann nichts mehr für sie tun!«, erwiderte die Stewardess schroff, bereute ihre Unhöflichkeit aber im gleichen Moment. »Tut mir leid, Sir. Es dauert nicht mehr lange. Wir haben bereits einen Rettungswagen angefordert, der sofort nach der Landung an das Flugzeug heranfahren wird.«

Kurze Zeit später kam Helen ein wenig zu Atem. Mark

nahm ihre Hand und drückte sie beruhigend. »Nur noch ein paar Minuten«, flüsterte er ihr zu. »Bald hast du's geschafft.«

Kurz vor zehn Uhr am Dienstagmorgen glitt die Maschine über den Manukau Harbour und setzte sanft auf der Landebahn von Mangere auf. Der Dozent, der eifrig mitgeholfen hatte, die Bordbar zu leeren, schien mit einem Mal sehr angetan zu sein von der Fluggesellschaft: Er applaudierte und ermunterte andere Passagiere, es ihm gleichzutun. Mark blickte durchs Fenster zum Terminal, wo hoffentlich Jane mit den Enkelkindern Zach und Nicole auf sie wartete. Vielleicht war auch Steven gekommen, Marks Sohn, um seine Eltern abzuholen.

Das Flugzeug hielt unvermittelt neben zwei großen Zelten, und eine mobile Gangway rollte zum vorderen Ausgang. Mark war erleichtert, als er neben den Zelten einen Rettungswagen erblickte. Trotzdem fragte er sich, weshalb die Maschine nicht bis zum Terminal gerollt war. »Hoffentlich gibt es hier nicht auch noch Schwierigkeiten«, murmelte er.

Helen öffnete die Augen.

»Wie fühlst du dich?«, fragte Mark.

Sie antwortete nicht, schüttelte nur schwach den Kopf, ehe sie die Augen wieder schloss.

Im Nu war der Gang verstopft von Passagieren, die sich nach ihrem Handgepäck in den Fächern über den Sitzen reckten und zum Ausgang drängten. In Mark stieg Verzweiflung auf. Helen brauchte dringend ärztliche Hilfe, so schnell wie möglich, doch ihm blieb keine andere Wahl, als zu warten.

Die Passagiere drängten durch den Mittelgang und die Stufen der Gangway hinunter. Unten wurden sie in Empfang genommen und in das größere der beiden Zelte geführt. Sobald sie von Bord waren, verließ auch die Besatzung beinahe fluchtartig die Maschine und wurde in das kleinere Zelt gebracht.

Mark wartete nervös auf die Rückkehr der Flugbegleiterin, damit sie ihnen helfen konnte, doch die Frau ließ sich nicht mehr blicken.

Hatte man ihn und Helen alleingelassen? Was hatte das alles zu bedeuten?

In der Stille des leeren Flugzeugs war Helens mühsames Atmen noch viel deutlicher und beängstigender zu hören, und doch war es nicht das einzige Geräusch. Es gab eine Art Echo, wie Mark plötzlich bemerkte: Die gleichen keuchenden Geräusche waren auch im hinteren Teil des Passagierraums zu vernehmen, hinter der Abtrennung für die Besatzung.

Mark erhob sich, eilte durch den Mittelgang und schlug den Vorhang zur Seite.

Er schnappte nach Luft, so grauenhaft war der Anblick. Vor ihm saßen vier Besatzungsmitglieder mit geisterhaft weißen, starren Gesichtern. Sie waren tot. Ein fünftes Besatzungsmitglied kämpfte wie Helen um sein Leben.

Mark schauderte beim Anblick der Leichen. Mein Gott, was war hier los? Gehetzt blickte er durch ein Seitenfenster nach draußen. Einige Passagiere hatten das große Zelt verlassen und stritten sich mit medizinischem Personal in langen Overalls und mit Gesichtsmasken, wobei sie heftig gestikulierten. Plötzlich löste sich eine kleine Gruppe von Passagieren und rannte in Richtung Terminal davon. Sekunden später heulten Sirenen, und Militärfahrzeuge jagten über das Vorfeld heran. Die flüchtigen Passagiere, unter ihnen der Dozent, blieben wie angewurzelt stehen, als die Fahrzeuge hielten. Bewaffnete Soldaten in ABC-Schutzkleidung sprangen heraus, reihten sich vor den Passagieren auf und versperrten ihnen den Weg zum Terminal.

Der Dozent, offenbar mutig geworden vom reichlich genossenen Alkohol, beschloss, seinen Weg fortzusetzen. Soldaten riefen ihm warnend zu, stehen zu bleiben, doch er stieß sie unwirsch beiseite.

Ein Schuss peitschte. Der Mann brach zusammen und rührte sich nicht mehr.

Mit einem Mal dämmerte Mark die schreckliche Wahrheit.

Er wandte sich um, ließ die Toten und den Sterbenden hinter sich und kehrte zu seiner Sitzreihe und zu Helen zurück. Tränen strömten ihm über die Wangen. Er beugte sich über seine Frau, um sie aus dem Sitz zu heben und zum wartenden Rettungswagen zu tragen. Doch er kam zu spät.

Helen war tot.

2

Familie Owen war an jenem Dienstagmorgen sehr früh wach. Bruce war als Erster aus dem Bett. Er duschte und machte sich daran, das Frühstück für sich und Jane zuzubereiten. Es war ein tägliches Ritual: Sie frühstückten gemeinsam im Bett, ehe Bruce das Haus verließ und zur Arbeit ging und bevor Zach und Nicole, ihre beiden Kinder, aufwachten.

Als Bruce das Frühstück machte, überprüfte Jane die Ankunftszeiten auf dem Auckland Airport. Noch im Halbschlaf ließ sie ihren Homecomputer vorher ausgewählte Webseiten anwählen in der Erwartung, dass die Seiten auf dem großen Schirm an der Schlafzimmerwand erscheinen würden. Jane rieb sich ungläubig die Augen: Sämtliche angezeigten Webseiten waren leer.

Sie schaltete den Fernseher ein und zappte zu einem Nachrichtenkanal. Eine Eilmeldung besagte, dass das World Wide Web aufgrund eines extrem gefährlichen Computervirus zusammengebrochen sei. So bedrohlich es sich anhörte – es erklärte zumindest, warum die ausgewählten Webseiten leer waren.

Jane versuchte es mit der ältesten Kommunikationsform, die ihre integrierten Systeme zur Verfügung stellten, dem Teletext. Doch die Informationsseiten mit den Ankunftszeiten für den Flughafen Auckland gaben merkwürdige Auskünfte: Die meisten Flüge waren gestrichen. Gott sei Dank stand die Maschine, mit der Janes Eltern nach Neuseeland zurückkehren würden, noch auf der Anzeigetafel. Jane überprüfte die Abflugseiten: Sämtliche internationalen Flüge waren gestrichen.

Was hatte das alles zu bedeuten?

Als Bruce mit dem Frühstück ins Schlafzimmer kam, schaltete Jane zurück zur Dauer-Nachrichtensendung.

»Das ist merkwürdig«, sagte sie, während sie ihren Tee und den Toast nahm. »Der Flugbetrieb am Auckland Airport ist völlig zum Erliegen gekommen, aber in den Nachrichten wird kein Wort darüber gesagt.«

Bruce zuckte die Schultern. Jane bedachte ihn mit einem besorgten Blick und fühlte seine Stirn, die glühend heiß war. »Warum nimmst du nicht einen Tag frei und kurierst dich aus?«

Bruce schüttelte den Kopf. »Wir sind knapp besetzt. Die halbe Abteilung ist krank. Ich muss zur Arbeit.«

Jane wusste, dass er lieber zu Hause geblieben wäre. Dauernd sagte er ihr, wie wunderschön sie sei und wie schwer es ihm fiele, zur Arbeit zu fahren und sie allein zu lassen. Dennoch – und obwohl er sich nicht gut fühlte – wollte er in die Firma. Jane ließ ihn nur ungern gehen, doch sie kannte sein Pflichtgefühl.

Ein paar Minuten nachdem Bruce das Haus verlassen hatte, meldete sich Janes Bruder Steven aus der Baufirma, wo er als Tischler arbeitete.

»Das Internet ist zusammengebrochen, Jane«, sagte er. »Wir können keine Mails mehr rausschicken. Ich muss mit dem Lastwagen los, um Bauholz zu besorgen. Keine Chance, Mom und Dad am Flughafen abzuholen. Bestell ihnen alles Liebe von mir. Sag ihnen, ich komme nach der Arbeit bei ihnen zu Hause vorbei.«

Um kurz nach neun war Jane mit den Kindern unterwegs zum Flughafen. Als sie von der Autobahn abfuhren, begann die sechsjährige Nicole, ihren älteren Bruder Zach zu ärgern. Nicole war ein Wildfang mit frechem Gesicht und kurz geschnittenem Haar. Obwohl der sensible Zach zwei Jahre älter war, ließ er sich von seiner kleinen Schwester immer wieder schikanieren.

Jane rettete ihren Sohn vor weiterer Folter, indem sie streng sagte: »Das reicht jetzt!«

Der Parkplatz vor dem Flughafen war fast leer. Die Fluglinien hatten gemeinsam mit den Reisebüros in einer nächtlichen Kraftanstrengung so viele Reisende wie möglich kontaktiert und sie darüber informiert, dass sämtliche Auslandsflüge bis auf Weiteres ausgesetzt worden waren. Nur ein paar verwirrte Fluggäste, die man offenbar nicht informiert hatte, liefen ziellos umher, während nervöse Besucher auf Angehörige warteten, die sich an Bord landender Maschinen befanden. Viele von ihnen reagierten schockiert, als man ihnen mitteilte, dass die Flüge ersatzlos gestrichen worden waren.

Jane seufzte erleichtert, als sie erfuhr, dass die Maschine mit ihren Eltern an Bord in Kürze erwartet wurde. Sie hatte nur wenige Minuten bis zur Landung, also nahm sie die Kinder mit hinauf zum Beobachtungsdeck in der dritten Etage. Die Kinder bestaunten den riesigen Jet, in dem ihre Großeltern saßen, als er kurz darauf anflog und sanft aufsetzte.

Jane erwartete, dass das Flugzeug zum Terminal rollen würde, doch zu ihrer Verwunderung hielt es am anderen Ende des Flughafens neben zwei großen Zelten. Die Maschine war zu weit entfernt, als dass man erkennen konnte, was vor sich ging. »Was hat das denn zu bedeuten?«, murmelte Jane.

»Großmutter hat uns bestimmt Geschenke mitgebracht«, sagte Zach.

»Frag sie bloß nicht danach, hörst du!«, sagte Jane, deren Angst sie gereizt machte.

»Seht nur!«, rief Nicole. Sie hüpfte erregt auf und ab und zeigte auf einen Konvoi von Militärfahrzeugen, die plötzlich hinter den Terminalgebäuden aufgetaucht waren. Noch während Jane und die Kinder beobachteten, schalteten die Fahrzeuge ihre Blaulichter ein und beschleunigten in Richtung des

Flugzeugs und der Zelte. Zur gleichen Zeit erschienen zwei Sicherheitsmänner und ordneten an, das Beobachtungsdeck unverzüglich zu räumen.

»Was ist denn los?«, fragte Jane verwirrt.

»Gleich kommt eine Lautsprecherdurchsage!«, antwortete einer der Männer lautstark und hörbar nervös über die drängenden Fragen besorgter Angehöriger hinweg.

Jane führte die Kinder zum Lift. Sie waren auf halbem Weg nach unten, als die angekündigte Durchsage kam:

»Wir möchten sämtliche Personen, die Passagiere des Quantas-Flugs Nummer QF826 aus London und Singapur erwarten, darüber informieren, dass die Fluggäste wegen eines Krankheitsfalles an Bord unter Quarantäne gestellt wurden. In Kürze werden am Informationsschalter in der Ankunftshalle Handzettel mit Kontaktnummern sowie weiter gehenden medizinischen Informationen ausgegeben.«

»Und was ist mit unseren Geschenken?«, flüsterte Zach seiner kleinen Schwester zu, als sie aus dem Lift stiegen.

Als Jane und die Kinder ein paar Minuten später die Ankunftshalle betraten, flammte der große Bildschirm über dem Gate plötzlich auf und zeigte das Liveprogramm einer Nachrichtensendung. Die Kamera schwenkte über die Pressekonferenz im Parlamentsgebäude von Wellington und zeigte aufgeregte Journalisten. Am unteren Rand des Schirms blinkte eine hypnotische Laufschrift:

EILMELDUNG – PREMIERMINISTERIN HÄLT IN KÜRZE REDE AN DIE NATION

Jane beschloss, auf die Ansprache zu warten, anstatt sich in das Gedränge und Gewühle am Informationsschalter zu mischen.

Fünf Minuten später erschien die Premierministerin auf dem Bildschirm. Sie trat ans Rednerpult und blickte in die Kameras. Die Ankunftshalle hatte sich inzwischen nicht nur mit Angehörigen und Passagieren gefüllt, die gespannt auf den

Bildschirm blickten, sondern auch mit Taxifahrern, Flughafenarbeitern, Zollbeamten und anderen Offiziellen. Offensichtlich war irgendetwas Wichtiges im Gange.

Die Premierministerin, die seit vielen Jahren an der Spitze der Regierung stand und sonst entschlossen und optimistisch wirkte, sah an diesem Tag erschöpft und elend aus. Mit merklicher Anstrengung legte sie Zuversicht in ihre Stimme, während sie die sorgfältig ausgearbeitete Ankündigung vom Teleprompter ablas.

»Liebe neuseeländische Mitbürger«, begann sie. »Viele von Ihnen werden inzwischen bemerkt haben, dass es zurzeit Probleme mit dem World Wide Web gibt. Diese Probleme sind auf einen Computervirus zurückzuführen, der von einer terroristischen Organisation aus dem Mittleren Osten ins Netz eingeschleust wurde. Zahlreiche Computersysteme, einschließlich der öffentlichen Verwaltung, Transport- und Kommunikationssysteme, stützen sich auf Dienste, die das Internet bereitstellt. Der Ausfall des Internet ist daher kritisch. Neuseeländische Computerfachleute arbeiten bereits eng mit anderen Spezialisten weltweit zusammen, um bei der Bekämpfung des Virus zu helfen. Leider ist der Zusammenbruch des Internet besonders schwerwiegend, da es einen erneuten Ausbruch von SARS gegeben hat, dem potentiell tödlichen schweren akuten Atemnotsyndrom. In mehreren Ländern auf verschiedenen Kontinenten wurden bereits Krankheitsfälle registriert.«

Die Premierministerin verstummte kurz, ehe sie fortfuhr: »Der letzte Ausbruch von SARS wurde dank des entschlossenen Eingreifens der WHO rasch eingedämmt. Der Virusstamm, um den es jetzt geht, unterscheidet sich zwar von seinen Vorgängern, doch wir sind zuversichtlich, dass die Erfahrungen aus der vorangegangenen Epidemie wirksam dazu beitragen werden, diesen neuerlichen Ausbruch einzudämmen.

Wir werden Spezialisten-Zentren einrichten, um Personen, die sich wegen ihres Gesundheitszustands sorgen, medizinische

Hilfe zu geben. Das Gesundheitsministerium arbeitet bereits unter Hochdruck daran. Noch heute Nachmittag werden wir bekanntgeben, in welchen Orten diese Zentren eingerichtet wurden. Die Informationen werden in den morgen erscheinenden Zeitungen veröffentlicht.

Da diese beiden Ereignisse – der vorübergehende Ausfall des Internet und der Ausbruch von SARS – extrem zeitnah liegen, habe ich beschlossen, den Notstand auszurufen. Ich möchte betonen, dass es sich um eine reine Vorsichtsmaßnahme handelt und kein Grund zu übertriebener Besorgnis besteht. Im Gegenteil, indem wir den Notstand erklären, sind wir in der Lage, rasch und unbürokratisch die erforderlichen Maßnahmen zu ergreifen, damit die Situation nicht eskaliert. Wie Sie wissen, ist absolute Offenheit eines der Fundamente meiner Politik.«

Stimmengemurmel ging durch die Halle, als allgemeine Zweifel an der Ehrlichkeit von Politikern zum Ausdruck gebracht wurden. Wahrscheinlich wurden im ganzen Land ähnliche Bedenken geäußert.

Die Premierministerin fuhr fort: »Um die Verbreitung von Informationen an die Einwohner Neuseelands zu vereinfachen, haben wir beschlossen, diesen Fernsehkanal ab sofort für Verlautbarungen der Regierung zu benutzen, bis der gegenwärtige Notstand beendet wird.«

Kurze Pause, die beinahe wie ein Zögern war; dann fuhr die Stimme fort: »Da wir ehrlich zu Ihnen sein wollen, liebe Mitbürger und Mitbürgerinnen, muss ich Ihnen mitteilen, dass heute Morgen eine Maschine aus Singapur eingetroffen ist – mit einem vermutlich an SARS erkrankten Passagier an Bord. Wir haben beschlossen, vorsorglich sämtliche Passagiere und Besatzungsmitglieder, die an Bord dieses Flugzeugs waren, unter Quarantäne zu stellten, bis die Gefahr vorüber ist.

Neuseeland wird angesichts der Probleme bei der Organisation des Flugverkehrs und der Notwendigkeit, die weitere Ausbreitung von SARS einzudämmen, ab sofort seine Grenzen schließen. Es ist von großer Bedeutung, dass wir den Ernst der gegenwärtigen Lage nicht unterschätzen, doch es ist – wie ich bereits vorhin angedeutet habe – mindestens genauso wichtig, dass die Bürger unseres Landes sich verantwortungsvoll verhalten. Es gilt jetzt vor allem, Ruhe zu bewahren und nicht in Panik zu geraten. Ich danke Ihnen allen schon jetzt für Ihre Geduld und Ihre Kooperation, solange der Notstand in Kraft ist.«

Ehe die Journalisten diese Informationen verdaut hatten und Gelegenheit fanden, der Premierministerin Fragen zu stellen, war sie bereits wieder in ihrem Gefolge von Beratern verschwunden und wurde von ihnen aus dem Fernsehstudio eskortiert.

»Was ist denn los, Mom?«, fragte Nicole, während ihre Mutter darum kämpfte, nicht die Fassung zu verlieren. »Wo sind Großmutter und Großvater? Kriegen wir unsere Geschenke nicht?«

3

Nachdem er sich halbwegs gefasst hatte, kehrte Mark zu dem abgetrennten Bereich zurück und hob die erkrankte Flugbegleiterin aus dem Sitz. Als er an der Tür war, die Frau auf den Armen, kamen bereits zwei Sanitäter in Schutzkleidung die Gangway hinauf und eilten ihm entgegen. Einer der beiden nahm ihm die kranke Stewardess ab; der andere bat Mark, ihn zu Helen zu führen.

Mark hatte Mühe, seine Gefühle unter Kontrolle zu halten, als er den Sanitäter durchs Flugzeug zu seiner toten Frau führte. Der Sanitäter prüfte Helens Puls und zog ihre Lider zurück. »Es tut mir sehr leid«, sagte er dann, und seine angespannte Stimme bestätigte, was Mark bereits wusste.

»Sie müssen jetzt von Bord, Sir«, sagte der Sanitäter. »Wir holen die Toten später ab.«

Mark dachte gar nicht daran. »Ich gehe nicht ohne meine Frau.«

Der Mann ließ Mark bei Helen zurück, ging zu seinen Kollegen und sprach mit ihnen. Schließlich kamen zwei Sanitäter mit einer Bahre zum Flugzeug, während die anderen die Türklappen des großen Zelts schlossen. Die beiden Männer hoben Helen aus dem Sitz, legten sie auf die Bahre und betteten eine Decke über ihren Leichnam, der dann in das kleinere Zelt gebracht wurde. Mark wich nicht von Helens Seite. Ihr Leichnam wurde hinter einem Sichtschutz abgelegt, wo bereits die Leiche des erschossenen Hochschuldozenten lag.

Mark wurde vor die Abtrennung gebracht, wo er sich erschöpft in einen Sessel fallen ließ. Er beobachtete, wie die Leichen der vier Flugbegleiter ebenfalls von Bord geholt und in einer Reihe neben den beiden anderen Toten aufgebahrt wurden.

Allmählich befreite Mark sich aus seiner Lethargie und nahm seine Umgebung genauer in Augenschein. Das Zelt war den Umständen entsprechend gut ausgestattet. Es gab sogar eine Fernsehecke und eine Cafeteria. Soldaten in Schutzanzügen und mit Atemmasken bildeten einen Sicherheitskordon. Selbst die Köche und das Bedienungspersonal in der Cafeteria trugen Atemmasken. Am anderen Ende des Zelts war ein Ärzteteam in Schutzkleidung damit beschäftigt, die Überlebenden der Flugzeugbesatzung zu untersuchen.

Nach einer Weile kam der Kopilot zu Mark. »Ich möchte mich entschuldigen, dass wir Sie allein an Bord zurückgelassen haben, Sir«, sagte er. »Aber unsere Befehle lauteten, die Maschine zu evakuieren und Sie zunächst in Ruhe zu lassen. Wir alle standen unter Schock. Wir haben während des Fluges mehrere gute Freunde verloren.« Mark nickte verständnisvoll. »Die Ärzte würden Sie gerne untersuchen, Sir, sobald Sie sich dazu imstande fühlen«, fügte der Kopilot hinzu.

»In Ordnung«, sagte Mark.

»Danke, Sir.« Der Kopilot eilte zu den verbliebenen Mitgliedern seiner Besatzung zurück.

Mark war nicht versessen darauf, sich untersuchen zu lassen. Er wollte bloß in Helens Nähe sein. Durch die Zeltwand lauschte er dem Stimmengewirr der anderen Passagiere. Dann wurde das Geräusch durch die erhobene Stimme eines Offiziellen unterbrochen.

»Ladies and Gentlemen, ich bitte um Aufmerksamkeit!«, rief der Mann. Rasch erstarb das Stimmengewirr. »Mein Name ist Dr. Pryor. Würden Sie bitte Ihre Plätze einnehmen? Dann gebe ich Ihnen eine kurze Zusammenfassung der jüngsten Ereignisse.«

Mark hörte das Scharren von Stuhlbeinen auf Holzfußboden. Als Stille eingekehrt war, begann Pryor: »Danke sehr. Als Erstes möchte ich Ihnen die Aufzeichnung einer Rede der Premierministerin vorspielen, die sie vor kurzem gehalten hat …«

Die Sendung lief gleichzeitig auf beiden Fernsehern in beiden Zelten. Im kleineren Zelt, in dem Mark saß, standen die Flugzeugbesatzung, Ärzte, Sanitäter, Krankenschwestern und das Cafeteria-Personal in kleinen Gruppen zusammen und verfolgten die Ansprache. Nur die Soldaten schauten nicht auf den Bildschirm – sie behielten die anderen Insassen des Zelts im Auge.

Als die Ansprache geendet hatte, herrschte sekundenlang Stille. Dann setzte im großen Zelt erregtes Stimmengewirr ein.

»Ich bin sicher«, rief Pryor über die Stimmen hinweg, »Sie alle haben erkannt, dass es Ihre Maschine ist, von der die Premierministerin gesprochen hat. Ich muss Ihnen darüber hinaus mitteilen, dass ein Passagier sowie ein Besatzungsmitglied während des Fluges erkrankt sind. Derzeit werden medizinische Untersuchungen vorgenommen, um festzustellen, ob diese beiden Personen sich mit SARS infiziert haben.«

Wieder war im anderen Zelt erregtes Stimmengewirr zu hören. Mark sprang wütend auf und wollte die Wahrheit hinausschreien, doch ein Soldat trat vor und richtete drohend die Waffe auf ihn.

»Es ist äußerst wichtig, dass die Passagiere nicht in Panik geraten!«, rief einer der Sanitäter hastig.

Widerstrebend nahm Mark wieder Platz. Der Soldat ließ die Maschinenpistole sinken und trat zögernd zurück. Durch die Zeltwände hindurch hörte Mark, wie Pryor seine Ansprache fortsetzte.

»Wie die Premierministerin in ihrer Mitteilung verlauten ließ, hat Neuseeland heute seine Grenzen geschlossen. Der Flughafen von Auckland wird bis auf Weiteres gesperrt. Auf Anraten des Gesundheitsministeriums wird im Terminal eine provisorische Isolierstation eingerichtet.« Erneut lautes Stimmengewirr im Nachbarzelt.

»Wir haben sehr viel Platz im Terminalgebäude – weit mehr als in einer normalen Quarantänestation. Sämtliche notwendigen Einrichtungen sind vorhanden oder werden herbeigeschafft, um sicherzustellen, dass Sie unter den gegebenen Umständen so komfortabel wie möglich untergebracht sind.«

»Was ist mit medizinischer Versorgung?«, rief ein Passagier.

»Während ich zu Ihnen spreche«, erwiderte Dr. Pryor, »wird neben dem Terminalgebäude ein Feldlazarett errichtet.«

»Wo ist die Besatzung?«, rief ein anderer Passagier.

»Die Besatzung steht in einem eigenen Zelt unter Quarantäne, da sie Kontakt mit dem erkrankten Passagier hatte.«

Die Flugbegleiterinnen und Mark blickten einander an.

»Warum funktionieren unsere Handys nicht?«, wollte jemand wissen.

»Die Mobilfunknetze sind infolge des ausgefallenen Internets zusammengebrochen, sodass …«

Eine gebieterisch klingende Stimme schnitt Pryor das Wort ab. »Ich bin Brigadier Fotherby, der Zivilschutz-Koordinator für dieses Gebiet. In ungefähr einer Stunde werden wir zum Terminal umziehen. Bis dahin werden drei Ärzteteams sämtliche

Passagiere vorläufig untersuchen. Eltern mit Kindern begeben sich bitte zum anderen Ende des Zelts in den grünen Bereich. Falls jemand gesundheitliche Probleme hat, begibt er sich in die Mitte des Zelts, in den roten Bereich. Die restlichen Passagiere begeben sich zu diesem Ende des Zelts. Sie werden der Reihe nach in den blauen Bereich gerufen.«

Brigadier Fotherby strahlte die Autorität und Gelassenheit aus, die erforderlich war, um die Lage zu entspannen. Stühle wurden gerückt, als Passagiere sich erhoben und sich gehorsam in die zugewiesenen Bereiche begaben.

Mark blickte dem Sanitäter vor ihm in die Augen. »Was hat das alles zu bedeuten?«, fragte er.

»Ich weiß auch nicht mehr als das, was man Ihnen erzählt hat.«

Mark spürte, dass der Mann log. »Hören Sie.« Mark senkte die Stimme, sodass der Soldat, der danebenstand, nichts mitbekam. »Ich weiß, dass man mich nicht zu den anderen Passagieren lässt, weil ich nicht mit ihnen reden soll. Es gibt also keinen Grund, mir die Wahrheit vorzuenthalten. Meine Frau ist vorhin gestorben. Ich habe ein Recht, alles zu erfahren.«

Der Sanitäter führte Mark zur Kaffeemaschine, wo die Soldaten nicht hören konnten, was er sagte. »In den letzten paar Stunden ist es weltweit zu mehr als fünftausend Todesfällen gekommen«, vertraute er Mark an.

Mark überlief es eiskalt. »Ist es tatsächlich SARS?«

»Eine Form von SARS. Sie sollten sich um Ihrer eigenen Gesundheit willen von den Ärzten untersuchen lassen, Sir.«

4

Auf dem Informationsblatt, das Jane bekommen hatte, stand eine gebührenfreie Service-Nummer. Sie wählte diese Nummer von ihrem Handy aus – um sich von einer Computerstimme anhören zu müssen, dass detaillierte Informationen im Lauf des Tages zur Verfügung stünden.

Jane versuchte, ihren Vater übers Handy anzurufen.

»Die von Ihnen gewählte Nummer ist zurzeit nicht vergeben«, meldete eine weitere Stimme vom Band. Jane schüttelte verständnislos den Kopf. Zumindest zur Mailbox ihres Vaters hätte sie durchkommen müssen. Nervös geworden, rief sie Bruce im Büro an.

»Hallo, Jane«, meldete sich die Sekretärin am Empfang. »Bruce ist vor einer Stunde nach Hause gefahren. Er fühlte sich nicht gut. Die verflixte Grippe – die halbe Belegschaft liegt krank im Bett.«

Jane rief zu Hause an.

»Nein, ich bin nicht krank«, beruhigte Bruce sie. »Ich mache blau. Die Computer sind ausgefallen, und ohne sie kann ich meinen Job nicht machen, also bin ich nach Hause gefahren. Wie geht es deinen Eltern?«

»Hast du noch keine Nachrichten gehört?«

»Nachrichten? Wieso?«

»Es hat einen weiteren Ausbruch von SARS gegeben. Mom und Dad wurden unter Quarantäne gestellt. Hör mal, ich kann nicht länger reden«, sagte sie, als mehrere Sicherheitskräfte in der Halle erschienen und das Terminalgebäude räumten. »Ich bin bald wieder zu Hause.«

Während Jane in der Fahrzeugschlange stand und darauf wartete, dass die Wagen vor ihr vom Parkplatz fuhren, erschien ein Konvoi aus Armeelastern. Die Fahrzeugschlange wurde angehalten und musste warten, bis der Konvoi vorbei war. Jane nutzte die Gelegenheit, um ihren Bruder Steven anzurufen und ihn über die Situation ihrer Eltern zu informieren.

»Ich komme nach der Arbeit bei euch zu Hause vorbei«, versprach Steven. »Dann können wir gemeinsam überlegen, was wir als Nächstes tun.«

In der Zwischenzeit hatte Mark sich so weit erholt, dass er den Arzt aufsuchen konnte.

»Es tut mir sehr leid wegen Ihrer Frau«, sagte der Arzt, als Mark Platz nahm. »Wenn ich es richtig verstanden habe, zeigte sie am Mittwoch nach Ihrer Ankunft in England die ersten grippeähnlichen Symptome, nicht wahr?«

»Wie kommen Sie darauf? Jane hat mir gegenüber nie etwas in der Richtung erwähnt.«

»Es steht in ihrem Tagebuch«, sagte der Arzt und zog das kleine Büchlein unter einem Stapel Papiere in seinem Aktenkorb hervor.

»Was machen Sie mit dem Tagebuch meiner Frau?«, empörte sich Mark.

»Bitte entschuldigen Sie«, erwiderte der Arzt verlegen. »Aber wir müssen schnell eine Antwort finden. Dieser Ausbruch könnte jeden treffen, auch Ihre Kinder und Enkelkinder.« Er klopfte auf das Tagebuch, wie um anzudeuten, dass er intimes Wissen über Marks Familie besaß. »Ich brauche Ihre Hilfe.«

Mark hörte die Verzweiflung in der Stimme des Arztes, und seine Wut verflog. Der Mann hatte recht: Jetzt galt es, alles zu tun, um Jane, Steven und ihren Kindern zu helfen.

»Sie sind mit Ihrer Frau gemeinsam nach London gereist?«, fragte der Arzt.

»Ja.«

»Waren Sie in den Tagen vor Reiseantritt mit Ihrer Frau zusammen?«

»Ja, die meiste Zeit. Wir machen alles … wir haben alles gemeinsam gemacht.«

»Und nachdem Sie in London eingetroffen waren?«

Mark nickte. »Die ganze Zeit.«

»Wie sieht es mit Ihrer eigenen Gesundheit aus?«

»Alles bestens. Nur nach der Landung in London hatte ich mich ein bisschen unwohl gefühlt.«

»Wann genau war das?«

Mark überlegte kurz. »An dem Tag, an dem wir mit meinem Bruder Paul zum Essen waren … Mittwoch, der sechzehnte.«

»Also genau der Tag, an dem Ihre Frau sich zum ersten Mal krank fühlte. Wie sahen die Symptome aus? Erinnern Sie sich?«

»Ähnlich wie bei der Grippe. Am nächsten Tag war alles wieder in Ordnung.«

»Ich würde gerne Ihre Temperatur messen.«

Der Arzt beugte sich vor und hielt Mark ein Infrarotthermometer ins Ohr. »Erstaunlich! Siebenunddreißig Grad!«

»Das ist doch nicht ungewöhnlich«, sagte Mark.

»Oh doch. Wenn man weit und breit der einzige Mensch mit dieser Körpertemperatur ist«, entgegnete der Arzt. »Wenn Sie erlauben, würde ich gerne eine Blutprobe von Ihnen nehmen.«

Kurz nach vierzehn Uhr kam Jane nach Hause. Sie fand Bruce im Wohnzimmer vor, wo er aufmerksam die Nachrichten im Fernsehen verfolgte.

»Hi«, sagte er. Normalerweise wäre er aufgesprungen, hätte sie auf die Wange geküsst und ein paar Minuten mit den Kindern herumgetollt. Heute war er ganz in die Nachrichten vertieft.

»Wie fühlst du dich?«, fragte Jane.

»Ganz gut«, antwortete er, ohne den Blick vom Bildschirm zu nehmen. Jane spürte, dass er ihr nicht die Wahrheit sagte.

»Ich mache uns eine Tasse Tee«, sagte sie leise und schickte die Kinder nach draußen in den Garten zum Spielen. Als der Tee fertig war, setzte sie sich zu Bruce aufs Sofa und strich ihm mit den Fingern durchs Haar.

»Du glühst ja!«, sagte sie erschrocken.

»Quatsch«, sagte er missmutig. »Ich komm schon wieder auf die Beine.«

Doch Jane wusste genau, wie krank er sich fühlen musste: Normalerweise war Bruce ein sanfter und freundlicher Mann, der nur dann ungehalten reagierte, wenn er sich nicht wohl fühlte.

»Diese SARS-Geschichte ist eine ziemlich ernste Sache«, fuhr er fort und deutete auf den Bildschirm, auf dem nun der Gesundheitsminister zu sehen war, der eine Rede an die Neuseeländer hielt.

»... inzwischen wurden eine Reihe von SARS-ähnlichen Erkrankungen in Neuseeland bestätigt«, erklärte der Minister. »Die Regierung arbeitet an der Errichtung spezieller Zentren zwecks Diagnose und Behandlung der Seuche. Eine weitere Verlautbarung mit den Adressen der jeweiligen Zentren wird heute Abend zu einem späteren Zeitpunkt ausgestrahlt. Bis dahin werden sämtliche Personen mit grippeähnlichen Symptomen, wie schwach sie auch sind, dringend gebeten, in ihren Wohnungen zu bleiben und den Kontakt mit anderen Personen zu meiden.«

»Wie soll das denn gehen? Das ist völlig unmöglich«, murmelte Bruce. »Die Hälfte aller Leute, die ich kenne, hat die Grippe.«

Das Telefon läutete. Jane nahm den Anruf entgegen und reichte Bruce den Hörer. »Es ist Natalie, aus dem Büro.«

»Hallo, Natalie ... ja ... nein ... wann? Sind Sie sicher? Gut, ich ruf Sie morgen an, dann entscheiden wir, was zu tun ist.«

»Was ist passiert?«, fragte Jane, nachdem Bruce aufgelegt hatte. Er war plötzlich leichenblass im Gesicht.

»Andy, unser Vorarbeiter, ist gerade eben gestorben. Dabei hat er sich gestern erst krankgemeldet.«

»Du musst zu einem Arzt«, sagte Jane entschieden und wählte die Nummer der Notfallpraxis, doch die Leitung war besetzt.

»Keine Sorge, das wird schon wieder«, sagte Bruce. »Ich leg mich ein bisschen hin.«

Sobald er im Bett war, wählte Jane erneut die Nummer des Notdienstes. Immer noch besetzt. Sie rief ihren Bruder Steven an. »Bruce ist krank, Steven. Ich mache mir große Sorgen. Einer seiner Arbeitskollegen ist heute gestorben. Ich habe Angst, es könnte SARS sein.«

»Ich komme gleich bei dir vorbei.«

»Nein«, sagte sie rasch. »Wenn wir unter Quarantäne gestellt werden, brauchen wir jemanden, der sich um Mom und Dad kümmert.«

Zuerst schien Steven nur zögernd bereit, auf ihre Bitte einzugehen. »Hier sieht es ähnlich schlimm aus«, sagte er. »Alle schauen sich die Nachrichten an. Ein Viertel vom Personal ist krank, und von den anderen ist die Hälfte nach Hause gegangen, um bei ihren Familien zu sein. Ich ruf dich später wieder an.«

Als Jane endlich zum ärztlichen Notdienst durchkam, klang die Sprechstundenhilfe gestresst und teilte ihr mit, dass Bruce' Hausarzt selbst krank und zu Hause wäre. Sie bot Jane einen Termin in drei Tagen bei einer Vertretung an. So lange konnte Bruce unmöglich warten, doch Jane ließ sich den Termin trotzdem geben.

Um halb fünf wurden die Passagiere aus dem großen Zelt endlich in Bussen zum vorbereiteten Terminal gefahren. Das Ergebnis der Bemühungen des Zivilschutzes war beeindruckend. Innerhalb weniger Stunden hatte eine Legion bewaffneter Milizen und Freiwilliger den ersten Stock eines Flugsteigs in eine vollständig ausgestattete Isolierstation verwandelt. Es war eine gute Wahl gewesen: Die Etage schloss die Duty-free-Shops ein, die Abflughallen und – das Wichtigste – die Restaurants und Cafeterien. Ein ganzer Trupp Armeeköche hatte die Küche des größten Restaurants in Beschlag genommen. Allerdings hatten die meisten Passagiere kein Interesse an Essen; sie fielen erschöpft auf die Feldbetten, von denen mehrere Reihen bereitstanden.

Eine halbe Stunde später standen Mark und die überlebenden Besatzungsmitglieder schweigend auf einem Stück Rasen hinter den Zelten und beobachteten ernst, wie Soldaten die sechs Särge in frisch ausgehobene Gräber senkten. Ein Militärgeistlicher las eine kurze Trauermesse, doch Mark war zu betäubt, um aufzunehmen, was gesagt wurde.

Anschließend wurden er und die Besatzung ebenfalls zum Terminalgebäude gefahren – in einen separaten Bereich im ersten Stock, abgeschottet von den anderen Passagieren. Auch sie ließen sich erschöpft auf die frisch gemachten Betten fallen. Mark fiel in einen unruhigen Schlaf, immer wieder gestört von Bildern geisterhaft weißer Gesichter, die ihn aus toten Augen anstarrten.

5

Am Mittwoch lag Mark bis neun Uhr im Bett. Die meiste Zeit war er wach, starrte an die Decke, dachte an Helen und machte sich Vorwürfe, weil er nicht schon in England erkannt hatte, wie krank sie war.

Er erinnerte sich an den vorangegangenen Samstagabend, als sie anlässlich eines Familientreffens im Halfway House gegessen hatten, einem Pub aus dem sechzehnten Jahrhundert am Stadtrand von Sevenoaks, dreißig Kilometer südlich von London. Helen hatte den ganzen Abend gehustet, doch Mark hatte sich zu sehr über das Treffen mit seinen Verwandten gefreut, als dass er groß darauf geachtet hätte. Er hatte sich eingestehen müssen, dass es in England Menschen gab, die er in Neuseeland schmerzlich vermisste.

Einer dieser Menschen war Margaret, seine Tante, neben der er an dem Abend gesessen hatte. Sie war alt und gebrechlich, das Haar dünn und weiß, doch ihre Fröhlichkeit und ihr Lachen waren ansteckend. Niemand, der dieses Lachen hörte, konnte sich vorstellen, welche Schmerzen die Arthritis ihr bereitete. Erst wenn sie aufstand, sich auf ihren Gehstock stützte und sich mit an den Beinen festgeschnallten Stahlschienen in ihren orthopädischen Stiefeln vorwärtsquälte, konnte man erahnen, wie sehr sie litt.

»Na, altes Haus, wie stehen die Dinge in den Kolonien?«, fragte Marks Vetter Nigel Chatfield, wobei er unhöflich die angeregte Unterhaltung störte, die Mark und Helen mit Tante Margaret geführt hatten. Nigel war übergewichtig und aufgedunsen vom trägen und üppigen Leben, den seine Position als Direktor einer Wasserversorgungsgesellschaft ihm ermöglichte. Er war fast kahl und hatte die wenigen verbliebenen Strähnen sorgfältig quer über den Schädel gekämmt in dem vergeblichen Bemühen, eine nicht mehr vorhandene Jugend vorzutäuschen.

»Sie überleben mehr schlecht als recht«, antwortete Mark. Es fiel ihm schwer, sich seine Abneigung gegen Nigel nicht anmerken zu lassen.

Mark und Nigel waren zwei von zwölf Vettern, die Nachkommen von fünf Brüdern und Schwestern, allesamt Kinder von Claude und Cora Chatfield, und in der ersten Hälfte des zwanzigsten Jahrhunderts in Sevenoaks geboren. Wie aus dem Stammbaum hervorging, den Tante Margaret stolz Helen überreicht hatte, lag die Zahl der Nachkommen von Claude und Cora inzwischen bei weit über fünfzig Personen.

»Wo ist Annie?«, erkundigte Mark sich nach Nigels Ehefrau.

»Sie hat sich eine Grippe eingefangen und liegt im Bett«, antwortete Nigel. »Wie ich höre, fliegt ihr morgen schon wieder nach Auckland zurück. Zu schade, dass ihr es nicht geschafft habt, uns zu Hause in der Oak Hill Road zu besuchen. Vielleicht habt ihr ja Lust, noch mal vorbeizuschauen, bevor ihr abreist?« Nigel hatte den Namen der Straße betont – es war eine der vornehmsten Adressen von Sevenoaks.

»Was sind das da für leere Felder auf Nigels Seite der Familie, Tante Margaret?«, fragte Helen und zeigte auf den Stammbaum. Sie hatte die Unterhaltung absichtlich unterbrochen, um Mark eine Antwort auf die Einladung zu ersparen. »Hast du

Verwandte, von denen du uns noch gar nichts erzählt hast?«, fragte sie an Mark gewandt.

Margaret errötete.

»Lass mal sehen«, verlangte Nigel und riss Helen den Stammbaum aus den Händen. Er starrte auf das Blatt und errötete. »Wie kannst du es wagen!«, fauchte er Margaret an. »Halt dich gefälligst aus meinen Familienangelegenheiten heraus!« Er knüllte das Blatt zusammen, stopfte es in seine Tasche und stürmte wütend davon.

»Was ist denn los, Nigel?«, rief Mark ihm hinterher und sprang auf.

»Bitte nicht!«, sagte Margaret flehend. »Macht kein Aufhebens deswegen. Es war bis jetzt ein so schöner Abend.«

»Aber er hat kein Recht, so mit dir zu reden! Und er hat deinen Stammbaum!«

»Das ist nicht schlimm. Allison hat ihn auf ihrem Computer gespeichert.« Tante Margaret nickte in Richtung ihrer Tochter, die am Nachbartisch saß. »Sie kann mir gleich morgen einen neuen Stammbaum ausdrucken.«

Helen bedeutete Mark, wieder Platz zu nehmen. Zögernd und noch immer wütend, folgte er ihrer Aufforderung und trank einen Schluck.

»Warum ist Nigel so aufgebracht?«, wollte Helen wissen. Sie hatte Mühe, die Worte zwischen zwei Hustenanfällen hervorzustoßen.

Margaret tippte sich an die Nase und zwinkerte. »Familiengeheimnisse. Eines Tages erzähle ich dir alles. Oak Hill Road, du meine Güte!«, kicherte sie und wechselte geschickt das Thema. »Nigel steckt bis zum Hals in Schulden, um sein schickes Zuhause und die teuren Autos behalten zu können.«

Mark blickte zu Nigel hinüber, der mit seinen beiden ältesten Söhnen Jasper und Damian, beide Anfang dreißig, an der Theke stand. Mark war nicht sicher, welchen Weg Jasper im Leben einschlagen würde, doch Damian hatte ein Faible für

Computer. Mark hatte sich mit den jungen Männern unterhalten und war zu dem Schluss gekommen, dass sie den größten Teil der unwillkommenen Eigenschaften ihres Vaters geerbt hatten. Nach allem, was er gehört hatte, waren die beiden anderen Söhne Nigels – Zwillinge im Teenageralter, die Nigel in ein kostspieliges Internat abgeschoben hatte – nicht viel besser.

Von Nigel abgesehen war es ein erfreulicher Abend gewesen – das erste Mal seit mehr als fünf Jahren, dass Mark seine engen Verwandten wiedergesehen hatte. Viel zu schnell läutete die Messingglocke über der Theke die letzte Runde ein. Die Angehörigen der Chatfield-Familie leerten ihre Gläser, verabschiedeten sich voneinander und kehrten heim in ihre verstreut liegenden Häuser in der Grafschaft Kent.

Am nächsten Morgen war Mark noch vor Tagesanbruch aufgestanden und in der Dunkelheit aus dem Haus seines Bruders Paul geschlüpft, um zu joggen, wie meist in der Morgendämmerung. Mark war Mitglied im YMCA Marathon Club in Auckland und lief die gut zweiundvierzig Kilometer lange Strecke immer noch in drei Stunden vierzig Minuten.

Gegenüber der St. Nicholas' Church überquerte er die Straße und joggte den Hügel hinunter in den Haver Park. Dieser vierhundert Hektar große Wildpark mit dem Haver House aus dem fünfzehnten Jahrhundert war sein Lieblingsort in England. Haver war der Stammsitz der Savilles; noch heute wohnten Nachfahren der Familie dort, doch erdrückende Erbschaftssteuern hatten zur Folge, dass das Anwesen inzwischen von der Denkmalpflege verwaltet wurde.

Mark legte sich tüchtig ins Zeug, als er auf der anderen Seite den Hügel wieder hinaufrannte. Rotwild beäugte ihn neugierig, und ein Fuchs huschte aufgeschreckt ins Gebüsch.

Während er die grauen Mauern des ehrwürdigen alten Schlosses umrundete, das angeblich mehr als dreihundertfünfzig Zimmer hatte, läutete die Glocke des mittleren Turms. Es war Zeit zum Umkehren.

Drei Stunden später traten Mark und Helen ihre alptraumhafte Heimreise an.

Mark erwachte aus seinen Träumereien, zog sich an und ging die kurze, abgeschirmte Reihe von Betten entlang, wo er und die Flugzeugbesatzung in ihrem eigenen privaten Isolationsbereich untergebracht waren.

Nur zwei von ihnen waren noch hier: die Flugbegleiterin, die ihm versprochen hatte, dass nach der Landung ein Rettungswagen auf Helen warten würde, sowie der Kopilot. Sie saßen in einer kleinen Lounge. Ganz in der Nähe standen bewaffnete Soldaten in Schutzanzügen und mit Gesichtsmasken.

»Die anderen Besatzungsmitglieder wurden in ein Krankenhaus gebracht«, erklärte die Flugbegleiterin leise, als Mark sich näherte.

Der Kopilot erhob sich und hielt Mark die Hand hin. »Ich bin Peter«, sagte er. »Und das ist Natasha.«

Damit war das Eis zwischen Fluggast und Besatzung gebrochen; von nun an waren sie nur noch drei Patienten, die gemeinsam in Quarantäne steckten. Mark blickte erneut zu den Soldaten, die sie bewachten. Waren sie am Ende gar keine Patienten, sondern Gefangene?

»Wie geht es Ihnen?«, fragte Peter.

»Ganz okay. Und Ihnen beiden?«

»Wir haben Fieber, aber bis jetzt ist es noch nicht allzu schlimm«, sagte Peter. Natasha brach in Tränen aus, und Peter legte ihr tröstend den Arm um die Schultern. »Keine Angst, wir werden wieder gesund. Die Zeit ist auf unserer Seite. Ich bin sicher, die Forscher werden schon bald ein Heilmittel haben.« Er schaute zu Mark und fuhr fort: »Wir beide hatten Glück. Anfang Dezember waren wir im australischen Outback in einem Fortbildungszentrum und kamen erst Weihnachten zurück in die Zivilisation. Uns bleiben also mindestens zehn Tage mehr, auf einen wirksamen Impfstoff zu warten.«

Trotz Peters Optimismus weinte Natasha weiterhin leise. Mark schaltete den Fernseher aus – die Informationen würden ihre Niedergeschlagenheit nur schlimmer machen. Im Terminalgebäude herrschte eine unheimliche Stille. Nichts war zu hören außer dem dumpfen Brummen der Klimaanlage und einem gelegentlichen Rascheln der stets wachsamen Soldaten.

Der Mittwoch zog sich hin. Man gab ihnen eine lokale Zeitung, doch es standen keine wirklich bedeutsamen Neuigkeiten darin. Nichts außer Verfügungen der Regierung und belanglose Geschichten aus dem Archiv des Blattes. Die Armeeköche gaben ihnen zu essen, und alle vier Stunden tauchte ein Armeearzt im Schutzanzug auf und maß ihre Temperaturen. Mark wurde um weitere Blutproben gebeten.

Als es dunkel wurde, saßen die drei Internierten zusammen und spielten Karten.

»Hört mal!«, flüsterte Peter unvermittelt.

In der Ferne läutete leise ein Telefon. »Hatten Sie nicht gesagt, die Telefone sind außer Betrieb?«

Alle drei nahmen ihre Handys hervor und schalteten sie ein, bekamen aber kein Signal. Mark erhob sich und ging zu dem öffentlichen Fernsprecher in einer Ecke der Lounge.

»Die Telefone funktionieren nicht«, sagte ein Soldat und vertrat ihm den Weg.

Mark griff an dem Mann vorbei und nahm den Hörer ab. Kein Freizeichen. Enttäuscht kehrte er zu seinen beiden Begleitern zurück und schüttelte den Kopf. Wenig später – sie spielten wieder Karten – läutete das Telefon in der Ferne erneut.

»Nur mal angenommen, die Telefone funktionieren noch«, sagte Mark. »Vielleicht wurden sie nur in dieser Lounge abgestellt und unsere Handys stillgelegt, damit wir keinen Kontakt mit unseren Verwandten aufnehmen können.«

»Möglich wär's«, sagte Peter. »Man hat uns in den letzten Tagen so viele Lügen erzählt, dass ich nicht mehr weiß, was ich glauben soll und was nicht.«

Mark blickte ihn mit erhobenen Augenbrauen fragend an.

»Unser Pilot ist gestorben, ehe wir in Singapur gelandet sind. Außerdem eine unserer Flugbegleiterinnen. Am Ende hatten wir Glück, dass wir überhaupt landen und neuen Treibstoff tanken durften.«

»Ich würde gerne versuchen, ob ich es zu dem Telefon schaffe«, flüsterte Mark mit einem Blick auf die Wachsoldaten. »Aber dazu brauche ich eure Hilfe.«

Um zwei Uhr am frühen Donnerstagmorgen lag Mark wach auf seiner Pritsche. Stundenlang hatte er an die Decke gestarrt, und seine Gedanken waren immer wieder zu Helen zurückgekehrt. Noch immer quälten ihn Selbstvorwürfe. Hätte er ihren Tod verhindern können? Hinzu kamen die Sorgen um Steven und Jane, seine Enkelkinder, sowie um seine Brüder in Wellington und Sevenoaks.

Plötzlich bemerkte er aus dem Augenwinkel eine rot glühende, flackernde Spiegelung in einem der Fenster der Wartehalle.

Dann rief auch schon einer der Wachsoldaten: »Feuer!«

Ein Inferno brach los. Mark wartete, bis die trampelnde Stampede von Soldaten vorbei war; dann schlüpfte er aus dem Bett und huschte in die entgegengesetzte Richtung. Peter und Natasha hatten ihre Sache gut gemacht.

Er eilte durch den breiten Gang, vorbei an Warteräumen und Flugsteigen, und rüttelte an sämtliche Türklinken, an denen er vorbeikam. Nach fünfzig Metern endlich fand er eine unverschlossene Tür, schlüpfte hindurch und fand sich in einem Treppenhaus wieder. Er stieg in die zweite Etage hinauf.

Oben angekommen gelangte er in einen verlassenen, unbeleuchteten Bereich, in dem die Büros der Fluggesellschaften untergebracht waren. Er stolperte und tastete sich in der Dunkelheit voran und stieß auf einen Schreibtisch, auf dem ein Telefon stand. Er nahm den Hörer ab und lauschte. Ein Freizeichen ertönte. Das Leuchtdisplay seiner Uhr zeigte zwei Uhr morgens – Jane und Steven schliefen wahrscheinlich tief und fest. Mark beschloss, seinen Bruder Paul in England anzurufen.

»Chatfield Tiernahrung«, meldete Paul sich auf der Geschäftsleitung in Sevenoaks.

»Paul, ich bin's, Mark.«

»Mark! Was ist los bei euch? Christopher hat heute Morgen aus Wellington angerufen. Er erzählte mir, Jane hätte aus Auckland angerufen und gesagt, man hätte Helen und dich in Quarantäne gesteckt ...«

»Ich weiß nicht, wie lange ich reden kann«, unterbrach Mark den Redeschwall seines Bruders und erzählte ihm rasch, was geschehen war. Wenige Minuten später war Paul über Helens Tod und die Lage am Flughafen Auckland im Bilde. Im Gegenzug berichtete Paul, wie die Dinge in Sevenoaks standen. »Es gab zwei Todesfälle in der Lodge Road, und mindestens fünfzig weitere Personen in Sevenoaks sind erkrankt. Die Krankenhäuser quellen über, und das Krematorium kommt mit dem Verbrennen der Toten nicht nach.«

»Was ist mit Marion und den Mädchen?«, fragte Mark besorgt.

»Marion ist krank, und Bridgets Mann geht es auch nicht besonders. Mir fehlt nichts. Auch Cheryl und Mathew sind okay. Tante Margaret ist ebenfalls gesund; ich hab mit ihr gesprochen. Soviel ich weiß, sind alle unsere Vettern, Cousinen und deren Kinder wohlauf.«

Während Paul berichtete, hörte Mark, wie Stiefel die Treppe hinaufpolterten. Instinktiv kroch er unter den Schreibtisch, das Telefon in der Hand. »Tu mir einen Gefallen«, flüsterte er, als die Schritte lauter wurden. »Hier ist es jetzt mitten in der Nacht. Ruf Christopher an, wenn bei euch Abend ist, und erzähl ihm, was ich dir gerade gesagt habe. Er soll Jane und Steven anrufen und ihnen sagen, dass Helen gestorben ist, für den Fall, dass ich sie heute Nacht nicht erreiche.«

»Warum flüsterst du?«

Soldaten stießen die Tür auf und leuchteten mit Taschenlampen in das Büro. Mark duckte sich und hielt die Hand über den Hörer. Durch die Stille des verlassenen Büros klang Pauls aufgeregtes: »He, bist du noch da? Mark? Bist du noch dran, Mark?« Es hörte sich wie eine Stimme an, die von einer Klippe herunterrief. Zum Glück durchsuchten die Soldaten den Raum nicht genauer und zogen sich nach einem oberflächlichen Blick zurück, doch als Mark wieder reden konnte, hatte Paul bereits aufgelegt.

Mark wählte Janes Nummer. Dann fiel ihm ein, dass er Natasha und Peter versprochen hatte, deren Angehörige anzurufen. Die Soldaten hatten ihn nicht gefunden – er hatte mehr als genug Zeit. Er wählte den Anschluss von Peters Eltern in den Vereinigten Staaten und stellte erleichtert fest, dass er sich die Nummer richtig gemerkt hatte. In New York sah es nicht viel anders aus als sonst wo auf der Welt: Panik, Chaos, Kranke und stündlich mehr Tote. Er versicherte Peters Eltern, dass es ihrem Sohn gut ginge und dass er gesund sei. Dann rief er bei Natashas Ehemann in Australien an, doch es ging niemand ran; er hinterließ eine Nachricht auf dem Anrufbeantworter, dass es Natasha gut ginge. Damit war er selbst zu einem der Lügner geworden.

Inzwischen war es fast drei Uhr morgens. Marks Anspannung war beinahe unerträglich geworden. Er wollte unbedingt mit Jane und Steven reden – und doch schrak er davor zurück, sie mitten in der Nacht aus dem Schlaf zu reißen und ihnen mitzuteilen, dass ihre Mutter gestorben sei.

Mark beschloss, Steven anzurufen, der es seiner Schwester am nächsten Morgen auf schonende Weise würde beibringen können – hoffte er zumindest. Doch niemand hob ab. Erneut hörte Mark eilige Schritte im Treppenhaus. Hastig wählte er Janes Nummer.

»Hier bei Chatfield-Owen«, meldete sich eine vertraute Stimme am anderen Ende der Leitung.

»Steven?«

»Dad! Wo steckst du? Was ist denn passiert?«

Als die Soldaten die Tür zum Büro aufstießen und geradewegs auf den Schreibtisch zuhielten, hinter dem Mark sich versteckte, hörte er im Hintergrund Jane weinen. Er ignorierte Stevens Frage. »Warum bist du bei Jane? Warum weint sie?«

»Bruce ist tot …«, waren die letzten Worte, die Mark hörte, ehe Brigadier Fotherby den Finger auf die Gabel legte und das Gespräch beendete.

Mark wurde zurück in die Abflughalle geführt und dort vom Brigadier verhört, doch er schwieg sich darüber aus, mit wem er telefoniert hatte.

Als die Sonne aufging und das Morgenlicht in die Lounge des Terminals fiel, saß Mark alleine da und starrte hinaus auf das verlassene Vorfeld, erschüttert von einem ganzen Cocktail verschiedener Emotionen. Er trauerte ebenso sehr um den Verlust seines Schwiegersohnes Bruce wie um Helen. Er war wütend auf die Soldaten und auf sich selbst, weil er die Gelegenheit nicht genutzt hatte, Steven zu berichten, dass seine Mutter gestorben war – auch wenn er wusste, dass Paul in Kürze ihren gemeinsamen Bruder Christopher in Wellington anrufen würde und dass die Nachricht von dort zu Jane und Steven gelangte. Außerdem sorgte er sich, seine Anrufe könnten zurückverfolgt werden. Vielleicht würden die Behörden Paul daran hindern, nach Neuseeland zu telefonieren.

Mark wurde aus seinen Grübeleien gerissen, als ein Arzt erschien und um eine weitere Blutprobe bat.

Der Tag verlief schleppend. Jeder in der Isolierstation verbrachte die meiste Zeit damit, hilflos durch die Fenster nach draußen zu blicken und zu beobachten, wie Militärlaster mit Bahren aus dem Feldhospital beladen wurden, zum anderen Ende des Flughafens fuhren und hinter den großen Zelten verschwanden. Am späten Nachmittag landete eine Militärmaschine mit den Hoheitsabzeichen der Vereinigten Staaten von Amerika. Brigadier Fotherby fuhr mit einem Jeep übers Vorfeld zu der gelandeten Maschine und begrüßte eine kleine Gruppe von Leuten in Schutzanzügen.

Kurze Zeit später wurde Mark in die Flughafenkapelle geführt, wo Fotherby und die amerikanischen Besucher auf ihn warteten. Die nächsten beiden Stunden wurde er über jede Krankheit ausgefragt, die er jemals gehabt hatte, über seine Familie, wo er gelebt hatte, wo er seine Urlaube verbracht hatte. Schließlich rückte einer der amerikanischen Ärzte mit der Sprache heraus.

»Mr. Chatfield«, sagte er in breitem texanischem Dialekt, »Sie sind ein echtes medizinisches Rätsel. Wir wissen nicht den Grund dafür, aber wie es aussieht, haben Sie eine Immunität gegen die Krankheit entwickelt. Wir würden Sie gerne mit zu uns in die Vereinigten Staaten nehmen, damit unsere medizinischen Experten Tests mit Ihnen durchführen können.«

Mark schüttelte den Kopf.

»In den USA gibt es viel bessere Forschungseinrichtungen als bei uns«, gab Brigadier Fotherby zu bedenken.

Wieder schüttelt Mark den Kopf. »Ich gehe nicht aus Neuseeland fort.«

»Dann möchten wir gerne eine Blutprobe von Ihnen«, sagte der Texaner.

Ein paar Minuten später startete die amerikanische Maschine wieder, Marks Blutprobe an Bord, und nahm Kurs auf die USA.

6

Um acht Uhr abends fiel Mark ins Bett und sank sofort in tiefen Schlaf. Der Schlafmangel in der vorangegangenen Nacht, vor allem das emotionale Trauma von Helens und Bruce' Tod, forderten nun ihren Zoll. Die ganze Nacht hindurch erschien alle vier Stunden ein Arzt in Schutzkleidung und maß Marks Körpertemperatur. Sie blieb normal.

Er war bereits nach acht am nächsten Morgen, als Mark erwachte. Noch während er sich räkelte, kam erneut ein Arzt, maß seine Temperatur und bat ihn um eine weitere Blutentnahme.

Mark hatte das Bedürfnis, ein wenig von der Anspannung abzubauen, die sich in seinem Körper aufgestaut hatte, und bat um die Erlaubnis, joggen zu dürfen. Nach langem Hin und Her wurde ihm gestattet, eine halbe Stunde auf dem breiten Korridor der Abflughalle auf und ab zu laufen. Die Wachen ließen ihn nicht eine Sekunde aus den Augen, und zwei eigens abgestellte Posten sorgten dafür, dass er sein Privileg nicht missbrauchte und durch den Korridor in jenen Bereich weiterrannte, in dem die anderen Passagiere in Quarantäne gehalten wurden.

Nach seinem Lauf ging Mark duschen, während ein Soldat vor seiner Kabine Wache stand. Die Behörden gingen kein Risiko mehr mit ihm ein. Erfrischt holte er sich sein Frühstück ab und setzte sich zu Natasha und Peter an den Tisch.

»Keine Zeitung heute«, sagte Peter, als Mark eintraf.

»Wir wissen ja auch so, dass alles vor die Hunde geht«, erwiderte Mark.

»Ich habe gehört, eure Premierministerin soll tot sein«, sagte Natasha und griff nach der Fernbedienung. »Vielleicht bringen sie es in den Zehn-Uhr-Nachrichten.«

Statt des gewohnten Nachrichtensprechers saß ein Offizier der Armee vor der Kamera und raschelte nervös mit seinen Papieren, ehe er ohne Vorrede begann: »Heute wurden von der Armeeführung folgende Verordnungen erlassen: Ab sofort gilt eine Ausgangssperre zwischen acht Uhr abends und sechs Uhr morgens. Sämtliche Personen, die nicht in lebenswichtigen Bereichen arbeiten, werden angewiesen, zu Hause zu bleiben. Personen, die in diesen Bereichen tätig sind, haben sich wie gewöhnlich zur Arbeit einzufinden. Unter diese Bereiche fallen insbesondere: Polizei- und Ordnungskräfte, bewaffnete Streitkräfte, medizinische Versorgung, Wasser, Abwasser, Elektrizität, Gas, Abfallbeseitigung und Telekommunikation.

Außerdem gilt von heute an eine Lebensmittelrationierung in sämtlichen Läden und Supermärkten. Vorratsbildung ist illegal. Haushalte sind angewiesen, sorgfältig mit ihren bestehenden Vorräten umzugehen. Treibstoff wird nur noch an Personen ausgegeben, die in einer offiziellen Eigenschaft unterwegs sind. Die Armee wurde angewiesen, Plünderer auf der Stelle zu erschießen. Hauskatzen wurden als mögliche Überträger der Krankheit identifiziert und sind daher umgehend zu beseitigen.

Aufgrund von Engpässen in Krematorien und auf Friedhöfen ist jede Familie von heute an selbst dafür verantwortlich, ihre Toten zu begraben. Es ist wichtig, dass die Verstorbenen schnellstmöglich beigesetzt oder kremiert werden. Instruktionen für die Beseitigung von Leichen folgen im Anschluss an diese Bekanntmachung.« Er räusperte sich und fuhr steif und förmlich fort: »Schließlich möchten wir Sie darüber in Kenntnis setzen, dass die internationalen Bemühungen, ein Mittel gegen die Seuche zu finden, weit fortgeschritten sind. Wir rechnen damit, in allernächster Zukunft über wirksame Medikamente und Impfstoffe zu verfügen.«

Mark schaltete den Fernseher aus. »Ich glaube kein Wort davon«, sagte er.

Ein paar Sekunden saßen sie in benommenem Schweigen da, während jeder versuchte, den Ernst der Lage zu begreifen. Was zuvor noch »Epidemie« geheißen hatte, war inzwischen als »Pandemie« klassifiziert worden.

Schließlich sagte Natasha: »Wie schlimm es draußen wohl wirklich aussieht?«

»Das wissen nur die Götter«, entgegnete Mark.

Peter starrte zu Boden. »Ich kann nicht fassen, wie schnell alles zusammenbricht.«

Mark blickte durch die Flughalle. »Bilde ich es mir nur ein, oder sind unsere Wächter tatsächlich weniger geworden?«

»Das ist keine Einbildung«, bestätigte Peter. »Ich habe mit einem der Soldaten geredet. Es gab Todesfälle in ihrer Einheit. Der größte Teil der Kompanie ist in die Stadt geschickt worden, um bei der Bekämpfung der Plünderer zu helfen.«

»Ich glaube nicht, dass es Sinn macht, uns noch länger in Quarantäne zu halten«, sagte Mark.

Peter pflichtete ihm bei. »Du hast recht. Offensichtlich hat die Seuche sich inzwischen über das ganze Land ausgebreitet. Warum Ressourcen verschwenden, indem sie uns hier festhalten?«

Sie gingen zu einem der Wachsoldaten und baten darum, mit dem Brigadier reden zu dürfen. Doch der war nicht zu sprechen.

»Dann eben seinen Stellvertreter, wer immer hier das Kommando hat«, verlangte Mark.

Erst am Freitagnachmittag kam ein Sergeant, um mit ihnen zu reden. Der Strom war ausgefallen, und im Terminalgebäude wurde es immer heißer, obwohl jede Tür weit offen stand. Die unbewachten Türen und der Mangel an Wachsoldaten hatten dazu geführt, dass Marks Bitte um ein nochmaliges Joggen abgelehnt worden war.

»Warum werden wir immer noch von bewaffneten Soldaten bewacht?«, wollte Mark vom Sergeant wissen.

»Weil meine Befehle so lauten.«

»Aber das ist doch sinnlos geworden! Es ist offensichtlich, dass die Pandemie außer Kontrolle ist. Die Lage ist aussichtslos, und jeder weiß es.«

»Außerdem ist es ja nicht so, als würden wir abhauen«, sagte Peter. »Wir haben nicht vor, auf unser eigenes privates Feldlazarett zu verzichten.«

»Ich habe meine Befehle«, wiederholte der Sergeant, wenn auch zögernd.

»Dann möchten wir mit Ihren Vorgesetzten sprechen«, beharrte Mark.

»Ich kann niemanden erreichen. Die Telefonleitungen sind tot.«

»Diese Geschichte haben wir schon mal gehört«, entgegnete Mark ungeduldig.

»Glauben Sie mir, die Leitungen sind tot«, sagte der Sergeant. »Die Stromversorgung von Auckland ist seit fast zwei Tagen ausgefallen. Auf dem Flughafen hatten wir nur deshalb noch Elektrizität, weil wir die Notstromaggregate hatten, aber jetzt ist der Treibstoff aufgebraucht.« Sein Tonfall überzeugte sie, dass er tatsächlich die Wahrheit sprach.

»Dann lassen Sie uns wenigstens zu den anderen Passagieren«, bat Natasha. »Wir können helfen. Ich habe Erfahrung als Krankenschwester.«

Es war nicht zu übersehen, dass der Sergeant mit sich rang.

Verärgert stieß Peter hervor: »Herrgott noch mal! Wir wollen doch nur helfen!«

»Also gut«, erklärte der Sergeant sich nach ein paar weiteren Sekunden des Zögerns einverstanden. »Sie beide können zu den anderen Passagieren. Aber Sie müssen hier bleiben«, fuhr er mit einem Blick auf Mark fort.

»Warum?« Mark wurde wütend.

Der Sergeant wandte sich ohne eine Antwort ab und stapfte davon.

»Eigenartig«, sagte Peter. »Du bist von uns allen am besten in Form. Was hat das zu bedeuten?«

»Weiß der Himmel. Aber ihr beide macht weiter. Findet heraus, so viel ihr könnt. Wir reden später.«

Peter und Natasha begaben sich zum anderen Ende des Terminalgebäudes. Mark blieb allein mit zwei Bewachern und einer Ordonanz in der Cafeteria zurück. Wenige Minuten später verkündete die Ordonanz, dass sie ins Krankenhaus gehen würde. Sie sollten sich zu essen nehmen, was immer und so viel sie wollten – ohne Elektrizität tauten die Eisschränke auf, und die Kühlschränke wurden rasch warm. Die Nahrungsmittelvorräte würden binnen kürzester Zeit verderben.

Mark forderte seine beiden Bewacher auf, ihm in die Küche zu folgen. Sie sagten kein Wort, begleiteten ihn jedoch. Dann standen sie mit den Maschinenpistolen da und schauten Mark zu, wie er sich aus dem Kühlschrank bediente.

»Müssen Sie eigentlich ständig die Waffen auf mich gerichtet halten?«, fragte er nach einiger Zeit.

Nachdem er Platz genommen hatte, nahmen seine Bewacher sich ebenfalls etwas zu essen, setzten sich an einen Tisch ein Stück abseits von Mark und nahmen ihre Gesichtsmasken ab. Zum ersten Mal wurde Mark bewusst, wie jung sie noch waren. Ohne ihre schützenden Masken wirkten sie viel weniger bedrohlich und wurden wieder zu dem, was sie waren: zwei junge Männer, die ihren Job machten. Der Jüngere der beiden schwitzte stark.

»Sie sollten sich untersuchen lassen«, meinte Mark.

»Mir fehlt nichts.«

»Ihm fehlt nichts«, pflichtete sein älterer Kamerad bei. »Wir alle gehen noch vor morgen früh von hier weg. Sie werden keine zweite Chance mehr bekommen.«

»Und wohin gehen wir?«, fragte Mark.

»Nach Auckland«, antwortete der jüngere Mann. »Man hat spezielle Vorkehrungen für Sie getroffen.«

»Spezielle Vorkehrungen? Was soll das heißen?«

»Das reicht jetzt!«, sagte der ältere der beiden Soldaten und bedeutete seinem Kameraden aufzustehen. Sie streiften ihre Masken über und verließen die Cafeteria durch die offene Tür in Richtung Flugsteig. Aus den jungen Burschen waren wieder zwei maskierte Soldaten mit automatischen Waffen geworden.

Später am Freitagnachmittag kamen Peter und Natasha noch einmal zurück, um ihre Sachen zu holen.

»Es sind nicht mal mehr fünfzig Passagiere übrig«, berichtete Natasha, »und es gibt nur noch einen einzigen Bewacher.«

»Ich bin zum Küchenhelfer befördert worden«, sagte Peter grinsend.

»Und ich bin Schwester im Krankenhaus«, fügte Natasha hinzu.

»Dann solltest du dich lieber mit ihm da unterhalten«, sagte Mark und deutete auf den jüngeren der beiden Soldaten. »Sein Zustand ist ernst.«

Als Natasha und Peter ihm statt einer Antwort die Hand schüttelten, hatte er einen Kloß im Hals. Es war, als sagten sie Lebewohl. »Wir sehen uns später«, beharrte er.

Natasha ging zu dem kranken Soldaten. Kurz darauf hatte sie ihn überredet, sie zum Feldhospital zu begleiten. Als sie mit Peter und dem jungen Soldaten davonging, drehte sie sich ein letztes Mal zu Mark um und lächelte ihm zu. Er sollte sie nie wiedersehen.

Mark fand sich allein mit dem verbliebenen Bewacher. Er fragte sich, was sie mit ihm vorhatten. Was waren das für »spezielle Vorkehrungen«?

Ohne seine Begleiter schien die Zeit noch langsamer zu vergehen. Ein weiterer Soldat traf ein und unterstützte seinen Kameraden; die Vorsichtsmaßnahme, die Gesichtsmasken aufzusetzen, hatte man aufgegeben.

Es war nicht zu übersehen, dass die militärische Disziplin nach und nach zusammenbrach. Mark ging zu einem seiner Bewacher und konnte ihn nach kurzer Zeit überreden, ihn die Abflughalle hinunter zu begleiten. Welch eine Ironie, dachte er. Er zielt mit einer Waffe auf mich, damit ich nicht weglaufe, während ich Läden plündere.

Als Ergebnis seines Beutezugs hatte Mark nun endlich ein anständiges Buch zum Lesen. Außerdem fand er neue Laufschuhe und eine komplette Designer-Laufmontur. Sein Bewacher hatte einen hübschen Vorrat an Zigaretten und fünfzehn

Jahre altem Whisky, den er vorsichtshalber in einer Ecke des Wartesaals hinter Gummibäumen und Stechpalmen versteckte.

Nachdem die Generatoren ausgefallen waren, gab es keine Beleuchtung mehr im Terminalgebäude. Mark rückte mehrmals näher ans Fenster, um im schwächer werdenden Licht weiterlesen zu können. Die Dämmerung senkte sich auf den Flughafen herab. Watvögel räumten die Schlammlachen und machten sich auf den Weg zu ihren Schlafplätzen.

Mark hatte das Buch gerade zugeklappt, weil er kaum noch etwas sehen konnte, als der Militärarzt erschien. Ohne dazu aufgefordert zu werden, krempelte Mark den Ärmel hoch.

»Nur die Temperatur«, sagte der Arzt. »Wir brauchen hier keine Blutwerte mehr.«

»Was soll das heißen – hier?«, fragte Mark. »Wohin werde ich gebracht?«

»So war es nicht gemeint«, erklärte der Arzt rasch. »Ich wollte damit nur sagen, dass wir für den Moment keine weiteren Blutuntersuchungen benötigen.«

Mark glaubte ihm kein Wort.

Seine Temperatur war immer noch normal. Nachdem der Arzt mit dem Messen fertig war, stolperte Mark durch das dunkle Terminalgebäude zu seinem Bett. Wenigstens war es jetzt erträglich im Gebäude, nachdem die kühle Abendluft durch die offenen Türen der Treppenhäuser wehte. Doch die unbedachte Bemerkung des Arztes hatte ihn nervös gemacht, und trotz der zunehmenden Dunkelheit konnte er nicht mehr schlafen. Ohne das Brummen der Klimaanlage wäre es im Terminal totenstill gewesen. Mark lag auf seiner Pritsche und lauschte der unheimlichen Ruhe über dem Flughafen.

»Keine Sorge, er schläft tief und fest«, sagte unvermittelt einer seiner Bewacher.

»Er ist sogar noch angezogen«, meinte der andere.

»Ja. Das macht die Sache einfacher, wenn sie kommen. Möchtest du einen Whisky?«

»Was ist mit dem Sergeant?«

»Liegt im Krankenhaus. Abgesehen davon ist es mir scheißegal.«

Im Terminal war es so still, dass Mark hören konnte, wie die Flasche entkorkt wurde und Flüssigkeit in Gläser gluckerte. »Sobald wir unseren Gefangenen los sind, verschwinde ich von hier«, sagte der erste Soldat. »Ich will die paar Tage genießen, die mir noch bleiben.«

»Glaubst du nicht, dass noch Hoffnung besteht?«

»Nein. Hier, trink noch einen.«

Der Bewacher leuchtete mit seiner Taschenlampe in Marks Richtung. Nachdem er sich überzeugt hatte, dass sein Gefangener tief und fest schlief, knipste er die Lampe wieder aus.

Die Worte des Soldaten, »sobald wir unseren Gefangenen los sind«, hatten Mark mit einer düsteren Vorahnung erfüllt. Sein Herz schlug heftig, und er spitzte die Ohren, während er auf das leiseste Geräusch achtete.

Zwei Stunden lag er wie eine gespannte Feder auf der Pritsche, lauschte und beobachtete. An den Stimmen seiner Bewacher, die immer schleppender wurden, konnte er erkennen, dass sie dem Whisky eifrig zusprachen.

Dann entdeckte er die Scheinwerfer eines Flugzeugs über dem Flughafen, noch ehe er die Maschine hörte. Es war drei Uhr morgens. Normalerweise übertönte das Brummen der Klimaanlage hinter den doppelt verglasten Scheiben den Lärm der startenden und landenden Maschinen, doch in der Stille der Nacht und wegen der offenen Treppenhaustüren wurde das Heulen der Flugzeugturbinen immer lauter.

Die beiden Soldaten schienen das Geräusch ebenfalls gehört zu haben, denn sie leuchteten erneut mit den Taschenlampen zu Mark, der sich immer noch schlafend stellte. Die Soldaten räumten ihre Beute weg und gingen zu den Fenstern, um die Landung des Flugzeugs zu beobachten.

»Sollen wir ihn wecken?«, fragte einer der beiden leise.

»Nein, man hat mir gesagt, die Übergabe soll hier erfolgen. Warten wir, bis sie eintreffen, um ihn abzuholen; das macht weniger Umstände.«

Als die Taschenlampen erloschen, öffnete Mark die Augen und starrte durch die Fenster nach draußen. Der Mond stand hoch am Himmel, und das Vorfeld war deutlich zu erkennen. Er sah den großen Jet weit draußen über dem Meer eine Schleife fliegen, bevor er landete.

Ein Jeep fuhr der Maschine entgegen und leitete sie zum Terminal. Wenige hundert Meter entfernt blieb das Flugzeug stehen. Als der Jeep einen Suchscheinwerfer über die Maschine schwenkte, sah Mark zum ersten Mal das Abzeichen der US Air Force. Eine Rampe im Heck der Maschine wurde heruntergelassen, und ein Jeep, in dem vier Uniformierte saßen, rollte auf das Vorfeld. Endlich begriff Mark, was sie mit ihm vorhatten.

Er war fünfzig Meter den Gang hinunter, als er einen seiner Bewacher rufen hörte: »Halt! Stehen bleiben, oder ich schieße!«

Mark rannte weiter. Eine Kugel zischte über seinen Kopf hinweg, dann eine zweite.

Er wurde langsamer. Eine Stimme erklang aus der Dunkelheit. »Nicht schießen! Sie wollen ihn unverletzt!«

Peters Stimme.

Die Anweisung, nicht zu schießen, war alles an Ansporn, was Mark brauchte. Er rannte weiter. Allerdings war er Marathonläufer, kein Sprinter. Während er den Gang hinunter und durch den Duty-free-Bereich rannte, hörte er die Soldaten hinter sich näher kommen. Das Terminal war ein sehr langes Gebäude. Einmal kamen sie bis auf fünf Meter an ihn heran, doch ehe er das andere Ende des Terminals erreicht hatten, fielen sie wieder zurück.

Die überlebenden Passagiere, erschreckt von den Schüssen, waren von ihren Pritschen aufgesprungen, doch keiner dachte daran, den flüchtenden Mark zu packen. Obwohl die Wachsoldaten ihm in die Menge folgten, gelang es Mark, den Verfolgern zu entwischen. Er machte kehrt und rannte durch die Halle zurück in die entgegengesetzte Richtung. Er wusste, dass er seine Verfolger im Griff hatte. Einer von ihnen gab die Jagd bereits auf; der andere blieb rasch zurück.

Mark erreichte die unverschlossene Tür zum Treppenhaus, die er am Abend zuvor benutzt hatte, und stolperte hindurch. Genau in diesem Augenblick kamen die vier amerikanischen Soldaten durch die Tür des gegenüberliegenden Treppenhauses. Mark sah, dass es sich um einen Trupp US Marines handelte.

Instinktiv warf er sich nach vorn, packte das Geländer und stolperte das pechschwarze Treppenhaus hinunter. Als er unten war, hörte er die Marines oben durch die Tür brechen. Er tastete sich verzweifelt an der dunklen Wand entlang auf der Suche nach einem Ausgang, fand jedoch keinen. Dann aber leuchtete jemand mit einer Taschenlampe die Treppe hinunter, und Mark sah, dass er auf der falschen Seite gesucht hatte. Er wechselte zur anderen Seite und packte einen Türgriff. Verschlossen. Genau in diesem Moment erreichte einer der Marines einen Treppenabsatz und leuchtete mit seiner Lampe genau auf Mark.

Als der Marine sah, wie Mark vergeblich an der Tür rüttelte, glaubte er ihn in der Falle. Die Verfolger wurden langsamer. Marks Hand glitt von der Türklinke nach unten und fand einen Drehknopf. Die Tür war von innen verriegelt. Er drehte den Knopf und stieß die Tür auf.

Die Jagd war wieder eröffnet.

Er rannte durch die untere Ebene des Terminalgebäudes, durch die verlassenen Hallen und an der langen Reihe unbesetzter Check-in-Schalter entlang, die vier Marines dicht auf den Fersen. Eine der Türen des Terminals stand weit offen und war verkeilt, um frische Luft hereinzulassen. Mark rannte hinaus in die willkommene Kühle der Nacht.

7

Wahrscheinlich lag es am Gewicht der Stiefel, der Waffen und Rucksäcke, dass Mark nicht binnen kürzester Zeit von den Marines gestellt wurde. Trotzdem war es ein denkbar knappes Rennen. Während Mark über den verlassenen Parkplatz sprintete, meinte er, den Atem der Verfolger im Nacken zu spüren. Das Pochen ihrer schweren Stiefel auf dem Asphalt jedenfalls war laut und bedrohlich.

»Stehen bleiben, oder wir schießen!«, rief einer der Verfolger, doch Mark wusste inzwischen, dass sie ihn unverletzt brauchten, und so ignorierte er die Rufe.

Fünfhundert Meter weiter merkte er, dass sein Vorsprung allmählich wuchs, einen kostbaren Zentimeter nach dem anderen. Als er nach links auf den George Bolt Memorial Drive in Richtung Auckland bog, peitschte in seinem Rücken ein weiteres Mal die Aufforderung: »Stehen bleiben! Halten Sie an, oder wir schießen!«

»Tut ihr nicht!«, rief Mark zurück.

Als er hörte, wie ihre Maschinenpistolen klappernd zu Boden fielen, bedauerte er sein großes Maul augenblicklich. Unbehindert vom Gewicht ihrer Waffen holten die Marines rasch wieder auf. Als sie bis auf fünf Meter herangekommen waren, biss Mark die Zähne zusammen, holte die letzten Reserven aus seinem Körper und erlief sich ein weiteres Mal einen Vorsprung. Drei der Marines gaben auf. Jetzt war es nur noch ein Stiefelpaar, das ihm verbissen folgte.

Alle paar Minuten hörte Mark, wie der Marine einen Zwischenspurt einlegte, doch seine Angst peitschte ihn voran, und irgendwie gelang es ihm, den Vorsprung zu halten. Gleichzeitig wusste er, dass der verbliebene Verfolger nur eines seiner Probleme war – es war nur eine Frage der Zeit, bis die anderen drei Marines sich neu formieren und die Verfolgung in ihrem Jeep fortsetzen würden.

Mark hatte einen Vorteil gegenüber seinen Verfolgern: Er kannte sich in der Gegend aus, und es gab keine Straßenbeleuchtung. Einen Kilometer weiter bog er nach links in die Ihumatao Road ein, die von der Hauptstraße weg in eine ruhige Wohngegend führte.

Kurze Zeit später bemerkte er die Scheinwerfer eines Fahrzeugs, das hinter ihm den George Bolt Memorial Drive hinaufjagte. Er seufzte erleichtert, als der Jeep die Abzweigung in die Ihumatao Road passierte und geradeaus weiter in Richtung Auckland raste. Der verfolgende Marine merkte ebenfalls, dass seine Kameraden auf der falschen Fährte waren.

»Hey ... läufst du Marathon?«, ächzte eine Stimme hinter Mark.

»Klar doch«, rief Mark zurück. »Und du?«

»Ich auch. Bin letztes Jahr ... den Boston-Marathon ... gelaufen ...«

Immer noch hörte Mark, wie der andere in regelmäßigen Abständen Zwischenspurts einlegte, und jedes Mal biss er die Zähne zusammen und schaffte es irgendwie, den Vorsprung zu halten.

»Was für 'ne Zeit ... läufst du denn?«, ächzte die Stimme hinter Mark nach einem weiteren erfolglosen Versuch, ihn einzuholen.

»Unter drei Stunden. Und du?«

Mark steigerte das Tempo ein wenig. Er hatte dem anderen bewusst verschwiegen, dass es zehn Jahre her war, seit er beim Marathon das letzte Mal unter drei Stunden geblieben war. Wenige Minuten später hörte er erleichtert, wie die Schritte des Marines leiser wurden und schließlich ganz verstummten.

Sobald der Marine nicht mehr zu sehen war, verließ Mark die Straße, kletterte über einen Zaun und lief querfeldein über Felder und Wiesen. Er rannte in einen Stacheldrahtzaun und verletzte sich an den Armen. Kurze Zeit später fiel er in einen kleinen Bach und schürfte sich die Knie auf. Es wurde Zeit, sich auszuruhen und etwas zu trinken. Als Mark das kühle, köstliche Wasser des Baches genoss und darauf wartete, dass er wieder zu Atem kam, sah er Scheinwerfer auf der Straße, die er kurz zuvor verlassen hatte. Der Jeep hielt, lud Marks letzten Verfolger ein und jagte zwei Kilometer weiter die Straße hinunter, ehe er wendete und langsam zurückfuhr, während er den starken Suchscheinwerfer über das angrenzende Farmland schwenkte. Mark beobachtete das Geschehen aus der Deckung des Bachbetts und wartete, bis der Jeep außer Sicht war, ehe er seine Flucht fortsetzte.

Er lief nach Norden, bis er den Stadtrand von Mangere erreicht hatte. In keinem der Häuser, an denen er vorüberkam, brannte Licht, und auf den Straßen gab es keinerlei Verkehr. Mark hielt erst wieder an, als er die Autobahnbrücke nach Auckland erreicht hatte. Er wusste, dass die Soldaten ihn in der zersiedelten Gegend am Stadtrand niemals finden würden.

Mark ließ sich ins Gras sinken und lauschte. Die vollkommene Stille war unheimlich; selbst das Summen der Starkstromkabel an den Masten war verstummt. Ein einsames Fahrzeug fuhr über die Brücke und hielt auf halber Höhe kurz an, ehe es seinen Weg fortsetzte. Mark fluchte. Er sah seine Befürchtung bestätigt, dass auf der Brücke eine Straßensperre errichtet worden war.

Was nun?

Er blickte zu der alten, stillgelegten Mangere Road Bridge hinüber, die sich ungefähr zweihundert Meter neben der neuen Autobahnbrücke hinzog. Sie war verfallen und diente den Einheimischen als Angelplatz sowie Joggern, Läufern und Radfahrern als Abkürzung. Mark beschloss, diesen Weg zu nehmen. Er musste nur darauf hoffen, dass seine Verfolger nicht an die alte Brücke gedacht hatten.

Der größte Teil des Überwegs war ein gemauerter Damm. Die eigentliche Brücke war niedriger als der Neubau und nur zweihundertfünfzig Meter lang. Obwohl Mark die Brücke mehrere Minuten lang beobachtete und kein Lebenszeichen von einem Posten entdecken konnte, blieb er wachsam.

Es herrschte Niedrigwasser, und der Damm erhob sich gut fünf Meter aus dem Schlick und den armseligen Mangroven. Mark glitt die Böschung hinunter und bahnte sich einen Weg am Fuß des Damms entlang, wo die Mangroven ihm vor neugierigen Blicken Deckung gaben.

Er kam nur langsam voran. Immer wieder rutschte er auf den von Algen überwucherten Steinen aus und fiel in den Schlamm und das Gewirr aus Mangrovenwurzeln entlang der Mauerböschung. Er benötigte fast eine halbe Stunde, um das Ende des Damms zu erreichen, wo die Brücke über das Wasser führte. Vorsichtig kletterte er die Böschung hinauf und spähte am Geländer entlang auf die einstige Fahrbahn.

In dem Moment, als er sich aufrichten wollte, sah er am anderen Ende der Brücke das Aufflackern einer kleinen Flamme – ein Posten, der sich eine Zigarette anzündete! Sofort ließ Mark sich zu Boden fallen, rollte über die Kante der Böschung und rutschte nach unten in den Schlamm.

Doch er war sicher, dass der Mann ihn entdeckt hatte. Das Herz schlug ihm bis zum Hals, als er dalag und auf das Geräusch schwerer Stiefel auf der Fahrbahn lauschte. Er wusste, dass er nicht mehr die Kraft hatte, seinen Häschern ein weiteres Mal zu entkommen. Doch nichts geschah. Zum Glück hatte der Posten nicht nur seine eigene Position verraten, als er sich die Zigarette angezündet hatte, sondern sich zugleich ein paar Sekunden lang geblendet.

Mark wusste nun, dass die beiden kürzesten Wege nach Auckland – die Autobahnbrücke und die alte Mangere Road Bridge – bewacht wurden und deshalb für ihn ausschieden. Es gab noch einen dritten Weg in die Stadt, aber das hätte einen riesigen Umweg bedeutet, und Mark verspürte nicht die geringste Lust auf eine so weite Wanderung. Kurz entschlossen kroch er über den Schlick und ließ sich in das kalte Wasser des Manukau Harbour gleiten.

Leise schwamm er unter der Brücke entlang. Da das Wasser keine Strömung hatte, fiel es ihm leicht, auf Kurs zu bleiben. Auf der anderen Seite angekommen, hörte er die Stimmen zweier Männer, die über den Tod eines wegen Desertion erschossenen Kameraden diskutierten. Mark schlich die Böschung hinauf und weiter in die Wohngegend von Onehuga. Hin und wieder war in der Ferne ein Fahrzeug zu hören. Die meiste Zeit jedoch herrschte eine geradezu gespenstische Stille. Mark nahm einen seltsamen Gestank wahr, der in der Luft hing, konnte ihn aber nicht bestimmen.

Das Adrenalin in seinem Kreislauf verebbte langsam; jetzt war es nicht mehr weit. Als die Sonne aufging, joggte er über die von Bäumen gesäumten Wege des Cornwall Park. Vor einem Monat – am Tag bevor er und Helen nach London abgeflogen waren – war er die gleiche Strecke zur gleichen frühen Tageszeit gelaufen. Damals war er einem Dutzend anderer Läufer begegnet; diesmal lief er ganz allein. Der Park war menschenleer.

Als Mark das Haus seiner Tochter in der Ragmot Street erreichte, hatte er fast die volle Marathon-Distanz zurückgelegt. Erfüllt von Angst und Erregung, trat er auf die Veranda des alten Schindelbrett-Bungalows. Würde er seine Kinder und Enkel sehen? Waren sie gesund? Oder waren auch sie erkrankt? Waren sie gar schon tot?

Ein paar Sekunden, nachdem er an die Tür geklopft hatte, hörte er gedämpftes Rufen.

»Wer ist da?«, rief eine Stimme. Es war Steven.

»Ich bin's, Dad.«

»Bist du allein?«

»Natürlich.«

Er hörte das unvertraute Geräusch von Riegeln, die zurückgeschoben wurden; dann öffnete sich die Tür, und er wurde hastig ins Haus gezogen, bevor die Tür hinter ihm wieder zugeworfen wurde. Mark fiel Jane in die Arme. Steven verriegelte die Tür, bevor er sich zu seinem Vater umdrehte.

Sekunden später drängten sich Jane, Steven, Mark und die Kinder weinend aneinander. Marks Gefühle waren ein Wirrwarr aus Freude, Erleichterung und Traurigkeit.

»Daddy ist tot«, sagte Nicole leise. »Wir haben ihn im Garten begraben.«

Jane schluchzte auf.

»Und Misty ist auch tot«, fügte Zach hinzu. Misty war der Kater der Familie gewesen.

»Wir wissen nicht, ob Misty tot ist«, sagte Jane. Sie hatte Mühe, mit ruhiger Stimme zu sprechen. »Er ist verschwunden. Vielleicht kommt er ja wieder.«

»Du musst ausgehungert sein, Dad«, sagte Steven, um das Gespräch in unverfänglichere Bahnen zu lenken. »Komm, gehen wir frühstücken.«

8

Steven führte seinen Vater durch das Haus und auf die Veranda. Er war ein großer, gut aussehender, muskulöser Mann, der die natürlichen blonden Locken seiner Mutter geerbt hatte.

»Wir haben kein Gas mehr«, sagte er und nahm den Deckel vom Grill. Er hatte die Gasdüsen entfernt; sie benutzten jetzt Holz. Es gab keine Elektrizität mehr, kein fließendes Wasser. Zum Glück hatte Steven daran gedacht, die Badewanne und eine Reihe weiterer Behälter zu füllen, bevor nichts mehr aus den Hähnen gekommen war. Außerdem hatte er im Garten eine Latrine ausgehoben, um die Toiletten zu ersetzen, die auch nicht mehr funktionierten.

»Es ist so still«, bemerkte Mark. Das letzte Mal, als er in Janes Garten gesessen hatte, war im Hintergrund das beständige Rauschen des Verkehrs von der Hauptstraße zu hören gewesen.

»Seit anderthalb Tagen fährt kaum noch ein Auto«, sagte Steven. »Die allermeisten Leute haben kein Benzin mehr.«

»Oder sie haben zu viel Angst, auf die Straße zu gehen«, sagte Jane.

Ihr Tonfall erschreckte Mark. »Wie schlimm ist es denn?«

Während sie um den Grill herum kauerten und ihr mageres Frühstück zubereiteten, berichteten Jane und Steven mit knappen Worten von den Geschehnissen der letzten Tage.

Nachdem Bruce sich am Dienstagnachmittag ins Bett gelegt hatte, sah Jane regelmäßig nach ihm. Er hatte nur mühsam geatmet, jede Nahrungsaufnahme verweigert und bloß ein paar Schluck Wasser zu sich genommen. Jane hatte die ganze Nacht hilflos neben ihm im Bett gelegen, während er gehustet und nach Atem gerungen hatte. Um vier Uhr morgens hatte sie sein Röcheln nicht mehr ertragen und den Notdienst angerufen.

»Dies ist eine aufgezeichnete Nachricht«, hatte ein Anrufbeantworter sich nach dem ersten Klingelzeichen gemeldet. »Wegen einer ungewöhnlichen Anhäufung von Einsätzen können zurzeit keine Notrufe angenommen werden.«

Panik erfasste Jane. Dann fiel ihr ein, dass in einem leerstehenden Krankenhaus weniger als drei Kilometer entfernt ein Notfallzentrum eingerichtet worden war. Sie weckte Zach und Nicole und führte die beiden noch halb schlafenden Kinder zum Wagen. Anschließend redete sie so lange auf Bruce ein, bis er nachgab und sich von ihr zum Wagen führen ließ, obwohl er kaum noch gehen konnte.

Vor dem alten Krankenhaus stand eine Schlange von Fahrzeugen, und der Parkplatz quoll über. Voller Angst, dass sie nicht nahe genug herankam, damit Bruce das letzte Stück gehen konnte, schloss Jane ihre Familie im Wagen ein und rannte zum Eingang des Hospitals, um Hilfe zu holen.

Ihr boten sich erschreckende, chaotische Szenen: Gehetzte Empfangsschwestern sahen sich einem Kreuzfeuer von Fragen verzweifelter Familienangehöriger ausgesetzt. In den Korridoren, die von der Eingangshalle abgingen, sah Jane lange Reihen von Matratzen auf dem Fußboden. Die Krankenzimmer waren offensichtlich voll. Ärzte, Schwestern und Angehörige bahnten sich einen Weg zwischen den Liegenden hindurch oder traten über sie hinweg. Es war ein heilloses Durcheinander. Träger kamen mit einer Bahre und hoben eine schlaffe Gestalt von einer der Matratzen nahe dem Foyer. Die weinenden Angehörigen wurden weggeführt. Kaum hatte man den Leichnam fortgebracht, entbrannte eine heftige Auseinandersetzung zwischen zwei Familien, die um den frei gewordenen Platz auf der Matratze kämpften.

»Wir haben keine Medikamente mehr«, hörte Jane einen Arzt sagen. »Wir können nichts weiter tun, als es den Patienten so bequem wie möglich zu machen und auf das Beste zu hoffen.«

Weinend ging Jane zum Wagen zurück. Sie würde Bruce zu Hause pflegen müssen.

Es war bereits hell, als sie wieder in die Einfahrt bog. George, ihr Nachbar, kam aus der Tür und starrte aus zusammengekniffenen Augen auf Bruce, der schlaff auf dem Beifahrersitz kauerte.

»Wir waren im Krankenhaus«, berichtete Jane. »Aber es war Zeitverschwendung. Sie haben keine Medikamente mehr und keine freien Betten.«

»Ich habe Sie vorhin losfahren hören«, sagte George. »Sie hätten die Kinder bei mir lassen können.«

George und seine Frau Barbara waren all die Jahre gute Nachbarn gewesen. »Ich wollte Sie nicht wecken …«

George seufzte. »Ich habe sowieso die ganze Nacht kein Auge zugetan. Barbaras Zustand verschlimmert sich immer mehr. Und mir geht es auch ziemlich beschissen.«

Er half Jane, Bruce ins Schlafzimmer zu führen; dann kehrte

er in sein Haus zurück, um weiter bei Barbara zu wachen. Jane überredete Zach und Nicole, wieder zu Bett zu gehen. Die Kinder schliefen immer noch, als sie um acht Uhr das Haus verließ, um in das nächstgelegene Einkaufszentrum zu fahren.

Vor der Apotheke hatte sich bereits eine lange Schlange gebildet, wie an den meisten Tagen während der vergangenen Woche vor sämtlichen Läden, die noch geöffnet hatten. Alle verlangten nach Aspirin oder ähnlichen Mitteln. Der Apotheker weigerte sich inzwischen, an Fremde zu verkaufen, und selbst seine Stammkunden erhielten nur eine einzelne Packung. Jane bekam die allerletzte. Eine junge Frau, die hinter ihr in der Schlange angestanden hatte, brach in Tränen aus.

Erschöpft stellte Jane sich in der nächsten Schlange vor dem Supermarkt an. Zu Anfang hatte es wegen der Fabrikarbeiter, die krank zu Hause geblieben waren, Engpässe gegeben. Dieses Problem war später durch Stromausfälle und Panikkäufe noch schlimmer geworden.

Im Supermarkt waren viele Regale leer. Die meisten Waren hatte man mit Schildern versehen: ABGABE 1 STÜCK PRO KUNDE. Jane eilte durch den Laden und packte alles in den Einkaufswagen, was sie kriegen konnte.

Zach öffnete ihr die Tür, als sie nach Hause kam. Er weinte. »Daddy hustet Blut.«

Jane ließ die Einkaufstüten in der Diele zu Boden fallen und eilte ins Schlafzimmer.

»Bruce! Was ist?«

Er war zu müde oder zu krank, um zu antworten.

Nicole kam zur Tür und spähte ins Schlafzimmer. »Muss Daddy sterben?«

»Natürlich nicht«, sagte Jane leise. »Raus mit euch in den Garten. Geht spielen.«

Als die Kinder fort waren, wischte sie das Blut auf, löste mehrere Aspirin in einem Glas Wasser, schob Bruce ein Kissen in den Rücken und hielt ihm das Glas an die Lippen. Er konnte nur mit Mühe schlucken, und die Hälfte der kostbaren Flüssigkeit tropfte auf die Bettlaken. Jane machte es ihm so bequem wie möglich; dann ging sie in die Küche, um den Kindern das Frühstück zu machen. Als sie am Tisch saßen, rief Steven an.

»Wie geht es Bruce?«

»Er ist sehr krank«, flüsterte Jane mit einem besorgten Blick zu den Kindern. »Ich glaube, er wird sterben.«

»Ich komme rüber.«

»Aber ...«

»Kein Aber. Ich gehe nicht zur Arbeit, es hat keinen Sinn. Du brauchst mich viel dringender. Ich werde ein paar Nächte bei euch schlafen.«

Jane war erleichtert. Sie und ihr Bruder hatten sich immer sehr nahegestanden; ihr Verhältnis war noch enger geworden, seit Steven und seine langjährige Freundin auseinandergegangen waren. Kaum hatte Jane den Hörer aufgelegt, läutete das Telefon erneut. Bruce' Schwester rief an, um ihm zu sagen, dass seine Eltern erkrankt waren. Jane beschloss, Bruce nicht unnötig mit den schlechten Neuigkeiten zu belasten.

Steven kam zwei Stunden später, als der Strom gerade wieder ausgefallen war. Er schnappte sich einen Fußball und ging mit den Kindern nach draußen in den Garten. Jane stürzte sich in die Hausarbeit. Alles, nur nicht nachdenken.

Am späten Vormittag war der Strom wieder da. Sie schalteten den Fernseher ein, begierig auf neue Nachrichten. Die meisten Programme zeigten alte Filme, doch ein kleiner unabhängiger Sender übertrug eine Podiumsdiskussion über die Pandemie. Ein Dr. Thrussell sprach, offenbar der führende Virologe Neuseelands.

»Die tödliche Wirkung des Super-SARS liegt in der Einzigartigkeit der Erkrankung«, sagte Thrussell und gab der Seuche damit offiziell den Namen, der insgeheim schon lange kursierte. »Hinzu kommt die Vielzahl weltweiter Reisen, die heutzutage zur Normalität geworden sind.«

»Was ist so einzigartig an dieser Super-SARS?«, fragte der Moderator.

»Erstens«, erklärte der Virologe, »ist die Krankheit extrem ansteckend. Man kann sich bereits infizieren, indem man die Atemluft eines Erkrankten einatmet. Zweitens sind die ersten Symptome sehr schwach. Die Inkubationszeit ist ausgesprochen lang, sodass zunächst niemand den Ernst der Lage begriffen hatte, als die Krankheit sich ausbreitete. Deshalb wurden auch keine frühzeitigen Maßnahmen ergriffen, die Erkrankten in Quarantäne zu bringen. Einen Virus wie diesen haben wir noch niemals erlebt. Die meisten Viren erreichen ihren Zenit innerhalb von fünf bis sechs Tagen, doch der Super-SARS benötigt volle drei Wochen ...«

»Professor Davies«, unterbrach ihn der Moderator, wobei er sich an einen weiteren Teilnehmer der Diskussionsrunde wandte. »Können Sie als Statistiker etwas zur Ausbreitung der Pandemie sagen?«

»Nun, die Würfel waren gefallen, als die Seuche den ersten internationalen Flughafen erreicht hatte. Stellen Sie sich einen einzelnen infizierten Urlauber vor, der beispielsweise von Singapur nach London fliegt. Als er wieder zu Hause ist, infiziert er als Erstes Freunde und Familie. Dann sind es die Arbeitskollegen, der Garagenwächter und die Mitarbeiterin im Fotoladen, die seine Urlaubsfotos zum Entwickeln annimmt. Am schlimmsten aber ist, dass er dann auch noch den Hausarzt ansteckt, zu dem er wegen seines vermeintlichen leichten grippalen Infekts geht. Einen Hausarzt, der – wie Tausende andere Hausärzte überall auf der Welt in den Tagen darauf – die schwachen Symptome nicht als das erkennt, was sie in Wirklichkeit sind, nämlich die ersten Anzeichen einer tödlichen Erkrankung.«

»So kommt es in kürzester Zeit zu einer riesigen Anzahl infizierter Personen«, sagte der Moderator.

»Allerdings. In weniger als achtundvierzig Stunden kann

ein einzelner infizierter Passagier die Krankheit an tausend bis zweitausend Menschen weitergegeben haben«, schloss Professor Davies. »Und jeder dieser Infizierten steckt seinerseits im Verlauf der nächsten achtundvierzig Stunden zwischen tausend und zweitausend Menschen an. Das statistische Modell, das wir an der Auckland University durchgespielt haben, erbrachte das Ergebnis, dass innerhalb von zehn Tagen nach dem ersten Ausbruch bis zu neunzig Prozent der Weltbevölkerung mit dem Super-SARS-Virus infiziert waren.«

Der Moderator der Sendung war für einen Moment sprachlos, als ihm die volle Bedeutung der Aussagen Professor Davies' bewusst wurden. »Dr. Thrussell«, fuhr er schließlich fort, sichtlich betreten. »Glauben Sie, dass es in absehbarer Zeit einen Impfstoff geben wird? Und dass er in ausreichenden Mengen bereitgestellt werden kann?«

Als Thrussell zu einer Antwort ansetzte, wurde der Bildschirm schwarz. Steven und Jane saßen stumm vor dem Fernseher und warteten darauf, dass das Bild zurückkam, doch zu ihrer großen Enttäuschung – und der aller anderen Zuschauer – bekamen sie die Meinung des Virologen nie zu hören. Stattdessen begann ein paar Sekunden später, ohne jeden Kommentar, eine Dokumentation über wilde Tiere.

Wütend schaltete Steven den Fernseher aus. »So viel zum Versprechen ›vollkommener Offenheit und rückhaltloser Aufklärung‹ durch die Premierministerin«, sagte er.

Zwischen den Stromausfällen telefonierten Steven und Jane mit Freunden und Verwandten. Die Nachrichten waren niederschmetternd. Sie erfuhren, dass Bruce' Mutter gestorben war und dass sein Vater wohl auch nicht mehr lange zu leben hatte. Viele ihrer Freunde waren erkrankt, und einer von Bruce' jüngeren Vettern war in der Nacht gestorben.

»Rufst du bitte die Kinder zum Essen, Steven?«, bat Jane.

»Hast du bei ihnen Fieber gemessen?«

Jane schwieg, blickte zu Boden.

»Du solltest es tun«, fuhr Steven behutsam fort. »Falls sie Temperatur bekommen, könnte es helfen, wenn wir ihnen rechtzeitig Medikamente geben.«

»Ich habe kaum noch Medikamente.« Jane stiegen Tränen in die Augen.

Steven rief die Kinder aus dem Garten ins Haus, und Jane maß ihre Temperatur. Beide waren völlig normal, und Jane weinte vor Erleichterung.

»Jetzt wir«, verlangte Steven.

Auch bei ihnen lag die Körpertemperatur im normalen Bereich.

»Was hältst du davon, wenn ich heute Nachmittag mit den Kindern rausgehe? Du hättest eine Atempause.«

Jane nickte.

Nach dem Mittagessen ging Steven mit seiner Nichte und seinem Neffen in den Park. Es waren überraschend viele Kinder dort, begleitet von einem oder beiden Elternteilen.

»Eine furchtbare Geschichte, diese Pandemie«, sagte ein Mann auf einer Bank am Rand des Spielplatzes. Er beobachtete aufmerksam seine Tochter, als diese die Rutsche hinaufkletterte.

»Allerdings«, pflichtete Steven ihm bei.

»Die kleine Tochter unserer Nachbarn ist heute Morgen gestorben. Mein Sohn liegt krank im Bett, und meine Frau und ich haben Fieber. Und leider auch die Kleine.« Er zeigte auf seine Tochter. »Aber ich wollte, dass sie mal aus dem Haus kommt.« Er seufzte, und seine Stimme nahm einen hilflosen, beinahe resignierten Unterton an. »Mein Chef hat angerufen und gefragt, warum ich heute Morgen nicht auf der Arbeit war. Ich habe ihm gesagt, er kann mich mal. In Zeiten wie diesen kommt die Familie zuerst.«

»Wenn man die vielen Eltern im Park sieht, sind wir offenbar nicht die Einzigen, die heute nicht zur Arbeit gegangen sind«, sagte Steven.

»Stimmt«, sagte der Mann. »In meiner Firma ist nur die Hälfte der Leute zur Arbeit erschienen. Wie geht es denn Ihren beiden Kindern?«

»Es sind nicht meine Kinder, es sind die meiner Schwester. Bis jetzt zeigen sie keine Symptome.«

»Dann hatten Sie großes Glück. Alle Kinder unserer Freunde sind krank.«

»Zach, Nicole! Kommt, wir müssen gehen«, rief Steven und verfluchte sich im Stillen, weil er seine Nichte und seinen Neffen mit den kranken Kindern auf dem Spielplatz in Kontakt gebracht hatte.

Am Abend ging Steven, nachdem er Zach und Nicole zu Bett gebracht hatte, ins Elternschlafzimmer und setzte sich zu seiner Schwester.

»Ich glaube nicht, dass er noch lange durchhält«, sagte Jane leise.

»Nein«, stimmte Steven ihr zu. Es hatte keinen Sinn, sich etwas vorzumachen.

Bruce kämpfte bis in die frühen Morgenstunden des Donnerstags. Als er zu atmen aufhörte, stieß Jane einen durchdringenden Klagelaut aus, der durch den alten Bungalow hallte.

»Ist Daddy tot?«, fragte Nicole.

Steven fuhr herum. Beide Kinder standen in der Tür.

»Er ist jetzt im Himmel, oder?«, fragte Zach.

9

Tief bewegt stand Mark vor dem blumengeschmückten Erdhügel im Garten, unter dem Bruce ruhte.

»Daddys Seele ist im Himmel, aber sein Körper liegt im Garten«, sagte Zach.

»Ja. Wir wollten ihn eigentlich verbrennen«, flüsterte Nicole. »Aber es gab keinen Platz im Krem… Krem…«

»Krematorium«, sagte Zach, die Hände in die Hüften gestemmt.

»Warum geht ihr nicht spielen?«, forderte Jane die Kinder auf.

Sichtlich zögernd aus Angst, einen Teil des Dramas zu verpassen, schlenderten die Kinder zum anderen Ende des Gartens, wo ihr Spielhaus stand.

Steven wartete, bis sie außer Hörweite waren, ehe er Mark fragte: »Kurz nachdem Bruce gestorben war, kam dein Anruf. Aber er ergab keinen Sinn. Warum wurden wir so plötzlich unterbrochen?«

Jane und Steven lauschten, als Mark erzählte, wie Brigadier Fotherby den Anruf zum Büro der Fluglinie hatte zurückverfolgen lassen und den Finger auf die Gabel gelegt hatte, ehe Mark Gelegenheit gehabt hatte, ihnen vom Tod ihrer Mutter zu berichten.

»Von den Behörden haben wir kein Wort gehört«, sagte Steven bitter. »Hätte nicht Onkel Paul deine Nachricht weitergeleitet, hätten wir erst von Mutters Tod erfahren, als du heute hier aufgetaucht bist. Und wärst du nicht entkommen, hätten wir es vielleicht nie erfahren.«

Zwei Stunden nach Bruce' Tod hatte Steven seine Schwester und die beiden Kinder überreden können, sich ins Bett zu legen, um ein bisschen Schlaf zu finden. Nachdem die drei im großen Doppelbett im Gästezimmer aneinandergekuschelt lagen, kehrte Steven ins Wohnzimmer zurück und rief eine Reihe von Bestattern an. Doch entweder ging niemand an den Apparat, oder der Anrufbeantworter meldete sich.

Er wollte bereits aufgeben, als sich auf seinen letzten Versuch eine erschöpfte Stimme meldete. »Es tut mir leid«, sagte die Frau am anderen Ende der Leitung. »Die Krematorien sind vollkommen ausgelastet. Außerdem haben wir keine Särge mehr, und selbst wenn, bezweifle ich, ob wir Ihnen helfen könnten.

Mein Mann und ich sind krank, und seit zwei Tagen ist keiner unserer Mitarbeiter zur Arbeit erschienen.«

»Was sollen wir tun?«

»Auf dem Waikumete-Friedhof werden Massengräber ausgehoben. Aber ich muss Sie warnen: Die Toten werden mit Bulldozern in die Gräber geschoben, und dann kommt Erde darüber, so schnell es geht.«

»Was hast du gemacht?«, fragte Jane am nächsten Morgen. »Ich habe gehört, wie du die halbe Nacht in Bruce' Werkstatt hantiert hast.«

Steven führte sie ins Elternschlafzimmer. Dort lag Bruce friedlich in einem einfachen, jedoch handwerklich geschickt gefertigten Sarg.

Jane legte den Kopf an Stevens Schulter und flüsterte nur: »Danke.«

»Die Krematorien und Friedhöfe arbeiten nicht mehr«, sagte Steven. »Wir sollten Bruce hier zu Hause beerdigen.«

Jane nickte. »Ja, unter dem alten Pflaumenbaum hinten im Garten. Er hat sehr gerne dort gesessen und den Kindern beim Spielen zugeschaut.«

Nach dem Frühstück halfen die Kinder Steven beim Ausheben des Grabes. Weil sie Bruce' Familie telefonisch nicht erreichen konnte, fuhr Jane mit dem Wagen los, um ihnen die traurige Neuigkeit zu überbringen und sie zur Beerdigung einzuladen.

Als sie in die Einfahrt von Bruce' Elternhaus bog, erfüllte sie der Anblick zweier Erdhügel auf dem Rasen vor dem Haus mit einer düsteren Vorahnung. Dann sah sie die schlichten Kreuze. In diesem Moment wusste sie, dass Bruce' Eltern gestorben waren.

Im Haus fand sie ihre Schwägerin Eileen tot im Bett. Niemand war da gewesen, der sie hätte begraben können, und in der Hitze war ihr Leichnam bereits in Verwesung übergegangen.

Voller Entsetzen verließ Jane das Haus und fuhr einen halben Kilometer weiter zu Bruce' zweiter Schwester Hazel. Sie war ebenfalls krank, doch ihrem Ehemann und den beiden Kindern, die alle drei im Bett lagen, ging es noch wesentlich schlechter als ihr. Hazel nahm die traurige Nachricht mit stiller Resignation entgegen. Sie hatte ihre Mutter, ihren Vater, ihren Bruder und ihre Schwester verloren – alle innerhalb von achtundvierzig Stunden. Ihr Mann und die beiden Kinder waren todkrank und kaum noch ansprechbar. Es koste sie alle Willenskraft, sagte sie zu Jane, nicht zu ihnen ins Bett zu steigen und sich zum Sterben hinzulegen. Nein, sie könne nicht zur Beerdigung ihres Bruders.

Jane umarmte ihre Schwägerin ein letztes Mal, ehe sie wieder fuhr. Sie wusste, dass Hazel sich bereits aus der Welt zurückgezogen hatte. Es gab nichts, was Jane für sie, ihren Mann oder die Kinder hätte tun können. Sie alle würden innerhalb der nächsten Stunden sterben.

Hilflos trat Jane die Heimfahrt an, erfüllt von verzweifelter Sehnsucht nach den eigenen Kindern. Sie fuhr durch das Einkaufszentrum in Remuera. Die meisten Schaufenster waren eingeschlagen. Plünderer rafften zusammen, so viel sie tragen konnten. Jane bog in eine Seitenstraße und musste scharf bremsen, da ihr mehrere quer über die Straße geparkte Fahrzeuge den Weg versperrten.

»Halt!«, rief ein junger Mann in einem Kapuzenanorak.

»Was ist denn?«, fragte Jane.

»Haben Sie Essen im Wagen?«, fragte ein weiterer Jugendlicher, wobei er den Kopf durch das offene Wagenfenster streckte.

»Nein.«

»Machen Sie den Kofferraum auf.«

»Nein!«, sagte Jane trotzig. Sekunden später hörte sie, wie der Kofferraum gewaltsam mit einem Brecheisen aufgestemmt wurde.

»Nichts drin!«, rief eine Stimme vom Heck des Wagens.

Jane schaute in den Innenspiegel. Der Mann mit dem Anorak hatte den Tankdeckel abgeschraubt und schob einen Schlauch in den Tankstutzen.

Heißer Zorn loderte in ihr auf. Sie legte den Rückwärtsgang ein und trat das Gaspedal durch. Die Reifen kreischten protestierend – genau wie der Jugendliche, der ihr Benzin klaute, als sie ihm über die Füße fuhr. Da sie wegen des offenen Kofferraumdeckels nichts sehen konnte und der im Tankstutzen steckende Schlauch immer wieder laut scheppernd gegen die Seite des Wagens knallte, jagte Jane fast blind die Straße hinunter. Erst als sie in sicherem Abstand war, wendete sie, legte den Vorwärtsgang ein und jagte davon. Sie zitterte immer noch, als sie zu Hause in die Einfahrt bog.

Kurz nach Janes Rückkehr bemerkte Steven, wie George in seinem Garten ein Grab aushob. Er kletterte mit einem Spaten über den Zaun. »Brauchst du Hilfe?«

»Danke«, sagte George, auf seine Schaufel gestützt. »Meine Frau Barbara«, fügte er hinzu und deutete auf das flache Grab. »Sie ist heute Nacht gestorben.« Er atmete mühsam.

»Lass mich das Loch für dich ausheben. Du kannst mir nachher beim Zuschaufeln helfen.«

George widersprach nicht, sondern ließ sich auf die Gartenbank sinken. Er war ein stolzer Mann, doch er war mit der Kraft am Ende.

»Warst du in der Stadt?«, fragte er Steven.

Steven warf einen Spaten Erdreich auf den gepflegten Rasen. »Nein. Du?«

»Ja, gestern Nachmittag. Ich hatte gehofft, Medikamente kaufen zu können.«

»Und?«

»Nichts. Sämtliche Läden waren geplündert. Es ist die Hölle. Ganze Straßenzüge sind niedergebrannt. Jugendbanden streifen umher, Betrunkene zetteln Schlägereien an, Frauen werden vergewaltigt. Keine Spur mehr von Recht und Gesetz. Die Armee versucht, die Kontrolle aufrechtzuerhalten, aber es gibt nicht mehr genug Soldaten. Die Leute haben die Hoffnung aufgegeben, dass ein Heilmittel gefunden wird.«

Steven wuchtete einen dicken Stein aus dem Loch auf den Rasen. Er war körperlich fit, aber es war harte Arbeit, zwei Gräber an einem Tag auszuheben. Doch ein Blick zu George, der auf der Bank saß und mühsam nach Luft rang, verriet ihm, dass er das Grab alleine ausheben musste.

Um vier Uhr an diesem Nachmittag fanden die beiden schlichten Begräbnisse statt. Jane sagte ein paar Worte und sprach ein kurzes Gebet; dann senkten sie Bruce' Sarg ins Grab. Steven und Jane nahmen je ein Seil am Kopfende, während George seine letzten Kräfte mobilisierte und ein drittes Seil am Fußende packte – neben Zach und Nicole, die ebenfalls ein Seil hielten.

Doch George war zu sehr geschwächt, und der Sarg krachte hinunter ins Grab. Sie warfen ein paar Blüten auf den Deckel und weinten, als sie das Grab zuschaufelten und ein großes Bukett lilafarbener, blühender Bougainvillea darauflegten.

Nachdem sie George zurück in den eigenen Garten geholfen hatten, gingen Steven und Jane in das Haus des alten Mannes und wickelten Barbaras Leichnam in frische Laken. Sie mühten sich mit ihrer Last den Gartenpfad hinunter. George war zu geschwächt, um ihnen zu helfen. Sie legten Barbara ins Grab. Wieder sprach Jane ein kurzes Gebet; dann warfen die Kinder Blüten ins Grab.

»Das wird reichen«, sagte George, nachdem Steven die Leiche mit einer dünnen Schicht Erde bedeckt hatte.

Steven blickte ihn fragend an.

»Es gibt noch etwas, das ich gerne ins Grab legen würde, ehe es aufgefüllt wird«, erklärte George. »Lass mir einen Moment Zeit, okay?«

»Soll ich dir helfen?«, fragte Jane, als George müde zum Haus schlurfte.

»Nein, nicht nötig«, erwiderte er.

Jane und Steven saßen auf der Gartenbank und warteten auf Georges Rückkehr. Die Kinder spielten mit Snowy, Georges West Highland White Terrier.

»Was wird das alles für Auswirkungen auf sie haben?«, fragte Jane ihren Bruder, wobei sie mit einer Kopfbewegung in Richtung der Kinder wies.

Ehe Steven antworten konnte, fiel im Haus ein Schuss.

»Bleib mit den Kindern hier«, rief Steven und rannte zum Eingang.

Er fand George zusammengesunken am Schreibtisch in seinem Arbeitszimmer; neben ihm lag ein Gewehr auf dem Boden. Auf einem blutbespritzten Blatt Papier auf dem Schreibtisch stand zu lesen: »Bitte legt mich zu meiner Frau ins Grab.«

Steven wickelte Georges Leichnam in Decken, warf sich das Bündel über die Schulter und trug es durchs Haus und nach draußen in den Garten, wo er den Leichnam mit Janes Hilfe ins Grab sinken ließ.

»Ich schätze, das waren genug Begräbnisse für einen Tag«, sagte Steven und sah seiner Schwester in die Augen. »Du solltest jetzt die Kinder ins Haus bringen.«

Jane sah frisches Blut aus den Decken sickern und wandte sich ab, um nach Zach und Nicole zu rufen. Sie nahm beide an der Hand und kehrte mit ihnen ins Haus zurück.

»Komm schon, Snowy«, rief Steven Georges Hund zu, während er den letzten Rest Erdreich festklopfte und sich dann zum Gehen wandte. Doch Snowy lag winselnd neben dem Grab seines Herrchens und rührte sich nicht.

Steven kehrte zu Georges Haus zurück, durchsuchte die Küche und warf das Wenige, das an Essbarem übrig geblieben war, in einen Beutel. Dann nahm er das Gewehr und die Munition an sich, trug alles zum Zaun und kletterte hinüber. Die

Lebensmittel stellte er in der Küche ab, den Rest versteckte er unter dem Dach von Janes Garage, außerhalb der Reichweite der Kinder.

10

»Was uns zum gestrigen Tag bringt«, sagte Steven zu seinem Vater, während er den Bodensatz seines Tees auf den Rasen schleuderte.

Er berichtete, dass der Strom um halb zehn am Donnerstagmorgen wieder da gewesen war. Dass sie die Wasserhähne aufgedreht hatten, aber kein Wasser gekommen war. Dass sie den Fernseher eingeschaltet hatten in der Hoffnung auf Nachrichten, doch sämtliche Programme waren ausgefallen – bis auf einen Kanal mit Musik und einer Laufschrift am unteren Rand, dass um zehn Uhr eine Ankündigung erfolgen würde.

Während Jane eilig das Frühstück zubereitete, hatte Steven die Gelegenheit genutzt, seinen Onkel Christopher anzurufen. »Wie sieht's bei euch in Wellington aus?«, hatte er gefragt.

»Schlimm. Deine Tante Elizabeth ist sehr krank.«

»Was ist mit Sarah und Katie und ihren Familien?«

»Beide sind gesund, auch die Kinder. Aber Sarahs Mann ist gestern Nacht gestorben, und für Mike, Katies Mann, gibt es nicht viel Hoffnung. Wie sieht es bei euch in Auckland aus?«

Steven ging den Katalog von Familienangehörigen und Freunden durch, die bereits gestorben waren.

»Eine schreckliche Geschichte.« Christopher hatte seine Stimme kaum noch unter Kontrolle. »Der Himmel weiß, wie viele Leute hier in Wellington gestorben sind. Hör mal, ich muss aufhören«, sagte er unvermittelt. »Gerade kommt ein anderes Gespräch rein. Vielleicht ist es Katie, die wegen Mike anruft. Danke, dass du dich gemeldet hast. Pass auf dich auf.«

Steven berichtete seiner Schwester, was er erfahren hatte.

»Versuch, ob du zu Onkel Paul nach England durchkommst«, sagte Jane.

Steven wählte die Nummer, doch eine Konservenstimme meldete, dass zurzeit keine Auslandsgespräche möglich seien. Er versuchte es mit der Servicenummer, die man ihnen geben hatte, als ihre Eltern unter Quarantäne gestellt worden waren, doch auch hier antwortete nur eine Stimme vom Band, wie bereits in den achtundvierzig Stunden zuvor: Alle Passagiere seien wohlauf und stünden unter ärztlicher Überwachung.

Doch angesichts der Situation in Auckland, die immer mehr außer Kontrolle geriet, hatte Steven seine Zweifel an der Richtigkeit dieser Durchsage.

Um zehn Uhr hatten sich Jane, Steven und die Kinder eingefunden, um die Fernsehansprache zu verfolgen. Snowy, der sich endlich hatte überreden lassen, vom Grab Barbaras und Georges zu weichen, lag vor Zachs Füßen. Jane war froh über die Gesellschaft des kleinen Hundes, auch wenn sie nicht wusste, wie sie ihn füttern sollten. Doch er war eine Ablenkung für die Kinder. Misty, der Kater, war alles andere als erfreut – er war weggehuscht und versteckte sich unter der Veranda.

»Es scheint schlimm zu stehen«, bemerkte Steven, als ein uniformierter Soldat auf dem Bildschirm erschien.

Sie lauschten aufmerksam den militärischen Verfügungen. Die Kinder verstanden nicht viel von dem, was vor sich ging, doch eine Anweisung begriffen sie sofort: »Hauskatzen wurden als mögliche Überträger der Krankheit identifiziert und sind daher auf der Stelle zu beseitigen.«

»Nein!«, rief Zach verzweifelt und rannte aus dem Zimmer, in Tränen aufgelöst.

»Was heißt ›beseitigen‹?«, fragte Nicole.

»Wir müssen dem Mann zuhören«, sagte Jane mit einem Blick zu Steven, während sie sich fragte, wie sie das Problem Misty angehen sollte.

Der Offizier – nicht gewahr, dass seine Anweisung im gesamten Land mehr Bestürzung hervorgerufen hatte als jede andere zuvor – schloss mit den Worten: »Zu guter Letzt können wir Ihnen erfreulicherweise mitteilen, dass die internationalen Bemühungen, ein Mittel gegen die Seuche zu finden, sehr gute Fortschritte machen. Wir rechnen damit, in naher Zukunft über wirksame Medikamente und Impfstoffe zu verfügen.«

»Ich glaube dem Kerl kein Wort!«, rief Steven wütend.

»Was meint der Mann damit, dass Misty beseitigt werden muss?«, fragte Nicole erneut.

Jane blickte zu Steven. In ihren Augen lag das stumme Flehen, ihr bei der Suche nach einer Antwort zu helfen.

»Es bedeutet, sie werden Misty töten!«, rief Zach, der wieder ins Haus gekommen war und in der Wohnzimmertür stand.

Nicole brach in Tränen aus. Beide Kinder rannten durch den Flur auf ihr Zimmer. Jane eilte hinter ihnen her.

Als sie ins Wohnzimmer zurückkehrte, war der Strom erneut ausgefallen. »Warum ausgerechnet Katzen?«, fragte sie Steven.

»Es gab von Anfang an den Verdacht, dass der erste Ausbruch von SARS durch wild lebende Katzen in Asien verursacht wurde. Vielleicht hat die Seuche inzwischen auf Hauskatzen übergegriffen«, erklärte Steven, ehe er nach draußen in den Garten ging.

Er sah zum Himmel hinauf. Regen lag in der Luft. Steven löste das Fallrohr von der Dachrinne und leitete es durch das Fenster in die inzwischen leere Badewanne. Nach seiner Schätzung hatten sie noch Wasservorräte für vier Tage – vorausgesetzt, sie gingen sparsam damit um. Wenn es nicht bald regnete, würde er woanders nach Wasser suchen müssen.

Als Nächstes arbeitete er sich methodisch die Straße hinunter und klopfte an sämtliche Haustüren. In den letzten vierundzwanzig Stunden hatte er kaum noch Lebenszeichen in der Gegend gesehen, und so hoffte er, leere Häuser vorzufinden.

Im ersten Haus – Nummer fünf – antwortete ihm eine verängstigte Frau durch die geschlossene Tür hindurch. Ihre gesamte Familie sei erkrankt, erklärte sie und flehte Steven förmlich an, weiterzugehen. Er ging zum nächsten Haus – Nummer sieben – und klopfte laut an. Keine Reaktion. Nachdem er mehrere Male vergeblich angeklopft hatte, ging er um das Haus herum nach hinten, wo er zu seinem Entsetzen einen großen Hund entdeckte, der hungrig an einem Arm zerrte, der halb aus einem flachen Grab ragte.

Niemand meldete sich, als Steven an die Hintertür hämmerte. Als er die Tür mit einem Stemmeisen aufbrach, das er im Gartenschuppen fand, schlug ihm Verwesungsgestank entgegen. Er spähte in ein Kinderzimmer und sah den Leichnam eines kleinen Mädchens, das Gesicht von Fliegen übersät. Neben ihr auf dem Fußboden lag ihre tote Mutter mit aufgedunsenem Bauch. Lachen aus Körperflüssigkeit hatten den Teppich durchtränkt.

Er riss die Küchenschränke auf und packte die wenigen Vorräte, die er finden konnte, in Plastiktüten. Dann machte er, dass er aus dem Haus kam. Draußen verjagte er den Hund, doch es gelang dem Tier, den Arm der Leiche abzureißen und im Maul mitzuschleppen. Steven kämpfte gegen den Brechreiz an, als er die Hintertür zuzog und verkeilte. Hoffentlich konnte er den Hund auf diese Weise daran hindern, auch über die Leichen im Haus herzufallen.

Irgendwann im Lauf des Nachmittags konnte Steven es nicht mehr ertragen. Er hatte inzwischen zwanzig Häuser durchsucht. Einige waren bereits ausgeplündert worden. In den meisten Häusern lag mindestens ein Toter – meist waren es mehrere –, und ihm war schlecht vom Gestank nach Verwesung. Es war eine grauenhafte Erfahrung, doch immerhin hatte er genügend Konserven und Trockennahrung entdeckt, um für mehrere Tage versorgt zu sein. Wasser hingegen hatte er kaum gefunden; offensichtlich hatten die meisten Leute den Ernst der Lage nicht begriffen und versäumt, ihre Badewannen zu füllen.

Mark lauschte aufmerksam, als Jane und Steven von ihren Erlebnissen berichteten. Er war stolz auf den Mut seiner Tochter und darauf, wie sein Sohn die praktischen Probleme angegangen war.

»Auf dem Weg hierher ist mir der eigenartige Geruch aufgefallen«, sagte Mark. »Ich nehme an, er stammt von den vielen Leichen.«

»Ja, es war drückend heiß in den letzten Tagen«, erwiderte Steven. »Bei diesen Temperaturen schreitet der Verwesungsprozess sehr schnell voran.«

»Ist gestern sonst noch etwas Wichtiges passiert?«, fragte Mark.

»Reicht das denn nicht?«, rief Jane zornig.

Steven setzte seinen Bericht fort.

Kurz nachdem Jane die erbeuteten Vorräte in ihrer Speisekammer verstaut hatte, war jemand an die Haustür gekommen und hatte geklopft.

»Bitte helfen Sie mir«, flehte eine leise Stimme. Auf der Veranda stand eine mitleiderregende Gestalt, eine junge Frau mit einem Baby in den Armen. »Ich habe nichts mehr zu essen. Können Sie mir etwas geben? Eine Kleinigkeit für das Baby?«

»Es tut mir leid, aber …«, begann Steven.

»Kommen Sie herein«, unterbrach Jane. »Wir finden schon was für Sie.«

Die junge Frau folgte ihnen durch den Flur und ins Wohnzimmer. »Setzen Sie sich.« Jane deutete auf das Sofa. »Ich mache Ihnen etwas für das Baby fertig.«

»Nein, nein … geben Sie mir einfach ein paar Lebensmittel mit, ja?«

Jane öffnete die Tür zur Speisekammer. Steven sah, wie die Augen der jungen Frau beim Anblick der Vorräte aufleuchteten. »Ich habe noch einen kleinen Jungen zu Hause«, sagte sie. »Er hungert ebenfalls.«

Steven sah tatenlos zu, wie Jane einen Teil des Ertrags seines Streifzugs in eine Plastiktüte packte. Sie schloss die Speisekammertür, öffnete sie dann aber noch einmal und legte ein paar zusätzliche Lebensmittel in die Tüte.

»Süße Kinder haben Sie«, sagte die junge Frau, die Zach und Nicole durch das Küchenfenster beim Spielen im Garten beobachtet hatte.

»Ja, das sind sie«, erwiderte Jane stolz.

»Tausend Dank noch mal«, sagte die Frau, als sie durch den Flur zur Haustür und hinaus auf die Straße eilte.

Steven verriegelte hinter ihr die Tür. »Wir müssen vorsichtig sein«, sagte er.

Jane blickte ihn an. In ihren Augen lag die stumme, vorwurfsvolle Frage, wie er auch nur eine Sekunde lang daran hatte denken können, die junge Frau mit leeren Händen gehen zu lassen.

»Da draußen liegen nicht unbegrenzt viele Nahrungsmittel herum, Jane«, sagte er. »Alle suchen nach Essbarem. Außerdem ziehen Plünderer durch die Straßen. Wir müssen an uns selbst denken … an unsere eigenen Kinder.«

Ehe sich ein Streit entwickeln konnte, klopfte es erneut an der Haustür. Durch die Scheiben sahen sie die Silhouetten von vier Personen. Sein Instinkt warnte Steven, die Tür zu öffnen. »Was wollt ihr?«, rief er.

»Haben Sie etwas zu essen übrig?«, fragte eine Männerstimme.

»Nein«, antwortete Steven entschieden.

»Doch! Ich hab's gesehen! Sie haben die ganze Speisekammer voll!«, rief eine zweite Stimme. Es war die junge Frau, die erst wenige Minuten zuvor so großzügig von Jane beschenkt worden war.

»Wir haben nichts mehr, tut mir leid«, rief Steven.

Durch die Scheibe beobachteten sie, wie die Gruppe auf der Veranda beratschlagte. Eine Gestalt holte mit dem Fuß aus und trat eine Glasscheibe ein.

»Wenn ihr nicht verschwindet, rufen wir die Polizei!«, drohte Jane.

»Welche Polizei?«, lachte eine Stimme draußen. Ein weiterer Tritt; eine weitere Scheibe zerbarst.

»Haut ab, sonst komme ich raus und mach euch Beine!«, rief Steven. »Warum geht ihr nicht in die Greenfield Road? In den Häusern dort gibt es genug zu essen!«

Das war eine Lüge, doch der Trick schien zu funktionieren. Jane und Steven beobachteten, wie die vier erneut beratschlagten und dann die Veranda verließen. Einige Minuten lang geschah nichts, während Jane und Steven reglos in der Diele standen, voller Angst, die Fremden könnten zurückkommen.

»Tut mir leid«, sagte Jane zerknirscht. »Jetzt weiß ich, warum du nicht wolltest, dass ich etwas von unseren Lebensmitteln weggebe.«

»Ist ja noch mal gutgegangen. Sie sind weg.«

Doch sie waren nicht weg. Als Jane und Steven zurück ins Wohnzimmer kamen, wurden sie bereits von drei jungen Männern und der jungen Frau erwartet. Sie waren durch Georges Garten hinter das Haus geschlichen, hatten Zach und Nicole gepackt und hielten jedem der beiden Kinder ein Messer an den Hals. Jane wollte vorspringen, doch Steven hielt sie fest.

»Keine Dummheiten, sonst müssen die Kinder es büßen«, drohte einer der Männer.

Zach und Nicole starrten ihre Mutter flehend an. Steven musterte die drei Männer. Zwei von ihnen sahen sehr krank aus, und dem Dritten ging es kaum besser. Doch sie waren auch verzweifelt. Ein Kampf würde in Blutvergießen enden – und wahrscheinlich mit dem Tod der Kinder.

»Wir wollen nur eure Lebensmittel«, sagte die junge Mutter.

»Lasst die Kinder gehen, und ihr bekommt, was wir haben«, antwortete Steven.

»Ja, nehmt die Lebensmittel«, flehte Jane. »Aber lasst meine Kinder frei!«

Nicole fing an zu weinen.

»Lass das Mädchen los«, befahl der älteste der drei Männer, offensichtlich der Anführer. Er hielt Zach weiterhin das Messer an die Kehle. Nicole rannte zu ihrer Mutter und klammerte sich an deren Bein. »Wir lassen den Jungen laufen, sobald wir haben, was wir wollen.«

Sie warteten, während Jane und Steven die kostbaren Lebensmittel aus der Speisekammer in sechs Plastiktüten packten.

»Jetzt lasst den Jungen gehen«, sagte Steven, als die Tüten voll waren und die Speisekammer leer.

»Wisst ihr was?«, entgegnete der Anführer mit einem grausamen Grinsen. »Wir bringen den Jungen morgen zurück. Beschafft uns noch mehr zu futtern, und ihr kriegt ihn wieder.«

»Mom!«, rief Zach mit vor Angst heiserer Stimme.

»Wie wär's mit einem Geschäft?«, fragte Steven unvermittelt.

»Was für ein Geschäft?« Der Mann drückte Zach das Messer an die Kehle. »Ihr habt nichts anzubieten. Wir haben eure Speisekammer leer geräumt.«

»Was haltet ihr von Dope?«

»Was habt ihr denn?«

»Erstklassiges Marihuana«, sagte Steven.

Jane starrte ihren Bruder ungläubig an. Steven war ein Fitness-Fanatiker. Sie hatte ihn noch nie eine Zigarette rauchen sehen, geschweige denn Marihuana.

Der junge Mann zögerte.

»Lasst den Jungen los«, sagte Steven, »dann könnt ihr das Zeug haben.«

»Okay. Du holst mir den Stoff. Und keine Tricks, sonst kriegt der Kleine es zu spüren«, drohte der junge Mann und drückte das Messer fester gegen Zachs Kehle.

Jane bedachte ihren Bruder mit einem vorwurfsvollen Blick.

»Ich hab das Zeug versteckt. Ich muss es erst holen.«

»Klar, und ich bin bescheuert, was?«, schnarrte der Anführer. »Wo ist der Stoff?«

»Kommen Sie mit.«

Steven ging zu der Tür, die das Haus mit der angebauten Garage verband. Die Bande folgte ihm.

»Ihr beide auch!«, sagte der Anführer und zeigte auf Jane und Nicole. Sie trotteten hintereinander in die Garage und beobachteten, wie Steven eine Trittleiter anstellte und hinauf in die Dachsparren kletterte. Er streckte die Hand aus, griff in einen Stapel Krimskrams und ertastete den Schaft von Georges Gewehr. »Ich hab's«, sagte er. Mit einer fließenden Bewegung schwang er das Gewehr herum und zielte auf den Kopf des Kerls, der Zach das Messer an die Kehle hielt.

Der Bursche erschrak. »Das wagst du nicht«, sagte er.

»Probier's aus«, entgegnete Steven. Er wusste, dass ihm seine erhöhte Position auf der Leiter einen psychologischen Vorteil verschaffte.

»Ich bring den Jungen um«, drohte der Bursche.

»Ich habe sechs Kugeln im Magazin, und ich bin ein verdammt guter Schütze. Ich erledige euch alle vier, wenn es sein muss.«

Der Bursche, der Zach festhielt, wechselte Blicke mit den anderen.

»Lasst ihn gehen«, befahl Steven. »Sofort.«

Die Bande zögerte.

»Ihr habt fünf Sekunden, von hier zu verschwinden«, sagte Steven und zielte mit dem Gewehr genau zwischen die Augen des schwitzenden Anführers. »Fünf … vier …«

»Los, Leute, hauen wir ab!«, rief der Anführer und stieß Zach von sich weg.

Zach rannte zu seiner Mutter. Steven schwenkte das Gewehr zwischen den vier jungen Leuten hin und her. Sie stürmten durch den Flur und platzten durch die Vordertür nach draußen. Die Plastiktüten mit den Lebensmitteln ließen sie auf ihrer wilden Flucht fallen.

11

Mark legte seiner Tochter den Arm um die Schulter. »Es muss ein schrecklicher Tag für dich gewesen sein.«

Jane nickte und kämpfte gegen die Tränen an.

»Sie wollten uns die Kehle durchschneiden, aber ich hatte überhaupt keine Angst!«, brüstete sich Nicole. »Und ich war ganz tapfer, als der Doktor kam.«

»Der Doktor?«, fragte Mark.

»Ja«, sagte Jane. »Wir hatten im Lauf des Tages noch mehr Besuch.«

Nachdem die Bande geflüchtet war, sicherte Steven das Haus, so gut er konnte. Er entdeckte ein paar Schieberiegel in Bruce' Werkstatt und schraubte sie innen an die Türen. Dann nagelte er die Schiebefenster des Bungalows fest. Das Haus konnte zwar nicht einbruchsicher gemacht werden, doch kam man nur noch hinein, wenn man ein Fenster einschlug – und dann würden sie das Glas bersten hören. Er legte Georges geladenes Gewehr oben auf den Küchenschrank, wo er es leicht erreichen konnte, und hielt eine Spitzhacke griffbereit, als er auf die hintere Veranda ging, um auf dem Grill Essen zuzubereiten.

»Ich mache mir Gedanken wegen Zach«, sagte Jane, als ihr Bruder das Gemisch von Zutaten wendete, das sie zu Frikadellen zusammengeknetet hatte. »Er schließt sich für meinen Geschmack viel zu oft in seinem Spielhaus ein.«

»Mach dir deswegen keine Sorgen. Er braucht Zeit für sich. Er muss um seinen Vater trauern, genau wie wir anderen.«

Jane nahm sich Stevens Rat zu Herzen und protestierte nicht, als Zach seine Frikadellen nahm und sich damit ins Spielhaus zurückzog, um allein zu essen. Er blieb in seinem Versteck, bis er zum Schlafengehen ins Haus gerufen wurde.

Jane hatte die Kinder gerade zu Bett gebracht, als es erneut an der Haustür klopfte. Steven nahm das Gewehr und überprüfte Hintertür und Fenster. Alles war gesichert. Er schlich durch die Diele nach vorn und bedeutete Jane mit einem Wink, sich leise zu verhalten. Ein zweites, diesmal lauteres Klopfen war zu hören. »Machen Sie die Tür auf! Polizei!«

Jane und Steven erkannten die Umrisse zweier Männer hinter den Milchglasscheiben. »Beachte sie gar nicht«, sagte er zu Jane. »Das ist bestimmt wieder so ein mieser Trick.«

Jane glaubte die Umrisse einer Schirmmütze zu erkennen. »Vielleicht haben sie Neuigkeiten über Mom und Dad.«

»Was wollen Sie?«, rief Steven durch die Glasscheibe.

»Wir müssen mit Ihnen reden.«

»Woher sollen wir wissen, dass Sie tatsächlich von der Polizei sind?«

»Ich zeige Ihnen meinen Dienstausweis«, sagte die Stimme von der anderen Seite der Tür.

Die Silhouette beugte sich vor und schob einen in Plastik eingeschweißten Dienstausweis durch eine der zerbrochenen Scheibe in der unteren Hälfte der Tür. Steven und Jane prüften den Ausweis und gaben ihn schließlich zurück.

»Kleinen Moment«, sagte Steven, huschte eilig in die Küche und legte das Gewehr wieder oben auf den Schrank – er wollte unter allen Umständen vermeiden, dass die Polizei die Waffe beschlagnahmte. Dann nahm er die Spitzhacke beim Griff, kehrte zur Eingangstür zurück und öffnete sie.

»Hatten Sie Probleme mit Plünderern?«, fragte der Beamte.

»Das können Sie laut sagen.«

»Dies ist Dr. Irwin vom Auckland Hospital«, stellte der Polizeibeamte seinen Begleiter vor. »Er führt eine medizinische Untersuchung durch.«

»Haben Sie Neuigkeiten über unsere Eltern?«, fragte Jane.

»Ihre Eltern?«

»Ja. Sie sind mit der letzten Maschine aus Singapur gelandet – mit dem Quantas-Flug, der unter Quarantäne gestellt wurde.«

Die beiden Besucher schüttelten die Köpfe.

Jane führte sie durch den Flur ins Wohnzimmer. Steven blickte nervös zum Kolben der Waffe über dem Küchenschrank hinauf, doch er war in der zunehmenden Dunkelheit kaum zu erkennen.

»Sind Sie Jane und Bruce Owen?«, fragte der Arzt und konsultierte seine Unterlagen.

»Ich bin Jane Owen. Mein Mann Bruce ist gestern gestorben. Das hier ist mein Bruder Steven.«

»Steven Chatfield?«

»Ganz recht.«

»Gut«, sagte der Arzt. »Und Ihre Kinder, Mrs. Owen? Sind Ihre Kinder gesund?«

»Ja. Beide hatten einen Anflug von Grippe, wie wir alle, aber sie sind wieder gesund und munter.«

»Ausgezeichnet«, sagte der Doktor, als handelte es sich um eine Routineuntersuchung. Er öffnete seinen Arztkoffer. »Ich würde gerne Ihre Temperaturen messen. Bei Ihnen und Ihren Kindern.«

»Aber die Kinder schlafen schon«, sagte Jane.

»Nein, tun wir nicht!«, rief eine Stimme. Zach und Nicole standen in Schlafanzügen in der Tür.

»Ausgezeichnet, junger Mann«, sagte der Doktor. »Du bist Zach, nehme ich an.«

»Und ich bin Nicole«, sagte seine Schwester. »Ich bin schon sechs.«

»Oh, ein großes Mädchen. Nun, dann kommt mal beide her zu mir und lasst mich eure Temperatur messen.«

Nicole schubste ihren Bruder zur Seite.

Dr. Irwin schob ihr das Infrarot-Thermometer ins Ohr. »Gut«, sagte er, als er fertig war. Zach trat vor. »Deine Temperatur ist ebenfalls normal, junger Mann. Als Nächstes messen wir bei eurer Mom und eurem Onkel Steven. Wollen wir das tun?«

Auch mit den Körpertemperaturen von Jane und Steven schien Dr. Irwin zufrieden zu sein.

»Und wer von euch gibt mir die erste Blutprobe?«, fragte Dr. Irwin, als er fertig war.

Mit einem Mal sahen Zach und Nicole aus, als wünschten sie sich, in ihren Betten liegen geblieben zu sein.

»Blutproben?«, fragte Jane.

»Reine Routine«, versicherte Dr. Irwin.

»Zu Ihrer eigenen Sicherheit«, sagte der Polizeibeamte. »Wir haben keine andere Möglichkeit, die Ausbreitung der Seuche zu überwachen.«

»Sie haben einen Hund, wie ich sehe«, sagte der Arzt, nachdem er die Blutproben genommen hatte. »Eine Katze auch?«

»Wir hatten einen Kater, aber der ist verschwunden«, antwortete Jane.

»Er ist weggelaufen, weil sie ihn sonst umgebracht hätten!«, rief Zach.

Steven beugte sich vor. »Wir haben das Tier seit vierundzwanzig Stunden nicht mehr gesehen«, flüsterte er Irwin ins Ohr. »Ich nehme an, einer der Nachbarn hat es erschossen. Ich habe Schüsse gehört.«

»Wenn Sie den Kadaver finden, verwahren Sie ihn«, gab der Arzt ebenfalls flüsternd zurück. »Ich würde ihn mir gerne genauer ansehen.«

Nachdem die Untersuchungen abgeschlossen waren, folgten die Besucher Steven durch den Flur.

»Sie sollten in Haus Nummer fünf nachsehen«, sagte Steven, als er die Tür aufhielt, und deutete zum Bungalow auf der anderen Straßenseite. »Dort wohnt eine Frau mit ihren kranken Kindern.«

»Machen wir. Danke«, antwortete der Polizeibeamte.

Die beiden Besucher verabschiedeten sich. Steven schloss hinter ihnen die Tür. Während er die Riegel vorschob, hörte er Wagentüren klappen und das Geräusch eines anspringenden

Motors. »Seltsam«, sagte er zu Jane, nachdem sie die Kinder wieder ins Bett gebracht hatte. »Die haben sich nicht mal die Mühe gemacht, in Haus Nummer fünf nachzusehen. Wenn jemand dringend einen Arzt gebraucht hätte, dann diese Familie.«

»Das ist nicht das einzig Merkwürdige an der Geschichte«, unterbrach Mark den Bericht seines Sohnes über die Ereignisse des Vortags. Steven und Jane blickten ihn beunruhigt an. Mark war erschöpft und voller Trauer über Helens Tod, doch seit sie ihm vom Besuch des Arztes am Tag zuvor erzählt hatten, wirkte er mit einem Mal nervös und ängstlich.

»Diese Leute kannten eure Namen«, fuhr Mark fort. »Jeden einzelnen: Steven, Zach, Nicole …«

»Dad hat recht«, sagte Jane und blickte Steven an. »Ich hatte ihnen bloß gesagt, dass du mein Bruder bist, aber dieser Arzt wusste sofort, wie du heißt. Und warum sind sie hinterher nicht zu den Nachbarn in Haus Nummer fünf gegangen? Warum sind sie nur zu uns gekommen?«

»Weil sie vermuten, dass unsere Familie aus irgendeinem Grund immun gegen die Seuche ist«, sagte Mark. Er erzählte vom Besuch der amerikanischen Ärzte auf dem Flughafen und vom gescheiterten Versuch der Amerikaner, ihn zu entführen. »Wir sollten so schnell wie möglich von hier verschwinden«, erklärte er, als er mit seiner Geschichte fertig war.

Jane sah ihn an. Seine Entschlossenheit erstaunte sie.

»Sie wissen, wo du wohnst«, sagte Mark, der ihr Zögern bemerkte. »Es ist nur eine Frage der Zeit, bis sie sich ausrechnen können, dass ich hierhergekommen bin.«

Steven pflichtete Mark bei. »Lasst uns von hier verschwinden.«

Jane schüttelte den Kopf. »Wenn wir immun sind und helfen können, ist es unsere Bürgerpflicht, das auch zu tun.«

»Ich vertraue den Behörden nicht mehr«, widersprach Mark

entschieden. »Die Welt ist nicht mehr so, wie wir sie gekannt haben. Es gelten keine Regeln mehr. Wer weiß, was sie mit uns anstellen …«

Steven nickte. »Sie haben nicht viel Zeit. Angenommen, sie kommen zu dem Schluss, dass Blutproben nicht ausreichen? Angenommen, sie wollen eine Leber oder ein Herz oder ein anderes Organ für ihre Forschungen? Bist du bereit, Zach oder Nicole zu opfern?«

»Los, packen wir zusammen«, sagte Mark. »Hier ist es nicht mehr sicher!« Er sah die Tränen in Janes Augen, als sie durchs Fenster auf Bruce' Grab blickte. »Es ist nur vorübergehend«, fügte er sanft hinzu. »Wir kommen zurück, wenn alles vorbei ist.«

12

»Und wohin sollen wir gehen?«, fragte Jane ihren Vater.

»Wir sollten Auckland vorerst ganz hinter uns lassen. Gehen wir auf die *Raconteur*.«

»Auf das Schiff?« Der Vorschlag ihres Vaters, an Bord seines Zwölf-Meter-Motorseglers zu gehen, schien Jane zu überraschen.

»Denk doch mal nach«, beharrte Mark. »Die *Raconteur* ist autark. Sie hat genügend Treibstoff, Wasser, Konserven und Flaschengas für viele Wochen an Bord. Wir wären eine Zeitlang völlig unabhängig.«

»Wir sollten es auf jeden Fall versuchen«, pflichtete Steven ihm bei. »Wir müssen aus der Stadt verschwinden, auf die eine oder andere Weise.«

Mark blickte auf die Uhr. »Dann sollten wir jetzt packen.«

»Ich will hierbleiben!«, rief Zach trotzig.

»Wir gehen«, entschied Jane, die eingesehen hatte, dass es sicherer war, die Stadt zu verlassen. Sie schaute die Kinder an.

»Packt eure Sachen. Nehmt die hübschen Rucksäcke, die Großmutter euch geschenkt hat.«

Nicole rannte in ihr Kinderzimmer, Zach auf den Fersen.

Mark wurde immer nervöser bei dem Gedanken, der unerwünschte Besuch könnte zurückkehren. »Ich will in zehn Minuten von hier verschwunden sein, okay? Ich pack die Vorräte zusammen. Jane, such dir Kleidung raus und pack ein paar von Bruce' Sachen für mich ein. Außerdem Bettwäsche und Laken.«

»Bei so viel Gepäck brauchen wir beide Wagen«, sagte Steven. »Ich mache alles fertig.«

Alle eilten los, um ihre jeweiligen Aufgaben zu erledigen. Zehn Minuten später waren die Wagen fast voll beladen.

»Du nimmst die Kinder und fährst voraus, Steven«, sagte Mark. »Ich komm dir mit Jane in ihrem Wagen nach, okay?«

»Ja. Welchen Weg nehmen wir?«

Die *Raconteur* lag in Gulf Harbour auf der Whangaparaoa Peninsula, vierzig Kilometer nördlich von Auckland.

»Ich hab keine Lust auf die Harbour Bridge«, sagte Mark, als er an seine Erlebnisse während seiner Flucht dachte. »Lasst uns zuerst nach Westen aus der Stadt fahren, dann rauf nach Norden.«

Jane kam mit zwei Plastiktüten voll Bettzeug aus dem Haus und schaute sich um. »Wo steckt Zach?«, fragte sie.

»Er ist in seinem Spielhaus«, sagte Nicole.

»Nein, bin ich nicht. Ich bin hier!« Zach erschien an der Seite der Garage, seinen Rucksack auf den Armen.

Die beiden Kinder wurden zusammen mit Snowy auf den Rücksitz von Stevens Wagen verfrachtet. Als Jane ihrem Bruder über die Ausfahrt auf die Straße folgte und beschleunigte, warf Mark einen Blick die Ragmot Street hinunter. Genau in diesem Moment bog ein Mannschaftswagen der Army in die Straße ein. Mark machte sich ganz klein in seinem Sitz, doch der Fahrer des Mannschaftswagens hatte sie entdeckt und jagte ihnen hinterher.

»Sie haben uns gesehen!«, rief Mark. Jane gab Gas, überholte ihren Bruder und bedeutete ihm mit wilden Gesten, ihr zu folgen.

Abrupt bog sie nach rechts in eine Seitenstraße ein. Steven tat es ihr gleich. Nicole klammerte sich an Snowy, und Zach drückte seinen Rucksack an sich. Der Fahrer des Militärtransporters hatte Mühe, nicht den Anschluss zu verlieren.

»Hinter der nächsten Kurve liegt unsere Schule«, rief Nicole in Stevens Wagen.

Als Steven um die Kurve jagte, war Janes Wagen verschwunden. Vor ihnen lag eine weitere Biegung, doch Janes Vorsprung war nicht groß genug gewesen, als dass sie so weit hätte voraus sein können.

»Wo ist eure Schule?«, rief Steven nach hinten.

»Hinter der großen Hecke links!«, antwortete Zach.

Steven fand kaum Zeit zum Reagieren. Er riss das Steuer nach links und rumpelte über den Bordstein hinter die Hecke. Sekunden später sah er im Rückspiegel, wie die Soldaten an der Einfahrt vorbeijagten und hinter der nächsten Kurve verschwanden. Jane fuhr einmal um den Schulhof herum und kehrte zur Einfahrt zurück. Den Wagen ihres Bruders dicht auf den Fersen, fuhr sie mit halsbrecherischer Geschwindigkeit in die Richtung zurück, aus der sie Sekunden zuvor gekommen waren.

Nachdem sie mehrere Male mit kreischenden Reifen in Seitenstraßen abgebogen waren, erreichten sie einen kleinen Park und hielten. Steven stellte den Motor ab und sank schwitzend über dem Lenkrad zusammen. Zach saß still und blass da und klammerte sich an seinen kostbaren Rucksack. In der Ferne war das tiefe Brummen des im Viertel kreuzenden Armeefahrzeugs zu hören. Das Geräusch wurde nach und nach leiser und verstummte schließlich ganz.

Sie fuhren nach Westen durch die Vororte von Auckland, Steven vorneweg. Es war ein Bild der Trostlosigkeit. Sie sahen kaum Menschen. Ganze Straßenzüge waren niedergebrannt;

die Trümmer schwelten immer noch. Und überall waren frische Gräber.

Als sie durch Glen Eden kamen, tauchte hinter ihnen ein Wagen auf, der in die gleiche Richtung fuhr. Steven verringerte die Geschwindigkeit, damit Jane zu ihm aufschließen konnte. Der andere Wagen setzte sich neben sie. Hinter dem Steuer saß eine Frau. Bei ihr waren zwei Männer in mittlerem Alter – einer auf dem Beifahrersitz, der andere auf der Rückbank. Beide spähten neugierig in Stevens Wagen. Die Männer sahen halbwegs anständig aus.

Der Wagen fuhr ein Stück neben ihnen her, wobei die Insassen zu ihnen herüberstarrten. Da kein anderes Fahrzeug unterwegs war, konnte der fremde Wagen die Gegenfahrbahn benutzen. Die Szene wurde zunehmend bedrohlicher, bis Steven schließlich das Fenster herunterkurbelte und der Frau winkte, endlich zu überholen. Sie ignorierte ihn. Steven beschleunigte ein wenig. Die Frau tat es ihm gleich und hielt ihre Position.

»Gib mir das Gewehr«, sagte Steven zu Zach. »Es ist auf der Gepäckablage. Aber komm nicht an den Abzug, es ist geladen.«

Zach tat wie geheißen, und Steven legte das Gewehr neben sich auf den Beifahrersitz. Er hoffte, den anderen Wagen damit abzuschrecken, doch zu seiner Bestürzung hatten die beiden Beifahrer, als er das nächste Mal zur Seite sah, die Scheiben heruntergekurbelt. Einer zielte mit einer Pistole auf Stevens Kopf, der andere auf die beiden Kinder. Die Männer winkten ihm anzuhalten, und zögernd kam er ihrer Aufforderung nach. Jane und Mark hatten die Waffen noch nicht gesehen. Sie hielten hinter Steven und stiegen aus dem Wagen. Einer der Männer stieg ebenfalls aus und zielte in ihre Richtung.

»He, ihr auch!«, rief der andere Mann Steven zu. »Los, aussteigen!«

Steven hatte keine andere Wahl, als zu gehorchen.

»Und die Kinder!«, befahl die Frau. Sie war ebenfalls ausgestiegen und hatte sich zu ihren beiden männlichen Begleitern gesellt, eine Waffe im Anschlag.

Nicole stieg aus dem Wagen, gefolgt von Zach. Steven musterte die Wegelagerer kritisch; alle drei waren in einer üblen gesundheitlichen Verfassung.

»Was wollt ihr von uns?«, fragte Mark.

»Habt ihr Medikamente?«, fragte die Frau.

»Nein.«

»Durchsucht sie«, sagte einer der Männer.

»Nein!«, rief Zach und drückte seinen Rucksack fester an seine Brust.

»Was hast du da drin?«, fragte die Frau und machte einen Schritt auf ihn zu.

»Lass ihn in Ruhe!«, rief Jane.

Einer der Männer zielte mit der Pistole auf Janes Kopf.

»Gib mir den Rucksack«, sagte die Frau zu Zach. »Na los, gib schon her!«

»Nein!«

Die Frau entriss ihm den Rucksack, legte ihre Pistole zu Boden und zog am Reißverschluss. Er klemmte. Die Frau schob die Finger durch einen schmalen Schlitz. Plötzlich schrie sie schmerzerfüllt auf und zog ihre blutende Hand zurück.

Das war alles an Ablenkung, was Mark und Steven brauchten. Sie packten die Waffen der beiden Männer und drückten die Läufe nach oben. Zwei Schüsse fielen, doch die Kugel flogen harmlos zum Himmel. Jane packte die Pistole, die auf der Straße lag, und zielte auf die Frau.

Diese machte einen kraftlosen Satz auf Nicole zu. Es war das zweite Mal in weniger als vierundzwanzig Stunden, dass Janes Kinder bedroht wurden. Sie drückte ab. Wie vom Blitz getroffen, brach die Frau zusammen und rührte sich nicht mehr.

Misty zwängte den Kopf durch den Schlitz in Zachs Rucksack, besah sich das Spektakel und stieß ein klägliches Miauen aus. Er wollte freigelassen werden. Zach drückte ihn zurück in den Rucksack und zog den Reißverschluss zu.

Mit einem schnellen, gut gezielten Schlag setzte Steven den älteren der beiden Männer außer Gefecht. Dann sprang er zu dem anderen, der mit seinem Vater kämpfte, und schlug ihm den Kolben der Waffe auf den Schädel.

»Los, verschwinden wir von hier«, rief er dann, zielte auf den Wagen der Angreifer und zerschoss die Reifen. Jane weinte und zitterte am ganzen Leib, als sie auf das Blut starrte, das unter dem Leichnam der Frau eine Lache bildete.

»Ich fahre«, sagte Mark leise, nahm Jane die Pistole aus der Hand und schob sie auf den Rücksitz. Nicole stieg neben ihrer Mutter ein. »Zach ist ein böser Junge, stimmt's, Mom?«, fragte sie. »Ich hab ihm gesagt, er soll Misty nicht in seinem Spielhaus verstecken.«

»Gut, dass er's getan hat«, sagte Mark, als er losfuhr.

13

Mark fuhr voraus, als sie Glen Eden verließen und nach Norden in Richtung Silverdale fuhren. Sie alle fühlten sich sicherer, sobald sie die Stadt hinter sich gelassen hatten. Die ländliche Gegend wirkte auf beruhigende Weise vertraut und unverändert. Ein Farmer mit einem Gewehr starrte ihnen misstrauisch hinterher.

Sie kamen an verwesenden Kadavern von stümperhaft geschlachtetem Vieh vorbei. Die Überreste wurden von streunenden Hunden und Aasfressern gefleddert.

Eine Stunde später bogen sie nach Osten auf die Straße ein, die über die gesamte Whangaparaoa Peninsula führte. Als sie das Plaza Shopping Centre passierten, jagte ihnen eine Bande Plünderer hinterher, doch wieder konnten sie entkommen.

»Wir sind fast da«, sagte Mark aufatmend, als er in den

Kreisverkehr oberhalb von Gulf Harbour einbog und hinunter zur Marina fuhr. Vor ihnen lag die unverwechselbare Siedlung von Gulf Harbour Village, ockerfarbene Häuser im mediterranen Stil mit roten Ziegeldächern, die sich um einen Kanal mit Bootsanlegern drängten. Es war Marks und Helens Traum gewesen, sich in Gulf Harbour zur Ruhe zu setzen, mit der *Raconteur* draußen vor dem Haus am Anleger.

Der Parkplatz der Marina war voll, doch es waren weit weniger Masten zu sehen als sonst. Sehr viele Leute schienen zu dem Schluss gekommen zu sein, dass ihre Schiffe einen sicheren Hafen boten.

Sie gingen zum Pier, wo die *Raconteur* vertäut lag. Steven und Jane führten die kleine Gruppe an.

Jane war blass und ungewöhnlich ruhig.

»Alles in Ordnung?«, fragte Steven.

»Nein. Überhaupt nicht. Ich habe die Frau erschossen«, sagte Jane leise und kämpfte gegen die Tränen an.

»Du hast deinen Kindern das Leben gerettet.«

»Halt! Bleibt stehen, wo ihr seid!«, rief eine Stimme. Zu ihrer linken Seite stand ein alter Seebär mit wettergegerbtem Gesicht hinter der stoffbespannten Reling seiner Jacht und zielte mit einem Gewehr auf sie.

Mark eilte von hinten heran. Er hatte die unverwechselbare Stimme eines der älteren Mitglieder des Gulf Harbour Yacht Club wiedererkannt.

»Sind Sie das, Bill?«

»Ich will verdammt sein – Mark Chatfield!« Der alte Seebär grinste erfreut und senkte das Gewehr. »Reine Vorsichtsmaßnahme«, sagte er.

»Wie geht es Janice?«, fragte Mark.

»Tot. Hab sie gestern Morgen da draußen begraben«, sagte Bill und zeigte auf den winzigen Felsen von Kotanui Island vor der Einfahrt in die Marina. »Hab selbst wohl auch nicht mehr lange, so wie ich mich fühle. Wo ist Ihre Helen?«

»Vor einer Woche gestorben.«

Bill hustete und hielt sich die Brust. »Schlimme Sache, diese verfluchte Seuche ...«

»Können wir etwas für Sie tun, bevor wir ablegen?«

»Nein, ich hab reichlich Rum, und mehr brauche ich nicht«, antwortete Bill, hob ein Glas und prostete ihnen zu. Er rang nach Atem; dann stieß er hervor: »Alles in Ordnung mit Ramsay.«

Mark grinste in sich hinein, als er den Pier entlangging. »Alles in Ordnung mit Ramsay« – diese Worte hatte er in den vergangenen Jahren oft gehört, wenn der alte Seebär seinen Rum getrunken hatte. Doch trotz seiner tapferen Miene wussten beide, dass diesmal gar nichts mehr in Ordnung war mit Ramsay.

Als sie die *Raconteur* erreichten, erlebten sie den nächsten Schock. Das Schloss des Schotts zum Niedergang war aufgebrochen worden. Unter Deck waren sämtliche Schränke ausgeräumt.

»Die Lebensmittel sind verschwunden«, stellte Mark grimmig fest. Er hob einen Deckel im Kabinenboden an und überprüfte die Anzeigen der Diesel- und Wassertanks. »Aber das Wichtigste ist«, sagte er mit unüberhörbarer Erleichterung, »dass sie weder den Treibstoff noch das Wasser angerührt haben. Und wir haben ausreichend Vorräte mitgebracht. Wir haben noch mal Glück gehabt.«

Eine Stunde später war die *Raconteur* bereit zum Auslaufen. »Ich gehe mal eben rüber, dem alten Bill Tschüs sagen«, sagte Mark zu Steven.

Als er Bills Jacht erreichte, spähte er über die Relingbespannung und sah den alten Seebären tot im Cockpit an den Kabinenaufbau gelehnt, ein Lächeln im Gesicht und ein Glas in der Hand. Mark wickelte den Leichnam des alten Mannes in das Vorsegel der Jacht, das er mit einer Schot umwickelte und festband. Allmählich wurde Mark bewusst, wie leer das Leben sein würde, das vor ihnen lag. Der Yacht Club hatte einen großen Teil seines gesellschaftlichen Lebens eingenommen. Jetzt waren seine Freunde entweder tot oder sterbenskrank. Es würde keine Regatten mehr geben, keine Grillpartys mehr am Strand, kein gemeinsames Plaudern vor dem Clubhaus, keine Drinks am Lagerfeuer, kein Seemannsgarn.

Nachdem sie Bills Leichnam auf dem Vordeck der *Raconteur* verstaut hatten, band Mark einen Reserveanker an das Bündel. Vor Kotanui Island brachte er die *Raconteur* zum Halten, und Steven half ihm, Bills Leichnam über die Reling zu heben. Schweigend beobachteten sie, wie das Bündel ins Wasser fiel und in einem Schwall von Luftblasen versank, in die Tiefe gezogen vom Gewicht des Ankers. Es gab keine Grabrede, keine Abschiedsworte. Ihre emotionalen Reserven waren aufgezehrt. Mark hatte keine Trauer mehr übrig, nicht einmal mehr für einen alten Freund.

Zwei Stunden später holten sie die Segel ein, ließen den Diesel an und fuhren mit Motorkraft in die Woody Bay von Rakino Island. Es war ein wunderschöner Fleck, eine tief eingeschnittene Bucht mit einem herrlichen Sandstrand am Ende. Sie passierten eine andere Jacht, und Jane hob den Arm und winkte der im Cockpit sitzenden Gestalt grüßend zu. Die Gestalt reagierte nicht. Steven und Mark wechselten einen vielsagenden Blick.

Sie fanden eine Lücke zwischen mehreren Jachten am Ende der Bucht und ließen den Anker fallen.

»Sprotten!«, rief Zach, als ein Schwarm kleiner Fische herangeschwommen kam, um den Neuankömmling in Augenschein zu nehmen.

Während Steven und Jane die Kinder beim Angeln beaufsichtigten, ließ Mark das Dingi zu Wasser, rief Snowy zu sich an Bord und ruderte zu den benachbarten Jachten. Seine Stimme trug weit über die stille Bucht: »Ahoi, *Seaquin!*«, rief er. »Ahoi, *High Tension!* Ahoi, *Golden Bear!* Jemand an Bord?«

Mark erhielt keine Antwort. Doch als er über die Reling des ersten Schiffes kletterte, ließ der Gestank, der ihm aus dem Niedergang entgegenschlug, das Schlimmste befürchten. Unter Deck lagen eine Frau und zwei Kinder tot in ihren Kojen. Mark durchstöberte hastig die Schapps in der Kombüse.

Zwanzig Minuten später hatte er auch die Erkundung der anderen Jachten abgeschlossen und weitere Leichen gefunden. Darüber hinaus hatte er ein paar Konserven erbeutet, die nun in der Bilge seines Dingis lagen. Als er ans Ufer ruderte, beobachteten ihn Krähen mit vorwurfsvollen Blicken aus den Pohutukava-Bäumen herab, die den Strand säumten.

Das Dingi rutschte auf den Sandstrand. Snowy sprang von Bord und flitzte über den Strand zu einem Felsvorsprung, wo er bellend stehen blieb. Mark folgte ihm und fand zwei tote Kinder, die mit dem Gesicht nach unten im Wasser trieben. Mit Tränen in den Augen pfiff er den Hund zurück, holte ein Ruder aus dem Dingi und hob damit zwei flache Gräber im weichen Sand aus.

14

Den ganzen Januar und Februar segelte die Chatfield-Familie im Hauraki-Golf umher. Tagsüber angelten sie und sammelten Austern von den Felsen, schwammen, erkundeten die Inseln und badeten in natürlichen Süßwasserbecken, die von farngesäumten Bächen gespeist wurden. Auf den verlassenen Farmen der abgelegeneren Inseln suchten sie nach frischem Gemüse oder jagten Schafe, die früheren Jagdtrupps entwischt waren. Abends saßen die Erwachsenen unter den Sternen und redeten. Es war eine Zeit der Wehmut, in der sie alle trauerten, wenngleich Mark wusste, dass jeder Augenblick für immer in sein Gedächtnis eingebrannt bleiben würde.

Tagsüber ruderte Mark an Land, kletterte auf die höchste

Erhebung der jeweiligen Insel, vor der sie gerade ankerten, und suchte den Horizont nach Rauchwolken ab, die erkennen ließen, ob vielleicht doch noch andere Menschen überlebt hatten. Am letzten Tag im März stieg er den Hang des Rangitoto hinauf, Aucklands jüngstem erloschenem Vulkan. Von hier oben hatte er einen perfekten Ausblick über die Stadt und die Inseln im Golf. Er blieb lange Zeit auf dem Gipfel sitzen und schaute suchend in die Ferne.

»Ich habe keine einzige Rauchwolke gesehen«, sagte er später am Abend zu Jane und Steven, als sie zusammen im Cockpit saßen und hinauf zu den Sternen schauten.

»Du meinst, wir sind die einzigen noch lebenden Menschen?«, fragte Jane.

»Ich nehme es an. Zumindest in Auckland scheinen wir die einzigen zu sein.«

»Dann ist es also ungefährlich, wenn wir zurück ans Ufer fahren?«

»Ich glaub schon. Wir müssen uns einen dauerhaften Unterschlupf suchen, bevor der Winter anbricht.«

Schweigen breitete sich aus, während sie darüber nachdachten, welches Entsetzen sie auf dem Festland erwarten mochte.

»Lass uns nach Epsom zurückkehren, in mein Haus«, schlug Jane vor.

»Ich glaube nicht, dass Epsom jetzt noch der richtige Ort zum Leben ist«, entgegnete Mark nachdenklich. »Wir müssen in die Zukunft blicken. Wir sollten uns von den Maori leiten lassen. Als sie in grauer Vorzeit nach Neuseeland kamen, haben sie an der Küste gesiedelt. So konnten sie im Meer fischen, ganz gleich, wie hart das Leben an Land auch wurde.«

Am nächsten Morgen segelte die *Raconteur* in den Auckland Harbour und ankerte direkt vor den alten Fährgebäuden. Steven schulterte den Rucksack mit ihrem Mittagessen; dann sperrten sie Misty unter Deck, legten Snowy eine Leine an, packten zwei Gewehre und stiegen die Stufen zur Quay Street hinauf.

Wohin sie auch kamen, überall herrschten Stille und Trostlosigkeit. Stehen gelassene Autos, eingeworfene Fensterscheiben, ausgebrannte Hochhäuser, verwesende Leichen in Hauseingängen. Und über allem hing der schwere Gestank nach verrottendem Fleisch.

Sie gingen die Queen Street hinauf, die Hauptverkehrsstraße von Auckland. Die allgegenwärtige Zerstörung war deprimierend. Ratten huschten von Leichen weg, wenn Mark und seine Familie vorüberkamen, um sich gleich wieder über ihre Beute herzumachen, kaum dass die Menschen fort waren. Hunde leisteten den Ratten bei ihrem Festmahl Gesellschaft.

Sie erreichten den Aotea Square und starrten auf die Ruine des einstigen Stadthauses. Ein Feuer hatte in dem alten Gebäude getobt, bis es eingestürzt war.

»Hört ihr das?«, sagte Steven unvermittelt. Sie blieben stehen und lauschten angestrengt.

»Musik«, sagte Jane. »Sie kommt aus der Methodist Mission Church.«

»Du bleibst mit den Kindern hier«, sagte Mark und winkte Steven, ihm zu folgen.

Obwohl die Vorstellung, es könne weitere Überlebende der Seuche geben, Mark mit gespannter Erwartung erfüllte, blieb er vorsichtig. Sie spähten durch die Tür ins Innere der Kirche und erschraken, als sie die Berge von Leichen sahen; viele Kranke hatten in den letzten Stunden ihres Lebens Trost im Glauben gesucht. Die Luft war schwarz von Fliegen. Ratten wimmelten zwischen den Leichen umher und taten sich gütlich.

»Hallo?«, rief Mark. »Ist da jemand?«

Keine Antwort. Sie starrten in die Richtung, aus der die Musik zu kommen schien, während ihre Augen sich allmählich an das Dämmerlicht im Innenraum gewöhnten. Schließlich schoben sie sich vorwärts, stiegen mit schussbereiten Gewehren über Leichen hinweg. Der Gestank war unerträglich. Sie kämpften mit heftigem Brechreiz und mussten immer wieder würgen.

Sie entdeckten ein metallisch glänzendes Objekt in der Hand einer am Boden liegenden Gestalt. Als sie die Stelle erreichten, war es eine Leiche wie alle anderen auch, angenagt und bis zur Unkenntlichkeit entstellt von Ratten. Der Kleidung nach zu urteilen, war es eine Frau gewesen. Sie hielt einen Musikplayer in ihrer Skeletthand.

»*Sie* hat die Musik bestimmt nicht eingeschaltet«, meinte Steven mit bitterer Ironie.

»Dann war es wohl eine der Ratten«, antwortete Mark. »Wahrscheinlich ist sie von der Bank heruntergesprungen und hat die Play-Taste erwischt. Los, verschwinden wir von hier.«

Neben einer anderen Leiche sah Steven ein Feuerzeug liegen. Er nahm eine Bibel, zerriss sie, zerknitterte die Seiten und schob sie unter die verrottende Kleidung der Toten. Dann zündete er das Papier an. Es schien ihm einfach nicht richtig, die Leichen den Ratten zu überlassen.

»Ich glaube nicht, dass wir in der Stadt bleiben sollten«, sagte Steven, als sie draußen auf der Straße standen und beobachteten, wie Scharen von Ratten aus der brennenden Kirche flüchteten. »Die Seuchengefahr ist viel zu groß.«

Mark nickte zustimmend.

»Ich will mein Haus sehen«, protestierte Jane.

Sie gingen zum Ende der Queen Street, bogen links auf die Karangahape Road und dann auf die Grafton Bridge ein. Die Plexiglasscheiben zu beiden Seiten der Brücke waren an mehreren Stellen durchbrochen. Dutzende Leichen lagen in verrenkter Haltung unten auf der Straße: Die Leute hatten sich in ihrer Verzweiflung in den Tod gestürzt.

Es war ein weiter Weg, und die Kinder waren erschöpft, als sie endlich die Ragmot Street erreichen. Janes Haus war bis auf die Grundmauern niedergebrannt. Insgeheim war Mark erleichtert: Jetzt *musste* Jane einsehen, dass sie woanders leben mussten.

Während Jane und die Kinder Blumen pflückten und Mark

die Häuser an der Straße erkundete, säuberte Steven das Grab seines Schwagers Bruce.

Sie aßen im hohen Gras neben dem Grab zu Mittag und verabschiedeten sich dann endgültig von Bruce, ehe sie auf den Gipfel des nahen Mount Hobson stiegen. Unter ihnen breitete sich die Stadt Auckland aus. Sie verbrachten mehrere Minuten damit, die Umgebung nach aufsteigendem Rauch oder einem sich bewegenden Fahrzeug abzusuchen.

»Nichts«, sagte Steven schließlich. »Wir sind ganz allein.«

Sie kehrten auf einem anderen Weg zur *Raconteur* zurück, immer noch in der Hoffnung, irgendein Lebenszeichen anderer Menschen zu finden, doch der Stadtteil Parnell erzählte eine ähnliche Geschichte wie Epsom. Außer ihnen gab es keine Überlebenden.

Als sie zurück in der Quay Street waren, erschien ihnen der Geruch nach verwesenden Leichen schlimmer als zuvor. Sie konnten es kaum erwarten, wieder an Bord der *Raconteur* zu sein.

»Wohin jetzt?«, fragte Steven seinen Vater, als sie an Devonport vorbeisegelten.

»Nach Norden, zurück nach Gulf Harbour. Wir belegen eines der Häuser am Kanal.«

Jane blickte Mark fragend an.

»Es ist ideal«, erklärte er. »Wir können die *Raconteur* direkt im Kanal verankern und von Bord aus angeln. Alles, was wir sonst noch benötigen, haben wir gleich in der Nähe.«

Es gab keine Zeichen von Leben, als sie mit Motorkraft in den Kanal einliefen, der sich am Ende der Marina wie eine Straße durch die Häuser direkt am Ufer hindurchwand. Jedes Grundstück besaß eine private Anlegestelle, doch die meisten waren unbesetzt. Mark steuerte die *Raconteur* an einen Liegeplatz und brachte sie zum Stehen.

»Hättest du was dagegen, das Essen vorzubereiten?«, fragte er Jane. »Steven und ich schauen uns rasch ein wenig um.«

»Ich will auch mit!«, rief Nicole und bemühte sich, das Bein über die Reling der *Raconteur* zu heben. Misty und Snowy waren bereits von Bord gesprungen und rannten die Gangway hinauf.

»Nein«, entschied Mark. »Ihr Kinder bleibt hier und helft eurer Mutter.«

Er blickte Jane an. Sie nickte verstehend. Wer konnte schon wissen, was ihr Vater und ihr Bruder in den leeren Häusern am Kanal vorfinden würden?

Mark und Steven erkundeten rasch die drei Wohnhäuser direkt vor der Anlegestelle, wo die *Raconteur* festgemacht hatte. Plünderer hatten sämtliche Türen aufgebrochen und die Lebensmittel mitgehen lassen; ansonsten waren die Häuser unbeschädigt. Sie fanden lediglich eine Leiche, die bereits stark verwest war.

»Es ist ideal«, sagte Steven. »Wir haben reichlich Platz und können uns in allen drei Häuser breitmachen, wenn wir wollen.«

Mark nickte. »Komm, lass uns den Toten wegschaffen.«

Während des gesamten Spätsommers und Herbstes bis hinein in den Winter arbeiteten sämtliche Angehörige der Chatfield-Familie fieberhaft an der Errichtung einer Basis, die ihnen ihr zukünftiges Überleben ermöglichte.

Im Verlauf mehrerer Wochen durchstreifte Mike mit seiner Familie systematisch die Whangaparaoa Peninsula. Auf einer Farm entdeckten sie einen alten Traktor und einen Wagen mit Dieselmotor. Auf einem Bauhof fanden sie zwei große Wassertanks aus Kunststoff, die sie mithilfe des Traktors zum Marina-Dorf brachten und dort an die Dachrinnen ihres neuen Zuhauses anschlossen. Auf dem gleichen Bauhof gab es einen Fäkalientank, der ihre Abwasser-Probleme löste.

Ein Ausflug in ein Pioniermuseum förderte einen alten Kochherd zu Tage, zusammen mit einem hinter dem Ofen angebrachten Heißwasserbehälter. Aufgegebene Boote in der Marina lieferten Batterien, windbetriebene Stromerzeugungssysteme und Solarpaneele. Sie trugen alles zusammen und verbrachten anschließend Monate damit, herauszufinden, wie die Technik funktionierte. Schließlich gelang es ihnen, eine Pumpe zu installieren, die Wasser aus den Kunststofftanks nach oben in die Tanks auf dem Dach pumpte. Als Nächstes installierten sie in allen drei Häusern eine Zwölf-Volt-Lichtanlage.

Sie näherten sich dem Problem des Überlebens aus zwei verschiedenen Winkeln – zum einen durchstreiften sie Häuser und Läden nach Überresten von Nahrungsmitteln, die ihnen kurzfristig weiterhalfen, während sie sich gleichzeitig auf eine länger andauernde Existenz als Selbstversorger einrichteten.

Sie rissen sämtliche Blumen aus den Beeten entlang dem Kanal und pflanzten an ihrer Stelle Gemüse, nachdem sie die entsprechenden Samen in Tütchen auf den Regalen des örtlichen Gartencenters entdeckt hatten. Außerdem gruben sie Obstbäume aus Obstplantagen und Rebstöcke von Weinbergen in der Nähe aus und pflanzten sie in ihren Gärten wieder ein. Im Lauf der Zeit fanden sie auf den abgelegenen Farmen im Nordosten der Halbinsel streunende Tiere, die sie auf den ehemaligen Golfplatz gleich neben der Marina brachten, auf dem inzwischen saftiges Gras wuchs.

Sie experimentierten mit der Herstellung von Käse und Butter, machten Obst und Gemüse ein, räucherten Fisch und lernten, wie man Bier braute und Wein kelterte. Sie pumpten die Tanks der Boote in der Marina leer, um sich auf diese Weise Reserven für den Traktor, den Wagen und die *Raconteur* zu beschaffen.

Sie waren so beschäftigt, dass ihnen kaum Zeit blieb, um ihr altes Leben zu trauern oder an die Menschen zu denken, die sie verloren hatten. Der Frühling kam, die Abende wurden wieder länger, und sie waren zufrieden mit dem Erreichten. Sie hatten die Phase des reinen Überlebens hinter sich gelassen.

Jane und die beiden Kinder waren in das mittlere Haus gezogen, in dem auch die gemeinsame Küche lag. Mark und Steven waren in das seewärts gelegene Haus des Dreierblocks gezogen. Das dritte Haus hatte sich zum Aktivitätszentrum entwickelt. Die Lounge war als Schulzimmer eingerichtet und das Esszimmer zu einer Bibliothek umfunktioniert worden, in der Jane Bücher zusammenstellte, um die Ausbildung der Kinder fortzusetzen.

Die Bibliothek enthielt auch medizinische Texte einschließlich einfacher chirurgischer Eingriffe, Erster Hilfe und Kräutermedizin. Aus dem Pioniermuseum hatten sie einen alten, mechanisch betriebenen Zahnarztbohrer geborgen, auch wenn alle inbrünstig hofften, dass sein Einsatz nicht erforderlich würde. Im Verlauf mehrerer Abstecher in ein Krankenhaus und ärztliche Versorgungszentren sammelten sie eine Auswahl chirurgischer Instrumente, Flaschen mit Betäubungsmitteln und Lehrbücher. Jane war als Ärztin vorgesehen, und wann immer sie Zeit übrig hatte – was nicht häufig geschah –, arbeitete sie sich im Selbststudium durch einen Kurs. Krankheit war eine ernüchternde Angelegenheit für sie. Sie wusste, dass ihr sowohl die Ausbildung als auch die Ausrüstung fehlten, um beispielsweise Krebs zu behandeln, und eine Verletzung, die einen chirurgischen Eingriff erforderte, hätte ihr massive Probleme bereitet.

Obwohl sie jederzeit losziehen und sich zusammensuchen konnten, was sie brauchten, beschlossen sie, alles in die Nähe zu schaffen. Sie wandelten den benachbarten mehrstöckigen Apartmentblock in ein Lagerhaus um. Die Zimmer der insgesamt sechs Etagen enthielten sämtliche Dinge, die sie irgendwann in der Zukunft einmal zu benötigen glaubten – Werkzeuge, Kleidung, Seile, Reifen und anderes. Letztendlich waren es mehr als viertausend Gegenstände, die in einer Kartei katalogisiert wurden, die Jane im Foyer eingerichtet hatte und methodisch auf dem neuesten Stand hielt.

Nachdem die Bedürfnisse des alltäglichen Lebens auf diese Weise gesichert waren, schloss Steven ein Zwölf-Volt-Musiksystem und einen Computer an. Beides hatte er aus einer Superjacht in der Marina geborgen.

In gewisser Weise, sinnierte Mark, hatten sie alles, was sie sich jemals erträumen konnten – und doch fehlte die eine Sache, nach der sie sich am meisten sehnten. Sie hatten zwar einander, doch sie vermissten in zunehmendem Maße den geistigen Austausch mit einer anderen, größeren Gemeinschaft.

Zweiter Teil

15

»Ich würde gerne eine Reise nach Wellington unternehmen«, erklärte Mark eines Tages. Es war September; der schlimmste Teil des Winters war vorüber. Jane und Steven blickten Mark überrascht an. »Ich habe über euren Onkel Christopher nachgedacht«, fuhr er fort. »Es könnte sein, dass er und eure Cousinen noch am Leben sind.«

»Aber alle anderen sind tot«, sagte Jane.

»Ich weiß. Unsere Familie ist offensichtlich aus irgendeinem Grund immun gegen die Krankheit. Als wir das letzte Mal mit Christopher gesprochen haben, war er gesund, genau wie seine beiden Töchter.»

»Das war nur eine Woche nach Ausbruch der Seuche. Damals waren die meisten Leute noch gesund.«

»Das weiß ich auch. Aber überlegt doch mal – eure Mutter ist gestorben, dein Mann ist gestorben, Tante Elizabeth ist gestorben und die Männer eurer Cousinen sind ebenfalls gestorben oder waren bereits krank, bevor die Telefone ausgefallen sind. Und doch erfreuten sich Christopher, Sarah, Katie und ihre Kinder immer noch bester Gesundheit.«

»Wie Jane schon gesagt hat, das war nur eine Woche nach Ausbruch der Pandemie«, erinnerte ihn Steven.

Angesichts ihrer starrsinnigen Haltung stieg Zorn in Mark auf. »In diesem Haus leben drei Generationen – ihr beide, die Kinder und ich –, und wir haben alle überlebt.«

»Es könnte eine Laune der Natur sein«, räumte Steven ein. »Irgendeine genetische Besonderheit, die du und Mom an Jane und mich weitervererbt habt, und die Jane an Zach und Nicole vererbt haben.«

»Es könnte genauso gut ein Gen sein, das meine Mutter oder mein Vater an mich vererbt hat«, entgegnete Mark. »Wenn das so ist, ist auch Christopher immun gegen die Seuche. Möglicherweise auch seine Kinder und Enkel.«

»Kann sein.«

»Wie dem auch sei, ich will nicht nach Wellington«, sagte Jane entschieden. »Und ich will auch nicht, dass die Kinder mitkommen. Hier sind wir sicher. Was uns unten im Süden erwartet, wissen wir nicht.«

Sie debattierten bis spät in die Nacht.

»Du fährst mit Steven«, sagte Jane schließlich. »Die Kinder und ich können die Tiere ein paar Wochen lang auch ohne euch versorgen.«

Mark erklärte sich schließlich einverstanden, auch wenn er nicht sehr glücklich war bei dem Gedanken, Jane und seine Enkel allein in Gulf Harbour zurückzulassen.

Im Verlauf der nächsten Tage bereiteten Mark und Steven alles für die Reise vor. Sie hängten einen Trailer hinter den erbeuteten Geländewagen und luden Kanister mit genügend Treibstoff für die Hin- und Rückreise ein. Sie packten Campingausrüstung und ausreichend Vorräte für vierzehn Tage ein, dazu eine Reihe von Dingen, die sich auf der Reise als nützlich erweisen konnten: Äxte, Sägen, Brecheisen, Seile. Und sie luden zwei Fahrräder auf den Anhänger für den Fall, dass der Jeep unterwegs schlapp machte und sie ihn nicht reparieren konnten. Zu guter Letzt gingen sie in den oberen Stock ihres Lagerhauses, der als Waffenkammer diente, und holten ihre beiden Gewehre.

In der zweiten Septemberwoche, an einem kalten, nassen, windigen Morgen, waren die Männer endlich zum Aufbruch bereit. Nach einer letzten Umarmung von seiner Schwester drehte Steven den Zündschlüssel des Geländewagens.

Sie fuhren über den Motorway in Richtung Auckland Harbour Bridge. Es waren nur wenig mehr als sechs Monate, seit kein Verkehr mehr über die Straßen rollte, und doch war die Natur bereits dabei, sich den Raum zurückzuerobern. Die Banketten waren hüfthoch mit Unkraut überwuchert, in Ritzen im Asphalt hatten Samen gekeimt, und überall wuchsen Büschel von Gräsern auf der Fahrbahn.

In der Mitte der Harbour Bridge versperrte eine Reihe von Betonklötzen den Weg. Die Männer mussten die schweren Sperren per Hand aus dem Weg räumen; daher wurde es bereits dunkel, als sie endlich weiterfahren konnten.

Unmittelbar südlich von Auckland fanden sie ein leeres Haus. Sie bereiteten sich ein Abendessen zu, rollten ihre Schlafsäcke aus und legten sich früh schlafen.

Mark lag noch lange wach. Seine Gedanken wanderten ständig nach Gulf Harbour zu seiner Tochter und seinen Enkelkindern. Immer wieder versuchte er sich einzureden, dass sie sicher waren und dass er und Steven vor ihrem Aufbruch alles Notwendige getan hatten.

Die zweihundertachtzig Kilometer lange Fahrt von Auckland bis zum Lake Taupo dauerte den ganzen nächsten Tag. Sie umgingen das Stadtgebiet von Hamilton in weitem Bogen und nutzten hauptsächlich Nebenstraßen, die fernab größerer Ortschaften übers Land führten; nur gelegentlich ging es durch kleine Siedlungen von ein paar Dutzend Häusern. Es schien, als wäre in jeder Siedlung eine Straßensperre errichtet worden, um vorbeikommende Fahrzeuge auszurauben. Jedes dieser Hindernisse kostete Mark und Steven Zeit. Nirgendwo war eine Spur von menschlichem Leben zu sehen.

Es war später Nachmittag, als sie endlich die letzte Barrikade nördlich von Taupo überwunden hatten und in die Stadt fuhren. Sie ließen sich in einem leeren Motelzimmer nieder und luden ihr Gepäck dort ab, ehe sie sich aufmachten, die Stadt zu erkunden. Die vielen Leichen im Motel und die schiere Zahl der Gräber am Seeufer ließen vermuten, dass der Ferienort in den letzten Tagen der Pandemie einen wahren Ansturm von Menschen erlebt hatte.

»Ich frage mich, wie es Jane und den Kindern geht«, sagte Mark, als sie am Seeufer entlangschlenderten.

»Keine Sorge«, beruhigte Steven ihn. »Denen geht es bestens, da bin ich sicher.«

16

Doch Steven irrte sich. Ein paar Stunden zuvor war Nicole zu Hause in Gulf Harbour atemlos ins Haus gestürmt. »Ein Schiff!«, hatte sie ihrer Mutter zugerufen. »Ein Schiff kommt den Kanal hinauf!«

»Sei nicht albern«, sagte Jane, ohne von der Arbeitsfläche aufzublicken, auf der sie das Abendessen zubereitete.

»Da kommt wirklich ein Schiff, Mom!«, beharrte Zach, der Nicole ins Haus gefolgt war.

Jane trat nach draußen in den Patio, um selbst nachzusehen.

»Guck mal, da ist ein Mann!« Nicoles Stimme klang schrill, und sie hüpfte aufgeregt auf der Stelle. Die Kinder winkten begeistert. Für Jane jedoch war es wie ein Schock. Es war das erste menschliche Wesen – außer ihrer Familie –, das sie seit mehr als sechs Monaten zu Gesicht bekam.

Der Mann winkte zurück. Seine Ketsch war heruntergekommen; Rostflecken zogen sich von den Verstrebungen am Rumpf entlang. An Deck festgezurrt war ein Sammelsurium von Benzinkanistern. Die Windfahnensteuerung und die zahlreichen Navigationsinstrumente ließen vermuten, dass es ein hochseetüchtiges Schiff war. Der Name stand in ausgebleichten weißen Buchstaben auf dem Rumpf: *The White Witch.*

Jane und die Kinder beobachteten, wie der Mann sein Schiff langsam an ihnen vorbei durch den Kanal steuerte, wobei er im

Vorbeifahren nach oben zu den leeren Häusern spähte. Dann lenkte er den Bug des Schiffes an eine freie Anlegestelle, legte den Rückwärtsgang ein und fuhr zur anderen Seite des Kanals, um die Wende zu beenden; schließlich kam er zurück und lenkte die *White Witch* unaufgefordert in die leere Box neben der *Raconteur*. Die Kinder rannten aufgeregt nach unten, um den Besucher zu begrüßen. Jane blieb keine Wahl, als ihnen zu folgen.

»Hi«, sagte die bärtige Gestalt und warf Jane eine Leine zu. »Ich bin Tom.«

»Guten Tag«, antwortete Jane, nahm die Leine und machte sie fest. Aus irgendeinem Grund zögerte sie, ihren Vornamen zu nennen. Nach Monaten voller Sehnsucht nach menschlicher Gesellschaft spürte sie zu ihrem Erstaunen so etwas wie Verärgerung, dass jemand unaufgefordert auf ihr Territorium vorgedrungen war.

Sobald die *White Witch* fest verzurrt war, sprang der drahtige Mann auf den Ponton. Seine Kleidung – ein fleckiges T-Shirt und zerschlissene Shorts – war genauso schmuddelig wie sein Schiff. »Hi«, sagte er noch einmal. »Ich bin Tom Barker aus Toronto. Ich war auf dem Weg nach Auckland, als ich den Rauch eures Feuers entdeckt habe.«

Jane hielt ihm die Hand hin. »Hallo, Tom. Ich bin Jane Owen. Das sind meine Tochter Nicole und mein Sohn Zach. Haben Sie Hunger?«, hörte sie sich dann fragen. »Wir wollten gerade zu Abend essen.«

»Da sage ich nicht Nein«, antwortete Tom erfreut.

Jane führte ihn die Gangway hinauf zum Haus.

»Er stinkt!«, flüsterte Nicole ihrem Bruder zu, als sie den Erwachsenen folgten. Zach hielt sich die Nase zu, und beide Kinder kicherten. Offensichtlich hatte Tom sich seit Wochen nicht gewaschen.

»Hübsch haben Sie sich das hier gemacht«, sagte er, als er das Haus betreten hatte. Jane bemerkte, wie er sich aufmerksam umsah.

»Nehmen Sie Platz«, sagte sie und deutete auf einen Stuhl am Esstisch. Sie wollte nicht, dass er ihre Sachen anfasste. »Zach, du deckst den Tisch. Nicole, du bietest Tom Obst an, während ich das Essen fertig mache.«

Die Kinder wandten sich ihren Aufgaben zu, wobei sie aus großen Augen die bärtige Gestalt musterten, die so herzhaft in einen Apfel biss, dass ihr der Saft in den Bart troff.

»Wohnen Sie allein hier?«, fragte er.

Jane gefiel nicht, wie er sie förmlich mit Blicken verschlang. »Nein, mein Bruder und mein Vater wohnen ebenfalls hier.«

»Sie sind aber unterwegs. Sie sind nach Wellington gefahren«, berichtete Zach.

Jane bedachte ihn mit einem zornigen Blick, worauf Zach verletzt dreinschaute.

»Sie wollen versuchen, Onkel Christopher zu finden«, fügte Nicole hinzu.

»Was ist mit Ihrem Ehemann?«, fragte Tom.

»Unser Daddy ist gestorben«, antwortete Nicole, bevor Jane es verhindern konnte.

»Was ist mit Ihnen?«, fragte Jane, um ihre Kinder am Ausplaudern sämtlicher Familiengeheimnisse zu hindern. »Was haben Sie für eine Geschichte zu erzählen?«

»Ich hatte Glück. Ich bin zu einer Einhand-Weltumsegelung aufgebrochen, kurz bevor die Seuche sich ausbreitete. Als ich davon erfuhr, sagte ich mir, dass die hohe See wahrscheinlich der sicherste Ort auf Erden sei. Ich verfolgte die Nachrichten. Als die Radiosender verstummten, hielt ich Verbindung zu anderen Schiffen, um herauszufinden, was in der Welt vor sich ging.«

»Gibt es noch viele Schiffe draußen auf dem Meer?«, fragte Jane.

»Ich habe seit mehr als einem Monat keine Funksprüche mehr empfangen.«

Die Kinder beobachteten mit aufgerissenen Augen, wie Tom das Apfelgehäuse aß.

»Darf ich Tom unsere Kaninchen zeigen?«, fragte Nicole.

»Klar, warum nicht«, erwiderte Jane, erleichtert über die Aussicht, ihr Haus wieder eine Zeitlang für sich allein zu haben.

Tom folgte den Kindern nach draußen. Während sie ihm die Kaninchen zeigten, plapperte Nicole munter drauflos und erzählte ihm die Geschichte ihres Lebens, und dass Onkel Steven ihr versprochen hätte, in Wellington nach einem Meerschweinchen für sie zu suchen – sie hätte nämlich demnächst Geburtstag.

Nachdem Tom das Interesse an den Kaninchen verloren hatte, begleiteten die Kinder ihn am Kanal entlang, zeigten ihm stolz die Gärten und das Lagerhaus und prahlten damit, wie viele Dinge sie dort zu lagern geholfen hatten. Als sie Tom alles gezeigt hatten, führten sie ihn zum Haus zurück.

»Das Abendessen ist fertig!«, verkündete Jane. »Wascht euch die Hände!«

Die Kinder eilten ins Badezimmer. Tom hingegen setzte sich einfach an den Tisch, obwohl seine Hände schmutzig waren. »Möchten Sie etwas zu trinken?«, fragte Jane und hielt einen Krug Apfelsaft in die Höhe.

»Haben Sie Wein im Haus?«, fragte er mit rauer Stimme.

»Roten oder weißen?«

»Roten«, sagte er. »Sie sind wirklich prima ausstaffiert hier«, fügte er hinzu.

Die Kinder kehrten zurück, und Jane stellte das Essen auf den Tisch. Dann nahm sie eine Flasche vom selbstgemachten Wein ihres Vaters aus dem Regal, entkorkte die Flasche und schenkte Tom ein Glas ein. Er nickte dankend und kippte den Wein in einem Zug hinunter. Jane stellte die Flasche neben das leere Glas und überließ es ihm, sich zu bedienen. Er trank ein weiteres Glas, ehe er sich daranmachte, sein Essen hinunterzuschlingen.

»Wann erwarten Sie Ihren Vater und Ihren Bruder denn zurück?«, fragte er, als er den letzten Bissen Essen von seinem Teller kratzte.

»Heute Abend oder gleich morgen Vormittag.«

»Nein, bestimmt nicht!«, mischte Nicole sich ein. »Die sind noch tagelang weg!«

»Sie kommen bald zurück«, wiederholte Jane.

»Sie haben aber gesagt, dass sie vielleicht zwei Wochen unterwegs sind«, kam Zach seiner Schwester zu Hilfe. »Und sie sind gestern erst losgefahren.«

»Räumt den Tisch ab!«, befahl Jane zornig. Während die Kinder das Geschirr in die Küche trugen, flüsterte Jane: »Morgen ist Nicoles Geburtstag, wissen Sie. Mark und Steven wollten versuchen, heute Abend noch zurückzukommen … als Überraschung.«

Tom genoss unübersehbar die Behaglichkeit häuslichen Lebens nach den vielen Monaten auf See. Er ging mit seinem Wein zum Sofa und beobachtete aufmerksam, wie Jane und die Kinder spülten und das Geschirr abtrockneten, ohne dass er seine Hilfe anbot. Als sie fertig waren, setzten Jane und die Kinder sich ihm gegenüber auf die Sessel. Draußen wurde es bereits dunkel.

»Was führt Sie nach Auckland?«, fragte Jane.

»Ich war schon mal hier. Hübsche Gegend.«

»Segeln Sie irgendwann nach Kanada zurück?«

»Scheint mir nicht mehr allzu viel Sinn zu machen. Vielleicht bleibe ich in Neuseeland, oder ich fahre weiter zu den Fidschis. Ich weiß es noch nicht.«

Sie unterhielten sich noch eine Stunde. Tom wurde gesprächiger, als er voller Bitterkeit erzählte, dass seine Frau mit seinem besten Freund durchgebrannt war und dass er seine beiden halbwüchsigen Kinder seit fünf Jahren nicht mehr gesehen hatte. Dann versandete die Unterhaltung wieder, und Jane wartete darauf, dass er an Bord seiner Jacht zurückkehrte. Doch er machte keine Anstalten, sich zu erheben.

Sie beschloss, die Initiative zu ergreifen. »Ich nehme an, Sie wollen auf Ihr Boot zurück?«

»Ich war so lange an Bord der *White Witch*, dass es für den Rest meines Lebens reicht.«

»Tja, ich muss dann jetzt die Kinder zu Bett bringen.«

»Noch nicht, Mom! Es ist erst halb neun!«, protestierte Nicole.

»Ihr müsst heute einmal früh schlafen gehen.« In der Stimme ihrer Mutter lag eine ungewohnte Strenge. Nicole wusste, dass es klüger war, nicht zu widersprechen.

»Sie sind hübsch, wenn Sie so wütend sind!«, lallte Tom. »Machen Sie nur weiter, und bringen Sie die Gören zu Bett. Stören Sie sich nicht an mir.«

Jane erhob sich, ging in die Küche und nahm eine weitere Flasche Wein aus dem Regal. »Hier, nehmen Sie die mit«, sagte sie entschieden und drückte ihm die Flasche in die Hand. »Jetzt ist Familienzeit.«

Er öffnete den Mund, als wollte er widersprechen, und weigerte sich, die Flasche zu nehmen.

»Sie sind herzlich eingeladen, zum Frühstück wiederzukommen«, sagte Jane. Als er sich immer noch nicht rührte, ging sie zur Tür und hielt sie ihm auf. Er blickte zu den Kindern; dann erhob er sich zögernd vom Sofa, ging zur Tür und riss ihr die Flasche aus der Hand.

»Gute Nacht!«, rief sie ihm hinterher, als er die Gangway zu seinem Schiff hinunterwankte. »Wir rufen Sie morgen zum Frühstück.«

Er antwortete nicht, und Jane merkte plötzlich, dass sie zitterte.

»Warum ziehst du die Vorhänge zu, Mom?«, fragte Zach.

»Damit die Wärme im Haus bleibt«, log sie. Sie hatten die Vorhänge kein einziges Mal zugezogen, seit sie in das Haus am Kanal gezogen waren. Es war nicht nötig gewesen, auf ihre Privatsphäre zu achten. Das hatte sich jetzt geändert. Jane stellte sich vor, wie Toms Blicke ihr überallhin folgten, während sie sich durchs Haus bewegte.

Obwohl sie Tom endlich losgeworden war, hatte sie es nicht eilig, die Kinder zu Bett zu bringen. Sie las ihnen noch eine Geschichte vor, und erst als sie auf dem Sofa einschliefen, trug Jane sie in ihr Zimmer und legte sie in die Betten. Wie üblich legte Snowy sich in sein Körbchen am Fuß von Nicoles Bett, und der Kater rollte sich auf Zachs Bett zusammen.

Jane suchte den Schlüssel zur Haustür und sperrte ab. Zum Teufel, warum hatten sie das aufgebrochene Schloss an der Straßenseite nie reparierten lassen! Sie ging nach oben in ihr Schlafzimmer, das hinaus auf den Kanal zeigte. Unten auf dem Wasser sah sie die gedämpfte Kabinenbeleuchtung der *White Witch*. Auch hier zog sie die Vorhänge zu.

Als sie sich fürs Bett fertig machte, kam Misty ins Zimmer, sprang auf ihr Bett und rollte sich dort zusammen. Normalerweise hätte sie den Kater verscheucht, doch an diesem Abend war sie froh über seine Gesellschaft. Es war zwei Uhr morgens, als sie endlich ihr Buch zuklappte und das Licht ausmachte. In der Dunkelheit hörte sie Mistys zufriedenes Schnurren.

Mitten in der Nacht schrak Jane hoch. Was war das für ein Geräusch? Sie öffnete die Augen. Mondlicht schimmerte durch das Bullauge hoch oben in der Wand, und sie erkannte Toms nackte Gestalt, die über ihr kauerte. Ihr stockte das Herz. Sie spürte seine Hand auf den Lippen und die Spitze eines Messers an ihrem Hals. Verzweifelt strampelte sie mit den Beinen, um ihn abzuwerfen, und versuchte zu schreien, doch sofort stach die Messerspitze ihr tiefer in die Haut. »Wenn du auch nur einen Mucks machst, bring ich dich um«, sagte Tom heiser. »Ich meine es ernst. Und ich höre nicht bei dir auf. Deine Bälger müssen ebenfalls dran glauben.«

Die Drohung gegen die Kinder wirkte. Jane starrte ihn aus weit aufgerissenen Augen voller Entsetzen an, während er langsam die Hand von ihrem Mund nahm.

»Mein Vater und mein Bruder sind jeden Augenblick zurück«, sprudelte sie hervor.

»Du bist eine miese Lügnerin. Deine Tochter hat erst in zwei Wochen Geburtstag. Sie hat es mir selbst erzählt, als sie mir ihre dämlichen Kaninchen gezeigt hat.«

Janes Verstand raste so schnell wie ihr Herz. »Überall sind Barrikaden errichtet. Sie haben gesagt, wenn es zu schwierig würde, sich nach Wellington durchzuschlagen, würden sie umkehren und früher zurückkommen.«

»Heute Nacht kommen sie bestimmt nicht, sonst wären sie schon da. Sie fahren garantiert nicht durch die Dunkelheit«, sagte er rau, wobei er ihr die Bettdecke entriss.

Misty miaute klagend, als er so unsanft aus dem Schlaf gerissen wurde. Tom packte den Kater brutal im Genick.

»Mistvieh!«, fluchte er, als das Tier sich mit Zähnen und Krallen wehrte und ihn blutig biss und kratzte. Er schleuderte Misty von sich. Der Kater prallte gegen die Schlafzimmerwand, miaute kläglich und flüchtete humpelnd aus dem Zimmer.

»Bitte, lassen Sie mich in Ruhe …«, wimmerte Jane. Doch er hörte sie gar nicht, hatte jegliche Kontrolle über sich verloren. Wie besessen riss er ihr das Nachthemd herunter und zwängte ihre Beine auseinander. Sie schrie gellend auf, als er in sie eindrang; dann drückte er ihr die Hand auf den Mund und erstickte ihre Schreie, während er sich keuchend in ihr bewegte. Der Gestank von Schweiß und Alkohol war überwältigend. Wieder drückte er Jane das Messer an die Kehle. Sie spürte, wie Blut über ihren Hals rann.

»Ich meine es ernst«, stieß er schwer atmend hervor. »Noch einen Laut, und ich bring dich und deine Kinder um. Hast du kapiert?«

»Ja …«, hörte sie sich durch die Finger seiner schmutzigen Hand wimmern. Sie schloss die Augen und ertrug schluchzend die rhythmischen Stöße seiner Lenden zwischen ihren Beinen.

Als es endlich vorbei war, ließ er von ihr ab. Jane krümmte

sich zusammen. Tom zog sich wortlos an und verschwand aus dem Zimmer. Sie blieb noch lange weinend liegen, mit blanken Nerven und bebender Brust. Schluchzend lauschte sie auf die Geräusche draußen. Sie hörte Tom zwischen den Häusern hin und her stapfen und hatte entsetzliche Angst, er könnte zurückkehren.

Nach einer halben Stunde riss sie die Laken vom Bett, zog ihren Morgenmantel an, schlich die Treppe hinunter und warf Laken und Nachthemd ins Feuer. Dann nahm sie ein Hackbeil aus dem Block in der Küche, rannte die Treppe hinauf und eilte ins Kinderzimmer.

Sie schloss die Tür hinter sich, stemmte einen Stuhl unter die Klinke und ließ sich darauf fallen. Ängstlich blickte sie zu den Kindern; beide schliefen tief und fest, genau wie ihr so genannter Wachhund Snowy. Einzig und allein Misty war wach. Er kroch von Zachs Bett und sprang auf ihren Schoß, um sich dort kläglich miauend zusammenzurollen.

Eine Stunde später vernahm Jane das charakteristische Geräusch eines startenden Schiffsdiesels. Sie wartete ein paar Sekunden; dann schlich sie sich mit dem Beil in der Hand in ihr Zimmer und spähte durch einen Schlitz zwischen den Vorhängen nach draußen. Zu ihrer unendlichen Erleichterung sah sie im Mondlicht, wie Tom die Leinen der *White Witch* löste. Er steuerte sein Schiff rückwärts aus der Box und fuhr den Kanal hinunter. Jane blieb am Fenster stehen, bis die Jacht aus ihrem Sichtfeld verschwunden war. Dann rannte sie zur Dusche, warf ihren Morgenmantel von sich und schrubbte sich von oben bis unten ab. Sie merkte kaum, als das heiße Wasser aufgebraucht war.

Früh am nächsten Morgen ging Jane allein zum Lagerhaus. Die Kinder hatte sie am Frühstückstisch zurückgelassen, denn sie brauchte ein paar Minuten für sich. Es kostete sie auf Dauer zu viel Kraft, um der Kinder willen so zu tun, als wäre nichts geschehen.

Sie sah, dass die Türen auf der ersten Etage offen standen. Tom hatte sich von ihren Vorräten bedient. Die Waffenkammer im obersten Stock war verschlossen. Jane drehte den Schlüssel, nahm eine Pistole und Munition hervor und sperrte hinter sich wieder ab. Von nun an würde sie kein Risiko mehr eingehen.

Als sie ins Haus zurückkehrte, stellte sie fest, dass ein silbern gerahmtes Foto von ihr aus der Diele verschwunden war. Das Bild war ein Geburtstagsgeschenk ihrer Mutter gewesen. Offenbar hatte Tom es als Trophäe mitgenommen. Es war wie eine weitere Vergewaltigung für Jane, eine letzte Verhöhnung, die zu ertragen sie kaum noch die Kraft hatte.

17

Erst am Abend des vierten Tages nach ihrem Aufbruch aus Gulf Harbour erreichten Mark und Steven die ersten Häuser von Paraparaumu, einer Siedlung nördlich von Wellington. Sie waren immer wieder von Erdrutschen, umgestürzten Bäumen und anderen Hindernissen aufgehalten worden.

»Morgen müssten wir Wellington erreichen«, sagte Mark, als er in seinen Schlafsack kroch. »Ich will diese Tour so schnell wie möglich hinter mich bringen und wieder nach Hause zu Jane und meinen Enkeln.«

Doch der nächste Tag erwies sich als anstrengender und länger, als sie erwartet hatten. Die Paekakariki Road war durch einen gewaltigen Erdrutsch versperrt und unpassierbar geworden. Sie kehrten um und versuchten es auf der Straße von Waikanae nach Upper Hutt, doch auch dieser Weg war durch einen Felssturz unpassierbar geworden.

»Wir müssen den Wagen und den Anhänger hier zurücklassen«, sagte Mark. »Ich sehe keine andere Möglichkeit.«

Sie packten genügend Lebensmittel für drei Tage in ihre

Rucksäcke, nahmen die Fahrräder vom Anhänger, schulterten ihre Gewehre und bahnten sich einen Weg über den Felssturz. Am späten Nachmittag erreichten sie Upper Hutt, eine größere Ortschaft. Die vielen niedergebrannten Gebäude, die Gräber und Skelette erinnerten sie in ihrer düsteren Trostlosigkeit an Auckland.

Es dämmerte bereits, als sie das Haus von Marks Nichte Sarah in Stockes Valley erreichten. Von der Familie war keine Spur zu sehen.

»Ein gutes Zeichen«, sagte Steven, als sie durch den Garten streiften. »Es gibt nur ein einziges Grab – das von Sarahs Mann.«

Nicht weit entfernt war das Haus von Katie, Sarahs Schwester, den Flammen zum Opfer gefallen. Auch hier gab es nur ein einziges Grab – das von Katies Ehemann.

Mark und Steven schliefen in Sarahs Haus. Im ersten Licht des neuen Tages waren sie wieder auf den Beinen und bereiteten alles für ihren Aufbruch nach Wainuiomata vor, wo Marks Bruder Christopher lebte. In einer Garage am Ende der Sackgasse, an der das Haus stand, entdeckten sie einen Wagen. Die Batterie war entladen, der Tank noch zur Hälfte voll. Sie schoben den Wagen mit vereinten Kräften einen sanften Hang hinauf; dann schwang Steven sich hinters Steuer, ließ den Wagen die Steigung hinunterrollen, legte den zweiten Gang ein und ließ die Kupplung kommen. Mit protestierendem Stottern und Husten erwachte der Motor zum Leben, wobei er fette schwarze Rauchwolken ausstieß. Die Männer warfen ihre Rucksäcke auf die Rückbank, banden die Fahrräder aufs Dach und brachen zu den hoffentlich letzten Kilometern ihrer Reise auf.

Es gab nur eine einzige Straße nach Wainuiomata, einem Vorort in einem Tal nordöstlich von Wellington Harbour. Mark und Steven fuhren die Straße in die Hügel hinauf, doch bald versperrten Armeefahrzeuge und liegen gebliebene Wagen den

Weg. Ihnen blieb nichts anderes übrig, als die Fahrräder abzuladen, um den restlichen Weg im Sattel zurückzulegen.

»Sieht so aus, als hätte hier oben eine regelrechte Schlacht getobt«, bemerkte Steven, als sie sich dem Kamm näherten. »Ich würde zu gerne wissen, worum sie gekämpft haben.«

Mark nahm sein Fernglas und spähte hinunter in die ausgedehnte Siedlung, um vielleicht eine Rauchfahne in der Gegend zu entdecken, in der das Haus seines Bruders stand. Doch es gab keinerlei Lebenszeichen. Enttäuscht fuhr er den Hügel hinunter und durchs Tal.

Der früher so ordentliche Garten vor und hinter Christophers Haus war verwildert. Sie bahnten sich einen Weg durch das Gestrüpp bis zur Haustür, die nicht verschlossen war. Der modrige Geruch im Innern ließ vermuten, dass das Haus bereits seit einer ganzen Weile nicht mehr bewohnt wurde.

»Nur Elizabeths Grab«, sagte Steven, nachdem er den Garten durchsucht hatte. »Vielleicht bilde ich es mir ja nur ein, aber das Grab scheint erst kürzlich gepflegt worden zu sein. Hast du irgendwas gefunden?«

»Sieht so aus, als hätte dein Onkel einen geordneten Rückzug angetreten. Seine Kleidung ist verschwunden, und an der Wand sind helle Flecken, wo früher Bilder gehangen haben. Wohin mag er sein?«

»Wie lange sollen wir nach ihm suchen?«

»Heute und morgen«, antwortete Mark. »Heute suchen wir in Wainuiomata weiter. Morgen fahren wir dann nach Wellington.«

Sie verbrachten den Rest des Tages damit, das Tal zu durchstreifen. Unterwegs blies Steven immer wieder in ein Signalhorn. Das Geräusch hallte von den umliegenden Hügeln wider. Selbst wenn es ihnen nicht gelang, Christopher aufzustöbern, gab es keinen Grund, warum er *sie* nicht finden sollte. Nach Anbruch der Abenddämmerung kehrten sie zum Haus zurück. Steven blies noch eine Stunde lang in regelmäßigen Abständen in das Horn. »Wenn du mich fragst, es sieht nicht so aus, als wäre er noch hier im Tal«, sagte er, als er das Horn schließlich beiseitelegte und die Suppe umrührte, die er über dem offenen Feuer erwärmte. »Was schreibst du da?«

»Eine Nachricht für Christopher, dass wir in Gulf Harbour wohnen. Ich lasse sie in einer Flasche auf dem Grab zurück. Ich bin sicher, dass er Elizabeths Grab regelmäßig besucht, falls er noch lebt. Ich habe ihm außerdem geschrieben, dass er uns eine Notiz hinterlassen soll, wo wir ihn finden können, falls er es aus irgendeinem Grund nicht nach Auckland schafft.«

Früh am nächsten Morgen verließen sie Wainuiomata auf dem gleichen Weg über den Hügel, auf dem sie gekommen waren. Auf dem Kamm hielten sie an und suchten die Vororte von Wellington ab, die sich unter ihnen ausdehnten. Doch sie entdeckten weder Rauch noch sonst ein Lebenszeichen.

Enttäuscht fuhren sie den Hügel hinunter zu ihrem Wagen, banden die Fahrräder aufs Dach und durchstreiften den Vorort Petone, ehe sie auf die Autobahn nach Wellington einbogen.

Sie verbrachten den Rest des Tages damit, durch verlassene Vororte zu fahren, Straßensperren beiseitezuräumen und in regelmäßigen Abständen in das Signalhorn zu blasen. Nirgendwo fanden sie eine Spur von Leben. Als die Abenddämmerung hereinbrach, suchten sie sich ein geeignetes Haus in den Ausläufern des Mount Victoria, wo sie die Nacht verbringen konnten.

»Ich schätze, das war's«, sagte Steven, als er das Abendessen zubereitete. Er verzog beim Reden das Gesicht; Mark nahm an, dass seine Lippen schmerzten, nachdem er den ganzen Tag in das ungewohnte Horn geblasen hatte. »Es sei denn, einer von uns bleibt in Wellington und sucht weiter.«

»Nein, wir sollten morgen zusammen nach Gulf Harbour zurückkehren. Wir warten ein, zwei Monate, dann kommen wir noch einmal her.«

Steven nickte. »Es ist einfacher jetzt, nachdem wir die Barrikaden geräumt haben.«

»Ich bin sicher, dass Christopher noch lebt«, murmelte Mark, doch Steven hörte die Verzweiflung in der Stimme seines Vaters. Mark und sein Bruder hatten sich sehr nah gestanden, und Mark war offensichtlich hin- und hergerissen zwischen dem Wunsch, länger zu bleiben und nach Christopher zu suchen, und dem Verlangen, so schnell wie möglich nach Gulf Harbour zu seiner Tochter Jane und den Enkelkindern zurückzukehren.

»Es ist eine angenehme Nacht«, sagte Steven. »Warum steigen wir nicht auf den Mount Victoria und werfen einen Blick in die Runde?«

Das taten sie dann auch. Es war eine klare, kühle Nacht. Mondlicht tauchte Wellington Harbour in einen silbernen Schein. Eine ganze Weile saßen sie einfach nur da und genossen trotz der Kälte, die allmählich durch ihre Kleidung drang, das großartige Panorama.

»Ein Licht!«, rief Steven plötzlich und zeigte in Richtung des östlichen Ufers der großen Bucht. »Da! Ich kann ein Licht sehen!«

Mark hob das Fernglas an die Augen. »Tatsächlich, da ist etwas … ein Feuer oder ein Licht. Könnte in Eastbourne sein. Der Gedanke, dort zu suchen, ist mir gar nicht gekommen.«

Nachdem Mark und Steven den Wainuiomata Hill hinuntergefahren waren und Petone durchsucht hatten, waren sie nach Westen in Richtung Wellington City abgebogen und hatten die kleinen Siedlungen am Fuß der Klippen entlang dem östlichen Ufer der großen Bucht ganz vergessen.

Mark sprang auf. »Los, lass uns hinfahren.«

»Wir sollten bis morgen früh warten«, sagte Steven, als sie den Berg hinunter und in Richtung ihres Nachtlagers eilten. »Es gibt bestimmt noch mehr Barrikaden auf dem Weg nach Eastbourne, und wir wissen nicht, was uns sonst noch alles erwartet. Selbst wenn in Eastbourne noch jemand lebt, wissen wir nicht mit Sicherheit, ob es Christopher ist. Ich finde, es ist sicherer, wenn wir bis zum Tagesanbruch warten.«

Zögernd willigte Mark ein.

Als Steven am nächsten Morgen erwachte, bereitete Mark bereits das Frühstück zu. Steven spürte die Aufregung seines Vaters. Hoffentlich erlebte Mark keine Enttäuschung.

Es wurde gerade erst hell, als sie am Ufer von Wellington Harbour entlangfuhren. Trotz ihres zeitigen Aufbruchs wurde es wegen zahlreicher Barrikaden später Vormittag, bis sie in Lowry Bay eintrafen. Sie waren noch gut einen Kilometer von ihrem Ziel entfernt, als sie erneut vor einem größeren Erdrutsch Halt machen mussten. Es gab keinen Weg um den Schutthügel herum. Der klare Himmel war unterdessen verschwunden; eine Schlechtwetterfront jagte von Süden heran. Sie ließen den Wagen stehen, schulterten ihre Gewehre und Rucksäcke und setzten ihren Weg nach Eastbourne zu Fuß fort.

»Willkommen in der Stadt der Winde!«, sagte Mark voller Bitterkeit, als ihnen wie aus heiterem Himmel Sturm und Regen ins Gesicht peitschten.

Bald darauf hatten sie den Stadtrand von Eastbourne erreicht. »Vorsicht ist die Mutter der Porzellankiste«, sagte Steven. »Sehen wir uns erst mal gründlich um, ehe wir reingehen.«

Sie fanden einen Aussichtspunkt in einem kleinen Park auf einer Landzunge am nördlichen Ende von Eastbourne Beach und legten sich hinter einem Strauch auf die Lauer, während sie mit ihren Feldstechern die Häuser und Grundstücke am Strand absuchten.

»Dad! Ich sehe Rauch! Das rote Dach … auf halbem Weg den Strand hinunter!«

Mark richtete sein Fernglas auf die angegebene Stelle. Tatsächlich – dort war Rauch, direkt über dem Schornstein, kaum zu erkennen, bevor er vom Wind verweht wurde.

»Ich sehe es.«

Er wollte sich erheben, doch Steven zog ihn zurück. »Wir wissen nicht, wer da wohnt. Warten wir ab, ob wir jemanden erkennen, wenn er rauskommt.«

Sie wechselten sich beim Beobachten der Eingangstür des Bungalows ab.

»Wir können den ganzen Tag hier liegen, ohne dass sich etwas tut«, sagte Mark nach einer Viertelstunde ungeduldig. »Wir sollten das Risiko eingehen und uns zeigen.«

Er hatte kaum ausgesprochen, als sie hinter sich jemanden husten hörten. Beide zuckten zusammen, zu Tode erschrocken. Dann packte Steven sein Gewehr und rollte sich herum, den Finger am Abzug. Mark tat es ihm gleich, auf das Schlimmste gefasst.

Vor ihnen standen zwei junge Mädchen und starrten sie neugierig an.

»Ich bin Zoë«, sagte das kleinere der beiden Mädchen. Sie war hübsch, mit großen Augen und kurz geschnittenem dunklem Haar.

»Und ich bin Holly«, sagte das ältere Mädchen leise. Sie hatte längere Haare, doch ihre Gesichtszüge und die gleichen großen Augen verrieten, dass sie und Zoë Schwestern waren. »Und du bist unser Großonkel Mark«, fuhr Holly ernst fort, wobei sie ihn aufmerksam musterte. »Großvater hat ein Bild von dir im Haus.«

»Warum weinst du, Onkel Mark?«, fragte Zoë.

»Das ist nur der Regen in meinen Augen«, erwiderte Mark, als er sich erhob.

18

Mark und Steven folgten den beiden Mädchen den Strand entlang zum Haus. Hundert Meter vom Bungalow entfernt konnte Zoë sich nicht mehr im Zaum halten. Sie rannte voraus. »Mom!

Mom!«, rief sie. »Großonkel Mark und Onkel Steven sind gekommen!«

Sarah und ihre Schwester Katie stürzten aus dem Haus. Marks Nichten waren völlig unterschiedlich. Sarah, die Mutter von Holly und Zoë, war ein mütterlicher Typ mit kurz geschnittenen Haaren wie Zoë. Sie trug Jeans. Katie, ihre jüngere Schwester, war größer und sehr elegant. Sie trug ein Kleid und eine Spange in den gelockten, schulterlangen Haaren. Mark sah, dass sie trotz der beinahe primitiven Lebensumstände Makeup aufgetragen hatte.

»Gott sei Dank, dass ihr gekommen seid!« Sarah brach in Tränen aus.

»Was ist denn los?«

»Dad … Es geht ihm nicht gut.«

Sie folgten Sarah ins Haus.

»Du hast Besuch, Dad«, sagte sie leise, als sie die Tür zum Schlafzimmer öffnete.

Christophers Anblick war ein Schock für Mark. Sein Bruder war achtzehn Monate jünger als er und immer gesund und fit gewesen, doch jetzt lag er mit geschwollenem Hals im Bett, das ausgemergelte Gesicht unrasiert. Er hatte mehrere Zähne verloren und zeigte nun die Lücken, als er zur Begrüßung lächelte. Trotz seines schlechten Gesundheitszustands hatte er seinen Sinn für Humor behalten. »Warum habt ihr so lange gebraucht?«, fragte er.

Mark durchquerte das Zimmer, um seinen Bruder in die Arme zu schließen. »Was ist denn das? Faul im Bett liegen?«

Christopher seufzte. »Ich weiß es nicht. Ich bin seit Monaten krank. Ihr beide seht gut aus … du ganz besonders«, sagte er und streckte Steven die Hand hin. »Wie sieht's in Auckland aus? Hier bei uns …«

»Bist du kräftig genug, um aufzustehen, Dad?«, unterbrach ihn Sarah. »Wir könnten alle zusammen zu Mittag essen und dabei Neuigkeiten austauschen.«

»Gute Idee. Gib mir ein paar Minuten, um mich fertig zu machen.«

Sarah führte Mark und Steven in die Küche. »Bitte entschuldigt, dass ich euch unterbrochen habe, aber es war eine gute Gelegenheit, Vater zum Aufstehen zu ermuntern.«

»Er ist schrecklich lethargisch«, erklärte Katie.

»Und ihr wisst nicht, was mit ihm los ist?«

Katie schüttelte den Kopf.

Sarah rührte in der Kasserolle auf dem Herd. »Es gibt nur Kürbissuppe, fürchte ich. Ich kann sie ein wenig strecken.«

»Wir sind nicht so hungrig«, sagte Mark. »Wir haben gut gefrühstückt.« Er hatte den Verdacht, dass Sarahs Vorräte knapp waren.

»Und wer ist diese junge Lady?«, fragte Steven, wobei er einem Kleinkind in einem Hochstuhl am Küchentisch durch die Haare fuhr.

»Das ist meine Tochter Gina«, sagte Katie stolz. Im Gegensatz zu ihren Cousinen Holly und Zoë war Gina tadellos in Designer-Mode gekleidet.

Mark blickte sich in der Küche um. Wie es aussah, kämpften seine Nichten ums Überleben. Als Sarah die Tür zur Speisekammer öffnete, bestätigte sich seine Vermutung.

Christopher schlurfte in den Raum. Er hatte sich rasiert und angezogen, doch er trug immer noch eine Decke über den Schultern.

»Ist dir kalt?«, fragte Mark.

»Ich friere ständig.« Christopher ließ sich auf einen Stuhl neben dem Feuer fallen. »Erzähl mir, wie die Dinge in Auckland stehen. Wie geht es Jane und den Kindern? Alles in Ordnung? Hat sonst noch jemand in Auckland überlebt?«

Während des Mittagessens erzählten sie einander ihre Geschichten. Christophers Frau Elizabeth und die Ehemänner von Sarah und Katie waren in einem Abstand von drei Tagen an der Seuche gestorben. Sarah und Katie hatten daraufhin beschlossen, sich in Wainuiomata ihrem Vater anzuschließen.

Mit Christophers Hilfe hatten sie ihre Vorräte zusammengepackt, Sarahs Hühner in Käfige gesperrt, alles auf Christophers Pick-up geladen und waren losgefahren. Auf dem Hügelkamm hatte eine Bande sie vor einer Straßensperre anzuhalten und niederzumachen versucht. Sie hatten es gerade noch geschafft, der Meute zu entkommen. Wenige Stunden später war die Barrikade verstärkt und Wainuiomata von der Außenwelt abgeriegelt worden.

Mit der Abschottung des Wainuiomata Hill hatten umherstreifende Horden die Kontrolle übernommen. Gewalt und Terror herrschten. Jedes Fahrzeug, das sich den Hügel hinaufwagte, wurde gestoppt und durchsucht; wer sich weigerte oder gar wehrte, wurde erschossen oder mit Macheten zerhackt. Christopher und seinen Töchtern waren Gerüchte über Plünderungen zu Ohren gekommen; deshalb hatten sie Vorsichtsmaßnahmen ergriffen und sämtliche Vorräte im Holzschuppen hinter der Garage versteckt – eine kluge Entscheidung, denn eine Woche später waren Banditen gewaltsam ins Haus eingedrungen und hatten die Vorratskammer geplündert. Außerdem hatten sie Sarahs kostbare Hennen mitgehen lassen.

In der vierten Woche der Pandemie wurde die Lage in Wainuiomata verzweifelt. Die Läden und den einzigen Supermarkt hatten umherziehende Banden bereits in den ersten Tagen ausgeraubt. Jedes Haus im Tal war geplündert worden. Das wenige Vieh im Tal war geschlachtet und gegessen worden. Später hatte jede Katze, jeder Hund, jedes Kaninchen und jedes Meerschweinchen das gleiche Schicksal erlitten.

Obwohl die Seuche zu diesem Zeitpunkt bereits neunzig Prozent der Bewohner von Wainuiomata getötet hatte, war nicht genügend Nahrung für die Überlebenden übrig. Ehemals gesetzestreue Bürger, die lautstark die Entwaffnung der Banden gefordert hatten, wurden nun selbst zu Marodeuren. Es ging um das nackte Überleben, und nur wer mitmachte, bekam eine Chance.

Kurz darauf fanden die Banditen heraus, dass Christopher ein geheimes Vorratslager haben musste. An einem Nachmittag in der dritten Woche, nachdem seine Töchter zu ihm ins Tal gezogen waren, statteten die Plünderer seinem Haus einen weiteren Besuch ab.

»Wie kommt es, dass ihr noch gesund seid?«, fragte die Anführerin, eine kleine Maori-Frau mit einer charakteristischen Gesichtstätowierung, dem *Tā moko*.

»Wir hatten Glück«, sagte Katie.

Die Frau schnaubte abfällig. »Tja, euer Glück ist jetzt zu Ende. Wo habt ihr eure Vorräte versteckt?«

»Wir haben keine Vorräte versteckt«, sagte Sarah trotzig.

Die Maori hielt Gina die Pistole an den Kopf.

»Im Holzschuppen!«, heulte Katie erschrocken auf.

Die Anführerin grinste und drückte auf den Abzug, doch es löste sich kein Schuss. Christopher vermutete, dass es sich um einen grausamen Scherz handelte.

Doch es war keiner.

»Gib mir deine Waffe«, sagte die Maori zu einem der anderen Banditen.

»Nein!«, kreischte Katie und sprang vor, um ihre Tochter zu schützen, doch ein Schlag traf sie von hinten auf den Schädel. Sie brach zusammen.

»Um Himmels willen, habt Erbarmen!«, flehte Christopher und stellte sich zwischen Gina und die Anführerin. »Wir haben euch doch gesagt, wo unsere Vorräte sind. Warum lasst ihr uns nicht in Ruhe?«

Ein Gewehrkolben krachte ihm ins Gesicht und schlug ihm mehrere Zähne aus. Blut lief ihm übers Kinn.

»Warum bringen wir sie nicht auf die Farm?«, schlug einer der anderen Banditen vor. »Seht sie euch an, sie sind gut genährt und gesund.«

Die Anführerin stimmte zögernd zu. Es war nicht mehr als eine Galgenfrist. Christopher und seine Familie wurden gezwungen, die verbliebenen Vorräte aus dem Holzschuppen zu holen. Es war nur noch herzlich wenig übrig – Christopher, Sarah, Zoë und Holly konnten es in den Armen tragen. Katie trug die kleine Gina, als die Familie von den Banditen mit vorgehaltenen Waffen die Straße hinunter getrieben wurde.

Den Banditen fiel das Atmen schwer; sie litten bereits unter einem fortgeschrittenen Stadium der Seuche. Christopher, Sarah und Katie waren trotz der Tortur, die sie über sich ergehen lassen mussten, in viel besserer körperlicher Verfassung. Trotzdem – angesichts der Waffen und der sadistischen Anführerin ergab sich keine Chance zur Flucht. Sie marschierten einen Kilometer, ehe sie das Tor eines verbarrikadierten Unterschlupfs am Ende einer Sackgasse durchschritten. Vor dem Tor lagen mehrere Leichen. Der Gestank war grauenvoll.

Hinter dem Tor saßen Banditen im Vorgarten an Biertischen. Auf einer Seite stand ein riesiger Grill. Steaks brutzelten auf dem Rost. Bier und Schnaps flossen in Strömen. Die Banditen waren ausnahmslos in einem schlimmen Zustand – Alkohol, Drogen und Krankheit waren eine höllische Mischung. Christopher und seine Töchter hatten das Gefühl, als wäre es eine Ewigkeit her, dass sie zum letzten Mal den verlockenden Duft von gegrilltem Fleisch gerochen hatten.

»Hier kommt frische Ware, Leute«, verkündete die Anführerin. Sie bedeutete Christopher und seiner Familie, die Vorräte auf die Tische zu stellen; dann zwang sie sie mit vorgehaltener Waffe zur Garage an der Seite des Hauses. Das zweiflügelige Tor war mit einer Holzplanke von außen verkeilt, sodass es von innen nicht geöffnet werden konnte. Über das Tor hatte jemand in großen roten Lettern die Worte HEKE's FARM gepinselt.

Die Anführerin trat die Planke zur Seite. Das klappernde Geräusch auf dem Beton der Einfahrt wurde begleitet von einem wimmernden Laut aus dem Innern. Als das Tor offen stand und Licht in die Garage fiel, sah Christopher zwei abgerissene Gestalten, die am Boden kauerten. Bevor er eine Erklärung verlangen konnte, wurde er zusammen mit seiner Familie unsanft in den Raum gestoßen. Das Tor fiel krachend hinter ihnen zu, und sie hörten, wie die Planke wieder gegen das Holz gestemmt wurde.

»Ich hab Angst«, sagte Holly.

»Das musst du nicht«, murmelte Christopher zwischen den abgebrochenen Zähnen hindurch. Sein ganzer Mund schmerzte. »Uns wird schon nichts passieren.«

Doch seine Worte konnten niemanden täuschen.

»Ist das nicht Christopher Chatfield?«, fragte jemand von der anderen Seite der Garage. Christopher erkannte die Stimme augenblicklich – sie gehörte einem der Ladenbesitzer von Wainuiomata.

»Brian! Was hat das zu bedeuten? Was ist das hier? Und warum nennen sie die Garage Heke's Farm?«

»Haben Sie noch nie von Hone Heke gehört?«

»Ich verstehe nicht …«, sagte Christopher verwirrt.

»Kannibalismus«, antwortete eine neue Stimme. »Hone Heke war Maori und lebte im neunzehnten Jahrhundert. Er war kultischer Kannibale. Die Leute sind zu Menschenfressern geworden. Sie halten uns wie Tiere, um uns zu essen.«

Katie brach in Tränen aus.

»Keine Sorge«, fuhr die Stimme fort. »Heute haben sie schon zwei von uns geschlachtet. Sie braten sie jetzt. Das Fleisch reicht ihnen für ein, zwei Tage. Wir haben also noch eine Galgenfrist. Außerdem schlachten sie die Kinder immer zuerst – sie sind zarter, verstehen Sie?« Der Sprecher kicherte leise.

Katies Schluchzen wurde verzweifelter.

»Warum versucht niemand zu fliehen?«, fragte Christopher entrüstet.

»Wir sind krank. Wir sind einfach zu schwach«, antwortete der Ladenbesitzer.

»Und sie haben Waffen, jede Menge«, sagte die andere Stimme.

»Die Behörden haben die Armee geschickt, aber nicht mal die hat's geschafft, die Barrikade oben auf dem Berg zu durchbrechen.«

»Außerdem, welchen Sinn hätte es?«, sagte die Stimme des Untergangspropheten. »Wir werden sowieso bald alle sterben.«

Christopher beschloss, keine weiteren Fragen zu stellen. Er legte schützend die Arme um seine Töchter und wartete, bis Katies Schluchzen ein wenig nachgelassen hatte. »Hört zu«, flüsterte er. »Ich werde nicht zulassen, dass euch oder den Kindern etwas geschieht … das schwöre ich.«

»Aber es ist hoffnungslos!«, sagte Sarah. »Es sind zu viele.«

»Sie sind alle krank und betrunken«, entgegnete Christopher. »Wir dagegen sind fit, gesund und nüchtern. Wir haben eine Chance. Kümmert euch um die Kinder. Ich werde die Umgebung erkunden.«

Seine Augen hatten sich in der Zwischenzeit an das Dämmerlicht gewöhnt, das durch die Ritzen in der aus Holz erbauten Garage fiel. Christopher kletterte hinauf zum Dachsparren und stellte fest, dass das Dach stabil vernagelt war. Es gelang ihm nicht, auch nur ein einziges der schweren Wellblechteile zu bewegen. Er suchte die Garage nach Werkzeugen ab, jedoch vergeblich. Er fand drei dünne Latten, doch sie waren nicht stabil genug, um die Verschalung der Garage abzuhebeln. In einer Ecke lag ein Haufen Abfall, hauptsächlich alte Flaschen und Dosen – wieder nichts, das er als Hebel hätte einsetzen können.

Leise fluchend ging er zum Tor und spähte durch den schmalen Spalt in der Mitte. Die Banditen draußen waren inzwischen volltrunken; während Christopher sie beobachtete, entbrannte ein Streit. Dann hallte ein Schuss durch das Lager. Einer der Streithähne fiel zu Boden. Christopher beobachtete, wie die Anführerin mit dem *Tā moko* ihre Waffe nachlud und auch den zweiten Kämpfer niederschoss. Die Leichen der beiden wurden zum Grill geschleppt und dort liegen gelassen.

Christopher zwängte die Finger in die Lücke zwischen den Torflügeln und versuchte sie auseinanderzudrücken, doch sie bewegten sich kaum. Er arbeitete sich hinunter zum Boden, um nachzusehen, ob die Planken dort mehr Spiel hatten. Durch den Spalt am Boden konnte er die Planke sehen, mit der die Banditen das Garagentor verkeilt hatten.

Er kehrte zu Katie und Sarah zurück. »Keine Angst«, flüsterte er. »Ich glaube, ich weiß, wie wir von hier verschwinden können.«

In dem Haufen Plunder fand er einen Blechdeckel, den er sorgfältig faltete, bis er eine gezackte Klinge hatte. Dann begann er mühselig das Holz unten an der Lücke des Garagentors zu bearbeiten.

»Sie verschwenden Ihre Zeit«, sagte der Ladeninhaber, der herbeigekommen war, um zu sehen, was draußen vorging. »Sie kommen niemals lebend hier raus, keiner von Ihnen.«

Christopher beachtete den Mann nicht. Solange draußen noch Tageslicht herrschte, spähten Katie und Sarah abwechselnd durch die Lücke oben im Tor, während Christopher unten saß und den Spalt weiter vergrößerte. Es war eine langwierige Arbeit. Langsam, Splitter um Splitter, Faser um Faser verbreiterte er die Lücke.

Am späten Nachmittag waren seine Hände blutig, zerschnitten von den Flaschenscherben und den Blechdeckeln, die er bei seiner Arbeit verbraucht hatte, doch er hielt erst inne, als die Öffnung groß genug war, um eine der Latten hindurchzustecken, die hinten in der Garage lagen. Müde und von Schmerzen geplagt entfernte er sich vom Tor und legte sich flach auf den Garagenboden, um seine verkrampften Muskeln zu entspannen.

Der Ladenbesitzer meldete sich zu Wort. »Ich dachte mir gleich, dass Sie aufgeben. Es ist aussichtslos.«

Kurze Zeit später öffnete ein bewaffneter Bandit das Tor und kippte einen Eimer voll Knochen auf den Boden. Während er das Tor wieder zuwarf und mit der Planke verkeilte, kamen der Ladenbesitzer und sein Leidensgenosse vor und machten sich daran, das Fleisch von den Knochen zu nagen.

»Darf ich auch einen haben, Mom?«, fragte Zoë.

»Nein!«, rief Sarah. Sie war kurz davor, sich zu übergeben bei dem Gedanken an das, was die beiden Männer da aßen.

»Aber ich hab Hunger!«, klagte Holly.

»Ihr bekommt später zu essen«, sagte Christopher.

Es wurde dunkel, und irgendwann schliefen die Kinder ein, genau wie der Ladenbesitzer und dessen Leidensgenosse. Sarah, Katie und Christopher lauschten dem betrunkenen Treiben der Bande. Schließlich, um zwei Uhr morgens, wurde es draußen still.

Als sich nichts mehr rührte, steckte Christopher eine der Latten durch den Spalt unten am Boden des Tors. Draußen war es nun stockdunkel. Er tastete mit der Latte umher, bis er den unteren Rand der Planke gefunden hatte, die das Tor geschlossen hielt. Die Latte war gerade lang genug für seine Zwecke. Er stieß zu, so fest er konnte, doch die Planke gab nicht nach. Schließlich erhob er sich und trat gegen das Ende der Latte, das bis in die Garage reichte.

Es gab ein lautes Krachen, als das Holz brach und das Ende der Latte unter der Tür verschwand. In der Stille der Nacht klang es wie ein Gewehrschuss. Christopher und seine Töchter hielten den Atem an in der Erwartung, dass jemand auftauchen würde und dabei die verräterische Latte entdeckte. Doch nichts geschah. Christopher drückte gegen das Tor, doch es war immer noch fest verkeilt.

Die zweite Holzlatte ereilte ein ähnliches Schicksal. Christopher zitterte, als er die letzte Latte durch den Spalt schob. Es war seine letzte Chance, seine Familie zu retten. Voller Angst, sein letztes Fluchtwerkzeug ja nicht zu zerbrechen, tippte er mit der Schuhspitze sanft immer wieder gegen das Ende. In regelmäßigen Abständen beugte er sich nach unten und prüfte tastend, wie viel von der Latte noch innerhalb der Garage war. Es schien weniger zu werden – die Holzplanke, die das Tor sicherte, bewegte sich langsam. Nach einer Weile traf seine Schuhspitze das Tor anstatt der Latte. Die Torflügel waren flexibler geworden, doch sie gaben immer noch nicht nach. Christopher zog seinen Schuh aus und trat mit dem nackten Fuß gegen die Latte. Schmerz schoss sein Bein hinauf. Zwei Minuten später erreichte er die Latte nicht einmal mehr mit dem dicken Zeh. Er drückte erneut gegen das Tor. Es ließ sich drei Zentimeter weit öffnen, nicht mehr. Hinter ihm kämpfte Katie gegen ihre Tränen an.

»Versuch es mit Wackeln«, flüsterte Sarah.

Die nächsten zehn Minuten bewegten sie die Torflügel behutsam vor und zurück. Stück für Stück vergrößerte sich der Spalt zwischen den Flügeln.

»Los, mach die Kinder wach«, flüsterte Christopher, als die Lücke auf sechs Zentimeter angewachsen war.

»Was ist mit dem Ladenbesitzer und seinem Freund?«, fragte Sarah.

»Denen traue ich nicht. Wir lassen das Tor offen. Sie wachen bestimmt vor den Banditen auf. Sie können ihr Glück morgen früh versuchen.«

Sarah und Katie weckten die Kinder, und alle versammelten sich hinter dem Tor. Langsam und rhythmisch wackelte Christopher weiter. Plötzlich fiel die Planke klappernd auf den Betonboden der Einfahrt. Der Lärm war so laut, dass sie befürchteten, sämtliche Banditen geweckt zu haben. Der Ladenbesitzer unterbrach sein Schnarchen sekundenlang; dann setzte es wieder ein. Sonst geschah nichts.

Selbst das Quietschen der Angeln, als Christopher das Tor aufdrückte, hallte so laut durch die Stille, als könnte es die Toten aufwecken.

Die Familie rannte die Einfahrt hinunter, durch das offene Tor und auf die Straße. Katie stolperte über einen Toten und stürzte, wobei sie sich den Knöchel verstauchte. Die anderen halfen ihr hoch, und sie rannte humpelnd weiter.

»Wohin jetzt?«, fragte Sarah, nachdem sie genügend Abstand zwischen sich und die Banditen gebracht hatten.

»Im Tal können wir jedenfalls nicht bleiben«, antwortete Christopher. »Hier ist es nicht sicher. Wir gehen über die Hügel.«

19

»Und so sind wir schließlich in Eastbourne gelandet«, schloss Sarah ihren Bericht.

»Wie sieht es mit der Zukunft aus?«, fragte Mark und schaute seinen Bruder an. Im Licht des Feuers wirkte sein Gesicht angespannt und müde.

»Wenn ich doch nur diese Krankheit endlich hinter mir hätte«, seufzte Christopher.

»Mir scheint, es wäre besser für uns alle, wenn wir unsere Kräfte und Ressourcen bündeln«, sagte Steven, obwohl er sich denken konnte, dass sein Onkel und dessen Familie herzlich wenig an Ressourcen anzubieten hatten.

»Ich finde, wir hatten oben in Gulf Harbour mehr Glück«, fügte Mark diplomatisch hinzu. »Es wäre das Vernünftigste, wenn ihr zu uns kämt.«

Christopher nickte.

Mark sah seinem Bruder die Erleichterung an. Er musste fürchten, dass seine Krankheit tödlich war, und sorgte sich um seine Töchter und Enkeltöchter.

»Wenn ihr nichts dagegen habt …«, sagte er. »Ich bin müde. Ich lege mich wieder ins Bett.«

Am nächsten Morgen trafen sie Vorbereitungen für die Abreise aus Eastbourne. Es gab nicht viel, das wert war, mitgenommen zu werden. Sie trugen die wenigen Dinge über den Strand und zu der Stelle auf der anderen Seite des Erdrutsches, wo der Wagen stand. Während Steven sich auf den Weg machte, um nach einem Anhänger zu suchen, baute Mark aus zwei Stangen und einer Plane eine Trage.

Nach dem Mittagessen trugen Mark und Steven Christopher auf der Trage über den Erdrutsch; die übrigen Familienangehörigen stolperten hinter ihnen her. Mit Christopher, Katie und den drei Kindern im Wagen sowie Sarah und Steven auf dem Anhänger fuhr Mark schließlich los.

Als sie die Abzweigung nach Wainuiomata passierten, warf Christopher einen sehnsüchtigen Blick den Hügel hinauf.

»Ich bringe dich zurück nach Wellington, wenn es dir besser geht«, sagte Mark, der die Gedanken seines Bruders las.

Christopher antwortete nicht. Mark konnte ihm ansehen, dass er nicht damit rechnete, Wainuiomata jemals wiederzusehen.

Sie erreichten den Erdrutsch auf der Waikanae Road, ließen den Wagen stehen und trugen Christopher, seine Familie und deren Habseligkeiten zum Geländewagen, der auf der anderen Seite wartete.

Die Rückfahrt nach Auckland dauerte anderthalb Tage. Sie übernachteten erneut in Taupo, wo Steven eine Familie von Meerschweinchen in einem Vorstadtgarten entdeckte.

»Mmm, lecker, Meerschweincheneintopf!«, krähte Zoë, die sich vollständig vom Trauma des Schlachtens und Verspeisens ihrer Haustiere erholt hatte.

»Nein, ganz bestimmt nicht«, sagte Steven entschieden. »Das wird ein Geburtstagsgeschenk für Nicole.«

Am späten Nachmittag des zweiten Tages fuhren sie mit lautem Hupen den Hügel hinunter nach Gulf Harbour.

Als sie Gulf Harbour Village erreichten, kamen ihnen Zach

und Nicole entgegengerannt. Mark hielt, und die beiden Kinder sprangen in den Wagen, umarmten ihren Großvater und musterten ihren Großonkel und ihre Cousinen mit schüchternen Blicken.

Auf den letzten Metern bis zum Haus berichtete Zach aufgeregt: »Ein Mann mit einer Jacht war hier!«

»Er hieß Tom«, fügte Nicole hinzu, »und er stank!«

»Aber er ist nur eine Nacht geblieben und gleich wieder gefahren«, fuhr Zach fort. »Und er hat Sachen von uns gestohlen.«

Sie erreichten das Haus, ehe Mark Gelegenheit fand, Fragen zu stellen. Als die Familien aus dem Wagen stiegen, kam Jane aus dem Haus, um sie zu begrüßen. Obwohl alle einander umarmten, schien Jane merkwürdig zurückhaltend.

»Wie ich höre, hattet ihr Besuch«, sagte Mark.

Jane nickte wortlos. Sie wirkte angespannt.

»Was ist passiert?«, fragte Mark.

Jane war entschlossen gewesen, kein Wort über ihr Martyrium zu verlieren, doch jetzt verlor sie die Kontrolle über ihre Gefühle und brach in Tränen aus.

Die anderen führten sie ins Haus. Steven schien zu erraten, dass sie sich scheute, vor den Kindern zu reden. Er gab Nicole den Kasten mit den Meerschweinchen, und die Kinder sprangen nach draußen, um im Garten vor dem Haus mit den Tieren zu spielen.

Endlich war Jane bereit zu reden. Die anderen lauschten in betroffenem Schweigen, als sie berichtete, was ihr widerfahren war.

Christophers Zustand war schlimm, und sobald Jane geendet hatte, entschuldigte sie sich und eilte davon, um ihm ein Bett herzurichten. Sie hatte den anderen nur die notwendigsten Details erzählt; sie wollte den Alptraum nicht noch einmal durchleben. Alle waren wie vor den Kopf geschlagen. Mark machte sich bittere Vorwürfe, weil er sie allein zurückgelassen hatte.

Es war ein langer, emotionaler Tag gewesen. Nachdem sie die Häuser aufgeteilt, für jeden ein Bett gemacht und zu Abend gegessen hatten, waren alle erschöpft. Trotzdem fiel es niemandem leicht, in dieser Nacht einzuschlafen.

»Steven ist verschwunden, und er hat eine Waffe mitgenommen«, sagte die Stimme in Marks Traum. Doch es war kein Traum. Jane stand vor seinem Bett. Es war bereits hell. »Er hat die *Raconteur* genommen«, fuhr sie fort.

»Nicht schlimm«, sagte Mark im Halbschlaf.

»Aber es *ist* schlimm!«, widersprach sie, den Tränen nahe. »Ich glaube, er verfolgt diesen Tom und seine *White Witch*.«

»Er kommt schon zurecht«, sagte Mark, wobei er sich auf die Ellbogen stützte.

»Du machst dir keine Vorstellung davon, wie bösartig dieser Dreckskerl war!«

»Steven kann auf sich aufpassen«, beharrte Mark, hatte jedoch alle Mühe, sich seine Besorgnis nicht anmerken zu lassen.

20

Steven hatte nicht einschlafen können. Eine Situation wie diese hatte er noch nie erlebt. Er fühlte sich, als wäre die Vergewaltigung seiner Schwester an ihm begangen worden.

Um vier Uhr morgens schlich er die Treppe hinunter, packte sein Gewehr, holte ein paar Rationen aus der Speisekammer und schlich die Gangway zur *Raconteur* hinunter. Ihm war klar, dass sein Vater und Jane versuchen würden, ihn aufzuhalten, wenn sie von seinen Absichten erfuhren. Doch er war entschlossen, sich nicht aufhalten zu lassen. Leise löste er die Leinen der *Raconteur* und schob das Schiff rückwärts in den Kanal hinaus, bis es mit dem Gezeitenstrom der Ebbe lautlos zum Meer trieb.

Er war bereits ein gutes Stück in der Marina, als er den Zündschlüssel drehte und den Motor startete.

Er wusste, dass er nach einer Ketsch mit Namen *White Witch* Ausschau halten musste. Jane hatte erzählt, dass dieser Tom unterwegs nach Auckland gewesen war, als er den Rauch ihres Feuers erspäht hatte. Steven hisste die Segel und ging auf Kurs Richtung Süden. Der Wind frischte auf, und bald darauf schoss die *Raconteur* vorwärts, als wäre sie begierig darauf, Janes Vergewaltiger zu stellen.

Als Steven North Head erreichte, ging er auf Westkurs, hinein in den inneren Hafen. Adrenalin schoss in seine Adern, als er vor der Torpedo Bay ein Segel entdeckte. Er lud sein Gewehr, doch als er näher kam, stellte er fest, dass es lediglich eine vor Anker liegende Jacht war, deren Fock sich gelöst hatte und im Wind flatterte.

Er fuhr zwischen den Reihen vertäuter Schiffe hindurch auf der Suche nach der *White Witch*, doch die Ketsch war nirgendwo zu sehen. Es war beinahe Mittag, als er die Marina von Westhaven erreichte. Er steuerte die *Raconteur* in eine leere Box, schulterte sein Gewehr und machte sich zu Fuß auf den Weg über die Schwimmstege, um nach der *White Witch* zu suchen.

Gegen Ende des nächsten Tages hatte Steven sämtliche Marinas und Ankerplätze in der Umgebung von Auckland abgesucht. Er spürte, wie seine Wut immer heißer wurde. Der Hauraki Golf war ein ausgedehntes Labyrinth von Inseln, Stränden und Buchten; die *White Witch* konnte überall sein. Schlimmer noch – vielleicht hatte sie den Golf ganz verlassen.

Am vierten Tag seiner Suche segelte Steven in die Islington Bay, ruderte ans Ufer und stieg – bewaffnet mit dem stärksten Fernglas, das er an Bord der *Raconteur* gefunden hatte – zum Gipfel von Rangitoto Island hinauf. Von dort hatte er einen ungestörten Ausblick über den gesamten Golf. Er verbrachte den ganzen Tag damit, den Horizont abzusuchen, jedoch vergeblich. Trotz der Kälte, ohne Nahrung und Wasser, verbrachte er die Nacht auf dem Gipfel.

Gegen Mittag des nächsten Tages wurde sein Durst schier unerträglich. Ein letztes Mal hob er das Fernglas an die Augen und suchte den Horizont ab. Plötzlich schlug ihm das Herz bis zum Hals. Weit draußen in der Ferne, in der Woody Bay von Rakino Island, war ein Segel zu erkennen. Trotz des quälenden Durstes blieb er drei weitere Stunden auf dem Gipfel und verfolgte den Kurs seiner Beute. Erst als er sicher zu sein glaubte, welches Ziel die *White Witch* ansteuerte, stieg er ab.

Bis er zurück an Bord der *Raconteur* war und den Anker gelichtet hatte, hatte die Dämmerung eingesetzt. Er war schon mehrere Male in Fitzroy Harbour auf Great Barrier Island gewesen, dem vermuteten Zielhafen der *White Witch*; allerdings hatte er die vierzig Seemeilen noch nie nachts in Angriff genommen. Steven wusste, dass es sicherer war, bis zum Morgen zu warten; auf der anderen Seite konnte er nicht wissen, welche Absichten der Skipper der *White Witch* verfolgte. Falls er lediglich ein letztes Mal in Fitzroy Harbour übernachtete, ehe er aufs freie Meer segelte, würde Steven die *White Witch* niemals wiedersehen.

Es war tiefe Nacht, als er sich seinen Weg durch den Motuihe Channel getastet hatte. Aus Respekt vor den trügerischen D'Urville Rocks hielt er sich dicht unter Weiheke Island. Erst als er voraus die charakteristischen Umrisse des Ganner Rock erkannte, ging er auf Nordwestkurs und setzte zu dem langen Schlag über das offene Wasser an.

Auch wegen anderer Gefahren, beispielsweise der Pigeon Rocks, verbrachte Steven eine unruhige Nacht und spähte immer wieder nervös durchs Fernglas. In den frühen Stunden des nächsten Morgens holte er die Segel ein, und das Schiff rollte und schlingerte ungemütlich im Schwell vor der Insel, bis die ersten Lichtstrahlen die Gipfel von Great Barrier Island erhellten. Erst jetzt schlich er sich vorsichtig näher ans Ufer und an die Man-O-War-Passage, die in den Hafen von Port Fitzroy führte.

Normalerweise hätte er nicht versucht, durch die enge Passage zu segeln, doch er zögerte, den Motor der *Raconteur* zu starten; er befürchtete, Tom könnte ihn hören und die Flucht ergreifen, denn die *White Witch* war mit hoher Wahrscheinlichkeit das schnellere Schiff.

Mit dem unberechenbaren Wind von achtern driftete Steven durch die Passage. Als er hindurch war, entdeckte er seine Beute. Wieder schoss Adrenalin in seinen Kreislauf. Die *White Witch* ankerte vor der Smokehouse Bay. An Bord war kein Lebenszeichen zu sehen. Steven steuerte hinaus in den Hafen und holte leise das Hauptsegel ein, bevor er wendete und nur mit dem Vorsegel zur *White Witch* zurückkehrte. Er schätzte seine Geschwindigkeit perfekt ab und ließ das Vorsegel im letzten Moment fallen, um sich lautlos seiner Beute zu nähern.

Die *Raconteur* kam weniger als einen Meter von der *White Witch* entfernt zum Stehen. Es gab nur eine kaum wahrnehmbare Bewegung, als Steven von seinem Schiff auf Toms Jacht wechselte. Lautlos sicherte er die *Raconteur* mit einer Leine; dann drückte er das Schiff nach achtern ab. Das Gewehr im Anschlag, schlich er zur offenen Luke des Niedergangs.

Er roch Tom, noch ehe er ihn sah. Der ranzige Gestank schlug ihm durch die offene Luke entgegen. Lautlos schlich er den Niedergang hinunter. Mit dem Lauf der Waffe stieß er einen Stapel schmutzigen Geschirrs in der Pantry des Schiffes um, den Finger schussbereit am Abzug. Noch während das Porzellan scheppernd zu Boden fiel, zielte Steven auf einen Punkt zwischen Toms geschlossenen Augen.

Zu seiner Enttäuschung sprang Tom nicht von der Pritsche auf, um ihn anzugreifen. Stattdessen starrten ihn angstvolle Augen aus einem hageren, blassen Gesicht an. Wo Misty Tom gebissen hatte, war der Arm entzündet und geschwollen. Die anderen Symptome – das mühevolle Atmen und der Husten – waren symptomatisch für Super-SARS. Tom lag in den eigenen Exkrementen.

Langsam stemmte er sich auf die Ellbogen. »Helfen Sie mir …«, flehte er schwach.

»Du hast meine Schwester vergewaltigt, und jetzt soll ich dir helfen?«, presste Steven zwischen zusammengebissenen Zähnen hindurch.

Auf einem Regal über der Koje sah er das Porträt seiner Schwester in dem silbernen Rahmen. Hinter dem Porträt lag eine Collage pornografischer Fotos. Der Anblick machte Stevens Wut noch schlimmer.

»Sie wissen selbst, wie das ist. Sie sind auch ein Mann. Es war nicht meine Schuld. Sie hat förmlich darum gebettelt.«

Erst als er das zerfetzte, blutige Fleisch und die Knochensplitter sah, die einst eine Kniescheibe gewesen waren, wurde Steven bewusst, dass er auf Tom gefeuert hatte.

Tom schrie vor Schmerz.

Steven hörte, wie sich ein weiterer Schuss löste. Blut, Gewebe und Knochen spritzten gegen die Wand hinter der Koje, als Toms zweite Kniescheibe sich auflöste. Kalte Wut hatte die Oberhand gewonnen, doch jetzt hatte Steven seine Waffe leergeschossen. Mit eisiger Ruhe blickte er auf Tom hinunter und betrachtete sein Werk wie ein unbeteiligter Zuschauer, ohne jede Emotion. Er starrte auf die erbärmliche Gestalt herab, während er – immer noch wie in Trance – überlegte, was er als Nächstes tun sollte. Er konnte Tom mit einer weiteren Patrone endgültig erledigen, doch das wäre viel zu schnell für ihn. Es hätte den Mistkerl von seinem Elend erlöst, bevor er so gelitten hatte, wie er Jane hatte leiden lassen.

Fünf Minuten später stieß Steven die *Raconteur* von der *White Witch* ab und hisste das Vorsegel. Während die *Raconteur* lautlos davonglitt, spürte er bereits die von der *White Witch* aufsteigende

Hitze, und er konnte den Rauch riechen. Er hörte das Knistern und Prasseln der Flammen, und er hörte Toms Schreie.

Er blickte sich nicht um.

»Onkel Steven kommt zurück! Onkel Steven kommt zurück!«, rief Nicole. Sie führte ihre Gruppe – bestehend aus Zach, Zoë, Holly und Gina – durch die Tür ins Haus, um die Nachricht zu wiederholen, ehe sie sich umwandte und atemlos die Gangway hinunter und zur Anlegestelle der *Raconteur* rannte. Mark, Jane, Katie und Sarah eilten den Kindern hinterher.

»Da siehst du es!«, sagte Mark zu seiner Tochter, als sie auf dem Ponton standen und beobachteten, wie die Jacht näher glitt. »Ich hab dir ja gesagt, du brauchst dir keine Gedanken um ihn zu machen.« Doch Jane bemerkte die unüberhörbare Erleichterung in den Worten ihres Vaters.

»Hast du ihn gefunden?«, fragte Mark, sobald die Leinen der *Raconteur* festgemacht waren. Steven nickte und reichte seiner Schwester ein kleines Päckchen. Sie sah hinein und fand ihr Porträt. Tränen stiegen ihr in die Augen, und ein Gefühl der Erleichterung erfasste sie.

»Er wird dich nicht wieder belästigen«, sagte ihr Bruder.

»Was ist passiert?«, fragte sie. Der stählerne Unterton seiner Stimme ließ sie zittern.

»Dein Kater, das ist passiert«, antwortete er leichthin und deutete auf Misty, der die Gangway herunterkam, als wollte er sich der Willkommensparty anschließen. »Als Misty den Scheißkerl gebissen und gekratzt hat, hat der sich eine Blutvergiftung eingefangen. Dein Kater ist ein echter Killer. So, und jetzt sag mir, was es zu essen gibt. Ich bin nämlich am Verhungern.«

Mark hob eine Augenbraue. Er konnte sich denken, dass die schnoddrige Art seines Sohnes eine weit kompliziertere Geschichte überspielen sollte. Doch er kannte Steven gut genug, um zu wissen, dass er die Wahrheit nur erfahren würde, falls Steven zu dem Schluss kam, dass es der richtige Augenblick war.

21

Eine Woche, nachdem Steven von seiner Jagd auf die *White Witch* zurückgekehrt war, blickte Jane von ihrem Buch auf. »Onkel Christopher?«, fragte sie. »Wie fühlt sich deine Haut an?«

Sie saßen um ein Feuer im mittleren Haus. Die Abende gemeinsam zu verbringen war zu einem festen Teil ihres Alltags geworden. Selbst Christopher nahm die Anstrengung auf sich und erhob sich aus dem Bett. Seine Krankheit war seit dem Umzug nach Auckland nicht besser geworden. Noch immer fühlte er sich schwach und lethargisch, sein Hals war geschwollen, und ständig war ihm kalt.

»Wen interessiert das schon? Er hat empfindliche Haut«, sagte Steven.

»Nein, im Ernst, Onkel«, beharrte Jane. »Wie fühlt deine Haut sich an?«

»Jetzt, wo du es sagst … sie ist sehr trocken.«

»Ich nehme an, du leidest an einer Schilddrüsenunterfunktion«, sagte Jane, und ein wenig von ihrer alten Tatkraft blitzte durch.

Seit ihr Onkel in Gulf Harbour angekommen war, hatte Jane in ihren medizinischen Texten gesucht, um herauszufinden, was mit ihm nicht stimmte. Jetzt hielten alle inne und starrten sie an. »Hör zu«, fuhr sie fort und las aus dem Buch vor: »Schilddrüsenunterfunktion … Symptome schließen unter anderem ein: Lethargie, ständiges Frieren, angeschwollener Hals und trockene Haut.«

»Dad, das sind definitiv deine Symptome!«, sagte Katie und sprang auf. »Es könnte die Krankheit sein, an der du leidest!«

»Könnte sein«, sagte Christopher ernst. »Und? Gibt es eine Heilung?«

»Ja! Thyroxin-Tabletten!« Jane klappte das Buch zu.

Steven war bereits auf dem Weg zur Tür. »Los, sehen wir im Lager nach!«

Sie durchstöberten ihr Lagerhaus. Bei ihren Streifzügen hatten sie auch eine kleine Menge an Medikamenten entdeckt. Oft wussten sie nicht, wofür sie dienten; sie hatten sie katalogisiert und für alle Fälle eingelagert. Doch aus Janes Aufzeichnungen ging hervor, dass Thyroxin-Tabletten nicht darunter waren.

»Wir fahren gleich morgen früh nach Whangaparaoa und suchen in der Apotheke nach deinem Medikament.« Jane war enttäuscht, dachte aber nicht daran, so schnell aufzugeben.

»Ich hoffe nur«, sagte Mark zu seiner Tochter, nachdem der Rest der Familie zu Bett gegangen war, »dass deine Diagnose richtig ist. Es wird eine riesige Enttäuschung für Sarah und Katie, ganz zu schweigen von Christopher, falls du dich geirrt hast.«

Jane nickte. »Oder wenn wir keine Tabletten finden.«

Die Regale der Apotheke waren leer. Voller Verzweiflung durchsuchten sie sämtliche Häuser auf der Halbinsel. Am vierten Tag kam Sarah aus einem kleinen Ferienhaus in Stanmore Bay und schwang triumphierend eine Medikamentenflasche mit einem mehrwöchigen Vorrat der kostbaren Tabletten.

Nach ein paar weiteren Tagen wussten sie, dass Janes Diagnose richtig gewesen war: Am vierten Morgen nach der ersten Medikamenteneinnahme gesellte sich Christopher zum Frühstück zur Familie. Bis zum Ende der ersten Woche war er fast schon wieder der Alte.

Zwischen Steven und Katie entwickelte sich eine gegenseitige Zuneigung. Sie waren beide gut aussehend – Steven blond und muskulös, Katie groß und elegant mit weich über die Schultern fließendem dunklem Haar.

Steven mochte auch Sarah sehr, die wie seine eigene Schwester hart und unermüdlich zum Besten der Gemeinschaft schuftete und ohne Murren tat, was immer getan werden musste, egal wie schmutzig oder monoton die Aufgabe war, während Katie nicht immer ihren Anteil an der Arbeit leistete. Dennoch fühlte

Steven sich zunehmend zu ihr hingezogen, wollte sie in die Arme nehmen und spürte zugleich, wie eine unsichtbare Macht ihn daran hinderte. Anfangs musterten Cousin und Cousine einander nur mit verstohlenen Blicken, während sie nebeneinander arbeiteten; dann, ohne sich dessen bewusst zu sein, suchten sie die Ungestörtheit, lachten und scherzten, machten anzügliche Bemerkungen und berührten einander wie zufällig.

Eines Morgens, nachdem beide eine Reservematratze hinauf ins Lagerhaus geschleppt hatten, schickte Katie Nicole in die Mittagspause. Mit einem Mal wurde Steven bewusst, dass die unsichtbare Mauer – das Tabu, Cousin und Cousine zu sein – nicht mehr hoch genug war.

Nicole war kaum durch die Tür, als sie sich bereits gegenseitig die Kleidung vom Leib rissen. Die Wochen des aufgestauten Verlangens überwältigten sie.

Nachher empfanden beide eine seltsame Scham, ein unerwartetes und unwillkommenes Gefühl, das sie zutiefst bestürzte; dennoch ging es zwischen ihnen so weiter. Es war aufregend, beängstigend und verwirrend zugleich. Sie schufen Situationen, in denen sie allein sein konnten, in denen sie – verzehrt von gegenseitigem Verlangen – kurze Augenblicke des Glücks und der Intimität erlebten, ehe wieder die Scham überwog und die unsichtbare Macht sie erneut auseinandertrieb.

Nachdem Christopher wieder zu Kräften gekommen war, fuhren er und Mark gemeinsam nach Wellington. Mark wollte das Versprechen einlösen, das er seinem Bruder gegeben hatte, und ihn nach Wainuiomata bringen. Nachdem sie in alten Telefonbüchern Vertriebsfirmen für Medikamente ausfindig gemacht hatten, entdeckten sie in einem Lagerhaus in der Kleinstadt Levin genügend Thyroxin-Tabletten, um Christopher bis an sein Lebensende damit zu versorgen.

Zwei Tage nach ihrer Ankunft in Auckland suchte Christopher sein altes Haus in Wainuiomata auf. Er verbrachte lange

Zeit allein an Elizabeths Grab, und Mark wurde bewusst, dass er selbst schon lange nicht mehr mit solcher Intensität um seine eigene verstorbene Frau trauerte. Als Christopher alles zu Elizabeth gesagt hatte, was es zu sagen gab, und ihr versprochen hatte, dass sie eines Tages nebeneinander im Garten ihres Familienheims ruhen würden, machten die beiden Brüder sich auf die Heimreise nach Auckland.

Die nächsten Monate waren eine geschäftige Zeit in Gulf Harbour. Nun, da Christopher wieder fit war, gab es in der kleinen Gemeinschaft sechs arbeitsfähige Erwachsene. Mit Beginn des Frühlings wurde das Wetter besser, und die Farm wurde erweitert; antike Pflüge wurden vor Pferde gespannt und Getreide angebaut.

Der Frühling wich dem Sommer, und Mark wurde bewusst, dass Jane sich immer stiller und zurückgezogener verhielt. Mehr als einmal fragte er sie, ob sie krank sei, doch jedes Mal erklärte sie, dass ihr nichts fehle.

Dank des schönen Wetters besserte sich die Stimmung der ganzen Familie. Mark blieb der unangefochtene Anführer der Gemeinschaft. Er plante für die Zukunft und verbrachte seine Zeit damit, die Halbinsel zu durchstreifen, um alles zu katalogisieren und zu sichern, das dazu beitragen konnte, für ihr Überleben zu sorgen.

Christopher und Sarah hatten die Führung auf der Farm übernommen; Zach, Zoë, Holly und sogar Gina waren ihre Helfer. Seiner handwerklichen Kenntnisse wegen führte Steven das Team, das für Wartung und Reparaturen zuständig war. Nicole, nicht Zach, wurde sein lernbegieriger Lehrling – in der neuen Welt galten die alten Konventionen bezüglich der Geschlechter nicht mehr. Katie schloss sich ebenfalls dem Wartungsteam an, wenngleich Mark vermutete, dass ihr Interesse mehr Steven als den eigentlichen Projekten galt.

Marks Verdacht bestätigte sich Anfang Februar.

»Ich bin schwanger«, verkündete Katie, als die Familie beim Abendessen saß.

»Was!«, stieß Christopher hervor.

Für Jane, der die Vertrautheit zwischen ihrem Bruder und ihrer Cousine nicht entgangen war, bedeutete es keine Überraschung.

»Das ist eine wundervolle Neuigkeit!«, sagte Mark rasch. Christopher blickte ihn missbilligend an. »Wir müssen uns vermehren, so schnell es geht«, erklärte Mark.

Bei diesen Worten brach Jane in Tränen aus. Alle starrten sie erschrocken an.

»Sie ist ebenfalls schwanger«, sagte Sarah leise.

Jane schluchzte, fand schließlich aber die Kraft, bestätigend zu nicken.

Steven und Mark blickten Christopher an.

»Schaut mich nicht so an«, sagte er indigniert. »Ich hatte eine Vasektomie. Ich bin nicht der Vater.«

»Dann war es dieser Bastard«, sagte Sarah bitter, wobei sie das übliche Schimpfwort für den Skipper der *White Witch* benutzte.

Mit einem Mal war allen der Grund für Janes Depressionen klar. Im Laufe der nächsten Monate tat die Familie ihr Bestes, Jane aufzumuntern, doch die Melancholie fiel nicht von ihr ab.

Janes Baby kam im Juni zur Welt. Sie tauften das kleine Mädchen nach ihrer Ururgroßmutter auf den Namen Cora Audrey Chatfield, doch es wurde immer nur Audrey gerufen. Unglücklicherweise blieben Janes Depressionen. Katie, selbst schwanger und deswegen weniger in die allgemeine Arbeit einbezogen, kümmerte sich in zunehmendem Maße um das Baby ihrer Cousine. Sie vertraute Sarah an, wie froh sie sei, dass es ein Mädchen war und kein Junge. Angesichts der Wut, die wegen der Vergewaltigung immer noch in Jane schwelte, hätte ein Junge möglicherweise in Gefahr geschwebt.

Mark für seinen Teil wünschte sich, das Kind wäre ein Knabe geworden. Ihm war schmerzlich bewusst, dass die Familie zu wenige männliche Angehörige hatte. Christopher war sterilisiert worden. In der zweiten Generation gab es drei Frauen und nur Steven als Mann. In der dritten Generation waren es fünf Mädchen – Nicole, Zoë, Holly, Gina und Audrey –, mit Zach als dem einzigen Jungen. Ein Unfall oder der Tod einer der drei verbliebenen fruchtbaren männlichen Familienangehörigen würde die Fähigkeit der Familie zu überleben stark beeinträchtigen.

An einem frühen Augustmorgen versammelte sich die Familie an Katies Bett, um der Geburt beizuwohnen. Sarah übernahm die Rolle der Hebamme; Jane und die Kinder hielten sich in Bereitschaft.

»Es ist ein Junge!«, verkündete Sarah nach einer scheinbaren Ewigkeit.

»Ein Junge! Es ist ein Junge!«, rief Mark voller Freude und schlug seinem Sohn auf den Rücken.

Steven teilte die Hochstimmung seines Vaters nicht: Er hatte den besorgten Blick auf den Gesichtern von Jane und Sarah gesehen. Sie reichten ihm das in ein Handtuch gewickelte Kind. Steven blickte auf seinen Sohn herab: ein missgebildeter Säugling mit einer Hasenscharte und schielenden Augen.

Das Baby starb noch am gleichen Tag. Betroffenheit und düsteres Schweigen senkten sich auf die Familie herab. Am nächsten Morgen begruben sie den winzigen Leichnam in einer Ecke des Obstgartens, und Steven schnitzte ein weiteres Holzkreuz mit der Inschrift JOHNNIE HENRY CHATFIELD. Das Baby war nach seinem Urgroßvater benannt worden. Stevens Trauer über den Tod des Kindes war genauso intensiv wie die Wut über die Vergewaltigung seiner Schwester.

Vielleicht war es Katies Verlust und die Erkenntnis, wie kostbar das Leben eines Neugeborenen ist – jedenfalls begann Jane ihre

Tochter nach und nach zu akzeptieren. Ihre Liebe zu dem Säugling wuchs; gleichzeitig verebbte die tief in ihr schwelende Wut.

Stevens und Katies Beziehung änderte sich ebenfalls. Sie fühlten sich körperlich immer noch stark zueinander hingezogen, doch die unsichtbare Macht schien größer denn je. Sie führten noch immer Situationen herbei, in denen sie allein waren, ließen die Gelegenheiten zur Intimität jedoch ungenutzt verstreichen. Obwohl sie häufig das Verlangen spürten, schliefen sie nie wieder miteinander. Es war eine unglückliche Situation und ein ungelöstes Problem.

Mark machte sich große Sorgen um die Zukunft seiner Familie. Ohne neue Schwangerschaften und insbesondere ohne männliche Nachkommen – wie wollten sie da überleben?

Eines Abends im Oktober, nachdem die Kinder zu Bett gegangen waren, ließ Mark die Bombe platzen. »Wir sollten nach England segeln«, erklärte er, nachdem er sicher war, die allgemeine Aufmerksamkeit zu besitzen.

»Was?« Die restlichen Familienangehörigen starrten ihn ungläubig an.

Mark fuhr unbeirrt fort: »Es ist eine Frage des Überlebens. Unser Genpool ist nicht groß genug. Wir sind zu nah verwandt. Das ist mit großer Wahrscheinlichkeit der Grund dafür, dass Katies Baby missgebildet war.«

»Aber warum England?«, fragte Christopher.

»Irgendetwas in unseren Genen hat dich, mich und unsere Kinder und Enkel gegen die Seuche immun gemacht. Gut möglich, dass Paul ebenfalls überlebt hat, genau wie seine Kinder und Kindeskinder.«

»Vielleicht, aber leben sie immer noch?«, fragte Sarah. »Ich weiß nicht, wie lange wir durchgehalten hätten, hättet ihr uns nicht gefunden.«

»Genau«, sagte Mark. »Wir brauchen die Sicherheit der größeren Zahl.«

»Aber selbst wenn Onkel Paul und seine Kinder überlebt haben, wird unser fundamentales Problem nicht dadurch gelöst, indem wir nach England fahren«, stellte Jane heraus. »Paul ist dein Bruder, Dad. Seine Kinder sind unsere Cousins und Cousinen ersten Grades. Der Genpool wäre immer noch zu klein.«

»Und was, wenn ...«, begann Mark und zögerte dann, während er sich darauf vorbereitete, seine Trumpfkarte auszuspielen. »Was, wenn die Immunität weiter zurückreicht als bis zu meinen Eltern? Sie könnte bis zu meinen Großeltern reichen ... vielleicht sogar noch weiter in die Vergangenheit. Als wir das letzte Mal voneinander gehört haben, war Tante Margaret noch gesund und munter, genau wie meine Cousins und Cousinen. Wenn die Immunität weiter zurückreicht als bis zu meinen Eltern, gibt es Dutzende, vielleicht Hunderte Nachkommen in England – Nachkommen, die geheiratet und Kinder gezeugt und auf diese Weise die Genkombinationen verbreitert haben.«

»Ich riskiere jedenfalls nicht das Leben meiner Kinder, indem ich auf eine so vage Vermutung hin die halbe Welt umsegle«, sagte Jane entschieden.

»Du würdest das Leben deiner Kinder nicht riskieren, du würdest es *beschützen*. Steven, sag du es ihnen – wir hätten keine Mühe, nach England zu segeln, nicht wahr?«

Steven hatte still dagesessen und sich die Argumente angehört. Er war noch unschlüssig, mit welcher Seite er sympathisierte. »Es wäre wohl nicht ganz ohne Risiko, aber wir würden die Reise sicher überstehen.«

»Das mag ja sein, aber ich werde Gulf Harbour nicht verlassen, um am anderen Ende der Welt irgendwelchen Hirngespinsten hinterherzujagen!«, sagte Jane halsstarrig. Sie stieß die Worte mit so viel Nachdruck hervor, dass sie die Debatte beinahe beendet hätte. Sarah und Katie nickten.

Christopher hatte bisher nichts gesagt. »Es ist eine schwierige Entscheidung von großer Tragweite«, meldete er sich nun zu Wort. »Man sollte sie nicht auf die leichte Schulter nehmen. Am besten, wir alle schlafen darüber.«

Steven pflichtete ihm bei; er fühlte sich zunehmend hin- und hergerissen zwischen dem Wunsch, in der Gemeinschaft zu bleiben, die zu errichten er so hart geschuftet hatte, und der Verlockung des Abenteuers, um die ganze Welt zu segeln. Außerdem gab es noch etwas, das ihn unterbewusst zu dem Abenteuer hinzog: die Flucht vor der Ausweglosigkeit seiner Beziehung mit Katie.

Jane blieb hartnäckig. »Ich habe lange genug darüber nachgedacht. Meine Entscheidung steht.«

Trotzdem wurde der Abend mit einem Waffenstillstand beendet. Sie alle gingen zu Bett, um eine Nacht darüber zu schlafen.

Sie beschäftigten sich noch über Tage hinweg mit dem Problem. Es polarisierte die Familie. Steven erwärmte sich bald vollends für die Idee seines Vaters, während die drei Mütter Katie, Sarah und Jane fest entschlossen waren, die Sicherheit von Gulf Harbour nicht zu verlassen.

Christopher räumte ein, dass er sich nicht für eines der Lager entscheiden konnte. Er pflichtete seinem Bruder bei, dass es nötig sei, die Gemeinschaft zu vergrößern, war auf der anderen Seite jedoch sicher, dass weder Jane noch seine eigenen Töchter ihre Meinung ändern würden.

»Es scheint mir offensichtlich«, sagte er zu Mark, »dass unsere Töchter sich weigern, diese Reise zu unternehmen.«

»Ganz genau«, pflichtete Katie ihm bei und blickte kurz von ihrem Wein auf. Sarah und Jane signalisierten ihre inbrünstige Zustimmung.

»Auf der anderen Seite benötigen wir dringend einen größeren Genpool. Wir müssen sicherstellen, dass eine gesunde neue Generation heranwächst – nicht nur um ihretwillen, sondern auch in unserem eigenen Interesse. Wir werden ihre Unterstützung brauchen, wenn wir zu alt geworden sind für die harte Arbeit, die nötig ist, um diese Gemeinschaft zu erhalten. Das bedeutet, wir müssen frisches Blut finden, koste es, was es wolle. Entweder weiter entfernte Cousins oder – besser noch – Überlebende, die nicht mit uns verwandt sind.« Er zögerte ein paar Sekunden, während er mit dem Problem rang. »Aber wie die Dinge stehen, wissen wir nicht, ob in England jemand überlebt hat – oder sonst irgendwo auf der Welt.«

»Wir müssen es herausfinden!«, warf Mark ungeduldig ein.

»Ganz meine Meinung. Deshalb lautet mein Vorschlag, dass du zusammen mit Steven nach England segelst, und wir anderen bleiben hier.«

»Nein!«, sagte Jane mit erhobener, beinahe hysterischer Stimme. Sie würde nicht noch einmal allein zurückbleiben.

»Aber die Dinge stehen heute anders«, sagte Christopher beruhigend. »Es ist fünfzehn Monate her seit dem … dem Besuch der *White Witch*, und ich bin sicher, dass niemand mehr am Leben ist … nicht in diesem Teil der Welt jedenfalls. Wie dem auch sei, du bist diesmal nicht allein. Ich bin hier. Sarah und Katie ebenfalls. Und wir können sehr gut aufeinander aufpassen.«

»Mir gefällt die Vorstellung nicht, dass wir uns trennen«, gab Mark zu bedenken. »Wir sollten zusammenbleiben.«

»Ich sehe keine andere Möglichkeit«, entgegnete Christopher mit einem Blick zu Jane und seinen eigenen Töchtern.

»Es erscheint mir vernünftig«, sagte Steven, der den Argumenten aufmerksam gelauscht hatte. »Wer weiß, wie es in England aussieht. Selbst wenn dort jemand am Leben ist, wissen wir nicht, was uns erwartet. Es wäre möglich, dass unsere Situation hier besser ist als alles, was wir dort vorfinden.«

»Ganz genau«, sagte Jane. »Wir würden unser Leben aufs Spiel setzen, um nach England zu segeln. Und selbst wenn wir es schaffen, müssten wir am Ende vielleicht umkehren und den ganzen Weg wieder zurücksegeln.«

Erneut hielt die Debatte bis tief in die Nacht an und setzte sich am nächsten Tag mit der gleichen Vehemenz fort, ohne dass eine Lösung gefunden wurde.

Nach und nach stimmte Mark zögernd zu, die Fahrt mit Steven allein zu unternehmen. Falls sie in England Überlebende fanden und die Bedingungen dort vorteilhafter waren, würden sie nach Gulf Harbour zurückkehren und die restliche Familie einsammeln. Sie kamen überein, im Mai des folgenden Jahres aufzubrechen. Doch jede der beiden Fraktionen hoffte insgeheim, die andere würde in den verbleibenden Monaten ihre Ansichten ändern.

Es waren Monate voller Arbeit und Hektik, während die Familie einen zweigeteilten Plan verfolgte. Auf der einen Seite verdoppelten sie ihre Anstrengungen, um sicherzustellen, dass der Komplex von Gulf Harbour im besten nur denkbaren Zustand war. Die Gärten wurden bepflanzt, auf der Farm wurde Getreide ausgesät, weitere Tiere wurden aufgespürt und auf Koppeln getrieben, Getreide wurde gemahlen.

Zur gleichen Zeit wurden Vorbereitungen für Stevens und Marks Reise getroffen, wobei die meisten Aufgaben Mark zufielen, da Steven in der Werkstatt alle Hände voll zu tun hatte. Mark erkannte schon bald, wie schwierig es würde, sämtliche Vorbereitungen rechtzeitig zum Abschluss zu bringen.

Als Erstes musste er ein geeignetes Schiff für die Reise finden. Er entschied sich für eine Fünfzig-Fuß-Stahlketsch namens *Archangel*. Das Schiff hatte Platz für zehn Personen, was ein Grund für Marks Wahl war. Er hegte insgeheim immer noch die Hoffnung, dass der Rest der Familie seine Meinung ändern und sich ihm anschließen würde. Und falls es dazu kam, war die *Archangel* groß genug, um Platz für alle zu bieten.

Aus den Logbüchern des Schiffes entnahm er, dass die *Archangel* bereits zweimal um die Welt gesegelt war, was ihn von ihrer Seetüchtigkeit überzeugte. Dennoch machte er sich große

Sorgen wegen der Gefahren, die auf sie lauerten. Er fragte sich wieder und wieder, ob es richtig war, die Gemeinschaft aufzuteilen, doch er kam immer wieder zum gleichen Ergebnis: Es war unumgänglich, um den Genpool zu vergrößern.

Abgesehen von der Aufgabe, die *Archangel* für die Reise seeklar zu machen, mussten Mark und Steven sich selbst ebenfalls vorbereiten. Keiner von beiden hatte Erfahrung mit Blauwassersegeln, geschweige denn mit einer Weltumsegelung. Satellitennavigationssysteme funktionierten nicht mehr; deshalb mussten sie den Umgang mit dem Sextanten lernen und sich zu Navigatoren fortbilden. Nach langen Arbeitstagen setzten sie sich Abends zusammen und versuchten so viel über das Segeln auf hoher See zu lernen, wie nur möglich.

Die Treibstofftanks der *Archangel* waren bis zum Rand gefüllt. Die eingebauten Tanks wurden ergänzt durch Kanister mit Diesel, die entlang den Relingstützen festgezurrt waren. Darüber hinaus verstauten sie ein Dingi sowie zwei Rettungsinseln an Deck.

Unter Deck wurden Seekarten, Navigationstabellen, Sextanten, Chronometer, Werkzeuge, Ersatzteile und Schrauben in den Schapps verstaut. Eine zweite Entsalzungsanlage wurde eingebaut. Angelleinen, Gewehre und Munition wurden an Bord gebracht für den Fall, dass sie ihre Vorräte mit frischer Nahrung ergänzen mussten. Zu guter Letzt, im April, begann Mark, das Schiff mit Proviant für die Reise zu bestücken. Kostbare Dosennahrung, geräucherter Fisch, getrocknetes Fleisch, Zwieback und eine große Auswahl an Eingemachtem wurden an Bord gebracht.

»Wie viel brauchst du denn noch?«, fragte Jane ihren Vater eines Abends. Sie hatte wochenlang geschuftet, um eingemachtes Obst und Gemüse in die mit Stroh ausgepolsterten Holzkisten zu laden.

»So viel wir an Bord unterbringen können«, antwortete er. Insgeheim hegte er immer noch die Hoffnung, dass sie und die restlichen Familienangehörigen ihre Meinung ändern und ihn und Steven auf der Reise begleiten würden. Jane merkte nicht, dass er genügend Proviant für alle bunkerte. Doch zu seiner Enttäuschung blieben die weiblichen Angehörigen der Familie bei ihrem Entschluss. Sie würden das Leben ihrer Kinder niemals für den »haarsträubenden Plan riskieren, ans andere Ende der Welt zu segeln«, wie Jane nicht müde wurde, das Unternehmen zu nennen.

22

Eines Morgens Mitte Mai versammelte sich die Familie am Kai vor der *Archangel*. Alle umarmten sich tränenreich. Mark und Steven kletterten an Bord, stiegen dann aber – nicht bereit zum Abschied – wieder aus. Schließlich, nach noch mehr Tränen, machte Christopher die Leinen der *Archangel* los, und die Ketsch lief mit tuckerndem Motor langsam aus.

Mark und Steven standen im Cockpit und beobachteten, wie ihre Familie winkte, während die Gestalten kleiner und kleiner wurden. Als sie nicht mehr zu sehen war, steuerte Mark die *Archangel* in Richtung Rakino Island und der unbekannten Weiten des Meeres dahinter.

Weder Mark noch Steven hatten ein Wort gesprochen, seit sie die Marina hinter sich gelassen hatten. Jeder ging instinktiv seinen jeweiligen Aufgaben nach, in die eigenen Gedanken versunken. Mark überlegte, dass die frühen Entdecker sich genauso gefühlt haben mussten, wenn sie ins Unbekannte gesegelt waren. Der Rest der Familie, der in Gulf Harbour zurückgeblieben war, erlebte die gleichen Gefühle wie die Familien jener frühen Entdecker. Die Chancen standen gut, dass sie sich niemals wiedersahen.

Steven hatte in Gulf Harbour einen Langwellensender installiert, damit die *Archangel* mit den Zurückgebliebenen in Verbindung bleiben konnte. Theoretisch wurden die Funkwellen von der Troposphäre reflektiert und reisten auf diese Weise um die ganze Welt, in Wirklichkeit jedoch hatte ein ganzes Netzwerk von Betreibern Relaisstationen errichtet, um viel kürzere Entfernungen zu überbrücken. Doch dieses Netzwerk existierte nicht mehr.

Mark hatte die Familie behutsam darauf vorbereitet, dass sie mit ziemlicher Sicherheit irgendwann den Kontakt verlieren würden. Erschwerend kam hinzu, dass Mark und Steven unmöglich umkehren und helfen konnten, sollte in Gulf Harbour ein Problem auftreten. Das galt auch umgekehrt: Falls es während der Reise an Bord der *Archangel* zu Schwierigkeiten kam, waren sie auf sich allein gestellt. Christopher und die Familie konnten ihnen nicht zu Hilfe eilen. Mark und Steven hatten beschlossen, auftretende Probleme für sich zu behalten – und sie vermuteten, dass die Zurückgebliebenen das Gleiche tun würden.

Blauwassersegeln wurde in der Literatur als ausgedehnte Perioden der Langeweile beschrieben, unterbrochen von kurzen Phasen extremer Aktivität und Todesangst. Da dies ihre allererste Blauwasserfahrt war, kam die Langeweile nicht sogleich. Es gab eine Vielzahl von Dingen zu erledigen, mit denen sie sich beschäftigen konnten.

Sie hatten beschlossen, nonstop nach England zu segeln, und einen Kurs berechnet, der sie fern vom Land halten sollte. Während sie nach Osten in Richtung Südamerika segelten, wurden die Wetterfronten häufiger und intensiver. Die ganze Zeit gewannen sie an Erfahrung und lernten, die *Archangel* besser zu beherrschen.

Obwohl Mark die Familie auf das Abbrechen der Funkverbindung vorbereitet hatte, war er selbst derjenige, der aufgeregt reagierte, als sie sich Kap Hoorn näherten und er Gulf Harbour nicht mehr erreichen konnte.

»Wir sollten umkehren«, sagte er unvermittelt zu Steven. Es war der vierte Tag ohne Kontakt. »Vielleicht ist etwas passiert.«

»Es gab keinen Hinweis auf Probleme, als wir das letzte Mal Verbindung hatten.«

»Die Sache gefällt mir trotzdem nicht«, sagte Mark.

»Du hast selbst gesagt, dass wir früher oder später den Kontakt verlieren.«

»Ich weiß. Aber ich habe nicht damit gerechnet, dass es so bald geschieht.«

»Es kann alle möglichen Ursachen haben. Atmosphärische Störungen, eine fehlerhafte Antenne – oder wir sind einfach außer Reichweite. Wenn wir jetzt umkehren, könnten wir den Mut verlieren.«

»Oder der Rest der Familie beschließt, doch mit uns zu kommen.«

»Sie werden ihre Meinung nicht ändern. Wenn wir jetzt umkehren, werden wir die Fahrt nie machen.«

Mark wusste, dass Steven recht hatte.

»Wir sollten die Segel reffen«, fügte Steven hinzu und deutete auf die bedrohlichen Wolken, die sich hinter ihnen am Horizont zusammenbrauten und jede weitere Debatte über eine eventuelle Umkehr beendeten.

Mark nickte. Der Wind hatte bereits aufgefrischt, die Wellenkämme wurden schaumig, und weiße Gischt flog übers Wasser. Sie fanden gerade genug Zeit, um das Hauptsegel zu reffen, bevor der Sturm mit voller Wucht über sie hereinbrach.

Er wütete fünfeinhalb Tage.

Mark und Steven hatten wenig Kontrolle über die Lage. Sie reduzierten das Tuch bis auf ein winziges Stück Gaffelsegel und ließen die *Archangel* vor dem Wind beiliegen. Die meiste Zeit lagen sie in den Kojen, lauschten dem Tosen des Sturms in der Takelage und spürten das Erzittern des Schiffsrumpfs, wenn die *Archangel* von mächtigen Wellen hochgehoben und in die

Wellentäler davor gestoßen wurde. Sie fühlten sich hilflos; die heftigen, unablässigen Bewegungen zehrten an ihren Energiereserven und an ihrer Zuversicht.

Nur mit einem kleinen Fetzen Segel wurde die *Archangel* an Kap Hoorn vorbei und in den Atlantik getragen. Doch je mehr der Sturm nachließ, desto mehr kehrten die Kräfte in ihre schmerzenden Leiber zurück. Alle Gedanken an eine Umkehr waren vom Winde verweht. Sie hatten wortwörtlich die Kurve gekriegt; nun segelten sie nordwärts gen England. Sie fühlten sich, als wären sie fast da.

Doch das war nicht der Fall. Sie hatten immer noch Tausende von Meilen vor sich. Jeden Tag zur verabredeten Zeit schaltete Mark das Funkgerät ein und versuchte die Familie in Neuseeland zu erreichen, doch die einzige Antwort, die er je bekam, was das Rauschen der Statik.

Noch zweimal gerieten sie im Südatlantik in einen Sturm, doch nachdem sie den gewaltigen Orkan vor Kap Hoorn überstanden hatten, nahmen sie diese beiden Stürme sozusagen im Vorbeigehen mit. Als der Wind in den Kalmen erstarb und die Segel schlaff in der drückend heißen Luft hingen, zögerte Mark nicht, den Motor anzulassen. Sobald der Wind wieder auffrischte, zogen sie erneut die Segel hoch und genossen die relative Stille dieser Art der Fortbewegung.

Eine Woche nachdem sie die Kalmen passiert hatten, wurde Mark von Stevens aufgeregten Rufen geweckt. »Schiff an Steuerbord, fünf Seemeilen entfernt!«, rief er aus dem Cockpit.

Steven hatte bereits den Kurs geändert und hielt auf das andere Schiff zu, als sein Vater an Deck stolperte. Die Morgendämmerung hatte eingesetzt; sie konnten Einzelheiten des Kreuzfahrtschiffs erkennen, während sie darauf zuhielten. Das Schiff bot einen traurigen Anblick; es dümpelte antriebslos in den Wellen. Die einst makellose Lackierung war von Roststellen durchsetzt, und der Name des Schiffes, *Northern Princess*, war von der Sonne gebleicht. An Bord gab es kein Lebenszeichen. Sie segelten ganz nah an der *Northern Princess* vorbei, luvten die Segel und ließen die Sirene ertönen. Keine Reaktion.

»Ich bin überrascht, dass sie immer noch schwimmt«, sagte Mark. Er hatte vermutet, dass die meisten Schiffe entweder längst gesunken oder an die Küsten getrieben und dort zerschellt waren.

Steven deutete auf die Ankerkette, die aus der Klüse senkrecht nach unten führte. »Sie scheint vor Anker zu liegen. Was meinst du, sollen wir einen Blick an Bord riskieren?«

Mark schüttelte den Kopf.

»Ich sehe mir das an«, sagte Steven, während er seine Kleidung abstreifte. »Ich müsste eigentlich imstande sein, die Ankerkette hochzuklettern.«

Die See auf der Luv-Seite des Kreuzfahrtschiffs war relativ ruhig. Mark steuerte die *Archangel* so nah an das andere Schiff heran, wie er es unter den gegebenen Umständen wagen konnte. Steven glitt über die Reling und schwamm zur *Northern Princess*. Mark beobachtete, wie sein Sohn die Ankerkette hinaufturnte. Offensichtlich war es ein schwieriges Unterfangen. Steven war kräftig und sehr gelenkig, doch die Wochen auf See hatten ihm viel von seiner Fitness geraubt. Er schaffte es mit Mühe und Not bis nach oben, wo er sich durch die Ankerklüse auf das Vordeck des Kreuzfahrtschiffs zwängte und ein paar Minuten ausruhte, ehe er aufstand und seinem Vater winkte, der die *Northern Princess* langsam umrundete. Dann machte er sich auf den Weg, das fremde Schiff zu erkunden.

Es war unheimlich leer. Zuerst vermutete Steven, dass die Passagiere von Bord gebracht worden waren, bevor das Schiff Anker geworfen hatte. Doch die Kleidung in den Kabinenschränken erzählte eine andere Geschichte. Die *Northern Princess* war offensichtlich voll ausgebucht gewesen. Sämtliche persönlichen Dinge waren noch da: Kleidung, Toilettenartikel, Bücher und Kinderspielzeug. Trotzdem war die *Northern*

Princess ein Geisterschiff. Es war niemand mehr an Bord; nicht einmal Leichen gab es.

Das Logbuch verriet einen Teil der Geschichte. Es verzeichnete die ersten Krankheitsfälle an Bord und berichtete, wie der *Northern Princess* das Einlaufen in mehrere Häfen verweigert worden war. Die Vorräte gingen zur Neige; es gab Unruhen, mehrere Selbstmorde und eine Meuterei. Der letzte Eintrag schilderte, wie sich der Gesundheitszustand des Kapitäns rapide verschlechterte. Steven fragte sich schaudernd, welche Anarchie nach seinem Tod an Bord ausgebrochen sein mochte. Das Schiff, so berichtete er seinem Vater später, hatte ein merkwürdiges, unheimliches Gefühl in ihm hervorgerufen.

Er packte ein paar Dinge aus der Schiffszimmerei in eine kleine Baumwolltasche und kehrte auf dem schnellsten Weg zurück aufs Vordeck. Dort schlang er sich die Tasche um den Leib und kletterte an der Ankerkette nach unten, bevor er das letzte Stück hinunter ins Wasser sprang und zur *Archangel* zurückschwamm.

»Ein Geisterschiff«, sagte er, als er an Bord kletterte. »Keine Spur von Leben an Bord, und keine einzige Leiche.«

»Ich dachte mir schon, dass es Zeitverschwendung ist.«

»Ich habe dir ein Souvenir mitgebracht.« Steven grinste, als er die Baumwolltasche öffnete. Auf dem Weg durch den großen Gesellschaftsraum der *Northern Princess* hatte er eine halbvolle Flasche Cockburn Vintage Port entdeckt.

»Dann war es wohl doch keine Zeitverschwendung«, sagte Mark, der die Flasche mit seinem Lieblings-Portwein entgegennahm und dankbar streichelte.

Das Abendessen war während ihrer gesamten bisherigen Reise stets der Höhepunkt des Tages gewesen. Wann immer das Wetter es erlaubte, hatten sie ihre Wachen so eingerichtet, dass sie die abendliche Mahlzeit gemeinsam einnehmen konnten. George, so hatten sie den Autopiloten getauft, übernahm das

Kommando über die *Archangel*, und sie gingen unter Deck, um zu essen. Sie wechselten sich bei der Zubereitung und dem Kochen der Mahlzeiten ab, und jeder unternahm eine kleine Extra-Anstrengung – sei es, dass er sich wusch und rasierte oder die Kabine aufräumte und den Tisch festlich deckte. Es war eine spezielle Tageszeit, die sie nutzten, um über den Stand der Reise zu reden, den nächsten Tag zu planen und ganz allgemein Gedanken auszutauschen.

Dieser Gedankenaustausch betraf häufig Gulf Harbour und die bange Frage, ob die Familie daheim zurechtkam. Nach und nach, Stück um Stück hatte Steven sich geöffnet und über seine Trauer wegen seines gestorbenen Sohnes geredet. Und wenn sie nicht über Gulf Harbour redeten, spekulierten sie über England und das, was sie dort vorfinden würden.

Dieser Abend jedoch war ein spezieller Abend. Die Flasche Port war ein Grund zum Feiern. Steven entging nicht, wie sehr Mark darauf achtete, das Fleisch und die Kartoffeln des Hauptgangs nicht hinunterzuschlingen, doch er wusste, dass sein Vater sich nach einer Scheibe von seinem Lieblingskäse sehnte, zusammen mit einem oder zwei Stück von Janes sorgfältig aufbewahrtem Trockengebäck und einem Glas vom Cockburn Vintage Port.

Mark gab sich die größte Mühe, gelassen zu erscheinen, als er die Flasche öffnete, doch Steven spürte, wie sehr sein Vater diesen Moment genoss. »Möchtest du auch einen Schluck?«, fragte er, als er die Flasche hob.

Steven schüttelte den Kopf. Er trank nur selten Alkohol, und sein Vater wusste die wenigen noch in der Flasche verbliebenen Gläser Port weit mehr zu schätzen als er. Er beobachtete, wie Mark bedächtig von seinem Glas nippte und das Aroma genoss.

»Ich hatte ganz vergessen, wie er schmeckt«, sagte Mark. »Ein bisschen nach …« Er brach ab und kippte mit dem Kopf voran auf den Tisch.

Im ersten Moment glaubte Steven, sein Vater wollte ihn zum Narren halten, doch dann dämmerte ihm, dass es kein Spiel war. Er rannte zur Pantry und pumpte Salzwasser in ein Glas. Sekunden später war er zurück am Tisch und flößte seinem Vater das Salzwasser ein. Beim zweiten Schluck erbrach sich Mark, doch er kam nicht wieder zu Bewusstsein. Steven zerrte ihn hinter dem Tisch hervor und versuchte ihn hinzustellen, doch Marks Beine waren kraftlos und gaben nach. Entsetzt bemerkte Steven, dass Mark nicht mehr atmete.

Er legte seinen Vater auf den Kabinenboden und beugte sich über ihn, während er sich die Wiederbelebungstechniken ins Gedächtnis rief, die er im Erste-Hilfe-Kursus gelernt hatte. Er konnte schwach den Puls fühlen. In seiner Angst drohte er immer wieder schneller zu arbeiten, als der Sache dienlich war. Nach einer scheinbaren Ewigkeit arbeiteten Marks Lungen wieder alleine. Trotzdem kam er vorläufig nicht zu Bewusstsein.

Steven saß die ganze Nacht hindurch bei seinem Vater und schüttelte ihn immer wieder sanft – ohne Erfolg. Er redete ununterbrochen zu ihm und schimpfte und verfluchte sich wegen seiner Dummheit, den Portwein einzustecken. Immer wieder musste er an die Einträge im Logbuch des Kapitäns denken, die von Selbstmorden berichteten.

Er hatte keine Ahnung, mit welchem Gift der Portwein versetzt war. Er fühlte sich hilflos und allein. Das Gefühl der Hilflosigkeit hielt fast den gesamten nächsten Tag an – bis zu dem Moment, als sein Vater kurz die Augen öffnete, ehe er in einen tiefen Schlaf fiel, nicht wieder ins Koma. Steven ließ ihn eine Stunde lang schlafen, bevor er ihn weckte und ihm ein wenig frisches Wasser zu trinken gab, eine Prozedur, die er während der gesamten folgenden Nacht jede Stunde wiederholte.

23

Es dauerte eine ganze Woche, bevor Mark so weit genesen war, dass er sich langsam den Niedergang hinauf und ins Cockpit der *Archangel* schleppen konnte. Demonstrativ kippte er den vergifteten Port ins Meer. Er würde nie wieder Portwein trinken.

In der zweiten Augustwoche, auf der Höhe von Hastings an der Südküste der britischen Insel, kam zum ersten Mal Land in Sicht. Sie hielten einen Abstand von einer Seemeile, während sie nach Osten segelten, vorbei an den weißen Klippen von Dover und an Charles Dickens' *Bleak House* in Broadstairs, bevor sie entlang der Küste von Kent auf Nordwestkurs gingen.

An Land war nirgendwo ein Lebenszeichen zu erkennen, keine Rauchwolke, keine Bewegung, nichts als Trostlosigkeit und Zerstörung. Niedergebrannte schwarze Ruinen, herrenlos herumstehende Fahrzeuge auf den Straßen, Schiffswracks, die an den Ufern gestrandet waren. Vor Sheerness liefen sie in den River Medway ein und segelten an Stangate und Half Acre Creek vorbei.

Am späten Abend des achtzehnten August gingen sie am östlichen Rand von Gillingham in einer Biegung des Medway vor Anker. Sie hatten es geschafft.

»Ehe wir von Bord gehen«, sagte Mark, als sie im Cockpit saßen und zur Feier des Tages ein Glas Wein tranken, »sollten wir die *Archangel* für die Rückreise seeklar machen.«

Steven blickte seinen Vater fragend an.

»Wir wissen nicht, was uns in Sevenoaks erwartet.«

»Vielleicht nichts. Vielleicht niemand.« Steven musste seinen Vater nicht an das völlige Fehlen jeglichen Anzeichens von menschlichem Leben entlang der Küste erinnern.

»Vielleicht. Trotzdem möchte ich schnell von hier verschwinden können, falls es sich als nötig erweisen sollte.«

Steven widersprach seinem Vater nicht. Die *Archangel* musste so oder so für die Rückreise klargemacht werden; es spielte keine Rolle, ob sie es gleich taten oder später, wenn der Zeitpunkt der Abfahrt gekommen war.

Die Vorbereitungen waren nicht sonderlich umfangreich oder mühsam. Sie hatten bereits während der Fahrt jegliche anfallenden Reparaturen vorgenommen, soweit es möglich gewesen war. Dennoch verbrachte Steven den größten Teil des nächsten Tages damit, abgenutzte Wanten zu ersetzen.

Währenddessen überprüfte Mark die Vorräte. Zu seiner Erleichterung hatten sie noch genügend Proviant für die Rückreise an Bord. Mit ein bisschen Glück konnten sie die schwindenden Rationen vor dem Aufbruch mit frischer Nahrung ergänzen.

Am späten Nachmittag endlich ruderten sie an Land und betraten britischen Boden. Sie befanden sich im Uferbereich eines einstigen Vergnügungsparks. Auf der einen Seite befand sich ein leeres Kinderplanschbecken auf einem Erdhügel, auf der anderen Seite ein leeres Schwimmbecken. In beiden lagen Skelette.

Sie fanden eine Landstraße, die nach Osten in Richtung der Ortschaft Upchurch führte. Wie in Neuseeland hatte die Natur das Land auch hier rasch zurückerobert. Kräuter und Gräser wurzelten in Rissen und Spalten im Asphalt; Sträucher wucherten am Straßenrand. Doch nirgendwo war Vieh zu sehen, keine Rinder und keine Schafe.

Die Ortschaft Upchurch war dem Feuer entgangen, das in vielen anderen Ortschaften getobt hatte. Sie existierte noch in ihrer ganzen bilderbuchähnlichen Pracht. Seit mehr als drei Jahren von Menschenhand unberührt, brachen die Kletterpflanzen entlang der Hauswände unter dem Gewicht ihrer eigenen Blüten zusammen. Hier und da gab es noch Rudimente englischen ländlichen Lebens: Pub, Kirche und Dorfladen. Lediglich die Menschen waren nicht mehr da.

Sie entdeckten keine Vorräte in den Häusern, doch es fanden sich auch keine Spuren von Plünderungen. Und anders als in Auckland gab es keine Gräber in Vorgärten und keine Leichen in den Cottages und Häusern – irgendwie hatte wohl der Geist der Gemeinschaft gesiegt, und man hatte die Toten bis zum Schluss zum Friedhof gebracht und neben ihren Ahnen begraben.

Sie betraten die alte Kirche St. Margaret the Virgin durch die unverschlossenen Türen. Das Gotteshaus stammte aus dem zwölften Jahrhundert. Die einzigen Leichen in der gesamten Ortschaft lagen in dieser Kirche.

»Vermutlich waren diese drei die letzten Überlebenden«, sagte Steven mit einem Blick auf die drei Skelette, die nebeneinander im Mittelgang lagen; am vermoderten Stoff war zu sehen, dass diese Leute gut gekleidet gewesen waren.

Mark nickte. »Es gab niemanden mehr, der sie hätte beerdigen können.«

Sie verbrachten ein paar Minuten damit, sich in der Kirche umzusehen, fasziniert von der Geschichte, die dieses Gotteshaus symbolisierte. Ein verstaubtes Informationsheft verkündete, dass einer der Vikare – Edmund Drake, der das Amt von 1570 bis 1578 bekleidet hatte – der Vater des berühmten Sir Francis Drake gewesen war. Jahrhundertealte Steinplatten mit Inschriften bedeckten die Gräber im Fußboden der Kirche.

»Es kommt einem irgendwie unmöglich vor, findest du nicht auch?«, sagte Mark. »Tausend Jahre Geschichte, die einfach so zu Ende gegangen sind.«

»Nicht ganz«, erinnerte ihn Steven. »Wir sind noch am Leben, vielleicht auch dein Bruder Paul. Und andere, wer weiß?«

Mark nickte. Die Erwähnung seines Bruders riss ihn aus seiner melancholischen Stimmung und erinnerte ihn an die Aufgabe, die vor ihm lag. Die Frage, die es nun zu beantworten galt, lautete, ob sie nach Neuseeland zurückkehren sollten, um die restliche Familie nach England zu holen, wo vielleicht ein neues Leben wartete, oder ob sie in ihrer kleinen und auf lange Sicht dem Untergang geweihten Gemeinschaft in Gulf Harbour bleiben würden.

Am nächsten Morgen packten sie zwei Rucksäcke mit ausreichend Vorräten für eine Woche und nahmen sich jeder ein Gewehr aus dem Waffenschrank mitsamt der passenden Munition. Sie sicherten die *Archangel*, überprüften die Ankerkette und stellten sicher, dass der Windgenerator die Batterien auflud. Als sie fertig waren, verschlossen sie die Bullaugen. Sie ließen lediglich die vordere Luke einen Spaltbreit offen, damit Luft durch das Schiff zirkulieren konnte, und verschlossen den Niedergang mit dem dafür vorgesehenen Waschbord. Dann ruderten sie ans Ufer und zogen das Dingi auf die Promenade zwischen dem Kinderplanschbecken und dem leeren Erwachsenenbecken, ehe sie sich auf den Weg in Richtung Sevenoaks machten.

Ihr erstes Ziel war, zwei Fahrräder zu finden. Steven hatte am Vortag mehrere herrenlose Pkws inspiziert und festgestellt, dass die Benzintanks bis auf den letzten Tropfen leer waren. Der Mangel an Treibstoff legte die Vermutung nahe, dass England viel früher die Folgen der Seuche zu spüren bekommen hatte als Neuseeland. Wie es schien, war jeder Tropfen Treibstoff aufgebraucht worden, bevor auch die letzten Menschen gestorben waren.

Als sie auf den Fahrrädern in Richtung Sevenoaks radelten, wurde offenbar, dass nicht jede Ortschaft und jede Gemeinde das gleiche friedliche Ende erlebt hatte wie Upchurch. Überall gab es Straßensperren. In einigen Dörfern hatte das Leben friedvoll geendet, wie es schien, doch die größeren Orte, insbesondere die Kleinstädte und Marktflecken, erinnerten an die Zustände, wie Mark und Steven sie aus Neuseeland kannten: ausgebrannte Gebäude, zerstörte Fahrzeuge, verräterische Grabhügel in den Vorgärten, Spuren von Auseinandersetzungen und gelegentliche Anhäufungen von Skeletten in der näheren Umgebung von Barrikaden. Überall lagen Plastikbeutel voller Müll, doch inzwischen überwucherte die Vegetation die sich zersetzenden Berge.

Sie verbrachten die Nacht in einem alten Pub in der Ortschaft Borough Green. »Schlafen wir uns lieber gründlich aus«, sagte Mark. »Morgen wird ein großer Tag.«

Steven nickte. Wie groß mochte der Tag werden? Würde es zum ersehnten Wiedersehen seines Vaters mit seinem Bruder Paul kommen, oder stand ihnen eine niederschmetternde Enttäuschung bevor?

24

In Seal Village am Stadtrand von Sevenoaks bohrten sich Glassplitter, die auf der Straße lagen, in ihre Reifen. Sie ließen die Räder stehen und gingen zu Fuß weiter.

Mark führte seinen Sohn zum Greatness-Friedhof, der an den Tannenwald angrenzte, in dem er als Kind gespielt hatte. Sie stapften über die überwucherten Wege, bis Mark in einem älteren Teil des Friedhofs an einem Grabstein stehen blieb und das Gestrüpp zur Seite zog, um die Inschrift zu enthüllen. Dort stand: »Zum Gedenken an Claude Harry Chatfield, geboren am 31. Dezember 1898, gestorben am 19. August 1940.« Darunter war später hinzugefügt worden: »Und an seine Frau Cora Audrey Chatfield, geborene Wrightson, geboren am 31. Dezember 1898, gestorben am 4. Mai 1956.«

»Dein Urgroßvater und deine Urgroßmutter«, sagte Mark mit einem stolzen Lächeln, als er sich wieder erhob.

»Sie wurden am gleichen Tag geboren«, stellte Steven fest.

Mark lachte leise. »Dein Urgroßvater war Bäcker. Die Familie hat immer gewitzelt, er hätte sich absichtlich eine Frau genommen, die am gleichen Tag Geburtstag hat wie er, damit er keinen zweiten Kuchen backen musste.«

Sie ließen den Friedhof hinter sich und setzten ihren Weg durch das Stadtviertel St. John's fort, benannt nach einer alten Herberge in angelsächsischer Zeit. Dort wandten sie sich nach Süden. Zwanzig Minuten später erreichten sie das Stadtzentrum von Sevenoaks. Die verkohlten Ruinen von Gebäuden, insbesondere auf der High Street, waren ein Schock für Mark. Düster fragte er sich, ob es überhaupt eine Rolle spielte – wahrscheinlich war längst niemand mehr am Leben, der einen Anspruch auf sie erheben konnte.

Sie eilten über die schmale Durchgangsstraße am Ende der Stadt und vorbei an der alten Six Bells Lane im Schatten der St. Nicholas's Church. Unterwegs suchte Steven unentwegt nach Anzeichen menschlicher Aktivitäten – irgendein Hinweis darauf, dass Sevenoaks anders sein könnte als andere verlassene Ortschaften, durch die sie auf dem Weg hierhergekommen waren. Doch er entdeckte nichts, absolut nichts.

Sie bogen nach rechts in die Oak Lane, eilten ins Tal hinunter und auf der anderen Seite wieder hinauf, ehe sie schließlich in die Lodge Road einbogen. An der letzten Biegung in der Straße zeigte Mark auf das Haus seines Bruders – Haus Nummer vier, ein Stück weit voraus. Beide blickten sich um, suchten nach Lebenszeichen, erfüllt von einer dunklen Vorahnung.

Der überwachsene Weg ließ sie das Schlimmste befürchten. Noch bevor sie das Haus erreichten, verlangsamte Mark seine Schritte.

»Sie könnten woandershin gezogen sein«, sagte Steven, als er die unverschlossene Haustür aufstieß und voranging. Er versuchte optimistisch zu klingen, hörte jedoch die Angst in seiner Stimme.

Stumm gingen sie durchs ganze Haus. Es war offensichtlich nicht geplündert worden. Sie stiegen ins erste Obergeschoss, wo sich die Schlafzimmer befanden. Die Wände der Treppe waren gesäumt mit Fotos der Familie, darunter ein Bild von Jane, Zach, und Nicole, das Mark seinem Bruder geschickt hatte. Es war eine Vergrößerung von einem der Fotos in der Brieftasche, die er in seinem Rucksack bei sich trug.

»Es scheint nur ein einziges Grab da draußen zu geben«, bemerkte Steven nach einem Blick durchs Fenster auf den verwilderten Garten hinter dem Haus.

Sie stiegen die Treppe wieder hinunter und gingen zu dem Grab. Ein schlichtes Kreuz auf dem Hügel trug die Inschrift »Marion Ann Chatfield«. Marion war Pauls Frau gewesen.

»Sieh nur«, sagte Steven. »Das gleiche Muster wie bei uns in Neuseeland. Keine Gräber von einem unserer Blutsverwandten. Nicht Onkel Paul, nicht Mathew, Cheryl oder Bridget. Vielleicht leben sie alle noch und sind woandershin gegangen …« Er wusste, dass er sich an einen Strohhalm klammerte.

»Ich habe auf dem Weg durch Sevenoaks hierher nichts gesehen, das darauf schließen ließe«, sagte Mark düster.

»Denk an den Fehler, den wir in Wellington gemacht haben«, erinnerte ihn Steven. »Beinahe wären wir zurückgekehrt, ohne Christopher gefunden zu haben, obwohl er die ganze Zeit nur ein paar Kilometer entfernt war.«

»Vielleicht hast du recht«, räumte Mark ein. »Aber es gibt keine Hinweise, dass jemand gekommen wäre, um Marions Grab zu pflegen. Paul hat das Grab unserer Eltern jede Woche besucht und es immer ordentlich gehalten. Ich kann mir wirklich nicht vorstellen, dass er Marions Grab so verkommen lässt, wenn er noch in der Gegend wohnt.«

Während Mark sprach, zog er die Ranken und Reben vom Grabhügel herunter.

»Hör mal«, sagte Steven, dem der ständige Pessimismus seines Vaters zu schaffen machte. »Wir sind um die halbe Welt gesegelt. Das Mindeste, was wir tun sollten, ist eine vernünftige Suche.« Zum ersten Mal hatte er seinem Vater gegenüber eine Führungsrolle eingenommen. »Komm, wir essen etwas, und dann überlegen wir, wie wir von hier aus weiter vorgehen.«

Er half Mark, das Grab von den restlichen Ranken zu säubern, ehe sie gemeinsam ins Haus zurückkehrten.

»Wie lange dauert es, Sevenoaks zu durchkämmen?«, fragte

Steven, wobei er den gröbsten Staub vom Tisch fegte und Vorräte aus seinem Rucksack nahm.

»Drei Tage vielleicht«, sagte Mark schulterzuckend.

»Dann durchsuchen wir die Stadt gemeinsam. Du kannst mir unterwegs die Sehenswürdigkeiten zeigen. Wenn wir in Sevenoaks nichts finden, machst du eine Liste von allen anderen Ortschaften, in die Paul gegangen sein könnte. Orte, die ihm vertraut sind … oder die er im Urlaub gerne aufgesucht hat, insbesondere Ortschaften am Meer. Vielleicht ist er zur gleichen Schlussfolgerung gelangt wie wir und ans Ufer gezogen.«

»Könnte eine ziemlich lange Liste werden«, bemerkte Mark düster.

»Wir müssen unser Bestes versuchen. Es hat überhaupt keinen Sinn, wenn wir nach Neuseeland zurücksegeln und du ständig sagst: ›Vielleicht ist er dahin und dorthin gegangen, und wir haben dort überhaupt nicht nach ihm gesucht.‹ Das hier ist unsere einzige Chance, es richtig zu machen.«

Mark nahm sein Notizbuch und den Stift aus dem Rucksack und schrieb die Namen von zwei zu durchsuchenden Städten am Meer auf.

Während des Mittagessens beschlossen sie, das Lodge Road House für die nächsten Tage zu ihrer Basis zu machen. »Es hat schließlich keinen Sinn, wenn wir das ganze Zeug hier ständig mit uns herumtragen«, sagte Mark und deutete auf die Rucksäcke, die immer noch Nahrungsvorräte für mehrere Tage enthielten.

»Was ist mit den Gewehren?«

»Wir haben keine Spur von Leben gesehen. Und seien wir ehrlich, wenn ich meinen Bruder und seine Familie finde, werde ich wohl kaum auf sie schießen. Nein, wir lassen Gewehre und Munition hier. Je leichter wir unterwegs sind, desto größer die Entfernung, die wir in der gleichen Zeit zurücklegen können.«

Steven lächelte erleichtert, weil sein Vater offensichtlich

neuen Mut geschöpft hatte. Mark war stets der Fels in der Brandung gewesen, für die ganze Familie.

Sie packten einen kleinen Vorrat an Proviant und machten sich auf den Weg. In einem Haus ganz in der Nähe entdeckten sie eine altmodische Schulglocke. Sie machten sich daran, die Straßen von Sevenoaks systematisch abzusuchen, wobei sie die Glocke in regelmäßigen Abständen läuteten. Währenddessen erzählte Mark Geschichten aus seiner Kindheit. Steven war erstaunt über das gute Gedächtnis, das sein Vater bewies; er hatte den Eindruck, jede Straße erzählte eine eigene Geschichte.

Es war neun Uhr abends und immer noch hell, als sie erschöpft in die Lodge Road zurückkehrten. Sie hatten keinerlei Hinweis gefunden, dass in Sevenoaks noch jemand am Leben war. Das Läuten der Glocke hatte keine Antwort bekommen.

»Morgen«, sagte Mark, wobei er seine wunden Füße betrachtete. »Morgen suchen wir das andere Ende der Stadt ab, und ich zeige dir das Haus, in dem deine Onkel und ich geboren wurden.«

Es war bereits früher Abend am nächsten Tag, als sie die restlichen Straßen abgesucht hatten. Sie waren auf halbem Weg zwischen der Stelle, an der sie ihre Suche am Vortag unterbrochen hatten, und dem Doning Hill Rise. Nummer siebenundvierzig, das Haus, in dem Mark und seine beiden Brüder das Licht der Welt erblickt hatten, stand noch immer, doch der verwilderte, von Unkraut überwucherte Garten verriet ihnen bereits, dass in diesem Haus niemand mehr lebte.

Sie bahnten sich einen Weg durch das überhängende Gebüsch, das den Weg zur Tür von rechts und links behinderte. Die Haustür stand weit offen. Der Wind hatte den Regen ins Haus gepeitscht, und der Teppich in der Diele war durchnässt. Ein modriger Geruch von verrottenden Dielenbrettern hing in der Luft. Während sie das Erdgeschoss des Hauses durchsuchten, wurden in Mark Erinnerungen an seine Kindheit wach.

Als Steven sich im Esszimmer aufhielt und die Möbel bewunderte, stieg Mark die Stufen zu den Schlafzimmern hinauf. Er hatte den ersten Treppenabsatz fast erreicht, als er Steven aufgeregt rufen hörte: »Dad!«

Mark sprang die Treppe hinunter. »Was ist?«

»Auf dem Kaminsims!«

Mark spähte in das Halbdunkel. Die Spinnweben und der Staub auf den Fenstern sowie die wuchernden Sträucher draußen im Garten ließen nur wenig Licht in die Räumlichkeiten fallen. Dann sah er es auch. Hinter der Uhr – ein Umschlag mit dem handgeschriebenen Namen *Mark* auf der Vorderseite. Als Mark den Umschlag vom Kaminsims nahm, zitterten seine Hände, und sein Puls raste. Paul war nie ein großer Briefeschreiber gewesen, und Mark war nicht sicher, ob die Handschrift auf dem Umschlag überhaupt die seines Bruders war. Jeder aus der Verwandtschaft hätte Mark eine Nachricht hinterlassen können.

Er riss den Umschlag auf und entfaltete das einzelne Blatt Papier darin. Dort stand:

Mark,
wir sind alle in Haver House. Sei vorsichtig.
Paul

PS. *Erzähl ihnen nicht, dass du diesen Brief gefunden hast.*

Dritter Teil

25

»Sie sind am Leben!«, rief Mark mit strahlender Miene und reichte Steven den Brief.

»Jedenfalls haben sie gelebt, als dieser Brief geschrieben wurde«, sagte Steven, als er wieder aufblickte. »Nach der verblassten Tinte auf dem Umschlag zu urteilen, wurde dieser Brief bereits vor einer ganzen Weile geschrieben.«

Noch vor zwei Tagen hatte er seinen Vater ermutigt, optimistischer in die Zukunft zu sehen. Jetzt hielt er es für angebracht, ihn zur Vorsicht anzuhalten. Er war nicht sicher, wie Mark mit einer weiteren Enttäuschung zurechtkommen würde.

»Los, machen wir uns auf den Weg.« Mark war bereits in der Diele. Steven eilte hinter ihm her. »Wir gehen durch das Abbot's Gate«, fuhr Mark fort und marschierte durch die Haustür nach draußen. Abbot's Gate war eine alte Pforte in der hohen Steinmauer, die Haver Park umschloss.

»Was glaubst du, hat Onkel Paul mit seinem Postskriptum gemeint?«, fragte Steven.

Mark verlangsamte seine Schritte und starrte auf den Brief. »Wahrscheinlich nichts«, sagte er nach einigen Sekunden des Überlegens.

»Kann ich noch mal sehen?«, fragte Steven.

Er fiel hinter seinen Vater zurück, als er die Worte immer wieder las in dem Bemühen, einen Sinn darin zu erkennen.

»›Erzähl ihnen nicht, dass du diesen Brief gefunden hast‹«, sagte er. »Wer sind diese Leute, denen wir nichts erzählen sollen?«

»Wahrscheinlich seine Kinder.«

Sie bogen um eine Ecke und gingen die Seal Hollow Road entlang zum Eingang des Parks. »Warum sollte er nicht wollen, dass seine Kinder von diesem Brief wissen? Und dass du ihn gefunden hast?«, hakte Steven nach.

»Vielleicht waren ihre Vorräte zum damaligen Zeitpunkt knapp. Falls ja, wollten seine Kinder vermutlich keine zusätzlichen hungrigen Mäuler füttern.«

Steven blickte erneut auf den Brief. »Und er schreibt: ›Sei vorsichtig.‹ Ich glaube, wir sollten zurück in die Lodge Road und unsere Gewehre holen.«

Doch sein Vater war bereits an dem massiven Holztor, das in die hohe Steinmauer des Parks eingelassen war. Er hatte Mühe, das Tor zu öffnen, und drückte mit aller Kraft gegen die wuchernden Sträucher und das Unkraut auf der anderen Seite, ohne das ZUTRITT VERBOTEN-Schild über dem Tor zu beachten.

Steven folgte seinem Vater in den Park. In dem grasbewachsenen Tal vor ihnen weideten Dutzende von Rehen.

»Jede Menge Nahrung.« Mark grinste. »Ich schätze, es gibt sogar Kühe weiter unten im Tal«, fügte er hinzu. »In alten Zeiten gab es nie Vieh im Park. Irgendjemand muss es herbeigeschafft haben. Das ist ein gutes Zeichen.«

»Das ist mehr, als man von *diesem Zeichen* sagen kann«, entgegnete Steven und deutete auf ein primitives Schild über dem Eingang, den sie soeben durchschritten hatten. Unter einem bedrohlichen Totenschädel mit gekreuzten Knochen standen die Worte: DENK NICHT MAL DARAN, DEN PARK ZU VERLASSEN. »Warum sollte jemand ein Schild aufhängen, auf dem er die Leute *warnt*, den Park zu verlassen?«

Mark ignorierte die Frage. Stattdessen sagte er mit einer Stimme, die vor Aufregung bebte: »Sieh nur, da hinten steigt Rauch auf, hinter den Bäumen!«

Steven blickte in die Richtung, in die sein Vater mit ausgestrecktem Zeigefinger deutete. Und tatsächlich – ein dünnes graues Wölkchen stieg träge hinter den Bäumen empor.

»Es muss von Haver House kommen«, sagte Mark. »Sie leben also noch!«

Er setzte sich in Bewegung und ging über den Kiesweg, der sich durchs Tal zog. Steven folgte seinem Vater, beunruhigt wegen der unerklärlichen Botschaft in Onkel Pauls Brief und auch wegen des eigenartigen Schilds über dem Ausgang aus dem Park.

Sie waren bereits durch das Tal hindurch und auf dem von Bäumen gesäumten Weg den Hügel hinauf zum Haus, als Steven beschloss, seinem Vater zu widersprechen. Er hatte seinen Onkel nur einmal gesehen – als er vor Jahren kurz in England zu Besuch gewesen war – und wollte ihn gerne wiedersehen, doch er war nicht bereit, deswegen ein unnötiges Risiko einzugehen. Er wollte zurück nach Lodge Road und die Gewehre holen.

»Dad!«, sagte er drängend. »Wir sollten wirklich …«

»Stehen bleiben!«, rief eine Stimme hinter ihnen.

»Los, Hände hinter den Kopf!«, rief eine zweite Stimme.

Mark und Steven erstarrten. Mark kannte die Stimmen irgendwoher, konnte sie aber nicht einordnen.

»Hände hinter den Kopf, habe ich gesagt!«, wiederholte die zweite Stimme. Mark und Steven gehorchten, ehe sie sich umdrehten und ihre Herausforderer musterten.

»Jasper, Damian! Ihr seid es!«, sagte Mark erleichtert, als er die Söhne von Nigel Chatfield erkannte. Er entspannte sich und senkte die Arme.

»Hände hoch, hab ich gesagt!«, brüllte Damian.

Mark hob die Hände zur Seite. »Aber ich bin Mark Chatfield, der Cousin eures Vaters. Wir haben uns vor drei Jahren drüben im Halfway House kennen gelernt.«

»Ich weiß, wer du bist!«, stieß Jasper hervor. »Wer ist der junge Kerl?«

»Das ist mein Sohn Steven.«

»Schicke Kostüme, wirklich«, witzelte Steven.

Jasper und Damian trugen bunte Jacken im Tudor-Stil. Jasper hatte darunter eine Jeans, während Damian tatsächlich eine Strumpfhose trug. Ihre langen blonden Haare und Schnurrbärte passten zu der Verkleidung; Damian verstärkte den Eindruck noch durch einen schick getrimmten Kinnbart.

»Unterwegs zu einem Kostümball?«, fragte Steven.

Damian lief vor Wut rot an und drückte ab. Eine Kugel fetzte durch den Ärmel von Stevens Hemd, und Mark beobachtete ungläubig, wie Blut den Stoff durchnässte. Leichenblass und schockiert nahm Steven die Hände herunter, um seinen Arm zu untersuchen.

»Hände hoch, hab ich gesagt!«

»Sei vorsichtig«, sagte Jasper zu seinem Bruder. »Wenn du ihn umbringst, kriegst du mächtig Probleme mit Seiner Lordschaft.«

»Ich hab ihm bloß ein paar Manieren beizubringen versucht.«

»Mit einem lahmen Arm nutzt er uns nichts«, beschwerte sich Jasper. »Also schieß nicht noch mal auf ihn, okay?« Er starrte Mark an und fügte drohend hinzu: »Es sei denn, einer von ihnen macht Ärger. In diesem Fall schießt du ihm eine Kugel mitten zwischen die Augen.«

»Was hat das zu bedeuten?«, wollte Mark wissen.

»Wir stellen hier die Fragen«, sagte Damian.

»Nehmt die Rucksäcke ab!«, befahl Jasper.

»Darf ich dazu wenigstens die Arme runternehmen?«, fragte Steven sarkastisch.

»Mach schon, Kerl!«, schnaubte Jasper.

Damian hob das Gewehr, und Steven ließ hastig den Rucksack auf den Kiesweg fallen. Jasper nahm ihn an sich und schlang ihn sich über die Schulter. »Los, rauf zum Haus!«

»Was ist mit diesen beiden Irren los?«, flüsterte Steven seinem Vater zu, als sie ihren Weg den Hügel hinauf fortsetzten. Die beiden Chatfield-Brüder folgten ihnen mit schussbereiten Gewehren.

»Mach sie nicht noch wütender auf dich«, warnte Mark seinen Sohn zwischen zusammengebissenen Zähnen hindurch.

Als sie den Hügelkamm erreicht hatten, kam das stattliche Anwesen von Haver House in Sicht. Das große Gebäude sah noch genauso aus wie vor dreieinhalb Jahren, als Mark am Tag seiner Abreise nach Neuseeland im Park joggen gewesen war. Der Bereich vor dem Haus hatte sich allerdings sehr verändert: Die einstigen Rasenflächen, die zum Picknick eingeladen hatten, waren heute ausgedehnte Gemüsegärten und umzäunt, um das Wild abzuhalten. Mark war erleichtert, als er eine Gruppe von Leuten dort arbeiten sah. Es waren fast ein Dutzend. Sie waren noch nicht einmal im Haus, und schon jetzt hatte er eine größere Gemeinschaft gesehen, als in ganz Neuseeland überlebt hatte.

Je näher sie kamen, desto deutlicher wurden die Gestalten, die im Garten schufteten. Es war eine schwere, körperlich anstrengende Arbeit. Mark sah ein paar Leute aufblicken, als er und Steven noch ein gutes Stück entfernt waren. Sie unterhielten sich kurz miteinander; dann senkten sie hastig die Köpfe und machten sich wieder an die Arbeit.

Die Gärtner trugen keine extravaganten Kostüme wie Jasper und Damian, sondern schlichte graue Jacken, die an die Kleidung von Chinesen zur Zeit der Kulturrevolution erinnerte. Der Eindruck wurde noch verstärkt durch die spitzen Strohhüte, die sie zum Schutz vor der Sonne trugen.

Erst als sie bereits ganz nah waren, erkannte Mark den Gärtner, der ihnen am nächsten kniete. Er war gebeugt wie ein alter Mann, mit ausgemergeltem Gesicht und tief in die Höhlen eingesunkenen Augäpfeln.

»Paul!«, rief Mark erschrocken.

Sein Bruder blickte kurz auf, doch dann senkte er den Kopf und setzte seine Arbeit fort.

»Paul! Ich bin es, Mark!«, rief Mark.

»Halt den Mund!«, schnappte eine Stimme hinter ihm.

Steven blickte seinen Vater an. Sie waren auf der Suche nach Paul um die halbe Welt gesegelt, und jetzt hatte Onkel Paul seinen eigenen Bruder nicht erkannt.

26

Mark war sprachlos. Vor allem war er wütend und verletzt. Er verstand nicht, wieso sein Bruder ihn nicht erkannt hatte. Unter den Arbeitern entdeckte er auch seine Nichten Cheryl und Bridget, doch sein Neffe Mathew war nicht zu sehen. Er nahm an, dass die kleineren Gestalten, die ein Stück weiter weg vornübergebeugt Unkraut jäteten, die Kinder seiner Nichten waren.

Sie wurden durch das Tor des West Tower von Haver House ins Innere des gewaltigen Schlosses geführt. Hinter dem Turm mit seinen vier Erkern befand sich der Lawn Court, einer von sieben Innenhöfen, benannt nach dem dort befindlichen Rasen. Der Rasen war in einem noch besseren Zustand, als Mark ihn von seinem letzten Besuch her in Erinnerung hatte, als seine Mutter noch als Fremdenführerin für den Trust gearbeitet hatte.

Als sie in den Innenhof traten, wäre Mark beinahe mit einer seiner Cousinen zusammengeprallt, die über den Kiesweg in Richtung Tor eilte. »Susan!«, rief er freudig.

Die Frau war Mitte fünfzig und mühte sich mit einem gewaltigen Bündel Wäsche ab. Verloren war das jugendliche Lächeln, an das er sich erinnerte. Ihre Gesichtszüge waren hager, und sie sah alt und verhärmt aus. Die graue Jacke ähnlich der, die auch sein Bruder trug, und das graue Kopftuch über dem dünner werdenden Haar trugen nicht gerade dazu bei, diesen Eindruck zu mildern. Sie öffnete den Mund zu einer Antwort, warf dann aber einen flüchtigen Blick zu Damian und Jasper und eilte hastig weiter.

Enttäuscht über ihre Reaktion betrat Mark den Kiesweg, der quer über die Rasenfläche zum Torbogen des Cromwell's Tower auf der anderen Seite des Lawn Court führte.

»Ihr dürft nicht über den mittleren Pfad gehen«, sagte Damian hinter ihnen.

»Leck mich«, entgegnete Mark.

»Ich habe gesagt, ihr dürft nicht über den mittleren Weg gehen!«, kreischte Damian.

Mark und Steven verließen den Pfad und gingen über den Rasen.

»Graue sind auf dem Grün verboten«, schnappte Jasper bedrohlich von hinten. »Ihr müsst den Kiesweg am Rand des Hofs benutzen.«

Graue sind auf dem *Grün* verboten – was will dieser Irre jetzt schon wieder?, fragte sich Mark.

Sie kehrten um und marschierten über den Kiesweg, der am Rand des Hofs entlangführte. Es war ein absurder Umweg, um zum zentralen Torbogen von Cromwell's Tower zu gelangen. Ehe Mark darüber nachdenken konnte, wurde er durch den Anblick einer Gestalt hoch oben auf einer Leiter abgelenkt. Trotz des ungewohnten buschigen Bartes erkannte Mark in dem Mann, der die Dachrinne reparierte, einen weiteren von seinen Verwandten – seinen Cousin Duncan Steed. Duncan trug die gleiche langweilige graue Jacke wie die Gärtner, und sein roter Haarschopf lugte unter einer Handwerkerkappe hervor. Mark grinste; Duncan war von Beruf Buchhalter, und es war merkwürdig, ihn in Handwerkerkleidung zu sehen. Duncans Blick fiel auf die Neuankömmlinge, und Mark winkte. Allerdings rechnete er nicht mehr mit einer Erwiderung seines Grußes, und es kam auch keine.

Trotzdem war Mark erleichtert. »Damit sind jetzt vier unserer fünf Familien hier!«, flüsterte er Steven aufgeregt zu. Marks

Großeltern Claude und Cora hatten elf Kinder gehabt, von denen fünf bis ins Erwachsenenalter überlebt hatten. Ihr ältester Sohn Johnnie hatte Lesley Grey geheiratet und mit ihr drei Söhne gehabt: Mark, gefolgt in kurzem Abstand von Christopher und Paul.

Dorothy, das zweitälteste Kind, hatte Robert Steed geheiratet und ihm eine Tochter und zwei Söhne geboren: Jennifer, Duncan und Cameron. Duncan war der Cousin auf der Leiter, der die Dachrinne reparierte.

Die zweitälteste Tochter von Claude und Cora, Muriel, hatte Albert Morgan geheiratet und mit ihm zwei Töchter: Susan und Diana. Susan war die Cousine, die die Wäsche über den Innenhof geschleppt hatte.

Claude und Coras jüngste Tochter Margaret war Marks Tante. Sie hatte Les Dalton geheiratet und mit ihm zwei Söhne und eine Tochter gehabt, Adam und Warren sowie Allison. Bis jetzt hatte Mark noch niemanden vom Dalton-Zweig der Familie zu Gesicht bekommen.

Und schließlich hatte es noch Margarets Zwillingsbruder Ernie gegeben, der Ethel Pratt geheiratet hatte. Ethel war bei der Geburt ihres einzigen Kindes Nigel gestorben. Wenigstens zwei der vier Söhne von Nigel Chatfield lebten noch, denn es waren Jasper und Damian, die Mark und Steven derzeit mit ihren Waffen in Schach hielten.

Oder etwa nicht? Mark wurde plötzlich bewusst, dass er nur seine und Stevens Schritte auf dem Kies hören konnte. Er sah sich rasch um in der Hoffnung, dass ihre beiden Schergen sich entfernt hätten, doch Jasper und Damian waren nur wenige Schritte hinter ihnen. Offensichtlich war es den Chatfield-Brüdern erlaubt, über das Grün zu laufen, was sie denn auch demonstrativ taten. Jasper bedeutete Mark weiterzugehen.

»Keiner deiner Cousins scheint sonderlich erfreut, uns zu sehen«, bemerkte Steven leise.

»Wer hat gesagt, dass ihr reden dürft?«, kreischte der leicht erregbare Damian und beendete die Unterhaltung genauso schnell, wie sie begonnen hatte.

»Hier rechts«, sagte Jasper schroff, als Mark und Steven den Torbogen erreicht hatten, der unter Cromwell's Tower hindurchführte. Sie unterquerten den Bogen und blickten in einen zweiten Hof dahinter. Der Flag Court war nach den Steinplatten benannt, die hier lagen. Unter den Steinplatten gab es große Zisternen, die die Wasserversorgung von Haver House sicherten und vom Regenwasser von den Dächern der umgebenden Gebäude gespeist wurden.

Ehe sie den Torbogen durchschreiten konnten, kam der Befehl, stehen zu bleiben. Jasper sperrte eine Tür zur Linken auf und bedeutete Mark und Steven, ihm zu folgen. Sie stiegen eine schmale steinerne Wendeltreppe hinauf. Mark überlegte kurz, ob er Jasper von hinten angreifen sollte, doch wegen des unberechenbaren Damian hinter ihnen, der unverwandt mit seiner Waffe auf Stevens Rücken zielte, überlegte er es sich anders.

Als sie den dritten Stock erreicht hatten, sperrte Jasper eine weitere Tür auf und trat zur Seite. »Los, rein da!«, befahl er.

Mark und Steven durchschritten die Tür, die hinter ihnen sofort wieder zugeworfen wurde. Sie hörten, wie der Schlüssel sich im Schloss drehte – sie waren gefangen.

»He! Was soll das?«, rief Mark. »Warum habt ihr uns hier eingesperrt?« Er erhielt keine Antwort. Damians und Jaspers Schritte entfernten sich polternd die Treppe hinunter.

»Was in drei Teufels Namen hat das zu bedeuten?«, fragte Steven.

»Keine Ahnung«, murmelte Mark, während er den verwundeten Arm seines Sohnes untersuchte. Er war wütend auf sich selbst, weil er nicht nach Lodge Road zurückgekehrt war, um die Gewehre zu holen. »Die Wunde ist nicht ernst«, sagte er. »Aber sie muss verbunden werden.«

Steven nickte. »Und das Erste-Hilfe-Kit ist im Rucksack, den Jasper mir abgenommen hat.«

Sie nahmen ihre Umgebung in Augenschein. Der Raum erstreckte sich über die gesamte Breite des Turms und besaß an jeder der drei Außenwände kleine Fenster. Die Fenster waren vergittert, die unteren Hälften mit Läden versehen, die verhinderten, dass Mark und Steven direkt hinunter auf die Höfe sehen konnten. Die Tür war aus massiven alten Bohlen gezimmert, die von riesigen Metallbeschlägen gehalten wurden. In die obere Hälfte der Tür war eine von außen verriegelte Metallklappe eingelassen. Die Handwerkskunst war sehr primitiv. Eine Flucht schien durchaus machbar, mit genügend Zeit und den erforderlichen Werkzeugen. Doch sie hatten keine Werkzeuge. Der Raum war völlig leer bis auf einen Eimer, den Mark bereits benutzte. Steven ergriff mit seiner gesunden Hand einen der Gitterstäbe an einem Fenster und zog sich daran hoch genug, um durch den Spalt über dem Laden nach unten zu spähen.

»Du wirst es nicht glauben«, sagte er Sekunden später. »Gerade ist ein fetter Kerl in einem bunten Kostüm auf einem Schimmel durch das Tor geritten. Er sieht aus wie Heinrich VIII.«

Sie tauschten die Plätze. Mark war genauso erstaunt wie sein Sohn. Die Gestalt auf dem Schimmel trug ein extravagantes Tudor-Kostüm. Das Pferd blieb stehen, und eine kleine, grau gekleidete Gestalt humpelte aus einer Nebentür, um die Zügel zu übernehmen.

»Jeder Zweig der Familie ist hier«, sagte Mark, als er am Humpeln Adam erkannte, den Sohn von Tante Margaret. Adam hatte vor Jahren einen schweren Motorradunfall gehabt. Die fünfte Familie der Chatfield-Dynastie – die Daltons – hatte also ebenfalls überlebt.

Während Mark das Geschehen weiter beobachtete, eilten Damian und Jasper mit ihren Gewehren dem Neuankömmling entgegen. Mark musste Steven recht geben – der Bursche besaß tatsächlich eine bemerkenswerte Ähnlichkeit mit Heinrich VIII.

Der Reiter stieg vom Pferd und reichte Adam Dalton seinen

Hut. Darunter kam eine dichte Mähne weißer, in ordentliche Locken gelegter Haare zum Vorschein. Adam nahm den Hut entgegen und verneigte sich tief. Dann humpelte er mit dem Pferd am Zügel in Richtung der Ställe davon.

Sobald der Reiter seine Handschuhe ausgezogen hatte, trat Damian vor und sprach in hastigen Worten, wobei er immer wieder zum Turm deutete, wo Mark und Steven eingesperrt waren. Der wohlbeleibte, weißhaarige Reiter blickte hinauf zu den Fenstern des Turms, und Mark sah zum ersten Mal sein Gesicht. Es war der Vater von Jasper und Damian – Nigel Chatfield. Die weißen Haare waren eine schlecht sitzende Perücke auf Nigels fast kahlem Schädel. Mark konnte nicht anders, bei Nigels Anblick lachte er laut auf.

Nigel und seine Söhne hörten das Gelächter. Jasper hob blitzschnell das Gewehr und feuerte. Mark warf sich neben Steven zu Boden, einen Sekundenbruchteil nachdem das Fenster über ihren Köpfen in einem Scherbenregen zerbarst, der sie nur knapp verfehlte.

27

Es war fast dunkel, als Mark und Steven Geräusche vor der Tür ihrer Gefängniszelle hörten. Die Tür öffnete sich, und vor ihnen standen Jasper und Damian, Gewehre im Anschlag. Jasper winkte jemandem im Schatten einzutreten. Die Gestalt trat gehorsam vor. Sie trug einen Eimer Wasser und einen Korb mit Nahrung. Mark erkannte Susans Schwester.

»Diana!«, rief er aus. »Wie geht es dir?«

Diana sah ihn an, doch sie antwortete nicht. Sie war Anfang fünfzig, groß, mit scharfen Gesichtszügen und einer aufrechten, stolzen Haltung. Ihre Bewegungen waren schnell und kraftvoll. Wie ihre Schwester hatte auch sie das graue Haar mit einem grauen Kopftuch nach hinten gebunden.

»Es ist euch nicht gestattet, mit anderen Mitgliedern der Gemeinschaft zu reden, bevor euer Verfahren nicht abgeschlossen ist!«, brüllte Jasper.

Diana stellte den Eimer ab und reichte Steven den Korb mit dem Essen.

»Ist das alles, was wir bekommen?«, beschwerte er sich und nahm einen Kanten trockenes Brot aus dem Korb.

Diana sah ihn ängstlich an.

»Betrachtet euch als glücklich, dass ihr überhaupt so viel bekommt«, schnappte Damian von der anderen Seite der Tür her. Er bedeutete Diana, den Raum zu verlassen, und schloss hinter ihr wieder ab.

»Die gute alte Diana«, sagte Mark, als er ein Stück Käse fand, das unter dem Brot versteckt gewesen war.

Steven verschlang einen Kanten Brot und seine Hälfte vom Käse, die sein Vater für ihn abgebrochen hatte, ehe er die beiden Becher aus dem Korb nahm und aus dem Eimer füllte. »Vielleicht mögen sie uns am Ende ja doch«, sinnierte er, nachdem er einen Schluck getrunken hatte. »Das hier schmeckt nach Bier.« Er reichte seinem Vater den zweiten Becher.

»Es *ist* Bier. Ein Zeichen dafür, dass die Wasserqualität in den Zisternen nicht allzu gut ist. Im Mittelalter wurde Bier häufig gebraut, um dieses Problem zu lösen. Dabei war im Grunde genommen das Abkochen des Wassers im Verlauf des Herstellungsprozesses entscheidend, nicht das Bier selbst.« Sie aßen ein paar Minuten schweigend weiter, ehe Mark fortfuhr: »Ich verstehe meine Cousins nicht – oder meinen Bruder. Was geht hier vor? Warum wehren sie sich nicht gegen diese Behandlung?«

Steven war ebenso befremdet. »Vielleicht erfahren wir mehr, wenn unser ›Verfahren‹ abgeschlossen ist«, sagte er. »Was immer das bedeutet.«

Nachdem sie ihre Mahlzeit beendet hatten, sammelten sie die Glassplitter des von Jasper zerschossenen Fensters ein und benutzten sie, um kleine Gucklöcher in die Fensterläden zu bohren. Bis der Mond aufgegangen war, konnten sie auf allen drei Seiten ihres Gefängnisses aus dem Fenster sehen. Die Gucklöcher zu bohren war nur ein kleiner Schritt gewesen, doch sie hatten das Gefühl, endlich etwas Konstruktives getan zu haben.

Sie versteckten die Glasscherben oben auf den Läden, bevor sie sich auf den harten Fußboden legten, um ein bisschen zu schlafen. Doch man hatte ihnen weder Matratzen noch Decken gegeben, und sie schafften es einfach nicht, sich zu entspannen.

Die Glocke im Turm über ihnen läutete jede Viertelstunde. Um elf Uhr abends hörten sie ein lautes Krachen von Holz und Metall, als das große Tor im West Tower geschlossen wurde. Kurze Zeit später vernahmen sie Hundegebell draußen im Park, jenseits der Mauern. Ganz in der Nähe riefen Eulen sich gegenseitig zu.

Plötzlich richtete Steven sich in der Dunkelheit auf. »Was ist das für ein Geräusch?«, fragte er.

»Wovon redest du?«, fragte Mark mürrisch. Steven hatte ihn aufgeschreckt, als er fast schon eingeschlafen war.

»Es hört sich an wie eine Maschine. Außerdem habe ich ein leises Gurgeln gehört, wie von laufendem Wasser.«

Mark spitzte angestrengt die Ohren, und schließlich hörte er es ebenfalls: ein langsamer, quietschender, rhythmischer Klang, der von irgendwo in den Tiefen des Turms zu ihnen heraufdrang.

»Keine Ahnung, was das ist«, sagte er nach einer Weile. Beide lauschten eine scheinbare Ewigkeit dem eigenartigen Geräusch, bis sie endlich in den Schlaf sanken.

Als sie am nächsten Morgen erwachten, war ihnen kalt, und sie fühlten sich steif und schmutzig. Es war erst halb sechs, doch draußen war es bereits hell, und ganz in der Nähe krähte ein Hahn. Als draußen die Geräusche der Gemeinschaft erklangen, die sich von der Nacht erhob, gingen sie zu ihren Gucklöchern in den Fensterläden, um zu beobachten, was vor sich ging.

Nach und nach traten in tristes Grau gekleidete Gestalten aus den Gebäuden um den Lawn Court und umrundeten den Rasen auf dem Kiesweg. Jede Familiengruppe schien in einem anderen Gebäudekomplex zu wohnen, und obwohl die Gruppenmitglieder miteinander redeten, unterhielten sie sich nicht mit den Angehörigen der anderen Familien.

Alle waren in die gleichen grauen Jacken gekleidet; der einzige Unterschied zwischen den Gruppen waren die jeweiligen Hüte. Die Familie von Duncan Steed trug Handwerkerkappen, die von Diana Morgan graue Kopftücher, die von Paul Chatfield spitze Strohhüte und die von Adam Dalton eine Art Baskenmütze, wie Arbeiter und Handwerker sie in früheren Zeiten getragen hatten. Selbst die schnatternde Kinderschar hinter jeder Familiengruppe trug die gleiche Kopfbedeckung wie ihre jeweiligen Eltern.

Nachdem sie ihre Prozession um den Lawn Court beendet hatten, verschwanden die vier Familien unter dem Cromwell's Tower außer Sicht, um kurz darauf im Flag Court wieder aufzutauchen. Steven und Mark eilten auf die andere Seite ihres Gefängnisses, um das Geschehen durch die selbst gebohrten Gucklöcher weiterzuverfolgen.

»Wahrscheinlich gehen sie zum gemeinsamen Frühstück in der Großen Halle«, sagte Mark, während er zusah, wie die letzten Nachzügler in der Tür auf der anderen Seite des Flag Court verschwanden.

»Hoffen wir, dass es nicht zu lange dauert, bis wir unser Frühstück kriegen.«

Eine Stunde später vernahmen sie unten im Hof weitere Geräusche und hasteten zu ihren Gucklöchern. Paul und seine Familie verließ Haver House mit Hacken und Spaten ausgerüstet durch das West Gate. Der winzige Adam Dalton humpelte hinaus in den Park. Er führte ein Pferd am Zügel, das vor einen riesigen Karren gespannt war. Der Karren war viel zu schwer für das Tier, und der Rest der Familie, einschließlich der Kinder, schob hinten kräftig mit.

Später am Morgen sahen sie Diana und andere Angehörige der Morgan-Familie in die diversen Gebäude um den Flag Court huschen, während Duncan Steed und sein Bruder Cameron die Arbeit an den Dachrinnen wieder aufnahmen.

»Ah, Gott sei Dank«, sagte Mark, als er beobachtete, wie zwei Gestalten den Flag Court betraten. Steven spähte durch sein Guckloch und erblickte eine junge Frau, die eine alte, weißhaarige Lady in einem Rollstuhl vor sich her schob. Die alte Dame trug die inzwischen vertraute graue Jacke der Gemeinschaft; die jüngere Frau, klein und zierlich, war in ein langes, rubinrotes Kleid gewandet.

»Wer ist die Frau im Rollstuhl?«, fragte Steven.

»Das ist meine Tante Margaret, deine Großtante. Als ich sie das letzte Mal gesehen habe, konnte sie noch gehen. Offensichtlich ist ihre Arthritis schlimmer geworden.«

»Und wer ist die gut aussehende Frau hinter dem Rollstuhl?« Trotz der Entfernung konnte Steven sehen, dass die Frau in Rot sehr gepflegt und das dunkle Haar aufwändig frisiert war.

»Das ist Tante Margarets Tochter – meine Cousine Allison.«

»Nach ihrer Garderobe zu urteilen gehört sie zur hiesigen Aristokratie.«

»Sieht so aus«, stimmte Mark seinem Sohn zu.

Es war elf Uhr durch, als Damian und Jasper auf dem Flag Court erschienen. Die beiden Brüder blickten hinauf zum Tower, ohne zu ahnen, dass sie beobachtet wurden.

Steven grinste. »Man könnte meinen, Damian wäre Transvestit, nicht wahr?« Wenn überhaupt, waren die beiden Brüder noch extravaganter gekleidet als am Tag zuvor. Ihre Tudor-Jacken leuchteten in hellem Rot und hatten Besätze aus feiner weißer Seide. Wieder einmal trug Damian Strumpfhosen. Die Gewehre waren verschwunden, dafür trugen sie Pistolen in Gürtelholstern. Ein kleiner Junge in einer grauen Jacke mühte sich mit einer Ledertasche ab und rannte hinter ihnen her.

Sie verschwanden unter dem Turm außer Sicht, und Mark und Steven gingen zu den Gucklöchern in den Fensterläden auf der anderen Seite ihrer Zelle. Wenige Sekunden später erschienen die beiden Brüder auf dem Lawn Court und schlenderten frech über den gepflasterten Pfad in der Mitte, während sie miteinander lachten und scherzten. Der Knabe rannte unterdessen mit dem schweren Lederbeutel am Perimeter entlang, so schnell seine dünnen Beine ihn trugen.

Die Brüder erreichten das Ende des Rasens und wandten sich um. Damian schrie den Jungen an, sich gefälligst zu beeilen, und als der Knabe, der in seiner Hast beinahe gestürzt wäre, endlich den Beutel vor den beiden auf den Rasen stellte und sich dabei tief verneigte, brüllte Damian ihn erneut an und versetzte ihm mit der Faust eine derbe Kopfnuss.

»Bei erster Gelegenheit verpasse ich diesem Bastard von Damian eine Abreibung, die sich gewaschen hat!«, stieß Steven aufgebracht hervor.

Der Knabe rappelte sich hoch, öffnete den Beutel und breitete dessen Inhalt auf dem Rasen aus. Dann verneigte er sich erneut.

»Ich glaub es einfach nicht!«, rief Mark aus. »Alle arbeiten sich den Rücken krumm, und diese beiden Clowns spielen Boccia!«

Das Boccia-Spiel endete um halb eins, doch es dauerte weitere zwei Stunden, ehe sich im Treppenhaus Schritte näherten.

»Endlich bekommen wir etwas zu essen!«, sagte Steven, als die Zellentür geöffnet wurde.

Doch er wurde enttäuscht. Jasper und Damian standen mit

gezückten Pistolen vor der Tür und bedeuteten Mark und Steven, vor ihnen die Wendeltreppe hinunterzusteigen.

Jasper führte sie über den Flag Court, und der leicht reizbare Damian bildete mit gezückter Pistole den Abschluss.

»Gibt es irgendwelche Regeln, von denen wir wissen müssten?«, fragte Steven sarkastisch. »Zum Beispiel, auf welche Steine wir treten dürfen und auf welche nicht?«

Sein Vater warf ihm einen warnenden Blick zu.

»Für euch ist nur eine Regel wichtig«, schnarrte Damian hinter ihnen. »Haltet das Maul, wenn ihr nicht angesprochen werdet.«

»Ach ja?«

»Ich hab gesagt, du sollst die Klappe halten, bis du angesprochen wirst!«, brüllte Damian.

»Aber du hast *mich* doch angesprochen!«

Ehe die Situation eskalieren konnte, passierten sie die große Tür des Gebäudes am anderen Ende des Flag Court. Jasper blieb stehen, sperrte eine andere Tür auf und bedeutete Mark und Steven, in das kleine Zimmer dahinter zu treten.

»Hinsetzen!«, befahl Jasper und deutete auf zwei Holzschemel vor einem Tisch. Damian und Jasper nahmen auf der anderen Seite auf Stühlen Platz. Obwohl die Tudor-Kostüme der Brüder anfangs lächerlich gewirkt hatten, schwand dieser Eindruck in der mittelalterlichen Umgebung.

Jasper legte seine Pistole auf den Tisch neben einen Notizblock und einen Stift und befingerte seinen Schnurrbart, während er seine beiden Cousins mit verächtlichem Blick musterte. Der Rucksack, den Steven mit in den Park gebracht hatte, lag ebenfalls auf dem Tisch. Damian fummelte nervös mit einer Hand an seinem Kinnbart, während er mit der anderen die Pistole befingerte.

»Wir haben ein paar Fragen«, begann Jasper.

»Gut. Wir nämlich auch«, konterte Steven.

»Man hat euch gesagt, dass ihr nicht reden sollt, bevor ihr

angesprochen werdet!«, fuhr Damian auf und wedelte mit der Pistole vor ihren Gesichtern, als wäre er darauf aus, seinen Streit mit Steven wieder aufzunehmen.

»Aber er hat mich doch angesprochen!«, sagte Steven genauso aufgebracht.

»Das führt zu nichts!«, sagte Mark, entschlossen, die brisante Situation zwischen den beiden halsstarrigen jungen Männern zu entschärfen.

»Ganz richtig«, sagte Jasper.

»Wir beantworten eure Fragen gerne«, fuhr Mark fort. »Doch zuerst möchte ich das Erste-Hilfe-Kit aus meinem Rucksack, um Stevens Wunde zu behandeln. Außerdem brauchen wir eine Mahlzeit.«

»Ihr werdet essen, wenn wir es euch sagen!«, rief Damian.

»Kein Essen, keine Antworten!«, brüllte Steven zurück.

Damian sprang auf und zielte mit der Pistole auf Stevens Kopf. Er zitterte vor Wut. »Wenn du nicht tust, was man dir sagt, erschieße ich dich!«

»Du wirst niemanden erschießen«, sagte Mark leise. »Wenn du ihn erschießt – oder mich, was keinen Unterschied macht –, steckst du in großen Schwierigkeiten. Dein Vater verlangt Antworten auf seine Fragen, und wenn wir tot sind, bekommt er sie nicht.«

»Ich wusste nicht, dass ihr noch nichts gegessen habt«, log Jasper, offensichtlich nicht bereit, einen Streit fortzuführen, der am Ende möglicherweise zum Gesichtsverlust führen konnte. »Ich werde eine Mahlzeit organisieren, und dann fangen wir noch mal an.«

Mark nickte. Seine Hände umschlossen die Knie so fest, dass sie schmerzten. Er hatte geblufft, war aber nicht sicher, ob der Bluff aufgegangen war, denn Damian zielte unverwandt mit der Waffe auf Stevens Kopf.

Jasper bedeutete seinem Bruder ungeduldig, die Pistole wegzustecken. Dann öffnete er den Rucksack, nahm das Erste-

Hilfe-Kit heraus und warf es verächtlich über den Tisch vor Mark hin. Er funkelte Steven böse an, packte den Rucksack, winkte seinem Bruder, ihm zu folgen, und verließ das Zimmer.

Erst als die beiden gegangen waren, entspannte Mark sich ein wenig. Während die Brüder die Tür von außen absperrten, wandte er sich Steven zu und fuhr ihn wütend an: »Hör auf, Damian zu ärgern, hörst du? Er ist ein unberechenbarer Hitzkopf! Wenn du ihn weiterhin provozierst, erschießt er dich, und mich vielleicht gleich mit!«

»Es tut mir leid«, sagte Steven dümmlich.

»Denk beim nächsten Mal daran!«

Mark nahm Gaze und antiseptische Creme aus dem Erste-Hilfe-Kit und machte sich daran, Stevens verwundeten Arm zu säubern. Als er kurz darauf mit dem Verbinden fertig war, wurde die Tür bereits wieder aufgesperrt, und die scharfgesichtige Diana kam mit einem großen Tablett auf den Händen herein. Sie hatte offensichtlich Befehl erhalten, dafür zu sorgen, dass die beiden Gefangenen satt wurden. Das Tablett war randvoll mit Butterbroten, Käse, kaltem Fleisch, Früchten, Nüssen, zwei Bechern und einem großen Krug bernsteinfarbener Flüssigkeit.

»Danke.« Steven nahm sich zwei Scheiben Brot, legte eine Scheibe Fleisch dazwischen und stürzte sich mit Heißhunger darauf. Diana schaute ihm gleichgültig zu, wandte sich schließlich um und eilte aus dem Zimmer.

Steven füllte die Becher, während Mark sich etwas zu essen nahm. »Schon wieder Bier!«, sagte er.

Sie waren beide hungrig und konzentrierten sich in den nächsten Minuten darauf, ihr Essen zu vertilgen. Schließlich kostete Mark einen Schluck von dem Bier. »Sei vorsichtig«, sagte er zu Steven. »Trink nicht zu viel davon, hörst du?«

Steven hatte bereits ein halbes Pint hinuntergekippt und fand Geschmack daran. »Warum?«

»Die Gerste wird zwei- oder dreimal benutzt. Gestern Abend hatten wir wahrscheinlich die dritte Charge. Das hier ist mit ziemlicher Sicherheit die erste Charge. Richtig starkes Zeug. Es macht dich betrunken.« Nach einer kurzen Pause fügte er hinzu: »Und es lockert deine Zunge.«

Steven hob eine Augenbraue und nickte. Beiden wurde gleichzeitig bewusst, dass sie noch gar nicht über ihr »Verfahren« gesprochen hatten und deshalb nicht übereingekommen waren, welche Haltung sie einnehmen würden. Sollten sie alle Karten auf den Tisch legen oder ihre Asse im Ärmel behalten?

»Ich bin der Meinung …«, begann Mark. Doch ehe sie sich zu einer Strategie entschließen konnten, wurde die Tür geöffnet, und die Chatfield-Brüder kamen zurück. Sie setzten sich auf die andere Seite des Tisches. Als sie ihre Pistolen ablegten, vermutete Mark, dass zumindest Jasper diesmal entschlossen war, sich nicht so streitlustig zu geben.

»Ich hoffe, es hat euch geschmeckt«, begann er. Die Worte klangen hohl und unaufrichtig. Mark nickte trotzdem. »Dann hätten wir jetzt ein paar Fragen an euch«, fuhr Jasper fort und schaute auf eine Liste, die er vor sich liegen hatte. »Wie habt ihr uns hier gefunden?«

Mark dachte an den Brief von Paul, der immer noch in seiner Tasche steckte, und an das Postskriptum: *Erzähl ihnen nicht, dass du diesen Brief gefunden hast.*

»Wir kamen die Seal Hollow Road hinunter, als wir den Rauch aus Richtung Haver House sahen«, log er.

»Was sagt ihr zum Zustand von Sevenoaks?«

Mark wollte den Brüdern nicht verraten, wo er und Steven gewesen waren – insbesondere wollte er nicht, dass sie in die Lodge Road gingen und die Gewehre fanden. »Wir sind nicht bis nach Sevenoaks gekommen«, log er. »Wir sind von Borough Green über die Seal Road gewandert und in die Seal Hollow Road eingebogen.«

Damian war nicht zufrieden. »Warum seid ihr nicht weiter bis nach St. John's und zur Hauptstraße gelaufen?«, wollte er wissen.

»Was geht es dich an, warum wir wie gelaufen sind?«, fragte Steven zurück.

»Wir stellen hier die Fragen!«, kreischte Damian.

Zum ersten Mal war Mark froh über die Streitlust seines Sohnes, denn sie verschaffte ihm Zeit zum Nachdenken. »Die Seal Hollow Road ist der kürzeste Weg nach Sevenoaks, zugegeben, aber wie ich bereits sagte, sind wir nicht so weit gekommen. Wie sieht es denn aus in Sevenoaks, wenn ich fragen darf?«, fuhr er fort und fügte erklärend hinzu: »Auf dem Weg von Gillingham herunter ist uns aufgefallen, dass viele Dörfer und Gemeinden niedergebrannt waren. Hat es in Sevenoaks auch gebrannt?«

Mark war gleichzeitig zufrieden und wütend auf sich selbst. Die Gegenfrage über Sevenoaks hatte Jasper offensichtlich überzeugt, dass sie nicht in der Ortschaft gewesen waren. Auf der anderen Seite hatte er beim Lügen unabsichtlich verraten, wo in England sie an Land gegangen waren.

Jasper entging die neue Information jedenfalls nicht. »Der Medway! Wie heißt das Schiff, mit dem ihr gekommen seid?«

»*Osprey*«, sagte Steven rasch, um zu verhindern, dass sein Vater den Namen der *Archangel* preisgab.

»Wo ist eure restliche Ausrüstung?«, fragte Jasper und deutete auf den Rucksack.

»Das ist alles, was wir von Gillingham mitgebracht haben.«

»Was denn? Keine Waffen und keine Munition?«, fragte Damian ungläubig.

»Wir haben nicht damit gerechnet, dass wir Waffen brauchen«, antwortete Mark. »Ich dachte, die einzigen noch lebenden Menschen wären mein Bruder Paul und seine Familie.«

»Und er würde wohl kaum auf uns schießen, oder?«, redete Steven schnippisch dazwischen, indem er die gleichen Worte wiederholte, die sein Vater vor wenigen Tagen benutzt hatte.

Jasper war misstrauisch. »Ihr habt nicht viel in dem Rucksack.«

»Es war alles, was wir brauchten, um uns schnell einen Überblick zu verschaffen, ehe wir aufs Schiff zurückkehrten«, sagte Mark. »Wir waren mit leichtem Gepäck unterwegs.«

»Du sagst, ihr wärt mit leichtem Gepäck unterwegs gewesen, und trotzdem hast du Fotos hier drin«, sagte Jasper, nahm Marks Brieftasche mit den Bildern aus dem Rucksack und blätterte darin.

»Ich habe immer Fotos von meiner Familie bei mir«, sagte Mark und streckte die Hand nach den Bildern aus. Jasper beachtete ihn nicht und schob die Brieftasche zurück in den Rucksack.

Was folgte, war eine intensive Vernehmung. Jasper war begierig darauf, so viele Informationen wie nur möglich über Neuseeland zu sammeln. Er wollte genau wissen, wer überlebt hatte und wie es in der Gemeinde von Gulf Harbour zuging. Mark und Steven erzählten die Wahrheit: Sie waren stolz auf das Erreichte und daran interessiert, ihre Erfahrungen mit denen zu vergleichen, die ihre Verwandten in England gemacht hatten. Doch trotz Marks ständigen Bemühungen, Informationen über die Arbeitsabläufe in Haver House zu erhalten, erwiesen sich weder Jasper noch Damian als mitteilsam.

»Warum seid ihr nach England gekommen?«, wollte Jasper wissen.

»Um nach meinem Bruder zu sehen«, antwortete Mark. »Christopher und ich hatten beide überlebt, und wir dachten, es wäre nur logisch, wenn Paul und seine Familie ebenfalls überlebt haben.«

»Wir wollten sie mitnehmen, wenn wir zurück nach Neuseeland segeln«, fügte Steven hinzu.

»Das geht nicht«, erklärte Jasper. »Sie werden hier gebraucht.«

»Diese Entscheidung liegt bei ihnen selbst.«

»Nein!«, explodierte Jasper. »Sie gehören Seiner Lordschaft!«

»Gehe ich recht in der Annahme, dass es sich bei seiner Lordschaft um euren Vater handelt?«, fragte Mark.

»So ist es.«

»Dann möchte ich ihn sehen.«

»Er will euch aber nicht sehen! Er hat uns aufgetragen, das Verhör zu führen!«, sagte Damian voll Überheblichkeit.

»Wir wollen mit dem Leierkastenmann reden, nicht mit seinen Äffchen«, sagte Steven verächtlich.

Damian sprang auf, außer sich vor Wut, und fuchtelte wild mit seiner Pistole herum.

»Die Vernehmung ist beendet«, verkündete Jasper rasch, bevor die Situation außer Kontrolle geraten konnte.

Mark erhob sich. »Wenn ihr darauf besteht, dass Paul und seine Familie Haver House nicht verlassen, und wenn wir nicht mit eurem Vater sprechen dürfen, möchte ich meinen Bruder wenigstens sehen. Anschließend werden Steven und ich auf dem kürzesten Weg zurück nach Neuseeland segeln«, sagte er.

Diesmal war es Jasper, der die Pistole hob. »Setz dich!«

Die Drohung in seiner Stimme war so deutlich, dass Mark tatsächlich zurück auf den Hocker sank. »Ob ihr Haver House verlasst oder nicht, ist nicht mehr eure Entscheidung. In dem Moment, in dem ihr das Schild ignoriert habt, den Park nicht zu betreten, seid ihr Eigentum Seiner Lordschaft geworden.«

»Ich bin niemandes Eigentum«, sagte Steven herausfordernd.

»Oh doch, das bist du«, sagte Jasper mit Nachdruck. »Und jetzt werdet ihr in eure Zelle zurückkehren, um dort auf das Urteil Seiner Lordschaft bezüglich eurer weiteren Zukunft zu warten.«

»Und mit ein bisschen Glück«, fügte Damian hämisch hinzu, »entscheidet er vielleicht, dass wenigstens einer von euch beiden auf den Block kommt.«

Jasper erhob sich und bedeutete Steven und Mark, vor ihm her aus dem Zimmer zu gehen.

»Können wir unseren Rucksack wiederhaben?«, fragte Mark.

Jasper schüttelte den Kopf.

»Wenigstens meine Fotos?«

Wieder schüttelte Jasper den Kopf.

28

»Der Block – was hat er damit gemeint?«, fragte Steven, als die Zellentür hinter ihnen krachend zugefallen war und der Schlüssel sich im Schloss gedreht hatte.

»Ich nehme an, er meint Tod durch Köpfen.«

Steven lachte nervös. »Du machst Witze!«

»Ich an deiner Stelle wäre mir da nicht so sicher. Du solltest hoffen, dass Jasper bei seinem Vater mehr Einfluss hat als Damian.«

Den Rest des Tages saßen sie in ihrer Zelle. Niemand kam vorbei, um ihnen etwas zu essen zu bringen, und sie rationierten den kleinen Rest Bier, der ihnen noch geblieben war.

»Ich bin am Verhungern«, sagte Steven, nachdem die Familien an Abend von der Arbeit zurückgekehrt waren und in Gruppen zur Großen Halle gingen, wo sie ihre Mahlzeit einnahmen.

»Hier, iss«, sagte Mark und reichte ihm den Umschlag, in dem der Brief seines Bruders gesteckt hatte.

»So hungrig bin ich nun auch wieder nicht.«

Mark zerriss den Brief, der im Umschlag gewesen war, in kleine Schnipsel, die er sich dann in den Mund steckte. »Sie dürfen diesen Brief nicht finden, sonst bekommt Paul eine Menge Ärger. Er mag mich ignoriert haben, aber ich werde ihn trotzdem nicht in Schwierigkeiten bringen.«

Steven folgte dem Beispiel seines Vaters und aß den Umschlag.

Trotz ihres Hungers schliefen sie schneller ein als in der Nacht zuvor. Das monotone, dröhnende Geräusch aus der Tiefe des Turms half ihnen dabei.

Steven schüttelte Mark behutsam. »Wach auf«, flüsterte er. »Hör dir das mal an!« Es war zwei Uhr morgens.

Das eigenartige Dröhnen im Hintergrund, das sie in den Schlaf gelullt hatte, war immer noch zu vernehmen. Doch es gab ein weiteres, neues Geräusch – ein dumpfes Klopfen, als würde jemand gegen die Mauern pochen. Für eine scheinbare Ewigkeit hielt das Geräusch an, wobei es sich langsam näherte und immer weiter die Treppe hinauf in ihre Richtung kam. Schließlich hörten sie, wie die Riegel der Klappe in der Zellentür zurückgeschoben wurden.

Dann folgte eine weitere Serie dumpfer Geräusche, als Gegenstände durch die Luke geworfen wurden und auf den Boden fielen. Schließlich schloss die Klappe sich mit leisem Quietschen, und das schlurfende, pochende Geräusch entfernte sich genauso langsam die Treppe hinunter, wie es gekommen war. Mark huschte zur Tür und tastete in der Dunkelheit umher. Er fand etwas, das sich anfühlte wie ein Apfel, dazu Brot und ein kleines Stück Käse.

»Wer bist du?«, rief er dem unbekannten Besucher hinterher. Er erhielt keine Antwort.

Den ganzen nächsten Tag schmachteten sie in ihrer Zelle. Am späten Nachmittag hatten sie das letzte Bier getrunken. Sie waren beide hungrig und durstig, und der ungewohnte Stoppelbart juckte und verstärkte ihr Unbehagen.

Um zwei Uhr am nächsten Morgen hörten sie erneut das eigenartige Tappen im Treppenhaus. Wieder wurde die Luke in der Tür geöffnet; Gegenstände fielen zu Boden.

»Wer bist du?«, fragte Mark, bekam aber auch diesmal keine Antwort. Er tastete am Boden umher und fand einen weiteren Apfel, Brot und ein Stück trockenen, süßen Kuchen.

»Wir haben kein Wasser!«, rief er ihrem geheimnisvollen Wohltäter hinterher. »Kannst du uns welches bringen?«

Niemand antwortete.

Zwei Stunden später, um vier Uhr morgens, hörten sie das Tappen erneut. Diesmal jedoch war es sehr viel langsamer; es schien eine Ewigkeit zu dauern, bis es die Zellentür erreicht hatte. Die Luke öffnete sich, doch nichts wurde hindurch geworfen. Mark tastete sich in der Dunkelheit vor und erspürte eine Hand, die eine Glasflasche hielt.

»Danke«, sagte er. »Wer bist du?« Immer noch keine Antwort. Mark nahm die Flasche und drückte die Hand des Unbekannten, um seinen Dank zu bekunden.

»Was glaubst du, wer das war?«, fragte Steven, als das tappende Geräusch in der Ferne verebbt war.

»Ich habe nicht die geringste Ahnung. Aber es war eine Frau. Und an ihrer Hand steckte ein Verlobungs- oder Ehering.«

»Warum hat sie nichts gesagt?«

»Vielleicht hat sie Angst. Wenn wir nicht wissen, wer sie ist, können wir sie auch nicht verraten.«

Mark und Steven schmachteten einen weiteren Tag in ihrer Zelle. Sie streckten den Inhalt der Wasserflasche über den Tag, so gut es ging. Gerade als sie die letzten kostbaren Tropfen getrunken hatten, polterten Schritte die Wendeltreppe hinauf. Die Turmglocke verriet ihnen, dass es fünf Uhr nachmittags war.

Die Tür öffnete sich, und Diana trat ein, schwer beladen mit zwei Eimern Wasser. Ihr folgte ihre Schwester Susan mit einem Bündel Kleidung. Die beiden Frauen wurden beaufsichtigt von Jasper und Damian, wobei Letzterer wieder nervös mit der Pistole herumfuchtelte. Als Mark das Wasser sah, nahm er die leere Flasche und tauchte sie erleichtert in einen der Eimer, um sie zu füllen.

»Woher hast du die Flasche?«, fragte Jasper und riss sie Mark aus der Hand.

»Es ist nur eine leere Flasche. Wir haben sie in einer Ecke gefunden«, antwortete Mark aalglatt. Um zu unterstreichen, dass sie die ganze Zeit kein Wasser gehabt hatten, beugte er sich über einen der Eimer, tauchte den Kopf hinein und begann zu trinken. Steven begriff den Wink und tat es seinem Vater gleich.

»Du hattest den Auftrag, die Zelle leer zu räumen!«, raunzte Damian Diana an. Erschreckt wich sie vor ihm zurück. Jasper winkte abschätzig, und sie eilte nach draußen.

»Trinkt nicht das ganze Wasser! Ihr müsst euch waschen – ihr stinkt zum Himmel, alle beide!«, sagte Jasper. »Abgesehen davon werdet ihr sicher erfreut sein, dass Seine Lordschaft beschlossen hat, euer Leben zu verschonen.«

»Leider, wie ich hinzufügen möchte«, sagte Damian.

Jasper bedachte seinen Bruder mit einem zornigen Blick. »Ihr werdet euch heute Abend dem Rest eurer Familie zum Essen in der Großen Halle anschließen. Seine Lordschaft wird formell verkünden, dass ihr der Gemeinschaft beigetreten seid.«

Steven zuckte die Schultern. »Vorausgesetzt, wir bleiben.«

»Oh, ihr bleibt! Ihr habt keine andere Wahl«, erwiderte Jasper.

»Doch, hat er«, sagte Damian kichernd. »Er kann jederzeit auf den Block.«

»Jetzt wascht euch und zieht diese sauberen Sachen hier an«, befahl Jasper, indem er Susan nach vorn winkte. Sie legte die Kleidung gehorsam vor Mark und Steven auf den Boden, dazu Seife und Handtücher. Dann verneigte sie sich tief vor Jasper und Damian und eilte aus der Zelle.

Steven nahm eine Jacke vom Stapel und betastete sie mit Abscheu; es war das gleiche langweilige Grau, das der größte Teil der Gemeinschaft trug. »Danke, aber ich behalte lieber meine Sachen.«

»Nein, wirst du nicht!«, sagte Mark rasch, bevor sich ein neuer Streit entwickeln konnte. »Er hat recht, du stinkst, und du brauchst neue Sachen zum Anziehen.« Er bedachte seinen Sohn mit einem Blick, der Steven ermahnte, den Mund zu halten.

»So ist es besser«, sagte Jasper. »Wurde auch Zeit, dass ihr Kiwis zur Vernunft kommt. Und jetzt zieht euch aus.«

Jasper und Damian schauten zu, als Mark und Steven sich auszogen. Während Damian die nackten Männer anstarrte, sammelte Jasper ihre schmutzigen Sachen ein und durchsuchte die Taschen. Als er fertig war, ging er zur Tür und bedeutete Damian mit einem Wink, dass es Zeit wurde zu gehen. »Los, macht euch sauber«, sagte er zu Mark und Steven. »In einer Stunde kommen wir euch holen.«

Jasper verließ die Zelle und nahm die leere Flasche mit. Sobald Damian sich zu ihm gesellt hatte, schloss er die Tür und sperrte ab. Ihre Schritte entfernten sich die Wendeltreppe hinunter.

»Ich weiß nicht, was uns heute Abend noch alles erwartet«, sagte Mark, als er sich wusch. »Aber könnten wir uns auf eine Sache einigen? Nicht mehr auf Konfrontation aus zu sein?« Steven nickte dümmlich. Mark fuhr fort: »Bleib ruhig. Spielen wir das Spiel mit, bis wir herausgefunden haben, was hier vor sich geht.«

Um zehn vor sechs kamen Jasper und Damian, um Mark und Steven zu holen. Erst als sie die Treppe hinunter waren und unter dem Torbogen von Cromwell's Tower standen, wurde Mark bewusst, dass beide Brüder zum ersten Mal ihre Waffen in den Gürtelholstern trugen.

Jasper schien Marks Gedanken zu lesen. »Komm, ich zeig dir was«, sagte er.

Die Brüder führten Mark und Steven auf den Lawn Court, wobei sie erneut darauf bestanden, dass diese den Kiesweg außen um den Rasen herum benutzten. Sie passierten das Gebäude, das früher als Queen's Stable bekannt gewesen und zu einem Wohnflügel umgebaut worden war. Dahinter führte ein Tor in einen weiteren Hof – Stable Court.

»Wenn ihr versucht, den Park zu verlassen«, sagte Jasper eindringlich, »hetzen wir euch die da auf den Hals.« Er wies auf ein Rudel großer Hunde, die angekettet auf der anderen Seite des Hofs im Schatten lagen. Die Hunde sprangen auf, als sie die Fremden bemerkten, und stemmten sich knurrend und bellend in ihre Ketten.

»Aus!«, brüllte Damian, und die Hunde duckten sich gegen die Mauer und verstummten. »Es sind meine«, verkündete er stolz. »Ich habe sie ausgebildet, Menschen zu jagen. Es ist noch nie jemand aus dem Park entkommen.«

»Genauer gesagt, es ist noch nie jemand entkommen und hat überlebt«, verbesserte Jasper seinen Bruder.

Sie kehrten durch das Tor zurück in den Lawn Court.

»Natürlich müsstet ihr zuerst an ihm vorbei«, sagte Damian und deutete auf eine Gestalt im Ausguck des West Tower. Mark nahm an, dass es einer von Jaspers und Damians jüngeren Zwillingsbrüdern war.

»Die Zwillinge sind perfekte Scharfschützen«, sagte Jasper.

Die Kettenhunde im Stable Court begannen erneut zu bellen. Mark und Steven verging jeder Gedanke an eine schnelle Flucht.

29

Mark und Steven wurden unter Cromwell's Tower hindurch und über den Flag Court in den ältesten Teil von Haver House geführt, in die Große Halle. Es war ein gewaltiger Saal mit dekorativer Stuckdecke und holzgetäfelten Wänden. In einem massiven Kamin an der gegenüberliegenden Wand brannte ein munteres Feuer, obwohl Sommer war, und erhitzte große Wasserkessel.

Der Saal befand sich hinter einer mächtigen geschnitzten Abtrennung aus Holz am nördlichen Ende, die von einer Seite zur anderen und vom Boden bis zur Decke reichte und aussah wie aus dem Mittelalter. Im oberen Teil befand sich die Minstrel Gallery, eine Art Empore, auf der in vergangenen Zeiten Musikanten gespielt hatten, um die Gäste beim Essen zu unterhalten. Zwei riesige Holztische, dreimal so lang wie gewöhnliche Tafeln und gesäumt von Holzbänken, zogen sich über die gesamte Länge des Hauptraums.

Am linken Tisch, auf der dem Eingang abgewandten Seite, saß Duncan Steed mit seinem Bruder Cameron und seiner Schwester Jennifer sowie der Rest der Steed-Familie. Wie alle anderen in der Halle hatten sie die Hüte abgenommen und neben sich auf die Bänke gelegt. Ihre roten Haare, charakteristisch für die Familie, leuchteten im flackernden Lichtschein des Kaminfeuers.

Am anderen Ende desselben langen Tisches saßen Susan und Diana Morgan und die übrigen Angehörigen ihrer Familie. Wie all ihre Cousins und Cousinen besaßen sie die für die Chatfield-Familie typischen hohen Wangenknochen und die vollen sinnlichen Lippen. Allerdings waren ihre Gesichtszüge schärfer als die ihrer übrigen Verwandten. Die jüngeren Frauen waren zwar attraktiv, doch Susans und Dianas Gesichter waren vom Alter und von der harten Arbeit verhärmt.

Am rechten Tisch, wiederum am anderen Ende der Halle, saßen Adam und Warren Dalton mit ihren Familien. Die Daltons waren fast alle von kleiner Statur. Die Steed-Kinder waren ausnahmslos rothaarig.

Am nächsten zur Tür, durch die Mark und Steven die Halle betreten hatten, saß die kleinste Gruppe: Marks Bruder Paul mit seiner Familie. Jetzt, wo Mark alle unter einem Dach versammelt sah, erkannte er auch, dass die unterschiedlichen Hüte gar nicht erforderlich gewesen wären – die Familiengruppen unterschieden sich deutlich voneinander, obwohl sie zugleich allesamt Chatfield-Merkmale aufwiesen.

Auf einem Podium am anderen Ende der Halle stand eine dritte Tafel quer zu den beiden anderen. Im Unterschied zu den schmucklosen langen Holztischen war diese Tafel mit weißem Tischtuch gedeckt und mit Blumen in Vasen geschmückt. Fünf mit Schnitzereien verzierte Polsterstühle standen hinter der Tafel, den beiden anderen Tischen zugewandt. Der mittlere Tisch war besonders prachtvoll, beinahe schon ein Thron. Tante Margarets Tochter Allison hatte bereits ganz rechts am Tisch Platz genommen. Ihre winzige Gestalt wirkte auf dem riesigen Stuhl noch kleiner.

Jasper zeigte auf zwei leere Plätze auf der Bank gegenüber Paul und bedeutete Mark und Steven, sich zu setzen. Dann gingen er und Damian durch die Halle zum Podium, wo sie auf den beiden Stühlen rechts und links des Throns Platz nahmen.

»'n Abend allerseits!«, rief Steven und winkte allen in der Halle freundlich zu. Seine Verwandten starrten ihn an, entgeistert, dass er gesprochen hatte.

»Du wirst den Mund erst aufmachen, wenn Seine Lordschaft Platz genommen hat!«, fuhr Jasper ihn an.

»Ach, wirklich?«, brüllte Steven zurück und setzte sich.

Mark zupfte seinen Sohn am Ärmel und deutete hinauf zur Minstrel Gallery. Greg, einer von Nigels Zwillingssöhnen, erhob sich von seinem Stuhl und brachte sein Gewehr in Anschlag. Steven begriff den Wink mit dem Zaunpfahl.

Niemand sagte ein Wort, und obwohl Körbe voller Brot und Früchte auf den Tischen standen, rührte niemand das Essen an. Mark sah, dass viele Männer einen Jackenärmel hochgekrempelt hatten. Auf ihren Unterarmen waren Narben. Einige hatten – wie Marks Bruder Paul – ein »I« in die Haut gebrannt. Andere trugen ein »II«.

Mark nickte seinem Bruder zu, doch Paul blickte nervös zur Seite, als befürchtete er, beim Reden ertappt zu werden. Zum ersten Mal bemerkte Mark, dass Paul ein nervöses Zucken entwickelt hatte. Immer wieder ruckte sein Kopf zur Seite, als würde er ihn verneinend schütteln angesichts der Dinge, die rings um ihn vorgingen.

Nichts geschah. Alle saßen reglos da und warteten auf die Ankunft Seiner Lordschaft. Nachdem alle sicher in der Großen Halle und unter Gregs Bewachung waren, hatte Miles, Gregs Zwillingsbruder, seinen Posten auf dem West Tower verlassen und kam nun in die Halle, um sich zu seiner Familie zu gesellen. Er nahm den Platz am gegenüberliegenden Ende von Allison ein. Mark fiel auf, dass sowohl Greg als auch Miles die gleiche schulterlange Haarpracht trugen wie ihre Brüder. Der athletisch wirkende Miles hatte außerdem einen Vollbart und war der bestaussehende der vier Brüder. Bei seinem übergewichtigen Zwilling Greg wuchsen lediglich ein paar ungleichmäßige Haarbüschel unter dem Kinn.

Steven vertrieb sich die Zeit damit, dass er den kleinen Kindern auf der anderen Seite des Tisches Grimassen schnitt und versuchte, sie zum Lachen zu bringen. Seine Cousine Cheryl starrte ihn flehentlich an und bildete mit den Lippen ein fast hörbares »Bitte nicht!«. Die nackte Angst in ihren Augen war nicht zu übersehen. Sie flehten ihn an, ihre Kinder nicht in Schwierigkeiten zu bringen.

Steven hatte Cheryl während seines bisher einzigen und kurzen Aufenthalts in England kennen gelernt. Damals war sie eine fröhliche Frau gewesen, die viel gelacht hatte. Außerdem hatte sie eine Vorliebe für tief ausgeschnittene Kleider besessen, die ihre üppigen Brüste zur Geltung gebracht hatten. Heute litt sie – wie andere Mitglieder der Gemeinschaft auch – an verfaulenden Zähnen. Weil sie um den Zustand ihres Gebisses wusste, lächelte sie nur selten. Doch die größte Veränderung war ihre Kleidung. Die grauen Jacken der weiblichen Mitglieder der Gemeinschaft waren nicht gerade vorteilhaft, doch sie besaßen zumindest einen Ausschnitt. Trotzdem hatte Cheryl ihre Jacke mit einer Reihe von Sicherheitsnadeln bis zum Halsansatz zusammengesteckt.

Mark nutzte die Zeit, um die Familie zu zählen. Trotz der Schwierigkeiten, mit denen er und Steven sich konfrontiert sahen, hatte er nicht den eigentlichen Zweck ihrer Reise nach England vergessen.

Das Überleben der menschlichen Rasse hing von einem möglichst großen Genpool ab. In der Halle waren vier Generationen der Chatfield-Dynastie versammelt. Tante Margaret war die einzige Überlebende der ersten Generation, das letzte von ursprünglich elf Kindern von Cora und Claude. Die zweite Generation bestand aus Mark, seinem Bruder Paul sowie ihren Cousins und Cousinen ersten Grades, die meisten inzwischen in den Vierzigern oder Fünfzigern. Mark war der älteste von ihnen, und Tante Margarets Tochter Allison, die auf dem Podium am Tisch saß, mit achtunddreißig Jahren die jüngste.

Die dritte Generation umfasste Steven und seine Cousins und Cousinen – junge Erwachsene im Alter von fünfzehn, sechzehn Jahren bis Mitte dreißig. Und schließlich die vierte Generation, die Kinder von Stevens Cousins und Cousinen, Babys und Kinder bis sechs, sieben Jahre, dem Aussehen nach zu urteilen.

Es war das erste Mal, dass Mark so viele Angehörige der Chatfield-Dynastie an einem Ort versammelt sah. Was ihm sofort auffiel, war der Mangel an Männern in der dritten und vierten Generation – eine ähnliche Situation wie in Gulf Harbour.

Der Morgan-Zweig der Dynastie war fast ausschließlich weiblich. Seine Cousinen Susan und Diana hatten zusammen sieben Töchter, und nur eine von Dianas Töchtern, Penny, hatte einen Sohn, einen kleinen Jungen namens Lee, den Mark nun als den Knaben erkannte, der Damian den Boccia-Sack hinterhergetragen hatte.

Duncan und Cameron Steed und ihre Schwester Jennifer hatten insgesamt sechs Töchter und nur einen Sohn. Mark fiel auf, dass Duncans Sohn Fergus nicht anwesend war. Ihm wurde bewusst, dass er Fergus noch gar nicht gesehen hatte, seit er und Steven nach Haver House gekommen waren.

Vom Dalton-Zweig der Dynastie hatte lediglich Adam Söhne gezeugt – zwei an der Zahl, Robert und Luke, die inzwischen dreizehn und vierzehn Jahre alt sein mussten. Beide Knaben waren wie ihr Vater klein und sahen jünger aus, als sie ohnehin waren. Tatsächlich wirkte Luke mit seinem engelsgleichen Gesicht sehr viel jünger als sein Bruder, der häufig ernst und missmutig dreinblickte, auch wenn er sich insgeheim zu amüsieren schien. Warren und Allison wiederum hatten je zwei Töchter. Außerdem waren vier Babys am Tisch, von denen Mark wegen der nichtssagenden grauen Decken und Strampelhöschen nicht sagen konnte, ob es Mädchen oder Jungen waren.

Zu guter Letzt gab es noch Pauls Familie. Paul hatte zwei Töchter und einen Sohn. Bridget hatte einen Sohn und eine Tochter, Cheryl zwei Söhne und eine Tochter. Besorgt stellte Mark fest, dass Pauls Sohn Mathew genau wie Duncans Sohn Fergus nicht am Tisch saß.

Lediglich Nigel Chatfield hatte sich dem Trend widersetzt: Er hatte vier Söhne. Doch trotz seines Erfolgs beim Zeugen männlicher Nachkommenschaft bestand die dritte Generation – die den hauptsächlichen Genpool bildete – aus neunzehn Frauen und lediglich acht Männern. Außerdem – falls sowohl Fergus als auch Mathew nicht mehr lebten, gab es nur sechs Männer in der dritten Generation; vier davon waren Brüder. Wie man es drehte und wendete, die Aussichten für die Zukunft waren düster.

Endlich erhob sich Adam Daltons schlaksiger Sohne Luke, hielt ein Horn an die Lippen und blies eine lange Fanfare. Alle erhoben sich von ihren Plätzen, einschließlich Allison und den Söhnen Nigels am obersten Tisch. Steven stand als Letzter auf, und das auch erst, nachdem sein Vater ihn energisch dazu aufgefordert hatte. Auch Mark hatte sich erst erhoben, nachdem sein Bruder Paul ein beinahe stummes »Bitte!« in seine Richtung geflüstert hatte. Es war das erste Wort, das Paul seit ihrer Ankunft in Haver House an ihn gerichtet hatte.

Als die Fanfare ihren übertriebenen Höhepunkt erreichte, betrat Nigel die Halle. Er trug eine prachtvolle purpurne Samtjacke und seine alberne weiße Perücke. Alle, mit Ausnahme von Mark und Steven, verneigten sich vor ihm. Mark musste sich zusammenreißen, um nicht laut loszulachen. Steven war weniger erfolgreich. Alle Augen im Saal richteten sich auf ihn, als er losprustete.

»Setzt euch!«, befahl Nigel barsch, und alle gehorchten. Steven griff nach dem Brot, doch Paul schüttelte warnend den Kopf. Nigel blieb stehen, die Hände in die Hüften gestemmt. Er überragte die versammelte Menge. »Mir will scheinen«, sagte er, »dass es unseren schlichten Cousins aus den Kolonien …«, er wartete, bis das höfliche Gelächter erstorben war, »dass es unseren schlichten Cousins aus den Kolonien an den nötigen Manieren fehlt. Paul Grey.«

Paul erhob und verneigte sich.

»Paul Grey? Wer zum Teufel ist Paul Grey?«, rief Mark laut in die Runde.

Sein Bruder starrte ihn an, schüttelte den Kopf und flehte ihn aus tief in den Höhlen liegenden Augen an, nichts mehr zu sagen. Das Zucken in seinem Gesicht verstärkte sich noch.

»Paul Grey«, wiederholte Nigel. »Wie es scheint, musst du deinem Bruder Mark Grey – und seinem Sohn – Manieren beibringen, je früher, desto besser.«

Mark sprang auf. »Mein Name ist Mark Chatfield, und mein Bruder heißt Paul. Merk dir das, du übergewichtiger Hornochse!«, rief Mark, wobei er mit ausgestrecktem Finger auf Nigel zeigte.

Pauls Unterkiefer sank herab. Er blickte seinen Bruder anklagend an, was Mark nur noch wütender machte. »Von dir hätte ich eigentlich mehr erwartet, als dass du dich mit so einem Unsinn abgibst!«

Nigel lief puterrot an vor Wut. Er sah aus, als könnte er jeden Moment explodieren. Die Stille war unheilvoll, bis nach und nach ein Sprechgesang am anderen Ende des benachbarten Tisches einsetzte.

»Tretmühle, Tretmühle …«, sang die Steed-Familie.

Der Sprechgesang wurde lauter, und Fäuste hämmerten im Takt auf die Holzplatte des Tisches, dass es von den Wänden widerhallte. Einzig Paul und seine Familie stimmten nicht ein. Sie saßen mit versteinerten Gesichtern da und starrten Mark anklagend an.

Steven lachte. Dann zitierte er Marks eigene Worte vom Vormittag: »›Sei nicht so streitsüchtig. Bleib gelassen, spiel das Spiel mit, finde heraus, was hier vor sich geht.‹«

Mark ließ sich auf die Bank zurücksinken. »So ein Unsinn«, sagte er wie zu seiner Verteidigung. Weder er noch Steven bemerkten, wie Jasper und Damian den oberen Tisch verließen. Die beiden Brüder kamen zwischen den langen Tischen hindurch und packten Mark von hinten.

»Nehmt eure dreckigen Pfoten weg!«, protestierte er, als er davongezerrt wurde.

»Lasst ihn in Ruhe!«, rief Steven, der aufsprang und versuchte, sich über den Tumult und den Sprechgesang hinweg Gehör zu verschaffen.

»Setz dich!«, befahl Damian.

Steven packte ihn, riss ihn von seinem Vater weg und schlug ihn mit einem einzigen wohlgezielten Hieb ans Kinn zu Boden. Der Sprechgesang verstummte abrupt. Damian blickte vom Boden auf, betastete seine Lippe und starrte voller Entsetzen auf das Blut an seinen Fingern. Jasper ließ Mark los und trat einen Schritt auf Steven zu.

»Komm doch!«, rief Steven herausfordernd.

Mark blickte hinauf zur Minstrel Gallery. Greg zielte mit dem Gewehr in ihre Richtung.

»Brandmarkt ihn!«, tobte Nigel oben auf seinem Thron.

Damian erhob sich vom Boden, doch er und sein Bruder zögerten, sich Steven zu nähern.

»Helft meinen Söhnen!«, rief Nigel. Niemand rührte sich. »Helft ihnen, oder ...!«

Plötzlich wurden Mark und Steven von hinten gepackt. Obwohl sie sich aus Leibeskräften wehrten, hatten sie der schieren Überzahl nichts entgegenzusetzen. Sie wurden überwältigt und durch die Halle in Richtung Kamin geschleppt. Neben der Feuerstelle hingen drei Brandeisen, nummeriert mit 1, 2 und 3. Grinsend nahm Damian das mit der Nummer 1 gekennzeichnete Eisen und schob es tief in die Glut.

»Wag es ja nicht!«, warnte Mark, der noch immer von seinen Cousins gehalten wurde.

»Halt's Maul, oder du wirst ebenfalls gebrandmarkt!«, drohte Jasper.

Paul gab seinem Bruder mit einem Wink zu verstehen, dass er den Mund halten sollte. Damian nahm das inzwischen rot glühende Brandeisen aus dem Feuer und trat damit drohend auf Steven zu. Jasper riss ihm das Hemd vom Oberkörper.

»Du nicht!«, brüllte Nigel von seinem Thron herab.

Alle drehten sich nach ihm um.

»Paul Grey wird das übernehmen.«

»Nein!«, stöhnte Paul. Der Schmerz in seiner Stimme war so laut, als hätte das Brandeisen sein eigenes Fleisch verschmort.

»Keine Widerrede, du wirst ihn brandmarken!«, donnerte Nigel.

Grinsend reichte Damian Paul das Eisen. Mit zuckendem Kopf sah Paul seinen Neffen an, der ihm nur zunickte.

Dann erfüllte der Gestank nach verbrannter Haut die Große Halle. Tränen strömten über die Gesichter von Paul und Mark. Steven biss die Zähne zusammen, starrte Damian in die Augen und gab keinen Laut von sich.

»Und jetzt bringt sie beide zur Tretmühle!«, befahl Nigel. »Sie werden zwei Wochen Strafdienst absolvieren. Du gehst mit ihnen, Paul Grey. Sag ihnen, wie die Regeln sind, oder sie haben *drei* Brandmale, bevor du weißt, wie dir geschieht.«

Die rotschöpfigen Brüder Duncan und Cameron Steed zwangen Marks Arme nach oben hinter den Kopf und führten ihn mit dem Gesicht nach unten aus der Großen Halle. Paul folgte ihnen mit hängenden Schultern. Es dauerte länger, Steven zu überwältigen, doch schließlich führten ihn die viel kleineren und leichteren Dalton-Cousins Adam und Warren aus dem Saal. Damian und Jasper folgten ihnen auf dem Fuß.

Mark wurde über den Hof zum Cromwell's Tower gebracht, doch anstatt vor der Tür zu halten, die nach oben in die Gefängniszelle führte, blieb die Gruppe vor einer anderen Tür auf der gegenüberliegenden Seite des Torbogens stehen.

»Mach jetzt bitte keinen weiteren Ärger«, sagte Paul leise zu seinem Bruder, als er die schwere Tür öffnete. Duncan und Cameron ließen ihren Gefangenen misstrauisch los, und alle zusammen traten durch die Tür in den dahinterliegenden Raum.

»Gute Neuigkeiten – die Greys übernehmen!«, rief Duncan beim Eintreten.

»Wurde aber auch Zeit«, antwortete eine ächzende Stimme.

Endlich begriff Mark, was das für ein eigenartiges rhythmisches Geräusch gewesen war, das er und Steven nachts in ihrer Zelle zwei Stockwerke höher vernommen hatten. Mitten im Raum stand eine große, primitive Tretmühle, zweimal so hoch wie Mark, und trieb einen Riemen an, an dem Ledereimer befestigt waren. Die Eimer schaufelten Wasser aus der Zisterne unter dem Flag Court und verschwanden hoch über ihren Köpfen in der Decke. Duncan Steeds Sohn Fergus betätigte die Pedale und hielt den Mechanismus mit seinem Körpergewicht in Bewegung. Der neunundzwanzigjährige Fergus war groß und breitschultrig. Entschlossen, sich trotz der vorgeschriebenen grauen Jacken ein wenig Individualität zu bewahren, trug er die roten Haare in einem auffälligen Irokesenschnitt.

»Wenn ihr denkt, dass ich auf dieses Ding steige …«

»Es ist uns völlig egal, wer daraufsteigt«, sagte Duncan und kratzte sich seinen roten Bart. »Solange es ein Grey ist und kein Steed.«

»Und wenn hier nicht bald jemand weitermacht, steig ich einfach ab. Ihr wisst alle, was das bedeutet!«, brüllte Fergus ungeduldig.

»Schon gut, schon gut!«, sagte Paul hastig. Er ging zu der Maschine. Fergus stieg ab, während Paul hinaufstieg, ohne dass die Tretmühle zwischenzeitlich stehen blieb.

»Warum hast du dich freiwillig auf dieses Ding gestellt?«, fragte Mark seinen Bruder, nachdem die Steed-Familie gegangen war.

»Das Ableisten deiner Strafe ist Sache aller Angehörigen der Familie, und wenn du es nicht kannst oder willst, müssen wir es eben für dich tun. So lauten die Regeln.«

»Also schön, ich übernehme. Aber während ich dieses verdammte Ding antreibe, wirst du mir erzählen, was zum Teufel hier eigentlich vorgeht!«

Mark stieg auf die Tretmühle.

»Bevor ich erzähle, sehe ich lieber nach, was sie mit Steven gemacht haben«, sagte Paul. »Er müsste längst hier sein. Was immer du tust, pass auf, dass die Tretmühle nicht stehen bleibt. Fast hätte ich's vergessen … es ist schön, dich bei uns zu haben.« Paul klopfte seinem Bruder liebevoll auf die Schulter. Bis Mark den Klumpen in der Kehle heruntergeschluckt hatte und zu einer Antwort fähig gewesen wäre, hatte Paul den Bestrafungsraum schon verlassen.

30

Adam und Warren hatten ihren Gefangenen halb über den Flag Court geführt, als Damian Steven von hinten mit einem Kantholz niederschlug. »Ihr geht zurück zu eurem Abendessen!«, befahl er Adam und Warren, als Steven zusammenbrach und reglos auf dem Boden liegen blieb. »Auf der Stelle!«, brüllte Jasper, als die beiden zögerten. Während Adam davonhumpelte, gefolgt von einem unschlüssigen Warren, bearbeiteten Jasper und Damian den am Boden liegenden Steven mit ihren Stiefeln. Damian machte seiner Wut darüber Luft, dass er vor der versammelten Gemeinschaft gedemütigt worden war. Steven, nur halb bei Bewusstsein, tat sein Bestes, seinen Kopf zu schützen, doch immer wieder fand ein Tritt sein Ziel, und bald war sein Gesicht eine blutige Masse. Er konnte nicht einmal mehr aufstehen.

Erst als Damian und Jasper die Steed-Familie aus dem Bestrafungsraum in Cromwell's Tower kommen sahen, ließen sie von ihrem Opfer ab.

»Los, geht zurück in die Halle und esst weiter!«, ächzte Jasper.

Duncan, Cameron und Fergus blieben trotzig stehen.

»Los, geht weiter!«, brüllte Damian, der es nicht abwarten konnte, mit dem Prügeln weiterzumachen.

»Hat euer Vater euch die Erlaubnis dazu gegeben?«, fragte Duncan.

»Weiß er überhaupt, was ihr tut?«, fragte Fergus mit vorgerecktem Kinn. Seine wütenden Blicke und der Irokesenschnitt verliehen ihm eine bedrohliche Ausstrahlung.

»Los, gehen wir«, sagte Jasper zu Damian. »Essen wir zu Ende, ehe es kalt wird.«

Damian öffnete den Mund, um zu widersprechen, doch weil die Steed-Familie stehen blieb, nickte er bloß. Während die Brüder sich entfernten, kniete Fergus neben Steven nieder. Es war erschreckend, wie viel Blut in die Ritzen zwischen den Steinplatten sickerte.

»Lasst ihn liegen!«, brüllte Jasper ihnen zu.

Fergus blickte auf. »Sonst gibt es Ärger!«, drohte Damian, der stehen geblieben war und nun seine Pistole zog.

Fergus erhob sich langsam, und zusammen mit seinem Vater und seinem Onkel folgte er den beiden Brüdern zurück in Richtung der Großen Halle. Als sie sich dem Eingang näherten, drehte Jasper sich zur Steed-Familie um. »Ein Wort davon zu Seiner Lordschaft«, sagte er drohend, «und ihr seid wieder auf der Tretmühle. Ist das klar?«

Steven lag immer noch reglos auf den Steinen, als Paul ihn fand. Als er neben seinem Neffen niederkauerte, kam seine Tochter Cheryl aus der Großen Halle.

»Was ist passiert?«

»Damian und Jasper, nehme ich an«, antwortete Paul und prüfte den Puls seines Neffen. »Wenigstens lebt er noch.«

»Aber nur um Haaresbreite, wie es aussieht«, sagte Cheryl und starrte schockiert auf ihren übel zugerichteten Cousin.

»Los, bringen wir ihn in unser Quartier.«

»Können wir ihn in diesem Zustand überhaupt transportieren?«

»Wir können ihn jedenfalls nicht hier liegen lassen.«

Irgendwie gelang es ihnen, Steven in die Mitte zu nehmen. Sie bugsierten ihn unter Cromwell's Tower hindurch und an der Tür zum Bestrafungsraum vorbei zum Lawn Court. Paul war erleichtert, dass sein Bruder sie von der Tretmühle aus nicht sehen konnte. Hätte Mark von Stevens Zustand gewusst, wäre er von dem Apparat gesprungen, was unweigerlich neue Probleme nach sich gezogen hätte.

Sie stolperten durch die Tür ihres Quartiers in das Zimmer, das als Gemeinschaftsraum diente, und legten Steven auf eine Couch. Er stöhnte vor Schmerzen und versuchte die Augen zu öffnen, doch sie waren zu stark geschwollen. Er versuchte zu reden, doch seine Zunge war von den Schlägen dick, blutig und eingerissen und gehorchte ihm nicht. Wieder verlor er das Bewusstsein.

»Mach ihn sauber und gib ihm Wasser, wenn er zu sich

kommt«, sagte Paul. »Und bitte Allison, einen Blick auf ihn zu werfen.«

»Und wenn Seine Lordschaft das herausfindet?«

»Wir haben keine andere Wahl. Außer Allison kennt keiner von uns sich mit Krankenpflege aus.«

Cheryl hatte am Spülstein bereits eine kleine Flasche mit Wasser gefüllt und wischte Steven behutsam das Blut aus dem Gesicht, während ihr Vater das Zimmer verließ.

»Wo ist Steven?«, fragte Mark, als Paul in den Bestrafungsraum zurückkehrte.

»Er lässt sich die Wunde versorgen. Tut mir leid, dass ich ihn brandmarken musste, aber es wäre viel schlimmer gewesen, hätte Damian die Bestrafung vorgenommen.«

»Ich verstehe«, sagte Mark grimmig.

»Möchtest du, dass ich dich ablöse?«

»Nein danke.«

»Wir lassen Steven heute Nacht ausruhen«, sagte Paul.

»Wann können wir aufhören, dieses Monstrum zu bewegen?«, fragte Mark.

»Wir hören nicht damit auf. Der Apparat muss vierundzwanzig Stunden am Tag laufen, sieben Tage die Woche.«

»Was?«, rief Mark aus und stieg von der Tretmühle. Paul rannte durch den Raum und sprang auf die Pedale, gerade rechtzeitig, um zu verhindern, dass die Mühle stehen blieb. Als er sah, wie erschrocken sein Bruder reagierte, trat Mark wieder hinter ihn. »Schon gut, ich hab verstanden. Ich springe nicht wieder einfach so ab.« Während Mark aufstieg, blickte er über die Schulter. »Und wenn Stevens Wunde versorgt ist, kann er herkommen und helfen. Schließlich hat er uns in diesen Schlamassel gebracht.«

»Nein, das warst du, Mark.«

Mark antwortete nicht auf diesen Vorwurf. »Was soll überhaupt dieser Unsinn, unseren Nachnamen auf Grey zu ändern?«

»Nigel hat beschlossen, dass es nur eine Familie mit Namen Chatfield geben kann und dass wir den Namen Grey nach unserer Mutter annehmen müssen.«

»Und du warst einverstanden?«

»Ich hatte keine Wahl.«

Für ein paar Augenblicke herrschte nervöses Schweigen.

»Es wird schwierig werden, diese Tretmühle ohne Stevens Hilfe am Laufen zu halten«, murmelte Mark nach einer Weile.

»Wir schaffen das schon. Du und ich können sie bis um zwei Uhr morgens treten. Bridget kann bis um drei Uhr weitermachen, Cheryl von drei bis um vier, und die Kinder können sie von vier Uhr bis zum Frühstück treten.«

»Die Kinder? Du wirst doch wohl nicht die Kinder auf dieses Monster schicken?«

»Wir haben keine andere Wahl. Die Mühle muss weiterlaufen.«

Mark war plötzlich voller Schuldgefühle. Wegen seines Ausbruchs war Steven gebrandmarkt worden, und jetzt wurde die ganze Familie bestraft.

»Ich treibe das Ding allein weiter an.«

»Irgendwann musst du ausruhen. Du musst sie morgen tagsüber zwölf Stunden ununterbrochen antreiben, von sechs Uhr früh, bis wir morgen Abend aus den Gärten zurückkommen.«

»Wie lange geht das so weiter?«

»Die Strafe dauert immer eine Woche. Weil sowohl du als auch Steven bestraft wurden, bedeutet das zwei Wochen. Es sei denn, eine der anderen Familien tanzt aus der Reihe, und wir werden abgelöst. Wir halten die Augen offen. Wenn sie irgendwelche Regeln übertreten, melden wir es sofort. Mit ein wenig Glück sind wir wieder raus hier, lange bevor die zwei Wochen um sind.«

»Du meinst, ihr *verpetzt* die anderen Familien?«

»Verdammt richtig. Was glaubst du denn, warum wir überhaupt hier drin sind? Wenn die Steeds nicht nach der Tretmühle gerufen hätten, wäre es mir vielleicht gelungen, bei Seiner Lordschaft um Milde zu bitten.«

»Klingt in meinen Ohren wie ›Teile und herrsche‹«, sagte Mark mit leisem Tadel in der Stimme. Paul antwortete nicht, und nach kurzem Schweigen fragte Mark: »Was passiert, wenn man am Ende der Bestrafung keine Familie gefunden hat, die man bei Seiner Lordschaft verpetzen könnte?«

»Wenn das passiert, veranstalten Damian und Jasper eine Fuchsjagd.«

»Eine Fuchsjagd?«

»Jede der vier Familien wählt einen Repräsentanten als ihren Fuchs aus. Sie laufen vom West Gate los. Ein paar Minuten später machen sich die Chatfield-Brüder an die Verfolgung, jeder mit einem von Damians Bluthunden. Die Familie, deren Fuchs als Erster gefangen wird, absolviert die nächste Woche auf der Tretmühle. Üblicherweise bin ich derjenige, der als Erster geschnappt wird.«

Mark kicherte. »Du meinst, du kannst nicht schneller rennen als die Morgan-Frauen?«

»Die Morgans bestimmen immer Theresa als ihren Fuchs, und Miles verfolgt sie. Ich glaube, die beiden haben eine heimliche Übereinkunft.«

»Was meinst du damit?«

»Zwei Teenager – was denkst du? Lass es mich so formulieren: Theresa hat bisher noch nie eine Fuchsjagd verloren.«

»Warum schickst du nicht Mathew? Er ist bestimmt ein guter Läufer.«

Mark erhielt keine Antwort. Als er sich umdrehte, sah er, dass Paul lautlos weinte. Das unwillkürliche Zucken schien noch stärker geworden zu sein. »Es tut mir leid«, sagte Mark leise. Er schien recht gehabt zu haben – sein Neffe war tot. »Wenn du so weit bist, erzähl mir, was mit Mathew passiert ist. Aber jetzt sag mir erst mal, wie ihr überhaupt in diese Lage gekommen seid. Erzähl mir die ganze Geschichte von Anfang an.«

Bevor Paul antworten konnte, traf Cheryl mit Brot, Käse und Bier ein. »Also bekommen wir hier drin wenigstens etwas zu essen?«, sagte Mark mit einem Blick über die Schulter zu seiner Nichte.

»Oh ja, Onkel Mark«, antwortete Cheryl und zeigte ihre verfaulenden Zähne. »Du bekommst sogar Zusatzrationen, damit du bei Kräften bleibst, solange du auf der Tretmühle bist.«

»Selbstverständlich meldet sich wahrscheinlich trotzdem niemand freiwillig für die Mühle, um die Extrarationen zu bekommen«, murmelte Mark.

Paul hatte unterdessen die Sprache wiedergefunden. »Wie geht es Steven?«, fragte er seine Tochter.

»Er wird's überleben. Allison hat sich bereit erklärt, ihn zu untersuchen.«

»Sag ihm, er soll herkommen und mich auf der Tretmühle ablösen«, sagte Mark mit dem Rücken zu Paul und Cheryl.

Sie öffnete den Mund, um ihren Onkel für dessen Gefühllosigkeit zu schelten, doch ehe sie die Worte aussprechen konnte, fiel Paul ihr in den Arm. »Er weiß es noch nicht«, flüsterte er.

»Steven schläft«, sagte Cheryl hastig.

»Er soll sich heute Nacht ausruhen«, entschied Paul.

»Wie sehen unsere Schichten aus, Dad?«, fragte Cheryl.

Paul informierte sie über die mit Mark abgesprochenen Zeiten.

»Na, dann danke ich recht herzlich, Onkel Mark!«, schimpfte Cheryl. »Um drei Uhr aufstehen! Danach komme ich bestimmt nicht mehr zum Schlafen!« Sie verließ den Raum und warf die Tür wütend hinter sich ins Schloss.

»Erzähl mir alles«, sagte Mark, während er die nie zufriedene Tretmühle bediente.

31

Trotz seiner Fitness empfand Mark die ungewohnte Arbeit an der Tretmühle als mühsam. Doch er beschwerte sich nicht und lauschte aufmerksam, als Paul ihm die Ereignisse der letzten dreieinhalb Jahre schilderte.

Die Pandemie hatte Großbritannien schnell und hart getroffen und das öffentliche Leben zum Erliegen gebracht. Wegen der höheren Einwohnerzahl und Bevölkerungsdichte waren die Folgen der Seuche sogar noch verheerender gewesen als in Neuseeland.

Versicherungen seitens der Regierung, es bestünde keine Notwendigkeit zu Panikkäufen, hatten die gegenteilige Wirkung gehabt. Läden und Supermärkte waren innerhalb von vierundzwanzig Stunden leergekauft worden, genau wie die Tankstellen im ganzen Land.

In den folgenden Tagen wurden die Regale aus den Vertriebslagern teilweise wieder aufgefüllt und eine Rationierung eingeführt, doch das System brach zusammen, als Gerüchte von Vetternwirtschaft und Betrügerei aufkamen. Mitte Februar gab es keine Fabriken und keine anderen Betriebe mehr, weil zu viele Mitarbeiter gestorben waren; die wenigen, die arbeiten konnten, weigerten sich.

Selbst dort, wo Menschen noch zu arbeiten bereit waren, gab es kaum noch Strom. Und das im Februar, dem kältesten Monat des Jahres. Die Stromausfälle hatten verheerende Auswirkungen.

»Viele ältere Menschen sind erfroren oder an Lungenentzündung gestorben«, berichtete Paul. »Dann gab es Probleme wegen des verrottenden Mülls. Die Entsorger streikten, weil unzählige tote Katzen in den Müll gesteckt worden waren – es gab eine Theorie, dass Katzen verantwortlich waren für die Ausbreitung von Super-SARS. Das Problem verschlimmerte sich, als die Leute anfingen, die Leichen ihrer Angehörigen einfach auf die Straßen zu legen. Ich habe gehört, dass in London mehr Menschen an Cholera gestorben sind als an den Folgen des SARS.«

»Wie erging es euch in Sevenoaks?«

»Meine Marion starb zwei Tage nach deinem Anruf vom Flughafen in Auckland. Ich war am Boden zerstört. Cheryl musste das Geschäft für mich führen, und das war ein furchtbarer Fehler, wie sich herausstellte.«

»Was ist passiert?«

Paul erzählte Mark, dass Cheryl eines Abends nicht aus dem Laden ihres Vaters nach Hause gekommen war und dass ihr kranker und besorgter Ehemann Paul angerufen hatte.

Paul war sofort in die High Street gefahren, um zu sehen, ob sie noch dort war. Er hatte den Laden verschlossen vorgefunden.

Er versuchte es bei ihrer Schwester und der Freundin, doch Cheryl blieb verschwunden.

Die Polizei war wegen der Seuche stark geschwächt. Ein völlig überarbeiteter Beamter nahm lediglich ansatzweise Pauls Vermisstenanzeige entgegen, doch Paul vermutete, dass nicht viel dabei herumkam. Voller Hektik verbrachte er den Rest des Abends mit der Suche nach seiner Tochter – ohne jeden Erfolg.

Er konnte nichts weiter tun, als früh am nächsten Morgen wieder im Geschäft zu sein und zu hoffen, dass Cheryl irgendwie doch noch dort auftauchen würde, um den Laden zu öffnen, in dem Tiernahrung und Accessoires verkauft wurden. Doch er fand eine Schlange wartender Kunden vor. Eine seiner Stammkundinnen war es denn auch, die die erste nützliche Information über Cheryls Verschwinden anzubieten hatte.

»Gestern Nachmittag kamen zwei Männer in einem großen Wagen her. Ich habe gesehen, wie Ihre Cheryl den Laden abgeschlossen hat und mit den Männern mitgefahren ist. Sie hat ganz aufgeregt mit ihnen diskutiert. Ich habe mich gefragt, was das wohl zu bedeuten hat. He, Sie haben doch wohl keine Leichen in diese Hundewürste gepackt, oder? Mein Stan und ich hatten nämlich gestern Abend welche zum Tee.« Paul begriff die Ursache für die Schlange. Seine Kunden wollten das Hundefutter für sich selbst.

Er versicherte der Frau, dass er keine Leichen in den Hundewürsten verarbeitet hatte, und erklärte, er würde das Geschäft erst wieder öffnen, wenn er seine Tochter gefunden hatte. Mit diesen Worten wandte er sich ab und marschierte ein weiteres Mal zur Polizeiwache. Sobald er außer Sicht war, warf die wartende Menge die Scheiben ein und stürmte den Laden, um die Regale zu plündern.

Der Wachhabende auf dem Revier versicherte Paul, dass die einheimische Polizei nichts mit Cheryls anscheinender Verhaftung zu tun hatte. »Ich werde sofort Erkundigungen einziehen, wenn die Computer wieder online sind – falls es je wieder so weit kommt«, versprach er Paul.

»Es hat ein paar Wochen gedauert, bis ich Cheryl wiedersah und erfahren habe, was sich ereignet hatte«, berichtete Paul seinem Bruder.

Als die Männer in den Laden kamen und nach Mr. Chatfield fragten, sagte Cheryl, ihr Vater sei an diesem Tag nicht im Geschäft. »Kann ich Ihnen vielleicht helfen?«

»Ihr Vater – dann müssen Sie Cheryl oder Bridget sein«, sagte einer der Männer.

»Und wenn es so wäre?«

»Welche von beiden sind Sie denn?«, fragte der andere Mann unwirsch.

»Cheryl.«

»Sie müssen den Laden abschließen und mit uns kommen.«

»Warum? Wer sind Sie überhaupt?«

»Wir kommen vom Gesundheitsministerium«, erklärte der freundlichere der beiden Fremden. »Wahrscheinlich können

Sie uns bei der Bekämpfung der Seuche helfen. Sie müssen mit uns kommen. Wir wollen eine Reihe von Tests durchführen.«

»Wohin mitkommen? Und was für Tests?«

»Nur bis nach Tonbridge. Sie sind wieder zurück, ehe Sie überhaupt etwas merken.«

»Ich kann Sie nicht begleiten. Ich muss den Laden führen, und ich muss nach Hause zu meinen Kindern und meinem Mann. Er ist krank.«

»Wie geht es Ihren Kindern? Ist eins Ihrer Kinder erkrankt?«

»Nein.«

»Gut. Und Sie selbst?«

»Auch nicht. Die Kinder und ich hatten vergangene Woche einen Anflug von Grippe, aber er war ziemlich schnell vorbei.«

»Wie steht es mit Ihrem Vater?«

»Er war ebenfalls krank, hat sich aber schnell wieder erholt. Meine Mutter ist allerdings gestorben.«

»Dass Sie sich von der Grippe erholt haben, ist ein gutes Zeichen. Das ist auch der Grund, weshalb wir Sie zu den Untersuchungen mitnehmen müssen«, erklärte der freundlichere der beiden Offiziellen.

Cheryl wurde misstrauisch. »Aber warum ausgerechnet ich?«

»Das sind jetzt Fragen genug«, sagte der Schroffe. »Je früher wir fahren, desto eher sind Sie wieder zurück. Machen Sie endlich den Laden zu.«

»Nein.«

»Wenn Sie nicht tun, was wir sagen, werden Sie verhaftet.«

»Es wäre wirklich hilfreich, wenn Sie mit uns kämen«, fügte sein Kollege hinzu.

Cheryl protestierte weiter, doch ihr blieb keine Wahl. Sie sperrte das Geschäft schließlich ab und stieg zu den Männern in den Wagen. Sie fuhren mit hoher Geschwindigkeit davon. Als der Wagen nicht in Tonbridge hielt, wollte Cheryl den Grund dafür wissen, doch die beiden Männer ignorierten ihre Frage.

Cheryl wurde in eine Privatklinik am Stadtrand von Tunbridge Wells gebracht und einer Kommission von Ärzten vorgeführt, die ihr eine lange Liste von Fragen stellten.

»Wir müssen eine Blutprobe nehmen«, sagte einer der Ärzte schließlich.

Cheryl hasste Nadeln, doch sie krempelte den Arm hoch und sah in die andere Richtung. Sie spürte noch, wie die Nadel in ihren Arm eindrang, dann begann sich alles vor ihr zu drehen, als schlagartig die Wirkung der Droge einsetzte.

Im Verlauf der nächsten Tage war sie die meiste Zeit bewusstlos. Doch immer, wenn sie die Augen öffnete, sah sie Blut durch einen Schlauch von der Nadel in ihrem Arm in eine Flasche neben dem Bett tropfen. Sie hatte das grässliche Gefühl, dass die Ärzte sie förmlich molken.

Eines Tages erwachte sie und fühlte sich deutlich klarer im Kopf als zuvor. Offenbar stand sie nicht mehr unter Drogen. Dann sah sie den Grund dafür: Die Krankenschwester, die ihr die Droge intravenös verabreicht und sich um sie gekümmert hatte, war im Stuhl neben ihrem Bett gestorben. Es gelang Cheryl, die Nadeln und Schläuche aus ihrem Arm zu ziehen und im Nachthemd aus dem Krankenhaus zu fliehen. Sie brauchte mehr als eine Woche, um sich zu Fuß zurück nach Sevenoaks durchzuschlagen.

»Sie war in einem schlimmen Zustand, als sie nach Hause kam«, erklärte Paul, und sein Kopf zuckte noch heftiger als gewöhnlich. »Gott weiß, was für Experimente die Ärzte an ihr vorgenommen haben. Sie war von oben bis unten voller Narben. Ein Wunder, dass sie überlebt hat.«

»Diese Bastarde!« Mark erinnerte sich an seine eigenen Bedenken und daran, wie er Jane nach seiner Flucht vom Flughafen von Auckland bedrängt hatte, das Haus in Epsom zu verlassen.

»Wenn ich sie nicht gebeten hätte, für mich im Laden zu

arbeiten, wäre es nie so weit gekommen«, sagte Paul mit von Schuldgefühlen erstickter Stimme.

»Und wenn ich nicht von Auckland aus bei dir im Laden angerufen hätte, wärt ihr erst gar nicht in Gefahr geraten«, sagte Mark.

»Das weißt du nicht.«

»Ganz recht. Genauso wenig, wie du weißt, ob du etwas geändert hättest. Also hör auf, dir Selbstvorwürfe zu machen. Es ist ein kleines Wunder, dass sie nicht zurückgekommen sind, um dich ebenfalls zu holen.«

»Am nächsten Tag gab es eine große Versammlung in Sevenoaks«, berichtete Paul. »Man hat beschlossen, die Ortschaft unter Quarantäne zu stellen, und auf sämtlichen Zufahrtsstraßen wurden Sperren errichtet. Sevenoaks war nicht die einzige Gemeinde, die sich selbst unter Quarantäne gestellt hat. Ganz England verwandelte sich in eine Ansammlung befestigter Enklaven. Diese Typen hätten es nicht mehr bis nach Sevenoaks geschafft, selbst wenn sie es versucht hätten.«

»Und wie ist es Sevenoaks in der selbst auferlegten Quarantäne ergangen?«

»He, warum machst du nicht eine Pause und ruhst dich aus? Ich löse dich ab, während ich dir die Geschichte erzähle.«

Mark widersprach seinem Bruder nicht; er war viel zu erleichtert, eine Zeitlang von der Tretmühle herunterzukommen. Seine Beine und sein Rücken schmerzten, und sein Hemd war schweißnass. Während Paul seinen langen Marsch auf der Apparatur begann, machte Mark es sich auf dem Fußboden bequem, nahm sich etwas zu essen und bereitete sich darauf vor, den Rest der Geschichte anzuhören.

32

Wie jede Stadt in England hatte auch Sevenoaks eine sehr gemischte Bevölkerung. Don Grant, ein vierundsiebzigjähriger pensionierter Mitarbeiter vom Roten Kreuz gehörte zu den Ersten, die den Ernst der Lage begriffen. Don, der in Sevenoaks im Altersheim lebte, hatte seinerzeit die Ebola-Seuche in Afrika erlebt.

Seine Warnungen wurden anfangs in den Wind geschlagen als die wirren Ideen eines alten Mannes, der nichts Besseres zu tun hatte, als den Weltuntergang herbeizureden. Doch als die Zahl der Toten unaufhörlich stieg, wurde Don schließlich ernst genommen, und es gelang ihm, die Stadtverwaltung zur Einberufung einer öffentlichen Versammlung zu überreden. Lautsprecherwagen, normalerweise nur vor Wahlen eingesetzt, wurden beschlagnahmt und kreuzten durch die Straßen. Sie verkündeten, dass auf dem Vine Cricket Ground wegen der Pandemie eine Versammlung stattfinden sollte. Noch am gleichen Abend trat der Bürgermeister vor dem Pavillon an ein Rednerpult. Nahezu fünftausend Bewohner von Sevenoaks hatten sich eingefunden. Nach wenigen Willkommensworten rief der Bürgermeister den einheimischen Abgeordneten ans Pult. Dieser schob die Schuld für das Versagen der vorangegangenen Regierung in die Schuhe, anstatt sich mit den Sorgen der versammelten Bürger zu befassen, und wurde so lange ausgebuht, bis er das Pult wieder geräumt hatte.

Erst als Don Grant aufs Podium geführt wurde und sich mit klarer, wenngleich vom Alter zittriger Stimme an die Menge wandte, gerieten die Dinge in Bewegung. Don umriss die kritischen Faktoren: Wasserversorgung, Abwasser, Isolation der Infizierten und schnellstmögliche Bestattung beziehungsweise Beseitigung der Toten. Er sprach mit einer Autorität, die ungebeugt vom Alter war. Er bat sämtliche Bewohner, die über für die Allgemeinheit nützliche Fähigkeiten verfügten, sich nach der Versammlung im Pavillon zu melden und in ein Register einzuschreiben.

Er schlug verschiedene Maßnahmen vor, die augenblicklich in Angriff zu nehmen waren, beispielsweise das Graben von Latrinen sowie die Suche nach Wasser und nach Möglichkeiten, es zu speichern. Außerdem machte er den Vorschlag, dass die Stadt sich selbst von der Außenwelt isolieren sollte; er nannte die Straßen, an denen Barrikaden zu errichten waren, und übertrug die Verantwortung dafür an die jeweiligen Bewohner.

In dem sicheren Wissen, dass die Versammlung in einer Farce enden würde, falls er das Wort wieder an die Politiker übergab, schickte er die Leute nach dem Ende seiner Ansprache nach Hause. Es war ein meisterhafter Auftritt.

»Letzten Endes hat es nichts gebracht«, sagte Paul. »Zum damaligen Zeitpunkt wusste aber noch niemand, dass der Virus unaufhaltsam war. Don Grant selbst starb innerhalb von zehn Tagen, doch mit seiner Rede hatte er ein Fundament gelegt, auf dem man in Sevenoaks aufbauen konnte. Viele Leute blieben länger am Leben, als es ansonsten der Fall gewesen wäre. Die Plünderungen blieben bis zum Schluss unter Kontrolle – bis zu dem Moment, an dem alle verzweifelt nach etwas Essbarem suchten.«

»Wie habt *ihr* denn überlebt?«

Paul kicherte. »Tiernahrung. Ich habe den Laden nicht wieder aufgemacht, nachdem er geplündert worden war. Es gab nichts mehr. Aber weil ich nie genügend Lagerraum gehabt habe, hatte ich in meiner Garage in der Lodge Road ein zweites Lager angelegt. Ich habe den Nachbarn nie davon erzählt, weil es gegen die gesetzlichen Bestimmungen verstieß, deshalb wusste niemand von den Vorräten.«

»Ihr habt *Tiernahrung* gegessen?«

»Du wärst überrascht, was der Mensch alles isst, wenn er

hungrig ist. Es war gut, dass ich so ein großes Lager hatte. Als zuerst Bridgets und dann Cheryls Mann starb und schließlich Mathews Frau, hat die gesamte Familie sich in der Lodge Road zusammengedrängt.«

»Was ist mit Mathew passiert?«, fragte Mark.

Erneut stockte Paul, und sein nervöses Zucken wurde wieder stärker. »Das erzähle ich dir später«, sagte er.

Mark wechselte das Thema. »Was ist mit unseren Cousins und Cousinen? Wann hast du gemerkt, dass die gesamte Chatfield-Familie immun gegen die Seuche ist?«

»Wir haben es nicht gemerkt, erst als die Seuche fast alle anderen umgebracht hatte. Es waren unsere Cousins und Cousinen, die uns am Ende gefunden haben. Diana kam in die Lodge Road, um nachzusehen, ob wir noch am Leben waren und etwas zu essen hatten. Ihre Familie war am Verhungern. Ich konnte sie nicht wegschicken, also gab ich ihr eine Hundewurst. Und ehe wir es uns versahen, schlugen die Steeds, die Daltons und der Rest des Morgan-Clans ihre Zelte vor unsere Türschwelle auf. Ein paar Tage später war mein Lager leer.«

»Was ist mit Nigel und seinen Söhnen?«

»Wir hörten relativ früh nach dem Ausbruch der Seuche, dass sie sich Waffen besorgt hatten und die Stadt terrorisierten. Sie raubten das Verteilzentrum in der Otford Road aus und fuhren fünf Lkw-Ladungen Vorräte nach Haver House, wo sie sich verbarrikadierten. Nachdem wir meine gesamte Tiernahrung aufgebraucht hatten, schlug Duncan vor, im Park ein Reh zu fangen. Wir wussten, dass es nicht ungefährlich war, aber unsere Lage war verzweifelt. Als er zum Eingang kam, stand dort ein Schild, das den Zutritt untersagte, doch er beachtete es gar nicht. Ehe er sich's versah, wurde er von Nigel und seinen Söhnen gestellt. Sie sagten ihm, er solle verschwinden.«

»Und?«

»Er hatte keine Wahl. Sie haben ihm das Gewehr abgenommen und drohten ihm an, ihn zu erschießen. Sie haben es ernst gemeint. Er konnte von Glück sagen, dass er lebend nach Hause kam.«

»Trotzdem seid ihr am Ende alle in Haver House geendet.«

»Ja.« Paul seufzte.

»Wie kommt es, dass ihr alle in dieser Sauerei gelandet seid?«

Paul ließ sich auf einen Hocker in der Ecke des Zimmers nieder und setzte seine Geschichte fort.

Kurz nach Duncans missglücktem Versuch, Haver Park zu betreten, waren auch die letzten Einwohner von Sevenoaks gestorben, mit Ausnahme der Nachkommen von Claude und Cora Chatfield. Die Familien der Steeds, Daltons und Morgans waren nach und nach erschienen und hatten sich zu Paul und seiner Familie in der Lodge Road gesellt.

Wegen der Bemühungen von Don Grant und seiner Gruppe hatten viele Menschen in Sevenoaks länger überlebt, jedoch mit dem Ergebnis, dass das Land leergefegt war von Nahrung und Vorräten. Alles Essbare war verzehrt, und die Häuser waren wieder und wieder durchsucht worden. Jedes Gemüse, jedes Stück Obst war aus den Gärten verschwunden, jedes Stück Vieh, jedes Haustier war geschlachtet worden, genauso wie die meisten wilden Vögel. Die Teiche und Flüsse waren mit Netzen oder Dynamit leergefischt.

»Wir waren am Verhungern«, erklärte Paul. »Wir hatten neununddreißig Mäuler zu stopfen. Immer wieder kam es zu Kämpfen wegen ein paar Spatzen oder einem Igel.«

Rückblickend war es ein Fehler gewesen, sämtliche Chatfield-Familien an einem Ort zu versammeln. Es waren einfach zu viele Menschen, die um das Wenige konkurrierten, was sie von ihrer Basis in der Lodge Road aus auftreiben konnten. Es gab keinen Treibstoff für ihre Fahrzeuge, deswegen mussten sie ihre Streifzüge zu Fuß oder mit dem Fahrrad unternehmen. Ende März war die Situation bedrohlich geworden.

»Wir sollten nach Haver gehen und mit Nigel reden«, schlug Diana eines Abends vor, als die Familie im Gemeinschaftsraum vor dem Feuer saß.

»Und uns erschießen lassen?«, rief Duncan.

Seine Tochter Andrea kam von hinten zu ihm und schlang die Arme um seine Schultern. Sie war groß und gut gebaut, und die langen roten Haare reichten ihr fast bis zum Bauchnabel. »Und wenn schon«, sagte sie aufsässig. »Wenn es so weitergeht, erlebt eh keiner mehr von uns den Sommer.«

»Sie hat recht«, sagte Diana und nickte nachdrücklich. »Wir haben keine andere Wahl. Nigel besitzt Nahrung. Wir wissen, dass er die Verteilzentren auf der Otford Road ausgeraubt hat.«

»Und er hat Wild im Park«, sagte Andrea.

»Falls noch welches übrig ist«, gab Paul zu bedenken. Er sah krank aus, und seine Augen waren tief in den Schädel eingesunken.

»Ich bin sicher, sie haben noch Wild im Park«, beharrte Diana. »Nigels Söhne haben wahrscheinlich jeden erschossen, der es gewagt hat, ein Tier zu wildern.«

»Wie kommst du auf den Gedanken, dass seine Söhne nicht auch auf uns schießen?«, fragte Duncan und zupfte sich am ungekämmten Bart.

»Wir müssen Nigel überzeugen, dass wir lebendig mehr für ihn wert sind als tot«, sagte Diana mühsam beherrscht. »Seine Vorräte werden früher oder später ausgehen. Und dann braucht er Arbeiter, die für Nachschub sorgen.«

Die Debatte währte bis in den späten Abend. Es gab große Sorgen darüber, welchen Empfang Nigel ihnen möglicherweise bereiten würde, doch bis die letzten Funken des Feuers im Kamin erloschen waren, hatten sie sich auf einen Plan geeinigt.

33

Um zehn Uhr am nächsten Morgen verließen neununddreißig Personen die Lodge Road und schleppten sich die anderthalb Kilometer bis nach Haver Park. Das große schmiedeeiserne Tor war versperrt. Am Gitter hing ein Schild: ZUTRITT VERBOTEN! WER DIESEN PARK UNBEFUGT BETRITT, WIRD ERSCHOSSEN. WER ÜBERLEBT, WIRD EIN ZWEITES MAL ERSCHOSSEN! Daneben baumelten zwei stark verweste Leichen.

»Typisch für Nigel und seinen Sinn für Humor«, murmelte Paul in düsterer Vorahnung.

Die Gruppe ignorierte die Warnungen und betrat den Park durch einen Seiteneingang. Adam Dalton führte die Prozession humpelnd an; er schob Tante Margaret in ihrem Rollstuhl vor sich her. Direkt dahinter kamen die übrigen älteren Mitglieder der Gemeinschaft. Die dritte und vierte Generation folgte: junge Erwachsene, Teenager, Kinder und Babys. Sie bewegten sich nur langsam – der Hunger raubte ihnen jegliche Energie.

»Seht nur!«, sagte Andrea und zeigte hinunter ins Tal. Achtunddreißig Augenpaare folgten ihrem ausgestreckten Zeigefinger. Dort, am anderen Endes des Tals, stand unter einer gewaltigen Eiche eine kleine Herde Rotwild.

»Zu schade, dass wir kein Gewehr haben«, klagte Adam. Die Gemeinschaft hatte beschlossen, unbewaffnet nach Haver Park zu ziehen, um jede Provokation zu vermeiden.

Niemand stellte sich ihnen in den Weg. Sie fragten sich bereits, ob Nigel und seine Söhne überhaupt noch lebten. Als sie Haver House erreichten, betraten sie das Anwesen durch den großen Torbogen im West Wing. Ein gesatteltes Pferd, angebunden an eine Venusstatue im verwilderten Lawn Court, verriet ihnen, dass in Haver House zumindest noch eine Person lebte. Niemand hielt sie an, als sie den Lawn Court überquerten, den Cromwell's Tower durchschritten und den Flag Court betraten.

»Rauch!«, sagte Paul plötzlich und zeigte hinauf zu der graugelben Rauchwolke, die aus den Schornsteinen auf dem Dach der Großen Halle stieg. Sie stolperten erschöpft in Richtung der offenen Tür auf der anderen Seite des Flag Court.

Sie fanden die vier Chatfield-Brüder schlafend auf Sofas, die um den riesigen Kamin in der südlichen Wand der Großen Halle zusammengestellt worden waren. Am Boden vor ihnen standen Teller mit halb gegessenen Mahlzeiten und eine Reihe leerer Weinflaschen. Neidvoll starrte die Gemeinschaft auf den offensichtlichen Überfluss und das verschwendete Essen.

Mary-Claire, Pauls fünf Jahre alte Enkeltochter, war pragmatischer als der Rest. Sie rannte zum nächsten Teller und trat in ihrer Hast eine leere Flasche um. Die Flasche riss wie ein fallender Kegel andere Flaschen mit. Der Lärm – zusammen mit der Stampede trappelnder Kinderfüße und weiterer umgestoßener Flaschen – hätte Tote aufwecken können.

Hier jedoch weckte er nur Betrunkene. Verblüfft von der plötzlichen und unerwarteten Störung sprangen die vier Söhne von Nigel Chatfield torkelnd auf und starrten blinzelnd auf das Gewirr sich um Speisereste streitender Gestalten – ein Gewirr, das inzwischen jeden einschloss außer Tante Margaret, die vergessen in ihrem Rollstuhl saß.

»Was macht ihr hier?«, brüllte Damian. »Ihr habt hier nichts zu suchen!«

Doch seine Verwandten waren taub gegen seine Verwünschungen und Flüche. Zu sehr waren sie damit beschäftigt, um die Essensreste zu rangeln.

»Wir sind da«, sagte Tante Margaret entschieden in ihrem Rollstuhl. »Wo ist euer Vater?«

»Schläft seinen Rausch aus. Er hat ziemlich viel getrunken gestern Nacht«, kicherte Jasper.

»Er verträgt das Zeug nicht mehr so gut wie früher. Er ist schließlich nicht mehr der Jüngste«, sagte Damian.

»Nun, wir wollen jedenfalls mit ihm reden«, sagte Tante Margaret. Nicht ein Krumen Essen war noch übrig.

»Er will bestimmt nicht so früh geweckt werden«, lallte Greg, einer der beiden jüngeren Chatfield-Brüder. Er torkelte, während er redete – es war nicht zu übersehen, dass er ebenfalls betrunken war.

»Lasst ihr diese beiden jungen Kerle etwa Alkohol trinken?«

»Sprich nicht in diesem Ton mit mir!«, rief Damian.

»Sie sind unbewaffnet«, flüsterte Duncan seinem Sohn Fergus zu. »Ihre Gewehre stehen hinten neben dem Eingang.«

Während der Streit zwischen Tante Margaret und den älteren Chatfield-Brüdern andauerte, entfernten Duncan und Fergus sich langsam die Halle hinunter zu den Gewehren. Als sie die Hälfte des Weges hinter sich hatten, donnerte ein Schuss, und Putz rieselte auf ihre Köpfe herunter.

Duncan und Fergus blieben stehen und drehten sich um. Jedes Geräusch in der Großen Halle verstummte, und alle sahen in Richtung des Schützen. Im Eingang stand Nigel Chatfield, das Gewehr an die Schulter gelehnt, die Hand am Griff.

»Was habt ihr in meinem Haus zu suchen?«, brüllte er die Gemeinschaft an.

»Wir sind gekommen, weil wir mit dir reden müssen«, sagte Duncan. Er war in der Nacht zuvor zum Sprecher gewählt worden. »Wir wollen keine Scherereien machen – wir sind unbewaffnet.«

Indem Duncan sich als Sprecher zu erkennen gegeben hatte, lenkte er Nigels Aufmerksamkeit darauf, dass er und Fergus sich von den anderen entfernt hatten und mehr oder weniger allein mitten im Saal standen.

Nigel sah an ihnen vorbei und entdeckte die Gewehre seiner Söhne neben dem Eingang auf einem der langen Tische. Er grinste. »Und ihr werdet auch unbewaffnet bleiben«, sagte er und lachte laut. »Jungs, holt eure Gewehre!«, rief er unvermittelt.

Fergus blickte seinen Vater fragend an, doch Duncan schüttelte den Kopf. Nigel würde Fergus mit Sicherheit erschießen, sollte er auch nur einen einzigen weiteren Schritt machen. Die Chatfield-Brüder rissen sich zusammen und hasteten zu ihren Waffen. »Gewehre sind überflüssig«, sagte Duncan, während er langsam zum Rest der Gemeinschaft zurückkehrte. »Wir sind nur hergekommen, um mit dir zu reden.«

»Mag sein, aber ich will nicht mit euch reden. Und jetzt verschwindet aus meinem Park, oder ich erschieße euch wegen unbefugten Betretens.«

»Willst du jeden erschießen?«, fragte Tante Margaret. »Auch die Kinder?«

»Wenn es nötig ist.«

»Wir sind zu schwach zum Gehen«, sagte Margaret bestimmt. »Sieh dir an, wie wir aussehen. Wir verhungern.«

»Wir möchten dir ein paar Vorschläge machen«, fügte Duncan hinzu. »Wir wollen dir helfen.«

»Mir helfen?« Nigel lachte auf. »Ein Pöbel wie ihr? Seht euch doch an! Ihr wollt *mir* helfen? Was sagt ihr dazu, Jungs?«, rief er, wobei er sich zu seinen Söhnen umdrehte. Alle vier lachten.

»Los, erschießen wir sie«, schlug Damian vor und zielte mit dem Gewehr auf Duncan.

Allison trat vor. »Onkel Nigel, wir haben einen Plan«, sagte sie. »Warum setzen sich nicht zwei von unserer Gemeinschaft mit dir zusammen und reden in aller Ruhe über das, was wir dir vorzuschlagen haben, anstatt zu streiten?«

»Wir sollten sie aus dem Park werfen«, sagte Jasper. »Sie sind nur auf unser Essen aus.«

»Wir sollten sie umlegen«, wiederholte Damian.

»Nein, wir sollten uns anhören, was sie zu sagen haben«, erklärte Miles.

Ein paar Sekunden lang hing die Zukunft der Gemeinschaft – und das Leben ihrer Mitglieder – an einem seidenen

Faden. Wenn Nigel sie aus dem Park werfen ließ, würden sie mit großer Wahrscheinlichkeit verhungern. Doch zum Glück für die neununddreißig verlorenen Seelen war Miles der Goldjunge von Nigel.

»Also gut«, sagte Nigel. Die Gelegenheit, seine Verwandten herumzukommandieren – dazu der Wunsch seines Lieblingssohns –, hatten die Oberhand gewonnen. Er warf sich in Pose und fügte selbstherrlich hinzu: »Ihr werdet je einen Vertreter aus jeder Familie für unser Gespräch auswählen. Wir treffen uns im Ballsaal, sobald ich mich fertig gemacht habe. Jasper und Miles, ihr bringt die Repräsentanten der Familien in einer halben Stunde dorthin. Damian und Greg, ihr bleibt hier und bewacht den restlichen Pöbel. Sollten sie Scherereien machen, erschießt sie.« Er wandte sich zum Gehen.

»Wie wäre es mit etwas zu essen?«, rief Tante Margaret ihm hinterher.

»Zu essen?«

»Sieh sie dir an. Sie sind am Verhungern, das kann man nicht übersehen.«

»Das ist nicht mein Problem.«

»Um Himmels willen, sieh dir die kleinen Kinder an, in welchem Zustand sie sind!«

»Also schön«, sagte er herablassend und wandte sich zu Damian. »Gib ihnen ein paar Hundewürste.«

»Oh, Hundewürste! Mein Lieblingsessen!«, rief die kleine Mary-Claire. »Danke, Onkel Nigel, danke!«

Nigel starrte sie ungläubig an. Es konnte doch wohl nicht sein, dass dieses Kind bereits wusste, was Sarkasmus war? Die restliche Gemeinschaft stand in steinernem Schweigen da. Lediglich Tante Margaret war unerschrocken und lächelte Nigel an.

Mark arbeitete auf der Tretmühle, und der Schweiß tropfte ihm von der Stirn. »Wenigstens war Nigel einverstanden, mit euch zu reden«, sagte er.

»Vielleicht wäre es besser gewesen, er wäre nicht einverstanden gewesen«, seufzte Paul.

»Wenn er euch aus dem Park geworfen hätte, hättet ihr überlebt?«

»Nicht alle.«

»Da siehst du. Du hast das Richtige getan.«

»An manchen Tagen habe ich nicht das Gefühl.«

»Die Dinge werden sich bessern, ich verspreche es dir«, sagte Mark. Es erfüllte ihn mit Trauer, seinen Bruder so niedergeschlagen und resigniert zu sehen. »Und jetzt erzähl mir, wie ist euer Treffen mit Nigel verlaufen?«

Paul berichtete, dass jede Familie einen Sprecher für das Treffen mit Nigel ausgewählt hatte. Duncan – als Sprecher der Steed-Familie – blieb weiterhin der Sprecher der gesamten Gemeinschaft. Diana war die Vertreterin der Morgans – sie besaß einen scharfen Verstand, der zu ihren scharfen Gesichtszügen passte, und eine Begabung zum Debattieren, geschärft durch ihre Berufserfahrung als Anwältin. Paul wurde von seiner Familie als Vertreter bestimmt, und Allison sprach für die Daltons.

Während Nigel sich für das Treffen ankleidete, teilten sich die hungernden Mitglieder der Gemeinschaft die fünf Hundewürste, die Damian ihnen gebracht hatte. Nigels vier Söhne aßen ebenfalls. Jeder öffnete eine Dose mit gebackenen Bohnen, die sie kalt verzehrten. Ihre Verwandten beobachteten sie neidvoll. Noch vor gar nicht langer Zeit hatten gebackene Bohnen als eine minderwertige Mahlzeit gegolten, doch auf die hungrigen Mitglieder der Gemeinschaft übten sie die Anziehungskraft eines heißen Brathähnchens aus.

Dianas jüngste Tochter Theresa, eine hübsche junge Frau von achtzehn Jahren, befand sich unter den jüngeren Cousins und Cousinen, die jeden Löffel auf dem Weg von der Dose zum Mund verfolgten. Jasper und Greg beendeten ihre Mahlzeiten und warfen die leeren Dosen in die Flammen. Damian grinste grausam und kippte die Hälfte seiner Bohnen ins Feuer. Die

Kinder beobachteten sehnsüchtig, wie die Bohnen verschmorten. Als seine drei Brüder nicht hinschauten, gab Miles seine Dose verstohlen an Theresa weiter. Sie lächelte ihn an und verschlang hastig die verbliebenen drei Löffel.

Schließlich rief Jasper die Vertreter der Familien auf, ihm und Miles in den Ballsaal zu folgen. Damian – erbost, dass er nicht zu den Verhandlungen hinzugerufen worden war – vertrieb sich die Zeit, indem er mit seinem Gewehr auf jedes Kind zielte, das sich zu weit von seinen Eltern entfernte. Ständig riefen ängstliche Mütter ihren unternehmungslustigen Nachwuchs zu sich zurück.

Der Ballsaal befand sich im ersten Stock. Er war riesig, mit getäfelten Wänden und Kassettendecke. Der große, aus Marmor gehauene Kamin reichte vom Boden bis zur Decke und beherrschte den Saal. Es schien offensichtlich, dass Nigel den Abgesandten der Gemeinschaft vermitteln wollte, wie unbedeutend sie waren.

Paul konnte sehen, dass Nigel die Macht genoss. Hinter einem langen Tisch in der Mitte des Raums standen drei vergoldete Stühle. Vor dem Tisch befanden sich vier einfache Hocker. »Setzt euch!«, sagte Nigel im Befehlston und deutete auf die Hocker. Er selbst hatte bereits auf dem mittleren der vergoldeten Stühle Platz genommen. Jasper und Miles nahmen rechts und links von ihm Platz und legten ihre Gewehre vor sich auf den Tisch.

Paul, Duncan, Diana und Allison waren gezwungen, zu Nigel und seinen Söhnen aufzublicken.

»Ich habe nicht den ganzen Tag Zeit«, begann Nigel schroff. »Was habt ihr mir anzubieten?«

Paul und die beiden Frauen blickten zu Duncan. Er hustete nervös, strich sich das widerspenstige rote Haar glatt und begann mit seiner sorgfältig einstudierten Rede. »Es ist nicht zu übersehen«, sagte er, »dass du einen großen Vorrat an Nahrungsmitteln besitzt …«

»Woher wollt ihr wissen, was ich besitze?« Nigel reckte den Kopf vor und unterbrach Duncan, kaum dass er angefangen hatte.

»Wir wissen, dass du und deine Söhne den bewaffneten Raubüberfall auf das Warenverteilzentrum in der Otford Road durchgeführt haben«, sagte Diana.

»Die Sache ist die«, sagte Duncan und versuchte, den roten Faden seiner Rede wieder aufzunehmen, »dein Vorrat wird nicht für immer reichen.«

»Es ist ein sehr großer Vorrat«, prahlte Nigel.

»Es spielt keine Rolle, wie groß er jetzt ist«, sagte Diana in der Hoffnung, dass Nigel nicht übertrieb. »Früher oder später wird er zur Neige gehen.«

»Dann ziehen wir los und leeren das nächste Zentrum«, sagte Jasper lachend.

»Ihr werdet keins mehr finden«, sagte Duncan. »Jedenfalls keins mehr, das noch Nahrung hätte. Wir haben jedes Geschäft, jedes Lagerhaus und jedes Depot in der Umgebung abgesucht. Es ist nichts mehr übrig. Wenn euer Vorrat zu Ende geht, habt ihr das gleiche Problem wie wir anderen.«

»Wir haben immer noch das Wild im Park!«, prahlte Jasper.

»Hirschragout wird schnell ziemlich eintönig«, sagte Diana.

Nigel schien eine besondere Abneigung gegen Diana zu entwickeln. Vielleicht konnte er nicht umhin, einzuräumen, dass sie schneller dachte als er. »Dann bauen wir eben Gemüse an, du dumme Kuh.«

»Und wer soll das tun? Wer soll das Gemüse ernten, waschen, putzen, kochen und all die andere Arbeit machen, die getan werden muss?«

»Ich habe vier Söhne. Jede Menge Arbeitskraft.«

Diana konnte Jasper ansehen, dass zumindest er nicht erfreut war über die Aussicht, körperlich arbeiten zu müssen. Sie hakte sogleich nach. »Bist du sicher, dass deine Söhne sich für dich abrackern wollen? Im Augenblick läuft alles wunderbar. Ihr holt ein paar Scheite Holz aus dem Schuppen und werft sie ins Feuer, aber genau wie das Essen wird auch das Holz irgendwann zur Neige gehen. Der nächste Winter kommt, und es wartet harte Arbeit auf jemanden, der Bäume fällt, sie zu Brennholz zerhackt und es nach Hause transportiert. Man braucht eine gewaltige Menge Feuerholz, um ein Haus wie dieses warm zu halten. Wie viel habt ihr inzwischen aufgebraucht?«

Nigel antwortete nicht auf ihre Frage. Es war schwierig genug, seine Söhne zu überreden, das Holz zu holen, das die früheren Besitzer des Anwesens sorgfältig im Schuppen aufgestapelt hatten. Es war noch schwieriger, sie dazu zu bringen, wenigstens die grundlegendsten Hausarbeiten zu erledigen. Genau genommen machten sie so gut wie überhaupt nichts. Sie wuschen ihre Kleidung nicht, sondern ersetzten sie einfach durch neue. Der Vorrat an neuen Sachen musste irgendwann aufgefüllt werden, doch anstatt auf Beutezug zu gehen, wechselten Nigels Söhne ihre Kleidung seltener.

»Worauf wir hinauswollen …«, warf Duncan ein und zupfte nervös an seinem roten Bart. »Deine Lebensqualität wird sich beträchtlich verbessern, wenn wir alle uns die Arbeit teilen.«

Nigel wankte unübersehbar. Duncan redete hastig weiter. Er schmeichelte Nigel, um ihn für sein Anliegen zu gewinnen. »Sieh mal, Nigel, du warst Direktor einer großen Organisation. Du weißt, dass alles eine Frage der Wirtschaftlichkeit ist. Wenn wir den Winter überstehen – und das können wir mit deinem Vorrat an Nahrung –, dann haben wir den Frühling, den Sommer und den Herbst, um Getreide anzubauen und zu ernten.«

»Wenn ihr zu viel Wild erlegt, vernichtet ihr die Herde«, sagte Diana. »Wir sind genug Leute, um Käse herzustellen, Brot zu backen, Gemüse anzubauen und eine Farm zu betreiben.«

»Wenn ihr uns nicht vorher die Haare vom Kopf fresst! Wie viele seid ihr überhaupt?«

»Neununddreißig.«

»Neununddreißig!«

»Wir behalten die Frauen und werfen den Rest raus«, schlug Jasper vor.

»Und wer soll all die schweren Arbeiten erledigen?«, fragte Diana ärgerlich. »Du etwa?«

Jasper lachte. »Okay, behalten wir die Erwachsenen und werfen die Kinder raus.«

»Wir brauchen uns gegenseitig«, sagte Allison. »Wir brauchen uns, um zu überleben.«

»Was wollt ihr fünf Kerle die ganze Zeit machen? Mit euch selbst spielen?«, fragte Diana unverblümt und warf verärgert den Kopf in den Nacken. »Früher oder später wollen deine Jungs Frauen, Nigel, und die einzigen Frauen, die sie haben könnten, sind bei uns!«

»Okay, behalten wir die jungen Frauen und werfen den Rest raus«, schlug Jasper vor.

Duncan öffnete den Mund, um seine vorbereitete Liste weiterer Vorzüge aufzuzählen, doch ehe er etwas sagen konnte, kam Diana ihm zuvor. Sie erhob sich. »Ich habe genug von diesem Unsinn!«, sagte sie schroff. »Nigel, du hast immer behauptet, ein schlauer Bursche zu sein – jetzt ist die Gelegenheit, es zu beweisen! Du hast keine Enkelkinder, deine Familie hat also keine Zukunft. Du brauchst uns, wenn deine Familie länger als bis zur nächsten Generation überleben soll. Wenn du eine Chance auf eine nachhaltige Zukunft willst, brauchst du uns genauso, wie wir dich brauchen. Wenn du das nicht einsehen willst, verschwinden wir eben aus Haver House und versuchen unser Glück draußen. Los, kommt, ihr drei!«, befahl sie und stürmte aus dem Saal.

Schockiert von Dianas Ausbruch erhoben sich Paul, Duncan und Allison und folgten ihr kleinlaut nach draußen.

»Ich gebe euch in einer Stunde meine Antwort!«, rief Nigel ihnen hinterher.

Als die Unterhändler in die Große Halle zurückkehrten, hob Damian das Gewehr. »Nun, wie sieht es aus?«, fragte er.

»Darf ich euch erschießen, oder darf ich euch nur aus dem Park eskortieren?«

»Du wirst dich gedulden und abwarten müssen wie wir alle«, sagte Diana herausfordernd. »Die Entscheidungsfinder in deiner Familie tagen noch.«

Damian lief rot wegen Dianas Andeutung, er könnte nicht zu den wichtigen Personen in seiner Familie gehören. Es fehlte nicht viel, und er hätte ihr eine Kugel zwischen die Augen geschossen.

34

Eine Stunde verging, dann eine weitere. Miles löste seine Brüder beim Bewachen der Gemeinschaft ab. Damian war unverkennbar stolz, dass sein Vater ihn zu Beratungen hinzugerufen hatte, und fuhr sich immer wieder mit dem Finger über den Hals, um zu zeigen, dass er für die Exekution der Gemeinschaft stimmen würde.

»Warum haben wir noch nichts von ihnen gehört?«, fragte Paul, nachdem Damian die Halle verlassen hatte. »Warum dauert es so lange, bis sie sich entschieden haben?«

»Sie *haben* sich entschieden«, entgegnete Diana. »Wenn sie uns rauswerfen wollten, hätten sie es längst getan.«

Fünfzehn Minuten später erschien Damian wieder in der Halle und bedrohte sie erneut mit seiner Halsabschneidergeste.

»Ich hab's ja gleich gesagt«, murmelte Paul. Er war der geborene Pessimist.

»Keine Bange«, entgegnete Diana ungeduldig. »Dieses Zeichen dort ist viel aussagekräftiger.« Sie nickte in Richtung von Miles, der ununterbrochen zu ihrer Tochter Theresa starrte.

Dennoch erfuhren sie nichts von Nigels Entscheidung. Am frühen Abend bekamen sie weitere Hundewürste vorgesetzt, diesmal ergänzt mit Hundekuchen, woraus sie schlossen, dass

Nigels Vorräte wohl doch nicht endlos waren. Zum Essen bekamen sie faulig schmeckendes Wasser. In jener Nacht litten alle unter Durchfall.

Sie schliefen auf dem Fußboden der Großen Halle, ständig bewacht von zweien der vier Brüder, die auch ihre zahllosen Toilettengänge kontrollierten. Die Toiletten hatten keine Wasserspülung und stanken. Es gab kein Toilettenpapier.

In der Großen Halle war es bitterkalt. Damian hatte die beiden jungen Daltons Robert und Luke sowie Pauls Sohn Mathew zu sich gerufen und war mit ihnen nach draußen gegangen, um Holz aus dem Schuppen zu holen. Die beiden schmächtig gebauten Daltons wankten unter der schweren Last, und selbst der größere und stärkere Mathew, geschwächt vom Mangel an Nahrung, hatte Mühe, die Scheite zu tragen. Davon abgesehen war Dianas Einschätzung richtig gewesen – der Vorrat an Brennholz war beinahe erschöpft.

Das Feuer brachte der Gemeinschaft nur wenig Besserung. Wenn sie sich dem Kamin zu sehr näherten, wurden sie mit Tritten verjagt. Trotz häufiger Bitten hatte man ihnen keine Decken gegeben. Tante Margaret döste kalt und steif in ihrem Rollstuhl.

Am nächsten Morgen gegen zehn Uhr eskortierten Damian und Jasper die Abgesandten der Gemeinschaft zurück in den Ballsaal.

»Die Sache gefällt mir nicht«, flüsterte Paul seinem Cousin und den Cousinen zu, als sie die breite Treppe hinaufstiegen. »Damian erwartet uns bei seinem Vater.«

»Hör auf, dir Gedanken zu machen«, besänftigte Diana ihn leise. »Die Entscheidung ist längst gefallen. Damian kann nichts mehr daran ändern.«

Sie wurden in den Ballsaal geführt und aufgefordert, auf den Hockern Platz zu nehmen. Jasper und Damian saßen rechts und links von ihrem Vater auf den vergoldeten Stühlen.

»Als Erstes möchte ich eines festhalten«, sagte Nigel mit vor Überheblichkeit triefender Stimme. »Sollte es noch einmal zu einem Ausbruch kommen wie gestern von Diana, ist diese Zusammenkunft auf der Stelle beendet, und ihr werdet aus dem Park geworfen. Habt ihr verstanden?« Er redete zu ihnen, wie er es früher in der Firma oft mit seinen Untergebenen getan hatte.

»Ja«, sagte Paul hastig. Duncan und Allison nickten zustimmend. Diana sagte nichts.

»Es ist mein Haus, und es sind meine Vorräte. Was den Blödsinn von wegen Fortbestand meiner Familie angeht, so könnte ich einfach ein paar junge Frauen auswählen und den Rest von euch erschießen.«

»Ganz genau!«, warf Damian ein.

»Dein Genpool wäre nicht groß genug«, sagte Diana.

»Dann behalten wir eben die beiden jungen Daltons und Mathew«, sagte Damian rasch.

»Ihr braucht jeden«, widersprach Diana.

»Hör auf, immer wieder dazwischenzureden!«, brüllte Nigel. Er war rot angelaufen vor Wut. »Wenn du nicht aufhörst, werfe ich euch alle raus!«

Diana warf die Hände hoch. »Ich meine es doch nur gut. Deine Logik ist fehlerhaft.«

Nigels Gesicht lief noch dunkler an.

»Wenn Diana dich noch einmal unterbricht, werde ich sie als Sprecher unserer Gemeinschaft persönlich des Raumes verweisen«, sagte Duncan rasch.

Diana bedachte ihn mit einem mörderischen Blick. Sie schäumte innerlich vor Empörung angesichts der Behandlung durch ihre beiden männlichen Verwandten. Aus zweien wurden drei, als Paul sie auch noch ansah und den Zeigefinger an die Lippen legte.

Schließlich fuhr Nigel fort: »Ihr habt recht, wir könnten ein paar Frauen für die häuslichen Arbeiten gebrauchen, für das

Abwaschen und Kochen und für ein wenig … sagen wir, Unterhaltung.« Er blickte zu Jasper und zwinkerte. »Aber alle anderen sind Ballast, unnötige Mäuler, die gestopft werden wollen. Wenn ihr also bleiben wollt, müsst ihr euch euren Lebensunterhalt verdienen. Habt ihr kapiert?«

»Haben wir«, sagte Duncan schnell.

»Wir haben unseren eigenen Plan erstellt«, fuhr Nigel fort. »Wir verhandeln nicht darüber. Entweder ihr akzeptiert, oder ihr lasst es. Wenn ihr nach Haver kommen wollt, werdet ihr euch meiner Autorität und meinen Regeln unterwerfen.«

»Welchen Regeln?«, fragte Diana.

Duncan warf ihr einen warnenden Blick zu und sagte rasch: »Wir unterwerfen uns deinen Regeln, Nigel.«

»Gut. Wie ich bereits sagte, ihr müsst euch euren Lebensunterhalt verdienen. Jede Familie wird für eine andere Funktion verantwortlich sein. Die Morgans«, fuhr er mit einem Blick zu Diana fort, »werden die Dienstboten sein.« Das saß tief. Vor der Seuche hatte Diana selbst Dienstboten beschäftigt.

»Dienstboten!«, schnaubte sie verächtlich.

»Ganz recht«, sagte Nigel, der seinen Triumph unübersehbar genoss. Paul hob erneut den Finger an die Lippen und flehte Diana an, nicht zu widersprechen. »Ihr werdet unsere Quartiere säubern. Die restlichen Familien halten ihre Unterkünfte selbst in Ordnung. Ihr werdet darüber hinaus für die gesamte Gemeinschaft kochen und waschen. Und ihr werdet die Toiletten sauber halten, einschließlich der Toiletten für alle.«

Diana hatte sich übergeben, als sie zum ersten Mal mit dem Gestank auf den Toiletten konfrontiert worden war. »Nötig hätten sie es jedenfalls«, sagte sie zornig.

»Ganz recht. Und falls es noch weitere häusliche Tätigkeiten gibt, die dir auffallen, warten sie ebenfalls darauf, dass deine Familie sich um sie kümmert.«

Diana widersprach nicht länger.

»Die Daltons«, fuhr Nigel fort, »werden für Landwirtschaft

zuständig sein. Sie werden die Felder pflügen, das Vieh versorgen und so weiter.« Allison nickte zustimmend. Landwirtschaft klang wesentlich besser als häusliches Dienstpersonal.

»Die Steeds«, sagte Nigel mit einem Blick zu Duncan, »werden unsere Arbeiter und Handwerker sein. Sie werden verantwortlich sein für sämtliche Reparaturen, für die Bevorratung von Wasser und Feuerholz, für Beleuchtung und so weiter.«

Paul hatte als Junge eine Elektrikerlehre gemacht. »Wäre es nicht besser«, schlug er vor, »wir würden einen gemeinsamen Pool von Arbeitskräften bilden und uns spezieller Fähigkeiten bedienen, sollte die Erfordernis entstehen?«

»*Wir* machen die Regeln!«, brüllte Damian.

»Ah, ja«, sagte Nigel, ohne auf Pauls Vorschlag einzugehen. »Die Chatfield-Familie. Oder sollte ich besser sagen, die Grey-Familie?«

»Grey-Familie?«

»Es gibt nur eine Chatfield-Dynastie …«

»Wir gehören alle zur Chatfield-Dynastie!«, unterbrach Diana ihn. »Wir sind alle Nachkommen von Claude und Cora Chatfield.«

Nigel drehte sich zu ihr um. Für einen Moment sah es danach aus, als wollte er sie hinauswerfen, doch dann schien ihm bewusst zu werden, dass er sich damit eines Viertels seines Publikums beraubte; deshalb fuhr er selbstherrlich fort: »Es kann nur eine Chatfield-Familie geben. Von heute an, Paul, werden du, deine Kinder und deine Enkel sich nach der Familie deiner Mutter nennen. Ihr werdet in Zukunft die Greys sein.«

»Aber Paul ist der älteste männliche Nachfahre in der Familie!«, warf Diana ein. »Sein Vater war der älteste Chatfield seiner Generation, und sein Bruder Mark war der älteste unserer Generation. Wenn jemand seinen Namen ablegt, solltet ihr das sein!«

»Ich stimme dir zu, wir sind von heute an die Greys«, sagte

Paul hastig und voller Angst, Dianas erneuter Widerspruch könnte die gesamte Abmachung über den Haufen werfen. »Und was sollen wir Chatfields ... ich meine, wir Greys tun?«

»Ich habe schon immer deinen Garten bewundert, Paul«, erwiderte Nigel in herablassendem Tonfall. »Die Greys werden unsere Gärtner sein. Eure Aufgabe wird darin bestehen, uns alle mit Obst und Gemüse zu versorgen.«

Paul beglückwünschte sich insgeheim. Ein paar Stunden Gartenarbeit jeden Tag – sein größtes Hobby – waren eine angenehme Art, die Zeit totzuschlagen.

»Einverstanden«, sagte er rasch, hauptsächlich, weil er sich nicht vorstellen konnte, dass sie zehn Stunden am Tag würden arbeiten müssen, weil Nigel es von ihm und seinen Angehörigen verlangte.

»Was ist mit dir und deiner Familie?«, fragte Diana. »Welchen Beitrag wollt ihr leisten?«

»Wir übernehmen sämtliche Beutezüge außerhalb des Parks. Außerdem werden wir die Verantwortung für alle Entscheidungen, für Recht und Gesetz und für die Sicherheit übernehmen.«

»Sicherheit? Welche Sicherheit? Es ist niemand mehr am Leben, der uns bedrohen könnte.«

»Innere Sicherheit«, antwortete Jasper. Sein Tonfall war bedrohlich.

»Die wichtigen Entscheidungen bezüglich der Gemeinschaft sollten von einem Komitee gefällt werden, das sämtliche Familien repräsentiert und auf demokratischer Basis beruht«, warf Diana ein.

»Ich habe zu Anfang schon gesagt, dass ich über dieses Angebot nicht verhandle«, drohte Nigel. »Entweder ihr akzeptiert meine Bedingungen, oder ihr verlasst den Park auf der Stelle.«

»Aber man kann doch über alles verhandeln!«, entgegnete Diana trotzig.

Nigel sah aus, als würde er im nächsten Augenblick explodieren.

»Wir nehmen deine Bedingungen an!«, sagte Duncan hastig.

Diana war anderer Ansicht. »Ich nehme sie nicht an«, sagte sie ungerührt. »Ich will verhandeln.«

»Ich wurde zum Sprecher dieser Abordnung gewählt, und ich treffe die Entscheidung«, sagte Duncan verärgert.

Paul bemühte sich, den aufkommenden Streit zu schlichten. »Stimmen wir ab!«, schlug er vor.

»Also schön«, sagte Duncan. »Wer ist dafür?«

Allison und Paul hoben die Hände. Diana schüttelte den Kopf.

»Die Mehrheit«, sagte Duncan. »Nigel, wir akzeptieren deine Bedingungen.«

Er erhob sich und streckte Nigel die Hand entgegen, um die Übereinkunft zu besiegeln. Nigel weigerte sich, Duncans Hand zu ergreifen, womit er klarmachte, dass es keine Gleichheit zwischen den beiden Gruppen gab. Es war ein unheilvolles Vorzeichen. Nervös und kleinlaut fuhr Duncan fort: »Wir brauchen eine Unterkunft.«

»Ihr könnt in den Gebäuden rings um den Lawn Court wohnen. Jede Familie wird ihren eigenen Bereich haben. Jasper und Damian werden sich später darum kümmern. Für den Augenblick dürft ihr zu euren Familien zurückkehren und ihnen erzählen, wie großzügig ich gewesen bin.» Nigel winkte herablassend. Die Audienz war beendet.

Die vier Abgesandten trotteten hintereinander aus dem Saal. Am Fuß der Treppe, sobald sie außer Hörweite von Nigel und seinen Söhnen waren, wandte Diana sich an Duncan.

»Warum hast du das getan?«, fragte sie ihn wütend.

»Was getan?«

»Kapituliert.«

»Ich habe nicht kapituliert! Ich habe unsere Familien vor

dem Verhungern gerettet. Deinetwegen wären wir beinahe alle aus dem Park geworfen worden!«

»Wir hätten eine bessere Abmachung erreichen können!«

»Wie denn? Nigel hat gesagt, dass er nicht bereit ist, zu verhandeln.«

»Selbstverständlich hätte er verhandelt. Er ist kein Dummkopf; er war bereits zu der Einsicht gekommen, dass er uns hier braucht. Er und seine Söhne sind faul und wünschen sich ein behagliches Leben. Dank deiner Kapitulation werden sie es jetzt auch bekommen! Wir alle werden uns für sie abrackern!«

»Jede Familie muss eben ihren Teil dazu beitragen …«

»Schlimmer noch ist«, fuhr Diana mit blitzenden Augen fort, »dass du Nigel die ganze Macht überlassen hast!«

»Ich habe getan, was ich konnte.«

»Es war aber nicht genug! Ich kann dir eins verraten – von heute an werde ich meine ganze Energie darauf verwenden, mich um meine Familie zu kümmern. Ihr andern könnt meinetwegen zum Teufel gehen!«

Sie wandte sich ab und stürmte davon. Es war der Anfang vom Ende jeglicher Kooperation zwischen den Familien – eine Situation, die Nigel und seine Söhne nur zu bald zu ihrem Vorteil ausnutzen sollten.

35

Unter den vier Familien herrschte einmütige Freude, als sie vernahmen, dass sie auf Haver bleiben durften. Miles und Theresa sahen sich an und lächelten, als hätten sie von Anfang an gewusst, wie die Dinge ausgehen würden.

»So«, wandte Jasper sich auf dem Podium in der Großen Halle an die versammelte Gemeinschaft. »Ihr werdet in den Gebäuden wohnen, die an den Lawn Court angrenzen. Euer

Komitee wird mit Damian und mir mitkommen, und wir werden euch die zur Verfügung stehenden Lokalitäten zeigen.

Ihr habt lediglich Zugang zum Lawn Court, Flag Court und zu euren privaten Quartieren. Die Große Halle steht euch nur zu den Mahlzeiten offen. Das Betreten der anderen Gebäude, der anderen Höfe und des Parks ist euch nicht gestattet.«

Duncan, Paul, Diana und Allison trotteten gehorsam hinter den beiden Chatfield-Brüdern her aus der Halle.

Viele Zimmer in den Gebäuden, die den Lawn Court umschlossen, standen leer. Einige jedoch waren bis zum Ausbruch der Seuche bewohnt gewesen, zum Teil vom Personal des Haver Trust, zum Teil von ehemaligen Bediensteten der Familie Saville, die im Ruhestand gelebt hatten. Hauptsächlich handelte es sich um kleine, dunkle Zimmer, die von verwinkelten Gängen und engen Korridoren abzweigten. Die bis zuletzt bewohnten Räumlichkeiten waren zugleich die besten verfügbaren Zimmer, und – zusammen mit dem großen Raum im Erdgeschoss neben dem West Gate, in dem der Souvenirladen des Haver Trust untergebracht gewesen war – die begehrtesten.

»Es ist eure Sache«, sagte Jasper, nachdem er das Komitee durch die Gebäude geführt hatte. »Ihr könnt euch selbst überlegen, welche Familie in welchem Trakt wohnen soll.« Dann zog er sich mit Damian zurück und überließ die vier sich selbst.

Ein hitziger Streit entbrannte. Schließlich sicherte sich Diana mit ihrem Durchsetzungsvermögen die beste Unterkunft für die Morgan-Familie. Allison nahm den zweitbesten Trakt für ihre Familie in Anspruch, indem sie überzeugend darlegte, dass sie für Tante Margaret einen Zugang benötigte, der mit dem Rollstuhl erreichbar war. Sowohl Paul als auch Duncan mochten ihre Tante und widersetzten sich nicht. Sie akzeptierten die kargeren Unterkünfte für ihre jeweiligen Familien.

Obwohl neununddreißig Personen untergebracht werden

mussten, belegten sie längst nicht alle zur Verfügung stehenden Zimmer. Während die übrigen Familien eher beiläufig durch die Gebäude streiften, schickte Diana ihre Leute zu einer systematischen Suche durch sämtliche unbenutzten Zimmer. Ein wütender Disput entbrannte, als Theresa unabsichtlich eins der Zimmer betrat, die die Steeds belegt hatten, und dabei überrascht wurde, wie sie einen Stapel Decken mitnehmen wollte. Daraufhin entwickelte sich eine wilde Jagd nach allen nur halbwegs brauchbaren Dingen in den unbenutzten Zimmern. Einigen Familien mangelte es an fast allem, während andere mehr hatten, als sie brauchten.

In den ersten paar Tagen nach Ankunft ihrer Verwandten trugen die Chatfield-Brüder ihre Gewehre, doch bald wurde deutlich, dass niemand daran dachte, sie herauszufordern, und so tauschten sie die Gewehre gegen Pistolen, die sie auch nur dann noch zogen, wenn sie sich bedroht fühlten.

Die Brüder übten ihre Macht stattdessen aus, indem sie die Herausgabe der Lebensmittel kontrollierten. Die Vorräte lagerten in Scheunen um den Stable Court herum, und niemand außer den Chatfields durfte den Hof und die Scheunen betreten. Jeden Tag brachten die Brüder Schubkarren voll neuer Nahrungsmittel zur Küche. Diana und Susan erstellten Listen mit den benötigten Zutaten, doch die gelieferten Mengen waren stets geringer als die angeforderten, und vieles kam gar nicht erst bei ihnen an.

Zu den Essenszeiten gab es jeweils zwei verschiedene Mahlzeiten – eine üppige für die Chatfields, die sie in ihren Privatgemächern einnahmen, und eine zweite, schlichtere für die restliche Gemeinschaft, die in der Großen Halle serviert wurde. Darüber hinaus schafften Diana und Susan regelmäßig einen kleinen Teil der für die Chatfields bestimmten Speisen beiseite, die des Nachts heimlich in den Quartieren der Morgans verzehrt wurden.

Trotz alledem, trotz der gelegentlichen Auseinandersetzungen zwischen den Familien und trotz der mageren Rationen, die die Chatfield-Brüder ihnen zur Verfügung stellten, funktionierte das Zusammenleben der Gemeinschaft anfangs gut.

Jede Familie widmete sich mit Begeisterung der ihr zugewiesenen Aufgabe. Selbst die Chatfield-Brüder trugen ihren Teil bei und durchstreiften das Land mit vierrädrigen Karren auf der Suche nach Dingen, die die Gemeinschaft benötigte. Die Brüder hatten einigen Erfolg; sie entdeckten verstreutes Vieh, das versteckt auf abseits gelegenen Koppeln seine Besitzer überlebt hatte. Insgesamt fanden die Brüder acht Kühe, vier Pferde, einen Bullen, fünfundzwanzig Schafe, zwanzig Schweine und eine ganze Reihe Hühner, Gänse und Enten, die sie allesamt nach Haver brachten.

Paul und seine Familie machten sich an die Planung der Gärten. Sie zogen Zäune um die ehemaligen Picknick-Flächen vor dem West Gate und bereiteten den Boden zum Bepflanzen vor. Die Gärten innerhalb der Mauern hatten bessere Böden, doch Nigel hatte beschlossen, den Rasen und die Blumenbeete zu seinem und dem Vergnügen seiner Familie zu behalten. Nicht nur, dass der ausgezeichnete Boden verloren war, Paul und seine Familie mussten nun auch noch zwei Tage die Woche darauf verschwenden, Nigels Rasen und Blumenbeete zu pflegen.

Die Daltons machten sich daran, das Tal zu pflügen, um dort Weizen und anderes Getreide anzubauen. Zuerst hatten sie keine Pferde, sodass die ganze Familie, einschließlich der Kinder, vor den Pflug gespannt wurde, den sie über die Hänge des Tals zog. Es war eine mörderisch schwere Arbeit, doch sie beschwerten sich kaum einmal. Schließlich diente ihre Arbeit dem Wohl der Allgemeinheit.

Alle gaben ihr Bestes. Wie Paul sammelten auch die Daltons Flugsaat ein, die sie im Frühjahr auf den Feldern in der näheren Umgebung fanden. Die Daltons kümmerten sich auch um die Tiere, die von den Chatfield-Brüdern aufgestöbert und in den

Park zurückgebracht wurden. Sie molken die Kühe und hüteten die wachsende Schafherde.

Unterdessen begann die Steed-Familie, undichte Stellen im Haus zu reparieren und zerbrochene Fenster zu ersetzen. Sie hatten nur wenig handwerkliches Geschick, und die Ergebnisse ihrer Arbeit waren schlecht. Einen großen Teil ihrer Zeit verbrachten sie mit der Suche nach Feuerholz und dem Transport zum Holzschuppen. Das alte Kühlhaus wurde wieder in Betrieb genommen, und sie verbrachten viele Stunden damit, auf dem See in der Nähe Eisblöcke zurechtzuschneiden und nach Hause zu transportieren. Es war eine anstrengende und kalte Arbeit.

Die unangenehmste Bürde der Steeds war jedoch die Verantwortung für die Wasserversorgung im Haus. Es gab keine Elektrizität, um das Wasser nach oben in die Vorratstanks zu pumpen, und so schleppten mehrere Familienangehörige jeden Tag stundenlang Wasser in Eimern aus den Zisternen unter dem Flag Court zu den zahlreichen Tanks überall im Gebäude.

Die Chatfields bestanden auf fließendem Wasser. Deshalb dauerte es auch nicht lange, bis Duncan ein mechanisches System ersann, um Wasser aus den Zisternen in die Tanks zu pumpen.

36

»Das alles hört sich gar nicht schlecht an«, sagte Mark, als er der Geschichte lauschte, die sein Bruder ihm erzählte. »Schön und gut, es gab gelegentlich Streit unter den Familien, aber alle haben ihren Beitrag für die Gemeinschaft geleistet. Wann kam es denn zu Schwierigkeiten?«

»Schon gegen Ende Mai liefen die Dinge aus dem Ruder«, antwortete Paul in ernstem Tonfall.

Mitte Mai waren die Felder gepflügt und die Gärten umgegraben, doch es gab noch nichts zum Ernten. Die täglichen

Rationen aus den Vorratsschuppen wurden immer karger, und die Zusammenstellung der Mahlzeiten immer seltsamer. Die Chatfield-Brüder akzeptierten keine Listen mehr von Diana und Susan. Stattdessen wurde den Schwestern gesagt, sie müssten mit dem klarkommen, was man ihnen brachte. Nagender Hunger kehrte zurück, zusammen mit bösem Blut und Unzufriedenheit.

Nigel hatte verfügt, dass die beschränkten Bestände an Wild, insgesamt wohl nicht mehr als hundert Stück, in Ruhe gelassen werden sollten, damit sie sich ungestört vermehren konnten. Trotzdem wurde jede Woche wenigstens ein Hirsch für die Tafel der Chatfields geschossen. Schließlich wurde selbst die Menge an Lebensmitteln für die Mahlzeiten der Chatfields so mager, dass Diana nicht mehr heimlich etwas für ihre Familie abzweigen konnte.

»Wie viele Vorräte sind noch da?«, fragte Diana an Damian gewandt, als die Rationen den dritten Tag in Folge gekürzt wurden.

»Das geht dich überhaupt nichts an«, sagte Damian unwirsch und marschierte davon.

Am nächsten Tag brachte er nur eine halbe Schubkarre mit Vorräten zur Küche.

»Wo ist der Rest?«, fragte Diana.

»Mehr bekommst du nicht.« Er kippte den Inhalt der Schubkarre auf den Boden und entfernte sich mit dem leeren Gefährt.

»Das reicht nicht fürs Frühstück, geschweige denn für den restlichen Tag!«, rief sie ihm hinterher. »Bring mir mehr Vorräte, oder ich sage es deinem Vater!«

»Wag es ja nicht, mir zu drohen!« Er ließ die Griffe der Schubkarre los, riss die Pistole aus dem Halfter und wirbelte zu ihr herum.

Duncan, der die Wassertanks in der Küche nachgefüllt hatte, kam aufgeregt herbei. »Was ist passiert?«

»Das ist alles an Lebensmitteln, was er uns für den ganzen Tag gebracht hat!«, beschwerte sich Diana. »Wie soll ich davon alle satt bekommen?«

»Das reicht nicht«, pflichtete Duncan ihr bei, wobei er das Sammelsurium an Dosen vom Boden aufhob und die Etiketten inspizierte.

»Los, geh mehr holen!«, verlangte Diana.

»Es gibt nicht mehr«, schnarrte Damian. »Die Lager sind leer.«

Diana bereitete eine Mahlzeit aus den wenigen Dingen vor, die Damian ihr gebracht hatte – eine dünne Suppe aus allem Möglichen, von Roter Beete bis Fruchtsalat. Beim Frühstück breitete sich die Nachricht wie ein Lauffeuer aus, dass die Vorräte zu Ende waren.

»Das war's dann also«, sagte Fergus. »Kein Essen, keine Arbeit.«

Überall in der Großen Halle wurde gemurrt. Die Teenager waren die lautesten von allen. Greg, der hinter dem Gitter oben auf der Minstrel Gallery gesessen und Wache geschoben hatte, stahl sich davon, um seinem Vater Bericht zu erstatten.

»Warum hast du uns nicht früher gesagt, dass die Vorratskammern leer sind!«, rief Adam über die Tafel hinweg Diana zu.

»Weil ich es nicht wusste!«, rief sie zurück und sprang auf.

»Du hättest es aber wissen müssen!«, brüllte Adam. »Du bist die Köchin!«

»Wenn einige von euch Kerlen genug Mumm gehabt hätten, in die Vorratskammern zu schauen, hätten wir vielleicht gewusst, wie viele Vorräte es gibt.«

»Hört zu«, sagte Duncan und erhob sich. »Sich zu streiten bringt überhaupt nichts. Wir müssen in Ruhe über das Problem reden und überlegen, was wir am besten tun.«

»Was ihr am besten tut? Was soll das heißen?«, tobte eine Stimme oben auf der Minstrel Gallery. Alle blickten nach oben und sahen Nigel zusammen mit seinen vier Söhnen. »Ihr werdet genau das tun, was man euch sagt. Und jetzt setzt euch wieder!«

Duncan war für einen Moment unschlüssig, doch angesichts der fünf Gewehre, die in seine Richtung zielten, gehorchte er schließlich.

Diana blieb stehen. »Sind noch Vorräte da oder nicht?«, fragte sie.

»Ich glaube, es gibt keine mehr«, räumte Nigel ein.

»Du glaubst? Mit anderen Worten, du hast die Situation nicht im Auge behalten! Du hast die Dinge deinen Idioten von Söhnen überlassen!«

Ein Schuss peitschte, und der Teller vor Diana zerplatzte.

»Lass dir das eine Warnung sein!«, brüllte Damian. »Beim nächsten Mal ziele ich nicht auf den Teller!«

Zitternd setzte Diana sich hin.

»Was soll denn jetzt werden, Nigel?«, fragte Allison in versöhnlicherem Tonfall. »Wir hatten uns einverstanden erklärt, für dich zu arbeiten, unter der Voraussetzung, dass du uns mit deinen Vorräten über den Winter bringst.«

»Wir können genauso gut verschwinden«, murmelte Fergus.

»Niemand wird irgendwohin gehen, ohne dass ich es sage!«, brüllte Nigel.

»Nigels Vorräte haben uns bis jetzt über Wasser gehalten, und dafür sollten wir ihm dankbar sein!«, sagte Paul, wobei er Allisons versöhnlichem Beispiel folgte. »Bald gibt es die ersten Früchte, das erste Gemüse und Getreide von den Feldern. Wir brauchen nichts weiter als ein bisschen Nahrung, um so lange durchzuhalten, bis die Gärten und Felder ihre Erträge abwerfen.«

»Das Wild im Park!«, schlug Fergus vor. »Und das Vieh in den Ställen.«

»Was glaubst du eigentlich, wer du bist?«, schnaubte Nigel von der Minstrel Gallery herab. »Es ist *mein* Wild und *mein* Vieh! Niemand rührt es an!«

»Nigel hat recht«, sagte Paul und erhob sich. »Das Wild und das Vieh müssen geschützt werden. Wir brauchen es für die Zucht.«

Anstatt Pauls Unterstützung willkommen zu heißen, steigerte Nigel sich noch mehr in Rage. »Setz dich hin!«, brüllte er. Er hatte immer noch die Gewehre, doch es war offensichtlich, dass die eigentliche Macht in seiner Kontrolle über die Vorräte gelegen hatte.

Dann, als alles zu Ende zu gehen schien, kam Tante Margaret ihnen allen zu Hilfe – und gab Nigel die Macht zurück.

»Kaninchen«, sagte sie in die lastende Stille hinein.

»Kaninchen?«, tobte Nigel. »Was redest du für einen Unsinn?«

»Kaninchen«, wiederholte Margaret. »Ich habe Kaninchen gesehen, abends und am frühen Morgen. Sie weiden überall. Sie sind eine richtige Plage dieses Jahr.«

»Also haben Kaninchen euch gerettet?«, fragte Mark seinen Bruder.

»Genau. Weil es nur wenig Wild gab, das um das Gras konkurrieren konnte, war die Kaninchenpopulation förmlich explodiert. Unsere Ernährungsprobleme waren damit gelöst. Später räumte Nigel sogar ein, dass es sinnvoll wäre, wenn ich außerhalb des Parks nach Saatgut suchte. Während einem dieser Streifzüge gelang es mir, die Nachricht zu hinterlassen, die du später in siebenundvierzig Doning Hill Rise gefunden hast.«

»Du sagst, eure Ernährungsprobleme waren gelöst. Heißt das, dass es in anderer Hinsicht schlimmer wurde?«

»Das kannst du laut sagen.« Ehe Paul sich weiter äußern konnte, traf Bridget ein, um ihre Schicht auf der Tretmühle zu übernehmen. »Wir reden morgen weiter«, versprach er seinem Bruder. »Jetzt müssen wir beide dringend schlafen.«

Mark blickte auf die Uhr. Es war bereits zwei Uhr morgens. Genau wie Paul blieben auch ihm nur noch vier Stunden Schlaf. Er legte sich in der Ecke des Bestrafungsraums auf die Matratze, zog sich die Decke über den Kopf und war Sekunden später eingeschlafen. Er schlief tief und fest. Er hörte nicht, wie Cheryl kam und Bridget ablöste oder wie die Kinder kamen, um Cheryl von vier bis um sechs abzulösen.

Als Mark um Viertel vor sechs wach wurde, sah er das Gesicht eines kleinen Mädchens, das neugierig auf ihn hinunterblickte.

»Ich bin Mary-Claire«, sagte das Mädchen. Sie war ein stämmiges kleines Ding mit dunklen, kurz geschnittenen Haaren und pausbäckigem Gesicht.

»Hallo, Mary-Claire«, sagte Mark. »Als ich dich das letzte Mal gesehen habe, warst du noch ein Baby.«

»Sie ist immer noch ein Baby!«, rief eine zweite kindliche Stimme. Mark sah zur Tretmühle; zwei kleine Jungen marschierten nebeneinander auf der Trommel.

»Hallo, Onkel Mark!«, rief einer der Jungen.

»Hallo Ruben, hallo Harry!«, antwortete Mark, als er seine Neffen erkannte. »Ihr seid beide ein ganzes Stück gewachsen, seit ich euch das letzte Mal gesehen habe.«

»Ich bin schon fünf!«, verkündete Mary-Claire stolz. »Und du schnarchst.«

»Wirklich?«

»Onkel Steven schnarcht nicht. Er ist zu krank zum Schnarchen.«

»Was meinst du damit, er ist zu krank?«

»Damian und Jasper haben ihn zusammengeschlagen«, sagte Harry.

»Sie haben uns gesagt, dass wir nicht darüber reden dürfen!«, tadelte Ruben seinen älteren Bruder.

»Bringt mich zu Onkel Steven, sofort!«, befahl Mark seiner Nichte. Er sprang auf und rannte zur Tür.

Mary-Claire zögerte. Ehe Mark die Sache vertiefen konnte, öffnete sich die Tür, und Paul kam herein. Er war blass, unausgeschlafen und ungekämmt.

»Was ist mit Steven passiert?«, fragte Mark wütend.

»Es gab eine Schlägerei«, räumte Paul mit einem tadelnden Blick zu seinen Enkelkindern ein. »Aber mach dir keine Sorgen, er kommt wieder auf die Beine.« Sein Kopf zuckte und verriet die Lüge.

»Ich will ihn sehen!«, sagte Mark und rannte zur Tür hinaus.

»Komm zurück!«, rief Paul ihm hinterher. »Wenn sie dich da draußen erwischen, solange deine Strafe noch nicht abgearbeitet ist, wirst du gebrandmarkt. Und was noch schlimmer ist, vielleicht brandmarken sie Steven ein zweites Mal.«

»Ich will ihn sehen. Auf der Stelle!«

»So hör doch! Komm wieder rein, bitte. Du willst bestimmt nicht, dass Steven ein zweites Mal gebrandmarkt wird!« Mark rührte sich nicht. »Bitte, komm rein«, bettelte Paul. »Ich hab dir gesagt, er kommt wieder in Ordnung. Bridget und Cheryl bringen ihn her, wenn sie zum Frühstück gehen, dann siehst du ihn.«

Zögernd kehrte Mark in den Raum zurück.

»Danke«, sagte Paul. »Wenn du die Kinder auf der Tretmühle ablöst, erzähle ich dir mehr über das Regime des Brandmarkens.«

»Also gut. Was ist passiert?«, fragte Mark, sobald die Kinder außer Hörweite waren.

»Soweit ich in Erfahrung bringen konnte, haben Jasper und Damian ihn gestern Abend von hinten niedergeschlagen, als er von der Großen Halle zum Bestrafungsraum geführt wurde.«

»Dann ist es schon gestern Abend passiert?«

»Ja«, gestand Paul dümmlich.

»Und du hast es mir mit keinem Wort erzählt!«

»Es war zu deinem Besten! Gott weiß, was du getan hättest, wenn du ihn gestern Abend gesehen hättest!«

»Ist es so schlimm?«

»Nicht so schlimm, wie es aussieht. Allison hat ihn untersucht – Prellungen, Platzwunden und zwei gebrochene Rippen.«

»Gebrochene Rippen!«

»Er wird wieder gesund. Übrigens, es muss unter uns bleiben, dass Allison da war und Steven untersucht hat!«

»Warum?«

»Wenn Nigel davon erfährt, schlägt er sie.«

»Was geht in diesem Irrenhaus vor?«, schäumte Mark. Er war erschöpft und kämpfte wenig erfolgreich darum, sich in der fremden Welt zurechtzufinden, in die er gegen seinen Willen geraten war.

»Ich komme heute Abend wieder und erzähl dir den Rest, aber jetzt muss ich dir erst die Regeln für das Brandmarken erklären, ehe Steven hergebracht wird und bevor du dich oder ihn in weitere Schwierigkeiten bringst.«

»Was ist das für ein Unsinn mit diesem Brandmarken?«

»Es ist kein Unsinn, es ist bitterer Ernst. Wenn du dreimal gebrandmarkt worden bist, wirst du exekutiert.«

»Auf wessen Befehl?«

»Nigels natürlich.«

»Das würde er nicht wagen!«

»Er hat es bereits getan.« Die Worte kamen leise und zögernd über Pauls Lippen. Mark dämmerte die schreckliche Wahrheit.

»Mathew?«

Paul nickte.

»Oh, Paul. Das tut mir unendlich leid«, sagte Mark, während er zu begreifen versuchte, was er gerade erfahren hatte.

»Ich will nicht, dass mit Steven das Gleiche passiert. Deswegen habe ich dir gestern Abend nichts erzählt, und das ist auch der Grund, weshalb du dir nichts anmerken lassen darfst, egal wie wütend du bist, wenn du ihn siehst. Wenn du das nicht schaffst und gebrandmarkt wirst, bleiben dir du nur noch zwei weitere Male. Schlimmer noch, wenn Steven sich einmischt, wird er schon zum zweiten Mal gebrandmarkt. Dann kann er sich keinen Fehler mehr leisten, sonst war es das.«

Mark schwieg, während er versuchte, die Ungeheuerlichkeit dessen zu begreifen, was er gehört hatte. Er fragte sich, was Mathew angestellt hatte, beschloss aber fürs Erste, nicht danach zu fragen.

»Wofür wird man gebrandmarkt?«, fragte er stattdessen.

»Was immer Nigel gerade ärgert. Ihn oder einen seiner Söhne zu schlagen, wie Steven es gestern Abend getan hat, bringt dir garantiert ein heißes Eisen ein. Den Park unerlaubt zu verlassen. Die Chatfield-Familie zu bestehlen oder zuzulassen, dass die Tretmühle stehen bleibt, und sei es nur für eine Sekunde.«

»Woher wissen sie, ob die Tretmühle stoppt?«

»Ich weiß es nicht, aber irgendwie merken sie es. Cheryl hat es mal so weit kommen lassen. Sie war so müde, dass sie sich hingelegt hat und eingeschlafen ist. Es dauerte nur Minuten, bis Damian in den Raum gestürmt kam. Sie wurde angeklagt wegen Pflichtverletzung, für schuldig befunden und gebrandmarkt. Und sie ist nicht die Einzige. Irgendwie merken die Chatfields sofort, wenn die Tretmühle stehen bleibt.«

»Das ist unglaublich!« Mark schüttelte den Kopf.

»Oh, und unerlaubter Sex ist ein weiteres Vergehen, das dir ein Brandmal einbringt.«

»Unerlaubter Sex?«

»Sämtliche Verbindungen müssen von Nigel genehmigt werden. Er besteht darauf, die Frauen zu entjungfern. Alles Teil der Tradition, wenn man ein Lord ist.«

»Es ist nicht zu fassen!«, sagte Mark. »Wie habt ihr euch in diese Situation gebracht?«

Paul spähte nach draußen und sah, wie Cheryl und Bridget Steven auf einer Trage um den Lawn Court herum nach Cromwell's Tower brachten. »Das verstehst du nicht«, sagte er.

»Da hast du verdammt recht! Das verstehe ich nicht.«

Paul sprach langsam und mit viel Bedacht. »Steven wird bald hier sein. Vergiss nicht, du darfst dich unter keinen Umständen in eine weitere Auseinandersetzung reißen lassen, egal wie wütend du bist. Falls Steven ein weiteres Mal gebrandmarkt wird, schwebt er in großer Gefahr.«

»In Ordnung.«

»Du musst dein Temperament im Zaum halten.«

»Ja.«

»Und vergiss nicht – die Tretmühle muss pausenlos laufen. Wenn sie stehen bleibt, wirst du gebrandmarkt.«

»Schon gut!«, sagte Mark verärgert und mit erhobener Stimme. »Ich hab's kapiert!«

Doch trotz Pauls Warnungen war Mark nicht auf das vorbereitet, was er mit einem Blick über die Schulter sah, als Bridget und Cheryl seinen Sohn auf der Trage in den Bestrafungsraum brachten. Er hatte nicht mit einer Trage gerechnet, und schon gar nicht mit dem Anblick, den das Gesicht seines Sohnes bot. Zum Glück hatte Paul Marks Reaktion erwartet, und als sein Bruder von der Tretmühle sprang, stieg er hastig auf.

Steven sah furchtbar aus. Wütend und besorgt beugte Mark sich über seinen Sohn, der ihn durch einen Schlitz des rechten Auges anschaute; das linke war immer noch zugeschwollen.

»Mir fehlt nichts …«, sagte er durch farblose, geschwollene Lippen.

»Du siehst nicht so aus.«

»Allison hat ihn untersucht, er kommt wieder in Ordnung«, versicherte Paul ihm ein weiteres Mal. »Wenn du jetzt bitte wieder herkommen und auf die Tretmühle steigen würdest …?«

»Ich verspreche dir eins – dafür werden diese beiden Mistkerle bezahlen.« Mark atmete schwer, als er sich aufrichtete.

»Meinetwegen«, sagte Paul. »Ich verstehe, wie du dich fühlst. Allerdings solltest du auf eine geeignete Gelegenheit warten. Vergiss nicht, was immer auch geschieht: Die Tretmühle darf nicht stehen bleiben.«

37

Bis Paul sein Abendessen zu sich genommen hatte und in den Bestrafungsraum zurückgekehrt war, um Mark abzulösen, war Steven schon wieder imstande, das Gesicht zu einem Ausdruck zu verziehen, der entfernt an ein Lächeln erinnerte. »Ihr solltet den anderen Kerl sehen«, murmelte er.

Es war bloß zur Schau gestellte Tapferkeit, doch Stevens Sinn für Humor munterte alle ein wenig auf, insbesondere Mark.

»Keine Sorge, mein Sohn«, sagte er. »Sie werden dafür bezahlen. Aber zuerst müssen wir herausfinden, womit wir es hier zu tun haben.«

Paul stieg auf die Tretmühle und setzte seinen Bericht über die Ereignisse fort, die zum gegenwärtigen Zustand in Haver House geführt hatten.

Tante Margarets Kaninchen hatten das Überleben der Gemeinschaft ermöglicht, doch sie hatten zugleich die Autorität der Chatfields gefestigt. Sie allein verfügten über die Feuerwaffen, die zur Jagd auf die Tiere erforderlich waren.

Doch als der Sommer kam und die Gärten und Felder Erträge lieferten, drohte Nigels Macht über die Gemeinschaft erneut zu schwinden. Der Überfluss an Nahrungsmitteln führte zu Spekulationen, dass man neue Gemeinschaften gründen könne, weit weg von Haver Park. Auf mysteriöse Weise kamen Damian die Gerüchte zu Ohren, und er erstattete seinem Vater Meldung.

Wenn das Leben sich für die Morgans, Daltons, Steeds und Greys ein wenig verbessert hatte, galt das erst recht und in nahezu dramatischem Ausmaß für die Chatfield-Familie. Sie wohnten in Prunkgemächern und wurden von Dienern hofiert, ähnlich den Generationen früherer Besitzer des riesigen Anwesens.

Es gab drei große Suiten in den Prunkräumen von Haver

House; jede besaß eine Galerie, die groß genug war, um darin Kricket zu spielen. Am Ende der Galerie gab es jeweils ein oder mehrere große Schlafzimmer, an die sich kleinere Räume wie begehbare Kleiderschränke oder Toiletten anschlossen. Greg und Miles teilten sich die Warwick Gallery mit dem Schlafzimmer des italienischen Gesandten und dem zugehörigen Ankleidezimmer. Die Galerie enthielt eine Sammlung von Möbelstücken aus dem siebzehnten Jahrhundert, die vor der Pandemie von unschätzbarem Wert gewesen war. An den Wänden reihten sich die Porträts britischer Könige und Königinnen.

Miles hatte das Schlafzimmer des italienischen Gesandten bekommen (benannt nach dem Gesandten am Hof von König James I., der einst hier gewohnt hatte). Das riesige vergoldete Himmelbett mit seinen Samtvorhängen war Miles' ganzer Stolz.

Sein Bruder Greg fühlte sich benachteiligt, was die Vergabe der Zimmer anging. Er hatte das weitaus weniger prachtvolle Ankleidezimmer des Gesandten erhalten, in dem ein einfaches Himmelbett aufgestellt worden war. Seine Enttäuschung wurde ein wenig gemildert durch den Billardtisch aus dem siebzehnten Jahrhundert und das riesige Gemälde, beides direkt vor seinem Zimmer. Greg liebte sowohl den Tisch als auch die üppigen Nackten auf dem Meisterwerk von Tizian.

Jasper und Damian teilten sich die Crimson Gallery. Porträts des britischen Adels blickten von den Wänden auf sie herab. Am Ende der Galerie, zur linken Seite, lag das Pailletten-Zimmer, das zweitgrößte Schlafgemach im Haus, das Jasper zugesprochen bekommen hatte. Sein Name rührte von den paillettierten Satinvorhängen vor dem Himmelbett her, das den Raum beherrschte.

Damian musste sich mit Lady Beatrice Grenvilles Schlafzimmer »begnügen«, einem kleineren, weniger prachtvollen Raum, benannt nach einer Edelfrau, die im achtzehnten Jahrhundert darin gewohnt hatte. Doch Damian wurde für diese Benachteiligung mehr als entschädigt durch sein exklusives Recht an einem zusätzlichen Raum hinter dem Schlafzimmer. Dieser Raum war Lady Beatrice' Ankleidezimmer gewesen. Damian hielt die Tür zu diesem Raum ständig verschlossen.

Das prachtvollste Schlafzimmer im gesamten Haus trug den angemessenen Namen King's Room. Das »Königszimmer« lag am Ende der Turner Gallery. Abgesehen von dem unvermeidlichen Himmelbett mit den prächtigen Behängen aus goldenem und silbernem Gewebe erstrahlte der King's Room im Glanz zahlloser silberner Artefakte einschließlich eines hohen Spiegels. Dies alles wurde beherrscht von einem reich verzierten Tisch aus massivem Silber. Einst hatte König Heinrich VIII. in diesem Raum gewohnt. Heute lebte hier Nigel Chatfield.

Der Haver Trust hatte das Mobiliar in den Prunkzimmern zu schützen versucht, indem er schwere Filter-Jalousien vor sämtliche Fenster hatte hängen lassen. Nigel und seine Söhne hatten die Jalousien heruntergerissen und die Vorhänge aufgezogen, um Licht ins Innere zu lassen. Die Chatfields konnten die unbezahlbaren Schätze in all ihrer Pracht genießen, obwohl viele wegen des Lichts nur noch wenige Jahrzehnte überleben würden.

Damit einige privilegierte Personen – genau wie in den alten Zeiten – die gesamte luxuriöse Pracht von Haver House genießen konnte, bedurfte es einer kleinen Armee von Bediensteten. Mit dem Ergebnis, dass die Morgan-Frauen Tag für Tag viele Stunden damit verbrachten, die Prunkgemächer zu reinigen und aufzuräumen und die Wünsche und Gelüste Nigels und seiner Söhne zu erfüllen. Gärtner, Landarbeiter, Handwerker und Gehilfen leisteten die übrigen Dienste, die ein so großes Anwesen erforderte.

Nigel hatte noch nie so gut gelebt, und er hatte noch nie so viel Macht besessen. Er führte das Leben eines Königs, und er würde nicht zulassen, dass jemand dieses Leben bedrohte. Während die Steeds und die anderen Familien bis tief in die Nacht diskutierten und debattierten, ob sie Haver House verlassen sollten, führte die Chatfield-Familie ihre eigenen Diskussionen.

Nigel war nicht sonderlich nervös wegen der Möglichkeit, dass die anderen Familien gehen könnten. Er hatte die Jahreszeiten auf seiner Seite. Bis die Familien begriffen hatten, dass ein Überleben außerhalb von Haver möglich war, war das Jahr zu weit fortgeschritten, um noch wegzugehen. Sie waren im Winter zuvor beinahe verhungert, und sie wussten, dass der Versuch, Haver House im Herbst zu verlassen, einem Selbstmord gleichkam. Nigel blieb also mindestens bis zum nächsten Frühjahr Zeit, das Problem zu lösen.

Die meisten Mitglieder der Gemeinschaft träumten bloß davon, Haver Park zu verlassen. Andere, wie die Steeds, schmiedeten insgeheim dahingehende Pläne. Unterdessen ging das Leben weiter.

Ein paar Monate lang hatte Duncan darum gebeten, man möge ihm erlauben, den Wassertransport aus den Zisternen unter dem Flag Court zu den oberen Wasserkästen in Cromwell's Tower zu mechanisieren. Nigel hatte die Genehmigung bislang entschieden verweigert. Anfang September jedoch änderte er abrupt seine Meinung und ordnete an, Duncan möge Pläne von seinem Vorhaben zeichnen.

Ende September genehmigte er den Bau einer Tretmühle und eines Systems von Ledereimern an einem Band, um das Wasser nach oben zu transportieren. Duncans bevorzugter Lösungsansatz war der Antrieb durch eine Windmühle. Nigel bestand jedoch darauf, dass zuerst eine Tretmühle gebaut wurde und wies darauf hin, dass sie zu einem späteren Zeitpunkt durch Hinzufügen von Segeln problemlos erweitert werden konnte, sollte sich das Prinzip als erfolgreich erweisen.

Zögernd erklärte Duncan sich einverstanden. Alles war besser, als weiterhin Eimer um Eimer Wasser die Treppen hinauf zu den Vorratstanks zu schleppen. Das System, das Duncan ersonnen hatte, war ein manueller Betrieb der Tretmühle, doch Duncans Berechnungen zeigten auch, dass die erforderliche Wassermenge mit zwei Stunden täglicher Arbeit gefördert werden konnte.

Zur Abwechslung erwiesen die Chatfield-Brüder sich tatsächlich als kooperativ. Rasch beschafften sie jedes angeforderte Material und jedes Werkzeug. Das entscheidende Bauteil der Konstruktion war eine große Holztrommel. Die Steed-Familie verfügte nicht über die Fähigkeiten, selbst eine solche Trommel zu bauen, doch man fand bald eine große Trommel von der Art, auf der früher Kabel aufgerollt gewesen war. Zahlreiche Familienangehörige halfen eifrig dabei, die Trommel durch Sevenoaks zu rollen, die Hauptstraße hinunter, an der St. Nicholas' Church vorbei, durch das Tor von Haver Park und hinunter ins Tal, um sie schließlich auf der anderen Seite in einem letzten Kraftakt den Hang hinauf und durch das West Gate zu bugsieren. Die Trommel war so riesig, dass sie zerlegt werden musste, damit sie durch die Tür des Raumes im Erdgeschoss von Cromwell's Tower passte.

Die Größe des Projekts zeigte gnadenlos den Mangel an handwerklichem Geschick der Steed-Familie. Sie zerlegten die Trommel und setzten sie auf einer improvisierten Welle wieder zusammen. Dann konstruierten sie ein Becherwerk aus einem Lederband mit Eimern, schnitten Löcher in die dicken Dielen der beiden darüberliegenden Stockwerke und führten das Band über ein auf einer kleinen Welle montiertes Rad auf dem Dachboden von Cromwell's Tower. Dort leerten sich die Eimer in Tröge, von wo aus das Wasser in die oberen Wasserkästen floss.

An einem späten Nachmittag Anfang Dezember, nach zwei Monaten Arbeit, war die Tretmühle endlich fertig.

»Heureka!«, rief Duncan Jasper und Damian zu, die dem letzten Test beiwohnten. »Es funktioniert! Morgen nehmen wir sie in Betrieb!«, fügte er stolz hinzu und strich sich über den Bart.

»Nein«, sagte Jasper. »Nicht morgen.«

»Warum nicht?«

»Mein Vater will eine Zeremonie abhalten, eine Einweihungsfeier.«

»Und wann?«

»Wann wir es sagen.«

»Aber das ist verrückt. Wir wollen sie sofort benutzen!«

»Man wird euch sagen, wann ihr sie benutzen dürft«, brüllte Jasper zornig. »Und jetzt macht, dass ihr hier rauskommt!«

Missmutig verließ Duncan den Raum. Damian verschloss die Tür im obersten Stockwerk des Turms und die Tür am Fuß der Treppen. Die Tretmühle war eingemottet, noch bevor sie zum ersten Mal benutzt worden war.

Duncan war wütend und deprimiert. Auf ihn wartete die wenig schmackhafte Aufgabe, den Rest der Familie zu informieren, dass die schwere Arbeit des Eimerschleppens vorerst kein Ende haben würde. Als er den Lawn Court umrundete, traf er für sich den Entschluss, sich nicht mehr länger als nötig mit den Schikanen und Einschüchterungen der Chatfields abzufinden. Er würde seine Familie aus dem Park und in die Freiheit führen, sobald der Frühling gekommen war.

38

Duncans ständiges Bohren wegen der Tretmühle zahlte sich schließlich aus. Jasper informierte ihn, dass sein Vater den Apparat beim »Großen Weihnachtsessen« in Betrieb zu nehmen gedachte.

Nigel hatte verfügt, dass der Weihnachtstag ein Tag der Ruhe werden sollte. Es war der erste volle Ruhetag für seine Verwandten, seit die Gemeinschaft Haver Park betreten hatte.

Auf Tante Margarets Beharren war man übereingekommen, dass die Morgan-Frauen an jenem Tag nicht kochen mussten.

Die Dalton-Familie unter Aufsicht von Tante Margaret würde das Weihnachtsessen zubereiten.

Paul und seine Familie meldeten sich freiwillig, die Große Halle zu dekorieren, und die Steeds erklärten sich einverstanden, die Weihnachtsmesse zu lesen und sich um ein Krippenspiel und Weihnachtslieder zu kümmern.

Außerdem kamen sie überein, dass eine Weihnachtstradition der Chatfield-Familie – eine Tradition, die auf Cora Chatfield persönlich zurückging – wieder aufleben sollte. Jedes Mitglied der Familie würde ein kleines Geschenk mitbringen. Paul, der den Weihnachtsmann spielen sollte, würde die Geschenke einsammeln und in zwei Säcke packen, einen für die Kinder und einen für die Erwachsenen. Die Geschenke würden zufällig verteilt werden, sodass jeder in der Halle ein Überraschungsgeschenk erhielt. Jedes Geschenk war mit dem Namen des Schenkenden versehen, um dafür zu sorgen, dass der Weihnachtsmann das Geschenk nicht an die Person zurückgab, von der es kam.

Selbst Nigel schien in weihnachtliche Stimmung zu geraten. Er versprach zwei Hirsche, ein Schwein und sechs Hähnchen. An Heiligabend verkündete die Chatfield-Familie zur allgemeinen Überraschung, dass sie am nächsten Tag – zum ersten Mal – zusammen mit ihren Verwandten in der Großen Halle essen würde.

Um fünf Uhr morgens am Weihnachtstag übernahm die Dalton-Familie unter dem Kommando von Tante Margaret die Küche. Das Mahl sollte um zwei Uhr mittags stattfinden. Dieser Zeitpunkt war eine weitere Tradition der Chatfield-Familie. Das Weihnachtsessen wurde in jedem Jahr um zwei Uhr serviert, sodass sie am Ende der Mahlzeit der Weihnachtsbotschaft des Monarchen lauschen konnten, die um drei Uhr ausgestrahlt wurde. Es kam Tante Margaret nicht in den Sinn, dass diese Tradition ihren Zweck verloren hatte, weil es keine Weihnachtsbotschaft des Monarchen mehr geben würde.

Nach dem Frühstück zog die Steed-Familie sich zu letzten Proben für ihr Krippenspiel in ihr Quartier zurück. In der Großen Halle machten sich zahlreiche eifrige Hände an das Schmücken und Decken der Tafeln. Jasper und Damian kamen hinzu und kündigten an, der Saal müsse umgeräumt werden, weil zusätzliches Mobiliar Platz benötigte. Im Geist des Weihnachtsfestes gab es keine Klagen, als Pauls Familie hinauf in die Privatgemächer marschierte und einen riesigen Tisch sowie fünf Sessel aus dem Ballsaal nach unten trug. Vier der Sessel erforderten zwei Personen zum Tragen. Der fünfte, Nigels Sessel, erforderte vier.

Kurze Zeit später wurden die Morgan-Frauen – die sich auf einen Ruhetag gefreut hatten – in die Privatgemächer gerufen. Sie verbrachten eine Stunde damit, das kostbare Worcester Dinner Service in die Große Halle zu tragen und den Tisch der Chatfields damit einzudecken.

Um ein Uhr mittags war die Große Halle beinahe fertig. Paul legte letzte Hand an den großen Weihnachtsbaum, der in einer Ecke aufgestellt worden war. Die jüngeren Kinder der Gemeinschaft hatten sich um Paul versammelt, und alle wollten eifrig beim Dekorieren helfen. Paul lächelte. Es war eine magische Zeit, und es gab nichts, was einen so wundervollen Weihnachtstag verderben konnte.

Der Gedanke war noch nicht zu Ende gedacht, als die vier Chatfield-Brüder den Saal betraten.

»Alles raus!«, rief Damian.

»Wir sind fast fertig«, sagte Paul mit einem Blick über die Schulter. »Nur noch zwei Minuten.«

»Alles raus, hab ich gesagt!«

»Aber wir haben die Fee noch nicht auf die Spitze des Weihnachtsbaums gesetzt …«, sagte Mary-Claire und hielt die Märchenfee hoch, die Tante Margaret eigens dafür gebastelt hatte. Die Großtante hatte viele Tage gebraucht, um die Puppenkleidchen zu nähen; die arthritischen Hände hatten nicht mehr als ein paar Minuten Nähen am Tag zugelassen. »Und Großvater hat gesagt, sie kommt zuletzt auf den Baum, und ich darf sie aufsetzen, weil ich so lieb gewesen bin und die beste Glocke gebastelt habe.«

Damian riss Mary-Claire die Puppe grob aus der Hand und gab sie Greg. »Hier«, sagte er und zeigte auf die Spitze des Baumes. »Schieb ihr die Spitze in den Hintern.«

Die Kinder trotteten niedergeschlagen aus dem Zimmer. Paul folgte ihnen. Er hatte Mary-Claire seit dem Tag, an dem ihr Vater gestorben war, nicht mehr so weinen gehört.

Um Viertel vor zwei gingen die Familien nacheinander zur Großen Halle. Jeder hatte sich auf die eine oder andere Weise herausgeputzt und seiner fadenscheinigen Kleidung einen farbigen Tupfer hinzugefügt – eine einfache Schärpe, eine bunte Krawatte oder ein Band in den Haaren. Die kleineren Mädchen trugen Kleidchen aus Vorhangstoff, die Knaben Westen aus dem gleichen Material. Der ganze Saal war lebendig und voller Farben, und alle waren entspannter und glücklicher als irgendwann seit jenem ersten Tag, an dem sie nach Haver gekommen waren.

»Was ist das?«, fragte der kleine Robert Dalton mit ernstem Gesicht seinen Vater, nachdem sie Platz genommen hatten. Wie üblich blickte Robert mürrisch drein, trotz des fröhlichen Anlasses, und gab sein Bestes, älter auszusehen, als seine winzige Gestalt nahelegte.

»Was denn?«

»Dieses Ding da an der Seite vom Podium.«

»Das ist ein Lesepult«, erklärte Adam.

»Wofür brauchen wir denn ein Lesepult?«

»Nach dem Essen hält der Monarch seine Ansprache«, witzelte Fergus vom benachbarten Tisch.

Zwischenzeitlich sauste Tante Margaret im Rollstuhl in der Küche umher und rührte trotz ihrer Arthritis in den Töpfen, schmeckte das Essen ab und kommandierte ihre Truppen.

»Diese Chatfields sollten sich wirklich beeilen«, schimpfte sie um Viertel nach zwei. »Ich kann das Essen nicht ewig warm halten!« Sie blickte zu Diana, die es schwierig fand, sich aus der Küche fernzuhalten, obwohl sie den Tag praktisch frei gehabt hatte. Sie beobachtete die Aktivitäten von der Tür her. »Was hältst du davon, wenn du eine von deinen Töchtern nach oben schickst und Nigel sagst, dass er sich beeilen soll?«

»Geht nicht«, antwortete Diana. »Man hat uns gesagt, nach halb zwei darf sich niemand mehr oben in den Privatgemächern blicken lassen.«

»Nun, wenn sie nicht in den nächsten zehn Minuten auftauchen, serviere ich die Suppe, ob sie da sind oder nicht.«

»Hörst du das?«, sagte Diana unvermittelt. »Hörst du dieses Geräusch?«

»Was für ein Geräusch?«

»Musik ... es klingt wie ein Grammophon.«

»Das kann nicht sein, Liebes. Wir haben keinen elektrischen Strom.« Dann hörte auch sie die Musik. Es war die Melodie von *Rudolf, das Rentier mit der roten Nase*, und sie wurde lauter. Die Familien in der Großen Halle hörten es jetzt auch. Die Kinder spitzten die Ohren und verdrehten neugierig die Hälse.

Dann schwang die Doppeltür neben dem Lesepult auf, und Miles kam herein. Er war gekleidet in ein helles Tudor-Kostüm und schob ein altmodisches, handbetriebenes Grammophon vor sich her. Die Musik kam aus dem großen Messingtrichter und erfüllte den ganzen Saal. Alle sprangen von ihren Plätzen auf, um zu klatschen.

Der Applaus verebbte, als Jasper, Damian und Nigel eintraten. Nigel und seine drei anderen Söhne trugen ebenfalls bunte Tudor-Kostüme. Sie hatten die farbenprächtigsten Stücke aus dem umfangreichen Fundus einer Filmgesellschaft ausgewählt, die beim Ausbruch der Pandemie einen Kostümfilm auf Haver gedreht hatte. Unter den Requisiten hatte Nigel auch eine weißhaarige Perücke gefunden, die er um des theatralischen Effekts willen sofort aufgesetzt hatte. Überzeugt, dass sie ihn um Jahre jünger machte, trug er sie von diesem Tag an ständig, wenn er sich in der Gemeinschaft zeigte.

Beim Anblick ihrer prachtvoll gekleideten Verwandtschaft erklang wieder Applaus im Saal.

Nigel bedeutete allen, Platz zu nehmen. Das Grammophon verstummte allmählich, und Rudolf starb einen langsamen, qualvollen Tod.

»Sieh einer an«, sagte Diana zu Tante Margaret. »Die Chatfields sind also doch menschlich, wer hätte das gedacht?«

»Mensch? *Rudolf, das Rentier mit der roten Nase!* Sie hätten ein Weihnachtslied spielen können!«, erwiderte Tante Margaret. »Nun geh und setz dich zu den anderen, Liebes. Wir servieren sofort die Suppe.«

Das Mahl war ausgelassen und glücklich – endlich gab es keinen Unterschied zwischen dem, was die Chatfield-Familie aufgetischt bekam, und dem Essen für die anderen. Tante Margaret und ihre Familie hatten, da stimmten alle überein, das beste Weihnachtsessen zubereitet, das je irgendjemand von ihnen gegessen hatte.

Der einzige Unterschied war das exquisite Geschirr, von dem die Chatfield-Familie aß, und der erlesene Wein, den sie aus kostbaren Kristallgläsern trank. Die anderen tranken Bier oder Rübenwein aus Zinnkrügen. Doch das tat dem allgemeinen Glück der Familien keinen Abbruch.

Zwischen Hauptgang und Nachtisch erschien Paul als Weihnachtsmann verkleidet und verteilte die Geschenke aus seinen beiden Säcken. Es gab viel Lachen, Aufregung, Witze und überraschte Ausrufe, als die Geschenke ausgepackt wurden.

Die Wiedereinführung der alten Familientradition brachte die Gruppen einander näher. Angehörige einer Familie, die wochenlang kaum mit den Angehörigen einer anderen Familie geredet hatten, erhoben sich spontan von ihren Bänken und gingen zu benachbarten Tischen, um sich bei denen zu bedanken, die ihre Geschenke gestiftet hatten.

»Weißt du, wer keine Geschenke bekommen hat?«, fragte Mathew seinen Vater, als Paul mit dem letzten Geschenk – seinem eigenen – an den Tisch zurückkehrte.

Paul wirbelte herum. »Wer?«

»Sie«, sagte Mathew und zeigte zu dem langen Tisch auf dem Podium. »Die Chatfields.«

Paul sank auf seinen Platz. »Ich habe sie glatt vergessen. Abgesehen davon ist es ihre eigene Schuld, weil sie uns erst im letzten Moment gesagt haben, dass sie kommen. Und sie haben auch keine Geschenke für uns, wie ich sehe.«

Tante Margaret und ihre Helferinnen hatten in Schichten gearbeitet und ihre eigenen Mahlzeiten zwischendurch hastig hinuntergeschlungen, während sie den anderen aufgetragen hatten. Sobald die Puddingschalen abgeräumt waren, brachten sie Teller mit Käse, Früchten, Nüssen, Gebäck und Süßigkeiten. Endlich konnten sie sich ein wenig entspannen und zu ihrer Familie setzen. Tante Margaret erklärte, sie freue sich auf die Christmette und auf das Laienspiel der Kinder.

Wie sich herausstellte, hatte Paul Nigel Unrecht getan. Damian, Jasper, Greg und Miles verließen den Saal und kehrten mit vier riesigen Säcken zurück. Begleitet vom laut aufbrandenden Applaus der überraschten Familien begannen sie Geschenke zu verteilen.

Für jeden gab es ein kleines Paket, eingewickelt in identisches Papier und versehen mit einem Schildchen mit dem Namen des Empfängers. Die Ersten packten bereits eifrig aus, während die Übrigen noch ungeduldig warteten. Groß war die Enttäuschung auf den Gesichtern derer, die bereits fertig waren. Alle hatten das gleiche Geschenk bekommen – zwei graue Jacken, zusammen mit zwei grauen Hüten oder Kopftüchern.

»Na ja, ich schätze, es ist der Gedanke, der zählt«, sagte Diana scherzend zu Duncan am Nachbartisch.

»Ich hoffe, er verlangt nicht von mir, dass ich diese Dinger trage!«, sagte Andrea und warf ihre langen roten Haare verächtlich in den Nacken.

Als alle fertig waren, stand Duncan ein wenig betreten auf. »Wir danken dir für die hübschen Geschenke, Nigel«, sagte er. »Aber zwei Jacken und Mützen wären wirklich nicht nötig gewesen – eine hätte völlig gereicht.« Seine Worte wurden mit leisem Kichern belohnt – hauptsächlich von Seiten derer, die bereits zu viel getrunken hatten. »Wenn sich nun die Kinder für das Laienspiel neben dem Baum sammeln würden, fangen wir mit der Messe an.«

»Nein, das werdet ihr nicht«, sagte Nigel. Seine Stimme klang drohend und ließ Duncan wie erstarrt innehalten. »Ich habe jedem von euch ein Geschenk gemacht«, fuhr Nigel fort. »Mehr als ihr mir, möchte ich hinzufügen.«

»Wir wussten nicht, dass ihr kommt, bis es zu spät war …«, setzte Paul verlegen zu einer Erklärung an.

»Ich habe euch allen Geschenke gemacht«, wiederholte Nigel, »und ich möchte, dass ihr sie tragt.«

»Sei nicht albern, Nigel«, sagte Duncan. »Wir wollen jetzt die Weihnachtsmesse lesen.«

Nigel funkelte ihn von seinem Podest herab an. »Es gibt keine Weihnachtsmesse«, verkündete er.

Im Saal brach Tumult los.

Leute sprangen auf und riefen zornig durcheinander. Zum ersten Mal wurde ihnen bewusst, dass Nigel allein war. Sein Anblick auf dem Podium machte sie noch wütender.

Plötzlich gab es ein lautes Krachen. Der Weihnachtsbaum war umgefallen, und dahinter hockte Damian mit einem Maschinengewehr auf einer Lafette. Die Erwachsenen im Saal stießen erschrockene Laute aus, und ängstliche Mütter packten ihre Kinder und zogen sie an sich. Ein scharrendes Geräusch oben auf der Minstrel Gallery ließ alle in die Höhe blicken. Jasper stand hinter einem weiteren Maschinengewehr und starrte die Gemeinschaft unter ihm an. Miles und Greg standen neben ihm, jeder ein Gewehr im Anschlag.

»Und jetzt raus aus den Klamotten, und zieht meine Geschenke an!«, rief Nigel. Niemand rührte sich. »Zieht euch um!«, brüllte er.

In der sich anschließenden Stille hörten sie das laute Klicken des Sicherungshebels an Damians Maschinengewehr. Schlagartig hatten alle es sehr eilig mit dem Umziehen. Einige der jüngeren Mädchen, die keine Unterwäsche trugen, versuchten ihr Bestes, um ihre Blöße zu verbergen. Die älteren Frauen waren ebenfalls unsicher und verschüchtert, wenngleich aus anderen Gründen. Cheryl hatte Tränen in den Augen, als sie sich vergeblich bemühte, die Narben zu verbergen, die ihren ganzen Körper bedeckten.

Allein Tante Margaret schaffte es nicht ohne Hilfe. Für sie war das Anziehen eine schwere Übung, die eine halbe Stunde in Anspruch nehmen konnte. Allison beeilte sich mit ihren Sachen; dann rannte sie durch den Saal und bettelte um Nadeln und Spangen – was immer ihr helfen konnte, die graue Jacke über dem bunten Kleid ihrer Mutter zu befestigen. Als sie fertig war, saß Tante Margaret mit traurigen Augen in ihrem Rollstuhl und sah genauso aus wie alle anderen.

Sobald die Mitglieder der Gemeinschaft sich fertig umgezogen hatten, setzten sie sich und warteten schweigend. Damian und Jasper blieben an ihren Maschinengewehren, während Miles und Greg zum Podium zurückkehrten. Sobald sie Platz genommen hatten, erhob sich Nigel und trat mit einem Bündel Blättern bewaffnet zum Lesepult.

Er ließ den Blick auf das Meer aus grauen Gestalten schweifen. »Der heutige Tag«, begann er und zögerte um der Betonung willen, »ist der Beginn einer neuen Ära. Vor fast einem Jahr seid ihr in meinen Park gekommen. Ihr wart am Verhungern. Hätte ich euch nicht aufgenommen, wärt ihr gestorben. Es waren meine Vorräte, die euch durch den Winter gebracht haben. Und als schließlich der Frühling kam, war ich es, der bei euch für Ordnung gesorgt hat.«

»Das haben wir selbst getan«, flüsterte Fergus.

Nigel stockte, sekundenlang abgelenkt. Aus der Richtung von Jasper kam ein raschelndes Geräusch. Nigel funkelte die Gemeinschaft herausfordernd an, doch niemand wagte noch einen Zwischenruf.

»Und wie wird meine Großzügigkeit belohnt?«, fuhr er fort und legte erneut eine Pause ein, ehe er seine eigene Frage beantwortete. »Einige von euch überlegen, wie ich erfahren habe, ob sie im Frühling aus dieser Gemeinschaft desertieren und in neue Gefilde ausschwärmen sollen. Nun, das wird nicht geschehen. Es war Schicksal, dass die Chatfield-Dynastie die Pandemie überlebt hat, und es war Schicksal, das euch nach Haver House führte – und unter meinen Schutz.

Wir haben keinen Strom mehr, keinen Treibstoff, kein Öl und auch nicht die vielen anderen Güter und Annehmlichkeiten, die wir früher als selbstverständlich erachtet haben. Und wir haben auch nicht mehr genügend Menschen, um unsere moderne Technik wieder in Gang zu bringen oder neu zu erschaffen. Aus diesem Grund sind wir gezwungen, uns auf Praktiken zu beschränken, die bereits existierten, als Haver House erbaut wurde.

Und damit Haver House funktionieren kann, müssen wir zu einem System zurückkehren, das den effizienten Betrieb des Besitztums ermöglicht. Aus diesem Grund erlasse ich hiermit die folgenden drei Vorschriften:

Erstens, mit sofortiger Wirkung übernehme ich die Funktion des Lords von Haver – und weil ich euer Lord bin, gehört ihr mir. Mein Titel lautet Lord Chatfield of Haver. Ihr werdet mich als ›Euer Lordschaft‹ anreden …«

Im Saal erhob sich ablehnendes Murmeln.

»Ich dulde nicht, wenn man mich unterbricht!«, brüllte Nigel. Nach und nach verebbte der Lärm. »Zweitens, meine

Söhne werden außer mir die einzigen Personen auf Haver sein, die Waffen tragen dürfen. Als Waffenträger sind sie Ritter, und weil sie Ritter sind, werdet ihr sie zukünftig als Sir Jasper, Sir Damian, Sir Miles und Sir Greg anreden.«

Auf Damians Gesicht breitete sich ein zufriedenes Grinsen aus.

»Drittens, als euer Lord bin ich verantwortlich für sämtliche Entscheidungen und für die Wahrung der Gerechtigkeit. Meine Söhne sind dafür verantwortlich, dass meine Entscheidungen durchgesetzt und befolgt werden. Die englischen Gesetze bleiben in Kraft, werden jedoch durch eine Reihe neuer Gesetze ergänzt, über die ich euch in Kürze informieren werde.

Kriminelle einzusperren und sie zu füttern, während sie nichts tun, ist eine Verschwendung von Ressourcen. Aus diesem Grund werden in Zukunft sämtliche Vergehen mit harter Arbeit bestraft.«

Als neuerliches unruhiges Murmeln laut wurde, erhob sich Duncan von seinem Platz.

»Ah, Duncan Steed«, sagte Nigel. »Du wirst gleich Gelegenheit haben, etwas zu sagen. Bis dahin setz dich wieder.«

Duncan zupfte nervös an seinem Bart und blieb stehen.

»Setz dich! Es sei denn, du willst eine Kugel in den Rücken!«, brüllte Damian aus dem hinteren Teil der Großen Halle.

Duncan gehorchte.

»Das amerikanische Rechtssystem hat nur wenig Nützliches hervorgebracht«, fuhr Nigel fort. »Doch eine wichtige Innovation war das dreifache Verwarnungssystem, das ich aus diesem Grund zu übernehmen gedenke. Schwere Vergehen oder Verbrechen werden mit einer Verwarnung der betreffenden Person geahndet. Nach der dritten Verwarnung erfolgt die Exekution.«

Aufgeregtes Flüstern ging durch die Halle.

»Wenn jemand ein schweres Vergehen oder ein Verbrechen begeht, wird er gebrandmarkt, damit jeder erkennt, dass er es mit einem Verbrecher zu tun hat. Und damit die Einfältigen unter euch stets wissen, wo sie gerade stehen, werden die Brandmarkungen in Form von Zahlen vorgenommen: eins, zwei und drei. Nach dem dritten Brandmal erfolgt binnen vierundzwanzig Stunden die Exekution.

Kleinere Vergehen werden mit harter Arbeit bestraft. Die Steed-Familie war so freundlich, eine Tretmühle für uns zu bauen. Wenn einer von euch ein minder schweres Delikt begeht, wird seine Familie sieben Tage lang die Tretmühle betreiben, es sei denn, in der Zwischenzeit begeht jemand aus einer anderen Familie ein minder schweres Delikt. In diesem Fall löst die zweite Familie die erste ab.

Schwere Verbrechen, die automatisch zu drei Brandmarkungen und damit zur Exekution innerhalb von vierundzwanzig Stunden führen, sind Mord und Vergewaltigung.

Verbrechen, die eine einzelne Brandmarkung nach sich ziehen, sind unter anderem: tätlicher Angriff, Diebstahl, Verlassen des Parks ohne Genehmigung, Anhalten der Tretmühle sowie nicht erlaubte sexuelle Verhältnisse.«

Die jüngeren Mitglieder der Gemeinschaft begannen zu murmeln. Fergus tippte sich mit dem Finger an die Schläfe, als wollte er sagen, dass Nigel den Verstand verloren hatte.

»Andere Vergehen schließen Aufwiegelung, Erhebung sowie das Abhalten von oder die Teilnahme an religiösen Veranstaltungen ein.«

Erneut ging ein Raunen und Flüstern durch den Saal. Diesmal war es Tante Margaret, die die Konsternierten anführte.

»Religion«, deklarierte Nigel, »war eine Geißel der Menschheit. Sie war die Ursache für die meisten Kriege. In der neuen Ordnung gibt es keinen Platz für Religion.

Kleinere Vergehen – die zu einer Woche auf der Tretmühle führen – schließen unter anderem ein: Nichttragen der Uniformen, die man euch soeben ausgehändigt hat, Insubordination und Pflichtversäumnis.«

Nigel beendete seine Ansprache so abrupt, dass die Gemeinschaft völlig überrascht wurde. Er sammelte seine Papiere ein und kehrte zu seinem Sitzplatz zurück.

Langsam erhob Duncan sich von der Bank. »Nigel …«, begann er.

»Ah, ja«, schnarrte Nigel, während er sich auf seinem Thron niederließ. »Duncan Steed. Tritt vor zum Podium.«

Duncan rührte sich nicht.

»Sir Greg, Sir Miles – bringt ihn nach vorn zum Podium!«, befahl Nigel schroff.

Miles und Greg kamen durch den Mittelgang heran und packten Duncan bei den Armen. Mehrere Familienangehörige sprangen protestierend auf.

»Hinsetzen!«, brüllte Jasper von der Minstrel Gallery herunter. Alle blickten zu ihm hoch. Er schwenkte das Maschinengewehr wütend über die Menge. Sie zögerten.

»Na los doch!«, rief Damian aufgebracht.

»Hinsetzen. Setzt euch bitte alle«, sagte Duncan leise und nickte seiner Familie zu. Dann stieg er aufs Podium und trat vor Nigel hin.

»Was hast du zu sagen?«, erkundigte Nigel sich im Tonfall eines Schulmeisters, der es mit einem ungezogenen Kind zu tun hat.

»Hör zu, Nigel, ich finde, wir sollten ein Komitee wählen, das …«

»Wie hast du mich genannt?«

»Ich meine … Euer Lordschaft.«

»Du hast mich bereits zweimal mit Nigel angeredet, seit ich meine Direktive verkündet habe. Das ist Insubordination, und die Strafe dafür ist eine Woche auf der Tretmühle. Es ist nur passend, dass die Steed-Familie den Apparat als Erste antreibt«, fuhr er fort, indem er sich an die versammelte Gemeinschaft im Saal wandte. »Schließlich hat sie ihn gebaut.« Er blickte wieder Duncan an. »Hast du sonst noch etwas zu sagen, bevor du abgeführt wirst, um deine Strafe anzutreten?«

»Nigel … ich meine, Euer Lordschaft … ich bin der Meinung, ein Komitee, das alle Familien repräsentiert, sollte bei sämtlichen die Familien betreffenden Entscheidungen mit einbezogen werden. Und es sollte eine Jury geben, die bei allen größeren Verbrechen zusammengerufen wird, um über Schuld und Unschuld zu richten.«

»Sollte, sollte!« Nigel sprang auf. »Und du meinst, eine solche Jury sollte über dein Verbrechen der Volksverhetzung und Aufwiegelung richten?«

»Volksverhetzung?«

»Ganz recht. Volksverhetzung. Lass mich nachsehen …« Nigel blätterte durch seine Unterlagen. »Ah, ja. Duncan Steed … Volksverhetzung. Ich werde diesen Fall jetzt verhandeln.« Er setzte sich wieder. »Duncan Steed, du bist der Volksverhetzung angeklagt. Was sagst du zu diesem Vorwurf?«

»Nicht schuldig!«, sagte Duncan trotzig.

Nigel reckte das Kinn vor. »Nicht schuldig …«

»… Euer Lordschaft«, sagte Duncan eingeschüchtert.

»Duncan Steed, du hast am dritten Dezember in Anwesenheit mehrerer Mitglieder der Gemeinschaft Folgendes gesagt. Ich zitiere …«, er stockte und suchte für einige Sekunden in seinen Unterlagen nach der exakten Formulierung, ehe er fortfuhr: »›Sobald im Frühling das Wachstum wieder einsetzt, werde ich die Steeds aus dem Park führen. Falls jemand von den anderen Familien sich anschließen möchte, ist er willkommen.‹«

Duncan sah Nigel erstaunt an. »Wer hat dir das erzählt?«

»Das spielt keine Rolle. Hast du es gesagt oder nicht?«

»Nun ja, zugegeben, aber …«

»Nichts aber. Du bist schuldig der Volksverhetzung.«

»Aber es ist ein rückwirkendes Verbrechen!«, rief Diana.

»Alle meine Gesetze sind rückwirkend. Und wenn du nicht vorsichtig bist, verhandle ich gleich ein paar rückwirkende Fälle in der Morgan-Familie.« Die Worte waren eine einzige gemeine Drohung. »Duncan Steed, du bist schuldig der Volksverhetzung«, wandte Nigel sich an Duncan, bevor er sich wieder setzte und finster auf die übrigen Mitglieder der Gemeinschaft hinunterstarrte. »Bevor ich die Strafe verkünde, möchte ich euch daran erinnern, dass mein Wort Gesetz ist. Sollte es zu Tumulten oder Widerstand kommen, werden die Schuldigen verurteilt und bestraft.« Er wartete eine Sekunde, ehe er fortfuhr: »Sir Damian, Sir Jasper, falls es Unruhe gibt, wenn ich mein Urteil verkünde oder die Strafe vollstreckt wird, werdet ihr die Urheber erschießen. Habt ihr verstanden?«

»Jawohl, Euer Lordschaft«, antworteten die Brüder wie aus einem Munde.

Die versammelte Gemeinschaft sah zu Damian, der den Patronengurt seines Maschinengewehrs so zurechtlegte, dass er sich nicht verfangen konnte.

Nigel fuhr fort: »Duncan Steed, du wurdest der Volksverhetzung für schuldig befunden. Ich verurteile dich zu einer weiteren Woche auf der Tretmühle, insgesamt also zwei Wochen. Außerdem wirst du mit der Nummer eins gebrandmarkt. Sir Greg, hol das Brandeisen.« Duncans Tochter Andrea brach in Tränen aus. »Hör auf mit dem Geflenne!«, brüllte Nigel.

Greg zog das Brandeisen aus der Glut. Es leuchtete noch heller als Duncans rotes Haar. Dass das Eisen bereits im Feuer gelegen hatte, ließ darauf schließen, dass Duncans Urteil längst beschlossene Sache gewesen war. Die Botschaft war eindeutig: Wer Nigels Autorität infrage stellte, würde einen hohen Preis dafür zahlen. Mit erhobenem Brandeisen kehrte Greg auf das Podium zurück.

»Mach den linken Unterarm frei!«, befahl Nigel. Duncan zögerte. »Wird's bald!«, brüllte Nigel. Gehorsam krempelte Duncan den Ärmel hoch. »Du wirst den linken Unterarm von heute an nie wieder bedecken«, sagte Nigel. »Dein Brandmal wird jeden daran erinnern, dass du ein Verbrecher bist. Überdies soll es dich daran erinnern, dass du nach weiteren zwei Verwarnungen exekutiert wirst. Ich schlage daher vor, dass du deinen

Plan, den Park zu verlassen, nicht weiterverfolgst.« Er hielt der Wirkung halber kurz inne, dann befahl er: »Brandmarkt ihn!«

Einen Augenblick lang überlegte Duncan, Widerstand zu leisten, doch dann sah er aus den Augenwinkeln, wie Jasper das Maschinengewehr wie zur Übung entlang der Tische schwenkte. Aus Angst, einen Tumult zu verursachen, der zweifellos Tote nach sich ziehen würde, streckte er den linken Arm vor.

Es war das erste von vielen Malen, dass die Mitglieder der Gemeinschaft den beißenden Gestank von versengtem Fleisch riechen und die durchdringenden Schmerzensschreie hören sollten.

»Und jetzt bringt ihn zur Tretmühle«, befahl Nigel. »Die anderen gehen zurück in ihre Quartiere. Weihnachten ist vorbei.«

Mit diesen Worten drehte er sich um und verließ die Große Halle durch die schwere Doppeltür. Miles und Greg führten Duncan über den Hof zur wartenden Tretmühle. Jasper und Damian hockten hinter ihren Maschinengewehren und sahen zu, wie die verängstigten Familien ihre kleinen Kinder einsammelten und hastig in ihre Quartiere flüchteten.

39

»Jetzt weißt du, wie es dazu gekommen ist«, sagte Paul, als er mit seiner Geschichte fertig war.

Mark nickte. »Bitte entschuldige, dass ich mich so kritisch benommen habe. Ich wusste nicht, womit ihr es zu tun hattet.«

»Ich auch nicht«, murmelte Steven zwischen geschwollenen Lippen hindurch.

»So war es die ganze Zeit. Jedes Mal, wenn jemand sich beschwert oder aus der Reihe tanzt, wird es schlimmer. Also passt jeder auf, was er sagt und zu wem, und hält sich ansonsten bedeckt.«

»Wer hat Duncan denunziert?«, fragte Mark.

Paul schüttelte den Kopf. »Wir wissen es nicht. Die halbe Gemeinschaft war dabei, als er gesagt hat, er wolle den Park verlassen. Der Verdacht lag immer auf Theresa – wegen ihrer Beziehung zu Miles –, doch zufällig war sie damals nicht im gleichen Raum. Wir wissen nicht mehr, wem wir vertrauen können und wem nicht.«

»Was hat es mit diesen Kostümen auf sich?«, nuschelte Steven.

Paul blickte ihn begriffsstutzig an.

»Er meint die Tudor-Kleidung«, erklärte Mark.

»Seit dem Weihnachtsessen damals tragen die Chatfields ihre Tudorjacken. Damian zieht außerdem die Strumpfhosen an. Wir anderen werden gezwungen, in den hässlichen grauen Sachen herumzulaufen. Mit der Zeit haben die Chatfields die Kluft zwischen sich und uns immer mehr geweitet. Kleinigkeiten, alberne Dinge. Zuerst wurden wir gezwungen, uns vor ihnen zu verbeugen, als Nächstes durften wir im Lawn Court nicht mehr über den Rasen laufen. Dann mussten sämtliche Frauen ihre Ehenamen ablegen. Sie wurden zu Greys, Daltons, Steeds und Morgans. Und seit Neuestem nervt Damian seinen Vater damit, dass er Luke als seinen persönlichen Pagen will. Wenigstens dieser Idee hat sein Vater einen Riegel vorgeschoben – fürs Erste jedenfalls.«

»Wofür hast du dein Brandmal bekommen?«, fragte Mark und zeigte auf die vernarbte Eins auf Pauls Unterarm.

»Diebstahl.«

»Du und stehlen?«

»Man hat eine Tomate in meinem Quartier gefunden.«

»Du machst Witze.«

»Nein. Wir hatten eine Tomatenschwemme. Ich habe, ohne nachzudenken, eine aus dem Garten mitgenommen. Keine zehn Minuten später tauchten Jasper und Damian in unserem Quartier auf und fanden sie natürlich sofort. Ich wurde des Diebstahls beschuldigt. Am nächsten Abend nach dem Essen, wenn Nigel üblicherweise seine Urteile verkündet, wurde ich für schuldig befunden und gebrandmarkt.«

»Es tut mir leid, wenn ich dich erneut danach frage«, sagte Mark. »Aber was ist mit Mathew passiert?«

»Nun ja …«, begann Paul zögernd, und seine nervösen Zuckungen erreichten einen neuen Höhepunkt. »Er wurde mit einer von Jennifer Steeds Töchtern im Bett erwischt. Das brachte ihm das erste Brandmal ein. Sie waren immer extrem vorsichtig gewesen, doch an jenem Tag wurden sie ohne jede Vorwarnung von Damian und Jasper überrascht. Die Beziehung war nicht von Nigel genehmigt, deswegen wurden beide gebrandmarkt.«

»Das ist lächerlich!«, schäumte Mark. »Er sollte diese Verbindungen fördern! Die Gemeinschaft muss sich so schnell wie möglich vermehren!«

»Seine Jungs haben natürlich freie Wahl. Miles ist fest mit Theresa zusammen, Damian scheint sich für niemanden zu interessieren, aber Jasper und Greg lassen nichts anbrennen, jedenfalls geben sie sich Mühe.«

»Daher kommen also all die Babys?«

»Die meisten.«

»Und trotzdem hat sich bisher keiner der Chatfield-Jungen eine Frau genommen?«

»Noch nicht. Wie ich bereits sagte, Miles will Theresa, aber Nigel stimmt der Hochzeit nicht zu, weil die beiden Babys, die sie von Miles bisher hat, Mädchen sind. Tatsächlich haben die Chatfield-Jungen bisher ausnahmslos Mädchen gezeugt.«

»Und Nigel will unbedingt einen Enkel, damit die Dynastie fortbesteht?«

»Ganz genau.«

»Erstaunlich, dass sich überhaupt eins der Mädchen mit diesen Mistkerlen einlässt«, murmelte Steven zwischen geschwollenen Lippen hindurch.

»Du wärst überrascht. Einige Familien versuchen alles, um eine Hochzeit zwischen einer ihrer Töchter und einem der

Chatfields zu arrangieren. Sie glauben, es würde ihre Familie in der Hackordnung höher stellen.«

»Ist Allison deshalb mit Nigel zusammen?«, fragte Mark.

»Nigel hat seit Ewigkeiten ein Auge auf sie geworfen, aber sie wollte nichts von ihm wissen. Eines Tages hat sie einfach kapituliert. Ich nehme an, es hat mit Tante Margaret zu tun.«

»Erpressung?«

»Ich vermute es. Tante Margaret braucht Medikamente für ihre Arthritis, und die Chatfield-Brüder waren immer zu beschäftigt, um danach zu suchen. Es war furchtbar, sie leiden zu sehen. Wie dem auch sei, sobald Allison nachgegeben hatte und bei Nigel eingezogen war, verbesserte Tante Margarets Zustand sich merklich. Ich schätze, wir können zwei und zwei zusammenzählen.«

»Haben Nigel und Allison Kinder?«

»Nein. Ich weiß allerdings nicht, warum das so ist. Sie ist immer noch jung genug.«

»Wurden seit der Pandemie überhaupt Jungen geboren?«

»Nur einer – Tommy. Er ist das Kind von Jessica und Fergus. Beide wurden gebrandmarkt, weil ihre Beziehung nicht von Nigel genehmigt war.«

»Wofür bekam Mathew seine anderen Brandmale?«

»Das zweite war für einen tätlichen Angriff. Er hat Damian geschlagen.«

»Wie kam es zu dem Kampf?«, fragte Mark.

»Ich weiß es nicht. Mathew wollte mir nichts erzählen.«

»Hört sich überhaupt nicht nach deinem Mathew an. Ihr beide hattet immer ein sehr enges Verhältnis.«

»Das dachte ich auch immer. Aber letzten Sommer wurde er auf einmal sehr still und in sich gekehrt. Ich habe versucht, mit ihm zu reden, aber er wollte einfach nicht. Eines Nachts stürmten Damian und Greg in unser Quartier und wollten wissen, wo Mathew ist. Ich hatte keine Ahnung, wovon sie redeten. Dann jagten die Chatfield-Brüder mit ihren Hunden aus dem Park.«

»Mathew war geflohen?«

»Ja. Er kam bis nach Farningham, bevor sie ihn schnappten.«

»Hat er dir erzählt, warum er weggelaufen ist?«

»Ich hatte keine Gelegenheit mehr, mit ihm zu reden«, sagte Paul, und seine Stimme drohte zu brechen. »Sie warfen ihn bis zum Abendessen in die Zelle im Cromwell's Tower. Bei der anschließenden Verhandlung wurde offensichtlich, dass er schon längere Zeit fliehen wollte. Er wurde mit einem Rucksack geschnappt, in dem sich Karten, Kompass, Nahrungsvorräte und zusätzliche Kleidung befanden.«

»Und er hat nicht gesagt, warum er abgehauen ist?«

»Nein. Nigel hat ihn nach dem Grund gefragt, aber Mathew wollte nicht antworten. Es war, als hätte er aufgegeben und wartete nur auf den Tod. Er wurde schuldig gesprochen, unerlaubt den Park verlassen zu haben, was ihm sein drittes Brandmal einbrachte. Sie haben ihn vor der versammelten Gemeinschaft enthauptet, im ersten Morgengrauen gleich am nächsten Tag.«

Bedrückte Stille breitete sich aus. Später erfuhren Mark und Steven, dass Pauls nervöse Zuckungen angefangen hatten, als er gezwungen worden war, die Enthauptung seines Sohnes mit anzusehen.

Mark hatte Mathew immer gemocht. Er war ein heiterer Junge gewesen und sicherlich der Letzte, von dem er erwartet hätte, dass er plötzlich trübsinnig und in sich gekehrt geworden wäre.

»Es ist Zeit, dass ich verschwinde«, sagte Paul schließlich in die Stille hinein. »Die Frauen und Kinder kommen dich zur gleichen Zeit ablösen wie gestern Nacht. Du kannst ein bisschen ausruhen und Kraft für morgen sammeln.«

»Ich kann dir morgen helfen«, sagte Steven, als Paul zur Tür ging.

Paul sah über die Schulter zurück. »Das glaube ich nicht, mein Junge. Wie du aussiehst, brauchst du eine gute Woche, bevor du wieder kräftig genug bist, um auf der Tretmühle zu helfen.«

40

Doch Steven brauchte keine Woche, um wieder fit zu werden. Bereits am vierten Tag war er völlig erholt, und seine alten Kräfte waren größtenteils zurückgekehrt.

Am sechsten Morgen aß Mark sein Frühstück, während Steven auf der Tretmühle arbeitete. Unvermittelt blickte er zu seinem Sohn auf. »Haver muss sich dramatisch verändern, bevor wir Jane und den Rest der Familie herbringen«, sagte er.

»Du machst Witze!«, explodierte Steven. »Um nichts in der Welt lasse ich zu, dass du unsere Familie in dieses Irrenhaus bringst!«

»Nein ... nicht wenn es so bleibt, wie es im Augenblick ist.«

»Niemals!«

»Es könnte unter den richtigen Bedingungen ein großartiger Ort zum Leben sein.«

»Das sehe ich anders. Meiner Meinung nach ist Haver in vieler Hinsicht nicht annähernd so gut wie Gulf Harbour.«

»Haver hat einen wichtigen Vorteil – eine Bevölkerung von mittlerweile neunundvierzig Personen. Wir müssen unsere Gene mischen.«

»Wir sind besser dran, wenn wir Nigel und seine Söhne hier zurücklassen, damit sie in der Hölle verrotten, und alle anderen mit nach Gulf Harbour nehmen.«

»Das ist nicht durchführbar. Wir müssen das Regime *hier* ändern.«

»Wie denn? Die Chatfields sind verrückt. Alle haben eine Heidenangst vor ihnen. Und was noch schlimmer ist – die anderen Familien verbringen ihre gesamte Zeit damit, sich gegenseitig zu bekämpfen.«

»Genau. Das ist der Schlüssel. Wenn die Familien sich einig wären, könnten sie Nigel überwältigen.«

»Das bezweifle ich. Nicht, solange er und seine Söhne sämtliche Waffen kontrollieren. Das einzig Vernünftige ist, dass wir unsere Flucht planen.«

»Wie wir es auch anfangen, wir müssen umsichtig sein. Wir sollten Pläne für unsere Flucht machen und so viele Leute mitnehmen, wie wir an Bord der *Archangel* aufnehmen können. Gleichzeitig sollten wir versuchen, Nigels Autorität zu unterminieren und eine Veränderung herbeizuführen.«

Steven nickte. »Einverstanden. Womit fangen wir an?«

»Mit unserer Flucht. Wir müssen bereit sein, blitzartig von hier zu verschwinden, sollte etwas schiefgehen.«

Steven rieb sich nachdenklich das Kinn. »Es wird nicht einfach werden mit einem bewaffneten Posten auf dem Turm. Es würde mich nicht überraschen, wenn sie da oben ein Maschinengewehr hätten. Und die Hunde dürfen wir auch nicht außer Acht lassen. Es ist ja wohl offensichtlich, dass sie die Hunde nachts im Park laufen lassen …«

Mit einem Mal schien die Tretmühle gar keine so langweilige Aufgabe mehr zu sein.

Als Paul nach dem Abendessen vorbeikam, begrüßte Mark ihn mit der Neuigkeit: »Steven ist fit genug, um seine Strafe zu übernehmen. Von jetzt an schaffen wir den Rest unserer Strafe alleine.«

»Bist du sicher?«

»Wir sind sicher«, bestätigte Steven die Worte seines Vaters.

»Ich halte die Augen nach Regelverstößen bei den anderen Familien offen«, sagte Paul. »Mit ein wenig Glück müsste ich euch lange vor dem Ende eurer Bestrafung hier rausholen können.«

»Nein, tu das nicht!«, sagte Mark schnell.

»Was?«

»Wir wollen die Strafe bis zum Ende ableisten«, erklärte Steven.

»Seid ihr verrückt geworden?«

»Nein. Wir wollen nur nicht, dass du jemanden von den anderen Familien denunzierst.«

»Und noch etwas«, fügte Mark hinzu. »Sag ihnen, dass du sie nicht wegen irgendwelcher Verstöße melden wirst.«

»Aber warum?«

»Da wir beabsichtigen, unsere Strafe selbst abzuleisten, können die anderen ein bisschen durchatmen und sich entspannen.«

»Sie würden umgekehrt keinen Augenblick zögern, uns bei Nigel zu denunzieren!«, beschwerte sich Paul.

»Eines Tages werden sie sich vielleicht erinnern, dass du sie nicht denunziert hast, und wegsehen, wenn du gegen eine Regel verstößt.«

»Das bezweifle ich.«

»Mag sein, aber du hast nichts zu verlieren. Steven und ich wollen unsere Strafe ableisten und fertig.«

»Sie werden glauben, ich sei verrückt geworden ... genau wie ihr beide.«

»Sollen sie denken, was sie wollen.«

»Wenn ihr die Bestrafung abarbeitet, ohne dass in der Zwischenzeit jemand anders etwas anstellt, gibt es eine Fuchsjagd. Ihr glaubt doch wohl nicht, dass ich mich durch den Park jagen lasse.«

»Keine Sorge«, sagte Steven. »Ich werde der Fuchs sein.«

»Nein, wirst du nicht«, sagte sein Vater. »*Ich* werde der Fuchs sein.«

Paul schüttelte den Kopf und ging zur Tür. »Ihr seid verrückt, alle beide.« Seine Verwirrung nahm zu, als er Steven und Mark lachen hörte, während er den Lawn Court umrundete.

Nigel und seine Söhne, die im Flag Court saßen und Wein tranken, hörten das Lachen ebenfalls. Das Geräusch zerrte an ihren Nerven. Es war lange her, dass sie ein solches Lachen gehört hatten, und ganz gewiss hatte noch nie jemand im Bestrafungsraum so gelacht.

41

Trotz seiner Bedenken hielt Paul sich an Marks Instruktionen. Er sagte den anderen Familien, dass Mark und Steven entschlossen waren, ihre Strafe abzuleisten, und dass er aus diesem Grund kein Fehlverhalten denunzieren würde. Nigel und seine Söhne erfuhren auch dies.

Eines Morgens, als Paul zusammen mit anderen Mitgliedern der Gemeinschaft auf Anweisungen für die tägliche Arbeit wartete, kam Damian herbei und redete ihn an.

»Stimmt es, dass dein Bruder und sein idiotischer Sohn ihre Strafe ableisten wollen?«

»Das stimmt, Sir Damian.«

»Sind die beiden verrückt?«

»Ich glaube ja, Sir Damian.«

»Wirst du jetzt unverschämt, Kerl?«

»Ganz und gar nicht, Sir Damian. Ich glaube aufrichtig, dass sich die beiden wie Verrückte benehmen«, sagte Paul lächelnd.

»Dir wird das Lachen schon noch vergehen, Kerl. Am Sonntag gibt es eine Fuchsjagd.«

»Jawohl, Sir Damian. Die beiden freuen sich schon darauf.«

Hinter Damian lachten die anderen Mitglieder der Gemeinschaft. Es war das erste Mal, dass Damian so viele Menschen *gleichzeitig* lachen hörte, und er war nicht sicher, ob sie über Mark und Steven lachten oder über ihn.

»Diese Klugscheißer von Kiwifressern! Ich werde ihnen eine Lektion verpassen, die sich gewaschen hat. Die werden sie so schnell nicht vergessen!«, stieß er hervor, als er davonging.

Am Sonntagnachmittag versammelte sich die gesamte Gemeinschaft – mit Ausnahme von Cheryl, die Mark und Steven auf der Tretmühle abgelöst hatte – vor dem West Gate. Nigel führte seine vier Söhne nach draußen. Jeder hatte einen ungeduldig an seiner Leine zerrenden Hund bei sich. Die Tiere freuten sich offensichtlich genauso sehr auf die bevorstehende Jagd wie ihre Herren.

Während der ersten Fuchsjagd im Park von Haver hatte keiner der Hunde einen Maulkorb getragen, was dazu geführt hatte, dass die menschlichen Füchse übel zerbissen worden waren. Die Chatfield-Brüder hatten kein allzu großes Mitleid an den Tag gelegt, doch der Verlust von Arbeitskraft, während die Opfer sich erholten, hatte Nigel dazu bewogen, in Zukunft auf Maulkörben zu bestehen.

Als Paul jetzt Damians Hund Killer ohne Maulkorb sah, erschrak er heftig. Damians Versprechen, den »Klugscheißern von Kiwifressern« eine Lektion zu erteilen, klingelte ihm in den Ohren.

»Der Hund braucht einen Maulkorb«, sagte er und schaute Nigel an in der Hoffnung, er würde auf der Einhaltung seiner Regel bestehen. Doch Nigel ignorierte Paul.

Jasper ging mit vier Fuchsschwänzen, jeder an einer eigenen Leine, vor der Gemeinschaft hin und her. »Wer sind die Füchse?«

Theresa trat vor, nahm einen Fuchsschwanz und band sich die Schnur um die Taille. Dann ging sie zum Startpunkt zwischen zwei kleinen Eichen. Der Fuchsschwanz glitt hinter ihr über den Boden und hinterließ seine Duftspur.

»Dein Jäger ist Sir Miles«, verkündete Jasper.

»Welch eine Überraschung«, flüsterte Paul seinem Bruder ins Ohr.

»Wer vertritt die Steeds?«, fragte Jasper.

»Ich.« Fergus trat vor und nahm einen Schwanz entgegen.

»Viel Glück, Sohn«, sagte sein Vater.

»Er wird es brauchen!«, schnarrte Jasper. »Ich bin heute sein Jäger. Wer rennt für die Daltons?«

»Ich«, meldete sich Adams Sohn Luke.

»Er ist noch ein Junge!«, flüsterte Mark, als der kleine, engelhafte Dreizehnjährige vortrat.

»Er wird mit ziemlicher Sicherheit nicht als Erster geschnappt«, flüsterte Paul zurück. »Luke und Robert sind flinke kleine Mistkerle. Sie rennen wie die Hasen.«

Ein Chor aufmunternder Rufe begleitete Luke, als er mit seinem Fuchsschwanz zum Startpunkt ging.

»Viel Glück, mein Junge!«, rief Mark ihm hinterher.

Alle starrten ihn erstaunt an. Es war das erste Mal, dass ein Konkurrent einer anderen Familie Glück gewünscht hatte.

»Sir Greg wird ihn heute jagen«, verkündete Jasper.

»Das ist merkwürdig«, flüsterte Paul zu Mark. »Normalerweise sorgt Damian dafür, dass er die Dalton-Jungen jagt. Was bedeutet, dass wir ihn heute haben. Jetzt wissen wir auch, warum Killer keinen Maulkorb trägt.«

»Ich nehme an, du wirst die Greys vertreten«, sagte Jasper und reichte Steven den verbliebenen Fuchsschwanz.

»Klar, danke, Sir Jasper.«

»He, Augenblick mal!«, rief Mark, trat vor und packte den Fuchsschwanz. »Ich will der Fuchs sein.«

»Nein, lass mich das machen, Dad. Du kannst es nächstes Mal.« Steven packte das andere Ende des Fuchsschwanzes und starrte seinem Vater in die Augen.

Erneut sahen die anderen Mitglieder der Gemeinschaft sich überrascht an. Angehörige ein und derselben Familie, die darum stritten, an einem Ereignis teilzunehmen, vor dem sich alle fürchteten?

»Ich werde der Jäger sein, zusammen mit Killer.« Damians Drohung wurde von einem selbstgefälligen Grinsen begleitet.

»Dann werde ich definitiv der Fuchs sein!«, sagte Steven.

»Ganz im Gegenteil, ich werde der Fuchs sein«, beharrte sein Vater.

»Hört sofort auf mit diesem Unsinn!«, brüllte Nigel aufgebracht.

»Okay, Dad, dann mach du es diesmal.« Steven ließ den Fuchsschwanz los und trat zurück, während er seinem Vater zuzwinkerte. Fast jeder, einschließlich Nigel, bemerkte das Zwinkern.

»He, du da!«, schnaubte Damian. »Wie kommt es, dass ein alter Mann wie du sich freiwillig meldet?«

»Nun, ich laufe gerne, Sir Damian. Aber keine Sorge, ich werde nicht allzu schnell rennen – ich sehe, Sie sind ein wenig außer Form.«

»Wir werden sehen, wer außer Form ist, wenn Killer deinen Arsch schnappt.«

»Aufstellen!«, befahl Jasper.

Mark hob eine Hand. »Bitte um Entschuldigung, Sir Jasper. Wie sind die Regeln dieses Spiels?«

»Das ist kein Spiel!«, brüllte Damian. »Es ist ein Wettstreit!«

»Bitte um Entschuldigung, Sir Damian. Wie lauten die Regeln dieses Wettstreits?«

»Ihr bekommt eine Vorsprung von zehn Minuten«, schnarrte Jasper. »Ihr dürft den Park nicht verlassen und werdet ständig den Fuchsschwanz tragen. Meine Brüder und ich werden Pistolenschüsse abfeuern, sobald ein jeder von uns seinen Fuchs gefangen hat. Sir Greg feuert einen Schuss ab, Sir Miles zwei, Sir Damian drei und ich vier. Die Familie des zuerst gefangenen Fuchses bemannt unverzüglich die Tretmühle. Sind die Regeln einfach genug für euch Kolonisten?«

»Jawohl, danke sehr. Nur noch eine Frage, Sir Jasper.«

»Was denn noch?«

»Wie lange dauert der Wettstreit?«

»Wie meinst du das?«

»Nun, wenn Sir Damian mich nicht fangen kann, was mache ich dann?«

»Er wird dich fangen, keine Sorge. Killer ist unser bester Spürhund.«

»Bitte um Entschuldigung – angenommen, er fängt mich nicht. Muss ich dann weiterrennen?«

Ein Anflug von Gelächter breitete sich unter den übrigen Mitgliedern der Gemeinschaft aus – Gelächter, das die Chatfields nur noch wütender machte.

»Es gibt keine zeitliche Beschränkung. Du rennst so lange weiter, bis du nicht mehr kannst!«, brüllte Damian. »Oder bis Killer dich schnappt!«

»Danke sehr, Sir Damian. Freut mich zu hören, dass es keine zeitliche Beschränkung gibt.«

»Los, macht ihnen Beine!«, kreischte Nigel.

Miles feuerte mit seiner Pistole einen Schuss in die Luft, und sie rannten los. Mark hielt sich im Rücken der anderen drei, während die vier Läufer den Hügel hinuntersprinteten. »Wie sieht die Strategie aus?«, rief er nach ungefähr hundert Metern.

»Was meinst du mit Strategie?« Fergus rang bereits um Atem.

»Na, es wäre doch wohl sinnvoll, wenn wir versuchen, die Hunde zu verwirren.«

»Jeder rennt für sich allein«, ächzte Theresa. »Ich laufe hier lang.« Sie löste sich von der Gruppe und verschwand im Farndickicht.

»Und ich hier lang!«, rief Luke und entfernte sich in die entgegengesetzte Richtung, wobei er einem schmalen Pfad folgte.

»Schätze, damit sind nur noch wir beide übrig, mein Junge«, sagte Mark zu Fergus. »Wollen wir zusammenbleiben? Vielleicht versuchen, die Hunde auf eine falsche Fährte zu locken?«

»Wie Theresa bereits gesagt hat, Onkel – jeder kämpft für sich allein. Und ich wäre dir wirklich dankbar, wenn du mir nicht folgen würdest. Ich kenne nämlich eine gute Route.«

»Meinetwegen. Aber wir sollten uns irgendwann mal unterhalten. Vielleicht können wir uns eine Strategie zurechtlegen, wie wir diese Clowns in Zukunft ein wenig verwirren.«

»Pass lieber auf, dass niemand hört, wie du sie ›Clowns‹ nennst. Irgendwie kriegen sie immer alles zu Ohren.«

»Du wirst mich doch nicht anschwärzen?«

»Nein, Onkel Mark. Aber ich bin wahrscheinlich einer von ganz wenigen.«

»Bist du sicher, dass wir es nicht mit Strategie versuchen sollen?«

»Wenn sie mich schneller schnappen als dich, reden wir über Strategie. Ich biege hier ab.« Während er davonrannte, rief er Mark noch eine Warnung zu. »Pass auf dich auf, Onkel Mark. Killer ist eine wirklich gemeine Bestie. Wenn er in deine Nähe kommt, wird Damian ihn nicht zurückrufen, bevor er dich nicht zerbissen hat. Du hättest die Chatfields nicht so ärgern sollen, wirklich nicht.«

»Danke für die Warnung, Junge. Viel Glück für deinen Lauf. Wir sehen uns in ein paar Tagen im Haus.«

»Du meinst wohl in ein paar Stunden!«, lachte Fergus, dann verschluckte ihn das dichte Unterholz. Mit seinem roten Irokesenschnitt sah er fast wie ein richtiger Indianer aus.

Einige Minuten später verkündete das Bellen der Hunde, dass die Jagd eröffnet war. Mark schätzte, dass er vielleicht einen Kilometer Vorsprung hatte. Trotz seines Spotts von vorhin wusste er, dass er sich anstrengen musste, wollte er seinen Vorsprung gegenüber Damian behalten.

Damian war vielleicht der fitteste der vier Söhne Nigels. Sowohl Jasper als auch Greg waren übergewichtig. Miles schien am besten in Form zu sein, doch Paul hatte erzählt, dass Miles und Theresa ein Verhältnis hätten; daher schien es unwahrscheinlich, dass sie als Erste gefangen wurde. Möglicherweise war sie gar nicht weit gelaufen, sondern wartete im Unterholz auf Miles. Wie dem auch sein mochte, Mark rechnete nicht damit, in den nächsten Minuten die beiden Pistolenschüsse zu hören, die verkündeten, dass Miles seine Beute gestellt hatte.

Mark hatte nicht trainiert, seit er und Steven vor Monaten Gulf Harbour verlassen hatten. Der Weg von Gillingham nach Sevenoaks hatte seine grundlegende Ausdauer, die er während der Seereise verloren hatte, größtenteils wiederhergestellt, und die zwei Wochen auf der Tretmühle hatten seine Beinmuskeln gestärkt, doch er war längst nicht so fit, wie er es sich gewünscht hätte. Es machte wenig Sinn, den Fuchsschwanz vom Boden aufzuheben, denn der Hund würde Marks Fährte genauso leicht folgen. Mark vermutete ohnehin, dass der Fuchsschwanz nur ein theatralisches Requisit war, ein Teil des Spiels, das die Chatfields spielten. Abgesehen davon – Mark *wollte*, dass der Hund ihm auf den Fersen blieb. Allein schon aus diesem Grund zog er den Fuchsschwanz weiter hinter sich her.

Trotz des dichten Farn-Unterholzes, das die zahlreichen Spazierwege im Park nach und nach von beiden Seiten zu erobern drohte, konnte Mark die Wege noch erkennen. Als er zwischen den Farnen hindurchrannte und ihr charakteristisches Aroma roch, stiegen Kindheitserinnerungen in ihm auf, aus einer Zeit, als er während gemeinsamer Übungen mit seiner damaligen Pfadfindergruppe über die gleichen Wege gerannt war.

Er überquerte einen Hügelkamm und wechselte die Richtung, um einem gewundenen Pfad zwischen einer Ansammlung stattlicher Eichen hindurch zu folgen. Von dort schlug er einen weiten Bogen über einen Weg, der sich innen am Zaun des Parks entlangzog. Er erreichte eine weitere Anhöhe und blickte zurück ins Tal hinter sich. Er entdeckte Damian und Killer, die ihm folgten. Sie hatten seinen Vorsprung verkürzt; Mark schätzte, dass ihm noch etwa eine Stunde blieb, bis sie ihn fassten – wahrscheinlich weniger, wenn Damian den Hund von der Leine ließ, sobald Mark in Sichtweite kam. Mark rannte weiter und änderte in unregelmäßigen Abständen die Richtung, um seine Absicht nicht so offensichtlich erscheinen zu lassen, während er langsam, aber sicher einen großen Kreis beschrieb, bis er – fünfundfünfzig Minuten, nachdem er losgerannt war – wieder zurück unter der Gruppe von Eichen war, von wo aus er mit großer Sorgfalt seiner vorherigen Spur folgte.

Unter einem knorrigen alten Baum in der Mitte des Gehölzes blieb er stehen und sprang so hoch, wie er konnte. Er packte einen der unteren Äste und zog sich daran in die Höhe. Von dort kletterte er weiter und kauerte sich schließlich in eine kleine Aushöhlung auf halber Höhe des Stammes.

Während er nach Atem rang, hörte er Damian und Killer durchs Unterholz brechen. Er hatte es gerade noch rechtzeitig in den Baum geschafft. Einen Moment befürchtete er, der Hund könnte ihn unter dem Baum wittern, doch das Tier zögerte nicht eine Sekunde und folgte unverdrossen der gleichen Spur im Kreis, der es bereits vor einer Stunde gefolgt war.

Damian merkte ebenfalls nicht, dass er im Kreis geführt wurde. Er stolperte hinter Killer her. Mark stieß einen erleichterten Seufzer aus. Es würde nicht lange dauern, bis Damian merkte, dass er einem Trick aufgesessen war, doch für den Augenblick war Mark sicher.

Sein Bruder Christopher hatte seinerzeit die Aushöhlung in der Eiche entdeckt. Christopher war als Kind ständig Bäume hinaufgeklettert. Die drei Brüder hatten das Geheimnis für sich behalten und auf diese Weise manches Versteckspiel gewonnen.

Da der Herbst ins Land gezogen war, hatten die Bäume im Park bereits einen Teil ihres Laubs abgeworfen. Ein scharfes Augenpaar hätte Mark trotz der Aushöhlung sicherlich bald entdeckt.

Von seinem Aussichtspunkt verfolgte Mark, wie Damian sich auf der anderen Seite des Tals nach oben mühte. Auf dem Kamm der Erhebung blieb er kurz stehen, um sich auszuruhen und nach vorn zu spähen. Anscheinend begriff er allmählich, dass Mark ihn im Kreis führte. Als er sich vorbeugte und den Hund aufmunternd tätschelte, ertönten in der Ferne vier Pistolenschüsse. Fergus war gestellt worden.

Zehn Minuten später verkündeten zwei weitere Pistolenschüsse, dass Theresa eingefangen worden war, auch wenn dieses Signal keine Bedeutung mehr hatte. Eine knappe halbe Stunde später, als Damian den Pfad hinunterrannte und in das

Wäldchen stürmte, wo Mark sich versteckte, meldete ein einzelner Schuss, dass Luke ebenfalls gefangen war.

Damian reagierte mit einem Wutanfall. Er blieb stehen und trat nach Killer, der ein Winseln ausstieß und mit eingezogenem Schwanz flüchtete. Dann ließ er sich auf einen umgestürzten Stamm unter dem Baum sinken, auf dem Mark hockte, nahm seine Pistole aus dem Halfter und feuerte sechs Schüsse in die Luft. Mark drückte sich in die Aushöhlung, als die Kugeln dicht an ihm vorbeizischten.

Jasper hatte bei der Besprechung nicht erwähnt, was sechs Schüsse bedeuten sollten, und Mark konnte nur raten. Er fragte sich auch, wieso Damian unverwandt auf seinem Baumstamm sitzen blieb. Ein wenig später vernahm er in der Ferne einen einzelnen Schuss, den Damian mit zwei Schüssen aus seiner Pistole beantwortete. Dies wiederholte sich mehrere Male, und jedes Mal war der einzelne Schuss näher als zuvor. Damian hatte seine Pistole eben zum dritten Mal nachgeladen, als Greg, Miles und Jasper mit ihren Hunden und den drei Gefangenen unter den Bäumen erschienen.

»Was ist los?«, wollte Jasper wissen.

»Ich glaube, er läuft im Kreis«, erklärte Damian.

»Und was sollen wir tun?«

»Während ich mit Killer erneut den Kreis abgehe, könntet ihr in die entgegengesetzte Richtung laufen und ihm den Weg abschneiden. Auf diese Weise müsste es uns gelingen, ihn aus seiner Deckung zu zwingen.«

»Ihr hättet eine zeitliche Grenze setzen sollen, Sir Damian«, schlug Fergus vor.

Luke und Theresa hatten Mühe, ihr Kichern zu unterdrücken.

»Insubordination!«, kreischte Damian. »Du verbringst die nächste Woche auf der Tretmühle!«

Fergus zuckte die Schultern. Er war als erster Fuchs gefangen worden und aus diesem Grund sowieso schon eine Woche auf der Tretmühle, was Damian offensichtlich übersehen hatte.

»Los, setzen wir uns in Bewegung!«, unterbrach Jasper das Wortgefecht. »Ich gehe den Kreis rückwärts. Miles, du gehst mit Damian. Greg, du wartest hier. Versteck dich mit ihnen«, er deutete auf die drei Gefangenen, »hinter den Bäumen dort. Halt die Augen offen für den Fall, dass er uns entwischt. Er wird zweifellos so lange im Kreis rennen, wie er kann.«

Greg führte Theresa, Fergus und Luke zu dem angegebenen Versteck. Als sie davongingen, murmelte Fergus irgendetwas vor sich hin, und alle drei lachten auf.

»Sorg dafür, dass sie den Mund halten!«, schnarrte Jasper.

Fast eine Stunde später kehrten Jasper, Miles und Damian mit drei hechelnden Hunden auf die Lichtung zurück. Die Tiere hatten die Zungen aus den Mäulern hängen und wirkten genauso niedergeschlagen wie ihre Herren.

»Habt ihr ihn nicht gefunden?«, fragte Fergus.

Die drei Brüder ignorierten ihn.

»Lass die Gefangenen da, und komm her!«, rief Jasper an Greg gewandt.

Die Brüder setzten sich auf den Baumstamm und unterhielten sich so leise, dass die Gefangenen sie nicht hören konnten. Doch Mark, der im Baum über ihren Köpfen kauerte, verstand jedes Wort.

»Wie konntest du ihn entwischen lassen?«, wollte Jasper wissen.

»Keine Ahnung. Er hat sich einfach in Luft aufgelöst!«, antwortete Damian.

»Er kann sich nicht einfach in Luft aufgelöst haben!«

»Die Bäume!«, rief Miles unvermittelt und sprang auf. »Er muss auf einen Baum geklettert sein!«

Mark machte sich in der Vertiefung ganz klein.

»Entweder das, oder er ist unbemerkt aus dem Kreis ausgebrochen«, meinte Jasper.

»Wie dem auch sei, wir müssen ihn finden«, sagte Damian kleinmütig. »Wir stehen da wie Trottel.«

»Nicht wir«, verbesserte ihn Miles. »Du.«

»Herhören!«, sagte Jasper und unterbrach energisch das Gezänk. »Wir werden Folgendes tun.« Er scharrte herabgefallenes Herbstlaub zur Seite, nahm einen Zweig und malte eine Skizze auf den Boden. Zuerst zog er einen Kreis. »Damian, du nimmst Killer und folgst der Spur erneut. Unterwegs siehst du hinauf in jeden Baum entlang der Route.« Er zeichnete einen zweiten Kreis in den ersten hinein. »Greg, du wirst mit deinem Hund innerhalb des ersten Kreises laufen und hältst zwanzig Meter Abstand von Damian. Auf diese Weise werden wir seine Spur finden, falls er den Kreis verlassen hat und sich in der Mitte versteckt.« Er zeichnete einen dritten, größeren Kreis um die beiden anderen herum. »Ich gehe mit meinem Hund außen herum, ebenfalls in zwanzig Meter Abstand zu Damian. Falls er den Kreis nach außen verlassen hat, finde ich seine Spur wieder.«

»Brillant!«, sagte Damian.

»Miles, du bleibst hier und bewachst die Gefangenen. Halt die Augen offen, falls er versucht, einen Haken zu schlagen und in unseren Rücken zu gelangen.«

»Ich bin schon dreimal um diesen Kreis herumgelaufen!«, jammerte Damian. »Ich sollte derjenige sein, der bei den Gefangenen bleibt.«

»Es ist deine Schuld, dass wir ihn überhaupt suchen müssen!«, tat Jasper den Einwand seines Bruders in scharfem Tonfall ab. »Los, fangen wir an. Und vergesst nicht, die Bäume abzusuchen.«

Mark machte sich ganz klein in seiner Aushöhlung. Er wagte kaum zu atmen, während drei Augenpaare den Baum hinaufstarrten, in dem er saß. Er entspannte sich erst wieder, als der Lärm von Menschen und Hunden in der Ferne allmählich schwächer wurde.

Weitere anderthalb Stunden später, es wurde bereits dunkel, stolperten die Brüder zurück auf die Lichtung.

»Kein Glück gehabt?«, rief Fergus ihnen zu.

Wieder wurde seine Frage ignoriert.

»Was jetzt?«, wollte Miles wissen, nachdem er sich zu seinen Brüdern gesellt hatte.

»Wir müssen zurück«, sagte Jasper. »Die Hunde sind erledigt.«

»Ich auch«, beschwerte sich Greg.

Jasper sah auf seine Uhr. »Für heute ist es zu spät, um noch etwas zu unternehmen. Soll er sich die Nacht hier draußen im Park um die Ohren schlagen. Wir jagen ihn morgen früh weiter.«

Mark war erleichtert. Die Entscheidung der vier Brüder, ihn nicht die Nacht hindurch zu jagen, würde ihm die Gelegenheit bieten, die er benötigte.

»Abgesehen davon«, sagte Damian, als sie sich entfernten, »wenn wir Glück haben, schnappen wir ihn auf dem Rückweg zum Haus.« In seiner Stimme schwang Verzweiflung mit; er war ganz und gar nicht erbaut von dem Gedanken, seinem Vater beichten zu müssen, dass Mark verschwunden war.

Um neun Uhr wurde das Abendessen in der Großen Halle serviert. Keiner der Chatfields war zugegen, um das Kommando zum Auftischen des Essens zu geben. Nigel und Allison aßen in ihren Zimmern. Schließlich beschloss Diana, das Essen eigenmächtig aufzutragen. Es gab aufgeregtes Gemurmel, und die verschiedensten Mutmaßungen wurden geäußert, was passiert sein mochte. Es gab viel Gelächter und Witzeleien. Alle fühlten sich entspannt, nachdem der Tisch auf dem Podium zum ersten Mal seit jenem traurigen Weihnachtsfest verlassen war und kein Wachposten auf der Minstrel Gallery saß.

Als sie ihre Mahlzeit beendeten, kamen Theresa und Luke in die Große Halle. Alles stürzte sich sofort auf die beiden. Die

Gemeinschaft war begierig auf Neuigkeiten. Fergus war direkt zur Tretmühle gebracht worden.

Die vier Brüder schlichen erst viel später hinunter in die Küche, nachdem sie sich eine halbe Stunde lang die Wutausbrüche ihres Vaters hatten anhören müssen. Niemand aus der Gemeinschaft sah, wie sie nach etwas Essbarem suchten. Es war das erste Mal, dass sie nicht bedient wurden, seit ihre Verwandten nach Haver House gekommen waren.

Ihr Unvermögen, Mark zu fangen, machte ihnen zu schaffen, und sie waren fest entschlossen, sich zu rächen. Sie wollten Mark eine Lektion erteilen, wenn sie ihn am nächsten Tag gefasst hatten – eine so bittere Lektion, dass ihm Hören und Sehen verging. Ihm und jedem anderen in der Gemeinschaft.

42

Sobald die Brüder und ihre Gefangenen außer Hörweite waren, band Mark den Fuchsschwanz ab, verstaute ihn in der Aushöhlung, kletterte den Baum hinunter und sprang zu Boden. Er folgte seiner ursprünglichen Route, bis er auf der anderen Seite des Kreisbogens angelangt war, ehe er sich löste und einen weiteren großen, unregelmäßigen Kreis lief, der mit dem ersten verbunden war. Als er fertig war, hatte er eine »8« mit einer Länge von mehr als sechzehn Kilometern geschaffen.

Er hatte zuerst überlegt, ob er sich geradewegs aus dem Park stehlen sollte, doch er wollte nicht, dass es herauskam: Er verspürte nicht den Wunsch, sich von den Chatfields brandmarken zu lassen. Außerdem sorgte er sich, Nigel könnte seine Söhne in den Park schicken, um auch während der Nacht nach ihm zu suchen. In beiden Fällen benötigte er eine Versicherung, und die erweiterte Fährte konnte sie ihm verschaffen.

Die zweite Schleife der »8« diente noch einem weiteren Zweck. Sie führte ein kurzes Stück an einem Drahtzaun entlang, der ein paar Hektar des Parks abgrenzte – hauptsächlich, um das Rotwild abzuhalten, damit Setzlinge wachsen konnten.

Mark lief die neue Schleife ein zweites Mal entlang. An der Stelle, wo die Spur sich wieder vom Drahtzaun entfernte, sprang er, so hoch er konnte, und hielt sich an den zwischen den Pfosten gespannten Drähten fest, während er sich mehrere Minuten Fuß über Fuß den Draht entlangarbeitete, ehe er auf der anderen Seite des Zauns zu Boden sprang und zur Umzäunung des Parks rannte. Von dort begab er sich auf direktem Weg durch dunkle Straßen in die Lodge Road, wo das Haus seines Bruder, stand. Zu seiner Erleichterung lagen der Rucksack und die Gewehre, die er und Steven von Gillingham mitgebracht hatten, noch immer unberührt in der Küche.

Rasch sah er sich im Haus um und sammelte Dinge ein, die er für eine Flucht als nützlich erachtete. Als er die Stufen zur ersten Etage hinaufstapfte, fiel silbernes Mondlicht durch ein Fenster in der Dachschräge auf eine Reihe von Fotos an der Wand. Besonders ein Bild erweckte seine Aufmerksamkeit – die gerahmte Fotografie, die er Paul im Jahr vor dem Ausbruch der Seuche geschickt hatte. Es war eine Vergrößerung des Bildes, das Mark in der Brieftasche bei sich trug, die Jasper ihm abgenommen hatte. Das Foto zeigte Jane, Zach und Nicole.

Mark nahm das Bild von der Wand und schob es in seinen Rucksack. Schmerzliches Heimweh überkam ihn. In Neuseeland war jetzt Mittag. Er fragte sich, was Jane, seine Enkelkinder, sein Bruder Christopher, dessen Töchter und seine Großnichten machten und wie es ihnen ging.

Erst jetzt merkte er, wie hungrig er war. Er sammelte die Gewehre ein und ging durch die Haustür nach draußen, um im Mondlicht eine Dose Bohnen zu essen, die er im Rucksack gefunden hatte. Anschließend füllte er eine Wasserflasche aus dem Fass neben dem Gewächshaus, schlang sich Rucksack und Gewehre über die Schultern und machte sich auf den Weg zurück nach Haver Park.

Als Mark das White Horse Inn erreichte, ganz in der Nähe der Stelle, wo er in den Park zurückkehren wollte, tastete er sich in das verlassene Gebäude und stolperte die Stufen hinauf in eines der Gästezimmer im ersten Stock. Dort nahm er die Wasserflasche und das gerahmte Foto aus dem Rucksack und schob beides unter die Jacke, ehe er Rucksack, Gewehre und Munition in einen leeren Schrank packte und die Tür schloss.

Es war halb zwei morgens, als Mark den Park an der gleichen Stelle wieder betrat, an der er ihn verlassen hatte. Er rannte zu dem abgesperrten Bereich, balancierte am Drahtzahn entlang und sprang zurück auf seine alte Fährte. Er folgte ihrem Verlauf bis zu der hohlen Eiche, wo er die Wasserflasche und das kostbare Bild versteckte und den Fuchsschwanz hervornahm.

Dann wanderte er müde eine weitere halbe Stunde die Achterschleife entlang, ehe er einen Flecken Farn niedertrampelte und sich ein primitives Lager aus Farnwedeln bereitete. Er schlief unruhig – er fürchtete, er könnte verschlafen und den Rest seiner nächtlichen Arbeit nicht vollenden. Um halb fünf wachte er auf und joggte langsam ein weiteres Mal die gesamte Achterschleife entlang, während er sorgfältig den Fuchsschwanz hinter sich her schleppte. Er wollte sicher sein, dass seine Spur frisch war.

Als er fertig war, ging er zurück zum Haus – auf dem gleichen Weg, auf dem er am Tag zuvor hergekommen war. Mark erreichte den Hügelkamm, als die Familien sich darauf vorbereiteten, ihre Quartiere zu verlassen, um ihr Frühstück in der Großen Halle einzunehmen. Mark konnte Greg auf dem Turm über dem West Gate sehen: Greg las in einer Zeitschrift, anstatt aufzupassen.

Der Zeitpunkt war perfekt. Mark stand oben auf dem Hügel und rief, so laut er konnte: »He, Sir Damian! Ihr habt doch wohl nicht aufgegeben, oder?«

Sofort hatte er die Aufmerksamkeit aller, deren Fenster auf den Park hinaus zeigten. Die Bewohner der Zimmer winkten ihm begeistert zu und johlten. Sein herausforderndes Benehmen brachte ihm jedoch auch eine Garbe Maschinengewehrfeuer vom Turm ein. Mark sprang in Deckung und rollte sich zur Seite. Er hatte nicht damit gerechnet, dass Greg auf ihn schießen würde – genauso wenig, wie er das anfeuernde Johlen seiner restlichen Verwandtschaft erwartet hatte. Er rappelte sich auf und rannte im Zickzack über den Kamm, bis er außer Sicht war.

Mit den jaulenden Hunden und den donnernden Pferdehufen, die wenige Augenblicke später durch das West Gate in seine Richtung kamen, hatte Mark am wenigsten gerechnet. Er hatte gedacht, die Brüder würden ihre Suche erst nach dem Frühstück fortsetzen. Doch Damian, Miles und Jasper hatten beschlossen, die Jagd auf Mark früh fortzusetzen – begierig, dem ätzenden Spott ihres Vaters zu entgehen. Sie hatten den dicken Greg allein auf dem Turm zurückgelassen, um das Maschinengewehr zu bemannen.

Die Hunde liefen frei und gierten nach Blut. Falls sie Mark zu fassen bekamen, würden sie ihn übel zurichten – er bezweifelte, dass die Brüder die Tiere zurückpfeifen würden. Wahrscheinlich rannte er um sein Leben. Zweimal stürzte er in seiner Hast, sich in Sicherheit zu bringen. Er erreichte die hohle Eiche mit wenigen Sekunden Vorsprung. Da keine Zeit mehr war, sich in der Aushöhlung zu verstecken, drückte er sich auf halber Höhe dicht an den Stamm. Glücklicherweise blickten die drei Brüder nicht nach oben. Ihre Aufmerksamkeit war einzig und allein nach vorn gerichtet, während sie den Hunden folgten in der Erwartung, die Schreie ihrer Beute zu hören, die den erfolgreichen Abschluss der Hetzjagd verkündete.

Sobald sie vorüber waren, kletterte Mark höher und rutschte in sein Versteck. Er wollte die Brüder von dem Gedanken ablenken, er könnte den Park heimlich verlassen haben. Falls sie Verdacht schöpften und der Sache nachgingen, bestand die Möglichkeit, dass die Hunde seine Fährte entdeckten und die Chatfields zu den Gewehren führten, die er im White Horse Inn versteckt hatte. Wenn er sie einen weiteren Tag im Park beschäftigte, wenn sie den zweiten Teil der Achterschleife entdeckten und sein Schlaflager fanden, würden sie mit großer Wahrscheinlichkeit davon ausgehen, dass er die Nacht im Park verbracht hatte.

Obwohl die Fährte inzwischen ein ganzes Stück länger war, dauerte es wegen der frei laufenden Hunde und der Pferde keine Stunde, bis die Brüder zurück unter den Eichen und Marks Versteck waren. Es war purer Zufall – und ein glücklicher obendrein für Mark –, dass der umgestürzte Baumstamm unter seinem Versteck zum Treffpunkt der Brüder geworden war, denn so konnte er erneut ihre Unterhaltung belauschen.

»Er muss in den Bäumen sein«, sagte Miles.

»Wir machen es genau so wie gestern«, sagte Jasper, als er vom Pferd stieg. »Wir gehen in einem Abstand von zwanzig Metern die gesamte Fährte ab.«

»Gehen?«, fragte Damian bestürzt.

»Wir haben keine Kontrolle über die Hunde, wenn wir reiten. Wir lassen die Pferde hier, gehen zu Fuß und nehmen die Hunde an der langen Leine.«

»Ich renne heute nicht schon wieder«, sagte Damian, als er zögernd vom Pferd glitt. »Wir haben es nicht eilig. Falls nötig, haben wir den ganzen Tag Zeit.«

»Und die Nacht obendrein«, sagte Miles.

»Nein, haben wir nicht«, erklärte Jasper. »Seine Lordschaft will, dass wir vor dem Abendessen zurück sind. Gestern Nacht war niemand in der Großen Halle, und die Informantin hat berichtet, dass die Bauern sich prächtig auf unsere Kosten amüsiert haben – und ich schätze, sie hat nur die halbe Geschichte erzählt.«

Mark lauschte aufmerksam, doch es fiel kein weiteres Wort, das ihm Aufschluss über die Identität der Informantin gegeben hätte. Die Brüder erwähnten sie nicht mehr.

»Diese verdammten Kiwis haben uns in den letzten drei Wochen mehr Ärger gemacht als die anderen in drei Jahren!«, murmelte Miles.

»Dann sorgen wir eben dafür, dass uns wenigstens einer der beiden in Zukunft keine Scherereien mehr macht«, sagte Damian. »Sobald wir ihn aus seinem Versteck gescheucht haben, können die Hunde sich mit ihm beschäftigen.«

»Sie werden ihn töten!«, warnte Miles.

»Wir erzählen einfach, die Hunde hätten ihn erwischt, ehe wir sie zurückpfeifen konnten. Niemand wird je die Wahrheit erfahren.«

»Zuerst einmal müssen wir ihn finden«, erinnerte Jasper seine Brüder. »Los, rufen wir die Hunde herbei und leinen sie an.«

Die Brüder banden die Pferde an den Stamm und machten sich auf den Weg. Jeder führte zwei Hunde an der langen Leine. Damian trottete auf der Spur hinter Killer und einem zu groß gewachsenen Pitbull Terrier her, während Miles und Jasper sich in gleichbleibendem Abstand rechts und links davon hielten. Auf Jaspers Kommando hin setzten sie sich in Bewegung. Sie gingen langsam, während sie unterwegs gründlich die Bäume absuchten. Es dauerte eine scheinbare Ewigkeit, bis sie endlich das Eichenwäldchen hinter sich gelassen hatten und außer Sicht verschwunden waren.

Als Mark alleine war, wurde ihm zum ersten Mal bewusst, dass er zitterte. Die erklärte Absicht der Brüder, ihre Hunde auf ihn zu hetzen, erfüllte ihn mit Angst. Er konnte nicht unbegrenzt lange in seinem Versteck im Baum bleiben, und ohne Steven konnte er auch nicht aus dem Park verschwinden und zur *Archangel* zurückkehren. Zugleich wusste er, dass er in Todesgefahr schwebte, falls er vom Baum stieg und gefasst wurde.

Er überlegte kurz, ob er den Pfad zurücklaufen sollte, der nach Haver House führte, doch damit riskierte er eine weitere Garbe aus dem Maschinengewehr. Angesichts der Wut, die

Greg auf ihn hatte, bezweifelte Mark, ob es ihn retten würde, wenn er mit erhobenen Händen vortrat.

Es war fast Mittag, als er zum ersten Mal einen kurzen Blick auf die drei Brüder ganz am anderen Ende der Achter-Schleife erhaschte. Zu diesem Zeitpunkt hatte er bereits einen Plan, der ihm zwar nur eine kleine Chance bot, doch es war besser als gar nichts.

Er trank den letzten Rest Wasser aus seiner Flasche, nahm den Fuchsschwanz und das gerahmte Foto vom Boden der Aushöhlung und stopfte sich beides in die Jacke. Dann sprang er hinunter auf die Fährte, ging zu den angebundenen Pferden, band Damians Tier los und schwang sich in den Sattel.

Er trabte ein kurzes Stück über den Pfad; dann bog er in rechtem Winkel von seiner Fährte ab. Er ritt ein ganzes Stück weit durch den Park und entfernte sich stetig von den Brüdern, bis er das Pferd unter einen Baum lenkte und aus dem Sattel auf die unteren Äste kletterte, ohne die Zügel loszulassen. Dann drehte er Damians Pferd um und versetzte ihm einen Schlag auf die Kruppe. Erschrocken galoppierte das Tier davon, blieb dann aber auf halbem Weg zwischen Marks neuem Baum und dem Pfad wieder stehen. Er hatte gehofft, dass das Tier zu den beiden anderen Pferden zurückkehren würde, doch diesen Gefallen tat es ihm nicht.

Die drei Brüder waren unterdessen von ihrer Runde zurück und hatten das Fehlen von Damians Pferd bemerkt. Sie waren sofort misstrauisch geworden, und Damian hatte Killer von der Leine gelassen. Der Hund war der Spur des Pferdes gefolgt und schnüffelte nun ganz unten an Stamm des Baumes, in dem Mark sich versteckte, ehe er seinen Weg fortsetzte.

Wäre Damian nicht so müde gewesen und bei Killer geblieben, anstatt den Hund allein laufen zu lassen, hätte er das Zögern des Tieres sicher bemerkt, und dann hätte er ohne Zweifel Mark in seinem Versteck entdeckt. Doch so folgte Killer unversehens der Spur zurück zu den beiden anderen Pferden.

Mark war zu weit entfernt, um die Unterhaltungen der Brüder zu belauschen, doch er konnte sie deutlich sehen. Sie saßen eine halbe Stunde lang auf dem Baumstamm und ruhten sich aus, während sie miteinander diskutierten. Dann nahmen sie zu Marks Erleichterung die Hunde ein weiteres Mal an die lange Leine und folgten erneut der Spur, die Mark für sie gelegt hatte, diesmal in umgekehrter Richtung.

Sobald sie außer Sichtweite waren, sprang Mark von seinem Baum herab und schlug einen weiten Bogen zur südlichen Ecke der Mauer ein, die Haver House umgab. Es war eine nervenaufreibende Strecke. Er lauschte ununterbrochen nach hinten auf herandonnernde Hufe oder wild bellende Hunde. Zum Glück waren die Brüder überzeugt, dass er sich irgendwo entlang seiner »8« versteckt hielt und ritten unentwegt die Schleife entlang.

Es war später Nachmittag, als Mark die Südecke von Haver House erreichte und von dort aus eng an die Mauer gepresst zum West Gate weiterging. Die Mauer verbarg ihn vor Greg, der auf dem Turm Wache hielt. Auf halbem Weg war die Mauer unterbrochen von einem großen schmiedeeisernen Gittertor, das einen Ausblick aus den Gärten hinaus in den Park ermöglichte. Mark blieb vor der Lücke in der Mauer stehen und spähte vorsichtig um den Steinpfeiler. Sein Puls begann zu rasen: Nigel saß im Garten, nicht weit vom Tor entfernt, und las in einem Buch. Allison saß ihm gegenüber und stickte.

Mark blickte nervös auf die Uhr. Er musste am West Gate sein, wenn sein Bruder und dessen Familie mit der Gartenarbeit aufhörten und zum Feierabend ins Haus zurückkehrten. Die Zeit wurde allmählich knapp.

Er wartete ein paar weitere Minuten, doch Nigel und Allison machten keine Anstalten zu gehen. Mark saß fest. Er hatte nicht mehr genügend Zeit, um einen anderen Weg zum West Gate zu suchen – die einzige Möglichkeit war, auf dem Bauch liegend am Tor vorbeizukriechen, ungefähr zehn Schritte von der Stelle entfernt, an der Nigel und Allison saßen.

Nigel schien in sein Buch vertieft. Er hatte das Pistolenhalfter abgeschnallt und das Gewehr an den Sessel gelehnt. Offensichtlich war er nervös, weil drei seiner vier Söhne abwesend waren. Als Mark halb am Tor vorbei war, blickte Allison von ihrer Stickerei auf und entdeckte ihn. Sie stieß einen erschrockenen Laut aus.

»Was hast du gesagt?«, fragte Nigel und schaute sie an. Mark versuchte sich ganz flach zu machen, förmlich in den Boden zu sinken. Er wusste nicht, wie Nigel reagieren würde, falls er ihn entdeckte. Gut möglich, dass er Mark aus Wut oder Panik erschoss.

»Nichts. Ich hab mich bloß mit der Nadel gestochen«, sagte Allison hastig und steckte sich den Finger in den Mund.

»Blöde Kuh«, brummte Nigel und vertiefte sich wieder in sein Buch.

Mark wartete noch ein paar Sekunden, ehe er seine gefährliche Reise fortsetzte. Er seufzte vor Erleichterung, als er die Sicherheit des zweiten Pfeilers auf der anderen Seite des Tores erreicht hatte. Er war noch am Leben, und jetzt wusste er, dass es zwei Menschen in der Gemeinschaft gab, denen er vertrauen konnte: Allison und Fergus.

Er erreichte die westliche Ecke der Mauer, als Paul und seine Familie sich daranmachten, ihre Werkzeuge zu säubern, um anschließend durch das West Gate ins Haus zurückzukehren. Er drückte sich eng an die Mauer, außer Sicht für Greg oben auf dem Turm hinter dem Maschinengewehr. Nicht einmal seine eigene Familie bemerkte ihn – ausnahmsweise war die graue Jacke von Vorteil. Unbemerkt erreichte er eine Gruppe von Stachelbeersträuchern am Rand des Gartens, wo er wartete. Ein paar Minuten später, als die Gärtnerfamilie auf dem Rückweg zum Haus an seinem Versteck vorbeikam, schloss er sich ihnen unauffällig an.

»Erfolg gehabt beim Gärtnern?«, fragte er.

Alle wirbelten zu ihm herum.

»Wo hast du gesteckt?«, fragten sie wie aus einem Munde.

»Geht weiter. Ich erzähle euch später alles.«

Greg, der müde und gelangweilt auf dem Turm saß, musterte die heimkehrenden Gärtner nur mit einem flüchtigen Blick.

»Du trägst deinen Hut nicht, Onkel Mark«, sagte Mary-Claire.

»Das ist im Moment noch mein kleinstes Problem«, murmelte Mark.

»Da hast du allerdings recht«, sagte Paul und deutete in Richtung des Parks, wo die drei Brüder in diesem Augenblick über den Kamm geritten kamen, gefolgt von ihren müden Hunden. »Wir sollten zusehen, dass wir in unser Quartier kommen, bevor sie uns einholen. Du hast gerade genug Zeit, dich vor dem Abendessen zu waschen und umzuziehen«, fuhr Paul fort, als sie sich dem Eingang des Familienquartiers näherten. »Wir haben dir ein Zimmer fertig gemacht. Hier entlang.«

Er führte Mark durch die verwinkelten Gänge des Quartiers der Grey-Familie zu einem kleinen Raum mit Ausblick auf den Lawn Court. Es war das erste Mal, dass Mark sein Zimmer zu Gesicht bekam, seit er und Steven nach Haver House gekommen waren. Bisher hatte er jede Nacht entweder in der Gefängniszelle, im Bestrafungsraum oder versteckt im Park verbracht.

Das Zimmer war spärlich möbliert mit einem schmalen Bett und einer Schubladenkommode. Das einzige andere Möbelstück war ein Holztisch mit einem Krug Wasser darauf, einer Schale und einem altmodischen Rasiermesser. Auf dem Bett lagen ein Handtuch und eine saubere graue Jacke.

»Ich komme dich in zehn Minuten holen«, sagte Paul. »Wir versuchen dich in die Große Halle zu schmuggeln, bevor die Brüder dich entdecken. Du hast sie wirklich wütend gemacht, weißt du? Ich möchte nicht in deiner Haut stecken, wenn sie dich allein antreffen.«

Paul eilte davon, und Mark nahm das kostbare gerahmte Foto aus seiner Jacke und stellte es neben seinem Bett auf die Kommode. Er schabte sich flüchtig die Stoppeln von Kinn und Wangen, wusch sich, zog sich um, band sich den Fuchsschwanz um die Taille, steckte das Ende in die Jackentasche und schloss sich dem Rest der Familie auf dem Weg zum Abendessen an.

Als sie die Große Halle betraten, zog Mark den Fuchsschwanz aus der Tasche und zog ihn hinter sich her über den Boden. Ringsum begannen die anderen Familien zu tuscheln, als sie ihn erblickten. Oben auf der Galerie knarrte ein Stuhl, als Greg sich erhob, um nach der Ursache für die Aufregung zu forschen. Das Getuschel erstarb augenblicklich. Gregs Blicke schweiften prüfend durch den Saal, doch weil Mark mit dem Rücken zur Minstrel Gallery saß, bemerkte Greg nichts Ungewöhnliches.

Die Familien warteten schweigend fast eine halbe Stunde, bevor Nigel, Jasper, Damian, Miles und Allison erschienen. Bei ihrem Eintreten erhob sich alles von den Plätzen.

»Setzen!«, brüllte Nigel, ohne seinen Verwandten mehr als einen flüchtigen Blick zu schenken.

Die Erlaubnis zu sitzen beinhaltete zugleich die Erlaubnis zum Reden. Im Saal entwickelte sich eine ungewöhnlich laute Unterhaltung, als die Gemeinschaft eifrig Mutmaßungen darüber anstellte, wie Mark ins Haus zurückgekehrt war, ohne dass es jemand bemerkt hatte.

»Nicht so laut!«, brüllte Damian von der Empore herab.

Die aufgeregten Gespräche hielten in gedämpftem Tonfall an. Die Chatfield-Familie unterhielt sich ebenfalls leise. Keiner der fünf oben am Tisch sah hinunter zu den anderen im Saal. Mark nahm an, dass sie sich fürchteten, Spott in den Augen der anderen zu sehen.

Das Abendessen war beinahe zu Ende, als oben auf dem Podium plötzlich ein gewaltiger Tumult losbrach. Damian war aufgesprungen und hätte in seiner Hast beinahe seinen Sessel umgeworfen.

»Er ist hier!«, kreischte er. »Er ist hier! Da unten!« Er zeigte hinunter in den Saal und auf Mark.

»Hallo, Sir Damian«, sagte Mark und winkte ihm jovial zu.

»Was hast du hier zu suchen?«, verlangte Jasper wütend zu erfahren.

»Selbst ein Fuchs muss hin und wieder essen, Sir Jasper«, antwortete Mark.

Ein leises Kichern ging durch den Saal.

»Los, hier rauf!«, befahl Nigel.

Mark erhob sich. Dann drehte er sich zu Steven um. »Würdest du bitte den Fuß von meinem Schwanz nehmen?«, fragte er laut und vernehmlich.

Lautes Gelächter brandete auf, als er zum Podium ging und den Fuchsschwanz hinter sich her zog.

»Ruhe!«, brüllte Nigel. Augenblicklich erstarb der Lärm; nur vereinzelt kicherte noch jemand, der sich nicht im Griff hatte. »Wo hast du gesteckt?«, fragte Nigel, als Mark zum Podium trat.

»Ich bin durch den Park gerannt wie ein Wahnsinniger, immer und immer wieder.«

»Die ganze Zeit?«

»Selbstverständlich. Ich hatte Sir Damian gebeten, eine zeitliche Grenze zu setzen, aber er sagte, ich müsste weiterlaufen, bis er mich geschnappt hätte. Leider bin ich irgendwann so hungrig geworden, dass ich zurück ins Haus musste, um etwas zu essen.«

»Wie bist du ins Haus gekommen?«

»Durch das West Gate.«

»Ich hab ihn nicht gesehen!«, rief Greg von der Minstrel Gallery herab.

»Habt Ihr geschlafen, Sir Greg?«, rief Mark und sah zu ihm hinauf.

»Nein, ich habe nicht geschlafen!«, empörte sich Greg.

Nigel blickte seinen Sohn vorwurfsvoll an.

»Wie hast du es geschafft, den Hunden auszuweichen?«, wollte Damian wissen.

»Nun ja«, sagte Mark nachdenklich. »Es ist nicht so, wie die Leute denken … Kiwis *können* fliegen.«

Steven war einer der wenigen, die den Witz über das flugunfähige neuseeländische Maskottchen verstanden. Er lachte schallend.

»Und Kiwis können äußerst unverschämt sein!«, brüllte Nigel. »Dafür gehst du eine Woche auf die Tretmühle – und zwar von jetzt an. Los, kommt!«, sagte er zu seinen Söhnen. Er erhob sich und stürmte aus dem Saal, gefolgt von seiner Familie.

Mark nahm den Fuchsschwanz ab und warf ihn verächtlich auf den oberen Tisch. In seiner Eile, in den Bestrafungsraum zu gelangen, bemerkte er den ringsum aufbrandenden Applaus von Seiten seiner Verwandtschaft kaum.

»Warum so eilig?«, fragte Steven, als er seinem Vater über den Flag Court hinterhereilte.

»Ich will nicht, dass mich einer von diesen Clowns begleitet«, sagte Mark. »Ich habe keine Lust, mich von hinten niederschlagen zu lassen.«

»Ich teile heute Nacht die Schicht mit dir«, erbot sich Steven, begierig, seinen Vater zu schützen und sich alles von ihm erzählen zu lassen.

43

»Hallo, Onkel Mark«, sagte Fergus fröhlich, als Steven und Mark durch die Tür in den Bestrafungsraum marschierten.

»Hallo, Junge. Wir sind hier, um dich abzulösen.«

»Was hast du diesmal falsch gemacht?«, fragte Fergus lachend.

Mark tippte ihm auf die Schulter, und sie tauschten die Plätze. »Frechheit«, sagte er.

»Das war jedenfalls ein toller Lauf, den du gezeigt hast. Wie hast du es gemacht?«

»Damit würde ich ein Geheimnis verraten.«

Steven war von dem Apparat zurückgetreten und verfolgte den Weg der Wassereimer nach oben und durch das Loch in der Decke. »Warum muss die Tretmühle vierundzwanzig Stunden am Tag in Betrieb sein?«, fragte er Fergus.

»Damit der Tank voll bleibt.«

Steven musterte kritisch die Trommel, die sich widerstrebend auf der scheuernden Welle drehte. »Die Eimer fördern genug Wasser nach oben, um fünfzig Tanks zu füllen. Hast du beim Bau geholfen?«

»Sicher«, sagte Fergus stolz.

»Was für Lager habt ihr oben am anderen Ende des Förderbands?«

»Na ja … eigentlich keine. Nur ein Rad über einem alten Balken, der schon da oben war.«

»Und die Eimer leeren sich in einen Tank?«

»Ja, sozusagen. Das Wasser fließt in eine Rinne und über die Rinne oben in den Vorratstank.«

»Was passiert von dort aus mit dem Wasser?«

»Am Boden des Tanks gibt es drei Leitungen. Eine zu den Toiletten und Spülbecken rund um den Flag Court, eine zur Küche und die dritte zu den Privaträumen der Chatfields.«

»Und was geschieht, wenn der Tank voll ist?«

»Es gibt ein Überlaufrohr, das nach draußen aufs Dach führt.«

»Also geht sämtlicher Überschuss aufs Dach, durch die Dachrinnen und das Fallrohr zurück in die Zisterne?«

»Oh, ich glaube nicht, dass der Tank je voll ist.«

»Was macht dich so sicher?«

»Wenn die Tretmühle einmal stehen bleibt, sind die Chatfields wie der Blitz hier. Sie können nur wissen, dass die Tretmühle nicht mehr läuft, wenn der Tank leer ist und sie kein Wasser mehr haben, oder?«

»Wir haben Wasser in unserer Zelle auf der anderen Seite des Turms laufen gehört«, sagte Mark. »Jede Wette, dass der Überlauf aufs Dach geht.«

»Ich wüsste nicht, wie das möglich wäre«, sagte Fergus.

Er stand im Begriff, den Bestrafungsraum zu verlassen, als Jasper und Damian zur Tür kamen. »Was machst du denn noch hier?«, stellte Damian ihn zur Rede.

»Er hat uns von der Tretmühle erzählt«, sagte Steven hinter der Trommel.

»Und was hast du hier zu suchen?«

»Die Tretmühle klemmt. Wir brauchen zwei Mann, um sie am Laufen zu halten. Ihr wollt doch nicht ohne Wasser sein, oder?«

Die Brüder zögerten. Mark vermutete, dass sie hergekommen waren, um Vergeltung zu üben. Die Anwesenheit der beiden jüngeren Männer hatte ihnen einen Strich durch die Rechnung gemacht.

»Nun, du bist hier jedenfalls überflüssig!«, sagte Damian an Fergus gewandt. »Zwei von euch reichen ja wohl, um die Tretmühle anzutreiben.«

»Vergesst nicht, ich habe sie gebaut. Ich bin hier, um die Lager zu kontrollieren«, sagte er, wobei er sich bückte und mit Steven unter die Tretmühle blickte. Es gab selbstverständlich keine Lager, nichts außer der scheuernden Welle.

»Dann spute dich gefälligst, Kerl«, sagte Jasper.

Die beiden Brüder verließen den Raum.

»Danke für deine Unterstützung«, sagte Mark, als er Damian und Jasper hinterhersah, die sich über den Flag Court entfernten.

»Ich bringe euch nach dem Abendessen ein paar Kanthölzer aus der Werkstatt vorbei. Könnte sein, dass ihr Verwendung dafür habt, wenn die beiden noch mal wiederkommen.«

»Nicht, dass du Schwierigkeiten kriegst.«

»Du hast mir gesagt, dass du zwei Kanthölzer brauchst, um die Welle zu reparieren, oder nicht?«

Bis Fergus nach dem Essen an der Tür vorbeikam und verstohlen die beiden Kanthölzer in den Raum warf, hatte Mark seinem Sohn die Geschichte seines Ausflugs nach Sevenoaks erzählt. Steven versteckte die Hölzer hinter der Tür und löste seinen Vater auf der Tretmühle ab.

»Es ergibt keinen Sinn«, sagte er nach einer Weile.

»Was ergibt keinen Sinn?«, wollte Mark wissen.

»Die Wassermenge, die wir nach oben befördern. Es ist ein Vielfaches von dem, was dieser Haushalt verbraucht. Ich bin sicher, dass der Überschuss auf das Dach geleitet wird. Wie um alles in der Welt merken die Chatfields, wenn die Tretmühle stehen bleibt?«

»Keine Ahnung«, gestand Mark.

Damian und Jasper kamen nicht noch einmal wieder in jener Nacht. Entweder war ihre Wut abgeklungen, oder sie sorgten sich, am Ende vielleicht genauso viel einzustecken, wie sie austeilen wollten.

Den nächsten Tag konnte Steven nicht im Bestrafungsraum bei seinem Vater verbringen, weil er seinen Teil an Arbeit im Garten leisten musste. Er war erleichtert, als er sah, dass Jasper und Damian kurz nach dem Frühstück auf ihren Pferden durch das Tor nach draußen ritten. Wenigstens war sein Vater sicher, solange sie weg waren.

Während er im Garten arbeitete, beschäftigte sich Stevens Handwerkergehirn mit Möglichkeiten, wie man die Tretmühle effizienter machen konnte. Das Allerwenigste war ein bisschen Fett – die Reibung der Trommel auf der Welle würde sich dadurch stark verringern. Mehr noch – falls es ihm irgendwie gelang, die obere Welle mit Lagern auszustatten, würde das Antreiben der Tretmühle ein ganzes Stück leichter werden.

Es war später Nachmittag, als die Brüder nach Haver zurückkehrten. Steven schaute auf dem Weg zum Abendessen bei seinem Vater vorbei und war erleichtert, als er ihn guten Mutes antraf. Er versprach, ihn abzulösen, sobald er mit dem Abendessen fertig war.

Kurz nach Stevens Besuch sahen auch Damian und Jasper durch die offene Tür herein. Mark versteifte sich und blickte misstrauisch über die Schulter nach hinten. Er hatte beschlossen, sich nicht kampflos verprügeln zu lassen. Doch die beiden Brüder kamen nicht in den Raum, sondern verspotteten ihn stattdessen durch die offene Tür.

»Hattest du einen guten Tag?«, fragte Damian sarkastisch.

»Kann mich nicht beklagen«, erwiderte Mark gespielt unbeschwert.

»Können wir dir irgendetwas bringen?«, fragte Jasper. Der Spott war schneidend, doch Mark blieb nichts anderes übrig, als gute Miene zum bösen Spiel zu machen.

»Ein gutes Steak, medium bitte, und eine Flasche neuseeländischen Kerr Farm Cabernet Sauvignon wären jetzt genau das Richtige«, antwortete er nonchalant.

»Wir können versuchen, dir eine Einladung zum Abendessen zu besorgen«, feixte Jasper. Mark atmete erleichtert auf, als die Brüder sich entfernten.

Kurze Zeit später kamen die Chatfields zum Abendessen in die Große Halle. Nigel und seine Söhne waren unübersehbar guter Laune.

»Willkommen alle zusammen«, begrüßte Nigel die Gemeinschaft. »Bitte nehmt Platz.«

Die Begrüßung überraschte jedermann. Nigel benutzte das Wort »bitte« nur höchst selten, wenn er zur Gemeinschaft sprach.

»Er führt irgendwas im Schilde!«, flüsterte Cheryl und spielte nervös mit den Sicherheitsnadeln, die den Kragen ihrer Jacke zusammenhielten.

»Vielleicht hatte er auch nur einen guten Tag bei der Suche nach Beute«, sagte Paul. »Sieht so aus, als würden sie heute Abend ein paar zusätzliche Flaschen Wein trinken.«

Mit Ausnahme von Allison, die still neben Nigel saß, waren alle auf dem Podium in bester Laune und prosteten sich gegenseitig zu – und auch Miles, der oben in der Minstrel Gallery saß. Miles erwiderte den Toast mit einem Glas Wein in der einen und einem Gewehr in der anderen Hand.

Die gute Laune der Chatfields war ansteckend. Alle entspannten sich und genossen ihre Mahlzeit. Selbst Pauls nervöses Zucken legte sich vorübergehend.

Als das Abendessen sich dem Ende zuneigte, erhob sich Nigel. »Guten Abend allerseits«, begann er. »Ich hoffe, es hat allen geschmeckt.« Die Gemeinschaft starrte zu ihm hinauf; alle fragten sich misstrauisch, welches Motiv hinter seinen Worten steckte. »Mir scheint, ein Mitglied unserer Gemeinschaft fehlt … Mark Grey. Ach, richtig, er ist ja auf der Tretmühle. Sir Damian, hättest du die Güte, Mark zu bitten, uns Gesellschaft zu leisten?«

Steven erhob sich und kletterte über seine Bank.

»Was soll das werden, wenn es fertig ist?«, fragte Nigel.

»Nun, jemand muss schließlich die Tretmühle antreiben, oder?«

»Die Tretmühle antreiben – Euer Lordschaft«, tadelte Nigel ihn. Normalerweise wäre die Nachlässigkeit mit einer Tirade von Flüchen und womöglich einer Woche auf der Tretmühle geahndet worden. Stattdessen fuhr Nigel in seinem spöttisch-angenehmen Plauderton fort: »Nicht nötig, junger Mann. Die Tretmühle kann ausnahmsweise einmal für ein paar Minuten stehen bleiben.«

Die Familien starrten einander ungläubig an – die Tretmühle hatte noch nie stehen bleiben dürfen. Nigel lächelte wohlwollend. »Nimm doch bitte wieder Platz.«

Steven zögerte; er machte sich Sorgen wegen seines Vaters.

Andererseits hatte Nigel Damian allein losgeschickt, um Mark zu holen – und Mark sollte durchaus imstande sein, mit ihm fertig zu werden. Trotzdem beschloss Steven, es darauf ankommen zu lassen und zum Bestrafungsraum zu rennen, sollte Mark nicht innerhalb der nächsten fünf Minuten in der Großen Halle eintreffen.

»Bitte esst doch weiter«, sagte Nigel. »Lasst euch nicht aufhalten.« Es war das dritte Mal in kurzer Zeit, dass er das Wort »bitte« benutzt hatte. Es zerrte an den Nerven.

Die Steeds, Morgans und Daltons entspannten sich jedoch bald wieder und setzten ihre Mahlzeit fort. Die Greys blieben nervös und lösten sich erst ein wenig, als Mark unversehrt in der Großen Halle erschien, gefolgt von Damian.

»Ah, Mark Grey«, sagte Nigel und erhob sich ein weiteres Mal von seinem Platz. Jegliche Unterhaltung verstummte, und alles wandte sich dem Tisch auf dem Podium zu. »Sei bitte so freundlich und tritt näher.« Mark ging misstrauisch zum Podium. »Meine Söhne sagten mir, du wärst ein Liebhaber von neuseeländischem Wein, insbesondere von Kerr Farm Cabernet Sauvignon?«

Mark zuckte abwartend die Schultern.

»Ich fürchte, damit kann ich dir nicht dienen«, fuhr Nigel fort. »Allerdings habe ich eine Flasche neuseeländischen Hinchco Reserve Merlot in meinem Keller gefunden. Wäre der genehm?«

Nigel schenkte ein Glas ein und reichte es Mark. Die Gemeinschaft verfolgte das Geschehen in ungläubigem Staunen; sie hatte noch nie erlebt, dass Nigel freundlich zu einem von ihnen gewesen wäre, geschweige denn, dass er ihnen ein Glas von seinem kostbaren Wein angeboten hätte. Mark beäugte das Glas misstrauisch und fragte sich, ob der Wein vergiftet war.

Als könnte er seine Gedanken lesen, schenkte Nigel sich ein Glas aus der gleichen Flasche ein und trank. »Es geht doch nichts über neuseeländischen Wein, nicht wahr?«, sagte er. »Koste bitte. Sag mir, was du davon hältst.«

Mark schwenkte das Glas und prüfte das Bouquet – es war lieblich, sogar ausgesprochen großartig. Er nahm einen Schluck. Der Wein war göttlich. Er blickte auf. »Vielleicht eine Spur weniger fruchtig als Kerr Farm«, sagte er.

Vom Tisch der Greys kam gedämpftes Kichern.

»Immer einen klugscheißerischen Kommentar auf den Lippen, ihr Kiwis«, sagte Nigel, und sein Tonfall wurde mit jeder Silbe bedrohlicher. »Wo wir gerade von Kiwis reden«, fuhr er fort. »Hast du uns nicht gestern Abend erzählt, Kiwis könnten fliegen?«

Mark fragte sich, worauf Nigel mit seinen Fragen hinauswollte. »Gewissermaßen«, räumte er ein.

»Und ist dieser Kiwi …«, Nigel zeigte mit dem Finger auf Mark, während seine Stimme lauter und bedrohlicher wurde, »… ist dieser Kiwi gewissermaßen vor ein paar Nächten aus dem Park hinausgeflogen?«

Mark zögerte, die Frage rundweg zu verneinen. »Ich bin nicht sicher, ob ein Kiwi überhaupt fliegen kann«, sagte er.

»Lügner!«, brüllte Nigel, wobei er sich über den Tisch nach vorn beugte und Mark das Weinglas aus der Hand schlug.

Das kostbare Kristallglas segelte über den Steinboden und zerplatzte an der Wand. Steven sprang auf. Paul, aufmerksam wie immer, zerrte an seinem Arm und deutete hinauf zur Minstrel Gallery, wo Miles bereits mit dem Gewehr auf Stevens Kopf zielte. Zögernd setzte er sich wieder.

»Sir Greg, die Beweise!«, rief Nigel.

Greg reichte seinem Vater eine Holzschachtel. Nigel nahm sie, klappte den Deckel feierlich auf, zögerte und spähte hinein. Die Familien in der Halle beugten sich vor, neugierig zu erfahren, was er aus der Schachtel ziehen würde. Triumphierend nahm Nigel einen Gegenstand hervor. »Und was haben wir hier?«, fragte er anklagend und starrte Mark an.

Mark wusste, dass er erledigt war. »Ich bin nicht sicher«, sagte er trotzig, »aber es sieht aus wie eine leere Dose gebackene Bohnen.«

»Ganz recht, eine Dose gebackene Bohnen«, sagte Nigel dramatisch, als spräche er in Old Bailey vor vollbesetztem Haus. »Eine Dose Watties Gebackene Bohnen. *Neuseeländische* gebackene Bohnen!«

»Watties gehört zu Heinz«, sagte Mark schwach. »Vielleicht hat Heinz sie importiert.«

»Genau, und vielleicht hat der Generalimporteur von Heinz die Dose irgendwann in den letzten zwei Tagen geöffnet und leergegessen und auf der Treppe des Hauses Lodge Road Nummer vier stehen lassen, was erklären würde, warum die Soße noch nicht eingetrocknet ist«, sagte Nigel spöttisch. Jasper und Damian lachten. Sie genossen den Auftritt ihres Vaters und waren erfreut, dass Mark endlich seine ihrer Meinung nach verdiente Strafe erhielt. »Vielleicht hat der Generalimporteur von Heinz auch das hier im Haus deines Bruders von der Wand genommen und auf die Kommode in deinem Zimmer gestellt«, fuhr Nigel triumphierend fort, wobei er das gerahmte Foto von Jane, Zach und Nicole aus der Schachtel hob und in die Höhe hielt.

Marks Zuversicht schwand. Sie schwand noch weiter, als Nigel erneut in der Schachtel kramte und die Brieftasche mit den Fotos hervornahm, die in dem von Jasper konfiszierten Rucksack gewesen war. »Ein Foto, das, wie der Zufall es will, identisch ist mit dem, das du in deinem Rucksack bei dir getragen hast, als du und dein Sohn mein Verbotsschild ignoriert habt und in meinen Park spaziert seid!«

Nigel hielt die beiden Fotos hoch und drehte sich zu den anderen Mitgliedern der Gemeinschaft um, als wären sie Geschworene. Sie konnten von ihren Plätzen aus keine Einzelheiten erkennen, doch das spielte keine Rolle. Sie waren keine Jury – es gab nur einen Geschworenen in diesem Prozess, und er war zugleich Marks Richter.

Gerade als Mark dachte, es könnte schlimmer nicht mehr kommen, reichte Nigel das gerahmte Foto und die Brieftasche an Damian weiter und befahl: »Verbrenn sie.«

»Nein!«, flehte Mark.

Sein Bitten war vergeblich. Damian ging feierlich zum großen Kamin und warf Brieftasche und Bild verächtlich in die Flammen. Das Glas des Bilderrahmens barst laut in der Hitze, gefolgt von einem hellen Auflodern, als das Foto Feuer fing und verbrannte. Damian nutzte die Gelegenheit, um mit dem Brandeisen, das er bereits vor dem Abendessen in die Glut gelegt hatte, das Feuer zu schüren, um es sodann tiefer in die glühende Kohle zu schieben.

»Ja, verbrenn sie!«, wiederholte Nigel dramatisch, als Damian zum Podium zurückkam. »Mehr noch – Fotos sind nicht das Einzige, das verbrannt werden sollte. Wie lautet die Strafe für das unerlaubte Verlassen des Parks?«

»Brandmarken«, sagte Mark leise.

»Sprich lauter!«

»Brandmarken!«, sagte Mark trotzig.

»Ganz genau.« Nigel nickte in gespieltem Ernst. »Und ich frage mich, wem ich die Ehre zuteilwerden lassen soll, dich zu brandmarken. Deinem Bruder vielleicht? Nein, er war schon einmal an der Reihe, er hat Steven gebrandmarkt.« In seinen Augen leuchtete Boshaftigkeit auf, als er den Namen nannte. »Ah, richtig. Steven Grey. Wir durften noch nie erleben, wie ein Sohn seinen Vater gebrandmarkt hat.«

»Das wird nicht nötig sein!«, sagte Mark, als er sich abwandte und zum Kamin ging, während er den Ärmel seiner Jacke hochkrempelte.

»Ich habe dich noch nicht entlassen!«, brüllte Nigel wütend hinter ihm her.

»Das wird nicht nötig sein«, wiederholte Mark.

Er ignorierte Nigel und das Gewehr, mit dem Miles in seine Richtung zielte. Von Nigels vier Söhnen war Miles derjenige, von dem Mark annahm, dass er am wenigsten dazu imstande war, ihm kaltblütig in den Rücken zu schießen. Er war bereits am Kamin, bevor er Zeit genug gefunden hatte, ausführlich über die Risiken nachzudenken. Er bückte sich und nahm das Brandeisen. Als er es aus der Glut zog, verhakte sich die schwelende Brieftasche mit den Fotos darin. Sie schlitterte über die Steinfliesen und blieb vor Adams Füßen liegen.

Mark richtete sich auf, drehte sich zum oberen Tisch auf dem Podium um und drückte sich mit dem gleichen Melodrama, mit dem Nigel seine Beweisstücke aus der Schatulle gezogen hatte, das glühende Brandeisen auf den nackten Unterarm. Durch die Reihen der Gemeinschaft ging ein Ächzen, als sie das brennende Fleisch sahen und rochen. Dann warf Mark das Brandeisen mit der gleichen Verachtung zurück ins Feuer, wie Damian sie beim Verbrennen der Fotos gezeigt hatte. Mit einem Blick über die versammelten Familien der Gemeinschaft – und als existierte Nigels Tisch auf dem Podium gar nicht – sagte er: »Die Tretmühle wartet auf mich.«

Adam nutzte die Gelegenheit, die schwelende Brieftasche in einen Wasserkrug fallen zu lassen. Später würde er sie Mark wiedergeben und sich damit als ein weiteres Mitglied der Gemeinschaft erweisen, dem Mark vertrauen konnte. Die Fotos waren zwar an den Rändern versengt und feucht, doch sie hatten überlebt und wurden in der Folge zu Marks wertvollstem Besitz.

Ohne ein weiteres Wort drehte Mark sich um und marschierte forsch aus der Großen Halle, gefolgt von Steven und Paul.

Als er an die frische Luft kam, wurde er ohnmächtig. Sein Sohn und sein Bruder fingen ihn auf, bevor er zu Boden fallen konnte, und trugen ihn über den Flag Court zum Bestrafungsraum.

44

Jasper und Damian waren noch nicht fertig mit Mark. Nachdem alle Mitglieder der Gemeinschaft sich wieder an ihre täglichen Arbeiten gemacht hatten, gingen sie zum Bestrafungsraum und schlossen hinter sich die Tür. Sie hatten Miles dabei. Drei gegen einen – es sah nicht gut aus für Mark. Damian trug einen kleinen Sack, den er neben der Tür fallen ließ.

»Wo hast du es hingetan?«, fragte Jasper.

»Was hingetan?«, fragte Mark. Er trat weiter die Tretmühle, während er nervös über die Schulter zu den drei Brüdern blickte. Er konnte die Vierkanthölzer sehen, die Fergus ihm vorbeigebracht hatte, doch er schätzte seine Chance ziemlich gering ein, an eines heranzukommen, solange die drei Brüdern zwischen ihm und der Tür standen.

»Das restliche Zeug, das ihr in der Lodge Road versteckt hattet.«

Die Frage bestätigte Marks Vermutung, dass die Brüder das Versteck im White Horse Inn nicht gefunden hatten.

»Es gab sonst nichts.«

»Und wo kam die Dose Bohnen her?«

»Ich habe sie versehentlich dort gelassen, als ich in der Lodge Road war, bevor wir in den Park gegangen sind.«

»Ich glaube dir nicht«, sagte Damian.

»Es ist mir egal, ob ihr mir glaubt oder nicht.«

Ehe er sich's versah, hatten Miles und Jasper ihn von hinten gepackt und von der Tretmühle heruntergezerrt. Je heftiger er sich wehrte, desto brutaler verdrehten sie ihm die Arme auf dem Rücken. Als er schließlich weit vornübergebeugt stand, trat Damian ihm ins Gesicht.

»Hol die Sachen«, befahl Jasper.

Damian ging zu dem Sack neben der Tür und holte ein Seil sowie zwei Daumenschrauben hervor. Dann, während Miles und Jasper ihn sicher hielten, band Damian ihn an den Stuhl und fesselte ihm die Hände hinter den Rücken. Sobald er auf diese Weise unbeweglich gemacht worden war, ließen die Brüder von ihm ab.

»So, du Klugscheißer«, sagte Jasper und baute sich drohend vor dem Gefangenen auf, die Hände in die Hüften gestemmt. »Wir können es entweder auf die sanfte Tour machen oder auf die harte. Wo ist das restliche Zeug?«

»Ich habe euch doch schon gesagt, es gibt nichts mehr.«

»Du hast uns auch gesagt, ihr wärt nicht in Sevenoaks gewesen. Wenn ihr nichts zu verbergen habt, warum habt ihr dann gelogen?«

»Ich habe das Schild über dem Abbot's Gate gesehen und die Warnung, den Park zu verlassen. Ich dachte, vielleicht gibt es etwas in der Stadt, das wir nicht sehen sollten. Deshalb habe ich gelogen.«

»Und du lügst immer noch!«, schrie Damian.

Jasper nickte Damian zu, der die Daumenschrauben bereit machte.

»Wie ich bereits sagte, Klugscheißer«, wiederholte Jasper. »Wir können es auf die sanfte Tour machen oder auf die harte. Zum letzten Mal – was hattet ihr in der Lodge Road versteckt, und wo ist es jetzt?«

»Ich hatte nichts versteckt!«

Damian schob eine Daumenschraube auf Marks linke Hand und drehte den Hebel, bis Druck entstand. Schmerz schoss Marks Arm hinauf. »Was hattest du versteckt, und wo ist es jetzt?«

»Nichts! Ich hatte nichts versteckt!«

Die rechte Daumenschraube wurde ihm angelegt und ebenfalls gespannt.

Die Befragung währte fast eine Stunde. Immer wieder wurde die gleiche Frage gestellt, immer wieder gab es die gleiche Antwort. Die Schmerzen waren unerträglich. Marks Schreie hallten über den Flag Court. Allison hörte sie und flehte Nigel an, etwas dagegen zu tun, doch er beachtete sie nicht.

Mark probierte jeden Trick aus, den er kannte, um seinen Verstand gegen die Schmerzen zu wappnen. Er sagte sich immer wieder, dass Schmerz bloß ein elektrischer Impuls sei, der an das Gehirn geschickt wurde. Er rief sich ins Gedächtnis, dass die Gewehre, die sie im White Horse Inn versteckt hatten, die Versicherung waren, die ihm garantierte, dass er Zach, Nicole und Jane wiedersehen würde.

Jedes Mal, wenn die Daumenschrauben fester gezogen wurden, argumentierte eine andere Stimme in seinem Kopf, dass es noch mehr Gewehre geben musste, dass die Gewehre im White Horse Inn den Schmerz nicht wert waren, den er erlitt. Doch die erste Stimme behielt jedes Mal die Oberhand und beharrte darauf, dass es zu viel Zeit kosten würde, neue Waffen zu finden, und dass jede Verzögerung sich als tödlich erweisen konnte.

Als der Widerstreit zwischen den Stimmen in Marks Kopf ein Patt erreichte und der Druck der Daumenschrauben immer noch zunahm, schaltete sich ein Sicherheitsmechanismus in seinem Gehirn ein, und er verlor das Bewusstsein.

Als Mark nach der dritten Ohnmacht zu sich kam, lag er neben dem Stuhl auf dem Boden. Die Fesseln waren verschwunden, die Daumenschrauben ebenfalls, und die drei Brüder waren nicht mehr im Zimmer. Lediglich der Schmerz war noch da. Miles, der zunehmend in Sorge gewesen war, Mark könnte einen Herzanfall erleiden, hatte von seinen Brüdern verlangt, mit der Folter aufzuhören.

Langsam, ganz langsam brachte Mark die Arme nach vorn; dann klemmte er die Hände unter die Oberarme und schaukelte vor und zurück, während der Schmerz allmählich nachließ. Eine Stunde später hatte er immer noch kein Gefühl in den Daumen.

Damian und Jasper erschienen in der Tür. »Los, zurück auf die Tretmühle!«, befahl Jasper.

Einen Moment lang überlegte Mark, ob er sich weigern

sollte, doch bei dem Gedanken an den Schmerz in seinen Armen erhob er sich müde und trottete zur Tretmühle. Die Hände unter den Armen, um den Schmerz zu dämpfen, balancierte er auf der Trommel und begann langsam zu gehen. Nachdem die Brüder verschwunden waren, ärgerte er sich, sich ihnen nicht widersetzt zu haben, und fragte sich, ob sie ihn am Ende zerbrochen hatten. Doch als Steven zur Essenszeit vorbeikam, um nach ihm zu sehen, war seine alte Entschlossenheit zurück.

»Probleme?«, fragte Steven, als er den Raum betrat.

»Nichts, womit ich nicht alleine klargekommen wäre«, sagte Mark, ohne sich zu ihm umzudrehen.

»Ich hab dir was zu essen mitgebracht«, sagte Steven und stellte sich hinter seinen Vater, um ihn auf der Tretmühle abzulösen. Doch als Mark absteigen wollte, entdeckte Steven das verklebte Blut in Marks Haaren. Er stieg nicht auf die Apparatur, und die Tretmühle kam knarrend zum Halten.

»Los, steig auf!«, drängte Mark.

»Nein. Was ist passiert?«

»Steig auf, habe ich gesagt! Ich muss dir ein paar Informationen geben!«

Das Drängen in Marks Worten war so groß, dass Steven gehorchte.

Mark blieben weniger als zwei Minuten, bevor Damian und Jasper die Tür aufstießen und in den Raum stürmten.

»Warum hast du die Tretmühle anhalten lassen?«, fragte Damian.

»Sie hat nicht angehalten«, entgegnete Steven trotzig.

»Sie hat sehr wohl angehalten!«, rief Damian. »Es ist nicht gestattet, sie anhalten zu lassen!«

»Du!«, sagte Jasper und zeigte auf Mark. »Zurück auf die Tretmühle!«

»Aber ich habe noch nicht zu Mittag gegessen.«

»Auf die Tretmühle, keine Widerrede!«, schnaubte Damian und zog seine Pistole. Zögernd gehorchte Mark.

Jasper wandte sich Steven zu. »Los, raus.«

Steven ging nach draußen, gefolgt von den beiden Chatfield-Brüdern. Sie führten ihn zur anderen Seite des Hofs, wo sie ihn verhörten. Über die Schulter und durch die offene Tür konnte Mark sie reden sehen, doch er konnte ihre Worte nicht hören. Kurze Zeit später kehrte Jasper zurück.

»Wie viele Tage wart ihr in Sevenoaks?«

»Zwei. Den Tag, an dem wir in den Park kamen, und den vorhergehenden Tag.«

»Wo habt ihr die Nacht verbracht?«

»Im Elephant's Head Pub auf der Seal Road.«

»Habt ihr die Ortschaft zusammen abgesucht?«

»Wie denn das? Wie hätten wir die ganze Ortschaft in zwei Tagen durchsuchen können, wenn wir zusammengeblieben wären?«

»Wer hat wo gesucht?«

»Ich habe den oberen Teil der Ortschaft abgesucht, Weald Road, Kippington und Lodge Road. Steven hat den unteren Teil übernommen – St. John's, Greatness und Wickenden.«

»Wer hatte den Rucksack?«

Mit dieser Frage hatte Mark nicht gerechnet. »Den hatte ich. Deswegen konnte ich ja auch die Dose Bohnen in der Lodge Road vergessen.«

Damit gab Jasper sich zufrieden. Er verließ den Raum, überquerte den Hof und schickte Steven nach draußen in die Gärten.

»Wir müssen in Zukunft vorsichtiger sein und uns schlauer anstellen«, sagte Mark, als Steven nach dem Abendessen in den Bestrafungsraum zurückkehrte.

»Das kannst du laut sagen. Du solltest dein Gesicht sehen. Also, was ist passiert?«

Mark erzählte von seinem Verhör.

»Gut, dass wir Zeit hatten, uns abzusprechen.«

»Es war knapp. Sie haben irgendwie einen Alarm oben installiert, der ihnen verrät, wenn die Tretmühle stehen bleibt.«

»Wir müssen herausfinden, wie er funktioniert«, sagte Steven.

»Wir müssen über Haver House eine ganze Menge herausfinden. Aber das können wir nicht, wenn wir die ganze Zeit in diesem Raum verbringen.«

»Das musst du mir nicht erzählen. Wie viele Nächte hast du in einem anständigen Bett geschlafen, seit wir nach Haver gekommen sind?«

Mark grinste schief. Er hatte noch keine einzige Nacht in einem richtigen Bett geschlafen.

»Genau«, sagte Steven. »Ich für meinen Teil habe immerhin schon zwei Nächte zusammen.«

»Von heute an halten wir die Köpfe unten und sehen zu, dass wir keinen weiteren Ärger kriegen.«

»Von mir aus gerne. Ich bin sowieso lieber draußen in Gesellschaft als allein im Bestrafungsraum.«

»Irgendeine besondere Gesellschaft?«

»Geht dich überhaupt nichts an.«

Mark lächelte erneut. Offensichtlich hatte eine der jungen Frauen Marks Interesse erweckt. Ohne Zweifel würde er früh genug erfahren, wer sie war.

Vierter Teil

45

Ende Oktober stand der Winter vor der Tür. Die Farndickichte hatten eine rostbraune Farbe angenommen, und unter den kahlen Bäumen lag ein Teppich aus roten und gelben Blättern, die im Tau des frühen Morgens glitzerten. Im Verlauf des November wurden die Tage kühler, und Frost löste den morgendlichen Tau ab. Als der Februar kam, überlebte die Eisschicht auf den Tümpeln die schwache Wintersonne. Jeden Morgen wurde der Park nach Wild abgesucht, das die bittere Kälte der Nacht nicht überlebt hatte.

Nicht, dass die Gemeinschaft noch abhängig gewesen wäre von Wildbret oder Kaninchenfleisch. Der vorangegangene Sommer war ertragreich gewesen. Sie hatten große Vorräte von Käse und Butter, eingemachten Früchten und Gemüse angelegt und viele Säcke Weizen gelagert. Die Scheunen um den Stable Court herum, welche die privaten Vorräte der Chatfields enthielten, quollen ebenfalls über mit edlen Weinen, Zigarren und anderen Luxusgütern, die die Brüder auf ihren Expeditionen in die umliegenden Städte und Gemeinden erbeutet hatten.

Trotz des offensichtlichen Erfolgs von Haver House verbrachte Nigel seine Tage damit, frustriert und unzufrieden in seinem Quartier auf und ab zu marschieren. Er hatte sich nie mit dem Rest der Gemeinschaft abgegeben – selbst zu den Mahlzeiten war er immer nur bei seiner eigenen Familie geblieben.

Es gab eine zweite Außenseiterin in der Gemeinschaft –

Allison, die Cousine, die er zur Frau genommen hatte. Und Allison war der Hauptgrund für seinen hilflosen Zorn. Sie war unterwürfig und höflich wie seit jenem ersten Tag, an dem er sie erpresst hatte, sich ihm anzuschließen. Doch ihre Höflichkeit diente lediglich dazu, ihren Mangel an Zuneigung noch deutlicher hervorzuheben. Tatsächlich war es viel mehr als ein Mangel an Zuneigung – er hegte den Verdacht, dass sie ihn insgeheim hasste. Sie kam nur zu ihm in das große Doppelbett, wenn er es verlangte, und sie ließ seine Annäherungsversuche nur über sich ergehen, wenn er sie nötigte. Von Liebe keine Spur. Außerdem hatte sie ihm keinen weiteren Sohn geschenkt, nicht einmal eine Tochter.

Er wusste nicht, dass Allison über einen großen Vorrat an »Danach-Pillen« verfügte. Sie würde ihm niemals ein Kind gebären – nicht, wenn sie es irgendwie verhindern konnte.

Er tröstete sich mit dem Gedanken, dass wenigstens alles andere glattlief und er seine Macht genießen konnte. Er war der Lord des Anwesens. Das Haver-Anwesen funktionierte tadellos, die Bauern tanzten nicht aus der Reihe, und Nigel und seine Söhne lebten in Saus und Braus.

Seine Autorität wurde nur noch selten herausgefordert. Seine Söhne hatten die Störenfriede von Kiwis zerbrochen. Es gab weniger Regelverstöße. Sie reichten gerade aus, um die Tretmühle weiter zu bemannen, doch es waren nicht so wenige, dass sie noch einmal eine Fuchsjagd benötigt hätten. Nigel war es zufrieden; er wollte lieber keinen weiteren Zwischenfall wie den letzten riskieren.

In Wirklichkeit war Nigels Eindruck von der allgemeinen Lage in mehr als einer Hinsicht fehlerhaft. Erstens hatten seine Söhne die Kiwis ganz und gar nicht zerbrochen; stattdessen herrschte zwischen den beiden Gruppen ein unausgesprochener Waffenstillstand. Mark und Steven forderten die Autorität der vier Brüder nicht mehr öffentlich heraus, und die Brüder achteten im Gegenzug darauf, keine Zwischenfälle mehr zu provozieren, die zur Konfrontation führen konnten.

Doch es war ein unsicherer Waffenstillstand. Die Chatfield-Brüder hätten es zwar niemals zugegeben – nicht einmal untereinander –, doch sie respektierten den Kampfgeist der beiden Neuseeländer. Bei den bisherigen Zusammenstößen, so viel wussten die vier Brüder, hatten Mark und sein Sohn jedes Mal zumindest den moralischen Sieg davongetragen. Mehr noch, die Chatfields spürten, wie diese kleinen Siege der Kiwis ihre eigene Autorität Stück für Stück schwächten. Sie fürchteten, dass weitere Konfrontationen alles nur noch schlimmer machten.

Mark und Steven ihrerseits war klar geworden, dass sie sich aus Ärger heraushalten mussten. Sie hatten überdies erkannt, dass sie das Denken der anderen Mitglieder der Gemeinschaft nicht verändern konnten, solange sie die Tretmühle bemannten.

Mark und Steven hatten Vorbereitungen für ihre Flucht von Haver House getroffen, während sie zur gleichen Zeit beharrlich Nigels Autorität untergruben. Es war zu riskant, offen Mitglieder der Gemeinschaft anzuwerben, die sie nach Neuseeland begleiten sollten. Derartige Aktivitäten wären den Chatfields unweigerlich berichtet worden. Stattdessen nutzten sie jede Gelegenheit, um von der Gemeinschaft zu erzählen, die sie in Gulf Harbour erschaffen hatten.

Einige ihrer Verwandten waren begeistert von den Klassenzimmern, Computern und Unterhaltungssystemen, angetrieben von Solarzellen. Adam Dalton und seine Söhne Luke und Robert fühlten sich angezogen von der Vorstellung, mit der *Raconteur* im Hauraki Gulf umherzusegeln. Ihre eigene Jacht lag in Greenwich vertäut, ungepflegt und verwahrlost seit drei Jahren.

Der große, grundlegende Unterschied zwischen den beiden Gemeinschaften war jedoch ein anderer, weniger fassbarer. Was

Gulf Harbour bot und Haver nicht – und wonach sich in Haver alle sehnten – war Demokratie. Sie wollten Kontrolle darüber, wie ihr Leben verlief.

Mark und Steven sprachen nicht offen davon, dass sie überlegten, nach Neuseeland zurückzukehren. Wenn sie gefragt wurden, seufzten sie bloß und meinten: »Ach, es wäre schön, wenn wir eines Tages zurückkehren und den Rest der Familie wiedersehen könnten.«

Die Person, der gegenüber Mark am deutlichsten wurde, war sein eigener Bruder Paul. Doch zu Marks Überraschung – und großer Enttäuschung – beantwortete Paul seine Frage, noch bevor er sie gestellt hatte.

»Ich sag dir was, Mark«, erklärte Paul eines Tages, nachdem Mark einmal mehr das Hohelied von Neuseeland gesungen hatte. »Selbst wenn du und Steven nach Neuseeland zurückkehren würdet, ich käme nicht mit.«

Mark erschrak über die Heftigkeit in der Stimme seines Bruders. »Aber das hängt doch sicherlich von den Umständen ab?«, fragte er.

»Ich würde Britannien *unter gar keinen Umständen* verlassen. Wenn ich nach Neuseeland gewollt hätte, wäre ich schon vor Jahren ausgewandert, als du und Christopher weggegangen seid.«

Paul hatte seine Meinung mit Nachdruck verkündet. Es war, als hätte er Marks und Stevens Absichten erraten und wollte sicher sein, dass sie erst gar nicht auf die Idee kamen, ihn zu fragen. Das Thema wurde danach nie wieder angeschnitten, und von diesem Moment an schloss Mark seinen Bruder und dessen Töchter nicht mehr in seine Planungen mit ein.

Diese Planungen kamen schnell in Schwung. In einem Hohlraum in der Decke über Stevens Zimmer sammelten Mark und Steven Dinge, die ihnen bei ihrer Flucht behilflich sein konnten. Ein Seil, einen Kompass, Trockennahrung und Plastikwasserflaschen – alles wurde heimlich beiseitegeschafft. Außerdem zehn kleine Rucksäcke, die sie aus Baumwollstoff und Leder, das sie auf dem Dachboden gefunden hatten, selbst nähten.

Leise und unauffällig machten sie sich daran, das Haus und das umliegende Gelände in Augenschein zu nehmen und mögliche Fluchtrouten zu planen. Es war schwierig, eine Lösung für das Problem mit den Hunden zu finden, die während der Nacht frei im Park umherstreiften. Abgesehen davon, dass sie jeden zerfleischten, der zu fliehen wagte, reichte allein schon ihr Bellen, um Nigel und seine Söhne zu alarmieren.

Ihr zweites Ziel – das Untergraben der Autorität der Chatfield-Familie und die Herbeiführung eines Umsturzes – war ein sehr viel riskanteres und langwierigeres Unterfangen.

Nigel hatte sich außerdem geirrt in der Annahme, dass Haver deshalb so reibungslos funktionierte, weil seine Söhne die übrigen Mitglieder der Gemeinschaft erfolgreich unterjocht hatten. Es gab andere Umstände, von denen Nigel und seine Söhne keine Ahnung hatten.

Manche Mitglieder blieben unterwürfig – insbesondere die mit zwei Brandmalen; eine erneute Übertretung der Regeln hatte ihre Exekution zur Folge. Doch andere gewannen nach und nach ein wenig an Selbstbewusstsein. Dieses Selbstbewusstsein rührte zum großen Teil daher, dass die Angehörigen der verschiedenen Familien immer mehr zusammenarbeiteten. Und diese Kooperation hing mit der Tretmühle zusammen.

Mark und Steven genossen gegenüber den anderen Mitgliedern der Gemeinschaft einen entscheidenden Vorteil: Sollten die Zustände in Haver sich nicht entscheidend bessern, würden sie auf jeden Fall nach Neuseeland zurückkehren. Dieses Wissen machte sie frei, und sie betrachteten die Unbequemlichkeiten und Demütigungen, die sie erleiden mussten, als vorübergehende Bürde.

Stevens handwerkliches Geschick öffnete ihnen manche Tür.

Eines Tages entdeckte er Fergus dabei, wie er sich abmühte, ein klemmendes Fenster zu reparieren, und bot ihm seine Hilfe an. Wie den anderen Steeds auch, fehlten Fergus das Geschick und die Fähigkeiten, die für den größten Teil der ihnen obliegenden Arbeiten erforderlich waren. Deshalb akzeptierte Fergus die angebotene Hilfe gerne. Kurze Zeit später fragten alle Steeds Steven um Rat.

Im Gegenzug kniffen sie ein Auge zu, wenn Steven in ihre Werkstatt schlich und sich ihre Werkzeuge auslieh. Bald zogen die Kinder der Gemeinschaft Spielzeugzüge und Autos aus Holz hinter sich her. Nicht lange, und jedes Kind hatte wenigstens ein Holzspielzeug für sich allein. Ein Kind – Penny Morgans blondhaariger, hübscher kleiner Sohn Lee – hatte gleich mehrere.

Steven verbrachte so viel Zeit mit Penny wie nur möglich. Sie servierte die Mahlzeiten am Tisch der Greys, und die zunehmende Größe von Stevens Portionen blieb seinem Vater nicht verborgen. Andere bemerkten, dass da wohl etwas Romantisches in der Luft läge.

Wie vor ihm Fergus war Steven verwöhnt und hatte die freie Wahl: Es gab zu wenig geeignete Männer in der Gemeinschaft. Fergus war sehr verliebt in seine Cousine Jessica Dalton, die wie die anderen Frauen in ihrer Familie dunkel, hübsch und zierlich war. Was nicht bedeutete, dass sie sich nicht gegenüber ihren Cousinen hätte durchsetzen können – ihr scharfer Verstand glich den Mangel an körperlicher Größe mehr als aus.

Steven fand Cameron Steeds Töchter Kimberley und Rebecca anziehend, genauso wie Fergus' Schwester Virginia. Virginias Zwillingsschwester Andrea hatte ihn anfangs noch stärker angezogen. Sie war ohne Zweifel die Schönheitskönigin von Haver, doch es dauerte nicht lange, bis er der launischen Stimmungsumschwünge der feurigen Rothaarigen überdrüssig war und sich der stilleren, liebevolleren Penny zuwandte. Sie besaß nicht das atemberaubende Aussehen von Andrea, doch sie war attraktiv. Sie hatte die regelmäßigen Gesichtszüge ihrer Mutter, dazu die blonde, lockige Haarmähne.

Steven war nicht der Einzige, den Amors Pfeil getroffen hatte. Mark entwickelte seinerseits eine starke Zuneigung zu seiner Cousine Allison, die diese erwiderte. Die zunehmende Intensität ihrer Gefühle für Mark machte es noch schwieriger für sie, Nigel zu ertragen.

Alles hatte ganz harmlos angefangen. Mark hatte seine Tante Margaret in ihrem Quartier besucht, kurz nachdem er seine Strafe auf der Tretmühle im Anschluss an die Fuchsjagd abgeleistet hatte. Als er dort gewesen war, war Allison vorbeigekommen, um nach ihrer Mutter zu sehen.

»Ich bin froh, dass ich die Gelegenheit habe, mich bei dir zu bedanken«, hatte er zu ihr gesagt.

»Wofür denn?«

»Zum einen, weil du Steven versorgt hast, nachdem Damian und Jasper ihn zusammengeschlagen hatten.«

»Es tat mir nur leid, dass ich nicht mehr für ihn tun konnte. Er hätte einen Arzt gebraucht, keine Krankenschwester.«

»Ich weiß deine Hilfe trotzdem zu schätzen. Ich weiß, dass du ein Risiko eingegangen bist. Außerdem möchte ich dir danken, weil du mich nicht an Nigel verraten hast, als du mich am Tor vorbeikriechen sahst.«

Allison lachte. »Ich habe mich furchtbar erschreckt! Wie um alles in der Welt ist es dir gelungen, die Chatfields so an der Nase herumzuführen? Nein, nein, erzähl's mir nicht«, fügte sie hastig hinzu. »Alle glauben, dass ich die Spionin bin. Je weniger ich weiß, desto besser.«

»Spionin! Pah!«, schimpfte Tante Margaret verächtlich.

»Ich glaube nicht, dass du die Spionin bist«, sagte Mark. »Wärst du auf Nigels Seite, hättest du mich, ohne zu zögern, verraten, als du mich vor dem Tor gesehen hast. Aber hast du vielleicht einen Verdacht, wer die Spionin sein könnte?«

Allison schüttelte den Kopf. »Nein. Aber wer immer es ist, Damian ist der Kontaktmann. Jedes Mal, wenn etwas vorgefallen ist, redet er davon, dass ›eine Zahlung‹ fällig ist.«

»Hast du eine Vermutung, was für eine Zahlung das sein könnte?«

Allison schüttelte erneut den Kopf und blickte auf ihre Uhr. »Hör mal, Mom, es tut mir leid, aber ich kann nicht länger bleiben. Ich komme morgen wieder vorbei.«

»Geh noch nicht!«, sagte Mark hastig – vielleicht ein wenig zu hastig.

»Ich hatte Mühe, heute wegzukommen. Nigel hat miese Laune. Ich komme morgen um die gleiche Zeit wieder. Vielleicht sehen wir uns dann.«

Sie trafen sich am nächsten Tag erneut – und an vielen darauffolgenden Tagen. Manchmal wechselten sie sich bei der Aufgabe ab, Tante Margaret im Rollstuhl umherzuschieben, während sie sich unterhielten; manchmal waren sie allein, insbesondere, wenn die alte Dame eine Ausrede vorbrachte, um das Wohnzimmer zu verlassen und für ein paar Minuten in ihr Schlafzimmer zu rollen.

Margaret schien sie mit zunehmender Regelmäßigkeit allein zu lassen – und für immer längere Zeiträume. Cousin und Cousine lachten miteinander, unterhielten sich über intime Dinge und genossen ihr Beisammensein. Mark erzählte viel über Neuseeland und die Gemeinschaft in Gulf Harbour.

»Wenn doch nur …«, sagte Allison einmal.

»Wenn doch nur was?«, fragte Mark.

»Das weißt du.«

Sie hatten sich angewöhnt, sich zur Begrüßung und zum Abschied zu küssen. Im Verlauf der Wochen wurden diese Umarmungen immer verlangender.

»Ich bin jetzt in meinem Zimmer«, sagte Tante Margaret eines Tages. »Ihr beide könnt euch ja wohl alleine voneinander verabschieden – und den Weg zur Tür findet ihr auch ohne mich.«

Nach diesem Tag war es jedes Mal so, und die alte Dame ließ den beiden immer mehr Zeit für sich allein.

Nigel wollte seine Anordnung nicht lockern, dass jede Familie mit einem bestimmten Aufgabengebiet betraut war, doch selbst die Chatfield-Brüder sahen sich irgendwann gezwungen, Stevens handwerkliches Geschick in Anspruch zu nehmen. Als eines Tages die Uhr im Cromwell's Tower stehen blieb, gelang es den Steeds nicht, sie wieder in Gang zu bringen.

»Warum lasst ihr nicht Steven einen Blick darauf werfen?«, sagte Duncan zu Jasper. »Er ist schließlich der einzige ausgebildete Handwerker hier.«

»Er wurde zum Gärtner bestimmt.«

»Wie ihr meint«, sagte Duncan und warf die Hände hoch. »Aber wenn ihr diese Uhr wieder zum Laufen bringen wollt, damit Euer Lordschaft euch nicht länger im Nacken sitzt, schlage ich vor, dass ihr die Regeln ausnahmsweise mal beugt.«

Einen Tag später wurde Steven aus dem Garten abberufen. Ein Ereignis, das für jedermann große Bedeutung haben sollte.

46

Greg hatte die Aufgabe erhalten, Steven von den Gärten ins Uhrenzimmer von Cromwell's Tower zu eskortieren. Als sie die Tür zum Turm erreichten, hakte Greg einen großen Bund antiker Schlüssel los, der an seinem Gürtel gebaumelt hatte, sperrte die Tür auf und führte Steven die Steintreppe hinauf bis in den obersten Stock. Dort probierte er erst mehrere Schlüssel aus, bis er den richtigen gefunden hatte; dann sperrte er die Tür zum Uhrenzimmer auf. Der Raum war schmutzig und staubig, und das einzige Licht fiel durch ein kleines Fenster über der Uhr. Das Zimmer diente gleichzeitig als Lagerraum und war vollgestellt mit alten Möbeln und Gemälden.

»Ich komme jetzt alleine klar«, sagte Steven, als er in die Innereien der Turmuhr spähte.

»Mein Auftrag lautet, die ganze Zeit bei dir zu bleiben.«

»Wie du meinst. Aber ich warne dich – es könnte eine Weile dauern.«

Greg ließ sich in einen alten Sessel in einer Ecke des Raums fallen und warf die Schlüssel auf einen Couchtisch, der neben ihm stand. Steven kannte sich nicht allzu gut mit mechanischen Uhren aus, doch er ging das Werk systematisch durch, und bald darauf hatte er das Problem gefunden: ein gebrochenes Zahnrad.

»Ich weiß jetzt, woran es liegt«, sagte er zu Greg, »aber ich brauche ein paar Werkzeuge. Ich muss in die Werkstatt.«

»Ich komme mit.«

»Das wird nicht nötig sein.«

»Man hat mir gesagt, ich soll die ganze Zeit bei dir bleiben. Wir trauen dir nicht über den Weg.«

Greg sperrte die Tür hinter ihnen zu; dann schloss er auch die Tür am Fuß des Turms ab, ehe er Steven zur Werkstatt der Steeds eskortierte.

»Es dauert eine Weile«, warnte Steven ihn noch einmal.

Greg setzte sich auf einen Hocker, spielte mit dem Flaum an seinem Kinn und starrte mit leerem Blick hinaus auf den Hof.

Schließlich hatte Steven sämtliches Werkzeug eingesammelt, das er für die Arbeit benötigte. Außerdem hatte er noch etwas in die Jackentasche gesteckt, das er für einen ganz anderen Zweck brauchte.

Sie kehrten zurück ins Uhrenzimmer, und Greg sperrte die Türen vor ihnen auf. Während Steven das Rückteil der Uhr abschraubte, behielt er Greg im Auge, der sich auf dem Stuhl lümmelte, mit den Schlüsseln spielte und sie auf dem Ring herumwirbelte.

Steven kam gut voran. Er entfernte immer mehr Teile des Uhrwerksmechanismus und arbeitete sich langsam, aber sicher zum gebrochenen Zahnrad vor. Vorsichtig legte er die Teile in der Reihenfolge ihres Ausbaus auf den Boden, während Greg unablässig mit den Schlüsseln spielte. Verstohlen trat Steven einen Schraubendreher von sich weg; dann griff er nach oben und schob die Hand in eine der Vertiefungen des Uhrengehäuses.

»Kannst du mir den roten Schraubendreher holen?«, bat er.

»Hol ihn dir selbst!«, war die Antwort.

»Ich kann dieses Ding hier nicht loslassen.«

Missmutig warf Greg den Schlüsselbund auf den Tisch, stand auf und kam herbeigeschlendert. Dann bückte er sich nach dem Schraubendreher und reichte ihn Steven.

»*O nein!*«, rief Steven entsetzt, als Greg sich abwenden und davongehen wollte.

»Was ist denn jetzt schon wieder?«

»Das Zahnrad ist von der Welle gerutscht! Kannst du Fergus rufen und ihn bitten, mir seinen kleinen blauen Philips-Schraubendreher zu leihen?«

»Nein, kann ich nicht.«

»Ich kann nicht hier weg! Wenn ich jetzt loslasse, fällt alles innen ins Gehäuse, und dein Vater kann sich von seiner kostbaren Uhr verabschieden.«

Greg zögerte.

»Herrgott noch mal, ich kann das Ding nicht ewig festhalten! Wenn du jetzt nicht losrennst und diesen Schraubendreher besorgst, kannst du deinem Vater erzählen, dass es deine Schuld ist, wenn die Uhr endgültig den Geist aufgegeben hat.«

Bei der zweiten Erwähnung von Nigel rannte Greg aus dem Uhrenzimmer, um Fergus zu suchen. Sobald das Klappern seiner Stiefel auf den Steinstufen verklungen war, zog Steven die Hand aus dem Gehäuse der Uhr, ging zum Tisch, nahm eine Kitt-Kugel aus der Jackentasche und drückte sie auf der Tischplatte zu einem flachen Fladen. Dann nahm er den Schlüsselbund, den Greg auf dem Tisch hatte liegen lassen, und fertigte Abdrücke von jedem einzelnen Schlüssel an.

Bis Greg mit dem Philips-Schraubendreher zurück war, hatte Steven den Kitt längst wieder in seine Jacke gesteckt, und sein linker Arm war bis zur Achselhöhle im Innern der Uhr.

»Danke«, sagte er zu Greg, als er den Schraubendreher entgegennahm. »Das war Rettung in letzter Sekunde, Mann.« Einige Minuten später hatte er das zerbrochene Zahnrad ausgebaut. »Hier«, sagte er und hielt die beiden Teile hoch. »Sauber in zwei Hälften zerbrochen. Ich muss ein neues Rad anfertigen. Das wird zwei Tage dauern, mindestens.«

»Was? Zwei Tage für so ein kleines Ding?«

»Präzisionsarbeit«, erklärte Steven. »Langes Feilen, und ich muss wahrscheinlich mit verschiedenen Metallen und Legierungen experimentieren.«

Nachdem die Tür zum Turm wieder abgeschlossen war, wurde Steven zur Werkstatt eskortiert. Wie zuvor schon ließ Greg sich auf den Stuhl fallen.

»Willst du die nächsten zwei, drei Tage hier sitzen und mir bei der Arbeit zusehen, oder was?«, fragte Steven.

»Wenn es nötig ist.«

»Es wird ziemlich langweilig werden.«

Steven kam tatsächlich nur langsam voran. Greg saß gähnend und verärgert dabei. Irgendwann verließ er die Werkstatt, marschierte über den Hof und verwickelte Jasper in ein Gespräch. Steven nutzte die Gelegenheit, um den Kitt aus der Jacke zu nehmen und auf einem Regal hoch oben an der Wand zu verstecken. Er war kaum an die Werkbank zurückgekehrt, als Jasper mit Greg im Schlepptau die Werkstatt betrat.

»Wie ich höre, hast du das Problem gefunden.«

»Ein zerbrochenes Zahnrad«, bestätigte Steven und hielt die beiden Teile hoch. »Ich muss ein neues anfertigen, eine komplizierte Geschichte. Es dauert mindestens zwei Tage. Das Zahnrad muss die richtige Größe und das richtige Gewicht haben. Ich muss mit verschiedenen Metallsorten experimentieren. Wird nicht einfach ohne Elektrizität. Eine ganze Menge Handarbeit.«

»Dann solltest du zusehen, dass du dich an die Arbeit machst!«, sagte Jasper schroff. »Los, komm«, sagte er zu seinem Bruder, der erfolgreich um Ablösung von seinen Bewacheraufgaben gebeten hatte. »Hier drin kann er keinen Schaden anrichten.«

Jasper drehte sich zu Steven um. »Du wirst die Werkstatt während der Arbeitsstunden nicht verlassen, hast du verstanden?«

»Keine Sorge. Ich hab hier drin mehr als genug zu tun.«

Kurz nachdem die Chatfield-Brüder gegangen waren, betrat Fergus die Werkstatt. »Was hast du vor, Steven?«

»Ich muss so eins nachbauen«, sagte er und hielt das zerbrochene Zahnrad hoch.

»Nein, das meine ich nicht. Was hast du wirklich vor?«

»Was meinst du damit?«

»Ich mag kein Handwerker sein, Steven, aber selbst ich weiß, dass man in einer Turmuhr aus dem vierzehnten Jahrhundert keine Philips-Schrauben findet.«

Das Lachen der beiden Männer hallte über den Stable Court. Wenige Augenblicke später kam Jasper zurück in die Werkstatt gestürmt.

»Du!«, sagte er zu Fergus. »Raus hier!«

»Aber ich brauche …«

»Während der nächsten Tage werden die Steeds ihr Werkzeug zu Beginn des Tages aus der Werkstatt holen und sich danach von dort fernhalten, bis Steven mit seiner Arbeit fertig ist. Hast du kapiert?«

»Ja, Sir Jasper.«

»Und jetzt sieh zu, dass du holst, was du brauchst, und dann verschwinde von hier!«

Mit diesen warnenden Worten machte Jasper auf dem Absatz kehrt und stapfte nach draußen.

»Also, noch einmal, Steven«, sagte Fergus, während er die Werkzeuge einsammelte, die er für seine Arbeit benötigte. »Was hast du vor?«

»Zeige ich dir in ein paar Tagen«, antwortete Steven. »Aber jetzt tu mir einen Gefallen und mach dich an die Arbeit. Ich komme wunderbar ohne diese Clowns zurecht, die mir die ganze Zeit über die Schulter sehen.«

»Ich arbeite die nächsten Tage an den Dachrinnen auf der anderen Seite des Hofs«, sagte Fergus. »Würde ein Signal helfen, wenn ich sehe, dass die Chatfield-Brüder auftauchen?«

»Ganz bestimmt. Vielleicht könntest du ja dreimal gegen ein Fallrohr schlagen?«

»Genau mein Gedanke«, sagte Fergus.

Die Kooperation zwischen den Familien hatte eine neue Ebene erreicht.

Während der nächsten drei Tage schuftete Steven in der Werkstatt. Sechsmal ertönten während dieser Zeit die hohlen Schläge gegen ein Fallrohr, und sechsmal schob Steven seine heimliche Arbeit rasch beiseite und arbeitete an dem teilweise fertigen Zahnrad weiter. Am späten Nachmittag des dritten Tages schließlich verkündete er, dass die Arbeit abgeschlossen sei. Greg eskortierte ihn wieder, als er das wunderbar gearbeitete Stück zurück in den Uhrenraum trug.

Um vier Uhr an jenem Nachmittag läutete die große Turmuhr zum ersten Mal seit mehr als einer Woche wieder. Alle waren erfreut. Der Ersatz für die läutenden Glocken – das wütende Läuten einer Handglocke durch den jeweiligen Wächter auf dem West Tower – war sehr viel unfreundlicher als die klangvollen Töne der antiken Turmuhr.

Während der Arbeit hatte Stevens Ansehen in der Gemeinschaft beträchtlich zugenommen. Insbesondere Penny nutzte jede Gelegenheit, ihren Schwestern zu verkünden, wie klug »ihr Mann« doch sei.

»Und?«, sagte Fergus, als er und Steven gemeinsam vom Abendessen zurück in die Quartiere gingen. »Wirst du mir jetzt verraten, was du gemacht hast?«

»Ich werde es dir nicht nur verraten, ich werde es dir zeigen. Wir treffen uns vor meinem Zimmer, wenn die Uhr heute zwei Uhr in der Nacht schlägt.«

Fergus lachte. »Bist du sicher, dass sie dann immer noch arbeitet?«

»Ich behaupte mal ganz frech – vielleicht«, antwortete Steven.

Um zwei Uhr morgens trafen Steven und Fergus sich vor seinem Zimmer. Steven reichte seinem Cousin eine Kerze und eine Schachtel Streichhölzer. »Wir gehen in Cromwell's Tower«, erklärte er.

»Aber der Turm ist abgeschlossen!«

Steven nahm einen Ring mit Schlüsseln aus der Tasche und ließ sie vor Fergus' Nase baumeln. »Kein Problem«, sagte er. »Ich habe Abdrücke von Gregs Schlüsselbund genommen, während er unterwegs war, um mir deinen Philips-Schraubenzieher zu besorgen.«

»Das also hast du die ganze Zeit im Schilde geführt!«

»Wir müssen in den Turm, ohne dass der Wachposten über dem West Gate uns bemerkt«, erklärte Steven. »Die Daltons sind auf der Tretmühle. Ich will in den Turm, ohne dass sie mich entdecken.«

»Adam und Robert sind auf der Mühle. Sie würden uns nicht verraten.«

»Ich will kein Risiko eingehen. Nur drei Leute wissen von diesen Schlüsseln – du, mein Vater und ich.«

»Meinetwegen.«

»Niemand sonst darf etwas darüber erfahren. Weder dein Vater noch deine Schwestern oder Jessica.«

Sie schlichen am Rand des Lawn Court entlang und hielten sich in den tiefen Schatten. Der Wachposten auf dem West

Tower bemerkte sie nicht. Sie hörten die Hunde draußen im Park bellen. Gott sei Dank liefen die Tiere nicht innerhalb der Mauern in den Höfen herum.

Die Tür zum Bestrafungsraum war wegen der nächtlichen Kälte geschlossen. Sie hörten die Tretmühle langsam knarren. In der stockdunklen Finsternis zog Steven den ersten Schlüssel aus der Tasche und schob ihn ins Schloss. Er passte nicht, also versuchte er den nächsten Schlüssel und landete einen Volltreffer.

»Steck die Kerze an«, flüsterte Steven, als sie im Innern waren und die Tür hinter sich geschlossen hatten. Nachdem die Kerze brannte, zog Steven eine Feile aus der Tasche und schnitt eine einzelne Kerbe in den Schaft des Schlüssels, der zum Türschloss gepasst hatte. »Achte darauf, die Flamme abzuschirmen, wenn wir an den Fenstern vorbeigehen«, sagte er.

Im ersten Stock des Raumes befanden sich zwei Türen. Steven suchte die passenden Schlüssel und markierte sie mit zwei beziehungsweise drei in den jeweiligen Schaft gefeilten Strichen, ehe er die Türen wieder absperrte.

Sie stiegen hinauf in den zweiten Stock, in dem die Gefängniszelle untergebracht war. Nachdem Steven den zum Schloss passenden Schlüssel gefunden hatte, sahen sie sich hastig im Innern um. Es gab keinerlei Hinweis, dass seit Stevens und Marks Gefangenschaft noch jemand hier oben gewesen wäre. Steven markierte auch diesen Schlüssel mit seiner Feile und verschloss den Raum wieder.

Sie durchquerten den Gang, der die beiden Flügel des Turms miteinander verband, und setzten ihren Weg über die schmale Treppe hinauf zum Uhrenzimmer fort, wo sie den entsprechenden Schlüssel markierten, bevor sie weiter zum Dachboden über dem nördlichen Flügel des Turms gingen.

Steven hörte das Knarren des Rades am oberen Ende des Förderbands und das Schwappen und Plätschern von Wasser, als er die Tür aufschloss. Die Schatten des Kerzenlichts huschten durch den Raum und funkelten auf dem Wasser im Kopftank, als sie eintraten.

»Pass auf«, flüsterte Fergus und deutete auf das Loch im Fußboden, wo das Förderband mit den Eimern zum Vorschein kam. Vorsichtig durchquerten sie das Zimmer und spähten durch das klaffende Loch nach unten. In den Boden des Raums darunter war ein zweites großes Loch geschnitten worden, durch das Band und Eimer auf dem Weg hinauf zum Dachboden mussten. Tief unten konnten sie im Bestrafungszimmer die drahtige Gestalt von Robert Dalton erkennen, die auf der Tretmühle marschierte und die Trommel in Rotation hielt, sodass Eimer um Eimer am Band nach oben in die Höhe stieg.

Steven trat vom Loch im Boden zurück und sah hinauf zu den Dachbalken. Dort saß die primitive Welle am oberen Ende des Bandes. Kein Wunder, dass so viel Anstrengung erforderlich war, um die Tretmühle anzutreiben. Wie er vermutet hatte, war der Tank randvoll.

»Sieh her«, sagte er zu Fergus. »Das Wasser geht über den Überlauf aufs Dach hinaus und von dort zurück in die Zisterne.«

Robert und sein Vater würden sich die ganze Nacht für nichts und wieder nichts auf der Tretmühle abmühen. Roberts ewiger missmutiger Blick war zur Abwechslung einmal gerechtfertigt.

»Was ist das?«, flüsterte Fergus unvermittelt und deutete auf die Welle am oberen Ende des Bands. Dort saß eine Riemenscheibe, die ein weiteres Band antrieb.

»Nach deiner Überraschung zu urteilen habt ihr es nicht eingebaut?«

»Bestimmt nicht!«

Sie umrundeten vorsichtig das klaffende Loch in den Bodendielen. Hinter dem Wassertank war eine kleine Maschine am Boden verschraubt. Ein Riemen lief von der Scheibe auf der großen Welle zu einer zweiten Scheibe in der Nabe der Maschine.

»Was ist das?«, fragte Fergus.

»Ein altmodischer Dynamo. Diese Bastarde! Sieh nur, hier sind zwei Drähte, die vom Dynamo wegführen. Jede Wette, dass sie mit einem Alarm verbunden sind. Auf diese Weise merken sie, wenn die Tretmühle anhält. Ich frage mich, wer das installiert hat.«

»Damian. Er ist der Computerfreak. Er muss es gewesen sein. Warte nur, bis ich allen erzählt habe, was hier passiert!«

»Nein. Das hier muss unter uns bleiben. Wenn wir es jetzt ausposaunen, erreichen wir überhaupt nichts!«

»Warum nicht?«

»Weil sie womöglich trotzdem darauf bestehen werden, dass die Tretmühle weiterläuft. Wir müssen eine Möglichkeit finden, diesen Dynamo anzutreiben, ohne die Tretmühle zu betätigen.«

Fergus und Steven schlossen den Raum wieder ab und kontrollierten die letzte Tür im Turm. Sie führte zu einem Zimmer im Nordflügel, direkt über dem Bestrafungsraum.

Steven verfügte über einen kompletten Satz Schlüssel für sämtliche Räume von Cromwell's Tower.

In der nächsten Nacht kehrten sie mit frischen Kerzen zum Turm zurück und stiegen bis unters Dach, wo sie den Drähten des Dynamos folgten. Sie mussten vorsichtig sein, um kein Geräusch zu machen, und auf den Balken bleiben, um nicht durch die Decke zu brechen und in die Privatgemächer der Chatfields darunter zu stürzen. Sie hatten ein altes Besucher-Flugblatt des Haver Trust bei sich mit einem Grundriss des gesamten Hauses, der es ihnen ermöglichte, sich bei der Verfolgung der Drähte zu orientieren.

Sie landeten schließlich auf dem Dachboden über der Turner Gallery, wo der Draht in eine Verteilerdose mündete. Von dort ging es in zwei unterschiedliche Richtungen weiter. Ein Drahtpaar verschwand durch ein Loch im Boden in der darunterliegenden Gallery. Das zweite Paar, dem die beiden Männer folgten, führte über die Decke des Ballsaals auf den Dachboden über der Crimson Gallery.

»Irgendwie ergibt das alles keinen Sinn«, flüsterte Steven.

»Was ergibt keinen Sinn?«

»Wenn ich raten sollte, würde ich sagen, dass der Alarm in der Turner Gallery sitzt. Irgendjemand hat sich verdammt große Mühe gemacht, den zweiten Draht bis hierher weiterzuführen. An diesem Ende scheint sich etwas sehr viel Interessanteres zu befinden als ein einfacher Alarm.«

Bedeckt von Staub und Spinnweben erreichten sie die Stelle, wo auch der zweite Draht im Boden verschwand. Dem Flugblatt des Haver Trust entnahmen sie, dass sie sich über dem Ankleidezimmer der Lady Beatrice Grenville befanden – dem verschlossenen Zimmer, zu dem einzig und allein Damian Zugang hatte.

Sie versuchten durch das Loch im Boden zu schauen, in dem der Draht verschwand, doch es war direkt neben einem Tragbalken. Sosehr sie sich auch anstrengten, sie konnten nichts erkennen außer einem winzigen Ausschnitt des Teppichs unmittelbar unter dem Loch. Sie bliesen ihre Kerze aus und stellten fest, dass das Zimmer unter ihnen von flackerndem Kerzenlicht erhellt wurde. Sie hörten seltsame Musik und merkwürdig stöhnende Laute.

Nach einer Weile kehrten sie so leise, wie sie gekommen waren, zum Cromwell's Tower zurück. Sie stiegen die Treppen hinunter und sperrten die Türen hinter sich ab.

»Ich würde zu gerne herausfinden, was sich in Lady Beatrice' Ankleidezimmer verbirgt«, sagte Fergus, als sie zurück in ihrem Quartier waren.

»Ich auch. Ich muss noch mal in deine Werkstatt. Ist das in Ordnung?«

»Sicher.« Fergus lachte. »Du bedienst dich doch sonst auch, ohne zu fragen.«

Drei Nächte später schlichen Fergus und Steven erneut über die Dachböden zu der Stelle über Lady Beatrice' Ankleidezimmer, wo der Draht im Boden verschwand. Dort angekommen zog Steven ein winziges Periskop aus der Tasche, das er in der Werkstatt gebaut hatte, und schob es vorsichtig durch das Loch nach unten. Langsam drehte er es um die eigene Achse und suchte das Zimmer darunter ab.

»Du wirst es nicht glauben!«, flüsterte er schließlich und bedeutete Fergus, seinerseits einen Blick durch das Gerät zu werfen.

Die Wände des Ankleidezimmers waren sämtlicher Kunstwerke beraubt worden und mit glänzenden Fotos bedeckt, die alle ein gemeinsames, ekelhaftes Thema hatten. Verschiedene Apparate und eigenartiges, offensichtlich zu einem bestimmten Zweck gebautes Mobiliar standen im Raum. In der Mitte befand sich ein Tisch mit einem modernen Computer einschließlich Soundsystem, Videokamera und einem riesigen Plasmabildschirm.

»Jesses!«, hauchte Fergus, als er die Szenerie sah.

»Hast du den Bildschirmschoner bemerkt?«, fragte Steven.

Fergus manövrierte das Periskop zurück zum Computer, der mit den Drähten von der Decke verbunden war. Er richtete das Periskop auf den Bildschirm und starrte auf das animierte Bild, das als Bildschirmschoner fungierte.

»Gütiger Himmel!«, hauchte er. »Kein Wunder, dass Mathew abgehauen ist.«

»Wir sollten für uns behalten, was wir hier gesehen haben.«

»Und wie soll das gehen?«

»Wir wissen nicht, wer die Spionin ist. Wenn wir es den anderen erzählen, kommt es früher oder später Damian zu Ohren. Wer weiß, wie er reagiert.«

»Aber einige Leute schweben in großer Gefahr!«, beharrte Fergus.

»Wir müssen eben die Augen offen halten.«

Fergus zögerte immer noch. »Okay, aber beim kleinsten Anzeichen, dass er so etwas wieder versucht, müssen wir den Mund aufmachen.«

Steven nickte. Er wollte seinem Onkel Paul nicht noch mehr Kummer bereiten, doch Fergus hatte recht: Wenn andere Mitglieder der Gemeinschaft in Gefahr schwebten, mussten sie den Mund aufmachen.

Auf dem Weg zurück schoben sie das Periskop durch das Loch im Boden über der Turner Gallery. Der Abzweig führte tatsächlich zu einem Alarm.

Das Problem von Tretmühle und Dynamo beschäftigte Steven mehrere Tage. Schließlich gelang es ihm mit Fergus' Hilfe, eine Lösung zu finden, auch wenn er fast einen ganzen Monat benötigte, um die erforderliche Konstruktionsarbeit abzuschließen.

Steven und Fergus sorgten dafür, dass im Verlauf dieser Zeit hauptsächlich die Steeds oder die Greys auf der Tretmühle waren. Die Familien waren zwar verärgert, dass die anscheinende Sorglosigkeit der beiden jungen Männer ihnen mehr als ihren gerechten Anteil an Strafarbeit auf der Tretmühle einbrachte, doch sie waren zugleich auch erfreut, dass die Übeltäter sich freiwillig bereit erklärten, die Nachtschichten zu übernehmen.

Anfang Dezember beriefen Mark und Steven für zwei Uhr morgens eine Zusammenkunft im Bestrafungszimmer ein. Adam und Warren als Vertreter der Daltons, Duncan und Cameron als Vertreter der Steeds sowie Paul und Fergus waren anwesend.

»Danke, dass ihr gekommen seid«, sagte Mark, als alle eingetroffen waren. »Wir werden euch jetzt etwas zeigen, von dem wir glauben, dass es unser aller Leben bedeutend verbessern wird. Zuvor jedoch möchten wir eure Versicherung, dass es ein Geheimnis zwischen den acht Personen in diesem Raum bleibt, was wir euch gleich zeigen werden.«

Nachdem jeder sein Einverständnis gegeben hatte, erhöhte Steven die Geschwindigkeit der Tretmühle, ehe er gelassen von der Trommel sprang. Als die Trommel langsamer wurde, entstand Panik im Raum. Adam wollte zur Tür hinaus, so schnell seine kurzen Beine ihn trugen, doch Fergus versperrte ihm den Weg. Paul sprintete durch den Raum und sprang auf die Trommel.

Mark lachte. »Hört auf. Es gibt keinen Grund, so nervös zu sein.«

In der Zwischenzeit hatte Steven sich neben der Tretmühle auf einen Stuhl gesetzt und kurbelte mit einer Hand ein kleines Rad.

»Los, komm. Runter mit dir!«, sagte Mark und zerrte seinen Bruder von der Tretmühle.

»Und was ist mit den Chatfields?«, fragte Cameron aufgeregt.

»Keine Sorge«, beruhigte ihn Mark. »Steven wird euch alles erklären.«

Steven saß gelassen auf seinem Stuhl und drehte das kleine Handrad. Die Lager waren perfekt, der erforderliche Kraftaufwand minimal. »Die Chatfield-Brüder wissen immer ganz genau, wenn die Tretmühle stehen bleibt«, begann er. »Und zwar, weil ein Dynamo an der oberen Welle des Förderbands befestigt ist. Von diesem Dynamo führt ein elektrischer Draht zu einem Alarm in der Turner Gallery. Sobald der Dynamo stehen bleibt, geht der Alarm los.«

»Und warum tut er das jetzt nicht?«, fragte Warren mit einem nervösen Blick hinaus auf den Flag Court.

»Weil wir ein zusätzliches Band installiert haben, das direkt vom Dynamo zu diesem Handrad führt.«

»Der Vorteil ist der, das wir nur noch das Handrad drehen müssen, anstatt die Tretmühle anzutreiben«, fügte Mark erklärend hinzu. »Was eine sehr viel geringere Kraftanstrengung erfordert, wie sich wohl jeder denken kann.«

Duncan strich sich über den Bart. »Und was passiert, wenn der Kopftank leer gelaufen ist?«

»Das wird so schnell nicht geschehen«, versicherte Steve. »Neunzig Prozent des Wassers, das wir mit der Tretmühle nach oben befördern, gehen durch ein Überlaufrohr aufs Dach hinaus und von dort wieder zurück in die Zisterne.«

»Soll das etwa heißen, wir haben dieses Ding die meiste Zeit für nichts und wieder nichts angetrieben?«

»Genau. Ihr habt im Grunde lediglich den Dynamo angetrieben, damit der Alarm nicht losgeht.«

»Das heißt, von heute an müssen wir die Tretmühle nur noch zwei oder drei Stunden am Tag betreiben, wie ich es von Anfang an ausgerechnet hatte?«

»Leider haben wir keine andere Wahl, als die Tretmühle tagsüber wie gehabt zu betreiben. Das Risiko ist zu hoch, dass einer der Chatfield-Brüder zufällig vorbeikommt und hereinschaut.«

»Allerdings ist es jetzt, nachdem wir Tretmühle und Dynamo getrennt betreiben können, endlich möglich, etwas an den Lagern zu tun und die Reibung zu verringern«, sagte Steven. »Außerdem wurde die Tretmühle so konstruiert, dass sie in der kürzest möglichen Zeit die größtmögliche Menge Wasser fördert. Wir fördern sehr viel mehr Wasser nach oben, als wir benötigen. Wenn wir die Wassermenge reduzieren, die wir mit dem Band nach oben transportieren, verringert sich der Kraftaufwand zum Betreiben der Tretmühle beträchtlich.«

»Das klingt ja wunderbar«, sagte Paul begeistert.

»Der Trick besteht darin, die Reibung nach und nach zu verringern sowie die geförderte Wassermenge und damit die Belastung ganz allmählich zu reduzieren, sodass es niemand bemerkt«, fügte Mark hinzu. »Wir müssen sämtliche Familienangehörige nach jeder Modifikation durch die Tretmühle schleusen, damit sie sich an die veränderte Last gewöhnen.«

»Was ist mit den Chatfields?«, fragte Adam. »Sie werden die Veränderungen doch sicherlich bemerken?«

»Hast du irgendetwas bemerkt?«, fragte Steven.

»Wie meinst du das?«

»Nun, du hast letzte Woche auf der Tretmühle gestanden. Ist dir aufgefallen, dass sie leichter ging?«

»Nein …«

»Die Chatfields werden ebenfalls nichts bemerken. Während des Tages entfernen wir das Handrad und verstecken es oben in der Decke.«

Die Cousins schwiegen, während sie das Gesagte verdauten.

»Wir schlagen Folgendes vor«, meldete Mark sich schließlich zu Wort. »Erstens, es ist wichtig, dass geheim bleibt, was wir getan haben. Wir hätten es auch ganz für uns behalten können, halten es aber für an der Zeit, dass die Familien kooperieren. Es wird Zeit, dass das Komitee sich wieder formiert.«

»Nigel weigert sich, mit einem Komitee zu reden«, sagte Duncan.

»Das spielt keine Rolle. Ein Komitee ist allein schon wichtig, um Probleme unter uns zu regeln. Abgesehen von allem anderen müssen wir einen Plan aufstellen, um sicherzugehen, dass die Tretmühle gleich unter unseren drei Familien aufgeteilt wird.«

»Das funktioniert doch nie!«, rief Adam.

»Und warum nicht?«, fragte Mark. »Wir haben die Arbeit an der Tretmühle halbiert.«

»Es ist in Ordnung«, pflichtete Duncan ihm bei. »Wir sind besser dran als vorher.«

»Was ist mit den Morgans?«, fragte Warren. »Mir ist aufgefallen, dass Susan und Diana nicht zu diesem Treffen eingeladen wurden.«

»Das hat zwei Gründe«, erklärte Mark. »Erstens sind die Morgan-Frauen nach allem, was ich bis jetzt gesehen habe, nur selten zum Strafdienst auf der Tretmühle …«

»Stimmt«, bestätigte Duncan. »Wenn sie Strafdienst haben, leidet der Service Seiner Lordschaft darunter. Ich bin sicher, er hat seine Söhne angewiesen, nachsichtig mit den Morgan-Frauen zu sein.«

»Und der zweite Grund?«, fragte Adam.

»Wir wissen, dass es in der Gemeinschaft eine Informantin gibt. Wir sind ziemlich sicher, dass es sich um eine Frau handelt«, sagte Mark.

»Wie kommt ihr auf diesen Gedanken?«, fragte Adam.

»Ich habe gehört, wie Jasper eine Bemerkung in dieser Richtung gemacht hat.«

»Und ihr meint, es wäre eine von den Morgan-Frauen?«, hakte Warren nach.

»Ehrlich gesagt, ich weiß es nicht. Aber bis wir wissen, wer es ist, wollen wir nicht, dass die Frauen von irgendeiner Familie etwas von den Modifikationen erfahren.«

Ein indigniertes Raunen ging durch die Versammlung.

»Ich hoffe, du willst nicht andeuten, jemand aus meiner Familie könnte die Informantin sein?«, sagte Duncan, womit er die Gedanken der anderen aussprach.

»Ich will überhaupt nichts andeuten. Aber irgendjemand meldet den Chatfields alles. Ich hoffe nicht, dass es Cheryl oder Bridget ist, aber ich kann es auch nicht ausschließen. Bevor wir es nicht mit Sicherheit wissen, gilt die Regel auch für sie. Je weniger Leute von der Modifikation erfahren, desto kleiner die Gefahr, dass jemand sich verhaspelt und das Geheimnis ausplaudert. Die Kinder lassen wir aus dem gleichen Grund außen vor.«

»Und was genau schlägst du vor?«, fragte Paul.

»Dass nur die Personen, die jetzt in diesem Raum sind, von den Modifikationen erfahren, und dass wir acht Männer während der Nachtschichten die Tretmühle allein betreiben.«

»Was denn, sämtliche Nachtschichten?«, rief Adam aus.

»Mir ist bewusst, dass wir ein wenig Schlaf versäumen werden, aber wir müssen auf der anderen Seite nur das Handrad drehen. Es gibt keinen Grund, warum nicht jeder hier stundenweise das Handrad kurbeln sollte, sodass wir alle eine anständige Mütze Schlaf bekommen.«

»Du meinst, wir sollen den anderen Familien beim Ableisten ihrer Bestrafung helfen?«

Mark wurde ungehalten. »Ihr seht das von der falschen Warte aus! Das hier ist kein Kampf zwischen den Steeds, den Greys, den Morgans und den Daltons. Es ist ein Kampf zwischen den Chatfields und uns anderen. Ganz egal, wie wir es anstellen, die Tretmühle muss laufen – oder zumindest das kleine Handrad hier. Wenn wir kooperieren, ist das Ergebnis weniger Arbeit für jeden von uns.«

»Mark hat recht«, pflichtete Duncan ihm bei.

»Ja, stimmt«, unterstützte auch Warren Marks Position. »Wir müssen endlich damit aufhören, gegeneinander zu kämpfen.«

»Dann müssen die Frauen und Kinder die Tretmühle tagsüber antreiben?«, fragte Adam.

»Es ist nicht ideal«, räumte Mark ein, »aber letztendlich sind auch sie besser dran. Sie können nachts vernünftig schlafen. Sie müssen so oder so tagsüber arbeiten, ob auf der Tretmühle oder in den Gärten oder auf dem Feld oder im Haus. Wenn Steven die Reibung der Lager verringern kann, ist die Tretmühle am Ende vielleicht weniger anstrengend als irgendeine andere Arbeit.«

»Jedenfalls ist es ein brillantes Stück Arbeit!«, sagte Paul. »Gut gemacht, Steven.«

»Und Fergus«, sagte Steven. »Er hat mitgeholfen.«

Duncan hob eine Augenbraue. »Hat er? Ich dachte, er schleicht sich davon, um sich mit Jessica zu treffen, als er in den frühen Morgenstunden aus unserem Quartier verschwunden ist.«

»Ich schlage vor, wir legen uns alle schlafen«, sagte Mark. Er war zufrieden über den Verlauf der Diskussion und darüber, dass keine weiteren Einwände vorgebracht worden waren. »Morgen Abend kann das Komitee zusammentreten und einen Dienstplan für die Tretmühle ausarbeiten.«

»Das Komitee kann in unserem Salon tagen, wenn ihr mögt«, bot Adam an.

Mark nickte zufrieden über die neu erwachte Kooperation zwischen den Familien. »Sehr gut. Also morgen Abend, neun Uhr. Bis dahin vergesst nicht: Was ihr heute Nacht hier gesehen habt, bleibt unter uns. Wenn die Chatfield-Brüder davon erfahren, war die ganze Arbeit, die Steven und Fergus in das Projekt gesteckt haben, für die Katz.«

»Abgesehen davon würden die beiden eine Menge Scherereien bekommen«, fügte Paul grimmig hinzu.

47

Beim Treffen des Komitees am nächsten Abend wurde ein Plan ausgearbeitet, wie die Familien sich an der Tretmühle abwechseln sollten. Außerdem kam man überein, welche Übertretungen den Chatfield-Brüdern wann gemeldet werden sollten, um den Wechsel zu erleichtern.

Im Verlauf der nächsten Wochen wurden einige der Ledereimer am Boden aufgeschlitzt, sodass das Gewicht des Wassers geringer wurde, das am Band in die Höhe transportiert wurde. Die Welle am oberen Ende erhielt ein Lager, was die Reibung des gesamten Systems beträchtlich verringerte.

Marks langfristiges Ziel blieb eine grundlegende Änderung des Regimes. Ein funktionierendes Komitee war ein kleiner Schritt, doch im Lauf der Zeit gewann die Kooperation zwischen den Familien an Schwung. Das Bemannen der Tretmühle war der Hauptgrund für den Zwist zwischen den Familien gewesen. Nachdem diese Aufgabe zu gleichen Teilen aufgeteilt war, ließen die Spannungen merklich nach.

Nach zwei Monaten wurden Susan und Diana eingeladen, dem Komitee beizutreten. Während die beiden Frauen nie in die an der Tretmühle vorgenommenen Veränderungen eingeweiht wurden, engagierten sie sich schon bald auf andere Weise. Insbesondere Diana wurde zu einem leuchtenden Vorbild, trotz ihrer früheren Drohung, sich ganz und gar auf die Morgan-Familie zu konzentrieren. Sie war eine geborene Anführerin und trieb das Zusammenlegen von Büchern voran, um eine kleine Bibliothek zu bilden. Außerdem organisierte sie an den Abenden und Sonntagnachmittagen Unterricht für die Kinder. Das Komitee stellte einen richtigen Lehrplan auf, und die Mitglieder der Gemeinschaft, die über nützliche Kenntnisse verfügten, wurden zu Lehrern bestellt.

Eine Reihe von Clubs wurde gegründet, darunter Bridge, Darts und Schach. Eine Debattierschule und ein Schreibforum wurden eingeführt. Die Clubtreffen blieben naturgemäß kurz, weil die Arbeitstage immer noch lang und anstrengend waren, doch die eine Stunde Unterhaltung am Abend linderte die Monotonie ihrer aller Leben.

Trotz des Erreichten war Mark in Aufruhr. Er war hin- und hergerissen zwischen der Sehnsucht nach Jane und seinen Enkelkindern und seinem Wunsch, Zeit mit Allison zu verbringen. Er begann ernsthaft darüber nachzudenken, wie man Nigel die Stirn bieten konnte und ob die Gemeinschaft gefestigt genug war, sich durchzusetzen. Früher oder später würde er die Karten aufdecken müssen, und er sorgte sich ständig darüber, wem er trauen konnte und wem nicht.

Es gab immer noch keinen Hinweis, wer die Informantin war. Mark war überrascht, dass einige der Aktivitäten der Gemeinschaft Nigel noch nicht gemeldet worden waren, insbesondere der Debattierclub, der in seiner Themenwahl zunehmend wagemutig wurde. Als der März gekommen war, fragte Mark sich allmählich, ob die Informantin überhaupt noch aktiv war.

Die Frage wurde nur zu bald beantwortet. An einem späten Nachmittag kamen Jasper und Damian in die Gärten und riefen Steven, der sie zurück ins Haus begleiten musste. Niemand war überrascht – seit seiner erfolgreichen Reparatur der Turmuhr war er immer öfter abgeholt worden, um in den Privatgemächern der Chatfields Arbeiten zu erledigen.

Diesmal jedoch ging es nicht in die Privatgemächer, sondern in sein eigenes Quartier.

»So«, sagte Jasper, als er die Tür zu Stevens Zimmer auftrat. »Wo sind sie?«

»Wo ist was?«

»Die Schlüssel.«

»Welche Schlüssel?«

»Versuch nicht, uns auf diese Tour zu kommen«, sagte Damian und zog seine Pistole. »Die Schlüssel von Cromwell's Tower.«

»Ich weiß nicht, wovon ihr redet.«

»Wir werden sie finden«, sagte Jasper. »Wenn nötig, nehmen wir das ganze Zimmer auseinander.«

Jasper begann Stevens Zimmer zu durchsuchen. Er kippte das Bett um, riss wütend die Schubladen aus der Kommode und leerte deren Inhalt auf den Boden. Nachdem sämtliche offensichtlichen Verstecke abgesucht waren, nahm er einen Schuh und klopfte systematisch die Bodendielen ab, dann die Wände. Er riss Bilder herunter, die Steven im Haus gesammelt hatte, um den winzigen, kargen Raum aufzuhellen. Wenn Jasper die Decke ebenfalls untersuchte, würde er unweigerlich die Dinge finden, die sie im Verlauf von Monaten für ihre Flucht zusammengetragen hatten.

»Also gut«, sagte Steven. »Es ist nicht nötig, dass ihr mein Zimmer zerlegt. Ich zeige euch, wo die Schlüssel sind.«

Er führte die Brüder in den Bestrafungsraum. Sie blieben an der Tür stehen und beobachteten, wie er auf den Hocker kletterte und sich reckte, um die Schlüssel aus dem Loch in der Decke zu holen. Er war erleichtert, dass sie ihm nicht gefolgt waren; vielleicht wussten sie nur von den Schlüsseln und nicht von den Modifikationen, die er an der Tretmühle vorgenommen hatte.

Seine Hoffnungen wurden schnell zunichtegemacht. »Wir wissen, dass du auch ein Handrad dort oben hast«, sagte Damian. »Bring es gleich mit. Du brauchst es nicht mehr.«

Steven nahm das Handrad aus dem Versteck, stieg vom Hocker und reichte Schlüssel und Handrad Damian, der ein triumphierendes Grinsen zur Schau trug. Anschließend wurde Steven durch den zentralen Torbogen von Cromwell's Tower zur gegenüberliegenden Tür geführt.

»Zeit, dass wir herausfinden, wie gut diese Schlüssel sind«, sagte Jasper lachend, als Damian mehrere Nachschlüssel an der Tür ausprobierte.

Sobald die Tür offen war, wurde Steven die Treppe hinaufgeführt und mit seinen eigenen Schlüsseln in die Zelle gesperrt. Das wilde Lachen der beiden Brüder hallte noch lange die Steintreppe hinauf, als sie wieder nach unten stiegen.

Die Grey-Familie reagierte anfangs nicht allzu besorgt, als Steven im Verlauf des Nachmittags nicht mehr in die Gärten zurückkam. Sie nahmen an, dass er in den Privaträumen der Chatfields arbeitete. Mark kehrte wie gewöhnlich nach Feierabend nicht in das Quartier der Greys zurück, sondern begab sich auf direktem Weg zu Tante Margarets Zimmern. Allison war noch nicht da, und Tante Margaret bot ihm an, ihr Bad zu benutzen, sodass er sich für das Abendessen frisch machen konnte.

Er wusch sich und kehrte zurück in Margarets Wohnzimmer, wo er feststellte, dass Allison immer noch nicht erschienen war. Sehnsüchtig blickte er zum Fenster hinaus. Bis zum Abendessen war es nur noch eine halbe Stunde.

»Du weißt, dass sie kommt, wenn sie es irgendwie einrichten kann«, sagte Tante Margaret leise. Sie saß in ihrem Lieblingssessel und las in einem Gebetbuch. »Es ist nicht immer einfach für sie, sich loszueisen. Sie muss sehr vorsichtig sein mit Nigel. Er ist furchtbar jähzornig.«

»Ich weiß. Erinnerst du dich, als wir Weihnachten im Halfway House gesessen haben? Als ich mit Helen kurz vor dem Ausbruch der Seuche zu Besuch war?«

»Selbstverständlich«, sagte Margaret und blickte fragend zu ihm auf.

»Erinnerst du dich an den Familienstammbaum, den du mir damals gegeben hast?«

»Du meinst das Blatt, das Nigel dir aus der Hand gerissen hat?«

»Ja. Er ist in die Luft gegangen damals. Was war der Grund?«

»Ach, bloß eine alberne Familienangelegenheit.«

»Wir sollten versuchen, den Stammbaum zu rekonstruieren. Er ist schließlich ein Teil der Geschichte Englands. Die Chatfield-Dynastie ist alles, was noch übrig ist.«

»Wir brauchen ihn nicht zu rekonstruieren. Ich habe noch eine Kopie davon.«

»Tatsächlich?«

»Na klar. Sie ist in meiner Handtasche.«

»Darf ich einen Blick darauf werfen?«

»Du kannst ihn haben, wenn du möchtest«, sagte Tante Margaret, wobei sie sich mühsam vornüberbeugte und ihre Handtasche aufnahm. »Es ist an der Zeit, dass der Stammbaum an jemanden weitergereicht wird, dem solche Dinge etwas bedeuten. Ich bin nicht sicher, ob ich noch sehr viel länger auf dieser Erde bleiben werde.«

»Du wirst uns alle überleben!«, scherzte Mark. Es war schwer, sich die Gemeinschaft ohne Tante Margarets vergnügtes Lächeln vorzustellen.

»Hier hast du ihn«, sagte sie, indem sie ihre Handtasche mit schmerzenden Fingern öffnete und ein gefaltetes Blatt Papier hervornahm. »Behalte ihn.«

Sie stritten zwei Minuten, doch am Ende nahm Mark das Geschenk an. Er nahm das Blatt, faltete es auseinander und breitete es vorsichtig auf dem Tisch aus.

»Also schön – was bedeuten diese drei freien Felder in Nigels Familienzweig?«

Tante Margaret blickte ihn unbehaglich an.

»Wenn ich der neue Hüter des Familienstammbaums sein soll, muss ich es wissen«, sagte Mark.

»Die armen kleinen Seelen«, seufzte Tante Margaret. »Babys. Zwei waren missgestaltet und starben kurz nach der Geburt. Das dritte lebte zehn Jahre, war aber stark behindert.«

»Wie kommt es, dass wir nie davon erfahren haben?«

»Niemand weiß davon, mit Ausnahme der Tanten. Nigel bestand darauf, dass wir es geheim hielten. Er ließ das überlebende Kind in ein Heim einweisen. Ich habe es einmal besucht. Es war mitleiderregend.«

»Wir hatten ein missgestaltetes Kind in Gulf Harbour. Ein kleiner Junge, von Steven und Katie.«

Es war das erste Mal, dass Mark seit seiner Ankunft in England über dieses Thema gesprochen hatte. Tante Margaret reagierte mitfühlend.

»Es hat schon häufiger missgestaltete Kinder in der Familie gegeben«, sagte sie.

Mark schaute sie fragend an, suchte in ihren Augen, flehte um eine Erklärung.

»Deine Großmutter und dein Großvater hatten nicht elf Kinder – sie hatten fünfzehn.«

»Fünfzehn!«

»Das war in den damaligen Zeiten nicht ungewöhnlich, mein Lieber. Elf Kinder sind auf dem Stammbaum zu sehen. Die anderen drei waren missgebildet und kamen tot zur Welt.«

»Wir dachten, das Problem in Gulf Harbour wäre, dass Katie und Steven Cousin und Cousine ersten Grades sind.«

»Ist es wohl auch«, sagte Tante Margaret.

»Noch eine Frage«, sagte Mark. »Da nun alle Familiengeheimnisse offen liegen – wer war das fünfzehnte Kind?«

»Das fünfzehnte Kind?«

»Das fünfzehnte Kind, ja. Du hast gesagt, deine Mutter hätte fünfzehn Kinder geboren. Der Stammbaum zeigt elf, drei sind gestorben. Das ergibt vierzehn. Was ist aus dem fünfzehnten Kind geworden?«

»Nun …« Margaret zögerte.

»Tante Margaret«, sagte Mark. »Kann es denn wirklich noch schlimmer sein als das, was du mir bereits erzählt hast?«

»Vermutlich nicht. Es ist nur so, dass wir alle deiner Großmutter schwören mussten, seinen Namen niemals wieder zu erwähnen.«

»Seinen Namen?«

»Dein Vater, Johnnie Chatfield, war nicht das älteste Kind. Wir hatten noch einen älteren Bruder namens William. Er war das schwarze Schaf der Familie. Er ging als Kabinensteward zur See, als er dreizehn war. Mit sechzehn kam er auf Urlaub nach Hause und schwängerte das Nachbarmädchen. Deine Großmutter bestand selbstverständlich darauf, dass er sie heiratete, doch am Tag vor der Hochzeit lief er davon. Das arme Ding konnte die Schande nicht ertragen und tötete sich selbst und das Baby. Deine Großmutter hat ihm nie verziehen. Er wurde nie wieder erwähnt, und sein Name wurde aus den Aufzeichnungen der Familie gelöscht.«

»Was ist aus ihm geworden?«

»Er blieb auf See. Sollte mich nicht wundern, wenn er auf See gestorben ist. Er war ein Taugenichts – ein Mädchen in jedem Hafen, und er hat es wild getrieben. Deine Großmutter hatte mindestens zwei Bettelbriefe von Familien, die um Unterstützung für die von ihm gezeugten Kinder baten.«

Marks Puls beschleunigte sich. »Erinnerst du dich, woher diese Briefe kamen?«

Tante Margaret überlegte. »Einer kam aus Australien. Brisbane, glaube ich. Ja, ich bin sicher, er war aus Brisbane.«

»Und der andere?«

»Amerika. San Francisco? Oder war es San Diego?« Tante

Margaret schien in den abgelegenen Winkeln ihres Verstands zu graben. »Nein, ich bin nicht sicher. Aber es war irgendetwas mit ›San‹ davor.«

»Gab es noch weitere Briefe?«

»Ich weiß jedenfalls von keinen. Aber wie ich bereits sagte, er war ein Tunichtgut. Gott allein weiß, wie viele Kinder er überall auf der Welt hinterlassen hat.«

Ehe Mark nachfragen konnte, schlug die Turmuhr von Cromwell's Tower und kündete das Abendessen an. Mark faltete den Stammbaum zusammen und steckte ihn in die Tasche. Er würde ihn später um Onkel Williams Namen ergänzen.

Während Mark seine Tante zur Großen Halle schob, raste sein Verstand. Er war enttäuscht, dass er Allison nicht gesehen hatte, doch in anderer Hinsicht war der Tag äußerst bedeutsam gewesen. Er würde Steven die Neuigkeiten nach dem Abendessen erzählen – und dass eine große Wahrscheinlichkeit bestand für weitere, überall auf der Welt verstreut lebende Angehörige der Chatfield-Dynastie. Das eröffnete völlig neue Perspektiven für den genetischen Pool der überlebenden Menschen.

48

Mark schob Tante Margaret in die Große Halle und steuerte ihren Rollstuhl zum gewohnten Platz am Dalton-Ende des langen Mensa-Tisches. Dann ging er zu seinem eigenen Platz. Von Steven war nirgendwo eine Spur zu sehen. Da Unterhaltungen vor dem Eintreffen Seiner Lordschaft untersagt waren, suchte er Pauls Blick und nickte in Richtung des leeren Platzes am Tisch. Paul zuckte die Schultern.

Mark hätte ahnen müssen, dass irgendetwas nicht stimmte, sobald die Chatfield-Familie eintraf. In ihren Schritten war ein federnder Elan, und ihr Auftreten hatte etwas Anmaßendes, Großspuriges. Sobald Nigel ihnen bedeutete, dass sie sich setzen durften, erkundigte Mark sich nervös bei Cheryl und Bridget, ob sie Steven gesehen hätten. Keine der beiden Frauen wusste, wo er geblieben war.

»Wahrscheinlich arbeitet er noch in den Gemächern der Chatfields«, meinte Paul.

Mark gab sich nicht damit zufrieden. »Sämtliche Chatfields sind hier. Sie würden Steven niemals allein in ihren Räumlichkeiten zurücklassen.«

Mark wurde immer nervöser. Er blickte hinauf zur Minstrel Gallery, und seine Hoffnung sank noch weiter. Damian hatte Wachdienst hinter dem Maschinengewehr. Das konnte nur bedeuten, dass die Chatfields mit Ärger rechneten.

Am Ende der Mahlzeit verließen Greg und Miles die Große Halle.

»Nun«, sagte Nigel und erhob sich von seinem Platz. Die Unterhaltungen an den Tischen erstarben augenblicklich. »Ihr haltet euch also für schlau, was? Ihr glaubt, ihr könntet mich aufs Kreuz legen?« Es war offensichtlich, dass niemand wusste, wovon er redete. »Ich dulde keinen Ungehorsam!«, brüllte er und lief vor Wut rot an. »Ihr werdet alle bezahlen für diese Ungeheuerlichkeit!« Die Familienangehörigen tappten noch immer im Dunkeln. Sie schauten einander an, suchten nach Antworten. »Ehe ich mich mit euch befasse, werde ich den Hauptschuldigen bestrafen. Bringt den Gefangenen herein!«

Miles und Greg führten Steven in den Saal. Die Brüder gingen kein Risiko ein. Stevens Hände waren hinter dem Rücken gefesselt. Nigel rief nach seiner Beweismittelkiste. Jasper ging sie holen und stellte sie vor seinem Vater auf den Tisch. Unter den Augen aller Versammelten öffnete Nigel die Kiste und nahm einen Schlüsselbund hervor.

»Hast du diese Schlüssel gemacht?«, fragte er Steven.

Sinnlos, es abzustreiten – er hatte es außerdem bereits zugegeben. »Ja.«

»Und hast du dir an der Tretmühle zu schaffen gemacht?«

»Ja.«

»Wer hat dir dabei geholfen?«

»Niemand«, sagte Steven und fügte mit scheinbarer Verachtung hinzu: »Keiner hier verfügt über das handwerkliche Geschick, um mir zu helfen.« Er war erleichtert über die Frage – offensichtlich wusste Nigel nichts von Fergus' Beteiligung.

»Und wer sonst hat von deinen Manipulationen profitiert?«

»Niemand außer mir.«

»Lügner!«, brüllte Nigel. »Ich weiß, dass zumindest eine der anderen Familien dein Handrad benutzt hat!«

Anstatt ihn einzuschüchtern, bestätigten Nigels Worte Stevens Verdacht, dass Nigel nur einen Teil der Geschichte kannte.

»Welche andere Familie hat meine Erfindung benutzt?«, fragte Steven scheinbar indigniert, dass andere seine Arbeit ausgenutzt hatten.

»Ich stelle hier die Fragen!«, brüllte Nigel.

»Hätte ich gewusst, dass jemand anders meine Erfindung benutzt, hätte ich Gebühren verlangt«, murmelte Steven.

Nigel schien zu spüren, dass er mit seinen Fragen nicht weiterkam. Er hatte ein Geständnis, und das musste genügen. »Brandmarkt ihn!«, befahl er abrupt, um Steven keine weitere Gelegenheit zu geistreichen Kommentaren zu bieten.

Jasper erhob sich, ging zum Kamin und zog das Brandeisen mit der Nummer zwei aus der Glut des Feuers. Selbst im Augenblick ihres Triumphs demonstrierte die Chatfield-Familie ihre Schwäche. Nigel fühlte sich nicht mehr sicher genug, um von einem Angehörigen der Familie des Übeltäters zu verlangen, dass er die Brandmarkung selbst durchführte. Er war zu seiner früheren Praxis zurückgekehrt, einen seiner Söhne die Bestrafung vornehmen zu lassen.

Das rot glühende Eisen brannte sich in Stevens Fleisch. Er biss die Zähne zusammen und kämpfte gegen den Drang zu schreien an. Während sein Fleisch brannte, hörte er Nigel sagen: »Die Tretmühle wird von jetzt an wieder vierundzwanzig Stunden am Tag betrieben.«

Nachdem sie mit dem Brandmarken fertig waren, führten Miles und Greg den Gefangenen aus dem Saal und über den Flag Court zum Bestrafungsraum.

»Was euch andere betrifft«, schnaubte Nigel, nachdem Steven gegangen war, »wird es keine weiteren Zusammenkünfte eures Komitees mehr geben und auch keine Spielabende mehr.« Ein unzufriedenes Murren ging durch die Gemeinschaft. »Ruhe!«, kreischte Nigel. »Glaubt ihr vielleicht, ich hätte nicht gewusst, was hinter meinem Rücken vor sich geht? Selbstverständlich wusste ich Bescheid! Mehr noch, es wird keine Debattierstunde mehr geben und keinen Unterricht für die Kinder! Die Kinder von Bauern brauchen keine Bildung. Ihr seid zum Arbeiten hier, sonst gar nichts. Das ist der einzige Zweck eurer Existenz!«

Mit diesen Worten drehte Nigel sich um und verließ die Große Halle, gefolgt von Jasper. Allison blieb mit weißem Gesicht ein paar Sekunden länger stehen und blickte zu Mark hinunter, wobei sie die Tränen zurückhielt. Dann wandte sie sich um und folgte Nigel.

Die Mutlosigkeit, die sich in der Gemeinschaft ausbreitete, war genauso groß wie die Niedergeschlagenheit nach Nigels Sabotage ihrer Weihnachtsfeier zweieinhalb Jahre zuvor.

Mark war der Einzige, der sich nicht so schnell geschlagen gab. Er eilte über den Flag Court zum Bestrafungsraum. Steven war bereits auf der Tretmühle. »Alles in Ordnung, mein Sohn?«, fragte er, als er den Raum betrat.

»Was denkst du denn? Dieser Bastard hat richtig fest zugedrückt!«

Steven war außer sich vor Wut. Er trieb die Tretmühle weit schneller an, als sie je zuvor gelaufen war.

»Nicht so schnell!«, warnte sein Vater. »Sonst sieht es zu leicht aus.«

Steven verlangsamte das Tempo. »Du hast recht. Sie haben die Lager an der oberen Welle noch nicht entdeckt und die Modifikationen an den Eimern. Da Nigel verfügt hat, dass die Tretmühle ab sofort wieder vierundzwanzig Stunden am Tag laufen muss, werde ich noch in ein paar zusätzliche Eimer Löcher schneiden. Es ist sinnlos, mehr Wasser zu fördern, als wir benötigen.«

»Du tust nichts dergleichen!«, sagte Mark mit Nachdruck. »Du kannst dir kein drittes Brandmal erlauben, Sohn«, fügte er leise hinzu.

Beide schwiegen, als sie über die Folgen eines dritten Brandmals nachdachten.

»Ich frage mich, wer die Spionin ist«, sagte Steven schließlich bitter.

»Wer immer sie ist – sie ist Abschaum. Nicht nur, dass sie dich ans Messer geliefert hat, sie hat ihrer eigenen Familie die Vorteile deiner Arbeit zunichtegemacht.«

»Es sei denn, es war eine der Morgan-Frauen. Sie waren seit Wochen nicht mehr auf der Tretmühle«, sagte Steven, ehe er rasch hinzufügte: »Penny war es jedenfalls nicht.«

»Die Morgan-Frauen wussten überhaupt nichts von deiner Arbeit.«

»Es muss ein Mitglied des Komitees sein oder jemand, mit dem sie geredet haben. Du solltest sie bei eurem nächsten Treffen morgen Abend zur Rede stellen.«

»Es wird keine weiteren Zusammenkünfte mehr geben. Nigel hat das Komitee verboten, außerdem die Spiele, die Clubs, die Unterrichtsstunden – alles.«

Steven hämmerte wütend mit der Faust aufs Holz, während er die Sprossen der Tretmühle erklomm. »Wer immer dieser Abschaum von Spionin ist – sie hat die Gemeinschaft sämtlicher Errungenschaften beraubt, für die wir gesorgt haben. Wir haben alles verloren. Wir sollten aus Haver verschwinden, sobald wir können.«

»Warten wir erst ab, was ich retten kann. Du hältst den Kopf unten, während ich im Hintergrund arbeite, hast du verstanden? Es gibt immer noch eine Chance, Nigel zu stürzen.«

»Wenn du erwischt wirst, verurteilt er dich wegen Aufwiegelung. Dann haben wir zwei Brandmale, du und ich.«

»Wenn wir beide zwei Brandmale haben, verschwinden wir auf der Stelle. Einverstanden?«

»Einverstanden. Aber wenn wir gehen, müssen Penny und Lee mit.«

»Vorausgesetzt, Penny will mit.«

»Bestimmt«, sagte Steven zuversichtlich. »Ich nehme an, du wirst Allison mitnehmen?«

»Wie kommst du darauf?«

»Hältst du mich für blind? Ich merke doch, wie du sie ansiehst. Du bist wie ein liebeskranker Teenager. Du solltest aufpassen, dass Nigel nichts davon merkt. Die Frau Seiner Lordschaft zu vögeln gilt möglicherweise als Kapitalverbrechen – sowohl von dir als auch von ihr.«

Die Worte ließen Mark frösteln. »Ich gehe eine Runde schlafen«, sagte er, beunruhigt über die Richtung, die ihr Gespräch genommen hatte. »Um halb drei komme ich dich ablösen.«

Am nächsten Tag holte Mark ihre Fluchtausrüstung aus dem Versteck in der Decke von Stevens Zimmer und brachte es auf den Dachboden, wo er ein neues Versteck fand. Als Nächstes stand auf seinem Plan, das zerstörte Selbstvertrauen des Komitees wiederherzustellen. Er beschloss, mit Duncan anzufangen.

»Wir müssen uns unterhalten«, sagte er zu Duncan, als sie nach dem Abendessen zurück in ihre Quartiere gingen.

»Ich war es nicht«, sagte Duncan.

»Würde ich glauben, dass du es warst, würde ich nicht mit dir reden.«

»Du hast Nigels Anordnung gehört. Weitere Zusammenkünfte des Komitees sind verboten.«

»Ich will keine Zusammenkunft, bloß eine Unterhaltung unter vier Augen.«

»Ich bin nicht sicher, ob …«

»Hör zu, um Himmels willen! Wir können nicht zulassen, dass alles wieder genauso wird wie vorher!«

»Also schön«, sagte Duncan nach kurzem Überlegen. »Wir treffen uns auf dem Dachboden über meinem Schlafzimmer. Sagen wir, zehn Uhr heute Abend. Aber sag niemandem sonst etwas davon!«, fügte er hastig hinzu.

Die Bodenkammer, die Duncan als Treffpunkt ausgewählt hatte, besaß ein kleines Fenster auf den Lawn Court hinaus. Sie ließen sich in zwei alte Polstersessel unter diesem Fenster fallen und starrten nach draußen. Es war dunkel, und sie konnten das Glühen des Kohlebeckens oben auf dem West Tower sehen, wo einer der Chatfield-Brüder Wache hielt. Die Dächer waren nass, und Regen prasselte gegen die Fensterscheibe. Die Trostlosigkeit des Wetters passte zu ihrer Stimmung.

»Ich will die Karten auf den Tisch legen«, sagte Mark. »Es gibt nur zwei Möglichkeiten, was Steven und mich betrifft. Entweder die Dinge hier ändern sich grundlegend, oder wir kehren nach Neuseeland zurück.«

»Beides erscheint mir unmöglich«, antwortete Duncan nachdenklich.

»Vielleicht schwierig, aber nicht unmöglich.«

»Sprich weiter.«

»Wir sind der Meinung, wir können es schaffen, von hier zu verschwinden und zu unserem Schiff zurückzukehren. Es ist voll ausgerüstet und bereit zur Abfahrt.«

»Von hier wegzukommen, ohne dabei geschnappt zu werden, ist das eigentliche Problem.«

»Wir glauben, dass wir einen Weg kennen, wie wir von hier verschwinden können, ohne dass es auffällt.«

»Besser, wenn du es mir vorerst nicht erzählst.«

Mark war erleichtert, dass sein Cousin nicht gefragt hatte. Er hatte bereits beschlossen, seine und Stevens genaue Fluchtpläne für den Moment für sich zu behalten. »Wenn es so weit ist, werden wir einigen Leuten anbieten, mit uns zu kommen.«

»Die Leute werden den Park nur zögernd verlassen. Vergiss nicht, was mit Mathew passiert ist.«

»Wir haben Platz für acht Personen, und wir bieten nur Leuten die Mitfahrt an, die höchstens erst einmal gebrandmarkt wurden. Wenn also jemand geschnappt wird, ist ein zweites Brandmal das Schlimmste, was ihm passieren kann.«

»Acht Leute mitzunehmen – vorausgesetzt, du findest überhaupt so viele, die mit dir kommen wollen – würde hier eine große Lücke hinterlassen.«

»Das stimmt. Deswegen würden wir auch lieber sehen, dass Nigel gestürzt und eine Demokratie errichtet wird.«

»Dieses Gerede ist Aufwiegelei!«, flüsterte Duncan. Trotz der Sicherheit ihres geheimen Treffpunkts hörte Mark das Entsetzen in seiner Stimme.

»Ich weiß, dass es nicht ganz ohne Risiko ist, aber es ist die Sache wert. Sieh nur, wie viel besser das Leben gleich mit den wenigen Änderungen war, die das Komitee im Verlauf der letzten paar Monate bewerkstelligt hatte.«

»Allmählich wünsche ich mir, wir hätten das Komitee erst gar nicht gebildet! Bevor es die Clubs gab, haben die Leute ihr Los akzeptiert. Jetzt vermissen sie ihre Vergnügungen, und alles erscheint ihnen schlimmer als vorher.«

»Aber das muss es nicht!«, sagte Mark beharrlich. »Stell dir nur vor, wie Haver sein könnte, hätten wir eine Demokratie! Wir hätten eine richtige Schule. Wir würden die Menschen entsprechend ihren Fähigkeiten einsetzen, anstatt sie willkürlich nach Familien einzuteilen wie Nigel. Die Felder und Gärten wären viel ergiebiger, und wir hätten mehr Freizeit.«

»Klingt wie Eldorado«, seufzte Duncan.

»Es ist unser verdammtes Recht«, sagte Mark. »Wir sind

nicht Nigels Leibeigene; er kann uns dieses Recht nicht vorenthalten. Wir müssen für uns selbst einstehen und eine anständige Gesellschaftsform verlangen, wo alle gleich sind und jeder eine Stimme hat.«

»Sie haben die Waffen.«

»Sie sind nur zu fünft. Wir können es schaffen, die Kontrolle zu übernehmen – auf die eine oder andere Weise.«

»Ich bezweifle, dass das möglich ist, ohne ein Massaker zu riskieren.«

»Wir *müssen* einen Weg finden«, beharrte Mark mit Zorn in der Stimme. »Aber alles der Reihe nach. Zuerst müssen wir dafür sorgen, dass die Erfolge der vergangenen Monate nicht verloren sind.«

»Was schlägst du vor?«, fragte Duncan, offensichtlich erleichtert, dass das Thema Umsturz vorerst vom Tisch war.

»Bevor wir nicht herausgefunden haben, wer für Nigel spioniert, können wir keine weiteren Zusammenkünfte des Komitees riskieren, richtig?«

»Absolut richtig.«

»Deswegen schlage ich vor, dass du und ich uns regelmäßig zusammensetzen und dass jeder von uns abwechselnd mit einem Vertreter einer der beiden anderen Familien spricht.«

»Es ist trotzdem noch riskant.«

»Wir müssen gewisse Risiken eingehen. Wenn es wieder darauf hinausläuft, dass sämtliche Familien einander bekämpfen, haben wir Nigel in die Hand gespielt. Gelingt es uns jedoch, die Familien dazu zu bringen, dass sie weiterhin kooperieren, haben wir wenigstens nicht alles verloren.«

»Vielleicht. Aber es ist riskant.«

»Hör zu«, sagte Mark, dessen Verärgerung wuchs. »Du wählst die Familie, mit der du redest, und ich nehme die andere, okay? Welcher Familie traust du am meisten?«

»Den Dalton-Brüdern.«

»Schön, dann redest du mit Adam oder Warren. Ich kümmere mich um die Morgans.« Mark sprach hastig weiter, ehe Duncan seine Meinung ändern konnte. »Unsere oberste Priorität muss sein, die Arbeit an der Tretmühle weiterhin gleichmäßig aufzuteilen.«

»Es dürfte schwierig sein, die Familien jetzt noch zur Zusammenarbeit zu bewegen.«

»Die Tretmühle muss laufen. Die Chatfield-Brüder haben die Manipulation der Eimer nicht bemerkt und auch nicht die neuen Lager auf den Wellen. Die Bedienung der Tretmühle ist längst nicht mehr so anstrengend wie früher – es ist die Auseinandersetzungen nicht mehr wert, die wir früher deswegen hatten.«

»Du hast recht«, sagte Duncan, nachdem er ein paar Augenblicke aus dem Fenster gestarrt und nervös mit seinem Bart gespielt hatte. »Ich kann mich für die Steeds verbürgen, und du für die Greys. Ich bin ziemlich sicher, dass die Daltons sich ebenfalls einverstanden erklären, wenn ich es ihnen so darlege.«

Mark seufzte innerlich vor Erleichterung. Noch war nicht alles verloren. Solange es Kooperation zwischen den Familien gab, so lange gab es Hoffnung.

49

Marks rasche Reaktion verhinderte einen Verfall des kooperativen Geistes zwischen den Familien. Der Dienstplan für die Tretmühle wurde aufrechterhalten, und der inoffizielle Kontakt zwischen den Familien blieb bestehen. Das Bewusstsein, dass ein Spion unter ihnen war, machte jedermann Angst, und die Diskussionen waren angespannt und zurückhaltend. Aber wenigstens redeten die Familien überhaupt noch miteinander.

Es schien unbegreiflich, dass sie von einer Person aus ihrer Mitte bei den Chatfields denunziert worden waren. Nicht nur, dass Steven bestraft worden war: Jeder in der Gemeinschaft hatte für den schändlichen Verrat einen hohen Preis gezahlt. Fergus hatte großes Glück gehabt, dass weder der Spion noch Steven seinen Namen erwähnt hatte. Auch er hätte ein zweites Brandmal riskiert.

Fergus war der Einzige, der die volle Bedeutung der Tatsache erkannte, dass er nicht verraten worden war. Irgendjemand war bereit gewesen, Steven zu opfern, jedoch nicht ihn. Eine Person, die Fergus nahestand, verbarg ein schlimmes Geheimnis – ein Geheimnis, von dem Fergus wusste, dass es sie verwundbar machte. Er stellte die Person zur Rede, als er mit ihr allein war, und obwohl sie jegliche Verantwortung abstritt, blieb er misstrauisch. Von diesem Tag an war er ständig auf der Hut.

Ein Trost war, dass Stevens Arbeit an den Lagern unentdeckt blieb, genau wie die verminderte Menge Wasser, die am Förderband nach oben geschafft wurde. Eine weitere Erleichterung gab es, als Mark die letzten Eimer ebenfalls manipulierte.

Eines späten Abends rief Mark seinen Sohn zu sich ins Zimmer, um eine Liste der Leute zu erstellen, denen sie das Angebot machen wollten, sich ihnen anzuschließen, sollte die Entscheidung zur Flucht fallen. Die Liste musste auf acht Personen beschränkt bleiben – die maximale Zahl, die sie sicher auf der *Archangel* unterbringen konnten.

»Penny muss dabei sein«, sagte Steven. »Außerdem Lee. Sie würde nicht ohne ihn mitkommen – und ich auch nicht.«

Mark nickte. Er fragte sich, wie Steven reagieren würde, sollte Penny beschließen, sie nicht zu begleiten. Es war ein Problem, dem er sich ebenfalls stellen musste, sollte Allison nicht mitkommen wollen.

Steven schien seine Gedanken zu lesen. »Und Allison selbstverständlich – vorausgesetzt, sie kommt mit.«

»Sie wird mitkommen, wenn Charlene und Jessica auf der Liste stehen.«

»Und Jessica wird nicht ohne Fergus und Tommy mitkommen.«

»Fergus verdient es sowieso, auf der Liste zu stehen«, pflichtete Mark ihm bei. »Wenn man bedenkt, was er alles für uns getan hat.«

Steven nickte.

»Damit hätten wir bis jetzt fünf Erwachsene«, fuhr Mark fort. »Ich glaube, wir können die Kinder ignorieren. Wir quetschen sie irgendwie mit ins Schiff. Wir haben also Platz für drei weitere Erwachsene. Außerdem sollten wir drei Personen als Reserve aussuchen, für den Fall, dass jemand weiter oben auf der Liste nicht mitkommt.«

Steven nickte erneut. »Was ist mit Tante Margaret?«, fragte er dann.

»Sie würde die Reise nicht überleben – selbst wenn es uns irgendwie gelänge, sie aus dem Park zu schaffen.«

»Was wird Allison dazu sagen? Du weißt, wie sehr Tante Margaret sich auf sie stützt.«

»Warren und Adam werden sich um sie kümmern. Ich bin sicher, dass Allison mitkommt, wenn sie weiß, dass ihre Mutter gut versorgt ist«, sagte Mark mit so viel Inbrunst, wie er aufbringen konnte, doch im Innern war er äußerst nervös.

»Wir haben Onkel Paul und seine Töchter vergessen«, sagte Steven, bevor Mark länger über dem Problem brüten konnte.

»Dein Onkel kommt nicht mit. Er will nicht weg aus England, das hat er mir schon ganz zu Anfang gesagt. Wenn er nicht geht, bleiben Cheryl und Bridget ebenfalls hier.«

»Na großartig! Wir fahren um die halbe Welt, und die Person, zu deren Rettung wir eigentlich gekommen sind, hat kein Interesse!«

»Wären wir nicht nach England gekommen, hättest du Penny nicht kennen gelernt«, erinnerte Mark seinen Sohn.

Steven wechselte rasch das Thema. »Wir sollten Adam und seinen Söhnen Plätze anbieten.«

»Wenn wir Luke und Robert mitnehmen, haben wir mit Ausnahme von Nigels Söhnen sämtliche männlichen Nachkommen der dritten Generation an Bord. Wir hätten das Problem von Gulf Harbour nach Haver House verlagert. Ich denke nicht, dass diese Gemeinschaft mit einem so eingeschränkten genetischen Pool überlebensfähig ist.«

»Pech.«

»Haver muss überleben – ganz egal, was wir von den gegenwärtigen Zuständen halten. Die menschliche Rasse kann nicht riskieren, sämtliche Eier in einen einzigen Korb zu legen.«

Die Intensität von Marks Gedankengang wurde von seiner Antwort auf Stevens nächsten Vorschlag noch unterstrichen. »Was ist mit Diana? Sie hat Grips und besitzt viele Begabungen.«

»Sie ist über das gebärfähige Alter hinaus.«

»Duncan, Andrea und Virginia?«

»Andrea und Virginia haben beide zwei Brandmale, und Duncan würde nicht ohne seine Töchter mitkommen.«

Am Ende erstellte die Liste sich beinahe von selbst. Einige Kandidaten schieden aus, weil sie zwei Striche hatten. Andere hatten einen Angehörigen mit zwei Strichen, den sie nicht zurücklassen wollten. Dritte wiederum hatten – genau wie Paul – angedeutet, dass sie nicht bereit waren, England zu verlassen.

Schließlich kamen Mark und Steven überein, dass die acht Erwachsenen Penny Morgan, Fergus Steed, Allison Dalton mit ihren Töchtern Charlene und Jessica sowie Cameron Steed mit seinen Töchtern Kimberley und Rebecca sein sollten. Irgendwie würden sie auch die beiden Kinder noch unterbringen, Jessicas Sohn Tommy und Pennys Sohn Lee.

Auf Stevens Drängen hin erklärte Mark sich schließlich einverstanden, Adam und seinen Söhnen Robert und Luke die letzten Plätze anzubieten, sollte jemand ausfallen. Trotz seines Einverständnisses war Mark besorgt über die Konsequenzen, die Gemeinschaft von Haver so vieler männlicher Nachfahren zu berauben.

»Allerdings könnte es auch sein«, sagte Steven zum Ende der Diskussion, »dass überhaupt keiner aus England fort will.«

»In diesem Fall fahren wir allein.«

Trotz der Entschlossenheit in seiner Stimme sorgte Mark sich im Verlauf der nächsten Wochen nahezu ununterbrochen, was passieren würde, sollten entweder Penny oder Allison sich weigern, mit ihnen zu gehen. Es war seine Angst vor dieser Frage, die ihn anspornte, alles zu unternehmen für die Alternative zur Flucht von Haver – die Errichtung einer Demokratie.

Es gab nur eine begrenzte Anzahl von Möglichkeiten, wie dies zu erreichen war. Zum einen konnte Nigel einer Bitte um Errichtung einer demokratischen Gemeinschaft zustimmen. Oder die Gemeinschaft konnte sich erheben und Nigel dazu zwingen. Oder sie konnte die Waffen der Chatfields ignorieren, Haver Park verlassen und an einem anderen Ort einen neuen Anfang wagen.

Mark wusste, dass er idealerweise einen Plan parat haben sollte, ehe er die anderen Familien auf das Problem ansprach. Die einzige Person, mit der er reden konnte, ohne sich in Gefahr zu begeben, war Steven, und er fürchtete, jemand könnte ihre Unterhaltungen belauschen und sie Nigel melden. Dies würde wegen Aufruhr und Aufwiegelung unweigerlich zu einem dritten Brandmal für Steven führen. Und so kam es, dass Mark das Thema nur zur Sprache brachte, wenn sie im Freien waren, in sicherem Abstand von neugierigen Dritten.

»Gewalt ist die einzige Möglichkeit«, schloss Steven, nachdem er viele Wochen lang den Vorschlägen und Plänen seines Vaters gelauscht hatte. »Nigel wird niemals freiwillig auf seine Macht verzichten und einer Demokratie weichen. Wenn die Gemeinschaft versucht, sich mit Gewalt durchzusetzen, wird Damian so viele erschießen, wie er kann. Genauso wird er reagieren, wenn die Leute versuchen, den Park zu verlassen. Damit bleibt nur eine Option – und wenn du einen Fehler machst, führt sie zu einem Blutbad.«

»Das ist mir bewusst«, erwiderte Mark und zuckte ratlos die Schultern.

»Und wenn es dir tatsächlich gelingt, die Chatfields zu entwaffnen, musst du sie entweder erschießen oder bis an ihr Lebensende einsperren, weil sie stets auf eine Chance lauern werden, die Macht wieder an sich zu reißen. Und wenn ihnen das gelingt, werden sie Rache üben – und das führt *definitiv* zu einem Blutbad.«

»Ich weiß!«, sagte Mark zornig. Er wusste, dass Steven recht hatte, doch es half ihm nicht weiter.

Steven erhob sich, um zu gehen. »Übrigens – weißt du, was für einen Tag wir heute haben?«

»Nein. Was denn für einen?«

»Janes Geburtstag«, sagte Steven und ließ Mark allein zurück.

Stevens Bemerkung machte Marks Kummer noch schlimmer. Allein gelassen begann er sich wieder einmal wegen der Lage in Gulf Harbour zu sorgen. Wie kam Jane zurecht? War sie wieder in Depressionen verfallen? Wie ging es Zach, Nicole und Audrey? Sie wurden immer größer – und er war nicht bei ihnen.

War Christophers Krankheit mit den Thyroxin-Tabletten unter Kontrolle, oder war er in der Zwischenzeit gestorben? War in Gulf Harbour überhaupt noch jemand am Leben? Und wenn ja – was für ein Leben führten sie? Es war fast achtzehn Monate her, dass er und Steven Neuseeland verlassen hatten. Alles war in gutem Zustand gewesen und hatte funktioniert, doch wenn eins von ihren Geräten ausfiel, verfügten die Daheimgebliebenen nicht über die Fähigkeiten, es zu reparieren.

Doch es war die Erinnerung an Jane und den Vergewaltiger Tom, die Mark am meisten zu schaffen machte. Was, wenn eine ganze Bande von Toms überlebt hatte und durch irgendeinen dummen Zufall über die Gemeinschaft der drei Frauen und fünf kleinen Kinder gestolpert war? Nein, das war unmöglich – allein die Chatfield-Dynastie hatte überlebt –; nur sie hatten die Blutlinie.

Aber was, wenn …

50

Im Lauf der nächsten Wochen wurde Mark zunehmend frustriert. Er konnte nicht mit Allison zusammen sein und machte sich Sorgen wegen Jane, seinen Enkelkindern und der Situation in Gulf Harbour.

Er sah ein, dass Steven recht hatte – die einzig praktikable Option bestand darin, Nigel gewaltsam abzusetzen. Trotz all seiner Bemühungen war es ihm nicht gelungen, einen narrensicheren Plan zu ersinnen. Er benötigte neue Ideen – er würde am nächsten Morgen mit Duncan reden. Die Gemeinschaft musste entscheiden, ob sie bereit war zu einem Umsturzversuch oder nicht. Falls nicht, würden er und Steven versuchen, nach Neuseeland zurückzukehren.

Steven hielt sich an die Maßgabe seines Vaters, kein Risiko einzugehen, doch von Penny konnte er nicht lassen. In den meisten Nächten schlich er sich aus seinem Quartier und durch die Korridore zu ihrem Bett. Keiner von beiden redete mit irgendjemandem darüber. Selbst Lee, der im Zimmer nebenan schlief, wusste nichts von dem nächtlichen Besucher bei seiner Mutter.

Am Morgen des Tages, an dem Mark seine Unterhaltung mit Duncan geplant hatte, waren er und Steven dazu eingeteilt, am anderen Ende des Gartens Gemüsebeete vorzubereiten. Sie waren außer Hörweite der anderen; Mark beschloss, die Gelegenheit zu nutzen, um mit Steven über seine jüngsten Pläne zu reden.

Doch als sie ihre Werkzeuge holten, kam Damian vorbei

und sagte, Steven würde in den Privaträumen benötigt. Während Mark allein im Garten arbeitete, überlegte er, ob er eine weitere Woche warten sollte, bevor er Duncan seine Pläne präsentierte. Es würde ihm Gelegenheit verschaffen, sie weiterzuentwickeln. Doch als der Morgen voranschritt, erkannte er, dass es nur eine Ausrede vor sich selbst war. Er hatte das Thema seit Wochen vor sich hergeschoben. Er würde definitiv am Abend mit Duncan reden.

Steven wurde in der Zwischenzeit die Crimson Gallery hinuntergeführt, wo er den Morgan-Frauen begegnete, die eifrig damit beschäftigt waren, den Boden zu bohnern.

Am Ende der Galerie wandten sie sich nach rechts ins Schlafzimmer von Lady Beatrice Grenville. Steven war noch nie dort gewesen und war fasziniert von den Gobelins, die die Wände säumten. Er bemerkte die verschlossene Tür zum Ankleidezimmer, und ein Schauer rann ihm über den Rücken, als er an seinen nächtlichen Ausflug mit Fergus über den Dachboden dachte und daran, was sie durch das Periskop gesehen hatten.

»Das hier muss repariert werden«, sagte Damian und deutete auf das Fenster, das hinaus auf den Garten zeigte. »Es klemmt, wenn es regnet – und es stinkt fürchterlich.«

Steven öffnete und schloss das Fenster mehrmals und inspizierte die Angeln. »Kein Wunder, dass es stinkt«, sagte er schließlich. »Das Holz fault an den Seiten und hier am Boden.«

»Kannst du es reparieren?«

»Sicher. Die Fäule muss herausgeschnitten und neues Holz eingesetzt werden.«

»Dann mach dich gefälligst an die Arbeit!«, sagte Damian schroff.

»Ich muss Holz und ein paar Werkzeuge holen.«

»Nur zu. Geh direkt zur Werkstatt und komm auf dem schnellsten Weg zurück. Kein Herumwandern und keinen von deinen Tricks, hörst du?«

Steven war überrascht, dass er keine Eskorte erhielt. Er ging auf dem gleichen Weg nach draußen, auf dem er gekommen war, und genoss die Freiheit, unterwegs mit den Morgan-Frauen zu witzeln.

Als er aus der Werkstatt zurückkehrte, lümmelte Damian sich auf dem Himmelbett und blätterte in Hochglanzmagazinen.

Steven verbrachte den Vormittag damit, gewissenhaft das verfaulte Holz herauszustemmen. Die Fäule hatte sich bis in die antike Eichenvertäfelung ausgebreitet, eine der Attraktionen des Zimmers. Wie stets war Steven entschlossen, seine Reparatur so perfekt wie möglich durchzuführen, sodass niemand etwas sah, wenn er fertig war.

Damian verbrachte den größten Teil des Morgens mit Lesen und damit, Steven bei der Arbeit zu beobachten. Er verhielt sich ausnahmsweise zivilisiert, doch seine Anwesenheit machte Steven nervös. Er hasste Zuschauer bei der Arbeit.

»Ich muss etwas essen gehen«, sagte er zu Damian, als die große Turmuhr Mittag schlug. Er war froh, wenn er für eine Stunde verschwinden konnte.

»Ich habe auch Hunger«, sagte Damian. »Ich lasse uns beiden etwas bringen.«

Ehe Steven ablehnen konnte, hatte Damian die Quaste der antiken Glockenschnur neben seinem Bett gezogen. Sekunden später eilte Penny ins Zimmer.

»Ihr habt geläutet, Sir Damian?«

»Bring Essen für zwei Personen«, befahl Damian. »Wir essen heute hier drin zu Mittag.«

»Für zwei Personen, Sir Damian?«, fragte Penny mit großen Augen. Damian lud Steven in seinem Zimmer zum Mittagessen ein!

»Ja. Und bring eine Flasche von diesem Wein mit, den ich gestern hatte.«

»Für mich bitte Fruchtsaft«, sagte Steven rasch.

Damian funkelte ihn an.

»Bring uns zwei Weingläser und zwei Saftgläser«, befahl Damian, ehe er Penny mit einer ungeduldigen Handbewegung verscheuchte.

»Selbstverständlich, Sir Damian«, sagte sie, indem sie sich verneigte und rückwärts aus dem Zimmer eilte.

»Danke vielmals, aber ich trinke lieber keinen Wein. Diese Arbeit ist auch ohne Alkohol schwierig«, erklärte Steven.

Wenige Minuten später kehrte Penny mit einem großen Tablett zurück. Es war beladen mit einem Berg Sandwichs, einer Flasche Wein, einem Krug Apfelsaft, zwei Kristallbechern und zwei Weingläsern. Sie stellte das Tablett auf den Tisch aus Walnussholz und ging. Damian verschwendete keine Zeit damit, ihr zu danken. Steven blickte auf die Sandwichs. Er war am Verhungern, doch er wusste, dass er warten musste, bis Damian ihm die Erlaubnis zu essen erteilte.

Schließlich erhob Damian sich vom Bett und ging zum Tisch. Steven arbeitete weiter, doch über die Schulter hörte er, wie Damian die Weinflasche entkorkte und zwei Gläser vollschenkte.

»Komm her und bedien dich«, sagte er. Er hatte sich bereits seinen Wein und ein Sandwich genommen und saß essend auf der Bettkante. Steven legte sich zwei Sandwichs auf den Teller, obwohl er ein halbes Dutzend hätte essen können.

Er ließ den Wein unbeachtet, den Damian für ihn ausgeschenkt hatte, nahm stattdessen seinen Teller und das Glas Apfelsaft und ging zum Fenstersims.

»Du kannst dich hierher zu mir setzen, wenn du magst«, sagte Damian und klopfte neben sich aufs Bett.

»Danke, aber ich muss darüber nachdenken, wie ich von hier aus weiter vorgehe«, sagte Steven. Er wusste ganz genau, was er als Nächstes tun musste, doch nach Monaten der Feindseligkeit empfand er Damians plötzliche Höflichkeit mindestens genauso entnervend.

Alles an Damians Anwesenheit wirkte beunruhigend auf ihn. Er hatte sich nur zwei Sandwichs genommen, obwohl ihm nach einem halben Dutzend zumute war, und er knabberte nur daran, obwohl er sie am liebsten hinuntergeschlungen hätte. Und er nippte so vorsichtig von seinem Apfelsaft, als wäre er auf einer Cocktailparty.

Als Damian sich schließlich erhob und zu der stets verschlossenen Tür zum Ankleidezimmer ging, verspürte Steven im ersten Moment so etwas wie Erleichterung. Wenigstens war er jetzt seinen unwillkommenen Zuschauer los. Doch als Damian die Tür erreichte, drehte er sich um und bedachte Steven mit einem langen, harten Blick. Schlagartig wich Stevens Erleichterung grellem Entsetzen.

Er spürte, wie ihm die Beine weich wurden, und plötzlich hatte er Mühe, scharf zu sehen. Das Glas Fruchtsaft fiel zu Boden und zersprang. Trotz seines verschwommenen Sichtfelds sah er, wie Damian grinste, als er die Tür aufschloss, die ins Ankleidezimmer führte. Steven erinnerte sich daran, was sich hinter dieser Tür befand, und mit einem Mal war jeder Instinkt in ihm hellwach. Er sprang Damian taumelnd an.

Das Grinsen verschwand aus Damians Gesicht, als er Steven auf sich zukommen sah. Steven handelte, ohne zu denken; seine Wut und sein Selbsterhaltungstrieb kämpften gegen das Betäubungsmittel an, das Damian ihm ins Essen gemischt hatte. Von plötzlicher Panik erfasst griff Damian nach seiner Pistole.

Alle hörten den Schuss. Draußen im Garten blickten Paul und Mark von ihrer Arbeit auf. Sie vermuteten, dass einer der Chatfield-Brüder draußen im Park auf der Jagd nach Kaninchen war. Fergus und Duncan hingegen, die im Flag Court arbeiteten, merkten schnell, dass der Schuss aus den Privatgemächern gekommen war, und wechselten nervöse Blicke. Melanie und Theresa Morgan rannten angstvoll durch die Crimson Gallery davon.

Penny eilte ihnen entgegen, in Richtung von Damians

Schlafzimmer. Sie kam zur gleichen Zeit dort an wie Jasper, der aus der Tür des Pailletten-Zimmers gegenüber stürzte. Sie stieß ein erschrockenes Ächzen aus, als sie Steven mit der Pistole in der Hand auf dem Boden liegen sah. Damian saß zusammengesunken vor der Tür zum Ankleidezimmer, die aufzuschließen er nicht geschafft hatte. Er war weiß im Gesicht und hielt sich den Arm, der heftig blutete. Miles und Nigel, die in der Warwick Gallery Billard gespielt hatten, trafen wenige Augenblicke nach Jasper und Penny ein.

»Er ... er hat auf mich geschossen!«, jammerte Damian. »Er hat meinen Wein gestohlen, sich betrunken, und dann hat er mich angegriffen.«

»Aber ...«, begann Penny.

»Halt den Mund!«, stieß Jasper hervor, während er seinen Gürtel nahm und ihn als Aderpresse um den Oberarm seines Bruders band.

Nigel zeigte auf Steven. »Sperrt ihn ein!«, befahl er. »Und du!«, fuhr er fort, indem er sich zu Penny umwandte. »Du gehst Allison holen! Sag ihr, dass ich sie auf der Stelle hier haben will, damit sie Sir Damians Arm untersucht!«

Penny zögerte. Sie machte sich mehr Sorgen um Steven als um Damian. Steven lag am Boden. Er zuckte und murmelte Unverständliches.

»Bewegung!«, fauchte Nigel, während er zu Steven ging und ihm die Pistole aus der Hand trat.

Penny rannte die Crimson Gallery entlang und durch den Ballsaal. Als sie die Turner Gallery betrat, kam Allison ihr bereits entgegen. Sie hatte den Schuss ebenfalls gehört und wollte wissen, was es damit auf sich hatte.

»Sir Damian wurde angeschossen!«, sprudelte Penny hervor. Tränen strömten ihr übers Gesicht. »Sie behaupten, Steven hätte es getan!«

»Wo ist es passiert?«, fragte Allison und beschleunigte ihre Schritte.

»In Sir Damians Schlafzimmer.«

Am oberen Absatz der großen Freitreppe begegneten sie Jasper und Miles, die Steven zwischen sich genommen hatten und fortschleiften. Seine Beine bewegten sich kaum.

»Was ist mit ihm?«, wollte Allison wissen.

»Er ist betrunken«, antwortete Jasper.

»Es sieht aber nach etwas Ernsterem aus.«

»Geh und sieh nach meinem Bruder!«, fuhr Jasper sie an. »Deine Loyalität gilt der Chatfield-Familie, nicht diesem Bastard.«

»Er braucht aber ebenfalls Hilfe«, sagte Allison trotzig.

»Er braucht keine Hilfe mehr. Er kommt auf den Block. Morgen früh ist er tot.«

Die Worte riefen einen hysterischen Aufschrei und neue Tränen bei Penny hervor.

»Los, geh und hilf meinem Bruder, sonst …!«, drohte Jasper, während er und Miles den betäubten Steven weiter die Treppe hinunterschleppten. Allison eilte die Crimson Gallery entlang in Richtung von Damians Schlafzimmer. »Und du!«, rief Jasper die Treppe hinauf Penny zu. »Hör verdammt noch mal auf zu schniefen und mach dich wieder an die Arbeit, hast du verstanden? Du und deine faulen Schwestern!«

Penny hörte ihm gar nicht zu. Sie rannte durch den Ballsaal und die Dienstbotentreppe hinunter in den privaten Garten. Von dort lief sie weiter, so schnell sie konnte, durch das West Gate und hinaus in den Gemüsegarten.

Die Greys hörten ihr Schluchzen, bevor sie Penny sahen. Greg hörte es ebenfalls von seinem Platz oben auf dem Turm. Er rief ihr zu, stehen zu bleiben, doch sie beachtete ihn nicht. Er feuerte ihr einen Warnschuss vor die Füße, doch sie rannte weiter. Mark fing sie auf und stellte sich zwischen sie und Greg. Sie zitterte am ganzen Leib und war völlig aufgelöst.

»Steven hat Damian niedergeschossen!«, sprudelte sie hervor, während sie nach Atem rang.

»Was?«, rief Mark ungläubig.

»Steven hat sich betrunken, und dann hat er Damian angeschossen«, wiederholte Penny.

Inzwischen hatte die ganze Familie ihre Arbeit eingestellt und sich um Penny und Mark versammelt.

»Ist Damian tot?«

»Nein, nur verwundet, am Arm.«

»Zu schade«, bemerkte Cheryl trocken.

»Pass auf, was du sagst«, mahnte Paul sie wütend zur Vorsicht. »Das ist eine schlimme Geschichte. Es könnte Stevens drittes Brandmal bedeuten.«

Die Worte riefen bei Penny einen neuen Weinkrampf hervor. »Sie sagen, er soll morgen früh auf den Block«, schluchzte sie.

»Er kommt bestimmt nicht auf den Block«, sagte Mark. »Es gab ja noch nicht mal einen Prozess. Es muss eine Erklärung geben.« Er war nicht sicher, ob er versuchte, Penny zu beruhigen oder sich selbst. »Wo ist Steven jetzt?«

»Nigel hat gesagt, er soll eingesperrt werden.«

»Im Cromwell's Tower wahrscheinlich«, sagte Paul.

Alle drehten sich um und gingen auf das West Gate zu.

»He, stehen bleiben!«, rief Greg von seinem Posten oben auf dem Turm. Sie sahen zu ihm hinauf. Greg hatte sein Gewehr gegen das Maschinengewehr ausgetauscht, das auf einer Lafette montiert und nach unten auf die Familie gerichtet war. »Noch einen Schritt weiter, und ihr kriegt, was ihr verdient. Ihr alle.«

»Es hat eine Schießerei gegeben!«, rief Mark zu ihm hinauf.

»Wenn ihr noch einen Schritt in diese Richtung macht, gibt es eine weitere Schießerei.«

Sie spürten, dass er es ernst meinte.

»Wir gehen lieber wieder an die Arbeit«, murmelte Paul nervös.

»Ist Steven verletzt?«, fragte Mark an Penny gewandt.

»Nein, betrunken.«

»Betrunken? Dass ich nicht lache! Ich habe Steven noch nie bei der Arbeit trinken sehen!«

»Los, zurück an die Arbeit!«, rief Greg von seinem Posten herunter. »Und du, Penny, siehst zu, dass du zurück ins Haus kommst!«

»Ja, zurück an die Arbeit!«, befahl auch Jasper.

Mark sah erneut nach oben. Dort stand Jasper über die Brüstung gelehnt, während Miles sich mit Greg unterhielt und offensichtlich seine Version der Ereignisse in Damians Zimmer zum Besten gab.

»Wenn ihr Greys noch einmal Scherereien macht, schieße ich euch alle über den Haufen!«, drohte Greg.

»Gehen wir wieder an die Arbeit«, sagte Paul, dessen Kopf nervös zuckte. »Bevor wir alle erschossen werden.« Er blickte Mark an. »Du musst bis zur Verhandlung heute Abend abwarten, dann kannst du alles klären.«

Penny ging ins Haus zurück, immer noch schluchzend. Mark folgte den anderen zögernd in den Gemüsegarten, wo er so tat, als arbeite er. In Wirklichkeit verbrachte er den größten Teil seiner Zeit damit, Greg zu beobachten, während er nach einer Möglichkeit suchte, wie er ins Haus zurückkonnte, ohne erschossen zu werden. Zugleich versuchte er sich vorzustellen, was passiert sein mochte und wie er seinem Sohn helfen konnte.

Doch für keines der Probleme fand er eine Lösung. Wann immer er den Blick hob, sah er ein Maschinengewehr auf sich gerichtet. Er spürte, dass Greg geradezu darauf brannte, Rache für seinen angeschossenen Bruder zu nehmen. Er würde nicht vor Ende der Arbeitszeit ins Haus zurückkehren, unter gar keinen Umständen.

Die Turmuhr schlug um Viertel nach fünf und zeigte das Ende des Arbeitstages an. Das Maschinengewehr war immer noch auf die Greys gerichtet, als sie zum West Gate gingen. Sie bewegten sich schneller als üblich; Mark konnte es kaum erwarten, seine geplanten Schritte in die Tat umzusetzen. Ihm blieben nur fünfundvierzig Minuten bis zum Abendessen in der Großen Halle.

Nach den Blicken zu urteilen, die ihm zugeworfen wurden, wusste inzwischen jeder, was sich ereignet hatte. Fergus kam herbei.

»Weißt du etwas Genaueres?«, fragte Mark, begierig nach jedem Fetzen Information.

»Damian hat eine Fleischwunde davongetragen, nichts Ernstes. Sie haben Steven in Cromwell's Tower eingesperrt. Die Chatfields sind außer sich vor Wut. Sie haben überall Waffen. Sogar auf dem Balkon zum Flag Court hat Jasper ein Maschinengewehr aufgebaut.«

»Hast du Diana gesehen?«

»Ja. Sie ist eben in ihr Quartier gegangen.«

Mark eilte ihr hinterher.

»Wir brauchen einen guten Anwalt. Wirst du Stevens Verteidigung übernehmen?«, fragte er, als sie die Tür öffnete und ihn hineinbat.

»Selbstverständlich – wenn sie mich lassen. Wir hatten bis jetzt noch nie einen Strafverteidiger.«

»Aber es geht um Leben und Tod. Sie werden in diesem Fall doch wohl einen zulassen?«

»Ich würde mich nicht darauf verlassen. Aber wenn sie es erlauben, werde ich ihn selbstverständlich verteidigen. Zuerst müssen wir mit ihm reden und seine Version der Ereignisse in Erfahrung bringen.«

Instinktiv bürstete sie sich das graue Haar zurecht und richtete ihren Schal, wie sie es in der Vergangenheit vor dem Besuch eines Mandanten getan hatte. Gemeinsam umrundeten sie den Lawn Court und durchschritten den weiten Torbogen von Cromwell's Tower.

Miles stand vor der verschlossenen Tür am Fuß des Turms

auf Wache. Er hatte das Gewehr in der Armbeuge und einen Finger am Abzug.

»Was wollt ihr?«, herrschte er Mark und Diana an.

»Ich will meinen Sohn sehen.«

»Das geht nicht.«

»Dann will *ich* ihn sehen«, sagte Diana mit energisch vorgerecktem Kinn.

»Warum?«

»Ich bin seine Verteidigerin.«

Miles lachte schallend. »Seine *was?*«

»Ich habe sie gebeten, Steven zu verteidigen«, sagte Mark.

»Es besteht keine Notwendigkeit für einen Verteidiger!«, sagte Miles. »Er ist schuldig.«

Diana antwortete mit ihrer gebieterischsten Stimme. »Ich verlange, meinen Mandanten zu sehen!« Es war schwierig, jemanden zu beeindrucken, dessen schmutzige Wäsche man Tag für Tag aufsammelte und später gewaschen und gebügelt zurückbrachte.

»Niemand geht zu ihm. Befehl Seiner Lordschaft.«

»Ah, richtig«, sagte Mark und blickte Diana an. »Gehen wir und reden mit Seiner Lordschaft.«

»Ihr verschwendet eure Zeit!«, rief Miles hinter ihnen her. »Er wird euch nicht empfangen!«

Sie betraten den Flag Court und sahen Jasper hinter der Brustwehr des Balkons. Wie Fergus berichtet hatte, hatte Jasper ein Maschinengewehr mit einer Lafette auf der Balustrade montiert. Als Mark und Diana den Hof überquerten, schwang die Mündung drohend in ihre Richtung.

»Stehen bleiben!«, rief Jasper ihnen zu, als sie auf halber Höhe waren. Sie gingen ein paar Schritte weiter, bis Jasper den Sicherungshebel umlegte; dann blieben sie stehen.

»Wir wollen zu Seiner Lordschaft«, sagte Mark.

»Er hat mir bereits gesagt, dass er niemanden zu sehen wünscht.«

»Das ist nicht fair!«, sagte Diana.

»Nicht fair? Es war auch nicht fair, auf meinen Bruder zu schießen!«

»Genau darüber möchte ich mit Seiner Lordschaft reden«, sagte Diana. »Ich bin Steven Greys Verteidigerin.«

»Verteidigerin?«, spottete Jasper. »Das soll wohl ein Witz sein! Es gibt keine Verteidiger mehr.«

»Ich will meinen Sohn sehen!«, beharrte Mark.

»Das geht nicht. So lautet der Befehl Seiner Lordschaft.«

Diana zupfte Mark am Ärmel. »Komm«, sagte sie mitfühlend. »Wir erreichen im Augenblick gar nichts.«

Sie machten kehrt und gingen zurück in Richtung Lawn Court. Verzweiflung drohte Mark zu überwältigen. »Was machen wir jetzt?«, fragte er, sobald sie außer Hörweite waren.

»Ich weiß es nicht. Wir tun unser Bestes, um eine faire Verhandlung zu erreichen, aber wie fair sie sein wird, ohne dass ich vorher Gelegenheit erhalte, mit ihm zu reden, vermag ich nicht zu sagen. Wenn er für schuldig befunden wird, müssen wir ein Gnadengesuch einreichen. Es sieht nicht gut aus, Mark. Wenn ich richtig informiert bin, wurde Steven mit der Pistole in der Hand angetroffen.«

Mark nickte.

»Ich suche Penny und rede mit ihr«, sagte Diana. »Ich versuche herauszufinden, was genau sie gesehen hat.« Sie ging davon.

Mark eilte zu Tante Margarets Quartier in der Hoffnung, Allison anzutreffen und herauszufinden, ob sie die Vorgänge beobachtet hatte. Die Zeit lief ihm davon; der Minutenzeiger kroch erbarmungslos weiter. Nicht lange, und sie mussten zum Abendessen antreten.

»Es tut mir sehr leid«, sagte Tante Margaret, als sie ihm die Tür öffnete. Wie jeder andere, so hatte auch sie die Neuigkeiten bereits erfahren. Ihr Gesicht war angespannt, und sie sah älter aus als je zuvor. Sie konnte sich denken, warum er gekommen war. »Allison hat mir mitteilen lassen, dass sie nicht wegkann. Nigel ist offenbar außer sich vor Wut. Er stürmt durchs Haus und zerschlägt Mobiliar. Sie hofft, ihn zu beruhigen und ein Wort für Steven einzulegen, doch es sieht nicht gut aus.«

Mark starrte zu Boden. Seine Verzweiflung war nicht zu übersehen.

»Möchtest du beten?«, wollte Tante Margaret wissen. Er blickte sie fragend an. »Das ist alles, was uns noch bleibt«, sagte sie leise.

Mark nickte und senkte den Kopf, doch das Läuten der Turmuhr, die zum Essen rief, machte dem Frieden ein plötzliches Ende.

51

Mark war einer der Letzten, die zum Abendessen kamen. Alle Augen waren auf ihn gerichtet, als er Tante Margaret im Rollstuhl zu ihrem Platz am langen Tisch schob.

Er warf einen Blick nach oben zur Minstrel Gallery. Seine Befürchtungen wurden bestätigt: Das Maschinengewehr war in Stellung gebracht worden, und Greg saß an der Waffe. Greg war jähzornig und ging keinem Streit aus dem Weg.

Schließlich trafen Nigel, Damian, Jasper und Allison ein. Damians linker Arm war in einer Schlinge. Allisons Gesicht war weiß. Sie hielt den Kopf gesenkt und starrte unverwandt auf die Tischdecke, nicht imstande, ihren Verwandten in die Augen zu sehen.

Nigel ließ die Mahlzeit servieren. Wie üblich würde der Prozess am Ende des Abendessens stattfinden. Noch nie hatte Mark die Große Halle so still erlebt. Ein Kind ließ eine Gabel auf den Fliesenboden fallen, und die Menge zuckte vor Nervosität zusammen. Die Luft war wie elektrisch geladen.

Selbst am oberen Tisch war die Stimmung gedämpft. Normalerweise lachten und witzelten die Brüder in dem sicheren Wissen, dass ihre Unterhaltung im Lärm des Geschnatters unten im Saal nicht zu hören war. Heute wirkten sie unsicher, als wäre ihnen bewusst, dass die Gemeinschaft jedes Wort hören konnte, das sie von sich gaben.

Schließlich schaute Nigel zur Minstrel Gallery hinauf und nickte Greg zu. Mark spürte, dass der Prozess jeden Augenblick anfangen würde. Jasper, Miles und Damian zogen ihre Pistolen und legten sie vor sich auf den Tisch, ehe Nigel sich von seinem Platz erhob.

»Ich nehme an«, sagte er, »ihr alle wisst inzwischen, dass Steven Grey einen Mordanschlag auf meinen Sohn unternommen hat.«

»Verzeihung, Euer Lordschaft.« Die Worte hallten laut und deutlich durch den Saal, als Diana sich ebenfalls erhob.

»Ah! Man hat mich schon gewarnt, dass du versuchen könntest, dich als Strafverteidigerin aufzuführen. Nun, das wirst du nicht tun.«

»Aber …«

»Kein Aber!«, brauste Nigel auf. »Ich führe diesen Prozess, ich ganz allein und niemand sonst, hast du das verstanden?«

»Aber …«

»Schon gut, Diana«, sagte Mark leise. »Danke, dass du es versucht hast.«

»Und ich brauche auch keine Hilfe von dir!«, brüllte Nigel. »Du wirst nur sprechen, wenn ich es sage!« Er richtete seine Aufmerksamkeit auf das Ende seines Tisches. »Sir Damian, erzähl uns, was passiert ist.«

Damian stand auf, betastete seinen Arm und verzog schmerzerfüllt das Gesicht. »Steven Grey hat in meinem Zimmer gearbeitet. Ich wollte freundlich zu ihm sein und ließ sein Essen aufs Zimmer kommen. Er belohnte meine Großmut damit, dass er meinen Wein stahl und sich betrank. Dann, als ich ihm den Rücken zuwandte, griff er mich von hinten an, nahm mir die Pistole weg und versuchte mich zu töten.«

»Er hat den Wein nicht angerührt«, sagte eine leise, verängstigte Stimme vom Morgan-Ende des langen Mensa-Tisches her. Die Stimme gehörte Penny. Nigel blickte sich wutentbrannt um.

»Ach, wen haben wir denn da? Steven Greys Hure!«, schnaubte er. »Du möchtest etwas sagen? Nur zu, komm hierher!«

Penny zitterte. Sie stand von ihrer Bank auf und kam langsam zum Podium.

Nigel stand drohend und mit vorgerecktem Kinn über ihr. »Als du Damians Zimmer betreten hast, lag mein Sohn da am Boden? Angeschossen?«

»Ja«, sagte sie mit verzagter Stimme.

»Und wer hielt die Pistole in der Hand?«

Penny schwieg.

»Wer hat die Pistole gehalten, habe ich dich gefragt!«

»Steven«, sagte sie schluchzend. »Aber ...«

»Nichts aber! Setz dich wieder hin!«

»Aber er hat den Wein nicht angerührt!«, jammerte sie.

»Ich sagte, setz dich wieder hin!«, donnerte Nigel.

Schluchzend und am ganzen Leib zitternd kehrte Penny an ihren Platz zurück.

»Schuldig!«, sagte Nigel. »Steven Grey wird zum dritten Mal gebrandmarkt! Und weil es das dritte Mal ist, wird er morgen früh um sieben Uhr auf dem Flag Court hingerichtet. Jedermann hat anwesend zu sein und die Hinrichtung zu verfolgen. Ohne Ausnahme!« Mit diesen Worten wandte er sich zum Gehen.

Mark sprang auf. »Wo ist Steven?«, rief er. »Wir wollen seine Version der Geschichte hören!«

Nigel drehte sich an der Tür um und sah Mark an. »Wir brauchen seine Version der Geschichte nicht. Setz dich wieder hin.«

Mark blieb stehen. »Das ist eine Farce!«, rief er.

Aufruhr entstand im Saal. Plötzlich waren alle auf den Beinen und riefen durcheinander. Ein einzelner Pistolenschuss ertönte. Alle duckten sich instinktiv und verstummten schlagartig, während sie sich umsahen, ob jemand erschossen worden war. Doch Miles hatte lediglich einen Warnschuss abgefeuert, und niemand war verletzt worden. Damit hatte er womöglich Schlimmeres verhindert – nicht auszudenken, wenn es zum Aufstand gekommen wäre. Der jähzornige Greg hätte wahrscheinlich ein Blutbad angerichtet.

»Ich will meinen Sohn sehen!«, sagte Mark beharrlich.

»Also schön, ganz wie du meinst«, schnarrte Nigel. »Du kannst die Nacht mit ihm eingesperrt in seiner Zelle verbringen.«

»Und ich verlange, mit Eurer Lordschaft zu sprechen!«

»Ich will aber nicht mit dir reden. Meine Entscheidung steht, und damit ist die Angelegenheit erledigt.« Er hob den Kopf und wandte sich an die restlichen Mitglieder der Gemeinschaft. »Ihr anderen bleibt hier und verhaltet euch ruhig, bis ihr die Genehmigung bekommt, den Saal zu verlassen!«

Mit diesen Worten verließ Nigel in Begleitung von Damian den Saal. Jasper und Miles bewegten sich mit gezückten Pistolen zwischen den beiden Tischreihen hindurch zum Ausgang und bedeuteten Mark zu gehen. Er warf einen Blick zu Allison; sie saß an ihrem Platz und weinte, genau wie die meisten anderen Frauen im Raum. Dann blickte er Diana an.

»Ich will versuchen, ein Gnadengesuch einzureichen«, sagte sie, indem sie die Bedrohung durch Jasper und Miles tapfer ignorierte.

»Du verschwendest deine Zeit!«, stieß Jasper hervor.

Sowohl Mark als auch Diana wussten innerlich, dass jeder Appell an Nigel vergeblich war. Selbst für den unwahrscheinlichen Fall, dass man sie zu ihm durchließ, würde er seine Meinung kaum ändern.

Jasper und Miles führten Mark die Steinstufen von Cromwell's Tower hinauf zu Stevens Gefängniszelle. Sie schlossen die Tür auf und stießen ihn unsanft hindurch.

»Ich habe einen Schuss gehört – wurde jemand verletzt?«, fragte Steven, sobald die Tür wieder zugeschlossen war.

»Nein, nur ein Warnschuss, Gott sei Dank.«

»Ich nehme an, ich wurde für schuldig befunden?« Mark antwortete nicht; stattdessen starrte er schweigend zu Boden. »Und zum Tode verurteilt«, fuhr Steven fort. »Das Urteil wird morgen früh vollstreckt.«

Mark brachte es nicht fertig, Stevens Worte zu bestätigen. »Diana wird ein Gnadengesuch stellen«, sagte er in der Hoffnung, seinem Sohn damit ein klein wenig Trost zu bieten.

Es half nicht. »Sie verschwendet ihre Zeit«, sagte Steven leise.

Mark fluchte. »Es ist alles meine Schuld!«, rief er. »Wir hätten von hier verschwinden sollen, als du zum zweiten Mal gebrandmarkt wurdest.«

»Keiner von uns war damals schon bereit zu verschwinden. Es war genauso meine Entscheidung wie deine. Aber sobald ich … sobald du kannst, musst du Allison und Penny mit dir nehmen und verschwinden … und jeden, der sonst noch aus diesem Irrenhaus wegwill.«

Eine Zeitlang schwiegen sie nachdenklich, ehe Mark schließlich sagte: »Ich kann einfach nicht glauben, dass du dich betrunken hast.«

»Habe ich auch nicht«, sagte Steven indigniert. »Damian hat mich unter Drogen gesetzt.«

»Bist du sicher?«

»Selbstverständlich! Ich habe den Wein nicht angerührt! Er hat mir etwas in den Fruchtsaft getan. Wahrscheinlich auch in den Wein, aber von dem habe ich keinen Schluck getrunken. Er wollte auf Nummer sicher gehen, egal, was ich trinke. Als ich spürte, wie mir die Beine weich wurden und meine Augen mir nicht mehr gehorchten, habe ich ihn angegriffen. Ich weiß nicht mehr, was danach passiert ist. Ich bin erst hier drin auf dem Boden liegend wieder zu mir gekommen.«

»Aber warum hat er dir etwas in den Saft getan?«

Ehe Steven antworten konnte, hörten sie unten im Hof lautes Schreien und gingen zu den Läden, um nachzusehen. Damian und Jasper stritten mit mehreren Mitgliedern der Gemeinschaft, die sich unten im Flag Court versammelt hatten. Nach ein paar Augenblicken feuerte Jasper wütend einen Warnschuss in die Luft, und die Gruppe rannte auseinander.

»Wenn wir nur aus dieser Zelle kämen«, sagte Mark. »Wir könnten unseren Fluchtplan sofort in die Tat umsetzen. Alles ist vorbereitet.«

»Ich habe die Zelle abgesucht. Außer den Glasscherben vom letzten Mal, als wir hier drin gesessen haben und Jasper auf uns geschossen hat, gibt es absolut nichts, das uns helfen könnte.«

»Wenigstens eine Chance«, sagte Mark in dem Bemühen, begeistert zu klingen. Glasscherben waren eine armselige Waffe gegen Pistolen. Ohne Zweifel würden die Brüder ganz besonders wachsam sein. Sie kannten Mark und Steven gut genug, um zu wissen, dass sie bei der kleinsten Chance versuchen würden, die Flucht zu ergreifen.

»Falls sie einen Wachposten vor der Tür aufstellen, gelingt es uns vielleicht, ihn nach drinnen zu locken und zu überwältigen.«

»Sie haben sogar unten vor dem Eingang zum Turm eine Wache postiert«, sagte Mark leise.

Steven trat an eines der Fenster und spähte durch ein Guckloch im Laden nach draußen. »Dann bin ich erledigt. Es gibt keinen Ausweg mehr. Ich habe den Raum doppelt und dreifach abgesucht.«

Es war inzwischen fast dunkel geworden. Eine Familie nach der anderen wurde die Gemeinschaft mit vorgehaltenen Waffen zu den Wohnquartieren rings um den Lawn Court eskortiert. Dann durchquerte Jasper den Hof zum Turm über dem West Gate. Von ihrem Aussichtspunkt beobachteten Steven und Mark, wie er das Kohlebecken auf der Plattform entzündete, das Maschinengewehr kontrollierte und danach hinter der Brüstung auf und ab ging.

In der Zelle wurde es dunkel. Sie hatten keine Kerze. Sie tasteten sich durch den Raum und versuchten immer wieder, die Fensterläden zu öffnen, zerrten an den Eisengittern und dem Gitter in der Tür. Nach einer Stunde sanken sie resigniert zu Boden.

»Vielleicht bringen sie uns noch etwas zu essen. Das würde uns eine Chance verschaffen«, sagte Mark, der verzweifelt nach einem Strohhalm suchte, an den er sich klammern konnte.

»Ich bezweifle, dass Nigel mir eine Henkersmahlzeit gewährt«, erwiderte Steven. »Jetzt weiß ich, wie er sich gefühlt haben muss.«

»Wer?«

»Tom. Der Skipper der *White Witch.*«

»Wie meinst du das – wie er sich gefühlt habe muss?«

»Wie er sich gefühlt haben muss, als er gesehen hat, wie ich seine Jacht in Brand gesteckt habe und von Bord gegangen bin, während er in seiner Kabine zurückblieb. Wenigstens hat es bei ihm nicht so lange gedauert.«

»Und ... hat es geholfen?«, fragte Mark. »Dich so an ihm zu rächen?«

»Nein. Ich habe immer noch fast jede Nacht Alpträume deswegen, und ...« Er brach ab.

»Und was?«

»Gestern Nacht hatte ich einen furchtbaren Alptraum wegen Jane. Sie war in einem Whirlpool gefangen, streckte die Hand nach mir aus und rief um Hilfe. Ich konnte sie nicht erreichen. Ich weiß, dass irgendetwas nicht stimmt zu Hause. Wir ... du musst zurück nach Gulf Harbour, so schnell es geht, hörst du?«

Die Turmuhr schlug elf. Die Schläge hallten durchdringender als je zuvor über den Hof. Die Zeit verrann unerbittlich. Steven hatte nur noch acht Stunden zu leben.

»Reden wir über die glücklichen Zeiten«, sagte Mark, um seinen Sohn aus der Melancholie und den Selbstvorwürfen zu reißen.

Als sie eine Pause machten, hörten sie zum ersten Mal das Geräusch. Das leise Brummen der Tretmühle tief unter ihnen wurde übertönt von einem langsamen, rhythmischen Tappen auf den Steinstufen des Turms. Es war das gleiche Geräusch wie jenes, das sie gehört hatten, als sie zum ersten Mal in der Zelle gefangen gewesen waren. Diesmal näherte es sich noch langsamer als zuvor. Es dauerte eine halbe Stunde, bis es vor ihrer Tür angekommen war.

Mark zögerte, den Besucher nach seinem Namen zu fragen. Würde er ihn erschrecken und vertreiben? Langsam wurden die Bolzen des Grills zurückgeschoben, und dann fielen Dinge in die Zelle, eins nach dem anderen, und landeten mit dumpfem Geräusch auf dem Boden. Mark ertastete ein Stück Kuchen, eine Plastikflasche mit Wasser, eine Kerze und eine Schachtel Streichhölzer.

»Wer bist du?«, flüsterte er, doch er bekam keine Antwort. Er zündete die Kerze an. Als die Flamme die Zelle erhellte, fiel ein weiterer Gegenstand zu Boden. Es war eine Bibel. Nur eine Person in der Gemeinschaft würde ihnen eine Bibel bringen.

»Tante Margaret!«, rief Mark. »Ich wusste nicht, dass du noch gehen kannst!«

»Manchmal hilft es, wenn die Leute nicht alles wissen«, flüsterte sie. »Und jetzt lest in der Bibel. Ich habe die Abschnitte gekennzeichnet. Sie spenden euch beiden Trost.«

»Tante Margaret«, flüsterte Steven. »Hast du einen Schlüssel zum Turm?«

»Nein, mein Lieber. Wo denkst du hin? Ich habe keine Schlüssel.«

»Aber wie bist du hereingekommen?«

»Durch einen Dienstbotenkorridor.«

»Einen Dienstbotenkorridor?«

»Diese großen Häuser sind übersät davon. Sie wurden eingerichtet, damit die Herrschaften das Dienstpersonal nicht sehen mussten, wenn sie sich durch das Haus bewegten. Die Türen sind in den Holzvertäfelungen verborgen. Ich bin durch eine Passage hergekommen, die vom Quartier der Morgans in den ersten Stock des Turms führt.«

»Tante Margaret!«, sagte Steven, und neue Hoffnung erfüllte sein Herz. »Kannst du zu Fergus gehen und ihm sagen, dass im obersten Regal der Werkstatt in der Kittdose ein Reserveschlüssel für diese Zelle versteckt ist? Und ihm dann zeigen, wo der Dienstbotenkorridor ist?«

»Ich will es versuchen. Aber es ist ein weiter Weg, und ich kann nicht mehr sehr schnell gehen.«

»Bitte, Tante Margaret«, flehte Mark. »Es ist Stevens einzige Chance.«

Sie lauschten dem langsamen Tappen ihres Stocks, als sie sich die Treppe hinunter entfernte. Sie hätten ihr am liebsten verzweifelt hinterhergerufen, dass sie sich beeilen sollte, doch sie konnten beinahe selbst die Schmerzen spüren, die Margaret alle paar Schritte innehalten ließen, um ihre arthritischen Gliedmaßen auszuruhen.

»Wie hast du es geschafft, noch einen Nachschlüssel zu machen?«, fragte Mark.

»Ich habe die Abdrücke nie vernichtet.«

Trotz der Existenz des Nachschlüssels wussten beide, dass ihre Flucht noch längst nicht sicher war. Tante Margaret musste eine beträchtliche Strecke zurücklegen. Wenn die Chatfield-Brüder in den nächsten paar Minuten auf die Idee kamen, die Treppe hinaufzusteigen, würden sie Margaret dort antreffen, und alles wäre verloren. Stevens Leben hing an einem seidenen Faden – doch wenigstens gab es jetzt einen Hoffnungsschimmer. Während sie warteten, gingen sie ihren Fluchtplan noch einmal durch, kontrollierten jedes Detail und entschieden, wer was wann und in welcher Reihenfolge zu tun hatte.

52

Um Viertel vor zwei morgens hörten sie leise Schritte die Treppe hinaufkommen. Augenblicke später schloss Fergus die Tür auf.

»Was hat dich so lange aufgehalten?«, fragte Steven.

»Ich war mit Penny zugange, meinem neuen Vögelchen.«

Trotz seiner schnodderigen Antwort war Fergus in einem Zustand innerlichen Aufruhrs. Früher am Abend hatte er die verdächtige Person erneut zur Rede gestellt, und diesmal hatte sie unter seinem entschiedenen Drängen endlich gestanden. Schlimmer noch, sie hatte versucht, ihren Verrat zu rechtfertigen. Fergus verstand ihre Beweggründe, vermochte sie aber nicht zu akzeptieren. Stattdessen drohte seine Wut ihn innerlich aufzufressen. Er war hin- und hergerissen zwischen der Loyalität ihr gegenüber und der Loyalität gegenüber allen anderen. Mit einem Mal glaubte er, das Geheimnis nicht länger für sich behalten zu können. Er öffnete den Mund, um herauszuplatzen mit dem, was er in Erfahrung gebracht hatte, doch ehe er ein Wort sagen konnte, flüsterte Mark nervös: »Los, lasst uns von hier verschwinden.« Die leere Dose gebackener Bohnen fiel ihm ein. »Und überprüft noch einmal, ob wir keine Hinweise zurücklassen«, fügte er hastig hinzu.

Er stopfte sich Margarets Bibel in die Jacke und steckte die Streichhölzer ein. Die leere Wasserflasche gab er Fergus. Dann nahm er den winzigen noch verbliebenen Kerzenstummel und führte die kleine Gruppe nach draußen und die Treppe hinunter.

»Lasst uns die Zellentür abschließen«, schlug Steven vor.

»Gute Idee.« Fergus schlich zurück, verschloss die Tür und

kam auf Zehenspitzen wieder die Stufen hinunter. Im ersten Stock führte er Mark und Steven zu einer vertäfelten Wand und drückte auf eines der Eichenpaneele. Sie waren zahllose Male hier vorbeigekommen, als sie die Welle am oberen Ende der Tretmühle modifiziert hatten, doch keinem von ihnen war jemals die perfekt eingepasste Tür aufgefallen. Die Angeln quietschten protestierend. Sie konnten den Wachposten hören, der draußen vor der Tür am Fuß des Turms auf und ab ging, und befürchteten, er könnte das Quietschen ebenfalls vernehmen, doch die Wache schien nichts bemerkt zu haben. Langsam schlossen sie die Tür hinter sich, eilten durch den schmalen Korridor und verließen ihn durch eine Paneeltür am anderen Ende.

Vor Pennys Zimmer zögerte Steven.

»Sie ist nicht da«, flüsterte Fergus. »Alle haben sich im Gesellschaftsraum der Steeds versammelt. Diana hat eine Nachtwache einberufen.«

Damit hatte Mark nicht gerechnet. Er hatte erwartet, lediglich die wenigen Personen zu kontaktieren, die sie auffordern wollten, sie bei ihrer Flucht zu begleiten. Jetzt würde zwangsweise die gesamte Gemeinschaft von ihren Plänen erfahren.

»Darf ich den Schlüssel für die Zelle behalten?«, fragte Fergus. »Nur für den Fall, dass ich ihn je selbst benötigen sollte.«

»Mit ein bisschen Glück brauchst du ihn nicht«, antwortete Steven.

»Behalte ihn einstweilen, Fergus«, unterbrach Mark die beiden. Er war noch nicht bereit, seine Karten auf den Tisch zu legen. »Los, folgt mir.« Sie gingen zu dem Versteck auf dem Dachboden, wo die Fluchtausrüstung lagerte.

»Meine Güte, seid ihr gut vorbereitet«, bemerkte Fergus, als er sah, wie die Ausrüstung aus dem Versteck purzelte.

»Wie spät ist es?«, fragte Steven.

Mark blickte auf seine Uhr. »Zehn nach zwei.«

»In Ordnung«, sagte Steven und packte den schwereren der

beiden Rucksäcke. »Wir brechen auf, wenn die Uhr drei schlägt. Einverstanden?«

»Nicht gerade lange, aber es muss reichen«, pflichtete Mark ihm bei.

»Ich werde draußen alles vorbereiten, wie abgesprochen. Du redest mit den anderen und klärst diese Seite der Dinge.« Steven wandte sich zum Gehen. Mark berührte ihn an der Schulter.

»Wenn hier irgendwas schiefläuft«, sagte er, »dann mach, dass du verschwindest, und fahr allein nach Neuseeland zurück.«

»Kümmere dich nur darum, Penny und Lee rauszuschaffen«, erwiderte Steven. »Und nimm Luke und Robert ebenfalls mit.«

Mark wunderte sich, dass Steven die beiden Jungen extra erwähnte, obwohl sie und ihr Vater Adam nur Reserve waren, doch ehe er fragen konnte, war Steven bereits gegangen.

»Was hat das alles zu bedeuten?«, fragte Fergus.

»Ich habe nicht genug Zeit, alles zweimal zu erklären«, erwiderte Mark und schulterte den zweiten Rucksack. »Los, gehen wir zu den anderen.«

Während Mark und Fergus durch die verwinkelten Korridore eilten, kletterte Steven auf das Dach über dem Queen's Stable. Er konnte Jasper hinter der Brüstung des Turms deutlich sehen, genau wie Greg, der unten am Fuß von Cromwell's Tower auf und ab marschierte.

Er kauerte sich nieder und robbte zu einem flachen Abschnitt des Dachs, wo er drei Dosen gepressten Schinken und einen Dosenöffner aus dem Rucksack zog. Er öffnete die Dosen und zerteilte das Fleisch in kleine Brocken, ehe er aus einer weiteren Tasche eine Spritze und eine Flasche nahm. Er zog die Flüssigkeit sorgfältig auf die Spritze und imprägnierte damit das Fleisch. Die Flüssigkeit war eine Mischung aus Rattengift, das Greg in den Scheunen ausgelegt und das Steven heimlich gleich wieder eingesammelt hatte, sowie einer Ampulle aus Allisons medizinischen Vorräten. Steven hatte keine Ahnung, ob alles klappte wie geplant.

Er blickte auf die Uhr. Die Vorbereitungen hatten länger gedauert als erwartet. Diesen Teil ihres Fluchtplans hatten sie nicht besser ausarbeiten können – sie hatten mit Mühe und Not genügend Dosenfleisch zusammengetragen und nicht eine Dose übrig gehabt, um die Vorgehensweise zu erproben. Steven nahm die präparierten Fleischbrocken, huschte über das Dach und spähte über die Außenmauer des Hauses hinunter in den Park. Erleichtert stellte er fest, dass die Wachhunde sich direkt unter ihm eingefunden hatten. Seine Vorbereitungen hatten sich ausgezahlt. Im Verlauf der letzten Monate hatte er den Tieren Nacht für Nacht Leckerbissen hinuntergeworfen und sie auf diese Weise daran gewöhnt, sich dort unten einzufinden.

Er warf den Hunden die präparierten Brocken zu und beobachtete, wie sie loshetzten und um die besten Stücke kämpften. Der Tumult erweckte Jaspers Aufmerksamkeit, und auch er spähte angestrengt hinunter in den Park. Die Hunde verschlangen das letzte Fleisch; nachdem sie noch ein paar Sekunden gewinselt hatten, kehrte wieder Stille ein. Wenig später verlor auch Jasper das Interesse und ging zu dem wärmenden Kohlebecken zurück.

Steven blickte erneut auf die Uhr. Es war halb drei. Er glitt über das Dach zurück, stieg in ein Erkerfenster und durchquerte den Nordflügel des Hauses, ehe er hinaus auf den Stable Court trat. Von dort lief er zu der Scheune, wo die Motorräder standen, schlüpfte ins Innere und schüttete Zucker in die Tanks der Maschinen.

Dann huschte er durch die Schatten weiter bis zum Stall. Ihm blieb nicht genug Zeit, alle vier Pferde zu satteln, wie er es ursprünglich geplant hatte, doch er sattelte Nigels großen Schimmel, legte den drei Stuten Zügel und Halfter an und band sie an die Steigbügel von Nigels Pferd. Erneut schaute er auf die Uhr. Noch zwölf Minuten – gerade noch Zeit genug, die letzte Aufgabe zu erledigen.

Nachdem Nigel zum Ende des Abendessens die Große Halle verlassen hatte, war er zusammen mit Damian zur Turner Gallery gegangen. Dort hatten sie es sich vor dem Kaminfeuer bequem gemacht und zu trinken angefangen. Miles war schlafen gegangen; Jasper und Greg waren draußen auf Wache.

Allison saß ein Stück abseits und lauschte, während Nigel und Damian besprachen, wer die Exekution vornehmen würde. Damian hatte Mathew hingerichtet, doch jetzt trug er den Arm in einer Schlinge. Die Verletzung war nicht weiter schlimm, doch Nigel hatte entschieden, dass Damian die Schlinge in der Öffentlichkeit tragen müsse, um die Schwere von Stevens Verbrechen zu verdeutlichen. Beide bezweifelten, ob Miles oder Greg den Mumm hatten, die Strafe zu vollstrecken. Damit blieb nur Jasper übrig.

»Darf ich zu meiner Mutter?«, fragte Allison.

»Nein, darfst du nicht!«, sagte Nigel scharf. »Sei endlich mal eine anständige Frau, verdammt! Geh zu Bett und warte auf mich!«

»Aber …«

»Kein Aber! Geh und mach dich hübsch für mich!«

Allison erhob sich und ging zum King's Room. Sie hatte sich nie im Leben elender gefühlt. Noch nie hatte sie Nigel so sehr gehasst. Der Mann, den sie liebte, war zusammen mit seinem Sohn im Cromwell's Tower eingesperrt, und am nächsten Morgen musste sie zusammen mit Mark und der gesamten Gemeinschaft einschließlich der Kinder hilflos zusehen, wie Steven von diesen Mördern umgebracht wurde.

Es gab nur zwei Menschen in Haver House, die ein perverses Vergnügen an diesem Schauspiel haben würden, und beide saßen in diesem Moment vor dem Kamin und ließen sich bis zum Kragen volllaufen. Allison hatte auch Angst um ihrer selbst willen – wenn Nigel betrunken war, wurde er gewalttätig und sadistisch. Sie saß weinend und zitternd in der Dunkelheit, starrte aus dem Fenster hinaus in den Park und wünschte sich, weit weg zu sein.

Es war ein Uhr, als Nigel ins Zimmer platzte und aufs Bett fiel. Allison saß zitternd im Schatten und wartete, dass er sie zu sich rief und sein widerwärtiges Vergnügen verlangte. Doch statt des kehligen Befehls hallte unvermittelt lautes Schnarchen durchs Zimmer. Nigel schlief seinen Rausch aus.

Hastig zog Allison sich an und verließ den Raum. Nigel würde sich am nächsten Morgen bestimmt nicht erinnern, ob sie bei ihm gewesen war oder nicht. Sie kam an Damian vorbei, der schlafend über dem Tisch lag, ein Glas in der Hand. Im flackernden Feuerschein bemerkte sie ein Lächeln in seinem Gesicht. Er war in seiner eigenen, fremdartigen Welt, wo er eine Fantasie lebte, die außer ihm niemand verstand.

Als Allison den Torbogen von Cromwell's Tower durchquerte, rief Greg sie an. »Wohin willst du?«

»Zu meiner Mutter. Sie ist krank.«

»Weiß Seine Lordschaft Bescheid?«

»Glaubst du, ich wäre hier, wenn er es nicht erlaubt hätte?«

Falls Greg am nächsten Morgen mit seinem Vater über den nächtlichen Vorfall redete, steckte sie in Schwierigkeiten. Es war ihr egal. Sie tat, was sie immer tat, wenn es mit Nigel nicht mehr auszuhalten war – sie suchte Trost bei ihrer Mutter. Und diesmal brauchte sie mehr als nur Trost; diesmal wollte sie bei Mark sein und *ihm* Trost spenden. Greg ließ sie passieren.

Als Mark und Fergus den Aufenthaltsraum der Steeds erreichten, hörten sie Allisons Stimme. Sie las aus der Bibel vor. Marks Herz begann wild zu schlagen. Mit Ausnahme von Jennifer Steed, die Dienst auf der Tretmühle verrichtete, und Tante Margaret, die – erschöpft von der Anstrengung, den Turm hinaufzusteigen – in Jennifers Schlafzimmer ruhte, drängte sich die gesamte Gemeinschaft in dem von Kerzenlicht erhellten Raum. Die Erwachsenen saßen auf Sofas und hielten sich an den Händen, lauschten den Bibelversen und Gebeten, und die Kinder saßen zu ihren Füßen auf dem Boden und kuschelten sich an ihre Eltern.

Allison unterbrach sich mitten im Satz, als sie Mark und Fergus eintreten sah. Sie stürzte vor, warf die Arme um Marks Hals und küsste ihn voller Leidenschaft. Es war nicht die Art von Kuss, die Cousin und Cousine sich gaben. Was einige bereits erraten hatten, bestätigte sich nun.

Eine spezielle Person war ganz besonders interessiert. Was sie hier gesehen hatte, war eine wertvolle Information. Die Bezahlung würde entsprechend hoch ausfallen.

Alle redeten auf einmal. »Wie geht es Steven?« – »Warum haben sie dich rausgelassen?« – »Wurde Steven begnadigt?«

Mark winkte ihnen, still zu sein. Er befürchtete, Greg oder Jasper könnten vorbeikommen, um nach der Ursache für den Lärm zu sehen. Tante Margaret hatte ihn ebenfalls gehört und schleppte sich mühsam in ihren Rollstuhl, um herauszufinden, was nebenan vor sich ging.

»Ich habe Neuigkeiten«, sagte Mark leise. »Steven und ich sind soeben aus Cromwell's Tower geflohen.«

»Und wie?«, hallte es im Chor durch den Raum.

»Das spielt keine Rolle. Ich habe nicht viel Zeit, deswegen hört mir bitte genau zu.« Die Erwachsenen beugten sich vor und klebten an seinen Lippen. Die meisten Kinder waren bereits vom Aufruhr wach geworden. »Steven und ich werden nach Neuseeland zurückkehren«, fuhr Mark fort. »Ihr alle wisst, was wir in Gulf Harbour erreicht haben. Wir hatten gehofft, mit der Zeit hier ebenfalls eine Demokratie einführen und die Lage verbessern zu können. Doch dazu kommt es nun nicht mehr. Ich muss Steven von Haver wegbringen, noch heute Nacht.«

»Wo ist Steven?«, fragten Penny und Andrea gleichzeitig.

»Er trifft die letzten Vorbereitungen für unseren Aufbruch.

Aber das ist nicht wichtig.« Mark blickte erneut auf seine Uhr. Die Minuten liefen davon. »Wichtig ist, wir haben Kojen für acht weitere Personen an Bord unseres Schiffes.«

Aufgeregtes Stimmengemurmel erhob sich.

»Hört zu!«, sagte Mark. »Seid still und hört zu. Wir können nicht jeden mitnehmen, und wir wissen, dass einige von euch überhaupt nicht von hier weg wollen. Wir haben unsere Flucht zwar sorgfältig geplant, trotzdem bleibt ein gewisses Risiko. Wenn ihr mit uns kommt, könnte es sein, dass wir geschnappt werden. Aus diesem Grund nehmen wir niemanden mit, der bereits zweimal gebrandmarkt wurde.«

Auf mehreren Gesichtern zeigte sich Enttäuschung.

»Ich werde gleich diejenigen benennen, die wir mitnehmen möchten. Die benannten Personen haben fünf Minuten, um ihre Entscheidung zu treffen. Wenn ihr mitkommen wollt, habt ihr weitere zehn Minuten, um eure persönlichen Dinge einzusammeln und euch zu verabschieden. Wir brechen um drei Uhr auf.« Er griff in seinen Rucksack. »Ich habe acht Rucksäcke angefertigt. Jeder darf nur so viel mitnehmen, wie in einen Rucksack passt. Wir müssen unser Gepäck leicht halten.« Er hielt einen der Rucksäcke hoch. Er besaß die Größe einer Einkaufstüte. »Ich nenne jetzt die Namen der Personen, die wir ausgewählt haben.«

Die Erwachsenen beugten sich gespannt vor.

»Penny und Lee.«

Er sah die Erleichterung in Pennys Gesicht und wusste, dass sie mitkommen wollte. Seine Erleichterung war genauso groß wie ihre. Dann bemerkte er Dianas Blick. Sie war alles andere als glücklich über die Aussicht, ihre Tochter und Enkeltochter zu verlieren; auch dachte sie an die Risiken, die mit der weiten Reise verbunden waren. Es würde auf einen Kampf zwischen Dianas Willen und Pennys Liebe zu Steven hinauslaufen.

»Fergus, Jessica und Tommy.«

»Ja!«, sagte Fergus. Er stieß die Faust in die Luft.

»Cameron, Kimberley und Rebecca.«

Cameron blickte seine Töchter an. Kimberley nickte, doch Rebecca schüttelte den Kopf.

»Allison und Charlene«, sagte Mark.

Die meisten hatten mitgezählt. Sie wussten, dass Allison und Charlene die letzten der acht Namen waren. Enttäuschung breitete sich unter den nicht Genannten aus.

»Was ist mit Luke und Robert?«, fragte Fergus. »Ich hatte mit Steven vereinbart, dass sie auf die Liste gehören.«

»Sie sind Reserve. Sie werden Plätze bekommen, falls einer der anderen abspringt«, sagte Mark, verärgert über die anscheinend abgekartete Sache zwischen Fergus und Steven. Er blickte auf die Uhr. »Es tut mir leid, aber ihr habt nur noch vier Minuten, um eure Entscheidung zu treffen.«

Die Familien drängten sich in Gruppen zusammen. Mark sprach kurz mit Paul, der einmal mehr bestätigte, dass er nicht aus England wegwollte.

»Eines Tages kehre ich zurück«, versprach Mark seinem Bruder. »Wenn die Dinge sich bis dahin geändert haben und ich ungefährdet Haver betreten kann, dann lass sowohl den Union Jack als auch die Fahne des Heiligen George über dem West Gate wehen.«

Mit diesen Worten wandte er sich ab und trat zur Dalton-Familie, die sich um Allison drängte. Allison hörte ihn und blickte zu ihm auf; ihr Gesicht war durchzogen von tiefen Furchen der Qual. »Ich will mitkommen«, sagte sie. »Aber ich kann Mutter nicht zurücklassen.«

»Selbstverständlich kannst du das!«, sagte eine entschiedene Stimme. Es war Tante Margaret. Sie hatte den Raum in dem Moment erreicht, als Mark sich an die Gemeinschaft gewandt hatte, und war in ihrem Rollstuhl sitzen geblieben, um sich anzuhören, was er zu sagen hatte. »Du musst mit. Es ist deine einzige Chance, Kind.«

»Aber wer soll sich um dich kümmern?«

»Das mache ich!«, sagte Warren resolut.

»Und ich auch!«, sagte Charlene. »Du gehst mit Jessica und Tommy, Mutter. Ich bleibe hier und kümmere mich um Großmutter.«

»Entschuldigt«, sagte Andrea in diesem Moment. »Könnte ich mal vorbei? Ich muss zur Toilette.«

Tante Margaret versperrte immer noch den Durchgang. »Selbstverständlich, Liebes«, sagte sie und fuhr ein Stück vor.

Als Andrea an ihr vorbei durch die Tür wollte, flitzte Fergus durch den Raum, packte seine Schwester beim Arm und zerrte sie zurück.

»Du gehst nirgendwohin«, sagte er.

Die Familien sahen einander verblüfft an, und ihre Diskussionen waren für den Moment vergessen.

»Sie ist die Spionin«, fügte Fergus erklärend hinzu.

Ein Tumult brach los. Penny sprang vor und packte Andrea an den Haare. Sie riss ihr ganze Büschel aus.

»Es ist nicht ihre Schuld«, rief Fergus, der seine Schwester verteidigte. »Damian hat sie als Gegenleistung für ihre Informationen mit Heroin versorgt. Andrea ist süchtig.«

»Selbstverständlich ist es ihre Schuld!«, kreischte Penny, während ihre Familie sie von Andrea wegzerrte. »Sie hat Steven verraten!«

»Wir müssen Andrea mitnehmen, Onkel Mark«, flehte Fergus. »Wenn sie hierbleibt, wird sie entweder sterben oder eine Menge andere Leute verraten, die wegen ihr sterben werden.«

Mark antwortete nicht. Er brauchte ein wenig Zeit, um die Konsequenzen zu überdenken. »Noch eine Minute«, sagte er mit einem nervösen Blick auf die Uhr. Die Minute verging rasend schnell. »Tut mir leid, aber ihr müsst euch entscheiden.«

Die Diskussionen gingen noch einige Sekunden weiter, ehe Mark sie erneut unterbrach.

»Penny und Lee?«

»Ja.« Pennys Stimme verriet Entschlossenheit.

Mark hörte Diana weinen.

»Fergus, Jessica und Tommy?«

»Absolut!«, sagte Fergus.

»Cameron, Kimberley und Rebecca?«

»Wir können uns nicht entscheiden«, sagte Cameron.

»Wenn ihr euch nicht entscheiden könnt, müsst ihr auf eure Plätze verzichten.«

»Luke und Robert sollten stattdessen mitfahren«, sagte Fergus. »Adam, deine Söhne schweben in großer Gefahr«, fügte er hinzu. »Damian ist ein Perverser mit einer sadistischen Vorliebe für junge Männer. Er hat ein ganzes Zimmer voll mit seltsamen Dingen. Er schnallt seine Opfer darauf und vergewaltigt sie anschließend.«

Ein ungläubiges Raunen ging durch die versammelte Gemeinschaft.

»Steven wusste von diesem Raum«, fuhr Fergus fort. »Deswegen hat er Damian angegriffen, als der ihm etwas in den Drink getan hat. Und ... es tut mir leid, dass ich es dir sagen muss, Onkel Paul, aber Damian hat sich dabei gefilmt, wie er Mathew vergewaltigt hat. Deshalb ist Mathew weggelaufen.«

Auf den Gesichtern der Gemeinschaft spiegelte sich das Entsetzen angesichts dieser schockierenden Neuigkeiten.

»Wir werden alle drei mitkommen – falls du uns Plätze anbietest«, sagte Adam mit einem besorgten Blick zu Mark.

Mark nickte. Endlich war ihm klar, wieso Steven so beharrlich darauf bestanden hatte, die beiden Jungen mitzunehmen. »Ihr bekommt die Plätze von Cameron, Kimberley und Rebecca«, entschied er, ehe er fortfuhr: »Charlene?«

»Nein. Ich bleibe hier und helfe den anderen mit Großmutter.«

»Allison?«

Sie blickte zu ihrer Mutter, die ihr entschieden zunickte. Sie sah zu Mark, der sie mit Blicken anflehte, mit ihm zu kommen. »Ja«, sagte sie schließlich.

»Und Andrea?«, flehte Fergus. »Wir können sie nicht hierlassen.«

»Sie kann Charlenes Platz haben«, erklärte Mark und warf erneut einen Blick auf die Uhr. »Es tut mir leid, aber ihr habt nur noch sieben Minuten, um eure persönlichen Sachen zu packen und wieder hierherzukommen, um euch zu verabschieden. Macht schnell, und seid leise. Die anderen bleiben bitte hier. Ich muss euch erklären, wie ihr uns dabei helfen könnt, sicher zu verschwinden.«

»Bleib an meiner Seite!«, warnte Fergus seine Schwester Andrea, als sie den Raum verließen. »Wenn du wegzulaufen versuchst, bringe ich dich um. Und pack keine Nadeln oder Pulver ein – du wirst auf Entzug gesetzt.«

Sie hatte schon einmal einen Entzug versucht. Der Gedanke daran ängstigte sie beinahe so sehr wie Fergus' Drohung, sie zu töten.

53

»Feuer! Feuer!« Jaspers Schreie hallten von der Wehrplatte des West Tower herab. Er hatte die Flammen entdeckt, die über den Scheunen um den Stable Court in die Höhe schossen – die Scheunen, in denen die Chatfields ihre Vorräte an Wein, Zigarren und anderen Luxusgütern lagerten.

Nach einigen Sekunden trat Paul hinaus in den Hof. »Wo ist das Feuer?«, rief er zu Jasper hinauf.

Obwohl Paul die Flammen nicht sehen konnte, wusste er genau, wo es brannte.

»Stable Court! Los, hol alle aus den Betten!«

Paul drehte sich um und lief in sein Quartier zurück. Jasper läutete weiter wild die Feuerglocke. Nach einer scheinbaren Ewigkeit trat Paul wieder auf den Hof hinaus, gefolgt von Cameron.

»Wo sind die anderen?«, brüllte Jasper.

»Sie ziehen sich an!«, rief Cameron. »Sie sind bestimmt gleich da.«

Greg und Miles kamen auf den Lawn Court gerannt. »Wo ist das Feuer?«

»Sieht so aus, als wäre es im Stable Court«, sagte Paul. Inzwischen konnte er den flackernden Schein der Flammen auf den Dächern der Gebäude tanzen sehen.

Jasper läutete die Glocke noch ein paar Sekunden, ehe er die Stufen des West Tower hinuntersprang, den Lawn Court überquerte und unter Cromwell's Tower hindurch zum Stable Court rannte.

Zur gleichen Zeit entschlüpfte Steven mit den vier Pferden ungesehen aus dem Stall in den Park. Dort schwang er sich in den Sattel von Nigels Schimmel.

Mark hatte beobachtet, wie Jasper die Tür am Fuß des West Tower aufgerissen hatte und über den Lawn Court rannte. Sobald er außer Sicht war, hob er den großen Eichenbalken, der das Tor nach draußen sicherte, drückte die knarrenden Torflügel auf und rannte zurück in den Aufenthaltsraum der Steeds.

»Wir müssen gehen!«, rief er der Gruppe zu, die sich versammelt hatte. Er konnte den Anblick der tränenreichen Abschiede kaum ertragen. Fergus gab den Zellenschlüssel an seinen Vater weiter.

»Wir müssen jetzt los«, sagte Mark so entschieden er konnte.

Er führte die acht Erwachsenen und die zwei Kinder in den Park. Duncan schloss das Tor hinter den Flüchtenden und schob den Eichenbalken wieder an seinen Platz, ehe er davonrannte, um sich dem Löschtrupp anzuschließen.

Im Stable Court herrschte eine Szene wie in einer Götterdämmerung. Miles hatte das Kommando übernommen und organisierte die Bemühungen, das Feuer zu löschen. Eine antike handbetriebene Pumpe wurde herbeigerollt. Es hatte nie eine Feuerlöschübung gegeben, sodass die Mitglieder der Gemeinschaft nicht wussten, was zu tun war. Überall herrschte Verwirrung.

»Wo bleiben die nur alle?«, fragte Nigel brummig. Er war zusammen mit Damian auf den Hof gestolpert. Beide wurden ziemlich rasch nüchtern.

»Sie kommen gleich«, wurde ihm versprochen.

»Die Pferde!«, rief Miles und wollte in Richtung der Ställe davon.

»Die Pferde sind in Sicherheit. Sie wurden in den Park geführt«, rief eine Stimme aus dem Chaos.

Erleichtert wandte Miles sich wieder um und beaufsichtigte den weiteren Fortgang der Löscharbeiten.

Die Pferde waren in der Tat draußen im Park und in Sicherheit, allerdings nicht so, wie Miles es sich gewünscht hätte. Steven holte Mark und die anderen bald ein, die sich in eiligem Marsch vom Haus entfernten. Sie hatten bereits die Sicherheit der Bäume jenseits des Hügelkammes erreicht und standen im Begriff, den Pfad hinunterzulaufen, der ins Tal und zum Tor des Parks führte. Sie stolperten voran, behindert durch ihre Rucksäcke und gebremst durch die beiden Kinder.

Steven stieg von Nigels Pferd.

»Ich hatte nicht genügend Zeit, um die anderen Tiere zu satteln«, erklärte er.

»Ich kann ohne Sattel reiten«, sagte Allison. »Jessica ebenfalls.«

»Ich auch«, sagte Andrea rasch.

Die drei Frauen stiegen auf die ungesattelten Pferde. Penny wurde in den Sattel von Nigels Schimmel gehoben. Lee und Tommy wurden vor ihre Mütter gesetzt.

»Los geht's!«, sagte Mark und setzte sich in Bewegung. Er joggte in leichtem Trab den Hügel hinunter. Steven, Fergus,

Adam, Luke und Robert folgten ihm. Die Pferde bildeten den Schluss.

»Unser erstes Zwischenziel ist das White Horse Inn!«, rief Steven, während sie durch die Nacht eilten.

»Warum das White Horse Inn?«, rief Luke zurück.

»Weil dort Gewehre und andere Ausrüstungsteile versteckt sind.«

»Haben wir nicht schon genug zu schleppen?«, beschwerte sich Adam. Mit seinem lahmen Bein fiel ihm das Laufen zunehmend schwer.

»Spar dir deinen Atem«, wies Mark ihn zurecht.

Sie kamen gut voran. Mark achtete darauf, nicht zu schnell zu laufen. Es würde eine lange Nacht werden, und die jüngeren Männer waren zwar in Form, doch er wusste, dass besonders Adam seine liebe Not haben würde.

Die Kolonne zog sich in die Länge, als sie einem schmalen Pfad folgten, der zu der Straße verlief, die aus dem Park führte.

»Verdammt!«, fluchte Andrea. Sie bildete zusammen mit Penny den Abschluss. »Ich hab meinen Rucksack fallen lassen. Ich komme nach.«

Penny sah ihr hinterher, als sie das Pferd herumschwang und abstieg. Die Gruppe vor ihr erhöhte die Geschwindigkeit. Da Penny Angst hatte, zurückgelassen zu werden, gab sie ihrem Pferd die Sporen.

Inzwischen fielen die Scheunen den Flammen zum Opfer. Erst als die Dächer einstürzten und aufstiebende Funken verkündeten, dass der Luxus der Chatfields endgültig vernichtet war, machten die Familien sich ernsthaft daran, gegen die Ausbreitung des Feuers anzukämpfen.

»Wo sind die anderen alle?«, beschwerte Miles sich erneut. Zusätzlich zu der handbetriebenen Feuerspritze hatte er eine Eimerkette organisiert.

Wie Mark verlangt hatte, wechselten die Familienangehörige ununterbrochen ihre Plätze und rannten durcheinander, um den Anschein zu erwecken, dass sich mehr Leute auf dem Hof aufhielten, als tatsächlich der Fall war.

»Fergus und Luke sind nicht da«, sagte Damian schließlich.

»Sie sind auf der anderen Seite der Ställe«, antwortete eine Stimme aus der Menge.

Damian stolperte davon, um nachzusehen.

Die Flüchtlinge erreichten das Haupttor des Parks und drängten sich zusammen. Über der Straße lag ein Viehgitter, das die Pferde nicht überwinden konnten. Mark hielt das Nebentor auf, und die Kolonne schlüpfte einzeln hindurch. Steven, Luke und Robert waren noch gut bei Kräften. Adam stolperte. Er rang nach Luft und zog das gelähmte Bein hinter sich her. Die Pferde wurden zuletzt durch das Tor bugsiert.

»Wo ist Andrea?«, fragte Mark. Es war das erste Mal, dass jemand ihr Fehlen bemerkte.

»Sie hat ihren Rucksack fallen lassen«, erklärte Penny. »Sie sagte, sie würde nachkommen. Aber das ist schon eine ganze Weile her.« Dann dämmerte es ihr. »Dieses Miststück! Sie will uns schon wieder verraten!«

»Ich reite zurück und hole sie«, erbot sich Allison und wendete ihr Pferd.

»Nein!«, rief Mark, denn er befürchtete, Allison könnte gefangen genommen werden, sodass er sie für immer verlor.

»Es wäre Zeitverschwendung«, sagte Fergus. »Sie ist wahrscheinlich längst zurück in Haver House und hat Damian alles erzählt. Sie tut alles, wenn sie nur ihre Drogen bekommt.«

»Wir hätten sie zurücklassen sollen, damit die anderen sich um sie kümmern«, schluchzte Penny.

»Uns läuft die Zeit davon«, sagte Mark. Er führte die anderen den Hügel hinauf, der sich an den Park anschloss.

Damian hatte keine Spur von Fergus oder Luke gefunden. Dafür stand die Stalltür weit offen. Auf der Suche nach den verschwundenen Pferden rannte er ein Stück an der Mauer entlang, die das Haus umgab, fand aber lediglich die Kadaver der vergifteten Hunde. Wütend eilte er zurück in den Stable Court und zählte hastig durch. Mehrere Personen fehlten.

»Hast du die Zelle überprüft?«, fragte er Greg.

»Nein. Ich bin direkt hergekommen, um beim Löschen zu helfen.«

»Gib mir die Schlüssel.«

Damian sperrte die Tür am Fuß von Cromwell's Tower auf, entzündete die Laterne, die am Fuß der Treppe bereitstand, und eilte hinauf in den dritten Stock.

Erleichtert, die Tür verschlossen vorzufinden, öffnete er den eingelassenen Grill und schaute ins Innere. Es war zu dunkel, um etwas zu erkennen. Er hob die Laterne höher und bewegte sie vor und zurück, um so viel wie möglich von der Zelle auszuleuchten. Von den Gefangenen keine Spur.

»Ich weiß, dass ihr euch hinter der Tür versteckt!«, rief er. »Los, geht in die Mitte des Raums!«

Keine Antwort. »Wenn ich reinkommen muss, werde ich euch erschießen«, drohte er.

Immer noch keine Antwort. Er zog seine Pistole, stellte die Laterne ab, entriegelte die Tür und versetzte ihr einen Stoß, sodass sie einen Spaltbreit offen stand. Er trat zurück und wartete mit schussbereiter Waffe auf einen Fluchtversuch. Nichts rührte sich.

Er schob die Laterne mit dem Fuß ein Stück vor und bückte sich, um über den Türsturz zu spähen für den Fall, dass die Gefangenen sich dort irgendwie an der Decke versteckten, um ihn zu überfallen, sobald er durch die Tür kam.

Er wiederholte diesen Vorgang noch dreimal, bevor er sicher war, dass niemand über der Tür lauerte. Sie mussten sich dahinter verstecken.

Er war so wütend, dass er beschloss, die beiden kaltblütig niederzuschießen. Vorsichtig schob er sich durch die Tür und wich sofort in die Ecke der Zelle zurück, ehe er sich entlang der Wand vorantastete. Erst als er gegenüber der Tür angekommen war, begriff er, dass die Zelle verlassen war. Er rannte die Treppe hinunter und zum Stable Court und kam gerade rechtzeitig dort an, um Andrea auf der Stute herangaloppieren zu sehen. Sie stieg ab und erstattete Damian aufgeregt Bericht.

Als sie geendet hatte, drehte er sich um und rief nach seinem Vater. »Die Kiwis sind geflohen! Sie haben sieben Erwachsene und zwei Kinder mitgenommen!«

»*Was?*« Nigel war schlagartig stocknüchtern.

»Allison ist bei ihnen«, fügte Damian hinzu.

»Verflucht!«, brüllte Nigel.

Im flackernden Feuerschein der brennenden Ställe war seine Wut nicht zu übersehen. Doch der größte Teil der Gemeinschaft achtete gar nicht auf ihn – alle starrten anklagend auf Andrea. Es war nicht völlig ausgeschlossen, dass Nigel jeden hinrichten ließ, den er wieder einfing. Andreas Verrat hatte die gesamte Gruppe in Gefahr gebracht, einschließlich ihres eigenen Bruders.

»Sie wollen zum White Horse Inn!«, rief Damian, als er zu seinem Vater und seinen Brüdern rannte, die sich zusammendrängten und beratschlagten, was sie als Nächstes tun sollten. »Sie haben dort Gewehre versteckt!«

Die Arbeit an der Löschpumpe stockte, und die Eimerkette kam zum Stillstand. Alle starrten zu den Chatfields, um zu sehen, was als Nächstes geschehen würde.

»Arbeitet weiter!«, rief Damian und schwenkte wütend die Pistole. Die Löschpumpe setzte sich wieder in Betrieb, und die Eimerkette nahm ihre mühselige Arbeit wieder auf.

Nigel und seine Söhne beratschlagten weiter.

»Wenn sie die Gewehre in die Hände bekommen, wird es schwierig, sie wieder einzufangen«, sagte Damian.

»Richtig«, sagte Nigel. »Damian und ich bleiben hier. Ihr drei«, Nigel zeigte auf Jasper, Miles und Greg, »nehmt die Motorräder und schneidet ihnen den Weg ab.«

Ein durchdringender Schrei durchschnitt die Nacht, kaum dass Nigel seinen letzten Satz zu Ende gesprochen hatte. Er und seine Söhne blickten auf. Andrea stand jenseits der zusammengefallenen Scheunenwand, eingehüllt in Flammen. Wer immer sie gestoßen hatte, versteckte sich in den Schatten und wartete auf eine Gelegenheit, sich unauffällig wieder in die Eimerkette einzureihen. Andrea, die langen Haare in Flammen, streckte flehend die Hände nach Duncan aus, doch die Hitze zwang ihn zurück.

Damian versuchte gar nicht erst, Andrea zu helfen. Er rannte los, um eine Maschinenpistole zu holen. Die Scharade mit der Armschlinge war sinnlos geworden; er warf sie im Laufen zu Boden.

Auch Jasper, Greg und Miles kamen Andrea nicht zu Hilfe – sie rannten zur Scheune und zu den Motorrädern. Bis die Maschinen aus dem Stable Court röhrten, waren die Schreie verstummt.

Nigel schwenkte wütend die Pistole und zwang die Familien, die Löschbemühungen fortzusetzen.

Mark und seine kleine Gruppe von Flüchtlingen waren noch mehr als anderthalb Kilometer vom White Horse Inn entfernt, als sie die Motorräder im Park hörten. Sie jagten parallel zur Straße durch das Tal.

»Sie muss ihnen verraten haben, dass wir zum White Horse Inn wollen«, sagte Fergus.

»Wir schaffen es nie im Leben, vor ihnen dort zu sein!«, ächzte Adam. Die Worte waren kaum aus seinem Mund, als das erste der Motorräder stotternd zum Stehen kam. Sie hörten, wie die beiden anderen Maschinen die Richtung änderten, bevor sie erneut parallel zur Straße weiterfuhren. Ein zweiter Motor erstarb, dann auch der dritte. Stille kehrte ein.

»Los, weiter!«, rief Mark. »Wir können es immer noch schaffen!«

»Ich kann nicht schneller«, jammerte der humpelnde Adam.

»Los, nimm mein Pferd«, schlug Jessica vor.

»Ich kann nicht reiten«, jammerte Adam.

Wenige Minuten später hatten sie das Gasthaus erreicht.

»Steven und Fergus, ihr kommt mit mir«, rief Mark, als er die anderen in das Gebäude führte. »Ihr anderen nehmt die Pferde mit zur Rückseite. Verhaltet euch leise.«

Mark stieg hinauf ins Zimmer im ersten Stock. Er war erleichtert, als er die Gewehre unberührt in ihrem Versteck fand, zusammen mit dem Rucksack und der Munition.

Fergus, der am Fenster Wache hielt, entdeckte die dunklen Gestalten der drei Chatfield-Brüder, als sie auf der anderen Seite der Straße aus dem Unterholz auftauchten.

»Wir müssen versuchen, sie auf der anderen Straßenseite festzunageln«, warnte Mark. »Wenn es ihnen gelingt, die anderen mit ihren Waffen zu bedrohen, sind wir geliefert.«

Steven feuerte durchs offene Fenster und verfehlte Jasper nur knapp. Die Chatfields sprangen hastig zurück ins Gebüsch und antworteten mit einer Salve von Schüssen, die jede Scheibe im Fenster zerschmetterten.

»Verschwendet keine Munition«, warnte Mark, als Steven und Fergus das Feuer erwiderten. »Wir haben nicht genug davon.«

Am Fuß der Treppe erklang ein Geräusch. Steven wirbelte herum und rannte zur Tür, überzeugt, dass der vierte Chatfield-Bruder ein Stück weiter oben unbemerkt die Straße überquert hatte und nun die Treppe hinaufkam.

»Nicht schießen!«, rief die Stimme von unten.

»Adam! Was machst du hier?«

»Ich kann vielleicht nicht schnell laufen, und ich weiß auch nicht, wie man reitet, aber ich weiß verdammt noch mal, wie man schießt.«

Fergus reichte ihm sein Gewehr.

»Hör auf zu schießen«, sagte Adam zu Steven. »Lass sie denken, wir wären geflohen.«

Zwei Minuten später tauchte eine Gestalt zwischen den Büschen auf und schlich vorsichtig über die Straße. Adam feuerte einen einzelnen Schuss ab, und die Gestalt rührte sich nicht mehr.

»Das wird sie aufhalten«, flüsterte er. »Los, verschwinden wir.«

Sie eilten die Treppe hinunter und zu den anderen, die hinter dem Haus warteten. Sie drückten einen Zaun am Ende des Biergartens nieder und führten die Pferde auf den schmalen Pfad, der hinter dem Zaun entlangführte. Mark ging der Gruppe voran; der humpelnde Adam bildete den Schluss. Er hielt das Gewehr schussbereit und blickte sich immer wieder nervös um.

Sie hätten sich nicht sorgen müssen. Jasper rief ständig nach Miles, erhielt jedoch keine Antwort. Nachdem vom White Horse Inn fünf Minuten lang kein Laut mehr zu hören gewesen war, befahl er Greg, auf die Straße zu kriechen und seinen Bruder zurückzuholen. Erst als sie Miles geborgen hatten, stellten sie fest, dass er nicht mehr lebte. Die Brüder hatten nicht den Mumm, die Jagd fortzusetzen.

Es wurde bereits hell, als Jasper und Greg endlich den Mut fanden, ihrem Vater gegenüberzutreten. Sie kehrten durch das Tor des West Gate Tower nach Haver zurück. Den Leichnam ihres Bruders hatten sie im Park liegen lassen – an einer Stelle, wo er vom Haus aus nicht gesehen werden konnte.

Der Kampf um die Scheunen war vergeblich gewesen, doch es war der Gemeinschaft gelungen, die Flammen an der weiteren Ausbreitung zu hindern. Der Rest von Haver House war noch einmal verschont geblieben. Alle saßen erschöpft in der Großen Halle, als Jasper und Greg eintraten. Die Morgan-

Frauen servierten ein improvisiertes Frühstück. Damian saß oben in der Minstrel Gallery, das Maschinengewehr drohend auf die Gemeinschaft unten an den Tischen gerichtet. Nigel saß allein an seiner Tafel. Er hatte seine Pistole vor sich liegen. Es standen nur noch vier Sessel an seinem Tisch: Den von Allison hatte Nigel in seiner Wut zu Kleinholz zerschlagen. Sie würde nie wieder an seinem Tisch sitzen. Er brannte auf Rache. Allison würde einen unaussprechlichen Tod sterben, sobald sie gefangen war.

54

Nigels Miene hellte sich auf, als Jasper und Greg die Große Halle betraten. Miles war nicht bei ihnen, und er nahm an, dass sein Lieblingssohn draußen geblieben war, um die Gefangenen zu bewachen. Erwartungsvolles Raunen ging durch die Reihen der Gemeinschaft. Waren ihre Angehörigen wieder eingefangen worden? Oder war ihre Flucht gelungen?

Jasper flüsterte seinem Vater etwas ins Ohr. Als er geendet hatte, sah Nigel – ohnehin von den Ereignissen der Nacht mitgenommen – noch schlimmer aus. Greg setzte sich und nahm die Pistole aus dem Halfter, als Jasper seinen Vater beim Arm fasste und ihn aus dem Raum führte. Alle spürten, dass etwas Furchtbares passiert sein musste.

Als das Frühstück endete, sah die Gemeinschaft Greg an und erwartete dessen Instruktionen. »Ihr bleibt vorläufig hier«, befahl er. Niemand beschwerte sich; alle waren erschöpft.

Damian starb vor Neugier, wollte seinen Platz hinter dem Maschinengewehr aber auch nicht aufgeben. Er winkte Greg, bis dieser schließlich zu ihm nach oben in die Minstrel Gallery kam. Unten in der Halle kehrte Totenstille ein, als alle die Ohren spitzten, um die Unterhaltung der beiden Brüder zu belauschen. Greg redete in leisem Flüsterton; lediglich Damians weißes Gesicht verriet der Gemeinschaft, dass die Dinge für die Chatfields gar nicht gut gelaufen waren.

Greg kehrte zu seinem Platz auf dem Podest zurück; dann aber erschien Jasper und befahl ihm mitzukommen. Die Gemeinschaft blieb mit Damian allein. Er starrte sie finster von seinem Posten auf der Minstrel Gallery an, den Zeigefinger am Abzug des Maschinengewehrs. Alle spürten die drohende Gefahr. Selbst die kleinen Kinder saßen still und artig an den Tischen.

Während die Gemeinschaft in der Großen Halle unter Bewachung stand, gingen Greg und Jasper nach draußen in den Park und legten den Leichnam ihres Bruders auf eine Bahre. Sie trugen den Toten in die privaten Gärten hinter dem Haus, wo ihr von Trauer übermannter Vater wartete, um den Leichnam seines Sohnes zu sehen. Melanie Morgan, die auf der Tretmühle war, blickte über die Schulter und sah die Bahre, als sie über den Flag Court getragen wurde. Die Decke über der Bahre verriet, dass ein Toter darunterlag. Melanie begann zu weinen, da sie befürchtete, es könnte ihre Schwester Penny sein.

Es war später Vormittag, als die Familien den Befehl erhielten, in ihre Quartiere zurückzukehren. Den restlichen Vormittag hielten die Mutmaßungen an. Schließlich zogen die Familienangehörigen sich in ihre Zimmer zurück, doch trotz ihrer Müdigkeit fanden nur wenige Schlaf.

In der Zwischenzeit standen Nigel und seine beiden Söhne um das Grab, das sie im Rosengarten ausgehoben hatten. Sie senkten den Leichnam von Miles in die Erde. Es gab keine Gebete, nur Nigels Tränen und die Wut der drei Brüder. Sie würden kein Kreuz und keinen Grabstein aufstellen und niemandem erzählen, was Miles zugestoßen war. Hätte Melanie nicht zufällig beobachtet, wie die Bahre über den Flag Court getragen worden war – die anderen hätten vermutlich angenommen, dass Miles noch lebte. Wäre der Tote kein Chatfield gewesen, hätten sie ihn als Trophäe zur Schau gestellt – und genau dies überzeugte schließlich jeden davon, dass der Tote in dem unmarkierten Grab Miles sein musste.

Nachdem die letzte Schaufel Erde auf dem Grab festgeklopft war, zogen die Chatfields sich in die Turner Gallery zurück, um zu beraten, was sie als Nächstes unternehmen sollten.

»Wir wissen, dass sie nach Gillingham wollen«, sagte Jasper. »Und wir kennen den Namen ihrer Jacht – *Osprey*.«

Nigel blickte zur Uhr auf dem Kaminsims. Es war zwei Uhr nachmittags. »Wie lange werden sie wohl bis nach Gillingham brauchen?«

»Sie haben nur drei Pferde. Ich würde sagen, ungefähr einen Tag.«

»Was denkst du, welchen Weg sie einschlagen werden?«

»Wahrscheinlich durchqueren sie Borough Green, dann über die M 20 und die A 228 hinauf. Es wäre der direkteste Weg.«

»Was ist mit den Motorrädern?«

»Sie haben augenscheinlich etwas in die Tanks getan.«

»Können wir sie reparieren?«

»Ich kann sie reparieren!«, brüstete sich Damian.

»Also schön«, sagte Nigel, als seine alte Entschlossenheit zurückkehrte, während gleichzeitig die Betäubung verebbte, die der Tod seines Sohnes hervorgerufen hatte. »Schafft zwei der Motorräder nach Haver, um sie zu reparieren und aufzutanken. Ihr beide«, er deutete auf Jasper und Damian, »jagt hinter den Flüchtigen her. Nehmt die Straße durch Eynesford und dann die A2. Ihr müsstet Gillingham vor ihnen erreichen. Sobald ihr dort seit, errichtet einen Hinterhalt, und wenn sie auftauchen, macht den Sack zu. Stellt euch diesmal nicht so dumm an wie beim White Horse Inn.«

»Es wird schwierig werden, zehn Gefangene hierher zurückzubringen«, argumentierte Jasper. »Wir sind nur zu zweit.«

»Ich habe nicht gesagt, dass ihr jemanden gefangen nehmen sollt«, entgegnete Nigel bitter. »Ich will, dass ihr sie vernichtet.

Schießt sie alle über den Haufen, mit Ausnahme von Allison. Mit der habe ich ganz besondere Pläne.«

Jasper nickte.

»Greg, du wirst oben auf dem West Tower Posten beziehen«, fuhr Nigel fort. »Erschieß jeden, der aus der Reihe tanzt. Ich werde diesen Bastarden eine Lektion erteilen, die sie nie vergessen – auf die eine oder andere Weise.«

Die Brüder hatten ihr Leben lang unter dem Jähzorn ihres Vaters gelitten, doch eine so heiße Wut hatten sie noch nie bei ihm erlebt. »Los, an die Arbeit!«, befahl er.

Mark führte die Gruppe in Richtung Gillingham. Es war ein beruhigendes Gefühl, dass sie keine Motorräder mehr gehört hatten, wenngleich er wusste, dass es mehrere Wege nach Gillingham gab.

Er verfluchte sich selbst dafür, dass er sich vor Monaten verplappert und den Chatfields verraten hatte, wo sie an Land gegangen waren, doch er tröstete sich damit, dass Steven Jasper gesagt hatte, der Name ihres Schiffes wäre *Osprey* und nicht *Archangel*. Andererseits hatten sie den Windgenerator der *Archangel* eingeschaltet gelassen, und das Dingi war ohne Frage verdächtig auf der Promenade des Freizeitparks zwischen dem Hügel mit dem Kinderplanschbecken und dem leeren Schwimmbecken für Erwachsene. Auf dem Bug des kleinen Dingis stand der Name *Archangel*, zusammen mit der neuseeländischen Flagge. Wenn die Chatfields auf ihrer Jagd keine Jacht mit Namen *Osprey* fanden, würden sie nicht lange brauchen, um die *Archangel* als das gesuchte Schiff zu identifizieren.

Es war bereits dunkel, als sie die Außenbezirke von Gillingham erreichten. Noch immer war nichts zu hören. Das Klappern der Pferdehufe hallte weit über den Asphalt der verlassenen Straßen und verkündete ihre Anwesenheit. Mark befahl, die Tiere laufen zu lassen; von hier aus würden sie zu Fuß weitergehen.

»Hier entlang«, sagte Steven, indem er Lee auf den Arm nahm und in Richtung des Freizeitparks marschierte.

»Nein«, sagte Mark hastig. »Die Sache gefällt mir nicht. Wir gehen erst ein Stück flussaufwärts, suchen uns ein anderes Dingi und rudern dann den Strom hinunter.«

»Aber das könnte eine Ewigkeit dauern!«, protestierte Steven.

»Mein Bein bringt mich um«, stöhnte Adam.

Alle waren erschöpft.

»Vertraut mir«, sagte Mark. »Es ist ein paar Kilometer Umweg wert, um ganz sicher zu sein. Kommt, gehen wir.«

Er führte sie durch die ausgebrannten Straßen von Gillingham, und die erschöpfte Gruppe stolperte hinter ihm her. Zwei Stunden später erreichten sie die historische Werft in Chatham. Dort fanden sie zwei kleine Beiboote an Bord der alten HMS *Gannet*, zogen sie zum Fluss und ließen sie zu Wasser. Dann stiegen die Passagiere ein. Mark ruderte eins der Boote, Steven das andere. Langsam glitten sie durch die Dunkelheit mit der Ebbe den Fluss hinab.

Als sie eine Biegung umfuhren, kam für ein paar Augenblicke der Mond hinter den Wolken hervor, und Mark erspähte über die Schulter blickend die *Archangel* voraus im Strom. Sekunden später hatte auch Steven das Schiff entdeckt, und beide hörten auf zu rudern. Sie spähten und lauschten angestrengt, ob jemand an Bord war, doch alles blieb ruhig. Mark steuerte sein Boot zu Stevens Dingi und flüsterte: »Bleib zurück, während ich längsseits gehe und nachsehe.«

Er ließ sich zur *Archangel* treiben und spähte über das Schandeck. Nichts rührte sich an Bord. Er bedeutete Fergus, das Boot in Position zu halten und aufzupassen, dass es nicht gegen den Rumpf der *Archangel* prallte. Dann zog er vorsichtig die Schuhe aus und kletterte an Bord, das Gewehr in der Hand.

Plötzlich erstarrte er. Die Abdeckung des Niedergangs war halb offen. Er wusste, dass sie die Luke vor ihrem Aufbruch fest verschlossen hatten. Geduckt schlich er nach vorn zur vorderen Luke, die sie ein Stückchen offen gelassen hatten, um Luftzirkulation im Innern der Kabine zu ermöglichen. Lautlos hob er den Lukendeckel an, wobei er sorgsam darauf achtete, sich nicht vom Hintergrund abzuheben. Er wartete und lauschte eine scheinbare Ewigkeit, ehe er sich durch die Luke hinunter in die Bugkabine der *Archangel* gleiten ließ.

Erneut wartete er, während er die Geräusche des Schiffes analysierte, die er so genau kannte. Außer dem Schwappen des Wassers gegen den Rumpf, dem vertrauten Knarren und Ächzen und dem Brummen des Windes in der Takelage war nichts zu hören.

Er griff um die Schottenwand herum, drehte den Lichtschalter und spähte in die Hauptkabine. Niemand war zu sehen. Mit dem Gewehr in der Hand durchsuchte er die restlichen beiden Kabinen. Endlich konnte er sich entspannen; er hob das Waschbord aus der Führung im Niedergang und stieg die Treppe hinauf ins Cockpit.

Als er sich aufrichtete, schlug ihm vom Ufer eine Serie von Maschinenpistolenkugeln und Leuchtspurgeschossen entgegen. Eine Kugel traf ihn mit solcher Wucht an der Schulter, dass er herumgewirbelt und von den Beinen gerissen wurde. Weitere Kugeln prasselten gegen die stählerne Bordwand, während er sich zum Schandeck schleppte. Beide Dingis waren auf der dem Ufer abgewandten Seite der *Archangel* in Sicherheit. Die Insassen duckten sich trotzdem ängstlich, als Querschläger durch den Nachthimmel jaulten. Es gab keine Möglichkeit, ungefährdet an Bord zu gehen.

Anhand der Richtung, aus der die Leuchtspurmunition kam, schloss Mark, dass die Chatfield-Brüder das Beiboot der *Archangel* gefunden hatten. Sie mussten ihre Maschinengewehre rechts und links davon in Stellung gebracht haben, eines versteckt im Kinderplanschbecken auf dem Hügel, das andere im leeren Erwachsenenbecken. Wären die Flüchtlinge auf direktem Weg zum Dingi der *Archangel* marschiert, wären sie jetzt möglicherweise alle tot.

Vorsichtig spähte Steven über die Kante in das Cockpit der *Archangel*. »Bist du getroffen?«, flüsterte er seinem Vater zu. Er hatte Mark fallen sehen und war nicht sicher, ob er sich in Deckung geworfen hatte oder von einer Kugel erwischt worden war.

»Ja, in der Schulter, aber ich glaube, es ist nicht so schlimm.« Mark war sich da gar nicht so sicher. Er fühlte sich benommen, und die Nässe am Arm verriet ihm, dass er eine Menge Blut verlor.

»Glaubst du, dass du es wieder nach drinnen schaffst?«, fragte Steven.

»Ich denke schon.«

»Ich kann nicht auf das Vordeck, um den Anker zu heben. Aber wenn du es schaffst, den Motor zu starten und mir den Bolzenschneider zu reichen, kann ich nach vorne rudern und die Ankerkette durchtrennen. Von dort aus müsste es möglich sein, die *Archangel* unter Motor den Fluss hinunterzusteuern, während wir mit den Dingis auf der dem Ufer abgewandten Seite in Deckung bleiben.«

Mark kroch durch das Cockpit zum Niedergang. Als er die Luke hinunterstolperte, prasselte eine weitere Salve vom Ufer gegen das Schiff. Vermutlich hatten die Brüder Nachtsichtgeräte. Er fand den Bolzenschneider, kroch zum Niedergang und schob ihn über den Cockpitboden zum Dollbord. Als Steven die Hand hob, um das Werkzeug entgegenzunehmen, ging ein weiterer Kugelhagel über dem Schiff nieder.

»Sobald ich den Motor angelassen habe, durchtrennst du die Kette«, rief Mark. »Klopf an den Rumpf, wenn die *Archangel* frei schwimmt.«

Ein kratzendes Geräusch ertönte, als Steven das Beiboot am Rumpf entlang zum Bug zog. Mark nahm den Zündschlüssel aus der Schublade des Kartentisches und steckte ihn vorsichtig in das Zündschloss neben der Luke. Er wartete, bis er glaubte, dass Steven in Position war, dann drehte er den Schlüssel. Beim zweiten Versuch erwachte der Diesel der *Archangel* stotternd zum Leben. Sekunden später – weitere Kugeln prasselten gegen den stählernen Rumpf des Schiffes – bestätigten drei laute Schläge am Bug, dass Steven die Ankerkette durchtrennt hatte.

Während die *Archangel* mit der Strömung flussabwärts trieb, kletterte Mark den Niedergang hoch und wand sich auf dem Rücken liegend über den Cockpitboden. Zentimeter über seiner Brust zischten Kugeln durch die Luft. Bei der Steuersäule angekommen legte er den Vorwärtsgang ein und packte das Ruder.

»Bring sie zehn Grad nach Steuerbord«, rief Adam. Er hatte zwischen den Salven einen kurzen Blick über das Dollbord riskiert und Mark auf dem Rücken liegen sehen, sodass dieser nicht beobachten konnte, wohin die *Archangel* steuerte. »Gut so, das reicht ... jetzt fünf Grad zurück nach Backbord ...«

Während sie langsam flussabwärts fuhren, dirigierte Adam das Schiff aus der Sicherheit seines Dingis auf der Backbordseite der *Archangel.* »Hart Backbord!«, rief er, als er voraus den Mast einer gesunkenen Jacht entdeckte. Als keine Reaktion erfolgte, spähte Adam erneut ins Cockpit und sah, dass Mark das Ruder nicht mehr in den Händen hielt.

In der Hoffnung, inzwischen außer Reichweite der Maschinengewehre zu sein, zog Adam sich über das Dollbord, übernahm das Ruder und steuerte die *Archangel* von der gesunkenen Jacht weg. Er spürte, wie der Kiel über ein Hindernis streifte, doch er hatte gerade noch rechtzeitig reagiert. Als die *Archangel* drehte, krängte sie zur Seite, kam aber gleich wieder frei.

»Los, alle unter Deck!«, befahl Steven, als er an Bord sprang und zu seinem Vater eilte. Die anderen kletterten über die Reling und stolperten den Niedergang hinunter, während Adam das Schiff weiter flussabwärts steuerte.

Schließlich weitete sich der Fluss, und Adam nahm Kurs auf das linke Ufer. Sämtliche Luken und Bullaugen auf der Steuerbordseite waren zerschmettert, und es stank nach Diesel von den durchlöcherten Plastikkanistern an Deck. In der Ferne waren Motorräder zu hören, doch sie waren weit weg und auf dem entgegengesetzten Ufer.

Sie hatten es geschafft.

55

Es dauerte zwei Tage, bis Mark wieder genügend bei Kräften war, um an Deck zu kommen. Er hatte eine Menge Blut verloren, doch er hatte die Zähne zusammengebissen und den Schmerz ertragen, während Allison ihm die Kugel aus der Schulter operiert hatte.

Am dritten Morgen ihrer Reise saßen alle zusammen im Cockpit beim Frühstück. Die *Archangel* machte gute Fahrt, was am schäumenden Kielwasser zu erkennen war.

»Onkel Mark, wie lange dauert es, bis wir in Neuseeland sind?«, fragte Luke, der am Ruder stand.

»Nun, die Reise dauert knapp drei Monate, mein Junge, aber ich möchte vorher in Brisbane ein paar Tage Halt machen.«

»Aber wir waren übereingekommen, auf direktem Weg nach Hause zu segeln«, sagte Steven zu seinem Vater.

Mark spürte, dass Steven immer noch aufgewühlt und in Sorge um Jane war wegen seines Alptraums, und dass er es kaum erwarten konnte, wieder in Gulf Harbour zu sein. »Ich dachte, wir könnten kurz unsere Verwandten besuchen«, fuhr er trotzdem fort.

»Welche Verwandten?«

»Die Nachkommen von Großonkel William natürlich, wen denn sonst?«

»Was redest du denn da?«

Mark zog Tante Margarets Ahnentafel aus der Tasche und breitete sie auf dem Cockpittisch aus. Er legte eine Winschkurbel auf das Blatt, damit es nicht vom Wind davongeweht wurde, bevor er den anderen die Geschichte ihres totgeschwiegenen Onkels erzählte. Sie waren sprachlos.

»Der Gedanke, dass wir all die Jahre noch einen Onkel hatten! Unsere Eltern haben nie ein Wort über ihn verloren!«, sagte Adam.

»Es war ein riesiger Skandal zur damaligen Zeit«, fuhr Mark fort. »Tante Margaret wäre vor Scham fast gestorben, als sie mir die Geschichte erzählt hat.«

»Sie hätte sich wahrscheinlich noch viel mehr geschämt, wenn sie den Rest der Geschichte auch gekannt hätte«, sagte Allison leise.

Alle sahen sie an. Sie wandte sich ab.

»Was für einen Rest?«, fragte Mark leise.

»Unser Großvater und unsere Großmutter, sie ... sie waren ...« Ihr versagte die Stimme.

»Sie waren was?«, hakte Mark behutsam nach.

»Bruder und Schwester.«

»Bruder und Schwester!«

»Ja. Nicht nur das, sie waren Zwillinge. Allerdings wussten sie es nicht«, fügte sie rasch hinzu, als glaubte sie, die Großeltern verteidigen zu müssen. »Ihre Mutter starb bei ihrer Geburt, und eine Woche später wurden sie getrennt. Keiner von beiden erfuhr jemals, dass er noch einen Zwilling besaß. Sie lernten sich zufällig kennen, als sie längst erwachsen waren, verliebten sich ineinander und heirateten.«

»Wann haben sie es herausgefunden?«, wollte Adam wissen.

»Nie. Sie haben es nie erfahren. Ich war bis heute die Einzige, die es wusste. Ich entdeckte die Wahrheit, als ich für Mutter den Familienstammbaum erforschte. Ich habe es ihr nicht gesagt ... sie wäre am Boden zerstört gewesen.«

»Ich verstehe nicht, warum«, sagte Steven. »Es ist eine erstaunliche Geschichte. Tante Margaret hätte es doch sicherlich interessiert, nicht wahr?«

»Meine Mutter ist sehr religiös, wie du weißt. In ihren Augen hätten ihre Mutter und ihr Vater eine furchtbare Sünde begangen, und sie wäre das Produkt dieser Sünde gewesen. Deswegen konnte ich es ihr einfach nicht erzählen.«

Steven zuckte die Schultern. »Ich sehe nicht, wie sie eine Sünde begehen konnten, wenn sie nicht wussten, dass sie Bruder und Schwester waren.«

»Wie hast du es herausgefunden?«, wollte Adam wissen.

»Nun, ich wusste immer, dass Großvater Chatfield ein Waisenkind war und aus Kingston-upon-Thames stammte. Ich verfolgte seine Familie zurück bis ins Jahr 1872, bevor ich in eine Sackgasse geriet.

Ich wusste außerdem, dass der Mädchenname unserer Großmutter Wrightson war und dass sie aus West Malling stammte. Als ich ihre Seite der Familie zurückverfolgte, blieb ich in einer weiteren Sackgasse stecken. Nach Monaten vergeblicher Suche in alten Kirchenbüchern kam schließlich der große Durchbruch.«

»Der große Durchbruch?«

»Ja. Ich fand heraus, dass unsere Großmutter ebenfalls eine Waise war. Ein Ehepaar namens Wrightson aus West Malling hatte sie adoptiert, als sie gerade eine Woche alt war. Sie haben ihr nie erzählt, dass sie adoptiert worden war, und als die Wrightsons bei einem Zugunglück ums Leben kamen, nahmen sie ihr Geheimnis mit ins Grab. Es war völlig normal für die damalige Zeit, dass die Menschen nicht über diese Dinge redeten.«

Mark nickte.

»Als ich die Spur weiter zurückverfolgt habe«, fuhr Allison fort, »fand ich heraus, dass der Name unserer Großmutter vor der Adoption ebenfalls Chatfield lautete. Alle haben immer gedacht, es wäre reiner Zufall gewesen, dass Großmutter und Großvater am gleichen Tag Geburtstag hatten, aber das stimmt nicht. Als ich die Aufzeichnungen mit den Adoptionsunterlagen verglich, hatte ich einen Volltreffer. Sie waren Zwillingsbruder und -schwester.«

»Ein glücklicher Zufall für uns, wie es scheint«, sagte Mark. Sein Verstand war weitergeeilt, während er die neuen Informationen verdaut und die sich daraus ergebenden Schlussfolgerungen analysiert hatte.

»Glücklich?«

»Ich schätze, dass die Vereinigung von Bruder und Schwester ein einzigartiges Gen hervorbrachte, das uns vor der Seuche geschützt hat. Deshalb hat die Blutlinie der Chatfields überlebt.«

Adam zuckte die Schultern. »Gut möglich, dass du recht hast. Es muss irgendeine Erklärung geben. Sie ist so gut wie jede andere.«

Mark sah, dass Allison weinte. Er zog sie an sich. »Was ist?«, fragte er.

»Es ist wegen Mutter«, schluchzte sie. »Ich hätte sie nicht alleinlassen dürfen.«

»Deiner Mutter geht es gut«, versicherte ihr Mark. »Du musst dir keine Sorgen machen.«

»Ja«, sagten die anderen im Chor. »Deiner Mutter geht es bestimmt gut. Tante Margaret kann sehr gut auf sich selbst aufpassen. Hat sie das nicht schon immer getan?«

56

Doch es ging Tante Margaret gar nicht gut. Sie war, zusammen mit allen anderen, auf den Flag Court befohlen worden. Greg saß auf der Wachplatte des Turms und hielt sie mit dem Maschinengewehr in Schach.

Drei Tage waren seit der Flucht der anderen vergangen. Jasper und Damian waren nach Haver House zurückgekehrt, doch die Gemeinschaft wusste immer noch nicht, ob ihre Verwandten entkommen waren, oder ob man sie gefangen genommen oder getötet hatte.

Die Tretmühle war unbemannt; Nigel hatte angeordnet, dass ausnahmslos jeder anwesend zu sein hatte. Vor dem Lauf des Maschinengewehrs konnten sie ein Gefühl von bevorstehendem Unheil nicht verleugnen, ein Gefühl, das dadurch verstärkt wurde, dass der Karren, der bei Mathews Hinrichtung als Plattform gedient hatte, wieder in den Hof gerollt worden war. Schlimmer noch, der Block und die mittelalterliche Henkersaxt, die sie bei der Enthauptung benutzt hatten, waren ebenfalls hergebracht worden.

Nigel, Jasper und Damian betraten den Hof und kletterten auf den Karren.

»Irgendjemand«, sagte Nigel, wobei er sich auf die Wand des Karrens stützte und sich nach vorn beugte, »hat den Gefangenen bei der Flucht geholfen. Irgendjemand ist die Treppe hinauf zu ihrer Zelle gestiegen und hat die Tür aufgeschlossen.«

Panik durchflutete Duncan; unwillkürlich bewegte seine Hand sich zur Jackentasche. Der Schlüssel, den Fergus ihm vermacht hatte, ruhte immer noch darin.

»Ich möchte, dass diese Person vortritt«, fuhr Nigel fort. Niemand rührte sich. »Irgendjemand wird dafür bezahlen«, fuhr Nigel drohend fort. »Wird derjenige nun freiwillig vortreten, oder müssen wir herunterkommen und ihn finden?« Noch immer rührte sich niemand. Nigel nickte Jasper zu, der seine Pistole zog und vom Karren sprang. Damian zog ebenfalls seine Waffe. Die Lafette des Maschinengewehrs knarrte bedrohlich, als Greg mit dem Lauf Jaspers Bewegungen folgte.

Jasper starrte einem nach dem anderen in die Augen. Lediglich Paul zuckte, doch es war sein nervöser Tick, und Jasper beachtete ihn nicht weiter.

Er kauerte sich auf die Hacken und starrte den verängstigten Kindern in die Augen. Unvermittelt riss er Mary-Claire von den Beinen und schleuderte sie hinauf auf den Karren. Paul, Cheryl und Bridget sprangen vor. Damian zielte mit der Pistole in der freien Hand in ihre Gesichter.

»Kommt nur«, drohte er, während Mary-Claire sich verzweifelt wand und sich aus seinem Griff zu befreien versuchte. Die drei wichen einen Schritt zurück.

»Ich frage noch einmal«, sagte Nigel. »Wer war es?«

Immer noch antwortete niemand.

»Also gut, ganz wie ihr wollt. Wir fangen mit Mary-Claire an und machen so lange weiter, bis wir den Schurken gefunden haben.«

Jasper sprang zurück auf den Wagen und packte die Axt. Damian drückte Mary-Claires Kopf auf den Block. Cheryl schrie hysterisch auf und versuchte auf den Karren zu klettern, doch Nigel stampfte ihr auf die Hände und trat sie zurück nach unten.

»Ich war es«, rief eine Stimme aus dem hinteren Teil des Hofs.

Damian ließ Mary-Claire los, und das kleine Mädchen rannte über den Karren und sprang seiner Mutter weinend in die Arme.

»Ich war es«, sagte die Stimme erneut.

»Verschwende nicht meine Zeit, du alte Närrin!«, rief Nigel. »Du kannst ja nicht mal laufen, geschweige denn, die Turmstufen hinaufsteigen.«

»Ich kann sehr wohl laufen!«, sagte Margaret trotzig. Sie schlug die Decke zurück, die über ihrem Schoß gelegen hatte, und wuchtete sich aus dem Rollstuhl. Beide Füße steckten in ihren Lederstiefeln mit den Eisenschienen entlang den Seiten. Sie packte ihren alten Gehstock und humpelte langsam und schmerzerfüllt über die Steinplatten. Das Tappen ihres Stocks hallte durch die plötzlich eingetretene Stille. Als sie den Karren fast erreicht hatte, blieb sie an einer hochstehenden Steinplatte hängen und fiel der Länge nach hin. Warren sprang vor, um ihr zu helfen.

»Bleib, wo du bist!«, brüllte Damian und zielte mit der Pistole auf Warren.

Nigel gab Jasper einen Wink, worauf er vom Karren sprang und Margaret auf die Plattform hob, wo sie sich an der Bordwand festkrallte. Sie bemühte sich, den Kopf hochzuhalten, doch ihre Arthritis verhinderte es.

»Wie bist du an Sir Greg vorbeigekommen?«, herrschte Nigel sie an.

»Es gibt einen verborgenen Dienstbotengang vom Quartier der Morgans zum ersten Stock des Turms.«

»Und wie bist du in die Zelle gekommen?«

»Steven hat zwei Nachschlüssel angefertigt, nicht nur einen.«

»Und wo ist der Schlüssel jetzt?«

»Ich habe ihn durch das Wartungsloch ins Reservoir geworfen, genau wie er es mir aufgetragen hat.«

Duncans Herzschlag beruhigte sich ein wenig.

Nigel nickte seinen Söhnen zu. Damian packte die Axt, und Jasper zerrte Tante Margaret unter den entsetzten Lauten und den protestierenden »Nein!«-Rufen der Gemeinschaft zum Block. Die Menge drängte vor.

»Bleibt, wo ihr seid, oder ich schieße!«, rief Greg ihnen zu. Sie blieben stehen. Viele weinten, als Jasper Tante Margarets Kopf auf den Block drückte.

»Möchtest du noch etwas sagen?«, fragte Nigel.

»Ja«, antwortete Margaret mit klarer, trotziger Stimme.

Selbst das Schluchzen verstummte, als die Leute sich nach vorn beugten, um zu hören, was Margaret zu sagen hatte.

»Vater unser, der du bist im Himmel, geheiligt werde dein Name …«

»Keine Gebete!«, kreischte Nigel.

»Dein Königreich komme, dein Wille geschehe …«

Die Axt fuhr krachend nach unten.

»Im Himmel wie auf Erden.« Das war Dianas Stimme.

Als Tante Margarets abgetrennter Kopf in den Korb vor dem Block fiel, stimmten die anderen ein. »Gib uns unser tägliches Brot …«

»Hört sofort auf zu beten!«, rief Nigel.

Niemand hörte auf ihn, und er wusste, dass er die Kontrolle verloren hatte. Er sprang vom Wagen, gefolgt von Damian und Jasper.

»Vergib unseren Schuldigern«, hallte es herausfordernd in Nigels Ohren, als er fluchtartig den Hof verließ.

Greg, allein auf der Wehrplatte des Turms hinter dem Maschinengewehr, war sprachlos: Die Menge hatte seinem Vater und seinen Brüdern doch tatsächlich den Gehorsam verweigert!

Sobald das Vaterunser zu Ende war, hallte die Melodie von Tante Margarets Lieblings-Kirchenlied, »Der Herr ist mein Hirte«, aus vollen Kehlen über den Hof.

»Keine Lieder!«, brüllte Greg, doch kaum jemand hörte ihn über dem Singen, und die, die ihn hörten, scherten sich nicht mehr um seine Befehle.

Die Gemeinschaft schob den Karren mit dem Leichnam von Tante Margaret durch den Torbogen unter Cromwell's Tower hindurch und auf den Lawn Court hinaus. Sie bewegte sich in langsamer Prozession über den zentralen gepflasterten Pfad und das Gras. Neben der Statue der Venus blieben sie stehen. Paul ging Spaten holen, und begleitet von Gesängen hoben er, Cameron und Warren ein Grab aus. Es dauerte eine ganze Weile und viele Lieder, bis sie ein zwei Meter tiefes Loch geschaufelt hatten.

Sie senkten Margarets Leichnam in die Erde, und Charlene las die Trauerfeier aus Tante Margarets eigenem Gebetbuch. Dann begannen sie erneut zu singen. Die Gesänge hielten den ganzen Morgen an.

Während Nigel allein im King's Room saß und versuchte, die Gesänge zu ignorieren, fiel sein Blick auf den zerknitterten

Umschlag im Papierkorb. Er hatte ihn am Abend zuvor gefunden, auf seinem Kopfkissen. Wie konnte jemand es wagen, in sein Schlafzimmer einzudringen und ihm einen Brief zu hinterlassen?

Als keine der Morgan-Frauen zugeben wollte, den Brief dort abgelegt zu haben, hatte er die ganze Familie mit Dienst auf der Tretmühle bestraft. Dann hatte er den Umschlag zusammengeknüllt und in den Papierkorb geworfen.

Seither hatte er den Umschlag viele Male angestarrt. Weil die Morgans auf der Tretmühle waren, hatte niemand den Papierkorb geleert, wie es normalerweise der Fall gewesen wäre.

Schließlich, während die Kirchenlieder an seinen Nerven zerrten, gewann seine Neugier die Oberhand. Er bückte sich und nahm den zerknitterten Umschlag aus dem Papierkorb. Er riss ihn auf, zog den Brief hervor und glättete ihn auf seinem kostbaren silbernen Tisch. Dann setzte er sich die Brille auf und begann zu lesen.

Cousin Nigel,

dass du diesen Brief liest, deutet darauf hin, dass unsere Flucht aus Haver geglückt ist und wir inzwischen in Sicherheit sind.

Ich hätte mich zu gerne mit dir unterhalten, um dir die Vorteile klarzumachen, die sich für jeden – einschließlich deiner selbst und deiner Söhne – ergeben hätten, wäre die Gemeinschaft von Haver auf einer demokratischen Basis organisiert.

Doch ich fürchte, niemand ist so taub wie der, der nicht hören will. Aus diesem Grund erteile ich dir hiermit den Befehl, augenblicklich eine demokratische Ordnung in Haver zu errichten.

Die Gemeinschaft soll durch ein Komitee geführt werden, das alle Familien repräsentiert. Sämtliche grundlegenden Menschenrechte sind zu beachten.

Irgendwann in der Zukunft werden wir zurückkehren.

Vielleicht in einem halben Jahr, vielleicht in einem Jahr oder auch erst in zwei Jahren. Doch wenn wir kommen, werden wir vorbereitet sein. Und wenn die Gemeinschaft dann nicht demokratisch organisiert ist, werden wir dich zur Rechenschaft ziehen.

Ein letztes Wort noch: Sollten du oder deine Söhne während meiner Abwesenheit einem meiner Verwandten Schaden zufügen, wirst du oder deine Söhne nach meiner Rückkehr für ihr Verbrechen büßen.

Mit freundlichen Grüßen,
Mark Chatfield

Die Chatfield-Dynastie

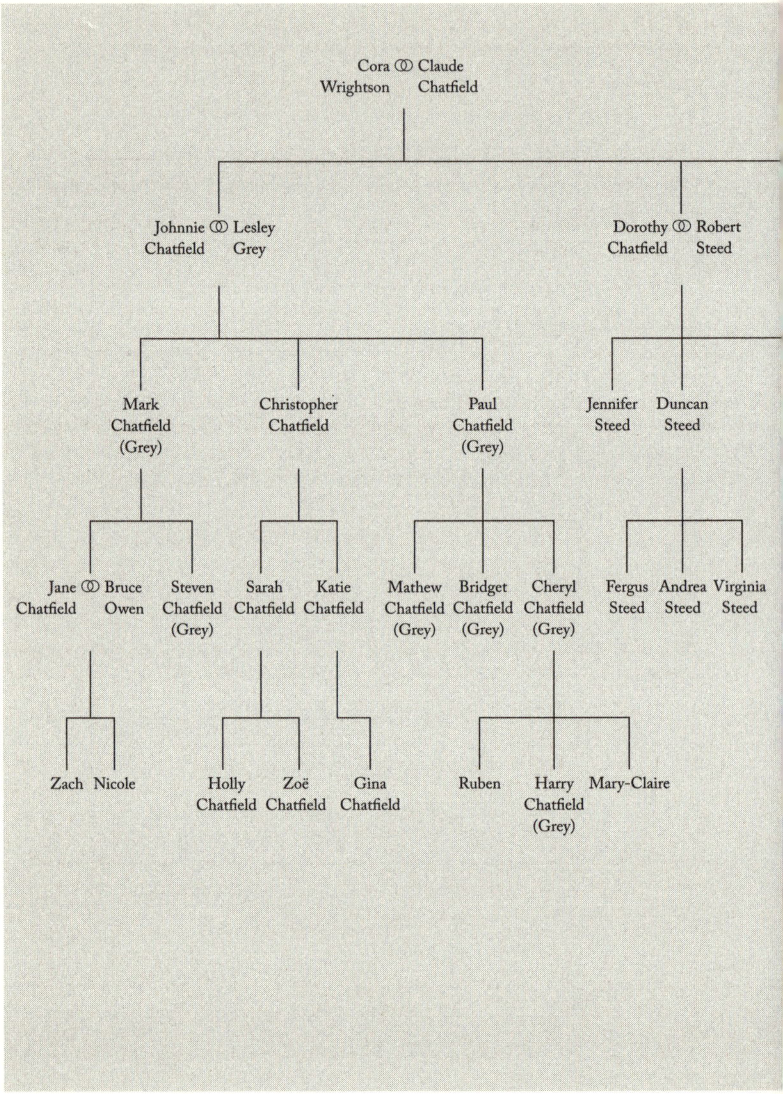

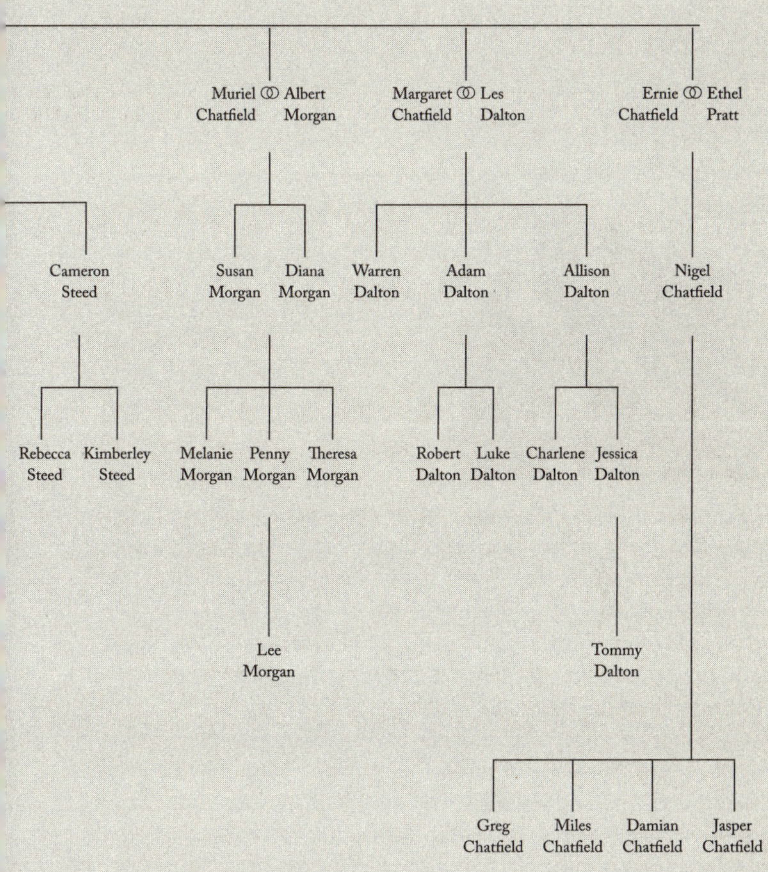
Muriel Chatfield
Albert Morgan
Margaret Chatfield
Les Dalton
Ernie Chatfield
Ethel Pratt
Cameron Steed
Susan Morgan
Diana Morgan
Warren Dalton
Adam Dalton
Allison Dalton
Nigel Chatfield
Rebecca Steed
Kimberley Steed
Melanie Morgan
Penny Morgan
Theresa Morgan
Robert Dalton
Luke Dalton
Charlene Dalton
Jessica Dalton
Lee Morgan
Tommy Dalton
Greg Chatfield
Miles Chatfield
Damian Chatfield
Jasper Chatfield

»Der famose Finne in der Form seines Lebens.« DIE WELT

Matti Rönkä
RUSSISCHE FREUNDE
Kriminalroman
Aus dem Finnischen
von Gabriele
Schrey-Vasara
192 Seiten
ISBN 978-3-404-16027-3

Viktor Kärppä ist cool, smart – und hat eine Spezialausbildung bei der Russischen Armee hinter sich. Nun lebt er friedlich in Helsinki. Bis das Haus, das er mit seiner Lebensgefährtin Marja eingerichtet hat, niederbrennt. Ursache: Brandstiftung. Kärppä hat sich in Russland offenbar jemanden ganz Großes zum Feind gemacht. Er muss dorthin reisen und sich in die Höhle des Löwen begeben ...

Ausgezeichnet mit dem Finnischen und dem Nordischen Krimipreis

Bastei Lübbe Taschenbuch